Das Buch

Der Krieg der Bruderschaft der BLACK DAGGER gegen die Gesellschaft der *Lesser* tobt unerbittlich in den nächtlichen Straßen von Caldwell, New York. Nachdem die Vampirgesellschaft bei brutalen Überfällen durch die *Lesser* schwere Verluste hinnehmen musste, hat nun Rehvenge – Nachtclubbesitzer, Drogendealer, Aristokrat – den Vorsitz über den Rat der Vampire übernommen. Doch Rehv ist ein halber *Symphath* und damit Teil einer von den Vampiren verachteten Spezies, denn er hat die Fähigkeit, die Gedanken und Gefühle anderer zu manipulieren. Nur mit äußerster Anstrengung gelingt es ihm, seine *Symphathen*-Seite unter Kontrolle zu behalten. Nur wenige wissen von Rehvs Geheimnis, und das bedeutet auch, dass er erpressbar ist. Eine Beziehung kommt für den mächtigen Halbvampir mit den amethystfarbenen Augen daher keinesfalls infrage – bis er eines Tages der schönen Vampirin Ehlena begegnet und sich in sie verliebt. Doch das Glück der beiden steht nicht nur wegen Rehvenges *Symphathen*-Fähigkeiten unter keinem guten Stern, er ist auch in dunkle Geschäfte verwickelt, die er vor Ehlena verheimlicht. Ist ihre Liebe wirklich stark genug, um alle Hindernisse zu überwinden?

Rehvenge & Ehlena, die Fortsetzung von J.R. Wards Bestsellerserie BLACK DAGGER, enthält die beiden Romane *Racheengel* und *Blinder König*.

Die Autorin

J.R. Ward begann bereits während des Studiums mit dem Schreiben. Nach dem Hochschulabschluss veröffentlichte sie die BLACK DAGGER-Serie, die innerhalb kürzester Zeit die amerikanischen Bestsellerlisten eroberte. Die Autorin lebt mit ihrem Mann in Kentucky und gilt seit dem überragenden Erfolg der Serie als Star der Paranormal Romance.

Mehr über J.R. Ward und BLACK DAGGER erfahren Sie auf: www.jrward.com

www.twitter.com/HeyneFantasySF
@HeyneFantasySF

J. R. WARD

Black Dagger

REHVENGE & EHLENA

Roman

Mit spannendem Bonusmaterial
»Das Interview der Bruderschaft«

WILHELM HEYNE VERLAG
MÜNCHEN

Titel der Originalausgabe
LOVER AVENGED
Aus dem Amerikanischen von Corinna Vierkant

Verlagsgruppe Random House FSC® N001967

Überarbeitete Neuausgabe 11/2016
Copyright © 2009 by Jessica Bird
Copyright © 2016 dieser Ausgabe by
Wilhelm Heyne Verlag, München,
in der Verlagsgruppe Random House GmbH,
Neumarkter Str. 28, 81673 München
Printed in Germany
Umschlaggestaltung: DAS ILLUSTRAT GbR, München
Satz: Buch-Werkstatt GmbH, Bad Aibling
Druck und Bindung: GGP Media GmbH, Pößneck

ISBN 978-3-453-31808-3

www.heyne.de

Gewidmet: Dir.
Nie waren die Begriffe von Gut und Böse
so relativ wie in dem Moment, als sie auf
deinesgleichen angewendet wurden.
Aber ich schließe mich an.
Für mich warst du immer ein Held.

Alle Könige sind blind.
Die guten unter ihnen wissen das
und führen durch mehr als ihre Augen an.

I

»Der König muss sterben.«

Vier einfache Worte. Für sich betrachtet, war keines besonders. Doch aneinandergereiht sorgten sie für jede Menge unerwünschten Mist: Mord. Betrug. Verrat.

Tod.

Rehvenge vernahm die Worte und schwieg, ließ das Quartett in der spannungsgeladenen, muffigen Luft des Arbeitszimmers nachhallen, vier Markierungen eines dunklen, bösartigen Kompasses, der ihm nur allzu vertraut war.

»Hast du darauf irgendetwas zu sagen?«, fragte Montrag, Sohn des Rehm.

»Nö.«

Montrag blinzelte und fummelte an seiner silbernen Krawatte herum. Wie die meisten Angehörigen der *Glymera* stand er mit beiden Samtschühchen fest auf dem Aubusson-Teppich. Will heißen: An ihm war einfach alles vom Feinsten, rundherum. Mit seinem Smoking-Jackett und der Nadelstreifenhose und ... Scheiße, waren das wirklich Gamaschen? ... sah er aus, als wäre er direkt aus den Hochglanzseiten der *Vanity Fair* herausspaziert. Und zwar vor hundert Jahren. Und mit seinem blasierten Gehabe und seinen schwachsinnigen Visionen war er ein Kissinger ohne Präsident, was

politisches Taktieren betraf: alles Analyse, null Autorität.

Was diese Zusammenkunft erklärte, oder etwa nicht?

»Sprich nur weiter«, ermunterte ihn Rehv. »Du bist schon von der Klippe gesprungen. Die Landung wird nicht weicher.«

Montrag verzog das Gesicht. »Ich kann deine Komik nicht nachvollziehen.«

»Wer ist hier komisch?«

Es klopfte. Montrag drehte den Kopf und präsentierte sich von der Seite. Er hatte das Profil eines Irish Setters: Das gesamte Gesicht bestand aus Nase. »Herein.«

Die *Doggen,* die der Aufforderung folgte, wankte unter dem Gewicht des Silberservice. Auf einem Ebenholztablett von der Größe einer Veranda hievte sie die Last durch den Raum.

Bis sie den Kopf hob und Rehv erblickte.

Sie erstarrte wie ein Standbild.

»Wir nehmen unseren Tee hier.« Montrag deutete auf den niedrigen Tisch zwischen den zwei seidenbezogenen Sofas, auf denen sie saßen. »*Hier.*«

Die *Doggen* rührte sich nicht vom Fleck, sondern starrte nur in Rehvs Gesicht.

»Was gibt es?«, herrschte Montrag sie an, als die Teetassen zu zittern begannen und dabei ein klirrendes Geräusch erzeugten. »Bring uns den Tee, jetzt.«

Die *Doggen* verbeugte sich leicht, murmelte etwas und kam langsam auf sie zu, indem sie einen Fuß vor den anderen setzte, als würde sie auf eine eingerollte Schlange zugehen. Sie hielt sich so weit wie möglich von Rehv entfernt, und als sie das Tablett abgestellt hatte, zitterten

ihre Hände so heftig, dass sie nur mit Mühe die Tassen auf die Untertassen stellen konnte.

Als sie nach der Teekanne griff, war offensichtlich, dass sie das Getränk überall verschütten würde.

»Das übernehme ich«, meinte Rehv und streckte die Hand aus.

Als die *Doggen* zurückzuckte, entglitt ihr der Henkel, und die Kanne segelte durch die Luft.

Rehv fing die kochend heiße Silberkanne mit den Händen auf.

»Was hast du getan!« Montrag sprang von seinem Sofa auf.

Mit eingezogenen Schultern wich die *Doggen* zurück und hielt sich die Hände vors Gesicht. »Ich bitte um Vergebung, Herr. Wahrlich, es tut mir …«

»Ach, halt den Mund, und bring uns etwas Eis …«

»Es ist nicht ihre Schuld.« In aller Ruhe fasste Rehv die Kanne am Henkel an und goss ihnen ein. »Und mir ist nichts passiert.«

Seine beiden Gegenüber starrten ihn an, als erwarteten sie, dass er gleich aufspringen und einen kleinen Tanz vollführen würde.

Rehv setzte die Kanne ab und blickte Montrag in die blassen Augen. »Ein Würfel Zucker oder zwei?«

»Darf ich … darf ich dir etwas für die Verbrennung besorgen?«

Rehv lächelte und präsentierte seinem Gastgeber seine Fänge. »Mir ist nichts passiert.«

Es verstimmte Montrag, dass er nichts tun konnte, und diese Unzufriedenheit ließ er postwendend an seiner Dienerin aus. »Du bist eine Schande. Geh.«

Rehv blickte unauffällig zu der *Doggen*. Ihre Ge-

fühle waren für ihn ein dreidimensionales Gebilde aus Furcht, Scham und Panik, und dieses Geflecht war so stofflich für ihn wie ihre Knochen, ihre Muskeln und ihre Haut.

Mach dir keine Sorgen, dachte er in ihre Richtung. *Ich bringe das in Ordnung.*

Verwunderung blitzte in ihrem Gesicht auf, doch die Anspannung wich aus ihren Schultern, und als sie sich abwandte, wirkte sie viel ruhiger.

Als sie weg war, räusperte sich Montrag und setzte sich wieder. »Ich glaube nicht, dass wir sie halten können. Sie ist völlig inkompetent.«

»Warum probierst du es nicht erst mit einem.« Rehv ließ einen Zuckerwürfel in seinen Tee fallen. »Und entscheidest dann, ob du einen zweiten willst.«

Er hielt ihm die Tasse hin, aber nicht zu weit, sodass Montrag gezwungen war, noch mal vom Sofa aufzustehen und sich über den Tisch zu beugen.

»Danke.«

Rehv ließ die Untertasse nicht los, als er einen veränderten Gedanken in das Hirn seines Gastgebers schob. »Frauen reagieren nervös auf mich. Es war nicht ihre Schuld.«

Abrupt ließ er los, und Montrag musste aufpassen, dass ihm das zarte Porzellan nicht entglitt.

»Hoppla. Nicht verschütten.« Rehv lehnte sich wieder auf seinem Sofa zurück. »Es wäre ein Jammer um deinen schönen Teppich. Aubusson, habe ich recht?«

»Äh ... ja.« Montrag stellte seine Tasse ab und runzelte die Stirn, als könnte er sich seinen Gesinnungswandel gegenüber der *Doggen* nicht erklären. »Äh ... ja, das ist richtig. Mein Vater hat ihn vor vielen Jahren erstan-

den. Er hatte einen kostspieligen Geschmack. Wir haben diesen Raum dafür entworfen, weil er so riesig ist, und eine Wandfarbe gewählt, die mit den Pfirsichtönen harmoniert.«

Montrag sah sich in dem Arbeitszimmer um und lächelte, während er an seinem Tee nippte, den kleinen Finger akkurat abgespreizt wie ein Fähnchen im Wind.

»Wie ist dein Tee?«

»Ausgezeichnet, aber willst du denn keinen?«

»Ich bin kein Teetrinker.« Rehv wartete, bis sein Gegenüber die Tasse an die Lippen hob. »Also, du hast davon gesprochen, Wrath zu ermorden?«

Montrag verschluckte sich und schüttete Earl Grey über sein blutrotes Jackett und Daddys pfirsichfarbene Auslegwaren.

Als der Mann hektisch auf die Flecken schlug, hielt ihm Rehv eine Serviette hin. »Hier, nimm das.«

Montrag nahm das Damasttuch und tupfte sich ungeschickt die Brust ab, dann rubbelte er über den Teppich, mit ebenso wenig Erfolg. Eindeutig war er ein Mann, der normalerweise Unordnung verursachte und nicht beseitigte.

»Also, was hast du gesagt?«, murmelte Rehv.

Montrag klatschte die Serviette auf das Tablett, stand auf und ließ seinen Tee stehen, als er im Zimmer umherschritt. Vor einer großen Berglandschaft blieb er stehen und bewunderte kurz die dramatische Szene mit dem Kolonialsoldaten, der in einen Sonnenstrahl getaucht zum Himmel betete.

Er sprach zu dem Gemälde. »Du weißt, dass viele unserer Brüder bei den Überfällen der *Lesser* umkamen.«

»Und ich hatte gedacht, der Rat hätte mich allein auf

13

Grund meiner schillernden Persönlichkeit zum *Leahdyre* ernannt.«

Montrag funkelte ihn über die Schulter hinweg an, das Kinn klassisch aristokratisch in die Höhe gehoben. »Ich habe meinen Vater, meine Mutter und sämtliche Cousins und Cousinen ersten Grades verloren. Ich habe jeden Einzelnen begraben. Glaubst du, das macht mir Freude?«

»Ich bitte um Vergebung.« Rehv legte die rechte Hand aufs Herz und neigte den Kopf, obwohl es ihm scheißegal war. Er würde sich nicht von dieser Aufzählung beeindrucken lassen. Insbesondere deshalb nicht, weil die Gefühle seines Gegenübers allein von Gier und nicht von Trauer bestimmt waren.

Montrag drehte sich mit dem Rücken zu dem Gemälde, sodass sein Kopf den Gipfel verdeckte, auf dem der Soldat kniete. Jetzt sah es aus, als versuche der Soldat an seinem Ohr emporzuklettern.

»Noch nie in ihrer Geschichte musste die *Glymera* derartige Verluste hinnehmen wie bei diesen Überfällen. Nicht nur Todesopfer, sondern auch Besitztümer. Häuser wurden geplündert, Antiquitäten und Kunst entwendet, Bankkonten leergeräumt. Und was hat Wrath unternommen? *Nichts.* Er äußerte sich auch nach wiederholten Anfragen nicht zu dem Zustand, in dem man die Häuser der Familien vorfand ... Warum die Bruderschaft diese Angriffe nicht gestoppt hat ... Und was aus all diesen Besitztümern wurde. Es gibt keinen Plan, um derlei Geschehnisse in Zukunft zu verhindern. Keine Schutzzusicherung für Adelige, sollten die paar Überlebenden nach Caldwell zurückkehren.« Montrag steigerte sich nun richtig in seine Rolle hinein, seine Stimme hob sich

14

und wurde von der vergoldeten Kuppeldecke zurückgeworfen. »Unsere Spezies *stirbt aus*. Wir brauchen einen zuverlässigen Anführer. Doch laut Gesetz ist Wrath König, solange sein Herz in seiner Brust schlägt. Ist denn das Leben eines Mannes wirklich das Leben so vieler anderer wert? Ergründe dein Herz.«

O ja, Rehv ergründete es, den schwarzen, bösen Muskel. »Und weiter?«

»Wir übernehmen das Ruder und schlagen den richtigen Kurs ein. In seiner Regierungszeit hat Wrath Dinge umstrukturiert … Schau dir doch an, was mit den Auserwählten geschehen ist. Sie dürfen sich jetzt auf unserer Seite herumtreiben. Das ist unerhört. Und die Sklaverei wurde verboten, genauso wie die *Bannung* von Frauen. Gütige Jungfrau der Schrift, als Nächstes wird es Röcke für die Bruderschaft geben. Wenn wir die Dinge in die Hand nehmen, können wir diese Veränderungen rückgängig machen und die Gesetze wieder umschreiben, um die alten Bräuche zu erhalten. Wir können eine neue Verteidigung gegen die Gesellschaft der *Lesser* bilden. Wir können triumphieren.«

»Du redest die ganze Zeit von ›wir‹, aber irgendwie glaube ich nicht, dass dir genau das vorschwebt.«

»Nun, natürlich muss es einen Ersten unter Gleichen geben.« Montrag strich sich das Revers glatt und streckte Rücken und Kopf durch, als stünde er Modell für eine Bronzestatue oder vielleicht für einen Dollarschein. »Einen ausgewählten Mann von Ansehen und Status.«

»Und auf welche Weise sollte dieses Musterbeispiel an Führungskraft ausgewählt werden?«

»Wir werden uns in eine Demokratie verwandeln. Eine lange überfällige Demokratie, die mit den ungerechten

und ungesetzmäßigen Konventionen der Monarchie aufräumt ...«

Es folgte eine Menge Bla-bla. Rehv lehnte sich zurück, schlug die Beine übereinander und bildete eine Pyramide mit den Fingern. Während er so auf Montrags Sofa saß, rangen innerlich seine beiden Seiten miteinander, der Vampir und der *Symphath.*

Das einzig Gute an dem seelischen Schlachtgetümmel war, dass es Montrags näselndes Gesülze übertönte.

Die Gelegenheit war günstig: Den König beseitigen und die Macht über die Spezies ergreifen.

Die Gelegenheit war indiskutabel: Einen anständigen Mann töten, der ein guter Anführer und ... irgendwie auch ein Freund war.

»... und wir könnten wählen, wer die Führung übernimmt. Er müsste sich vor dem Rat verantworten. Sicherstellen, dass man unseren Bedürfnissen entgegenkommt.« Montrag kehrte zu seinem Sofa zurück, setzte sich und machte es sich bequem, als könnte er noch stundenlang heiße Luft von sich geben. »Die Monarchie hat versagt, und Demokratie ist der einzige Ausweg ...«

Rehv unterbrach: »Demokratie bedeutet normalerweise ein Wahlrecht für alle. Nur für den Fall, dass dir die Definition nicht geläufig ist.«

»Aber das hätten wir doch. Alle, die dem Rat dienen, wären stimmberechtigt. Jeder würde zählen.«

»Zu deiner Information, ›jeder‹ bedeutet ein paar mehr Leute über und unter ›unseresgleichen‹.«

Sei nicht albern, las Rehv in Montrags Augen. »Würdest du das Schicksal unserer Spezies allen Ernstes der Unterschicht anvertrauen?«

»Das liegt nicht bei mir.«

»Aber das könnte es.« Montrag hob seine Tasse an die Lippen und musterte Rehv durchdringend über den Rand hinweg. »Das könnte es wirklich. Du bist unser *Leahdyre*.«

Als Rehvenge den Blick seines Gegenüber erwiderte, lag der Weg, den Montrag wies, so klar vor ihm, als wäre er gepflastert und von Halogenspots angestrahlt: Mit Wraths Tod wäre die königliche Linie unterbrochen, denn er hatte noch keine Nachkommen in die Welt gesetzt. Eine Gesellschaft im Kriegszustand konnte kein Machtvakuum gebrauchen, also wäre ein radikaler Wandel von der Monarchie zur »Demokratie« nicht so unvorstellbar wie zu ruhigeren Friedenszeiten.

Die *Glymera* weilte vielleicht nicht mehr in Caldwell und versteckte sich in sicheren Häusern in Neuengland, doch dieser Haufen von verweichlichten Pennern hatte Geld und Einfluss und strebte schon seit Ewigkeiten nach der Macht. Mit dem jetzt vorgelegten Plan konnten sie ihren Absichten den Anstrich von Demokratie verleihen und so tun, als seien sie um das Wohl der einfachen Leute bemüht.

Rehvs dunkle Natur bäumte sich auf, ein Verbrecher, der sich gegen die Gitter seiner Zelle warf. Blendung und Machtspielchen waren eine Leidenschaft für Artgenossen vom Blut seines Vaters; und ein Teil von ihm wollte dieses Machtvakuum schaffen … und es dann selbst ausfüllen.

Er unterbrach Montrags selbstgefälliges Geseiere. »Erspar mir die Propaganda. Was genau schlägst du vor?«

Umständlich stellte Montrag seine Teetasse ab, als müsste er sich die Worte erst zurechtlegen. Sollte er nur. Rehv hätte darauf gewettet, dass der Kerl seine Antwort

längst parat hatte. Einen derartigen Plan fasste man nicht eben mal spontan, und außerdem waren noch andere daran beteiligt. Mussten es sein.

»Wie du ja weißt, kommt der Rat in ein paar Tagen in Caldwell zusammen, eigens für eine Audienz beim König. Wrath wird kommen und … einem tödlichen Zwischenfall zum Opfer fallen.«

»Er ist mit der Bruderschaft unterwegs. Nicht gerade leicht, da an ihn heranzukommen.«

»Der Tod trägt viele Masken. Und tritt auf vielen Bühnen auf.«

»Und meine Rolle wäre …?« Als ob er das nicht wüsste.

Montrags blasse Augen waren wie Eis, leuchtend und kalt. »Ich weiß, was du bist. Deshalb weiß ich auch, zu was du fähig bist.«

Das war keine Überraschung. Rehv war seit fünfundzwanzig Jahren Drogenbaron. Zwar hatte er seinen Beruf der Aristokratie nicht extra vorgestellt, aber auch Vampire verkehrten regelmäßig in seinen Clubs, und viele von ihnen gehörten zu seinen Abnehmern.

Außer den Brüdern wusste niemand von seinem *Symphathen*-Anteil – und hätte er die Wahl, wüssten auch sie nichts davon. In den letzten zwei Jahrzehnten hatte er seine Erpresserin gut bezahlt, damit sie sein Geheimnis für sich behielt.

»Aus diesem Grund komme ich zu dir«, erklärte Montrag. »Du weißt, wie man so etwas am besten macht.«

»Das stimmt.«

»Als *Leahdyre* des Rates wärst du in einer enormen Machtposition. Selbst wenn du nicht zum Präsidenten gewählt wirst, kann der Rat ohne dich nichts entscheiden.

Und bezüglich der Bruderschaft der Black Dagger kann ich dich beruhigen: Ich weiß, dass sich deine Schwester mit einem der Brüder verbunden hat. Die Brüder werden sich dadurch nicht beeinflussen lassen.«

»Meinst du nicht, sie wären angepisst? Wrath ist nicht nur ihr König. Sie teilen ihr Blut mit ihm.«

»Sie sind für den Schutz unseres Volkes verantwortlich. Egal, wie wir uns entscheiden, sie müssen sich fügen. Und zurzeit werden vielerorts Stimmen laut, die mit ihren Leistungen nicht zufrieden sind. Vielleicht brauchen sie eine bessere Führung.«

»Von dir. Klar. Natürlich.«

Das wäre, als würde ein Innenarchitekt versuchen, einen Panzerzug zu befehligen: Es gäbe ein lautes Pfeifkonzert, bis einer der Soldaten das Leichtgewicht niedermähen und ein paarmal über die Überreste fahren würde.

Super Plan. Ganz toll.

Und doch … wer sagte, dass Montrag der Auserwählte sein würde? Nicht nur Könige verunglückten, manchmal erwischte es auch andere Aristokraten.

»Es ist«, fuhr Montrag fort, »wie mein Vater immer zu sagen pflegte, eine Frage des richtigen Zeitpunkts. Wir müssen mit Eile vorgehen. Können wir uns auf dich verlassen, mein Freund?«

Rehv erhob sich und überragte nun sein Gegenüber. Mit einem schnellen Zupfen an den Jackettaufschlägen brachte er seinen Anzug in Ordnung, dann griff er nach seinem Stock. Sein Körper war völlig taub, und er spürte weder die Kleidung auf der Haut noch, wie sich das Gewicht von seinem Hintern auf die Füße verlagerte oder den Griff des Stocks in seiner verbrühten Hand. Die Taubheit war eine Nebenwirkung des Medikaments,

mit dem er seine böse Seite in Schach hielt, das Gefängnis, in dem er seine psychopathischen Impulse einsperrte.

Doch er musste nur eine Dosis verpassen, und schon wäre er ganz der Alte. Eine Stunde später flammte das Böse in ihm auf und steckte voller Unternehmungsgeist.

»Also, was sagst du?«, drängte Montrag.

Tja, was sollte er sagen?

Es gibt Situationen im Leben, da schält sich aus den Myriaden von banalen Entscheidungen, was man essen, wo man schlafen und wie man sich anziehen soll, eine echte Wegscheide. In diesen Momenten, wenn sich der Nebel der Belanglosigkeit hebt und das Schicksal eine Entscheidung des freien Willens verlangt, gibt es nur rechts oder links – und keine Möglichkeit, in das Gebüsch zwischen den Straßen zu fahren, kein Verhandeln mit der Wahl, vor die man gestellt wird. Man muss sich der Entscheidung stellen. Und es gibt kein Zurück.

Dummerweise hatte Rehv sich erst antrainieren müssen, nach moralischen Gesichtspunkten zu entscheiden, um sich bei den Vampiren einzugliedern. Er hatte seine Lektion gelernt, aber es gab Grenzen.

Und seine medikamentöse Ruhigstellung funktionierte nicht hundertprozentig.

Auf einmal wurde Montrags blasses Gesicht in diverse Rosatöne getaucht, sein braunes Haar färbte sich dunkelrot, und sein Jackett nahm die Farbe von Ketchup an. Als Rehvs Umgebung ins Rote kippte, verlor er jegliche räumliche Wahrnehmung, sodass seine Welt zur Kinoleinwand mutierte.

Was vielleicht erklärt, warum es den *Symphathen* so leicht fiel, Leute zu benutzen. Als seine dunkle Seite das Ruder übernahm, hatte das Universum die Tiefe eines

Schachbretts, und die Leute darauf waren Bauern in seiner allwissenden Hand. Jeder von ihnen. Feinde ... wie Freunde.

»Ich werde mich darum kümmern«, erklärte Rehv. »Wie du schon sagtest, ich weiß, was zu tun ist.«

»Gib mir dein Wort.« Montrag streckte ihm die glatte Hand entgegen. »Dein Wort, dass du es heimlich und diskret ausführst.«

Rehv ließ die Hand im Wind hängen, aber er lächelte und entblößte einmal mehr seine Fänge. »Verlass dich ganz auf mich.«

2

Als Wrath, Sohn des Wrath, eine Gasse in der Innenstadt von Caldwell entlanghetzte, blutete er aus zwei Wunden. Ein Schnitt klaffte an seiner linken Schulter, von einer gezackten Schneide verursacht, und aus seinem Oberschenkel fehlte ein Stück, dank der rostigen Ecke eines Müllcontainers. Der *Lesser* vor ihm, den er wie einen Fisch ausnehmen würde, war für keine dieser Verletzungen verantwortlich: Die zwei hellhaarigen, mädchenhaft riechenden Kumpane des Arschlochs hatten ihn so zugerichtet.

Kurz bevor er sie in zwei Kompostsäcke verwandelt hatte, dreihundert Meter und drei Minuten vorher.

Der Bastard vor ihm war das eigentliche Ziel.

Der Jäger rannte wie verrückt, aber Wrath war schneller – nicht, weil seine Beine länger waren, und obwohl er undicht war wie ein verrosteter Kanister.

Es gab keinen Zweifel, dass der dritte Mann sterben würde.

Es war eine Frage des Willens.

Der *Lesser* hatte heute Nacht den falschen Weg eingeschlagen – obgleich nicht bei der Wahl dieser Gasse. Das war vielleicht die einzig richtige und gute Wahl, die dieser Untote seit Jahrzehnten getroffen hatte, denn Abgeschiedenheit war entscheidend für einen Kampf. Das

Letzte, was die Bruderschaft und die Gesellschaft der *Lesser* brauchten, war die Einmischung der menschlichen Polizei oder Zeugen, die mehr als eine blutige Nase von diesen Kämpfen mitbekamen.

Nein, dieser Hund hatte seinen Untergang besiegelt, als er vor fünfzehn Minuten einen Zivilisten getötet hatte. Mit einem Lächeln im Gesicht. Vor Wraths Augen.

Der König war dem Geruch von frischem Vampirblut gefolgt und hatte die drei Jäger dabei ertappt, wie sie einen seiner Zivilisten entführen wollten. Sie hatten eindeutig erkannt, dass Wrath zumindest ein Mitglied der Bruderschaft war, denn der *Lesser,* der jetzt vor ihm wegrannte, hatte den Vampir getötet, damit er und seine Kumpane die Hände frei hatten und sich ganz auf den Kampf konzentrieren konnten.

Es war traurig. Wraths Erscheinen hatte dem Zivilisten einen langsamen, grausamen Foltertod in einem der Überzeugungszentren der Gesellschaft erspart. Aber es zerriss Wrath das Herz zu sehen, wie ein zu Tode verängstigter Unschuldiger aufgeschlitzt und wie eine leere Brotzeitdose auf den eisigen, aufgeplatzten Gehsteig geworfen wurde.

Also musste dieses Arschloch vor ihm sterben.

Auge um Auge und noch eins drauf.

Als der Weg in einer Sackgasse endete, vollführte der *Lesser* eine Pirouette und drehte sich kampfbereit um; die Füße fest am Boden, das Messer erhoben. Wrath bremste nicht ab. Im Laufen holte er einen seiner Wurfsterne heraus und schickte ihn mit einem Schwung aus dem Handgelenk auf die Reise, ein kleines bisschen überheblich.

Manchmal wollte man, dass der Gegner wusste,

was auf ihn zukam. Der *Lesser* folgte brav der Choreographie, verlagerte sein Gewicht und musste seine Angriffshaltung aufgeben. Als Wrath die letzten Meter überwand, warf er einen zweiten Hira Shuriken und dann noch einen dritten, sodass sich der *Lesser* ducken musste.

Der Blinde König dematerialisierte sich direkt auf den Mistkerl und attackierte ihn von oben, die Fänge entblößt, um sie in den Nacken seines Gegners zu rammen. Die beißende Süße des *Lesser*-Bluts war der Geschmack des Triumphs, und der Siegerchor ließ nicht lange auf sich warten, als Wrath die Oberarme des Mistkerls ergriff.

Es krachte. Zweimal.

Der *Lesser* schrie, als beide Schultern ausgerenkt wurden, doch der Schrei drang nicht weit, weil Wrath ihm die Hand auf den Mund presste.

»Das war nur zum Aufwärmen«, zischte Wrath. »Es ist wichtig, sich vor dem Training zu lockern.«

Der König warf den Jäger zu Boden und starrte ihn einen Moment lang an. Hinter der Pancramasonnenbrille waren Wraths schwache Augen stärker als gewöhnlich, weil Adrenalin durch seine Adern schoss und seine Sicht schärfte. Was gut war. Er musste sehen, was er tötete, aber das hatte nichts damit zu tun, dass er sich der Genauigkeit eines tödlichen Schlags vergewissern musste.

Als der *Lesser* nach Luft schnappte, glänzte seine Gesichtshaut unwirklich wie Plastik – als hätte man die Schädelstruktur mit dem Zeug ausgepolstert, aus dem man Getreidesäcke machte – und die Augen traten hervor. Die Kreatur stank süßlich wie ein überfahrenes Tier am Straßenrand in einer heißen Nacht.

Wrath löste die Stahlkette, die unter der Achsel seiner Lederjacke hing, und entrollte die glänzenden Glie-
der. Dann hielt er die schweren Gewichte in der rechten
Hand, umwickelte seine Faust damit und verbreiterte so
die harte Kontur der Knöchel.

»Bitte lächeln.«

Wrath schlug dem Jäger aufs Auge. Einmal. Zweimal.
Dreimal. Seine Faust war ein Rammbock, und die Au-
genhöhle gab schließlich nach wie eine Schwingtür. Mit
jedem krachenden Schlag spritzte schwarzes Blut empor
und benetzte Wraths Gesicht, die Jacke und die Sonnenbrille. Er spürte den Blutnebel, trotz all des Leders, das
er trug, und er wollte mehr.

Bei einem solchen Festmahl konnte er nie genug bekommen.

Mit einem harten Lächeln ließ er die Kette von seiner
Faust gleiten, und sie fiel mit einem klirrend metallischen
Lachen auf den schmutzigen Asphalt, als hätte es ihr genauso viel Vergnügen bereitet wie ihm. Doch der *Lesser*
unter ihm war nicht tot. Obwohl er ohne Zweifel hefti-
ge Hirnblutungen hatte, würde er überleben, denn es gab
nur zwei Möglichkeiten, einen Jäger zu töten.

Eine davon war, dem *Lesser* einen der schwarzen Dolche in die Brust zu rammen, die die Brüder stets in einem Brusthalfter bei sich trugen. Damit schickte man die
Biester zurück zu Omega, ihrem Schöpfer, aber das war
nur eine vorübergehende Lösung, denn das Böse würde
diese Essenz verwenden, um den nächsten Menschen in
eine Mordmaschine zu verwandeln. Das war kein Tod,
sondern ein Aufschub.

Die andere Möglichkeit war endgültig.

Wrath zog sein Handy heraus und wählte. Als sich eine

tiefe Männerstimme mit Boston-Akzent meldete, sagte er: »Achte Ecke Trade Street. Drei weniger.«

Die Antwort von Butch O'Neal alias *Dhestroyer,* aus der Linie von Wrath, Sohn des Wrath, war wie immer zurückhaltend. Echt besonnen. Locker. Offen für Interpretation:

»Oh Mann, so eine Scheiße. Willst du mich verarschen? Wrath, du *musst* mit diesen Streifzügen aufhören. Du bist jetzt König. Du bist kein Bruder me...«

Wrath klappte das Handy zu.

Ganz genau. Die andere Möglichkeit, sich eines *Lesser* zu entledigen, die endgültige Lösung, würde in fünf Minuten hier sein. Zusammen mit seiner übergroßen Klappe, leider.

Wrath ließ sich auf die Hacken zurücksinken, rollte die Kette wieder ein und blickte zu dem Quadrat Nachthimmel auf, das zwischen den Häuserdächern sichtbar war. Jetzt, wo sich das Adrenalin verflüchtigte, konnte er gerade noch die dunkel aufstrebende Masse der Gebäude vor dem flächigen Universum ausmachen, und er kniff die Augen zusammen.

Du bist kein Bruder mehr.

Den Teufel auch war er das nicht. Das Gesetz konnte ihn mal. Sein Volk brauchte ihn nicht nur als Schreibtischhengst.

Mit einem Fluch in der Alten Sprache machte er sich wieder an die Routinearbeit und durchsuchte Jacke und Hose des Jägers nach irgendeiner Form von Ausweis. In einer Gesäßtasche fand er ein dünnes Portemonnaie mit einem Führerschein und zwei Dollar ...

»Ihr hieltet ... ihn für einen von euch ...«

Die Stimme des Jägers war durchdringend und heim-

tückisch, und der Horrorfilm-Sound löste bei Wrath erneut Aggressionen aus. Auf einmal sah er wieder klarer und konnte seinen Feind halbwegs erkennen.

»Was hast du gesagt?«

Der *Lesser* lächelte leicht und schien nicht zu bemerken, dass die Hälfte seines Gesichts die Konsistenz eines glibberigen Omelettes hatte. »Er war immer ... einer von uns.«

»Wovon redest du?«

»Wie ... glaubst du wohl«, der *Lesser* holte rasselnd Atem, »haben wir im Sommer ... die ganzen Häuser ... gefunden ...«

Die Ankunft eines Autos schnitt die Worte ab, und Wrath fuhr herum. Der Hölle sei gedankt war es der schwarze Escalade, auf den er gehofft hatte, und nicht irgendein Mensch mit einem Handy im Anschlag, auf dem schon der Notruf angewählt wurde.

Butch O'Neal kletterte hinter dem Lenkrad hervor, die Kiefer heftig mahlend: »Hast du den Verstand verloren? Was sollen wir bloß mit dir machen? Du wirst noch ...«

Während der Ex-Bulle weiterfluchte, wandte sich Wrath wieder dem Jäger zu. »Wie habt ihr sie gefunden? Die Häuser?«

Der Jäger fing an zu lachen, mit dem schwächlichen Röcheln eines Geisteskranken. »Weil er in allen gewesen ist ... ganz einfach.«

Der Bastard verlor das Bewusstsein und ließ sich durch Schütteln nicht mehr wecken. Auch zwei Ohrfeigen brachten nichts.

Frustriert richtete sich Wrath auf. »Mach deine Arbeit, Bulle. Die anderen beiden liegen hinter dem Container, einen Block weiter.«

Der Ex-Cop sah ihn einfach nur an. »Du darfst nicht kämpfen.«

»Ich bin der König. Ich kann tun, was ich will.«

Wrath wollte gehen, aber Butch packte ihn am Arm. »Weiß Beth, wo du bist? Was du tust? Erzählst du es ihr? Oder bittest du nur mich, es geheim zu halten?«

»Kümmere dich darum.« Wrath deutete auf den Jäger. »Nicht um mich und meine *Shellan*.«

Als er sich losriss, blaffte Butch: »Wo gehst du hin?«

Wrath baute sich vor Butch auf, sodass sich ihre Gesichter fast berührten. »Ich dachte, ich sammele den toten Zivilisten auf und bringe ihn zum Escalade. Irgendein Problem damit, Sohn?«

Butch wich keinen Millimeter zurück. Ein weiterer Hinweis darauf, dass er vom gleichen Blut war. »Wenn wir dich als König verlieren, ist das ganze Volk am Arsch.«

»Und wir haben noch vier Brüder im Gefecht. Gefällt dir diese Rechnung? Mir nämlich nicht.«

»Aber ...«

»Mach dein Ding, Butch. Und halte dich aus meinem raus.«

Wrath stapfte die dreihundert Meter zurück zum Anfangspunkt des Kampfes. Die besiegten Jäger hatten sich nicht vom Fleck gerührt: Sie lagen stöhnend am Boden, Arme und Beine standen in unnatürlichen Winkeln ab, und ihr schwarzes Blut sickerte in schmutzigen Bächen unter ihren Leibern hervor. Doch mit ihnen hatte Wrath nichts mehr zu schaffen. Er ging um den Container herum. Als er seinen toten Zivilisten sah, schnürte es ihm die Kehle zu. Der König kniete nieder und strich ihm vorsichtig das Haar aus dem zertrümmerten Gesicht. Ganz

offensichtlich hatte sich der Kerl zur Wehr gesetzt und eine Reihe von Schlägen eingesteckt, bevor man ihm das Herz durchstoßen hatte. Tapferer Junge.

Wrath langte unter seinen Nacken und schob den anderen Arm unter seine Knie, dann stand er langsam auf. Das Gewicht des Toten wog schwerer als die Pfunde auf seinen Knochen. Als er den Container hinter sich ließ und zurück zum Escalade ging, war es Wrath, als trüge er sein ganzes Volk im Arm, und er war dankbar für die Sonnenbrille, die er zum Schutz seiner schwachen Augen trug.

Sie verbarg die schimmernden Tränen.

Er ging an Butch vorbei, der zu den niedergestreckten Jägern joggte, um seine Arbeit zu erledigen. Als die Schritte haltmachten, hörte Wrath ein langes, tiefes Luftholen, wie das Zischen eines Ballons, aus dem langsam die Luft entweicht. Das Würgen, das folgte, war viel lauter.

Während sich das Saugen und Würgen wiederholte, legte Wrath den Toten in den Kofferraum des Escalade und durchsuchte seine Taschen. Nichts … kein Geldbeutel, kein Handy, nicht einmal ein Kaugummipapier.

»Verdammt.« Wrath wandte sich um und setzte sich auf die hintere Stoßstange des SUV. Einer der *Lesser* hatte ihn bereits während des Kampfes ausgenommen … und nachdem die Jäger soeben inhaliert wurden, war auch der Ausweis des Zivilisten Geschichte.

Als Butch durch die Gasse auf den Escalade zugewankt kam, sah er aus wie ein Alkie auf Sauftour und roch auch nicht mehr nach Acqua di Parma. Er stank nach *Lesser*, als hätte er sich mit 4711 übergossen, ein paar Vanille-Wunderbäume unter die Achseln geklebt und sich dann in totem Fisch gewälzt.

Wrath stand auf und schloss den Kofferraum.

»Bist du sicher, dass du fahren kannst?«, fragte er, als Butch sich vorsichtig hinter das Steuer setzte und aussah, als würde er im nächsten Moment kotzen.

»Ja. Müssen los.«

Wrath schüttelte den Kopf, als er die raue Stimme hörte, und blickte sich um. Es gingen keine Fenster auf die Gasse, und es würde nicht lange dauern, Vishous sofort kommen zu lassen, um Butch zu heilen, aber zwischen dem Kampf und dem Aufräumen war eine Menge in der letzten halben Stunde los gewesen. Sie mussten hier verschwinden.

Eigentlich hatte Wrath geplant, den Ausweis des Jägers mit dem Handy zu fotografieren und so weit zu vergrößern, bis er die Adresse lesen konnte, um sich die Kanope des Mistkerls zu schnappen. Aber er konnte Butch jetzt nicht alleine lassen.

Der Bulle schien überrascht, als Wrath sich auf den Beifahrersitz setzte. »Was machst …«

»Wir bringen den Toten in die Klinik. V kann dort hinkommen und sich um dich kümmern.«

»Wrath …«

»Lass uns unterwegs streiten, okay, Cousin?«

Butch legte den Rückwärtsgang ein, stieß aus der Gasse heraus und wendete an der ersten Kreuzung. Dann bog er links auf die Trade Street ein und fuhr in Richtung der Brücken, die über den Hudson River führten. Seine Hände umklammerten das Steuer – nicht, weil er sich fürchtete, sondern weil er gegen den Brechreiz ankämpfen musste.

»Ich kann nicht weiter so lügen«, murmelte Butch, als sie das andere Ende von Caldwell erreichten. Ein leichtes Würgen wurde mit einem Hüsteln kaschiert.

»Doch, das kannst du.«

Der Ex-Cop warf ihm einen Blick zu. »Das macht mich fertig. Beth muss es erfahren.«

»Ich will nicht, dass sie sich Sorgen macht.«

»Das verstehe ich …« Butch röchelte. »Moment.«

Der Bulle fuhr an den vereisten Randstein, stieß die Tür auf und würgte, als würde sich sein gesamter Magen umstülpen.

Wrath ließ den Kopf gegen die Nackenlehne sinken. Hinter seinen geschlossenen Lidern breitete sich Schmerz aus. Das war keine Überraschung. In letzter Zeit wurde er von Migräne heimgesucht wie Allergiker von Niesanfällen.

Butch griff hinter sich und tastete auf der Mittelkonsole herum, während er den Oberkörper aus dem Auto gelehnt ließ.

»Suchst du das Wasser?«

»J…« Ein Würgen schnitt ihm das Wort ab.

Wrath nahm eine Wasserflasche, drehte sie auf und drückte sie Butch in die Hand.

Als das Gekotze kurz aufhörte, spülte der Bulle etwas Wasser herunter, aber das Zeug blieb nicht lange in seinem Magen.

Wrath nahm sein Handy. »Ich rufe V an.«

»Gib mir eine Minute.«

Es dauerte über zehn, doch schließlich zog sich der Bulle wieder zurück ins Auto und fuhr weiter. Ein paar Meilen lang schwiegen sie, während Wraths Hirn auf Hochtouren lief und die Kopfschmerzen immer schlimmer wurden.

Du bist kein Bruder mehr.

Du bist kein Bruder mehr.

Aber er musste einer sein. Sein Volk brauchte ihn.

Er räusperte sich. »Wenn V zur Leichenhalle kommt, sagst du ihm, du hättest den toten Zivilisten gefunden und den *Lessern* die Spezialbehandlung verabreicht.«

»Er wird fragen, warum du dort bist.«

»Wir sagen, ich hätte mich einen Block weiter im *ZeroSum* mit Rehvenge getroffen und hätte gespürt, dass du Hilfe brauchst.« Wrath beugte sich zu Butch und ergriff seinen Unterarm. »Niemand wird davon erfahren, verstanden?«

»Das gefällt mir nicht. Das gefällt mir absolut nicht.«

»Unsinn.«

Während sie wieder in Schweigen versanken, zuckte Wrath beim Licht jedes entgegenkommenden Autos zusammen, trotz geschlossener Lider und Sonnenbrille. Um den blendenden Scheinwerfern zu entgehen, drehte er den Kopf zur Seite und tat, als würde er aus dem Fenster blicken.

»V weiß, dass etwas los ist«, murmelte Butch nach einer Weile.

»Lass ihn spekulieren.«

»Was, wenn du verletzt wirst?«

Wrath bedeckte sein Gesicht mit dem Arm, in der Hoffnung, sich auf diese Art vor den verdammten Scheinwerfern zu schützen. Mann, jetzt wurde auch noch *ihm* schlecht.

»Ich werde nicht verletzt. Keine Sorge.«

3

»Bereit für deinen Saft, Vater?«

Als keine Antwort kam, hielt Ehlena, Tochter des Alyne, im Knöpfen ihrer Uniform inne. »Vater?«

Durch den Gang drangen die lieblichen Töne von Chopin, das Schlurfen von Pantoffeln auf Dielenbrettern und ein sanfter Wasserfall von Worten, wie ein Kartenspiel, das gemischt wird.

Das war gut. Er war alleine aufgestanden.

Ehlena strich ihr Haar zurück, drehte es zu einem Knoten und befestigte diesen mit einem weißen Haargummi an ihrem Hinterkopf. Nach der Hälfte ihrer Schicht würde sie den Knoten erneuern müssen. Havers, der Arzt, verlangte, dass seine Krankenschwestern genauso gebügelt, gestärkt und ordentlich wirkten wie der Rest seiner Klinik.

Die Einhaltung des Standards, sagte er immer, war entscheidend.

Auf dem Weg aus ihrem Zimmer schnappte sie sich eine schwarze Umhängetasche, die sie bei Target ergattert hatte. Für neunzehn Dollar. Geschenkt. Darin befanden sich der kurze Rock und das Poloshirt-Imitat, das sie ungefähr zwei Stunden vor Dämmerung anziehen würde.

Ein Date. Sie hatte tatsächlich ein Date.

Sie folgte dem Weg nach oben über einen Treppenab-

satz in die Küche. Ihr erster Gang führte sie zu dem altmodischen Kühlschrank. Darin standen achtzehn Fläschchen CranRaspberry-Saft in drei Reihen zu je sechs Stück. Sie nahm eines von vorne, dann verschob sie die anderen vorsichtig, bis sie wieder eine ordentliche Reihe bildeten.

Die Tabletten waren hinter einem staubigen Stapel von Kochbüchern versteckt. Sie nahm eine Trifluoperazine und zwei Loxapine und warf sie in einen weißen Becher. Der metallene Teelöffel, mit dem sie die Tabletten zerstieß, war leicht gebogen, so wie alle anderen.

Seit fast zwei Jahren zerstieß sie nun schon Tabletten auf diese Weise.

Der CranRasberry-Saft traf auf das feine weiße Pulver und wirbelte es fort. Um sicherzugehen, dass der Geschmack übertüncht wurde, gab Ehlena noch zwei Eiswürfel in den Becher. Je kälter, desto besser.

»Vater, dein Saft ist fertig.« Sie stellte den Becher auf den kleinen Tisch, genau auf einen Kreis aus Markierband, der den Standpunkt anzeigte.

Die sechs Schränke auf der anderen Seite waren genauso ordentlich und ähnlich leer wie der Kühlschrank. Aus einem holte sie jetzt eine Schachtel Cornflakes, eine Schüssel aus einem anderen. Dann schüttete sie ein paar Flocken in ihre Schüssel, übergoss sie mit Milch und stellte den Milchkarton umgehend dorthin zurück, wo er hingehörte. Neben zwei weitere Milchkartons, Etikett nach vorne.

Ehlena sah auf die Uhr und wechselte in die Alte Sprache: »*Vater, ich muss bald gehen.*«

Die Sonne war untergegangen, und das bedeutete, dass sie bald zu ihrer Schicht musste, die fünfzehn Minuten nach Einbruch der Dunkelheit begann.

Sie blickte zum Fenster über der Spüle, obwohl sie dadurch nicht erfuhr, wie dunkel es schon war. Die Scheiben waren mit sich überlappenden Streifen von Alufolie bedeckt, die mit Gewebeband an die Rahmen geklebt waren.

Selbst wenn sie und ihr Vater keine Vampire gewesen wären und Tageslicht vertragen hätten, wäre diese Verdunkelung aller Fenster im Haus nötig gewesen: Sie war der Deckel, der den Rest der Welt aussperrte, sie behütete, sodass dieses schäbige kleine Miethaus geschützt und isoliert war ... vor Bedrohungen, die nur ihr Vater spürte.

Als sie mit dem Frühstück fertig war, wusch und trocknete sie ihre Schüssel mit Papierservietten, weil Schwämme und Geschirrtücher nicht erlaubt waren, und räumte Schale und Löffel an ihre Plätze.

»*Vater?*«

Sie lehnte sich an die zerschrammte Plastikarbeitsfläche neben der Spüle, wartete und versuchte, nicht zu genau auf die ausgeblichenen Tapeten oder den Linoleumboden mit seinen diversen Gebrauchsspuren zu achten.

Das Haus war kaum mehr als eine Bruchbude, aber etwas anderes konnte sie sich einfach nicht leisten. Die Arztbesuche, Medikamente und Schwesternbetreuung ihres Vaters verschlangen den größten Teil ihres Einkommens, und das bisschen, was ihnen vom Familienerbe übrig geblieben war, das Geld, Silber, die Antiquitäten und der Schmuck, war längst verbraucht.

Sie konnten sich kaum über Wasser halten.

Und doch, als ihr Vater in der Kellertür erschien, musste sie lächeln. Sein feines graues Haar stand vom Kopf

ab, ein Heiligenschein aus Daunen, der ihn wie Beethoven aussehen ließ, und seine überaufmerksamen, etwas panischen Augen verliehen ihm zusätzlich den Ausdruck eines verrückten Genies. Dennoch schien es ihm besser zu gehen als seit langer Zeit. Zum einen hatte er seinen abgetragenen Satin-Morgenmantel und den Seidenschlafanzug richtig an – alles war nach vorne ausgerichtet, Unter- und Oberteil passten zusammen, und die Schärpe war zugebunden. Auch war er sauber, frisch gebadet und roch nach Aftershave.

Es war so ein Widerspruch: Seine Umgebung musste tadellos und penibel geordnet sein, doch seine Körperhygiene und Garderobe war überhaupt kein Thema. Obwohl es vielleicht logisch war. Gefangen in seinen verworrenen Gedanken war er zu sehr von seinen Illusionen abgelenkt, um sich seiner selbst bewusst zu sein.

Doch die Medikamente zeigten Wirkung. Das merkte man, als seine Augen ihre trafen, und er Ehlena tatsächlich wahrnahm.

»*Geliebte Tochter*«, sagte er in der Alten Sprache. »*Wie geht es dir heute Nacht?*«

Sie antwortete auf seine bevorzugte Art, in der Muttersprache. »*Gut, mein Vater. Und dir?*«

Er verbeugte sich mit der Anmut des Aristokraten, der er von Geburt her gewesen war. »*Dein Anblick ist wie immer eine Freude. Ah, ja, die* Doggen *hat mir den Saft bereitgestellt. Wie aufmerksam von ihr.*«

Ihr Vater setzte sich mit einem Rascheln seiner Kleidung und hob den Keramikbecher an, als wäre es feinstes englisches Porzellan. »*Wohin des Weges?*«

»*Zur Arbeit. Ich gehe zur Arbeit.*«

Ihr Vater verzog das Gesicht, während er nippte. »*Du

weißt sehr wohl, dass ich deine Beschäftigung außer Haus nicht gutheiße. Eine Dame von Stand sollte ihre Stunden nicht auf diese Weise füllen.«

»Ich weiß, mein Vater. Aber es macht mich glücklich.«

Sein Ausdruck wurde weicher. »Nun, dann ist es etwas anderes. Ich verstehe die junge Generation zwar nicht mehr, aber sei es drum. Deine Mutter leitete den Haushalt und kümmerte sich um die Dienerschaft und die Gärten, und das war mehr als genug, um sie allnächtlich zu beschäftigen.«

Ehlena senkte den Blick und dachte, dass ihre Mutter weinen würde, wenn sie sie so sähe. »Ich weiß.«

»Doch du sollst deinen Neigungen folgen, und ich werde dich dafür nur umso mehr lieben.«

Sie lächelte bei diesen Worten, die sie schon ihr Leben lang hörte. Und wo sie schon dabei waren …

»Vater?«

Er ließ den Becher sinken. »Ja?«

»Ich werde heute etwas später heimkommen.«

»Tatsächlich? Warum?«

»Ich trinke Kaffee mit einem Mann …«

»Was ist das?«

Der veränderte Tonfall ließ sie aufhorchen. Sie sah sich um, was ihn verursacht … Oh nein …

»Nichts, Vater, wirklich, es ist nichts.« Schnell ging sie zu dem Löffel, mit dem sie die Tabletten zerstoßen hatte, und eilte damit zur Spüle, als hätte sie sich verbrannt und bräuchte dringend kaltes Wasser.

Die Stimme ihres Vaters zitterte. »Was … was hatte dieses Ding dort zu suchen? Ich …«

Ehlena trocknete den Löffel hastig ab und ließ ihn in die Schublade gleiten. »Siehst du? Schon weg. Siehst

37

du?« Sie deutete auf die Stelle, wo er gelegen hatte. *»Die Arbeitsfläche ist sauber. Dort ist nichts.«*

»Es war da ... Ich habe es gesehen. Metallobjekte dürfen nicht offen herumliegen ... das ist gefährlich ... Wer ... wer hat ihn liegen gelassen? Wer hat diesen Löffel liegen gelassen ...«

»Unser Dienstmädchen.«

»Das Dienstmädchen! Schon wieder! Sie muss entlassen werden. Ich habe es ihr gesagt – Metall darf nicht offen herumliegen Metall darf nicht offen herumliegen Metall darf nicht offen herumliegen-sie-beobachten-uns-undsiewerdenjenebestrafendiesichwidersetzensieindnäher alswirahnenund...«

Am Anfang, bei den ersten Anfällen ihres Vaters, war Ehlena zu ihm gegangen, wenn er sich aufregte, weil sie glaubte, eine Berührung an der Schulter oder eine tröstende Hand, die seine hielt, würde ihm helfen. Mittlerweile wusste sie es besser: Je weniger Reize sein Hirn empfing, desto schneller legte sich die Hysterie. Auf Anraten seiner Krankenschwester hin zeigte Ehlena ihm einmal die Realität und verhielt sich dann ruhig und reglos.

Doch es war nicht einfach zuzusehen, wie er litt, und ihm nicht helfen zu können. Insbesondere, wenn es ihre Schuld war.

Der Kopf ihres Vaters wippte vor und zurück, die Erregung stellte sein Haar zu einer Gruselperücke von Krauslocken auf, während der rote Saft in seiner zitternden Hand aus dem Becher schwappte und sich auf die venendurchzogene Hand, den Ärmel seines Morgenmantels und den wackeligen Pressspantisch ergoss. Mit bebenden Lippen presste er das Stakkato der Silben hervor,

als sich seine innere Schallplatte immer schneller drehte und der Strom der Worte in seinem Hals aufstieg und in den Wangen brannte.

Ehlena betete, dass es kein schlimmer Anfall war.

Die Anfälle ihres Vaters waren unterschiedlich stark und lang, und die Medikamente wirkten dagegen an. Doch manchmal gewann die Krankheit gegen den chemischen Cocktail.

Während sich die Worte ihres Vaters immer häufiger überschlugen und unverständlich wurden und der Becher zu Boden fiel, konnte Ehlena nur abwarten und zur Jungfrau der Schrift beten, dass es bald vorüber wäre. Sie zwang sich, die Füße nicht auf dem schäbigen Linoleum zu bewegen, schloss die Augen und schlang die Arme um sich.

Hätte sie doch nur daran gedacht, den Löffel wegzuräumen. Hätte sie doch nur …

Als der Stuhl ihres Vaters zurückgeschoben wurde und krachend umkippte, wusste sie, dass sie zu spät zur Arbeit kommen würde. Mal wieder.

Menschen waren wirklich wie eine Rinderherde, dachte Xhex, als sie über die Köpfe und Schultern blickte, die sich dicht um die Bar im *ZeroSum* drängten.

Es war, als hätte der Farmer gerade den Trog gefüllt, und das Milchvieh drängte nun herbei und kämpfte um die besten Plätze.

Nicht dass die Einfältigkeit des Homo sapiens etwas Schlechtes wäre. Die Herde war leicht unter Kontrolle zu behalten, unter Sicherheitsaspekten betrachtet, und in gewisser Weise konnte man sich von ihnen ernähren wie von Rindern: Dieser Run auf die Flaschen war ein

einziges Melken von Geldbeuteln, wobei der Segen nur in eine Richtung floss – in die Kasse.

Sprit brachte eine ordentliche Summe ein. Aber bei Drogen und Sex lagen die Margen noch viel höher.

Xhex ging langsam um die Bar herum und dämpfte die heißblütigen Spekulationen heterosexueller Männer und homosexueller Frauen mit harten Blicken. Mann, sie verstand es einfach nicht. Hatte es noch nie verstanden. Für eine Frau, die nichts als Muskelshirts und Leder trug und das Haar militärisch kurz hielt, zog sie viel Aufmerksamkeit auf sich. So viel wie die halbnackten Professionellen in der VIP-Lounge.

Andererseits war harter Sex zurzeit einfach angesagt und Freiwillige für autoerotische Erstickung, Hintern versohlen und Fesselspielchen waren wie die Ratten in der Kanalisation von Caldwell: überall und nachtaktiv. Was monatlich in über einem Drittel der Einnahmen des Clubs resultierte.

Besten Dank.

Im Gegensatz zu den Prostituierten machte es Xhex nie für Geld. Eigentlich hatte sie gar nichts mit Sex am Hut. Außer mit Butch O'Neal, diesem Bullen. Na ja, dem Cop und …

Xhex ging an die Samtkordel der VIP-Lounge und warf einen Blick in den Exklusivbereich des Clubs.

Verdammt. Er war da.

Das konnte sie heute Abend gar nicht brauchen.

Ihr Lieblingsobjekt feuchtheißer Tagträume saß im hinteren Teil am Tisch der Bruderschaft, eingekeilt zwischen seinen zwei Freunden, die ihn von den drei Mädels abschirmten, die sich auch auf der Polsterbank drängten. Verdammt, war er groß in dieser Nische, angerichtet in

einem schwarzen Affliction-Shirt und schwarzer Lederjacke, halb Bikerstolz, halb kugelsichere Weste.

Darunter waren Waffen. Schusswaffen. Messer.

Wie sich die Dinge doch geändert hatten. Bei seinem
ersten Besuch hier hatte er die Größe eines Barhockers
gehabt und kaum genug Muskeln, um ein Rührstäbchen
zu verbiegen. Doch das war jetzt anders.

Als sie dem Türsteher zunickte und die drei Stufen zum
Ruhm erstieg, hob John den Blick von seinem Corona.
Trotz des Schummerlichts glühten seine Augen, als er sie
sah, und blitzten auf wie zwei Saphire.

Mann, sie suchte sich echt immer die Richtigen aus.
Dieser Kerl hatte gerade erst seine Transition hinter sich.
Der König war sein *Whard*. Er wohnte bei der Bruder-
schaft. Und er war verdammt noch mal stumm.

Himmel. Und sie hatte geglaubt, sich in Murhder zu
verlieben wäre eine Schnapsidee gewesen? Man sollte
meinen, dass sie ihre Lektion in zwei Jahrzehnten mit
diesem Bruder gelernt hatte. Aber nein …

Das Ding war, wenn sie den Jungen ansah, sah sie ihn
nackt auf dem Bett liegend, eine mächtige Erektion in
der Hand, während seine Faust auf und ab flog … bis
er ihren Namen in einem tonlosen Stöhnen ausstieß und
über sein angespanntes Sixpack spritzte.

Das Fatale war, dass diese Vision nicht ihrer Fantasie entsprang. Diese Handarbeit hatte wirklich stattgefunden. Oft. Und woher sie das wusste? Weil sie, mieses
Stück, das sie war, in seine Gedanken eingedrungen und
auf diese lebhafte Erinnerung gestoßen war.

Angewidert von sich selbst hielt Xhex sich von ihm
fern, ging weiter in die VIP-Lounge hinein und erkundigte sich bei der Chefin der Mädels nach dem Rechten.

Marie-Terese war eine Brünette mit großartigen Beinen und teurem Aussehen. Sie verdiente gut und arbeitete hoch professionell. Damit war sie eine Puffmutter, wie man sie sich nur wünschen konnte: Sie war nie in Zickenterror verwickelt, erschien immer rechtzeitig zu ihren Schichten und ließ ihre privaten Sorgen daheim. Sie war eine tolle Frau mit einem schrecklichen Job, die das Geld aus einem verdammt guten Grund zusammenraffte.

»Wie läuft es?«, fragte Xhex. »Brauchst du etwas von mir oder den Jungs?«

Marie-Terese ließ den Blick über die anderen Mädchen schweifen, und ihre hohen Wangen fingen das schummrige Licht auf, sodass sie nicht nur verführerisch, sondern schlicht und ergreifend wunderschön aussah. »Bei uns ist im Moment alles in Ordnung. Zwei sind hinten. Bisher lief alles wie gewohnt, abgesehen davon, dass eines unserer Mädchen fehlt.«

Das Gesicht der Sicherheitschefin verfinsterte sich. »Chrissy schon wieder?«

Marie-Terese neigte den Kopf mit dem langen, schwarzen Prachtgeschmeide. »Wir müssen etwas wegen ihres Verehrers unternehmen.«

»Das haben wir schon, aber anscheinend nicht genug. Und wenn er ein Verehrer ist, bin ich Estée Lauder.« Xhex ballte die Hände zu Fäusten. »Dieser Mistkerl ...«

»Chef?«

Xhex blickte über die Schulter. Hinter dem Türsteher, der ihre Aufmerksamkeit auf sich zu ziehen versuchte, erhaschte sie einen weiteren Blick auf John Matthew. Der sie immer noch anstarrte.

»Chef?«

Xhex riss sich zusammen. »Was gibt's?«

»Da ist ein Bulle, der dich sehen will.«

Sie ließ den Türsteher nicht aus den Augen. »Marie-Terese, sag den Mädels, dass sie zehn Minuten entspannen sollen.«

»Bin schon dabei.«

Marie-Terese war schnell, auch wenn es so wirkte, als würde sie müßig in ihren Stilettos herumschlendern. Sie ging zu den einzelnen Mädchen und tippte ihnen auf die linke Schulter, dann klopfte sie einmal an jede der Türen zu den privaten Toilettenräumen rechts im schummrigen Flur.

Während die Prostituierten aus der Lounge verschwanden, erkundigte sich Xhex: »Wer und warum?«

»Mordkommission.« Der Türsteher gab ihr eine Karte. »Hat sich als José de la Cruz vorgestellt.«

Xhex nahm die Karte und wusste genau, warum der Kerl hier war. Und Chrissy nicht. »Bring ihn in mein Büro. Ich bin in zwei Minuten bei ihm.«

»In Ordnung.«

Xhex hob ihre Armbanduhr an die Lippen. »Trez? iAm? Wir haben Sturm. Sag den Buchmachern, sie sollen Pause machen, und Rally soll die Waage anhalten.«

Als sie die Bestätigung durch den Ohrstöpsel bekam, versicherte sie sich schnell noch einmal, dass alle Mädchen weg waren, dann ging sie zurück in den allgemein zugänglichen Bereich des Clubs.

Als sie die VIP-Lounge verließ, spürte sie, wie ihr die Blicke von John Matthew folgten, und versuchte, nicht daran zu denken, was sie zwei Morgendämmerungen zuvor getan hatte, als sie heimgekommen war ... und was sie heute wahrscheinlich wieder tun würde, wenn sie am Ende dieser Nacht alleine war.

Verdammter John Matthew. Seit sie in sein Hirn gestolpert war und gesehen hatte, was er mit sich anstellte, wenn er an sie dachte ... hatte sie es genauso gehalten.

John Matthew. Verdammt.

Als ob sie diesen Scheiß brauchte.

Als sie sich jetzt durch die menschliche Herde drängte, war sie grob und kümmerte sich nicht darum, wenn ihre Ellbogen unsanft ein paar Tänzer rammten. Fast hoffte sie, einer würde sich beschweren, damit sie ihn rausschmeißen konnte.

Ihr Büro lag im Zwischengeschoss im hinteren Teil des Clubs, so weit wie möglich entfernt von dem Umschlagplatz für käuflichen Sex, den Wettgeschäften und den Drogendeals in Rehvs Privatgemächern. Als Sicherheitschefin war Xhex die erste Ansprechpartnerin für die Polizei, und es gab keinen Grund, die blauen Uniformen näher an den Ort des Geschehens zu lassen als nötig.

Das Gedächtnis von Menschen zu säubern war eine praktikable Maßnahme, aber sie hatte auch ihre Tücken.

Ihre Tür stand offen, und Xhex musterte den Cop von hinten. Er war nicht sonderlich groß, aber kräftig gebaut, was ihr gefiel. Jackett und Schuhe waren anständig, aber nichts Besonderes, und unter der linken Manschette lugte eine Seiko hervor.

Als er sich zu ihr umwandte, dachte sie beim Anblick seiner braunen Augen unwillkürlich an Sherlock Holmes. Er verdiente vielleicht nicht sonderlich gut, aber er war nicht dumm.

»Detective«, begrüßte sie ihn, schloss die Tür und ging an ihm vorbei, um sich hinter ihren Tisch zu setzen.

Ihr Büro war nahezu nackt. Keine Bilder. Keine Pflanzen. Nicht einmal ein Telefon oder ein Computer. Die

Formulare in den drei verschlossenen und feuersicheren Aktenschränken betrafen nur die legale Seite des Geschäfts. Und der Papierkorb war ein Aktenvernichter.

Was hieß, dass Detective José de la Cruz absolut nichts in den 120 Sekunden erfahren hatte, die er alleine in dem Raum verbracht hatte.

De la Cruz nahm seine Dienstmarke und hielt sie ihr hin. »Ich bin wegen einer Ihrer Angestellten hier.«

Xhex gab vor, sich über den Tisch zu lehnen, um sich die Marke anzusehen, doch das brauchte sie nicht. Ihre *Symphathen*-Seite sagte ihr alles, was sie wissen musste: Die Gefühle des Polizisten waren die richtige Mischung aus Misstrauen, Besorgnis, Entschlossenheit und Wut. Er nahm seinen Job ernst und war beruflich hier.

»Welche Angestellte?«, fragte sie.

»Chrissy Andrews.«

Xhex lehnte sich zurück. »Wann wurde sie ermordet?«

»Woher wissen Sie, dass sie tot ist?«

»Sparen Sie sich die Spielchen, Detective. Warum sonst sollte jemand von der Mordkommission nach ihr fragen?«

»Entschuldigen Sie, ich bin auf Verhör-Modus.« Er steckte seine Dienstmarke wieder in die Brusttasche und setzte sich auf den Stuhl ihr gegenüber. »Der Mieter unter ihr bemerkte beim Erwachen einen Blutfleck an seiner Decke und rief die Polizei. Keiner in dem Haus will Ms. Andrews gekannt haben, und wir können keinen nächsten Angehörigen finden. Bei der Durchsuchung ihrer Wohnung stießen wir auf Steuerbescheide, auf denen dieser Club als Arbeitgeber angegeben ist. Um auf den Punkt zu kommen: Wir brauchen jemanden, der die Leiche identifiziert und ...«

Xhex stand auf. Das Wort *Wichser* hallte in ihrem Kopf. »Ich übernehme das. Lassen Sie mich nur meinen Männern Bescheid geben, damit ich gehen kann.«

De la Cruz blinzelte, als überrasche ihn ihr Tempo. »Sie ... äh, Sie wollen mit zur Leichenhalle kommen?«

»St. Francis?«

»Ja.«

»Ich kenne den Weg. Ich treffe Sie in zwanzig Minuten dort.«

De la Cruz erhob sich langsam, fasste sie scharf ins Auge und musterte sie prüfend. »Ich schätze, damit sind wir verabredet.«

»Keine Sorge, Detective. Ich werde beim Anblick einer Leiche nicht in Ohnmacht fallen.«

Er musterte sie von Kopf bis Fuß. »Wissen Sie ... irgendwie mache ich mir darum keine Sorgen.«

4

Als Rehvenge zurück nach Caldwell kam, wünschte er sich höllisch, er könnte auf direktem Weg ins *ZeroSum*. Doch er war nicht bescheuert. Er hatte ein Problem.

Seit seiner Abfahrt von Montrags Haus in Connecticut hatte er seinen Bentley zweimal am Straßenrand angehalten und sich Dopamin gespritzt. Doch sein Wundermittel ließ ihn heute im Stich. Hätte er mehr von dem Stoff in seinem Wagen gehabt, hätte er sich eine weitere Spritze aufgezogen, doch es war ihm ausgegangen.

Welche Ironie, dass ein Drogendealer wie er atemlos zu *seinem* Dealer hetzen musste! Es war eine verdammte Schande, dass die Nachfrage nach dem Neurotransmitter auf dem Schwarzmarkt nicht größer war. So wie die Dinge jetzt lagen, konnte sich Rehv nur auf legalem Weg versorgen, aber er würde das ändern. Wenn er clever genug war, Ecstasy, Koks, Methadon, Oxycondon und Heroin durch seine zwei Clubs zu schleusen, musste es ihm doch gelingen, sich sein Fläschchen Dopamin herbeizuschaffen.

»Jetzt komm schon, beweg deinen Arsch. Das ist nur eine verdammte Ausfahrt. So etwas kennst du.«

Auf dem Highway hatte er zügig fahren können, aber hier in der Stadt ging es nur noch schleppend voran. Und

das lag nicht nur am Verkehr. Ohne räumliche Wahrnehmung war es nicht einfach, die Entfernung zur Stoßstange des Vordermannes einzuschätzen, also musste Rehv vorsichtiger sein, als ihm lieb war.

Und dann war da dieser Idiot mit seiner zwölfhundert Jahre alten Blechkiste und seinen übertriebenen Bremsgewohnheiten.

»Nein ... nein ... tu's nicht, nicht die Spur wechseln. Du siehst doch nicht einmal in den Rückspiegel –«

Rehv trat in die Eisen, weil Mr. Schnarchnase tatsächlich glaubte, er gehöre auf die Überholspur, und den Spurwechsel mit einer Vollbremsung einleitete.

Normalerweise liebte Rehv Autofahren. Er zog es sogar dem Dematerialisieren vor, denn es war die einzige Gelegenheit, bei der er sich fast wie er selbst fühlte: schnell, wendig, kraftvoll. Er fuhr den Bentley nicht nur, weil er schick war und er ihn sich leisten konnte, sondern hauptsächlich wegen der sechshundert Pferde unter der Haube. Durch seine Taubheit und die Abhängigkeit von einem Stock, um das Gleichgewicht zu halten, fühlte sich Rehv oftmals wie ein greisenhafter Krüppel, und es tat gut ... normal zu sein.

Natürlich hatte es auch seine Vorzüge, nichts zu fühlen. Wenn er zum Beispiel in ein paar Minuten den Kopf gegen das Lenkrad rammte, würde er nur Sternchen sehen. Ein brummender Schädel? Nicht bei ihm.

Die Behelfsklinik des Vampirvolks lag fünfzehn Minuten hinter der Brücke, auf die er gerade fuhr. Das Hospital genügte eigentlich den Anforderungen nicht, da es lediglich ein sicheres Haus war, das man in ein Feldspital verwandelt hatte. Doch im Moment gab es nichts anderes als diesen Notbehelf – diesen Ersatzspieler, der

nur dabei war, weil sich der Mittelstürmer das Bein gebrochen hatte.

Seit den Überfällen im Sommer suchte Wrath zusammen mit dem Arzt ihres Volkes nach einem neuen, dauerhaften Standort, aber wie alles andere brauchte auch dieses Vorhaben Zeit. Nachdem die Gesellschaft der *Lesser* so viele Häuser gestürmt hatte, wollte niemand Grundstücke nutzen, die Vampiren gehört hatten. Gott allein wusste, wie viele weitere Vampirhäuser der Gesellschaft bekannt waren. Der König sah sich nach einem neuen Ort um, den man erwerben konnte, doch es musste abgeschieden sein und …

Rehv dachte an Montrag.

War es wirklich schon so weit gekommen? Führte dieser Krieg zum Mord an Wrath?

Diese Frage, die den Wurzeln seiner mütterlichen Vampirseite entsprang, blitzte kurz in seinen Gedanken auf, brachte aber keinerlei Ressentiments mit sich. Seine Gedanken wurden von Berechnung bestimmt. Berechnung fern aller moralischer Bedenken. Die Entscheidung, die er bei Montrag getroffen hatte, geriet nicht ins Wanken, seine Entschlossenheit wuchs nur noch.

»Danke, gütigste Jungfrau der Schrift«, murmelte er, als ihm sein Vordermann endlich Platz machte und sich seine Ausfahrt wie ein Geschenk präsentierte, das reflektierende grüne Schild wie der Anhänger mit seinem Namen darauf.

Grün …?

Rehv sah sich um. Die rote Färbung verblasste langsam aus seiner Sicht, die anderen Farben drangen wieder durch den zweidimensionalen Nebel, und er atmete erleichtert auf. Er wollte nicht verstrahlt in der Klinik ankommen.

Wie auf Bestellung fing er an zu frösteln, obwohl im Bentley ohne Zweifel angenehme zwanzig Grad herrschten, und er drehte die Heizung auf. Das Frösteln war ein weiteres, wenn auch unangenehmes, Zeichen dafür, dass die Medizin zu wirken begann.

Zeit seines Lebens hatte er verheimlichen müssen, was er war. Für Sündenfresser wie ihn gab es nur zwei Möglichkeiten: Entweder gingen sie als normal durch, oder sie wurden in den Norden in die Kolonie geschickt und wie Giftmüll, der sie ja auch waren, gesellschaftlich entsorgt. Dass er ein Mischling war, spielte dabei keine Rolle. Wenn man einen *Symphathen*-Anteil hatte, galt man als einer von ihnen, und das mit gutem Grund. *Symphathen* waren zu fasziniert von dem Bösen in sich, als dass man ihnen trauen konnte.

Himmel noch mal, heute Nacht war das beste Beispiel. Interessant, was er zu tun bereit war. Eine Unterhaltung, und er zog den Abzug – und nicht einmal, weil er musste, sondern nur, weil er es wollte. Oder es *brauchte,* um genau zu sein. Machtspiele waren wie die Luft zum Atmen für seine dunkle Seite, unbestreitbar vorhanden und kräftigend. Und die Motive waren typisch *Symphath:* Seine Entscheidung diente ihm und niemandem sonst, nicht einmal dem König, der in gewisser Weise sein Freund war.

Deshalb war jeder Vampir gesetzlich verpflichtet, Meldung zu erstatten, wenn er einen Sündenfresser bemerkte, der sich unter das Volk gemengt hatte, sonst hatte er ein Strafverfahren am Hals: Psychopathen gesondert zu verwahren und von moralgelenkten und gesetzestreuen Bürgern fernzuhalten, gehörte zum gesunden Überlebensinstinkt jeder Gesellschaft.

Zwanzig Minuten später hielt Rehv vor einem Eisentor, das in seiner Funktionalität industriellen Charme versprühte. Das Ding besaß keinerlei Anmut, nichts als kräftige Streben, verschweißt und mit einer Stacheldrahtspirale obendrauf. Links gab es eine Gegensprechanlage, und als Rehv das Fenster herunterließ, um zu klingeln, richteten sich Überwachungskameras auf seinen Kühlergrill, die Windschutzscheibe und die Fahrertür.

Daher überraschte ihn der angespannte Tonfall der Frauenstimme nicht, die antwortete. »Entschuldigung … mir war nicht bekannt, dass Sie einen Termin haben?«

»Habe ich auch nicht.«

Pause. »Wenn es sich nicht um einen Notfall handelt, kann die Wartezeit bei einem unangemeldeten Besuch ziemlich lang dauern. Vielleicht wollen Sie ein andermal …«

Er funkelte in die nächstgelegene Kamera. »Lass mich rein. Sofort. Ich muss zu Havers. Und es ist ein Notfall.«

Er musste zurück zum Club und nach der Lage sehen. Die vier Stunden, die er an diesem Abend bereits vertan hatte, waren eine Ewigkeit, wenn man das *ZeroSum* und das *Iron Mask* in Schach zu halten hatte. An solchen Orten passierte Scheiße nicht einfach nur, sie war an der Tagesordnung, und nur er hatte die Faust mit dem *Schluss mit Lustig*-Tattoo auf den Knöcheln.

Einen Moment später glitt das sterbenshässliche, bombensichere Tor zur Seite, und Rehv vertrödelte keine Zeit auf der meilenlangen Auffahrt.

Das Farmhaus, das sich nach der letzten Biegung präsentierte, passte nicht so recht zu den Sicherheitsvorkehrungen, zumindest nicht, wenn man nach der Fassade urteilte. Der zweistöckige Schindelbau war ein völlig ab-

gespeckter Kolonialbau. Keine Veranda. Keine Fensterläden. Keine Begrünung.

Verglichen mit Havers altem Familienheim und Klinikbau, war es die ärmliche Entsprechung eines Geräteschuppens.

Er parkte gegenüber der freistehenden Reihe von Garagen für Krankenwagen und stieg aus. Die Tatsache, dass die kalte Dezembernacht ihn frösteln ließ, war ein weiteres gutes Zeichen. Er langte auf die Rückbank des Bentleys und holte seinen Stock und einen seiner zahlreichen Zobelmäntel hervor. Neben der Taubheit brachte seine chemische Maske einen weiteren Nachteil mit sich: Sie senkte seine Körpertemperatur und verwandelte seine Adern in ein System von Kühlwasserspiralen. Nacht und Tag in einem Körper zu leben, den er nicht fühlte oder erwärmen konnte, war kein Spaß, aber ihm blieb keine Wahl.

Wären seine Mutter und seine Schwester keine Normalos gewesen, hätte er sich vielleicht zum Darth Vader mausern und ganz in der dunklen Seite aufgehen können. Dann hätte er seine Tage damit verbracht, die Gedanken seiner Artgenossen zu manipulieren. Aber er hatte sich in die Position eines Familienvorstandes gebracht, und das hielt ihn in diesem Niemandsland gefangen.

Rehv ging um das Kolonialhaus herum und zog den Zobel enger um den Hals. Als er zu einer unscheinbaren Tür kam, drückte er die Klingel, die auf eine Aluminiumverschalung geschraubt war, und blickte in ein elektronisches Auge. Einen Moment später öffnete sich eine Luftschleuse mit einem Zischen, und er schob sich in einen weißen Raum von der Größe eines begehbaren Schranks. Nachdem er in eine Kamera geblickt hatte, öffnete sich

eine weitere Verriegelung, eine versteckte Trennwand glitt zurück, und er ging eine Treppe herunter. Noch eine Kontrollstelle. Noch eine Tür. Und dann war er drinnen.

Der Empfangsbereich sah nicht anders aus als der Patienten-und-Angehörigen-Parkplatz jeder Klinik: Stuhlreihen, Zeitschriften auf kleinen Tischchen, ein Fernseher und ein paar Topfpflanzen. Er war kleiner als der in der alten Klinik, aber sauber und gut organisiert. Die zwei Frauen, die dort warteten, versteiften sich, als sie Rehv sahen.

»In Ordnung, hier entlang, bitte.«

Rehv lächelte die Schwester an, die um den Empfangstresen geeilt kam. Für ihn fanden »lange Wartezeiten« immer in einem Behandlungszimmer statt. Die Schwestern schätzten es nicht, wenn er andere Wartende verängstigte, und hatten ihn auch selbst nicht gern um sich.

Für ihn war das in Ordnung. Er war nicht der gesellige Typ.

Das Behandlungszimmer, in das man ihn führte, lag nicht im Notfallbereich der Klinik, und er kannte es von früher. Er kannte sie alle.

»Der Doktor ist bei einer Operation, und der Rest der Belegschaft ist mit anderen Patienten beschäftigt, aber ich schicke eine Kollegin, um Ihre Werte zu nehmen, sobald ich kann.« Die Schwester lief davon, als hätte sie jemand im Flur gerufen, den nur sie hören konnte. Rehv behielt den Mantel an und den Stock in der Hand und setzte sich auf die Untersuchungsliege. Um sich die Zeit zu vertreiben, schloss er die Augen und ließ die Emotionen in seinem Umfeld auf sich wirken wie eine Panoramaaussicht: Die Mauern des Kellers lösten sich auf, und die emotionalen Flechtwerke der einzelnen Leute kristal-

lisierten sich aus der Dunkelheit, eine Unzahl verschiedener Verletzlichkeiten, Ängste und Schwächen präsentierte sich dem *Symphathen* in ihm.

Und er hielt die Fernbedienung für sie alle in der Hand und wusste instinktiv, welche Knöpfe er bei der Schwester nebenan drücken musste, die sich Sorgen machte, ihr *Hellren* könnte sie nicht mehr begehren ... und dennoch zu viel zum Ersten Mahl aß. Und der Mann, den sie behandelte, der die Treppe heruntergestürzt war und sich am Arm verletzt hatte ... im Suff. Der Apotheker gegenüber im Gang, der bis vor Kurzem Xanax für den eigenen Hausgebrauch gestohlen hatte ... bis er die versteckten Kameras entdeckte, die man installiert hatte, um ihm das Handwerk zu legen.

Anderer Leute Selbstzerstörung war das Lieblingsprogramm des *Symphathen,* und besonderen Spaß machte es, wenn man selbst der Produzent war. Und obwohl seine Wahrnehmung jetzt wieder »normal« war und sein Körper taub und kalt, war seine eigentliche Natur nur in Ketten gelegt, aber nicht besiegt.

Denn für die Sorte Show, die er abziehen konnte, waren die Quellen der Inspiration und die Mittel unerschöpflich.

»Scheiße.«

Als Butch den Escalade vor den Garagen der Klinik parkte, stieß Wrath noch eine Reihe weiterer derber Flüche aus. Im Scheinwerferlicht des SUV räkelte sich Vishous wie ein Pin-up-Girl im Spotlight auf der Motorhaube eines nur allzu vertrauten Bentleys.

Wrath löste den Gurt und öffnete die Tür.

»Überraschung, Herr«, grüßte V, als er sich aufrichtete

und auf die Motorhaube der Limousine klopfte. »Muss ein kurzes Treffen mit deinem Freund Rehvenge in der Stadt gewesen sein, was? Es sei denn, der Kerl hat herausgefunden, wie man an zwei Orten gleichzeitig sein kann. In diesem Fall würde ich sein Geheimnis gern erfahren.«

Verdammter. Arsch.

Wrath stieg aus dem SUV aus und beschloss, den Bruder einfach zu ignorieren. Alternativ hätte er versuchen können, sich herauszureden, aber das würde nerven, weil Dummheit nicht gerade zu Vs Eigenschaften zählte. Oder, noch eine Möglichkeit: eine Prügelei anzetteln, doch das wäre nur eine kurzzeitige Ablenkung und reine Zeitverschwendung, weil man sie beide danach erst wieder zusammenflicken müsste.

Wrath ging um den Escalade herum und öffnete die Fahrertür. »Heile deinen Jungen. Ich kümmere mich um den Toten.«

Als er den leblosen Zivilisten anhob und sich umdrehte, blickte V in das Gesicht eines geschlagenen Mannes.

»Verdammt«, flüsterte V.

In diesem Moment stolperte Butch aus der Fahrertür. Er sah schrecklich aus. Der Geruch von Talkum umwehte ihn, und seine Knie waren so wackelig, dass er fast die Tür verfehlte, als er daran Halt suchte.

Wie der Blitz war V bei ihm, nahm ihn in die Arme und drückte ihn an sich. »Scheiße, Mann, wie geht's dir?«

»Bereit … zu allem.« Butch klammerte sich an seinen besten Freund. »Ich muss nur ein bisschen unter die Wärmelampe.«

»Heile ihn«, sagte Wrath, als er auf die Klinik zuging. »Ich gehe rein.«

Als er davonging, schlossen sich die Türen des Escala-

des eine nach der anderen, und dann erschien ein Leuchten, als würden die Wolken den Mond freigeben. Wrath wusste, was die beiden Männer in dem SUV machten, weil er die Prozedur schon ein-, zweimal miterlebt hatte: Sie umschlangen sich, während das weiße Licht aus Vs Hand sie einhüllte und das Böse, das Butch eingesaugt hatte, in V sickerte.

Gott sei Dank gab es eine Möglichkeit, diesen Dreck aus dem Bullen herauszuwaschen. Und V tat es gut, ein Heiler zu sein.

Wrath kam an die erste Tür der Klinik und blickte einfach nur in die Überwachungskamera. Sofort summte der Türöffner, und sobald sich die Schleuse geschlossen hatte, öffnete sich die versteckte Trennwand. Im Nu war er in der Klinik. Der König des Volkes mit einem toten Vampir in den Armen wurde keine Nanosekunde aufgehalten.

Er pausierte am Treppenabsatz, als sich die letzte Tür öffnete. Er blickte in die Kamera und sagte: »Holt erst eine Bahre und ein paar Laken.«

»Wir kommen sofort, Herr«, antwortete eine blecherne Stimme.

Keine Sekunde später öffneten zwei Schwestern die Tür. Eine verwandelte ein Laken in einen schützenden Vorhang, während die andere eine Bahre an den Fuß der Treppe rollte. Mit starken Armen legte Wrath den Zivilisten so vorsichtig auf die Bahre, als lebe er noch und habe sich jeden Knochen gebrochen. Dann faltete die Schwester, die die Bahre geschoben hatte, ein zweites Laken auseinander. Wrath stoppte sie, als sie den Leib einhüllen wollte.

»Das mache ich«, erklärte er und nahm ihr das Laken ab.

Sie überreichte es ihm mit einer Verbeugung.

Unter Beschwörungen in der Alten Sprache verwandelte Wrath das einfache Laken in ein anständiges Leichentuch. Nachdem er für die Seele des Mannes gebetet und ihm einen freien und unbeschwerten Eingang in den Schleier gewünscht hatte, schwiegen er und die Schwestern einen Moment, bevor die Leiche ganz verhüllt wurde.

»Wir haben keinen Ausweis bei ihm gefunden«, meinte Wrath leise und zupfte einen Zipfel des Lakens gerade. »Erkennt eine von euch vielleicht seine Kleidung? Die Uhr? Irgendetwas?«

Die Schwestern schüttelten die Köpfe, und eine murmelte: »Wir bringen ihn in die Leichenhalle und warten. Mehr können wir nicht tun. Seine Familie wird nach ihm suchen.«

Wrath hielt sich im Hintergrund und sah zu, wie die Leiche fortgerollt wurde. Aus irgendeinem Grund fiel ihm auf, dass das rechte vordere Rad wackelte, als wäre es neu in dem Job und noch nervös … obwohl er das nicht mit den Augen sah, sondern mehr aus dem leisen Klappern schloss.

Es lief nicht rund. Trug das Gewicht nicht richtig.

Genauso fühlte sich Wrath.

Dieser verdammte Krieg mit der Gesellschaft der *Lesser* ging schon viel zu lange. Und selbst mit all seiner Macht und wilden Entschlossenheit gewann sein Volk nicht. Seinem Feind lediglich zu trotzen, war ein Verlieren auf Raten, weil weiterhin Unschuldige starben.

Er wandte sich wieder der Treppe zu und roch die Angst und Ehrfurcht der zwei Vampirinnen auf den Plastikstühlen im Wartebereich. Die Stühle wären beinahe

umgestürzt, als sie hektisch aufstanden und sich vor ihm verbeugten. Ihre Ehrehrbietung war wie ein Tritt in die Eier. Er lieferte das jüngste, aber ganz bestimmt nicht letzte Opfer des Krieges ab, und die beiden zollten ihm auch noch Respekt.

Er verbeugte sich ebenfalls, brachte aber kein Wort heraus. Alles, was ihm durch den Kopf ging, waren deftige Verwünschungen, und die waren allesamt gegen sich selbst gerichtet.

Die andere Schwester hatte das Laken, das sie als Vorhang verwendet hatte, wieder zusammengelegt. »Mein Herr, vielleicht habt Ihr einen Moment Zeit, um mit Havers zu sprechen. Er müsste in einer Viertelstunde mit der Operation fertig sein. Ihr scheint verletzt.«

»Ich muss zurück in den ...« Er stoppte sich, bevor ihm das Wort *Kampf* entschlüpfte. »Ich muss weiter. Bitte gebt mir über die Familie des Toten Bescheid, okay? Ich möchte sie treffen.«

Die Schwester verbeugte sich und wartete darauf, den großen schwarzen Diamanten küssen zu dürfen, der am Mittelfinger seiner rechten Hand steckte.

Wrath kniff die schwachen Augen zu und hielt ihr hin, was sie ehren wollte.

Ihre Finger waren kühl und leicht auf seiner Haut, ihr Atem und ihre Lippen kaum ein Hauch. Und doch war es wie ein Schlag ins Gesicht.

Als sie sich wieder aufrichtete sagte sie voll Ehrfurcht: »*Eine gesegnete Nacht, mein Gebieter.*«

»*Und dir gute Stunden, treue Untertanin.*«

Damit wirbelte er herum und joggte die Treppen hinauf. Er brauchte mehr Luft, als die Klinik zu bieten hatte. An der letzten Tür rempelte er eine Krankenschwes-

ter an, die genauso hastig hereineilte, wie er hinaus. Die Wucht riss ihr die schwarze Umhängetasche von der Schulter, und Wrath konnte sie gerade noch auffangen, bevor sie mit der Tasche zusammen zu Boden ging.

»Oh verdammt«, fluchte er und ließ sich auf die Knie fallen, um ihre Sachen einzusammeln. »Entschuldigung.«

»Mein Herr!« Die Schwester verbeugte sich tief und bemerkte dann, dass er ihre Sachen aufhob. »Das dürft Ihr nicht. Bitte, lasst mich …«

»Nein, es ist meine Schuld.«

Er stopfte etwas, das wie ein Rock und ein Sweatshirt aussah, in die Tasche und hätte ihr dann fast einen Kinnhaken verpasst, als er sich ruckartig wieder aufrichtete.

Erneut hielt er sie am Arm fest. »Scheiße. Nochmals Entschuldigung …«

»Nichts passiert – ehrlich.«

Ihre Tasche wechselte ungeschickt von einem Gehetzten zu einer Verlegenen.

»Hast du sie?«, fragte er, kurz davor, die Jungfrau der Schrift anzurufen, damit sie ihn endlich entkommen ließ.

»Äh, ja, aber …« Ihr Ton wandelte sich von ehrfürchtig zu sachlich. »Ihr blutet, mein Herr.«

Er ignorierte den Kommentar und ließ sie vorsichtig los. Erleichtert, dass sie auf eigenen Füßen stand, verabschiedete er sich in der Alten Sprache.

»Herr, solltet Ihr nicht …«

»Entschuldige, dass ich dich umgerannt habe«, rief er über die Schulter zurück.

Er drückte die letzte Tür auf und sackte in sich zusammen, als frische Luft in seine Lungen drang. Tiefe Atemzüge klärten seinen Kopf, und er ließ sich an die Aluminiumverschalung der Klinik sinken.

Als sich die Kopfschmerzen wieder meldeten, schob er die Sonnenbrille hoch und rieb sich die Nasenwurzel. Okay. Nächster Halt ... Die Adresse auf dem gefälschten Ausweis des Jägers.

Es gab eine Kanope einzusammeln.

Er ließ die Sonnenbrille an ihren Platz zurückfallen, richtete sich auf und –

»Nicht so schnell, mein König«, tadelte V, der sich direkt vor ihm materialisierte. »Wir zwei müssen reden.«

Wrath entblößte seine Fänge. »Ich bin nicht in Plauderstimmung, V.«

»Na, so ein Pech.«

5

Ehlena sah zu, wie sich der König des Volkes umdrehte und beinahe die Tür mitnahm, als er hinausstürmte.

Mann, er war wirklich beängstigend groß. Und beinahe von ihm umgepflügt zu werden war echt das Sahnehäubchen auf ihrem heutigen Dramadessert.

Sie strich sich das Haar glatt, hängte sich die Tasche um und ging die Treppen hinunter, nachdem sie den nächsten Kontrollpunkt passiert hatte. Sie kam nur eine Stunde zu spät zu ihrer Schicht, weil – oh Wunder – die Krankenschwester ihres Vaters frei gewesen war und früher kommen konnte. Der Jungfrau der Schrift sei gedankt für Lusie.

Verglichen mit anderen Anfällen ihres Vaters war dieser nicht allzu schlimm gewesen, und Ehlena hegte den Verdacht, dass es an den Medikamenten lag, die er kurz vor dem Anfall genommen hatte. Vor den Tabletten hatten ernstere Anfälle die ganze Nacht gedauert, also war der heutige Abend in gewisser Weise sogar ein Fortschritt gewesen.

Dennoch brach es ihr das Herz.

Als sie zur letzten Kamera kam, fühlte sich ihre Tasche immer schwerer an. Sie hatte sich damit abgefunden, ihre Verabredung abzusagen und die Wechselkleidung daheim zu lassen, doch Lusie hatte ihr das ausgeredet.

Die Frage, die ihr die Pflegerin ihres Vaters stellte, hatte gesessen: *Wann bist du das letzte Mal aus dem Haus gegangen, um nicht zur Arbeit zu gehen?*

Ehlena hatte nicht geantwortet, weil sie von Natur aus verschwiegen war ... und außerdem absolut keine Ahnung hatte.

Was genau der Zweck von Lusies Frage war. Pfleger mussten auf sich selber achten, und das bedeutete auch, dass man ein Leben jenseits der Krankheit hatte, die einen in die Rolle des Pflegers drängte. Der Himmel wusste, wie oft Ehlena diesen Grundsatz Familienmitgliedern chronisch Kranker eingebläut hatte, und es war ein praktischer und vernünftiger Ratschlag.

Zumindest, wenn sie ihn anderen erteilte. Auf sich selbst angewandt fühlte er sich eigennützig an.

Also war sie sich mit dem Date nicht so sicher. Nachdem ihre Schicht erst eine Stunde vor Dämmerung endete, blieb ihr keine Zeit, erst nach ihrem Vater zu sehen. Sie hätte ohnehin schon Glück, wenn ihr und ihrer Verabredung eine Stunde zum Plaudern in einem Restaurant blieb, das die ganze Nacht geöffnet hatte, bevor die aufgehende Sonne dem Ganzen ein Ende setzte.

Und doch hatte sie sich so übermäßig auf dieses Date gefreut, dass sie ein ganz schlechtes Gewissen hatte.

Himmel ... war das nicht einfach typisch. Das Gewissen zerrte auf der einen Seite, die Einsamkeit auf der anderen.

Im Empfangsbereich ging sie schnurstracks zur Pflegedienstleiterin, die hinter dem Tresen am Computer saß. »Es tut mir so leid, dass ich zu sp...«

Catya unterbrach ihre Tätigkeit und streckte ihr die Hand entgegen. »Wie geht es ihm?«

Einen Sekundenbruchteil konnte Ehlena nur blinzeln. Es behagte ihr gar nicht, dass auf der Arbeit alle von den Problemen ihres Vaters wussten und ein paar ihrer Kolleginnen ihn sogar in seinem schlimmsten Zustand gesehen hatten.

Auch wenn die Krankheit ihrem Vater den Stolz genommen hatte, Ehlena besaß ihn an seiner statt.

Sie tätschelte ihrer Chefin den Handrücken und trat einen Schritt außer Reichweite. »Danke der Nachfrage. Er hat sich wieder etwas beruhigt, und seine Pflegerin ist bei ihm. Glücklicherweise hatte ich ihm gerade seine Medizin gegeben.«

»Brauchst du eine Minute für dich?«

»Nein. Was liegt heute an?«

Catya lächelte traurig, als würde sie sich auf die Zunge beißen. Wieder einmal. »Du musst nicht so stark sein.«

»Doch, das muss ich.« Ehlena blickte sich um und musste sich beherrschen. Weitere Kolleginnen kamen aus dem Gang, ein zehnköpfiger Trupp ritt auf einer Welle der Besorgnis auf sie zu. »Wo soll ich hin?«

Sie musste entkomm... zu spät.

Bald waren alle außer den OP-Schwestern, die mit Havers beschäftigt waren, um sie versammelt. Ehlena schnürte sich der Hals zu, als ihre Kolleginnen einen Chor von *Wie geht es dir?* anstimmten. Gott, sie fühlte sich wie eine Schwangere in einem stickigen, stecken gebliebenen Aufzug.

»Mir geht es gut, danke allerseits ...«

Die Letzte der Belegschaft kam zu ihr. Nachdem sie ihr Mitgefühl ausgedrückt hatte, schüttelte sie den Kopf. »Ich möchte dir eigentlich nicht mit Arbeit kommen ...«

»Doch, bitte«, platzte Ehlena heraus.

Die Schwester lächelte respektvoll, als wäre sie von Ehlenas Haltung beeindruckt. »Na ja, *er* ist hinten in einem Behandlungszimmer. Soll ich eine Münze holen?«

Alle stöhnten. Es gab nur einen *er* unter den Legionen männlicher Patienten, die sie behandelten, und mit Münzenraten entschied die Belegschaft für gewöhnlich, wer sich um *ihn* kümmern musste. Diejenige, die das Prägedatum am schlechtesten erriet, hatte verloren.

Im Allgemeinen hielten die Schwestern professionelle Distanz zu ihren Patienten, denn das musste man, um nicht auszubrennen. Doch bei *ihm* hielt sich die Belegschaft nicht aus beruflichen Gründen fern. Die meisten Frauen wurden in seiner Gegenwart nervös, selbst die abgebrühtesten.

Und Ehlena? Nicht so sehr. Ja, der Typ hatte etwas *Patenhaftes* an sich, diese schwarzen Nadelstreifenanzüge, der kurze Irokesenschnitt und seine amethystfarbenen Augen, die *komm mir nicht blöd, wenn dir dein Leben lieb ist* zu sagen schienen. Und es stimmte, wenn man in einem Behandlungszimmer mit ihm eingeschlossen war, hatte man den Impuls, den Ausgang im Auge zu behalten, nur für den Fall, dass man ihn brauchte. Und dann diese Tattoos auf der Brust ... und dieser Stock, der den Eindruck machte, als wäre er keine Gehhilfe, sondern eine Waffe. Und ...

Okay, auch Ehlena machte der Kerl nervös.

Und doch beendete sie einen Streit darüber, wer das Jahr 1977 haben durfte. »Ich übernehme das. Als Entschädigung für's Zuspätkommen.«

»Bist du dir sicher?«, fragte jemand. »Mir scheint, du hast deine Pflicht heute schon erfüllt.«

»Ich hole mir nur noch einen Kaffee. Welches Zimmer?«

Begleitet von »Ehlena«-Hochrufen ging sie zum Mitarbeiterzimmer, verstaute ihre Habseligkeiten in ihrem Schließfach und goss sich einen dampfenden Kaffee ein. Das Gebräu war stark genug, um als Aufputschmittel zu gelten, und pustete prima ihren Kopf frei.

Zumindest fast.

Als sie Kaffee aus ihrer Tasse schlürfte, starrte sie auf die Reihen senfgelber Schließfächer, die Straßenschuhe, die hier und da standen, und die Wintermäntel an den Haken. Auf der Arbeitsfläche im Pausenbereich standen die Lieblingstassen der Mitarbeiter, mitgebrachte Brotzeiten warteten im Regal, und auf dem runden Tisch stand eine Schale mit ... was war es heute Nacht? Kleine Smartiespackungen. Über dem Tisch hing ein schwarzes Brett mit Veranstaltungshinweisen, Coupons, albernen Cartoons und Bildern von heißen Kerlen. Daneben hing der Dienstplan, das Whiteboard mit einer Schichtübersicht der nächsten Wochen, gefüllt mit Namen in unterschiedlichen Farben.

Es waren die Gegenstände des normalen Lebens, von denen keiner im Geringsten von Bedeutung schien, bis man an all die Leute auf diesem Planeten dachte, die nicht arbeiten konnten oder unabhängig existierten oder die geistige Kraft für all die Nebensächlichkeiten aufbrachten – wie zum Beispiel die Tatsache, dass Toilettenpapier fünfzig Cent billiger war, wenn man es im Zwölferpack kaufte.

Als Ehlena sich umblickte, wurde sie einmal mehr daran erinnert, dass es ein Privileg und kein Recht war, in die reale Welt hinausgehen zu dürfen, und es bedrückte

sie, dass ihr Vater in diesem schrecklichen kleinen Haus sitzen musste und mit Dämonen kämpfte, die nur in seinem Kopf existierten.

Einst hatte er ein Leben besessen, ein ausgefülltes. Er hatte der Aristokratie angehört, war Mitglied des Rates und ein geachteter Gelehrter gewesen. Er hatte eine *Shellan* gehabt, die er vergötterte, eine Tochter, auf die er stolz war, und ein Herrenhaus, das für seine Festlichkeiten berühmt war. Jetzt hatte er nur noch Wahnvorstellungen, die ihn quälten, und obwohl er sie nur in seinem Kopf hörte, waren die Stimmen nicht weniger Gefängnis, nur weil niemand außer ihm die Eisenstäbe sah oder den Wärter hörte.

Als Ehlena die Tasse ausspülte, stieß ihr wieder einmal auf, wie ungerecht das alles war. Ein gutes Zeichen, nahm sie an. Trotz ihrer Arbeit war sie noch nicht gegen das Leiden abgestumpft, und sie betete, dass es so blieb.

Bevor sie aus dem Mitarbeiterraum ging, warf sie einen kurzen Blick in den mannshohen Spiegel neben der Tür. Ihre weiße Uniform war perfekt gebügelt und sauber wie steriler Verbandsmull. Sie hatte keine Laufmasche in den Strumpfhosen. Ihre Kreppsohlenschuhe waren frei von Kratzern oder Flecken. Ihr Haar war so zerzaust, wie sie sich fühlte.

Sie strich es glatt nach hinten, drehte es ein und steckte es fest, dann ging sie in Richtung Behandlungszimmer drei.

Die Krankenakte des Patienten steckte in einer Klarsichthülle in einer Halterung neben der Tür. Ehlena atmete tief durch, als sie die Karte herausholte und öffnete. Das Ding war dünn, wenn man bedachte, wie oft der Mann hier war, und auf der ersten Seite stand fast nichts,

nur sein Name, eine Handynummer und eine weibliche nächste Angehörige.

Nach einem Klopfen ging sie mit einem Selbstbewusstsein, das sie nicht empfand, hinein, das Kinn erhoben, den Rücken durchgedrückt, ihre Befangenheit versteckt hinter einer Kombination aus Haltung und dienstlicher Beflissenheit.

»Wie geht es Ihnen?«, fragte sie und sah ihrem Patienten in die Augen.

In dem Moment, als sie der amethystfarbene Blick traf, hätte sie keiner Seele mehr sagen können, was gerade aus ihrem Mund gekommen war, oder ob er geantwortet hatte. Rehvenge, Sohn des Rempoon, saugte die Gedanken einfach aus ihrem Kopf, als hätte er den Tank ihres Generators ausgetrunken und ihr nichts gelassen, woran sie ihren Geist wieder entzünden konnte.

Und dann lächelte er.

Er war eine Kobra, dieser Mann. Das war er wirklich ... hypnotisierend, tödlich und wunderschön. Mit dem Irokesenschnitt und dem harten, klugen Gesicht und der muskulösen Statur war er Sex und Macht und Unberechenbarkeit, alles verpackt in ... na ja, einen schwarzen Nadelstreifenanzug, der deutlich erkennbar exklusiv für ihn angefertigt worden war.

»Mir geht es gut, danke«, sagte er und löste das Rätsel, was sie ihn gerade gefragt hatte. »Und dir?«

Als sie nicht gleich antwortete, lächelte er ein wenig. Er schien sich vollends bewusst, dass sich keine der Schwestern gern in einem geschlossenen Raum mit ihm befand, und offensichtlich genoss er diesen Umstand. Zumindest deutete sie so seinen kontrollierten, verschleierten Ausdruck.

»Ich habe gefragt, wie es dir geht«, wiederholte er.

Ehlena legte seine Akte auf den Tisch und nahm ihr Stethoskop aus der Tasche. »Mir geht es gut.«

»Bist du da sicher?

»Absolut.« Sie wandte sich ihm zu und sagte: »Ich messe nur Ihren Blutdruck und Ihren Puls.«

»Und meine Temperatur.«

»Ja.«

»Soll ich den Mund für dich öffnen?«

Ehlena errötete und versuchte sich einzureden, es läge nicht daran, dass die Frage durch seine tiefe Stimme so erotisch war wie ein langsames Streicheln über eine nackte Brust. »Äh … nein.«

»Schade.«

»Bitte ziehen Sie Ihr Jackett aus.«

»Was für eine großartige Idee. Ich nehme das ›schade‹ sofort zurück.«

Gute Idee, dachte sie, sonst würde sie ihm das Wort am Ende mit dem Thermometer zurück in den Mund stopfen.

Rehvenges Schulter rollte, als er tat wie geheißen, und mit einem lässigen Schwung aus dem Handgelenk warf er das kostbare Stück Herrenschneiderkunst auf den Zobelmantel, den er sorgfältig über eine Stuhllehne gehängt hatte. Es war merkwürdig: Er trug diese Pelze zu jeder Jahreszeit.

Mäntel, die mehr wert waren als das Haus, das Ehlena gemietet hatte.

Als seine langen Finger zum mit Diamanten besetzten Manschettenknopf des rechten Arms wanderten, hielt sie ihn auf.

»Könnten Sie bitte den anderen Arm freimachen?« Sie

68

nickte in Richtung der Wand neben ihm. »Links habe ich mehr Bewegungsfreiheit.«

Er zögerte, dann machte er sich an der anderen Manschette zu schaffen. Während er die schwarze Seide über den Ellbogen rollte und auf den kräftigen Bizeps schob, hielt er den Arm eng am Körper.

Ehlena nahm das Blutdruckmessgerät aus einer Schublade und öffnete den Klettverschluss, als sie auf ihn zuging. Ihn anzufassen war immer ein Erlebnis, und sie rieb sich die Hand an der Hüfte, um sich darauf vorzubereiten. Es half nichts. Als sie sein Handgelenk berührte, züngelte wie gewöhnlich eine Flamme ihren Arm hinauf bis zu ihrem Herz und schmolz dort, bis sie die Luft anhalten musste, um nicht aufzustöhnen.

Mit einem Stoßgebet, dass es nicht zu lange dauern möge, schob sie seinen Arm in die richtige Position für die Manschette und – »Gütiger … *Himmel.*«

Die Adern in der Armbeuge waren durch unzählige Einstiche völlig ramponiert, geschwollen, blau angelaufen und vernarbt, als hätte er Nägel statt Nadeln verwendet.

Sie blickte ihm in die Augen. »Sie müssen solche Schmerzen haben.«

Er entwand ihr den Arm. »Nein. Ich spüre nichts.«

Harter Kerl. Als ob sie das überraschen würde. »Nun, ich kann verstehen, warum Sie zu Havers wollen.«

Demonstrativ nahm sie seinen Arm, drehte ihn zurück, und drückte sanft auf eine rote Linie, die sich seinen Bizeps hinaufzog und in Richtung Herz wanderte.

»Das sind Zeichen einer Entzündung.«

»Das wird schon wieder.«

Sie konnte nur die Augenbraue heben. »Haben Sie schon mal von Sepsis gehört?«

»Die Indieband? Klar, aber ich hätte nicht erwartet, dass du sie magst.«

Sie warf ihm einen abfälligen Blick zu. »Ich meine *Sepsis* im Sinne von Blutvergiftung.«

»Hm, willst du dich vielleicht über den Tisch beugen und es mir anhand einer Zeichnung erklären?« Seine Blicke glitten an ihren Beinen herab. »Ich glaube, ich fände das … sehr lehrreich.«

Hätte ein anderer Mann sich so etwas erlaubt, hätte sie ihn so geohrfeigt, dass er Sterne sah. Doch leider fühlte sie sich nicht belästigt, als die Worte in diesem himmlischen Bass ertönten.

Es fühlte sich an wie eine Liebkosung.

Ehlena widerstand dem Drang, ihren Gedanken freien Lauf zu lassen. Was zum Donner machte sie hier? Sie hatte heute ein Date. Mit einem netten, vernünftigen, zivilisierten Mann, der ihr gegenüber nichts als nett, vernünftig und sehr zivilisiert gewesen war.

»Ich muss Ihnen nichts aufzeichnen.« Sie nickte in Richtung seines Arms. »Sie sehen es selbst. Wenn Sie das nicht behandeln, wird es systemisch.«

Und obwohl er feinen Zwirn trug und sicher das Traummannequin jedes Schneiders war, würde ihm der graue Schleier des Todes nicht stehen.

Er drückte den Arm an den Körper. »Ich werde darüber nachdenken.«

Ehlena schüttelte den Kopf und erinnerte sich daran, dass sie Leute nicht vor ihrer eigenen Dummheit bewahren konnte, nur weil sie einen weißen Kittel trug und Krankenschwester war. Außerdem würde Havers es in

all seiner schrecklichen Pracht sehen, wenn er ihn untersuchte.

»In Ordnung, aber messen wir den Blutdruck am anderen Arm. Und ich muss Sie bitten, das Hemd auszuziehen. Der Doktor wird sehen wollen, wie weit diese Infektion schon vorgedrungen ist.«

Rehvenges Lippen kräuselten sich zu einem Lächeln, als er nach dem obersten Knopf tastete. »Wenn du so weitermachst, bin ich bald nackt.«

Ehlena blickte schnell zur Seite und wünschte sich sehnlichst, sie könnte ihn widerlich finden. Eine gehörige Portion rechtschaffener Empörung wäre jetzt wirklich angebracht gewesen, um ihn in die Schranken zu weisen.

»Ich bin nicht schüchtern, weißt du«, brummte seine tiefe Stimme. »Wenn du willst, kannst du zuschauen.«

»Nein, danke.«

»Schade.« Und noch vertraulicher fügte er hinzu: »Ich hätte nichts dagegen, wenn du zuschauen würdest.«

Während von der Behandlungsliege her das Rascheln von Seide auf Haut drang, beschäftigte sich Ehlena mit seiner Krankenakte und überprüfte Daten doppelt und dreifach, die absolut korrekt waren.

Es war merkwürdig. Soviel sie aus Erzählungen der anderen Schwestern wusste, zog er diese Don-Juan-Nummer bei ihnen nicht ab. Eigentlich redete er kaum mit ihren Kolleginnen, und das war ein weiterer Grund dafür, dass sie sich in seiner Gegenwart so unwohl fühlten. Bei einem Mann seiner Größe wirkte Schweigen immer bedrohlich. So war das nun mal. Und das schon ohne Tattoo und Iro.

»Ich bin fertig«, verkündete er.

Ehlena wirbelte herum und hielt den Blick starr auf

die Wand neben seinem Kopf gerichtet. Doch auch aus dem Augenwinkel sah sie ausgezeichnet, und es war sehr schwer, nicht dankbar dafür zu sein. Die Brust von Rehvenge war prächtig, die Haut ein warmes Goldbraun, unter dem sich die Muskeln selbst in entspanntem Zustand deutlich abzeichneten. Auf jedem Brustmuskel prangte ein fünfzackiger roter Stern, und Ehlena wusste, dass es noch mehr davon gab.

Auf seinem Bauch.

Nicht dass sie geschaut hätte.

Natürlich nicht, denn sie hatte gegafft.

»Willst du nun meinen Arm untersuchen?«, fragte er leise.

»Nein, das wird der Doktor machen.« Sie wartete auf ein erneutes »Schade«.

»Ich glaube, dieses Wort habe ich in deiner Gegenwart schon überstrapaziert.«

Jetzt sah sie ihm in die Augen. Die wenigsten Vampire konnten die Gedanken ihrer Artgenossen lesen, aber irgendwie überraschte es sie nicht, dass er zu diesem erlesenen Grüppchen gehörte.

»Ich verbitte mir das«, mahnte sie. »Tun Sie das nie wieder.«

»Es tut mir leid.«

Ehlena legte die Manschette um seinen Bizeps, steckte sich das Stethoskop in die Ohren und maß seinen Blutdruck. Bei dem leisen Pff-pff-pff des Ballons, mit dem sie die Manschette aufpumpte, bis sie eng ansaß, fühlte sie seine Anspannung, seine kaum zu bändigende Kraft, und ihr Herz geriet ins Stolpern. Heute Nacht war er besonders aufgeladen, und sie fragte sich, woran das lag.

Nur dass es sie eigentlich nichts anging, oder?

Als sie das Ventil löste und die Manschette ein langes, langsames Zischen der Erleichterung ausstieß, trat sie einen Schritt von ihm zurück. Er war einfach … zu viel, von allem. Insbesondere gerade jetzt.

»Hab keine Angst vor mir«, flüsterte er.

»Das habe ich nicht.«

»Bist du dir sicher?«

»Absolut«, log sie.

6

Sie log, dachte Rehv. Sie hatte eindeutig Angst vor ihm. Das war wirklich schade.

Sie war die Schwester, auf die Rehv bei jedem seiner Besuche hoffte. Sie war es, die seine Besuche zumindest ansatzweise erträglich machte. Sie war seine Ehlena.

Okay, eigentlich war sie natürlich überhaupt nicht *seine* Ehlena. Er kannte ihren Namen nur, weil er auf dem blau-weißen Schildchen an ihrem Schwesternkittel stand. Er sah sie nur, wenn er zur Behandlung kam. Und sie konnte ihn nicht ausstehen.

Aber er betrachtete sie dennoch als die Seine, so war es nun mal. Denn sie hatten etwas gemeinsam, etwas, das über die Grenzen zwischen den Spezies hinausging, die gesellschaftliche Stellung in den Hintergrund drängte und sie verband, obwohl sie es sicher abgestritten hätte.

Sie war einsam, auf die gleiche Art wie er.

Das Muster ihrer Gefühle glich seinem und dem von Xhex und Trez und iAm: Ihre Gefühle waren losgelöst, umgeben von Leere, wie jemand, der von seinem Volk ausgeschlossen war. Sie bewegte sich in der Gesellschaft, aber im Grunde war sie eine Einzelgängerin. Eine Ausgeschlossene, eine Schiffbrüchige, eine Vertriebene.

Er kannte zwar keine Hintergründe, wusste aber nur zu genau, wie sich das Leben für sie anfühlte. Und das

war es gewesen, was ihm bei ihrer ersten Begegnung als Erstes an ihr aufgefallen war. Ihre Augen, ihre Stimme und ihr Duft waren danach gekommen. Und ihre Intelligenz und Schlagfertigkeit hatten die Sache besiegelt.

»Hundertachtundsechzig zu fünfundneunzig. Das ist hoch.« Sie riss den Klettverschluss der Manschette mit einem Ruck auf und wünschte zweifelsohne, es wäre ein Stück seiner Haut. »Ich glaube, Ihr Organismus kämpft gegen die Infektion in Ihrem Arm an.«

Oh ja, sein Organismus kämpfte gegen etwas an, aber es hatte nichts mit den unsauberen Einstichen zu tun. Nachdem sich der *Symphath* in ihm weiter gegen das Dopamin auflehnte, hatte sich der impotente Zustand, in dem er sich normalerweise unter Einfluss des Medikaments befand, noch nicht wieder eingestellt.

Ergebnis?

Sein Schwanz war steif wie ein Baseballschläger. Was, entgegen der gängigen Meinung, kein gutes Zeichen war – insbesondere nicht heute Nacht. Nach seiner Unterhaltung mit Montrag fühlte er sich hungrig, getrieben … ein bisschen verrückt durch das innere Feuer.

Und Ehlena war einfach so … wunderschön.

Obgleich nicht auf die Art wie die Mädchen, die für ihn arbeiteten, nicht auf diese aufgedonnerte, implantierte, auf den Effekt gerichtete Art. Ehlena war von Natur aus schön, mit feinen, zarten Zügen, diesem leicht ins Rötliche gehenden Blond und den langen, schlanken Gliedern. Ihre Lippen waren rot, weil sie rot waren – nicht wegen irgendeinem Glosszeug mit achtzehn Stunden Glanzgarantie. Und ihre karamellfarbenen Augen leuchteten, weil sie ein Gemisch aus Gelb und Rot und Gold waren – nicht wegen einer bunten Palette aus Lid-

schatten und Mascara. Und ihre Wangen waren gerötet, weil sie sich ihm nicht entziehen konnte.

Was ihn, obwohl er spürte, dass sie eine schwere Nacht hatte, nicht im Geringsten störte.

Doch das war eben der *Symphath* in ihm, dachte er spöttisch.

Lustig. Normalerweise hatte er kein Problem mit sich selbst und dem, was er war. Solange er denken konnte, war sein Leben ein sich ständig veränderndes Gebilde aus Lügen und Täuschungen gewesen. So war das nun mal. Aber in ihrer Nähe wünschte er normal zu sein.

»Dann messen wir Ihre Temperatur«, kündigte sie an und nahm ein elektronisches Thermometer vom Tisch.

»Höher als normal.«

Ihr bernsteinfarbener Blick traf seinen. »Das liegt an Ihrem Arm.«

»Nein, an Ihren Augen.«

Sie blinzelte, dann riss sie sich zusammen. »Das bezweifle ich.«

»Dann unterschätzen Sie Ihre Anziehungskraft.«

Als sie den Kopf schüttelte und eine Plastikkappe auf das silberne Thermometer steckte, fing er einen Hauch ihres Duftes ein.

Seine Fänge verlängerten sich.

»Öffnen.« Sie hob das Thermometer und wartete. »Nun?«

Rehv starrte in diese unglaublichen dreifarbigen Augen und öffnete den Mund. Sie beugte sich zu ihm, ganz geschäftig, erstarrte jedoch. Als sie seine Zähne sah, mischte sich etwas Dunkelerotisches in ihren Geruch.

Ein Gefühl des Triumphs schoss durch seine Adern, und er knurrte: »Mach's mir.«

Einen langen Moment waren sie in einem unsichtbaren Gewirr aus Hitze und Verlangen gefangen. Dann formte ihr Mund einen dünnen Strich.

»Niemals, aber ich werde Ihre Temperatur messen, weil ich muss.«

Sie stieß ihm das Thermometer zwischen die Lippen, und er musste die Zähne zusammenbeißen, damit ihm das Ding nicht eine Mandel durchbohrte.

Dennoch war alles gut. Selbst wenn er sie nicht haben konnte, fühlte sie sich doch von ihm angezogen. Und das war mehr, als er verdiente.

Es piepste, war still, piepste noch einmal.

»Zweiundvierzigsieben«, las sie ab, trat einen Schritt zurück und ließ die Plastikkappe in den Mülleimer fallen. »Havers wird kommen, sobald er kann.«

Mit dem harten, kurzen Klang des F-Worts klappte die Tür hinter ihr zu.

Mann, sie war heiß.

Rehv runzelte die Stirn. Die Sache mit der erotischen Anziehung erinnerte ihn an etwas, woran er nicht denken wollte.

Oder besser gesagt: an jemanden.

Seine Erektion fiel in sich zusammen, als ihm einfiel, dass Montagnacht war. Das hieß, dass morgen Dienstag war. Der erste Dienstag des letzten Monats des Jahres.

Der *Symphath* in ihm kribbelte, als sich jeder Millimeter seiner Haut anspannte, als hätte er die Taschen voller Spinnen.

Morgen würde er seine Erpresserin wiedertreffen. Himmel, wie konnte schon wieder ein ganzer Monat verstrichen sein? Jedes Mal, wenn er sich umsah, war es wieder der erste Dienstag, und er fuhr in den Norden

zu dieser gottverdammten Blockhütte für einen weiteren angeordneten Akt der Vereinigung.

Der Zuhälter wurde zur Hure.

Kräftemessen, Schlagabtäusche und schmutziger Sex waren die Währung bei den Treffen mit seiner Erpresserin, die Grundlage seines »Liebeslebens« der letzten fünfundzwanzig Jahre. Es war schäbig und falsch und erniedrigend, und er tat es wieder und wieder, um sein Geheimnis zu wahren.

Und auch, weil seine dunkle Seite darauf abfuhr. Es war *Liebe à la Symphath,* die einzige Gelegenheit, bei der er seiner wahren Natur freien Lauf lassen konnte, sein eines kleines Stück schrecklicher Freiheit. Schließlich trug er trotz aller medikamentöser Ruhigstellung und mühsam erlernter Anpassung das Erbe seines Vaters in sich, und das böse Blut floss in seinen Adern. Die DNA ließ nicht mit sich handeln, und obwohl er nur ein Mischling war, dominierte in ihm der Sündenfresser.

Bei einer Frau von Wert wie Ehlena würde er also immer hinter der Scheibe stehen, die Nase ans Glas gepresst, die Hände flehentlich ausgestreckt, doch ihr nie nah genug sein, um sie zu berühren. Ihr gegenüber war das nur fair. Anders als seine Erpresserin verdiente sie nicht, was Rehv mit sich brachte.

Das sagte ihm zumindest das moralische Empfinden, das er sich antrainiert hatte.

Wahnsinn, was für eine Erkenntnis.

Als nächstes Tattoo würde er sich einen verdammten Heiligenschein über den Kopf stechen lassen.

Als er sich die Bescherung an seinem linken Arm ansah, erkannte er mit absoluter Klarheit, was dort vor sich hin schwelte. Es war nicht nur eine bakterielle Infektion,

die daher rührte, dass er absichtlich keine sterilen Nadeln verwandte oder die Einstichstellen vorher nicht mit Alkohol abrieb. Es war ein langsamer Selbstmord, und deswegen wollte er verdammt sein, wenn er es dem Doktor zeigte. Er wusste genau, was ihm blühte, wenn dieses Gift in seinen Blutkreislauf geriet, und er wünschte, es würde sich etwas beeilen.

Die Tür schwang auf, und er blickte auf, bereit für Havers – nur dass es nicht der Doktor war. Rehvs Lieblingsschwester war zurück, und sie sah nicht gerade glücklich aus.

Vielmehr wirkte sie völlig erschöpft, als wäre er nur eines von vielen Ärgernissen, und sie hätte nicht die Kraft, sich mit dem Scheiß abzugeben, den er in ihrer Gegenwart abzog.

»Ich habe mit dem Doktor geredet«, erklärte sie. »Er ist bald im OP fertig, aber es wird noch eine Weile dauern. Er möchte, dass ich Ihnen Blut abnehme …«

»Es tut mir leid«, platzte Rehv heraus.

Ehlenas Hand fuhr zum Kragen ihrer Uniform und zog die zwei Hälften enger zusammen. »Wie bitte?«

»Es tut mir leid, dass ich mich so aufgeführt habe. Das fehlt dir sicher noch vonseiten der Patienten. Insbesondere in einer Nacht wie heute.«

Sie sah ihn skeptisch an. »Mir geht es gut.«

»Nein, das tut es nicht. Und nein, ich lese nicht deine Gedanken. Du siehst einfach nur müde aus.« Auf einen Schlag wusste er, wie sie sich fühlte. »Ich würde es gerne wiedergutmachen.«

»Nicht nötig …«

»Und dich zum Essen einladen.«

Okay, dieser Satz war eigentlich nicht geplant gewesen.

Und angesichts dessen, dass er sich eben noch zu seiner distanzierten Haltung gratuliert hatte, hatte er sich jetzt als Heuchler entlarvt.

Sein nächstes Tattoo würde eindeutig mehr in Richtung Primat gehen. Weil er sich gerade zum Affen machte.

Ehlena starrte ihn an, als hätte er den Verstand verloren. Das überraschte nicht. Wenn sich ein Mann so aufführte wie er, wünschte sich doch keine Frau, noch *mehr* Zeit mit ihm zu verbringen.

»Tut mir leid, nein.« Sie hing noch nicht einmal das obligatorische *Ich gehe grundsätzlich nicht mit Patienten aus* an.

»Okay. Ich verstehe.«

Während sie das Besteck zur Blutabnahme vorbereitete und ein Paar Gummihandschuhe überzog, langte Rehv nach seinem Jackett, holte seine Visitenkarte heraus und versteckte sie in seiner großen Hand.

Sie arbeitete schnell, stach in seinen gesunden Arm und füllte zügig die Aluminiumampullen. Nur gut, dass sie nicht aus Glas waren und Havers die Tests alle selbst ausführte. Vampirblut war rot. *Symphathen* hatten blaues Blut. Bei ihm lag die Farbe irgendwo in der Mitte, aber er und Havers hatten ein Arrangement. Obwohl der Arzt zugegebenermaßen nichts davon wusste, aber das war die einzige Möglichkeit, wie sich Rehv behandeln lassen konnte, ohne Havers zu kompromittieren.

Als Ehlena fertig war, verkorkte sie die Ampullen mit weißen Plastikstöpseln, streifte die Handschuhe ab und ging so hastig zur Tür, als wäre er ein übler Geruch.

»Warte«, rief er.

»Möchten Sie ein Schmerzmittel wegen des Armes?«

»Nein. Ich möchte, dass du das hier nimmst.« Er hielt

ihr seine Karte hin. »Und mich anrufst, solltest du jemals in der Stimmung sein, mir einen Gefallen zu tun.«

»Auf die Gefahr hin, unprofessionell zu klingen, aber ich werde nie in der Stimmung für Sie sein. Unter welchen Umständen auch immer.«

Autsch. Nicht dass er es ihr verdenken konnte. »Der Gefallen wäre, mir zu vergeben. Kein Date oder dergleichen.«

Sie blickte auf die Karte, dann schüttelte sie den Kopf. »Die behalten Sie besser. Für jemanden, der vielleicht einmal Verwendung dafür hat.«

Als sich die Tür schloss, knüllte er die Karte zusammen.

Verdammter Mist. Was hatte er sich bloß dabei gedacht? Wahrscheinlich führte sie ein nettes kleines Leben in einem sauberen Haus mit zwei hingebungsvollen Eltern. Vielleicht hatte sie auch einen Freund, der eines Tages ihr *Hellren* sein würde.

Ja, als freundlicher Drogenbaron, Zuhälter und Vollstrecker von nebenan passte er wirklich ausgezeichnet zur Bilderbuchwelt der Normalbürger. Absolut.

Er warf die zerknüllte Karte in den Papierkorb unter dem Schreibtisch und sah zu, wie das Knäuel auf dem Korbrand kreiselte und dann zwischen Taschentücher, Papierfetzen und eine leere Coladose fiel.

Während er auf den Arzt wartete, starrte er auf den Papierkorb und dachte, dass die meisten Bewohner des Planeten für ihn wie dessen Inhalt waren: Dinge, die man benutzte und wegwarf, ohne Reue. Aufgrund seiner dunklen Natur und der seiner Branche hatte er viele Knochen gebrochen, Köpfe eingeschlagen und goldene Schüsse verursacht.

Ehlena hingegen verbrachte ihre Nächte damit, Leute zu retten.

Ja, sie hatten wirklich viel gemeinsam.

Seine Bemühungen lieferten ihr die Kundschaft.

Einfach perfekt.

Draußen vor der Klinik in der frostigen Nacht standen sich Wrath und Vishous gegenüber, Brust an Brust.

»Geh mir aus dem Weg, V.«

Vishous ließ sich nicht beeindrucken. Nichts Neues. Selbst vor Bekanntwerden dieser klitzekleinen Nebensächlichkeit, dass er der Sohn der Jungfrau der Schrift war, hatte der Mistkerl immer schon getan, was er wollte.

Ein Bruder hätte mehr Erfolgsaussichten, einem Felsblock Befehle zu erteilen.

»Wrath ...«

»Nein, V. Nicht hier. Nicht jetzt ...«

»Ich habe dich gesehen. In meinen Träumen heute Nachmittag.« Den Schmerz in der dunklen Stimme verband man normalerweise mit Beerdigungen. »Ich hatte eine Vision.«

Ohne es zu wollen, fragte Wrath: »Was hast du gesehen?«

»Du standest allein auf einem dunklen Feld. Wir waren alle um dich herum, aber niemand von uns konnte dich erreichen. Du warst von uns gegangen und wir von dir.« Der Bruder hielt ihn fest. »Durch Butch weiß ich, dass du allein in den Kampf ziehst, und ich habe den Mund gehalten. Aber ich kann das nicht mehr zulassen. Wenn du stirbst, ist unser Volk am Arsch, ganz zu schweigen von der Bruderschaft.«

Wrath versuchte, Vs Gesicht scharf zu sehen, aber über

der Tür hing eine Neonröhre und das Leuchten stach höllisch. »Du weißt nicht, was der Traum bedeutet.«

»Du aber auch nicht.«

Wrath dachte an das Gewicht des Zivilisten in seinem Arm. »Vielleicht ist es nur …«

»Frag mich, wann ich diese Vision zum ersten Mal hatte.«

»… eine Angst von dir.«

»Frag mich. Wann ich die Vision das erste Mal hatte.«

»Wann?«

»Neunzehnhundertneun. Hundert Jahre seit dem ersten Mal. Und jetzt frag mich, wie oft ich diese Vision im letzten Monat hatte.«

»Nein.«

»Siebenmal, Wrath. Heute Nachmittag hat das Fass zum Überlaufen gebracht.«

Wrath riss sich von V los. »Ich gehe jetzt. Wenn du mir folgst, gibt es einen Kampf.«

»Du kannst nicht allein gehen. Das ist zu gefährlich.«

»Du machst wohl Witze.« Wrath funkelte V durch seine Sonnenbrille hindurch an. »Unser Volk geht zugrunde, und du stresst rum, wenn ich unsere Feinde verfolge? Das ist ein beschissener Witz. Ich setze mich nicht hinter einen dämlichen Schreibtisch und schiebe Formulare hin und her, während meine Brüder draußen auf dem Schlachtfeld die wirkliche Arbeit erledigen …«

»Aber du bist der König. Du bist wichtiger als wir …«

»So ein Schwachsinn! Ich bin einer von euch! Ich wurde geweiht, ich habe von den Brüdern getrunken und sie von mir. Ich will kämpfen!«

»Schau, Wrath …« V schlug einen sehr vernünftigen Ton an, der jeden Kerl dazu gereizt hätte, ihm die Zäh-

ne einzuschlagen. Mit einer Axt. »Ich weiß genau, wie das ist, wenn man nicht sein möchte, als was man geboren wurde. Glaubst du, ich stehe auf diese beschissenen Träume? Glaubst du, mir macht dieses Lichtschwert Spaß?« Er hielt seine behandschuhte Hand hoch, als würde diese Veranschaulichung bei ihrer Diskussion helfen. »Du kannst nicht ändern, was du bist. Du kannst die Vereinigung deiner Eltern nicht rückgängig machen. Du bist der König, und für dich gelten andere Regeln. So ist es nun einmal.«

Wrath gab sich die größte Mühe, Vs ruhigen und beherrschten Ton zu kopieren. »Und ich sage dir, ich kämpfe seit über dreihundert Jahren, also bin ich nicht gerade ein Anfänger auf dem Gebiet. Außerdem möchte ich darauf hinweisen, dass ich auch als König das Recht auf Selbstbestimmung ha...«

»Du hast keine Erben. Und wie ich von meiner *Shellan* gehört habe, bist du Beth über den Mund gefahren, als sie sagte, sie würde es gern in ihrer ersten Triebigkeit versuchen. Und zwar ziemlich unwirsch. Wie sagte sie gleich, hättest du dich ausgedrückt? Ach ja. ›Ich will keine Kinder in der nächsten Zukunft ... wenn überhaupt.‹«

Wrath stieß hörbar die Luft aus. »Ich fasse es nicht, dass du so etwas tust.«

»Und das bedeutet? Wenn du umkommst, wird der Zusammenhalt unseres Volkes zerfallen wie altes Gewebe, und wenn du glaubst, damit wäre uns im Krieg geholfen, hast du so viel Mist im Hirn, dass er zu den Ohren wieder herausquillt. Finde dich damit ab, Wrath. Du bist das Herz und der Puls deines Volkes ... deshalb kannst du nicht einfach losziehen und im Alleingang kämpfen, wie es dir passt. So läuft das einfach nicht ...«

Wrath packte den Bruder am Kragen und rammte ihn gegen die Klinikwand. »Pass auf, V. Du bist nur einen Schritt von einem Kinnhaken entfernt.«

»Wenn du glaubst, es ändere etwas, wenn du mich zusammenschlägst, dann halt dich nicht zurück. Aber ich garantiere dir, wenn wir fertig sind und blutend am Boden liegen, hat sich an der Situation nichts geändert. Vor deiner Bestimmung kannst du nicht weglaufen.«

Hinter ihnen stieg Butch aus dem Escalade und rückte seinen Gürtel zurecht wie jemand, der sich zum Faustkampf bereit macht.

»Dein Volk braucht dich lebend, Arschloch«, zischte V. »Zwing mich nicht, dir das Genick zu brechen, denn ich schrecke vor nichts zurück.«

Wrath lenkte seinen Blick wieder auf V. »Ich dachte, ich soll am Leben bleiben. Außerdem wäre das Verrat und würde mit dem Tod bestraft. Egal, wessen Sohn du bist.«

»Schau. Ich sage nicht, dass du nicht …«

»Halts Maul, V. Halte nur einmal dein verdammtes Maul.«

Wrath ließ die Lederjacke seines Gegenübers los und trat zurück. Himmel, er musste hier weg, oder diese Auseinandersetzung würde genau zu dem führen, worauf sich Butch bereits vorbereitete.

Wrath hielt V einen Finger vor das Gesicht. »Du verfolgst mich nicht, ist das klar? Du verfolgst mich nicht.«

»Du dummer Idiot«, murmelte V resigniert. »Du bist der König. Wir *alle* müssen dir folgen.«

Wrath dematerialisierte sich mit einem Fluch, und seine Moleküle verteilten sich über der Stadt. Auf seiner Reise konnte er nicht glauben, dass V wirklich die Sache

mit Beth und dem Nachwuchs angeführt hatte. Oder dass Beth eine derart private Angelegenheit mit Doc Jane besprochen hatte.

Aber wer hatte hier den Kopf voller Mist? V war verrückt, wenn er glaubte, dass Wrath das Leben seiner geliebten Frau aufs Spiel setzen würde, indem er sie schwängerte, wenn sie in ungefähr einem Jahr in die Triebigkeit käme. Es starben mehr Vampirinnen bei der Geburt als überlebten.

Sein eigenes Leben würde er für sein Volk geben, wenn es sein musste, aber auf keinen Fall würde er seine *Shellan* einem derartigen Risiko aussetzen.

Und selbst wenn er die Garantie für ihr Überleben hätte, wollte er keinen Sohn, dem das gleiche Schicksal blühte wie ihm ... gefangen und ohne eine Wahl, schweren Herzens Diener eines Volkes, das nach und nach in einem Krieg starb, gegen den er nur wenig, wenn überhaupt etwas, tun konnte.

7

Das St. Francis war eine kleine Stadt für sich, ein Konglomerat aus architektonischen Einheiten verschiedener Epochen. Jede Komponente formte ein kleines Viertel für sich, und die einzelnen Bezirke waren untereinander durch eine Unzahl von sich windenden Auffahrten und Fußgängerwegen verbunden. Da gab es den aufgeblasenen Administrationstrakt, den vergleichsweise schlichten, niedrigen Ambulanzbau und die hohen Wohnblöcke für die stationär behandelten Patienten mit unterteilten Fenstern. Das einzige verbindende Element auf dem Gelände waren die segensreichen rot-weißen Richtungsschilder mit ihren Pfeilen, die nach links, rechts oder geradeaus zeigten, je nachdem, wohin man wollte.

Xhex' Ziel aber war offensichtlich.

Die Notaufnahme war die neueste Ergänzung des medizinischen Zentrums, ein modernes Gebäude aus Stahl und Glas, wie eine hell erleuchtete, immerzu brummende Disco.

Schwer zu verfehlen. Schwer aus den Augen zu verlieren.

Xhex nahm im Schatten einiger Bäume Gestalt an, die in einem Kreis um ein paar Bänke gepflanzt worden waren. Als sie auf die Reihe von Drehtüren der Notaufnahme zuging, war sie nur halb anwesend. Obwohl sie ein

paar Passanten auswich und den Rauch aus dem ausgewiesenen Raucherunterstand roch und die kalte Luft im Gesicht spürte, war sie zu abgelenkt von dem Kampf in ihrem Innern, um ihre Umgebung wirklich zu registrieren.

Als sie in das Gebäude kam, waren ihre Hände klamm, und kalter Schweiß bildete sich auf ihrer Stirn. Das Neonlicht und das weiße Linoleum und das geschäftig umherlaufende Krankenhauspersonal in den Uniformen hypnotisierten sie.

»Kann ich Ihnen helfen?«

Xhex wirbelte herum und riss die Arme kampfbereit hoch. Der Arzt, der sie angesprochen hatte, wich nicht zurück, schien aber überrascht.

»He, he, ganz ruhig.«

»Entschuldigung.« Sie ließ die Arme fallen und las das Namensschild an seinem weißen Kittel: DR. MANUEL MANELLO, CHEFCHIRURG. Sie runzelte die Stirn, als sie ihn erfühlte und seinen Duft aufnahm.

»Alles in Ordnung bei Ihnen?«

Egal. Es ging sie nichts an. »Ich muss zur Leichenhalle.«

Der Mann schien nicht verwundert zu sein, dass jemand mit ihrer Reaktion ein paar Kandidaten mit Papiermarkern am Zeh kennen könnte. »Okay, sehen Sie den Gang da drüben? Gehen Sie bis zum Ende. Dort werden Sie ein Schild Richtung Leichenhalle sehen. Ab da folgen Sie einfach den Pfeilen. Sie ist im Keller.«

»Danke.«

»Gern geschehen.«

Der Arzt ging durch die Drehtür, durch die sie hereingekommen war, und Xhex ging durch den Metalldetek-

tor, den er soeben passiert hatte. Kein Piepsen. Sie warf dem Wachmann, der sie kurz musterte, ein verkniffenes Lächeln zu.

Das Messer, das sie bei sich trug, war aus Keramik, und ihre metallenen Büßergurte hatte sie durch ein Set aus Leder und Stein ersetzt. Keine Probleme.

»'n Abend, Officer.«

Der Kerl nickte, behielt aber die Hand am Knauf seiner Waffe.

Am Ende des Ganges entdeckte sie die Tür, nach der sie gesucht hatte, stieß sie auf und ging die Treppe runter, immer den roten Pfeilen nach, wie es ihr der Arzt gesagt hatte. Als sie in einen Bereich mit weiß getünchten Betonwänden gelangte, vermutete sie, dass sie der Sache näher kam, und sie behielt recht. Detective de la Cruz stand ein Stück weiter vorne im Gang, an einer stählernen Flügeltür mit der Aufschrift LEICHENHALLE und nur für Personal.

»Danke, dass Sie gekommen sind«, begrüßte er sie. »Wir gehen in den Besucherraum weiter vorne. Ich gebe nur eben Bescheid, dass Sie da sind.«

Der Cop drückte eine Tür auf. Durch den Spalt sah Xhex eine Reihe von Metalltischen mit Blöcken für die Köpfe der Toten.

Ihr Herz setzte aus, dann raste es wie wild, obwohl sie sich immer wieder sagte, dass es nichts mit ihr zu tun hatte. Sie war nicht da drin. Das hier war nicht ihre Vergangenheit. Kein Weißkittel stand über sie gebeugt und vollzog Dinge »im Namen der Wissenschaft«.

Außerdem war sie schon vor einem Jahrzehnt darüber hinweggekommen …

Ein Geräusch fing leise an und wurde immer lauter, hin-

ter ihr. Sie wirbelte herum und erstarrte, die Angst war so mächtig, dass sie ihre Füße an den Boden nietete ...

Aber es war nur ein Putzmann, der mit einem Wäschewagen in der Größe eines Autos um die Ecke bog. Er stemmte sich gegen den Griff und drückte mit dem ganzen Rücken. Ohne aufzublicken, kam er an ihr vorbei.

Einen Moment lang blinzelte Xhex und sah einen anderen Schiebewagen. Einen voller verworrener, unbeweglicher Leiber, deren tote Arme und Beine wie Reisig übereinander lagen.

Sie rieb sich die Augen. Okay, sie war über die Vergangenheit hinweg ... solange sie nicht in einer Klinik war.

Gütiger Himmel ... sie musste hier raus.

»Schaffen Sie das?«, fragte de la Cruz, der direkt neben ihr stand.

Sie schluckte mühsam und riss sich zusammen. Der Mann würde sicher nicht verstehen, dass sie ein Berg Laken auf Rädern aus der Fassung brachte und nicht die Leiche, die sie gleich sehen würde. »Ja. Können wir jetzt reingehen?«

Er sah sie einen Moment lang prüfend an. »Hören Sie, wollen Sie sich eine Minute Zeit nehmen? Einen Kaffee trinken?«

»Nein.« Als er sich nicht bewegte, ging sie selbst auf die Tür mit der Aufschrift AUFBAHRUNG zu.

De la Cruz schoss an ihr vorbei und öffnete ihr die Tür. Im Vorzimmer dahinter gab es in einer Ecke drei schwarze Plastikstühle und zwei Türen, und es roch nach chemischen Erdbeeren, das Ergebnis von Formaldehyd, das sich mit einem Raumerfrischer mischte. In der anderen Ecke stand ein kurzer Tisch mit zwei Pappbechern voll pfützenbraunem Kaffee.

Anscheinend gab es rastlose Läufer und Sitzer, und von den Sitzern wurde erwartet, dass sie ihr Koffein aus der Maschine auf den Knien balancierten.

Als sie sich umsah, hingen die Gefühle der Leute, die hier gewartet hatten, wie Schimmel nach einem Wasserschaden in der Luft. Schlimme Dinge waren Leuten zugestoßen, die durch diese Tür gekommen waren. Herzen wurden gebrochen. Leben zerstört. Welten waren unwiederbringlich dahin.

Eigentlich sollte man den Leuten hier keinen Kaffee anbieten, dachte sie. Sie waren schon nervös genug.

»Hier lang.«

De la Cruz führte sie in einen engen, weiß tapezierten Raum, der wie geschaffen war für klaustrophobische Anfälle, wenn man sie fragte: Schuhkartongroß, kaum Belüftung, flackernde Neonröhren mit Schluckauf und ein Fenster, das auch nicht gerade auf eine Blumenwiese hinausging.

Der Vorhang auf der anderen Seite der Scheibe war zugezogen und versperrte die Sicht.

»Alles in Ordnung?«, erkundigte sich der Detective erneut.

»Können wir das einfach erledigen?«

De la Cruz beugte sich nach links und drückte einen Klingelknopf. Beim Klang des Summers teilte sich der Vorhang in der Mitte in einem langsamen Rascheln und gab die Sicht auf eine Leiche frei, die mit der gleichen Sorte Laken bedeckt war, die auch in dem Wäschekorb gelegen hatte. Ein Mann in einem blassgrünen Kittel stand am Kopfende und zog auf ein Nicken des Cops hin das Laken zurück.

Chrissy Andrews Augen waren geschlossen, die Wim-

91

pern lagen auf Wangen vom blassen Grau der Dezemberwolken. Sie sah nicht friedlich aus, wie sie da lag. Ihr Mund war ein blauer Schrägstrich, die Lippen aufgeplatzt, vielleicht von einer Faust oder einer Pfanne oder einer zugeschlagenen Tür.

Die Falten des Lakens, die auf ihrem Hals ruhten, versteckten größtenteils die Würgemale.

»Ich weiß, wer das getan hat«, sagte Xhex.

»Nur damit wir uns verstehen, Sie identifizieren sie als Chrissy Andrews?«

»Ja. Und ich weiß, wer das getan hat.«

Der Detective nickte dem Klinikmitarbeiter zu, der Chrissys Gesicht bedeckte und den Vorhang wieder schloss. »Der Freund?«

»Ja.«

»Es gab viele Anrufe wegen häuslicher Gewalt.«

»Zu viele. Aber das ist ja jetzt vorbei. Der Bastard hat sein Werk vollendet, nicht wahr?«

Xhex ging zur Tür hinaus, und der Detective musste sich beeilen, um mit ihr Schritt zu halten.

»Warten Sie …«

»Ich muss zurück zur Arbeit.«

Als sie in den Kellergang drängte, zwang sie der Detective, stehen zu bleiben. »Sie sollen wissen, dass die Polizei von Caldwell eine ordentliche Mordermittlung durchführt und alle Verdächtigen auf die angebrachte, legale Art verhören wird.«

»Daran zweifle ich nicht.«

»Und Sie haben Ihren Beitrag geleistet. Jetzt müssen Sie uns die Sache überlassen, damit wir sie zu Ende bringen. Lassen Sie ihn uns finden, okay? Ich möchte nicht, dass Sie irgendwelche Rachefeldzüge starten.«

Das Bild von Chrissys Haar kam ihr in den Sinn. Sie war sehr eitel damit gewesen, hatte es immer zurückgekämmt, geglättet und besprüht, bis es aussah wie der Kopf eines Schachbauern.

Melrose Place total, Heather Locklear und ihr Goldhelm.

Das Haar unter dem Leichentuch war flach wie ein Schneidebrett gewesen, an beiden Seiten eingedrückt. Sicherlich von dem Leichensack, in dem sie transportiert worden war.

»Sie haben Ihren Teil erledigt«, wiederholte de la Cruz.

Nein, das hatte sie noch nicht.

»Ich wünsche Ihnen einen schönen Abend, Officer. Und viel Glück bei der Suche nach Grady.«

Er musterte sie skeptisch, dann schien er ihr die Ich-bin-ein-braves-Mädchen-Nummer abzukaufen. »Soll Sie jemand zurückfahren?«

»Nein, danke. Und ehrlich, machen Sie sich um mich keine Sorgen.« Sie lächelte schwach. »Ich mache keine Dummheiten.«

Ganz im Gegenteil, sie war eine äußerst gewitzte Killerin. Mit bester Ausbildung.

Und *Auge um Auge* war mehr als nur ein einprägsamer kleiner Satz.

José de la Cruz war kein Starprofessor oder Molekulargenetiker. Er war auch kein Mann, der Wetten abschloss, und das nicht nur wegen seines katholischen Glaubens.

Er hatte keinen Grund zu wetten. Sein Instinkt war sicherer als die Kristallkugel einer Wahrsagerin.

Deshalb wusste er genau, was er tat, als er Ms. Alex Hess in diskretem Abstand aus dem Krankenhaus folg-

te. Hinter der Drehtür ging sie weder links Richtung Parkplatz noch rechts auf die drei Taxen zu, die vor dem Krankenhaus warteten. Sie ging geradeaus, zwischen den Autos hindurch, die Patienten brachten oder abholten, und um die noch freien Taxen herum. Dann trat sie wieder auf den Bürgersteig und von dort aus auf den gefrorenen Rasen. Schließlich überquerte sie die Straße und trat zwischen die Bäume, die die Stadt vor ein paar Jahren gepflanzt hatte, um die Innenstadt ein bisschen grüner zu gestalten.

Und von einem Lidschlag zum nächsten war sie verschwunden, als wäre sie nie da gewesen.

Was natürlich unmöglich war. Es war dunkel, und de la Cruz war seit vorgestern vier Uhr morgens auf den Beinen, deshalb war seine Sicht so scharf, als befände er sich unter Wasser.

Er würde ein Auge auf diese Frau haben müssen. Er wusste aus erster Hand, wie hart es war, einen Kollegen zu verlieren, und es war offensichtlich, dass ihr die Tote etwas bedeutet hatte. Dennoch brauchte er in dieser Ermittlung keine unberechenbare Zivilistin, die Gesetze brach und am Ende den Hauptverdächtigen tötete.

José ging zu dem Zivilfahrzeug, das er hinter dem Gebäude geparkt hatte, wo die Krankenwagen geputzt wurden und die Mediziner im Bereitschaftsdienst Pausen machten.

Chrissy Andrews Freund Robert Grady alias Bobby G hatte auf Monatsbasis ein Apartment angemietet, seit sie ihn im Sommer vor die Tür gesetzt hatte. Als José gegen dreizehn Uhr dort angeklopft hatte, war niemand da gewesen. Aufgrund der Notrufe, die Chrissy in den letzten sechs Monaten wegen ihres Freundes getätigt hatte,

wurde ein Durchsuchungsbefehl bewilligt und erlaubte es José, den Vermieter herzubestellen und die Tür aufzusperren.

Jede Menge verdorbener Lebensmittel in der Küche, schmutziges Geschirr im Wohnzimmer und überall Wäsche.

Außerdem eine Reihe von Zellophantütchen mit – Schockschwerenot! – Heroin. Ach nee.

Von Grady keine Spur. Das letzte Mal hatte man ihn am Abend zuvor gegen zehn in dem Apartment gesichtet. Der Mieter von nebenan hatte Bobby G herumschreien gehört. Dann das Knallen der Tür.

Und laut Anrufliste, die man bereits von seinem Mobilfunkanbieter eingeholt hatte, hatte er um einundzwanzig Uhr sechsunddreißig Chrissys Nummer gewählt.

Man hatte umgehend eine Überwachung durch Beamte in Zivil angeordnet, und die Detectives schauten regelmäßig herein, jedoch ohne Ergebnisse. Und José glaubte nicht, dass es an dieser Front noch irgendwelche Neuigkeiten geben würde. Die Wahrscheinlichkeit war groß, dass diese Wohnung eine Geisterstadt bliebe.

Also hatte er jetzt zwei Dinge auf seinem Radar: den Freund finden. Und die Sicherheitschefin vom *ZeroSum* überwachen.

Und sein Instinkt sagte ihm, dass es das Beste für alle Beteiligten wäre, wenn er Bobby G vor Alex Hess fand.

8

Während Havers bei Rehvenge war, bestückte Ehlena einen der Vorratsschränke. Der zufällig ganz nah an Behandlungszimmer drei stand. Sie stapelte elastische Verbände. Baute Türme aus eingeschweißten Mullbinden. Kreierte ein Modigliani-gleiches Gebilde aus Kleenex-Schachteln, Pflastern und Thermometerkappen.

Langsam gingen ihr die Dinge zum Ordnen aus, als die Tür zum Behandlungszimmer mit einem Klicken aufging. Sie steckte den Kopf in den Gang hinaus.

Havers war wirklich ein Arzt wie aus dem Bilderbuch, mit seiner Hornbrille und den exakt gescheitelten braunen Haaren, der Fliege und dem weißen Kittel. Er gab sich auch wie ein Vorzeigedoktor und hatte Mitarbeiter, Klinik und allen voran die Patienten immer ruhig und besonnen im Griff.

Aber als er jetzt im Gang stand, schien er nicht ganz bei sich zu sein. Er runzelte die Stirn, als wäre er verwirrt, und rieb sich den Kopf, als schmerzten seine Schläfen.

»Ist bei Ihnen alles in Ordnung, Doktor?«, erkundigte sich Ehlena.

Er wandte sich zu ihr um, die Augen ungewöhnlich leer hinter den Brillengläsern. »Äh ... ja, danke.« Er schüttelte den Kopf und gab ihr ein Rezept, das oben auf Rehvenges Krankenakte lag. »Ich ... äh ... Wären Sie so

freundlich, dem Patienten Dopamin zu bringen, zusammen mit zwei Dosen Skorpion-Antiserum? Ich würde es selbst tun, aber ich glaube, ich muss mir etwas zu essen besorgen. Ich fühle mich ein bisschen unterzuckert.«

»Ja, Doktor. Sofort.«

Havers nickte und steckte die Krankenakte zurück in den Halter neben der Tür. »Vielen Dank.«

Wie in Trance schwebte er von dannen.

Der arme Mann musste völlig erschöpft sein. Er hatte den größten Teil der letzten zwei Nächte und Tage im OP verbracht und sich um eine gebärende Frau, einen Mann, der in einen Autounfall verwickelt gewesen war, und ein kleines Kind mit schlimmen Verbrennungen gekümmert, das nach einem Topf kochenden Wassers auf dem Herd gegriffen hatte. Und dabei hatte er in den zwei Jahren, seit er in der Klinik arbeitete, keinen Tag frei genommen. Er war immer auf Abruf, immer im Dienst.

Ein bisschen wie Ehlena mit ihrem Vater.

Deshalb wusste sie, wie müde er sein musste.

In der Apotheke gab sie das Rezept dem Apotheker, der nie ein Wort verlor und auch heute nicht mit dieser Tradition brach. Der Mann ging nach hinten und kam mit sechs Schachteln Dopamin-Ampullen und etwas Antiserum zurück.

Er gab ihr die Medikamente, stellte ein Schild mit der Aufschrift »Bin in 15 Minuten wieder da« auf und passierte die Klappe im Ladentisch.

»Warten Sie«, sagte Ehlena, die ihre Fracht kaum halten konnte. »Das kann doch nicht stimmen.«

Der Mann hatte schon Zigarette und Feuerzeug in der Hand. »Doch.«

»Nein, das ist ... wo ist das Rezept?«

Mit nichts zog eine Frau größeren Zorn auf sich, als wenn sie einen Mann von seiner Rauchpause abhielt. Aber das kümmerte sie einen Dreck.

»Bringen Sie mir das Rezept.«

Murrend schob sich der Apotheker wieder durch den Ladentisch und raschelte übertrieben laut mit den Rezepten, als hoffte er, durch die Reibung ein Feuer zu entzünden.

»›Sechs Packungen Dopamin‹« Er hielt ihr das Rezept vor die Nase. »Sehen Sie?«

Sie beugte sich vor. Es stimmte, sechs Schachteln, nicht sechs Ampullen.

»Das verschreibt der Doktor diesem Kerl immer. Das und das Antiserum.«

»Immer?«

Der Ausdruck des Mannes sagte *Komm mal runter, Alte* und er sprach langsam, als verstünde sie kein Englisch. »Ja. Der Doktor holt die Bestellung normalerweise selber ab. Sind Sie zufrieden, oder wollen Sie sich bei Havers beschweren?«

»Nein … und danke.«

»War mir ein *Vergnügen*.« Er klatschte das Rezept zurück auf den Stapel und stapfte durch den Ladentisch, als fürchte er, sie könnte noch weitere spannende Forschungsprojekte ersinnen.

Welche Beschwerden wurden mit 144 Dosierungen Dopamin behandelt? Und Antiserum?

Es sei denn, Rehvenge plante eine laaaaaaange Reise. An einen unwirtlichen Ort voller Skorpione à la dem Film *Die Mumie*.

Ehlena ging durch den Gang zum Behandlungszimmer und jonglierte mit den Schachteln: Sobald sie eine aufge-

fangen hatte, geriet die nächste ins Rutschen. Sie klopfte mit dem Fuß an die Tür und hätte beinahe die ganze Ladung verloren, als sie die Klinke hinunterdrückte.

»Ist das alles?«, fragte Rehvenge gepresst.

Was denn, wollte er vielleicht eine ganze Palette von dem Zeug? »Ja.«

Sie ließ die Schachteln auf den Tisch gleiten und stellte sie schnell ordentlich hin. »Ich sollte Ihnen eine Tüte bringen.«

»Nicht nötig. Das geht so.«

»Brauchen Sie Spritzen?«

»Davon habe ich genug«, sagte er ironisch.

Vorsichtig erhob er sich von der Untersuchungsliege und zog sich den Pelzmantel an. Der Zobel machte seine breiten Schultern noch mächtiger, sodass er sie selbst vom anderen Ende des Raums aus zu überragen schien. Den Blick fest auf sie geheftet, nahm er seinen Stock und kam langsam herüber, als traute er seinen Beinen nicht … und seinem Empfang.

»Danke«, sagte er.

Gott, das Wort war so schlicht und gewöhnlich und doch, aus seinem Mund bedeutete es ihr viel mehr, als ihr lieb war.

Eigentlich war es auch weniger das, was er sagte, sondern sein Ausdruck: Es lag Verletzlichkeit in den amethystfarbenen Augen, sehr tief verborgen. Oder vielleicht auch nicht.

Vielleicht fühlte nur sie sich verletzlich und suchte Anteilnahme bei dem Mann, der sie in diese Verfassung gebracht hatte. Und sie war sehr schwach in diesem Moment. Als Rehvenge nahe bei ihr stand und eine Schachtel nach der anderen in den Taschen seines Man-

tels verstaute, war sie nackt trotz ihrer Uniform, demaskiert, obwohl nichts ihr Gesicht verborgen hatte.

Sie wandte sich ab und sah doch nur diese Augen.

»Pass auf dich auf ...« Seine Stimme war so tief. »Und wie schon gesagt: danke. Du weißt schon. Dass du dich um mich gekümmert hast.«

»Keine Ursache«, sagte sie zur Behandlungsliege. »Ich hoffe, Sie haben bekommen, was Sie brauchen.«

»Einen Teil davon ... auf jeden Fall.«

Ehlena drehte sich nicht wieder um, bis sie das Klicken der sich schließenden Tür hörte. Dann setzte sie sich mit einem Fluch auf den Stuhl am Schreibtisch und fragte sich erneut, ob es irgendeinen Sinn hatte, sich heute mit ihrem Date zu treffen. Nicht nur wegen ihres Vaters, sondern ...

Oh prima. Das war wirklich clever. Warum wies sie nicht einen netten, normalen Vampir ab, nur weil sie sich zu einem absolut unmöglichen Kerl von einem anderen Planeten hingezogen fühlte, wo Leute Mäntel trugen, die mehr als Autos kosteten. Perfekt.

Wenn sie so weitermachte, gewann sie vielleicht noch den Nobelpreis für hirnrissige Ideen, ein Ziel, das sie wirklich anstrebte.

Ihre Augen wanderten herum, während sie sich selbst zurück in die Realität zu reden versuchte ... bis sie am Papierkorb hängen blieben. Auf einer Coladose lag eine zusammengeknüllte cremefarbene Visitenkarte.

Rehvenge, Sohn des Rempoon

Darunter nur eine Nummer, keine Adresse.

Sie bückte sich, holte die Karte heraus und strich sie auf dem Schreibtisch glatt. Als sie den Handballen ein paarmal darüber streifen ließ, spürte sie keine Uneben-

heiten der Schrift, nur eine feine Gravur. Geprägt. Natürlich.

Ah, Rempoon. Sie kannte diesen Namen, und jetzt verstand sie auch den Namen von Rehvenges nächster Angehöriger. Madalina war eine gefallene Auserwählte, die sich der spirituellen Beratung anderer angenommen hatte, eine beliebte, angesehene Frau, von der Ehlena gehört hatte, obwohl sie ihr nie persönlich begegnet war. Die Frau hatte sich mit Rempoon vereinigt, einem Mann aus einer der ältesten und prominentesten Blutlinien. Mutter. Vater.

Dann gehörten diese Zobelmäntel also nicht nur zur Show eines neureichen Emporkömmlings. Rehvenge verkehrte in dem Zirkel, dem einst auch Ehlena und ihre Eltern angehört hatten, der *Glymera* – der Crème de la Crème der zivilen Vampirgesellschaft, den Päpsten des guten Geschmacks, den Verteidigern der Etikette … und der grausamsten Enklave von Alleswissern auf dem Planeten. Daneben wirkten Straßenräuber aus Manhattan wie Leute, die man gerne mal zum Abendessen einladen würde.

Sie wünschte ihm viel Vergnügen mit diesen Leuten. Der Himmel wusste, dass sie und ihre Familie nicht sonderlich viel Spaß mit ihnen gehabt hatten: Ihren Vater hatten sie hintergangen und dann fallen lassen wie eine heiße Kartoffel, geopfert, damit ein mächtigerer Zweig der Blutlinie finanziell und gesellschaftlich überleben konnte. Und das war erst der Anfang gewesen.

Sie warf die Karte zurück in den Papierkorb, ging aus dem Behandlungszimmer und nahm die Krankenakte aus dem Halter. Nachdem sie sich bei Catya gemeldet hatte, machte Ehlena Pausenvertretung im Empfangs-

bereich und speiste Havers Rezept und Kurznotizen zu Rehvenge in das System ein.

Es gab keine Erwähnung der zugrunde liegenden Erkrankung. Aber vielleicht wurde sie bereits so lange behandelt, dass sie nur in früheren Aufzeichnungen stand.

Havers traute Computern nicht über den Weg und erledigte seine Arbeit ausschließlich auf Papier, doch Catya hatte vor drei Jahren darauf bestanden, dass sie elektronische Abschriften von allem anfertigten, und es seitdem ein Team von *Doggen* gab, das die Akten der aktuellen Patienten komplett in den Rechner eingab und auf den Server überspielte. Das war ihr großes Glück gewesen. Als sie nach den Überfällen in die neue Klinik zogen, waren die elektronischen Daten alles, was sie von den Patienten besaßen.

Einem Impuls folgend, scrollte sie durch die jüngsten Eintragungen bezüglich Rehvenge. Die Dopamindosis war in den letzten zwei Jahren stetig gestiegen.

Sie loggte sich aus und lehnte sich zurück, verschränkte die Arme vor der Brust und starrte auf den Monitor. Der Bildschirmschoner zeigte den *Millenium Falcon,* und Sterne schossen mit Lichtgeschwindigkeit aus den Tiefen des Bildschirms auf sie zu.

Sie würde ihre Verabredung einhalten, beschloss sie.

»Ehlena?«

Sie sah zu Catya auf. »Ja?«

»Patienteneinlieferung mit Krankenwagen. Ankunft in ungefähr zwei Minuten. Drogenüberdosis, unbekannte Substanz. Patient intubiert. Wir zwei assistieren.«

Als eine Kollegin kam, um den Empfang zu übernehmen, sprang Ehlena von ihrem Bürostuhl auf und joggte hinter Catya her den Gang hinunter zur Notaufnahme.

Havers war bereits da und verdrückte hastig die letzten Reste von etwas, das wie ein Schinkensandwich mit Roggentoast aussah.

Gerade als er seinen sauberen Teller einem *Doggen* reichte, wurde der Patient durch den unterirdischen Tunnel von den Garagen hergerollt. Die Sanitäter waren zwei männliche Vampire, gekleidet im Stil ihrer menschlichen Pendants, eine notwendige Maßnahme, um nicht aufzufallen.

Der Patient war bewusstlos und wurde nur noch von dem Mediziner am Leben gehalten, der auf Kopfhöhe neben ihm herlief und in langsamem gleichmäßigem Rhythmus einen Ballon zusammenpresste.

»Sein Freund hat uns gerufen«, erklärte der Sanitäter. »Und ihn dann bewusstlos in der Kälte neben dem *ZeroSum* liegen gelassen. Pupillen reagieren nicht. Blutdruck zweiundsechzig zu achtunddreißig. Herzfrequenz zweiunddreißig.«

Was für eine Verschwendung, dachte Ehlena, als sie sich an die Arbeit machte.

Drogen waren so ein beschissener Dreck.

Am anderen Ende der Stadt fand Wrath problemlos die Wohnung des Jägers. Sie lag in den Ausläufern von Caldwell in den *Hunterbred Farms,* einer Wohnanlage mit zweistöckigen Gebäuden und Reiterthema, so authentisch wie Wachstischdecken in einem italienischen Billigrestaurant.

Kein Jagdpferd weit und breit. Und bei *Farm* dachte man normalerweise auch nicht an einhundert Einzimmerwohnungseinheiten, eingepfercht zwischen einem Fordhändler und einem Supermarkt. Agrarkultur? Aber

sicher doch. Das Verhältnis von Grünfläche zu Asphalt war eins zu vier, und der klitzekleine Teich war eindeutig künstlich angelegt.

Ein Betonrand fasste das verdammte Ding ein wie einen Swimmingpool, und die dünne Eisschicht darauf hatte die Farbe von Pisse, als wäre gerade eine chemische Behandlung im Gange.

Bei so vielen Menschen verwunderte es Wrath, dass die Gesellschaft der *Lesser* Truppen an einem derartig auffälligen Ort unterbrachte, aber vielleicht war es nur vorübergehend. Oder vielleicht steckte ja das ganze verdammte Ding voller *Lesser*.

Jedes Gebäude bestand aus vier Wohnungen, angeordnet um eine gemeinschaftliche Freitreppe. Die Hausnummern an den Wänden wurden vom Boden aus mit Spots beleuchtet. Wrath löste sein Sichtproblem mit der altbewährten Tastmethode. Als er eine Zahlenkombination fand, die sich nach *acht zwölf* in kursiven Ziffern anfühlte, löschte er die Beleuchtung mit seinem Willen und materialisierte sich an den oberen Absatz der Treppe.

Acht zwölf hatte ein windiges Schloss, das sich leicht manipulieren ließ, aber Wrath blieb auf der Hut. Flach an die Mauer gepresst drehte er den Türgriff im Hufeisendesign und öffnete die Tür nur einen Spalt.

Dann schloss er die nutzlosen Augen und lauschte. Keine Bewegung, nur das Summen eines Kühlschranks. Da er mit seinem Gehör selbst Mäuse durch die Nase atmen hörte, folgerte er, dass er sicher war. Er schloss die Hand um einen Wurfstern und drückte sich hinein.

Möglicherweise blinkte irgendwo eine Alarmanlage, aber Wrath wollte ohnehin nicht lange genug bleiben, um sich mit dem Feind zu schlagen. Ein Kampf

war ohnehin ausgeschlossen. Hier wimmelte es nur so vor Menschen.

Also würde er sich nur die Kanopen schnappen und wieder abhauen. Schließlich rührte das feuchte Gefühl an seinem Bein nicht daher, dass er in eine Pfütze getreten war. Seit dem Kampf in der Seitenstraße blutete er in den Stiefel, wenn also jemand auftauchte, der nach Talkum roch, würde er verschwinden.

Zumindest redete er sich das ein.

Er schloss die Tür und atmete ein, langsam und bedächtig … und wünschte, er könnte sich Nase und Rachen mit einem Hochdruckstrahler ausspülen. Trotzdem: Obwohl es ihn würgte, war der Geruch ein gutes Zeichen: Drei unterschiedliche süßliche Witterungen vermengten sich in der abgestandenen Luft, was hieß, dass hier drei *Lesser* wohnten.

Im hinteren Teil der Wohnung, wo sich die süßlichen Gerüche konzentrierten, fragte sich Wrath, was hier eigentlich los war. *Lesser* lebten selten in Gruppen, weil sie einander bekämpften – das hatte man davon, wenn man nur mordlustige Irre rekrutierte. Zur Hölle, die Männer, die Omega aussuchte, konnten ihren inneren Michael Meyer nicht einfach abstellen, bloß weil die Gesellschaft Mietkosten sparen wollte.

Vielleicht hatten sie aber auch einen starken Hauptlesser hier.

Nach den Überfällen im Sommer konnte man sich schwerlich vorstellen, dass es den *Lessern* an Geld mangelte, aber warum sonst sollten sie Truppen zusammenlegen? Andererseits waren den Brüdern, und Wrath insgeheim auch, billigere Waffen bei den *Lessern* aufgefallen. Früher musste man im Kampf gegen die Jäger auf jede

Neuigkeit des Waffenmarktes eingestellt sein. Doch in letzter Zeit hatten sie es mit Schnappmessern der alten Schule zu tun gehabt, mit Schlagringen, und letzte Woche mit – man staune – einem Schlagstock. Alles preiswerte Waffen, die weder Munition noch Wartung brauchten. Und jetzt spielten sie *Die Waltons* auf der *Hunterbred Farm?* Was sollte der Scheiß?

Im ersten Zimmer hingen zwei Gerüche, und Wrath entdeckte zwei Kanopen neben den zwei Betten ohne Laken oder Decken.

Das nächste Nest roch ebenfalls nach alter Dame ... und nach noch etwas. Ein kurzes Schnüffeln sagte Wrath, dass es ... Himmel, Old Spice war.

Also wirklich. Als ob man dem Geruch dieser Bastarde noch etwas hinzufügen müsste ...

Heilige Scheiße.

Wrath atmete tief ein, und sein Hirn filterte alles, was auch nur entfernt süßlich roch, heraus.

Schießpulver.

Er folgte der metallischen Note und kam zu einem Schrank mit der Sorte Tür, die man an einem Puppenhaus erwartete. Als er sie öffnete, strömte ihm das Eau de Pulver entgegen. Wrath bückte sich und tastete sich voran.

Die Waffen waren ganz eindeutig abgefeuert worden, aber nicht in letzter Zeit, dachte er. Was auf einen Secondhand-Kauf schließen ließ.

Doch aus wessen erster Hand?

Jedenfalls konnte er den Krempel unmöglich hierlassen. Der Feind würde ihn gegen seine Brüder und die Zivilisten einsetzen, also würde er eher die ganze Wohnung in die Luft jagen, als die Waffen den *Lessern* zu überlassen.

Blöderweise würde sein Geheimnis herauskommen, wenn er das der Bruderschaft meldete. Doch wie sollte er die Kisten allein hier wegschaffen? Er hatte kein Auto, und mit diesem Gewicht konnte er sich unmöglich dematerialisieren, selbst wenn er die Beute aufteilte.

Wrath kroch rückwärts aus dem Schrank und untersuchte das Zimmer durch Tasten und Schauen. Oh, gut. Links gab es ein Fenster.

Er holte sein Handy heraus und klappte es auf –

Jemand kam die Treppe hinauf.

Wrath erstarrte und schloss die Augen, um sich besser konzentrieren zu können. Mensch oder *Lesser?*

Nur eines wäre für ihn interessant.

Er bückte sich zur Seite und stellte die zwei Kanopen auf eine Kommode. Dabei stieß er – hey, cool – sowohl auf die dritte Kanope als auch auf die Flasche Old Spice. Die .40 in der Hand, stand er breitbeinig da und richtete die Knarre in den kurzen Flur, direkt auf die Wohnungstür.

Man hörte Schlüssel klimpern, dann ein Scheppern, als wären sie zu Boden gefallen.

Der Fluch kam von einer Frau.

Wrath entspannte sich und ließ die Waffe gegen sein Bein sinken. Wie die Bruderschaft nahm auch die Gesellschaft der *Lesser* ausschließlich Männer auf, daher war es definitiv kein Jäger, der da gerade mit den Schlüsseln spielte.

Die Wohnungstür gegenüber schloss sich, und eine Sekunde später dröhnte ein Fernseher mit *Surround Sound* so laut, dass Wrath von seiner Position aus die Wiederholung von *The Office* verfolgen konnte.

Er mochte diese Folge. Es war die mit der entwischten Fledermaus.

Ein paar Schreie drangen von der Sitcom herüber.

Ganz genau. Jetzt flog das Viech herum.

Da die Frau beschäftigt war, konzentrierte sich Wrath erneut und hoffte, dass die Wohneinheit vielleicht gerade einen Lauf hatte und auch der Feind bald heimkäme. Doch auch stillstehen und flach atmen konnte die *Lesser*-Quote in der Wohnung nicht erhöhen. Eine Viertelstunde später hatte sich immer noch keiner blicken lassen.

Aber sein Aufenthalt war nicht ganz für die Katz. Immerhin lauschte er einer Comedy, und zwar der Szene mit Dwight und der Fledermaus in der Büroküche.

Zeit für Aktion.

Er rief Butch an, gab ihm die Adresse durch und trug ihm auf, mit Bleifuß zu fahren. Wrath wollte diese Waffen hier herausschaffen, bevor jemand auftauchte. Und wenn sie die Kisten schnell genug ins Auto bekamen und Butch das ganze Zeug wegschaffen konnte, blieb Wrath vielleicht noch eine Stunde, um hier zu warten.

Um sich die Zeit zu vertreiben, durchsuchte er die Wohnung und tastete Oberflächen nach Computern, Handys oder weiteren verdammten Pistolen ab. Er war gerade in das zweite Zimmer zurückgekehrt, als etwas von der Scheibe abprallte.

Wrath entsicherte seine Waffe erneut und drückte sich flach gegen die Wand neben dem Fenster. Dann öffnete er den Riegel und drückte das Fenster einen kleinen Spalt breit auf.

Der Boston-Akzent des Bullen drang so leise wie durch eine Flüstertüte zu ihm. »Hallo, Rapunzel, lässt du jetzt dein verdammtes Haar runter, oder was?«

»Pst, willst du die gesamte Nachbarschaft aufschrecken?«

»Als ob die bei dem Fernsehlärm irgendwas hören könnten. He, ist das nicht die Folge mit der Fleder…«

Wrath überließ Butch seinem Monolog, steckte die Pistole zurück an die Hüfte, öffnete das Fenster weit und ging zum Schrank. Mit einem knappen »Achtung, Baby« schob er die erste Kiste aus dem Fenster.

»Himmelherrg…« Ein Knurren schnitt den Fluch ab.

Wrath steckte den Kopf aus dem Fenster und flüsterte: »Ich dachte, du wärst Katholik. Ist das nicht blasphemisch?«

Butch klang, als hätte jemand ein Feuer auf seinem Bett ausgepinkelt. »Du schmeißt mir ein halbes Auto auf den Kopf und warnst mich mit einem beschissenen Song von U2?«

»Jetzt fang bloß nicht an zu heulen.«

Während sich der Ex-Cop fluchend zum Escalade schleppte, den er unter ein paar Kiefern geparkt hatte, ging Wrath zurück zum Schrank.

Als Butch zurückkam, hievte Wrath die nächste Kiste über die Brüstung.

Wieder knurrte Butch. »Leck mich doch am Arsch.«

»Nie im Leben.«

»Okay. Leck dich.«

Als die letzte Kiste wie ein schlafendes Baby in Butchs Armen ruhte, lehnte sich Wrath aus dem Fenster. »Bye bye.«

»Willst du nicht mit zurück zum Haus fahren?«

»Nein.«

Es gab eine Pause, als erwartete Butch zu hören, was Wrath mit dem spärlichen Rest der Nacht vorhatte.

»Geh heim«, forderte er den Bullen auf.

»Was soll ich den anderen sagen?«

»Dass du ein verdammtes Genie bist und die Waffen-kisten auf der Jagd gefunden hast.«

»Du blutest.«

»Ich bin es leid, dass mir das jeder sagt.«

»Dann sieh es endlich ein und geh zu Doc Jane.«

»Hatte ich mich nicht schon verabschiedet?«

»Wrath ...«

Wrath schloss das Fenster, ging zur Kommode und ließ die drei Kanopen in seiner Jacke verschwinden.

Die Gesellschaft der *Lesser* war an den Herzen ihrer Toten genauso interessiert wie die Brüder. Sobald die Jäger also erfuhren, dass einer ihrer Männer draufge-gangen war, würden sie hier aufkreuzen. Bestimmt hatte doch einer der getöteten Loser von heute Nacht Verstär-kung gerufen. Sie mussten es wissen.

Sie mussten kommen.

Wrath suchte nach der besten Verteidigungsposition. Er entschied sich für das hintere Zimmer und richtete seine Waffe auf die Wohnungstür.

Er würde nicht gehen, bevor er unbedingt musste.

9

Das Umland von Caldwell unterteilte sich in Farmland und Wald, und die Farmen wiederum in Rinderhaltung und Getreideanbau, wobei das Weideland aufgrund der kurzen Sommer überwog. Auch vom Wald gab es zwei Sorten: Kiefern an den Berghängen, Eichen in den Sumpfausläufern des Hudson River.

Doch ob nun bewirtschaftet oder naturbelassen, die Straßen hier draußen waren weniger befahren und die Häuser weiter voneinander entfernt. Die Nachbarn waren so eigenbrötlerisch und schießwütig, wie man es sich selbst als eigenbrötlerischer und schießwütiger Typ nur wünschen konnte.

Lash, Sohn des Omega, saß an einem alten Küchentisch in einer Blockhütte in einem Waldstück. Über die verwitterte Kieferntischplatte verteilt, lagen alle Kontoauszüge der Gesellschaft der *Lesser,* die er finden, ausdrucken oder auf dem Laptop aufrufen konnte.

Eine Riesensauerei.

Er griff nach einem Auszug der Evergreen Bank, den er schon ein Dutzend Mal gelesen hatte. Auf dem wichtigsten Konto der Gesellschaft lagen hundertsiebenundzwanzigtausendfünfhundertzweiundvierzig Dollar und fünfzehn Cent. Auf den anderen Konten, verteilt auf sechs verschiedene Banken, darunter die Glens Fall

111

National und die Farrell Bank & Trust, schwankten die Kontostände zwischen zwanzig und zwanzigtausend.

Wenn das alles war, was die Gesellschaft hatte, bewegten sie sich am Rande des Bankrotts.

Die Überfälle im Sommer hatten ihnen einen Haufen Antiquitäten und Silber eingebracht, doch diese Objekte in Geld zu verwandeln war gar nicht so einfach, da der Verkauf viel Kontakt mit Menschen erforderte. Außerdem hatten sie den Zugriff auf einige Konten ergattert, doch auch hier ließen sich die Menschenbanken nur mühsam melken. Wie er auf die harte Tour gelernt hatte.

»Wollen Sie noch einen Kaffee?«

Lash blickte zu seiner Nummer zwei auf. Eigentlich war es ein Wunder, dass Mr. D noch da war, dachte Lash. Als er in die Welt der *Lesser* eingetaucht war, neugeboren durch seinen wahren Vater Omega, und sich der Feind plötzlich als Familie entpuppte, war er orientierungslos gewesen. Mr. D hatte den Fremdenführer gespielt. Eigentlich hatte Lash angenommen, der Bastard würde überflüssig wie jede Straßenkarte werden, wenn sich der Fahrer erst einmal auskannte.

Weit gefehlt. Heute war der kleine Texaner Lashs Jünger.

»Ja«, sagte Lash, »und wie steht es mit Essen?«

»Sofort, Sir. Ich habe einen guten Rückenspeck und den Käse, den Sie so gerne mögen.«

Der Kaffee wurde sorgsam in Lash's Becher eingeschenkt. Als Nächstes kam der Zucker, und der Löffel klang leise beim Rühren. Mr. D hätte Lash mit Vergnügen den Hintern abgeputzt, hätte der ihn dazu aufgefordert, aber er war kein Weichei. Der kleine Bastard konnte töten wie kein anderer, er war die Chucky-Mör-

derpuppe unter den Jägern. Und außerdem ein ausgezeichneter Schnellkoch. Seine Pancakes waren meterdick und fluffig wie Kissen.

Lash sah auf die Uhr. Seine Jacob & Cousin war mit Diamanten besetzt und glitzerte im schwachen Licht des Computerbildschirms. Aber es war nur eine Nachbildung, die er bei eBay ersteigert hatte. Er wollte eine neue, echte, aber ... gütiger Himmel ... er konnte es sich nicht leisten. Natürlich hatte er sämtliche Konten seiner »Eltern« behalten, nachdem er das Vampirpaar getötet hatte, das ihn aufgezogen hatte wie einen eigenen Sohn, doch obwohl da ein Haufen Scheinchen lagerte, wollte er sie nicht für unnötigen Scheiß ausgeben.

Er hatte laufende Kosten zu decken. Die Ausgaben für Hypotheken und Mieten, Waffen und Munition, Kleidung und Autoleasing läpperten sich. *Lesser* aßen nicht, aber sie hatten andere Bedürfnisse, und Omega kümmerte sich nicht ums Bare. Natürlich lebte er auch in der Hölle und konnte sich herbeizaubern, was er gerade brauchte, von einer warmen Mahlzeit bis hin zu diesen Glitzerroben, in die er seinen schwarzen Schattenleib so gerne hüllte.

Lash gestand es sich nur ungern ein, aber er hatte den Eindruck, dass sein wahrer Vater etwas schwuchtelig war. Ein richtiger Mann würde sich in diesem Glitzerscheiß nicht mal begraben lassen.

Als er den Kaffee an den Mund führte, funkelte ihn seine Uhr an, und er runzelte die Stirn.

Unsinn, das war ein Statussymbol.

»Deine Jungs sind spät«, nörgelte er.

»Sie kommen.« Mr. D ging zum Kühlschrank, einem Modell aus den Siebzigerjahren. Das Ding hatte nicht

nur eine quietschende Tür und die Farbe schimmliger Oliven, es sabberte auch noch wie ein Hund.

Das alles war so erbärmlich. Sie mussten ihre Unterkünfte aufbessern. Und wenn schon nicht alle, dann wenigstens das Hauptquartier.

Wenigstens war der Kaffee perfekt, obwohl er das für sich behielt. »Ich warte nicht gern.«

»Sie kommen, keine Sorge. Drei Eier für Ihr Omelette?«

»Vier.«

Es knirschte und splitterte ein paarmal in der Hütte, und Lash tippte mit dem Waterman-Füller auf den Evergreen-Kontoauszug. Die Ausgaben der Gesellschaft für Handys, Internetanschlüsse, Mieten, Waffen, Kleidung und Autos beliefen sich locker auf fünfzigtausend im Monat.

Als er sich zuerst eingearbeitet hatte, war er sicher gewesen, dass jemand in die eigene Tasche wirtschaftete. Doch jetzt hatte er die Sache monatelang verfolgt und war zu einem traurigen Schluss gekommen: Es gab keinen Bernie Maddock in den Reihen, der Rechnungen frisierte oder Geld veruntreute. Es war ganz einfach: Die Ausgaben überstiegen die Einkünfte. Punkt.

Lash gab sich größte Mühe, seine Truppen zu bewaffnen. Er hatte sich sogar dazu herabgelassen, einer Gruppe von Bikern, die er im Sommer im Gefängnis kennengelernt hatte, vier Kisten Schusswaffen abzukaufen. Aber es reichte nicht aus. Seine Männer brauchten Besseres als alte Luftgewehre, um die Bruderschaft niederzuzwingen.

Und wo er gerade bei seiner Wunschliste war: Er brauchte mehr Männer. Erst hatte er die Biker für eine

gute Quelle gehalten, doch ihr Kreis war zu geschlossen. Nachdem er mit ihnen zu tun gehabt hatte, sagte ihm sein Instinkt, dass er sie entweder alle rekrutieren oder die Finger von ihnen lassen musste – wenn er sich nur die Rosinen rauspickte, würden die Erwählten zum Clubheim zurückrennen und den alten Kumpels von ihrem lustigen neuen Vampirkillerjob erzählen. Doch wenn er den ganzen Schwung nahm, lief er Gefahr, dass sie seine Autorität nicht anerkannten.

Einzelrekrutierung wäre die sicherste Vorgehensweise, aber wann sollte er das tun? Neben den Unterrichtsstunden mit seinem Vater – die sich trotz der zweifelhaften Garderobe als immens hilfreich erwiesen –, der Aufsicht über Überzeugungszentren und Beute-Lager und dem Versuch, seine Leute zu befehligen, blieb ihm einfach keine Zeit dafür.

Deshalb wurde es langsam kritisch: Für den Erfolg benötigte ein Militärführer dreierlei. Geldmittel und Rekruten waren zwei davon. Und obwohl er als Sohn von Omega zahlreiche Vorteile genoss, ließ sich die Zeit nicht dehnen, weder für Mensch, Vampir noch den Kronprinzen des Bösen.

In Anbetracht der Kontostände wusste Lash, dass er bei den Geldmitteln beginnen musste. Danach konnte er sich um die anderen beiden Posten kümmern.

Lash horchte auf. Ein Auto fuhr vor und ließ ihn nach seiner Halbautomatik greifen, während Mr. D seine .357 Magnum zog. Lash behielt seine Waffe unter dem Tisch, Mr. D hingegen hielt seine mit ausgestrecktem Arm auf die Tür gerichtet.

Als es klopfte, antwortete Lash ruppig: »Du solltest lieber der sein, von dem ich glaube, dass er draußen steht.«

Die Antwort des *Lesser* war die richtige. »Wir sind's, ich, Mr. A und Ihre Bestellung.«

»Kommen Sie rein«, sagte Mr. D, ganz der freundliche Gastgeber, obwohl seine .357 weiter auf die Tür gerichtet blieb.

Die zwei Jäger, die die Blockhütte betraten, waren die letzten beiden Blassen, das letzte Paar von Altgedienten, die lange genug bei der Gesellschaft waren, um ihre Haar- und Augenfarbe eingebüßt zu haben.

Der Mensch, den sie mit sich zerrten, war nichts Besonderes, ein weißer Junge Anfang zwanzig, eins achtzig groß, Durchschnittsgesicht und schwindendes Haar, das ihm in ein paar Jahren ganz ausfallen würde. Der gleichgültige Gesichtsausdruck erklärte zweifelsohne die Wahl seiner Kleidung: Er trug eine Lederjacke mit aufgeprägtem Adler auf der Rückseite, ein *Rock 'n' Roll Religion*-T-Shirt, Ketten an der Jeans und Ed-Hardy-Sneakers.

Traurig. Wirklich traurig. Wie breite Schluffen an einem Mitsubishi. Und sollte der Junge bewaffnet sein, dann sicher mit einem Taschenmesser, bei dem der Zahnstocher am meisten gebraucht wurde.

Aber Lash suchte keinen Kämpfer. Die hatte er. Von dieser Null wollte er etwas anderes.

Der Typ sah Mr. Ds Willkommensgruß an und schielte zur Tür, als fragte er sich, ob er wohl schneller als die Kugel wäre. Mr A löste das Problem, indem er sich vor den Ausgang stellte.

Der Mensch blickte zu Lash und runzelte die Stirn. »He ... ich kenne Sie. Aus dem Gefängnis.«

»Ja, das tust du.« Lash blieb sitzen und lächelte leicht. »Möchtest du erfahren, was das Gute und das Schlechte an diesem Treffen ist?«

Der Mensch schluckte und konzentrierte sich wieder auf die Mündung von Mr. D. »Ja klar.«

»Du warst leicht zu finden. Meine Männer mussten nur ins *Screamer's* gehen, ein bisschen rumstehen und … da warst du schon.« Lash lehnte sich zurück, und das Korbgeflecht des Stuhls knarzte. Als ihn der gehetzte Blick des Menschen streifte, hätte er ihm fast verklickert, er solle sich nicht um das Knarzen sorgen, sondern lieber um die Vierziger unter dem Tisch, die auf sein bestes Stück gerichtet war. »Hast du dich aus Problemen rausgehalten, seit ich dich im Gefängnis gesehen habe?«

Der Mensch schüttelte den Kopf und sagte: »Ja.«

Lash lachte. »Willst du das noch mal probieren? Du läufst nicht synchron.«

»Ich meine, ich mach weiterhin mein Ding, aber mir wurden keine Handschellen angelegt.«

»Also gut.« Als der Kerl wieder Mr. D ansah, lachte Lash. »An deiner Stelle würde ich wissen wollen, warum man mich hergebracht hat.«

»Ah … ja. Das wäre cool.«

»Meine Jungs haben dich beobachtet.«

»Jungs?«

»Du unterhältst ein gut laufendes Geschäft in der Stadt.«

»Ich verdiene ganz okay.«

»Wie würde es dir gefallen, mehr zu verdienen?«

Jetzt starrte der Mensch Lash an, und ein kriecherischer, gieriger Blick verengte seine Augen. »Wie viel mehr?«

Geld war wirklich ein großartiger Antriebsmotor.

»Du machst dich ganz gut als Dealer, aber du bist eine kleine Nummer. Zu deinem Glück bin ich gerade in der

Stimmung, in jemanden wie dich zu investieren, jemanden, der Unterstützung braucht, um die nächste Stufe zu erklimmen. Ich möchte, dass du nicht mehr Dealer, sondern Mittelsmann für große Geschäfte wirst.«

Der Mensch fuhr sich mit der Hand ans Kinn und ließ sie am Hals hinabgleiten, als müsste er sein Hirn anwerfen, indem er sich die Kehle massierte. In der Stille runzelte Lash die Stirn. Die Knöchel des Kerls waren aufgestoßen, und an seinem billigen *Caldwell High School*-Ring fehlte der Stein.

»Das klingt interessant«, murmelte der Mensch. »Aber ... ich muss den Ball eine Weile flach halten.«

»Warum?« Mann, wenn das eine Verhandlungstaktik war, würde Lash ihm nur zu gerne darlegen, dass es hundert andere hässliche geldgeile Pusher gab, die sich diese Chance nicht entgehen lassen würden.

Dann würde er Mr. D zunicken, und der Jäger würde Adlerjacke direkt unter dem fliehenden Haaransatz skalpieren.

»Ich, äh, ich muss mich in Caldie ein bisschen zurückhalten. Für eine Weile.«

»Warum?«

»Es hat nichts mit dem Drogendealen zu tun.«

»Hat es was mit den blutigen Knöcheln zu tun?« Der Mensch steckte die Hände hastig hinter den Rücken. »Hab ich es mir doch gedacht. Frage: Was hattest du heute im *Screamer's* zu suchen, wenn du dich verstecken musst?«

»Sagen wir einfach, ich musste einen Einkauf tätigen.«

»Du bist ein Trottel, wenn du selbst Drogen nimmst.« Und kein guter Kandidat für Lashs Vorhaben. Mit einem Junkie wollte er keine Geschäfte machen.

»Es ging nicht um Drogen.«

»Um einen neuen Ausweis?«

»Vielleicht.«

»Hast du bekommen, was du wolltest? Im Club?«

»Nein.«

»Dann kann ich dir helfen.« Mit einem Laminiergerät konnte die Gesellschaft aufwarten, Himmel noch mal. »Hier mein Vorschlag: Meine Männer, links, rechts und hinter dir, arbeiten mit dir zusammen. Wenn du nicht Frontmann auf der Straße sein kannst, besorgst du eben die Ware, und sie lassen sich von dir für den Verkauf einweisen.« Lash warf einen Blick zu Mr. D. »Mein Frühstück?«

Mr. D legte seine Waffe neben den Cowboyhut, den er nur drinnen abnahm, und stellte die Flamme unter einer Pfanne auf dem kleinen Herd an.

»Über welche Beträge reden wir hier?«, erkundigte sich der Mensch.

»Hundert Riesen für die erste Investition.«

Die Augen des Kerls blinkten vor Aufregung wie die Lichter beim Einarmigen Banditen, ding, ding, ding. »Also … Scheiße, damit kann man spielen. Aber wie viel springt für mich raus?«

»Gewinnbeteiligung. Siebzig für mich. Dreißig für dich. Von allen Verkäufen.«

»Woher weiß ich, dass ich Ihnen trauen kann?«

»Das weißt du nicht.«

Als Mr. D den Speck in die Pfanne legte, erfüllte ein Zischen und Knistern den Raum, und Lash lächelte.

Der Mensch blickte sich um, und Lash konnte seine Gedanken förmlich lesen: eine Hütte mitten im Nirgendwo, vier Typen, von denen mindestens einer eine Knarre

hatte, mit der man eine Kuh in Hackbällchen verwandeln konnte.

»Okay. Ja. In Ordnung.«

Was natürlich die einzig richtige Antwort war.

Lash sicherte seine Waffe und legte sie auf den Tisch. Die Augen des Menschen traten hervor. »Komm schon, du hast nicht ernsthaft geglaubt, ich hätte dich nicht im Schussfeld, oder? Ich bitte dich.«

»Ja. Okay. Klar.«

Lash stand auf, streckte dem Kerl die Hand entgegen und fragte: »Wie heißt du, Adlerjacke?«

»Nick Carter.«

Lash lachte laut auf. »Versuch es noch mal, du Penner. Ich will deinen richtigen Namen.«

»Bob Grady. Man nennt mich Bobby G.«

Sie schüttelten sich die Hände, und Lash quetschte die geschundenen Knöchel zusammen. »Freut mich, mit dir ins Geschäft zu kommen, Bobby. Ich bin Lash. Aber du kannst auch Gott zu mir sagen.«

John Matthew blickte sich unter den Leuten in der VIP-Lounge des *ZeroSum* um. Nicht weil er nach weiblichen Reizen suchte wie Qhuinn, oder weil er sich fragte, wen Qhuinn wohl abschleppen würde, wie Blay.

Nein, John hatte seine eigene Fixierung.

Xhex schaute normalerweise jede halbe Stunde vorbei, aber seit sie der Türsteher angesprochen hatte, war sie davongeeilt und nicht mehr aufgetaucht.

Als eine Rothaarige vorbeikam, rutschte Qhuinn auf dem Sofa herum und tippte mit der Spitze des Kampfstiefels den Tisch an. Die Menschenfrau war ungefähr eins fünfundfünfzig groß und hatte die Beine einer Ga-

zelle, lang und zerbrechlich und schön. Und sie war keine Professionelle – sie hing am Arm eines Geschäftsmanns.

Was nicht bedeutete, dass sie es nicht für Geld tat, allerdings auf die legalere Art, die sich Beziehung nannte.

»Scheiße«, murmelte Qhuinn, und seine verschiedenfarbigen Augen funkelten raubtierhaft.

John stupste das Bein seines Freundes an und bedeutete ihm in Gebärdensprache: *Warum gehst du nicht einfach mit jemandem nach hinten? Dein Gezappel macht mich verrückt.*

Qhuinn deutete auf die Träne, die unter sein Auge tätowiert war. »Ich soll dich aber nicht alleine lassen. Nie. Das ist der Zweck eines *Ahstrux nohtrum.*«

Und wenn du nicht bald Sex hast, wirst du zu gar nichts mehr zu gebrauchen sein.

Qhuinn sah zu, wie die Rothaarige ihren kurzen Rock arrangierte, um beim Hinsetzen nicht das Ergebnis ihres Hollywood-Waxings zur Schau zu stellen.

Dann sah sie sich interessiert um … bis ihr Blick an Qhuinn hängen blieb. Bei seinem Anblick leuchteten ihre Augen auf, als hätte sie ein Schnäppchen bei Neiman Marcus erspäht. Das war nichts Ungewöhnliches. So ging es den meisten Frauen, Vampirinnen oder nicht, und es war nur zu verständlich. Qhuinn kleidete sich schlicht, aber Hardcore: Ein schwarzes Button-down-Hemd in dunkelblaue Z-Brand-Jeans gesteckt. Schwarze Kampfstiefel. Eine Reihe schwarzer Metallstecker führten seitlich an einem Ohr hoch. Das Haar war zu schwarzen Stacheln gegelt. Und vor Kurzem hatte er sich die Unterlippe in der Mitte mit einem schwarzen Ring piercen lassen.

Qhuinn sah aus wie ein Kerl, der die Lederjacke im Schoß behielt, weil er Waffen darunter verbarg.

Was er auch tat.

»Nein, ist kein Problem«, murmelte Qhuinn, bevor er sein Corona runterstürzte. »Ich steh nicht auf Rothaarige.«

Blay blickte sofort zur Seite und tat, als würde er eine Dunkelhaarige begutachten. In Wahrheit interessierte er sich nur für eine Person, und die hatte ihn so freundlich und nachdrücklich abgewiesen, wie es ein bester Freund eben tun konnte.

Qhuinn stand offensichtlich wirklich nicht auf Rothaarige.

Wann hattest du das letzte Mal Sex?, fragte John.

»Keine Ahnung.« Qhuinn winkte eine Kellnerin herbei, um eine weitere Runde Bier zu ordern. »Ist eine Weile her.«

John versuchte, sich daran zu erinnern. Das letzte Mal war … Himmel, im Sommer, mit diesem Mädchen bei Abercrombie & Fitch gewesen. Für jemand wie Qhuinn, der es problemlos mit drei Ladies in einer Nacht machte, war das eine höllische Durststrecke. Es war schwer vorstellbar, dass eine strenge Regatta im Einhandsegeln den Kerl lange bei Laune halten würde. Scheiße, selbst wenn er von der Auserwählten trank, behielt er seine Hände bei sich, obwohl seine Erektion hämmerte, dass ihm der kalte Schweiß ausbrach. Andererseits nährten sich die drei gleichzeitig von derselben Vampirin, und obwohl Qhuinn kein Problem mit Publikum hatte, behielt er die Hosen aus Respekt vor Blay und John an.

Im Ernst, Qhuinn, was sollte mir hier schon passieren? Blay ist doch da.

»Wrath sagte, ich solle immer bei dir sein. Also bleibe ich: Immer. Bei. Dir.«

Ich glaube, du nimmst das zu Ernst. Im Sinne von viel zu ernst.

Ihnen gegenüber rutschte die Rothaarige auf ihrem Sessel herum, sodass ihre Auslage von der Hüfte abwärts voll in den Blick geriet. Die glatten Beine standen unter dem Tisch hervor und waren direkt auf Qhuinn gerichtet.

Als sich der Kerl dieses Mal anders hinsetzte, war es ziemlich offensichtlich, dass er etwas Hartes in seinem Schoß umarrangierte. Und es war keine seiner Waffen.

Himmel noch mal, Qhuinn, ich sage ja nicht mit dieser. Aber wir müssen etwas mit dir machen …

»Er sagte, er ist okay«, mischte sich Blay ein. »Lass ihn einfach in Ruhe.«

»Es gäbe eine Möglichkeit.« Qhuinns verschiedenfarbige Augen streiften John. »Du könntest mitkommen. Wir müssten nichts zusammen machen, ich weiß, dass du auf so etwas nicht stehst. Aber du könntest ja auch jemanden mitnehmen. Wenn du willst. Wir könnten es in einer der privaten Toiletten tun, und du nimmst die Kabine, sodass ich dich nicht sehe. Sag einfach Bescheid, wenn du das willst, okay? Ich werde es sonst nicht mehr erwähnen.«

Als Qhuinn zur Seite blickte, total beiläufig, war es schwer, den Kerl nicht zu mögen. Rücksichtnahme trat in vielen Variationen auf, genauso wie Unhöflichkeit, und das freundliche Angebot einer Doppel-Aktion war eben eine Art von Rücksichtnahme: Qhuinn und Blay wussten beide, warum John auch acht Monate nach seiner Transition noch mit keiner Frau zusammen gewesen

war. Wussten, warum, und wollten trotzdem mit ihm abhängen.

Die Bombe hochgehen zu lassen, die John so gut verborgen hatte, war Lashs letzter Arschtritt gewesen, bevor er starb.

Und der Grund, warum Qhuinn ihn umgebracht hatte.

Als die Bedienung Nachschub brachte, schielte John zu der Rothaarigen hinüber. Zu seiner Überraschung lächelte sie, als sie ihn dabei ertappte.

Qhuinn lachte leise. »Vielleicht bin ich nicht der Einzige, der ihr gefällt.«

John hob sein Corona an die Lippen und trank, um sein Erröten zu verbergen. Die Sache war, er wollte Sex, und wie Blay wollte er ihn mit jemand ganz Bestimmtem. Aber nachdem ihm seine Erektion schon einmal bei einer nackten willigen Vampirin abhandengekommen war, hatte er es mit dem zweiten Versuch nicht eilig, insbesondere nicht mit der Person, der sein Interesse galt.

Hölle. Nein. Xhex war nicht die Sorte Frau, die man beim heißen Liebesspiel enttäuschen wollte. Aus Angst versagen und zum Schlappschwanz mutieren? Davon würde sich sein Ego nie wieder erholen ...

Eine Unruhe in der Menge riss ihn aus seinem Selbstmitleid, und er setzte sich auf.

Ein Typ mit irrem Blick wurde von zwei hünenhaften Mauren durch die VIP-Lounge eskortiert, jeder eine Hand an seinem Oberarm. Seine teuren Schuhe steppten, als seine Füße kaum den Boden berührten, und sein Mund veranstaltete irgendetwas, obwohl John wegen der Musik nicht hörte, was er sagte.

Das Trio ging zum Privatbüro im hinteren Teil.

John kippte sein Corona und starrte die Tür an, als sie

sich schloss. Dort passierten schlimme Dinge. Insbesondere mit Leuten, die von den zwei privaten Wachmännern dorthin geschleift wurden.

Auf einen Schlag verstummten alle Gespräche in der VIP-Lounge, wodurch die Musik plötzlich sehr laut erschien.

John wusste, wer es war, noch bevor er den Kopf drehte.

Rehvenge kam durch eine Seitentür herein. Sein Auftritt war leise und hatte doch dieselbe Wirkung wie eine explodierende Granate: Inmitten der gestylten Besucher mit ihren aufgedonnerten Begleitungen und den Professionellen, die nicht mit ihren Reizen geizten, und den Bedienungen, die Tabletts balancierten, wurde der Raum bei seinem Betreten plötzlich kleiner, und das nicht nur, weil er ein Riese im Pelzmantel war, sondern wegen der Art, wie er um sich blickte.

Seine glühenden Amethystaugen sahen alle und scherten sich um niemand.

Rehv – oder der Reverend, wie ihn die menschliche Klientel nannte – war Drogenbaron und Zuhälter, der sich einen Dreck um den größten Teil der Bewohner des Planeten kümmerte. Deshalb konnte er tun, was immer ihm beliebte.

Insbesondere mit Typen wie dem Stepptänzer.

Mann, diese Nacht würde ein übles Ende für diesen Mann nehmen.

Im Vorbeigehen nickte Rehv John und den Jungs zu, und sie nickten zurück und hoben respektvoll ihre Coronas. Denn in gewisser Weise war Rehv ein Verbündeter der Bruderschaft. Nach den Überfällen hatte man ihn zum *Leahdyre* des Rats der *Glymera* gemacht – weil er

als einziger Adeliger den Mumm besessen hatte, in Cald-well zu bleiben.

Und so war der Kerl, den wenig kümmerte, verant-wortlich für eine ganze Menge.

John wandte sich der Samtkordel zu und gab sich noch nicht einmal Mühe, es unauffällig zu machen. Sicher bedeutete das, dass auch Xhex …

Sie erschien ganz vorn im VIP-Bereich und sah ein-fach umwerfend aus, wenn man ihn fragte: Als sie sich zu einem Türsteher hinüberlehnte, um ihm etwas ins Ohr zu flüstern, spannten sich ihre Muskeln, sodass sich die Konturen durch die zweite Haut ihres engen Shirts ab-zeichneten.

Und wo sie gerade dabei waren, unbehaglich auf dem Sofa hin und her zu rutschen: Jetzt war John derjenige, der etwas umarrangieren musste.

Als sie jedoch zu Rehvs Privatbüro ging, wurde seine Libido auf Eis gelegt. Sie war noch nie der Typ gewesen, der viel lächelte, aber als sie an ihm vorbeikam, war ihre Miene regelrecht versteinert. Genau wie Rehvs Züge es gewesen waren.

Ganz offensichtlich war etwas vorgefallen, und John konnte sich nicht gegen den Beschützerinstinkt wehren, der in seiner Brust aufflammte. Oh Mann, als ob Xhex einen tapferen Ritter bräuchte. Wenn überhaupt, säße sie auf dem Pferd und würde den Drachen bekämpfen.

»Du wirkst etwas angespannt«, bemerkte Qhuinn lei-se, als Xhex im Büro verschwand. »Denk an mein Ange-bot, John. Ich bin nicht der Einzige, dem etwas abgeht.«

»Entschuldigt mich bitte.« Blay stand auf und holte seine roten Dunhills und das goldene Feuerzeug heraus. »Ich muss an die frische Luft.«

Der Vampir hatte vor Kurzem mit dem Rauchen angefangen, eine Angewohnheit, die Qhuinn verabscheute, obwohl Vampire keinen Krebs bekamen. Doch John konnte ihn verstehen. Der Frust musste irgendwo raus, und es gab nicht so viele Möglichkeiten, allein in einem Schlafzimmer oder mit den Jungs im Trainingszentrum.

Hölle, sie alle hatten in den letzten drei Monaten so viel Muskelmasse aufgebaut, dass sie kaum mit dem Klamottenshoppen hinterherkamen. Ihre Schultern, Arme und Oberschenkel platzten aus allen Nähten. Man konnte fast glauben, dass ein Sexverbot von Sportlern vor dem Wettkampf einen Sinn hatte. Wenn sie weiter so zulegten, würden sie bald wie eine Gang von Profi-Wrestlern aussehen.

Qhuinn starrte in sein Corona. »Willst du abhauen? Bitte sag, dass du abhauen willst.«

John schielte zur Tür von Rehvs Büro.

»Wir bleiben«, murmelte Qhuinn und winkte einer Kellnerin, die sofort zu ihnen kam. »Ich brauche noch eins von diesen Dingern. Oder vielleicht auch einen Kasten.«

10

Rehvenge schloss die Tür seines Büros und lächelte knapp, um seine Fänge nicht zu entblößen. Selbst ohne die Beißerchen zu sehen, wusste der Buchmacher, der zwischen Trez und iAm hing, dass er ganz tief in der Scheiße steckte.

»Reverend, was soll das alles? Warum bringen Sie mich auf diese Weise her?«, brach es stakkatomäßig aus dem Kerl heraus. »Ich erledige gerade meine Geschäfte für Sie, und auf einmal kommen diese beiden …«

»Ich habe etwas Interessantes über dich gehört«, unterbrach Rehv und ging hinter seinen Tisch.

Als er sich hinsetzte, kam Xhex ins Büro, ihre grauen Augen fixierten die Anwesenden. Sie schloss die Tür und lehnte sich mit dem Rücken dagegen, besser als jedes Sicherheitsschloss, wenn es darum ging, betrügerische Buchmacher drinnen zu behalten und neugierige Blicke draußen.

»Das war eine Lüge, eine absolute Lü…«

»Du willst nicht singen?« Rehv lehnte sich zurück, bis sein tauber Körper seine gewohnte Position im Schreibtischsessel fand. »Warst das nicht du, der letzte Nacht den Tony Bennett gegeben hat?«

Der Buchmacher runzelte verwundert die Stirn. »Na ja … ich singe ganz gut.«

Rehv nickte iAm zu, der wie immer eine versteiner-

te Miene zur Schau trug. Dieser Kerl zeigte nie Gefühle, außer vielleicht bei einem perfekten Cappuccino. Dann sah man einen Anflug von Freude über sein Gesicht huschen. »Mein Partner hier drüben sagte, du wärst wirklich gut gewesen. Dein Publikum war begeistert. Was hat er gesungen, iAm?«

iAm klang wie James Earl Jones, die Stimme tief und voll: »›Three Coins in the Fountain‹.«

Der Buchmacher strich sich affektiert die Hose glatt. »Ich habe Volumen. Rhythmusgefühl.«

»Dann bist du ein Tenor wie der gute alte Mr. Bennett, hm?« Rehvenge ließ den Zobel von den Schultern gleiten. »Ich liebe Tenöre.«

»Ja.« Der Buchmacher schielte zu den beiden Mauren. »Schauen Sie, wollen Sie mir nicht verraten, worum es hier geht?«

»Ich möchte, dass du für mich singst.«

»Sie meinen, für eine Party oder so etwas? Denn ich tue alles für Sie, das wissen Sie, Boss. Sie hätten doch nur fragen brauchen ... ich meine, das wäre nicht nötig gewesen.«

»Nicht für eine Party, obwohl wir vier deine Darbietung genießen würden. Als Entschädigung für das, worum du mich letzten Monat betrogen hast.«

Der Buchmacher wurde blass. »Ich habe Sie nicht betro...«

»Doch, das hast du. Siehst du, iAm ist ein erstklassiger Buchhalter. Jede Woche gibst du ihm deine Abrechnung. Da steht, wie viel welches Team gewinnt und zu welchen Kursen. Glaubst du, wir können nicht rechnen? Wenn man die Spiele vom letzten Monat anschaut, hättest du – wie viel war es gleich, iAm?«

»Einhundertachtundsiebzigtausendvierhundertzwei-undachtzig.«

»Das hättest du einzahlen müssen.« Rehv nickte iAm kurz einen Dank zu. »Doch stattdessen hast du nur … wie viel?«

»Einhundertdreißigtausendneunhundertzweiundacht-zig«, kam es wie aus der Pistole geschossen.

Der Buchmacher unterbrach: »Das stimmt nicht, er hat viel meh…«

Rehv schüttelte den Kopf. »Nun rate, was die Diffe-renz ist – nicht dass du es nicht schon wüsstest. iAm?«

»Siebenundvierzigtausendfünfhundert.«

»Was zufällig fünfundzwanzig Riesen zu einem Zins-satz von neunzig Prozent entspricht. Ist es nicht so, iAm?« Als der Maure einmal nickte, stieß Rehv seinen Stock auf den Boden und stand auf. »Was wiederum der Zinssatz der Caldie-Mafia ist. Trez hat sich ein bisschen umgehört. Was hast du gleich herausgefunden, Trez?«

»Mike hat berichtet, dass er diesem Kerl direkt vor dem *Rose-Bowl*-Football-Spiel fünfundzwanzig Riesen geliehen hat.«

Rehv ließ seinen Stock auf dem Sessel liegen und kam um den Tisch herum, wobei er sich mit der Hand an der Tischplatte abstützte. Die Mauren gingen wieder in Po-sition und hielten den Buchmacher an den Oberarmen fest.

Rehvenge blieb direkt vor dem Kerl stehen. »Und des-halb frage ich dich zum letzten Mal, hast du geglaubt, wir könnten nicht rechnen?«

»Reverend, Boss … bitte, ich wollte es zurückzahlen –«

»Ja, das wirst du. Und du zahlst dazu meinen Sonder-zinssatz für Schwanzlutscher, die mich verarschen wol-

len. Hundertfünfzig Prozent bis Ende des Monats, oder deine Frau bekommt dich in kleinen Päckchen zugestellt. Ach ja, und du bist gefeuert.«

Der Kerl brach in Tränen aus, und es waren keine Krokodiltränen. Sie waren echt, die Sorte, die die Nase zum Laufen brachte und die Augen anschwellen ließ. »Bitte … Sie wollten mir wehtun …«

Rehvs Hand schnellte hervor und griff dem Mann zwischen die Beine. Das Pudeljapsen sagte ihm, dass der Buchmacher es spürte, obwohl er es nicht tat, und er den Druck an der richtigen Stelle ansetzte.

»Ich mag es nicht, wenn man mich bestiehlt«, hauchte Rehv ihm ins Ohr. »Das finde ich echt zum Kotzen. Und wenn du glaubst, die Mafia könnte gemein zu dir sein, sei dir *gewiss,* ich bin gemeiner … Und jetzt … will ich, dass du für mich singst, Arschloch.«

Rehv packte zu, und der Kerl schrie aus Leibeskräften, laut und hoch, sodass es von der niedrigen Decke hallte. Als das Gekreische nachließ, weil dem Buchmacher die Luft ausging, ließ Rehv locker und gab ihm Gelegenheit, ein wenig zu keuchen. Und dann …

Der zweite Schrei war lauter und höher als der erste und bewies, dass man sich zum Singen erst aufwärmen musste.

Der Buchmacher zuckte und zappelte im Griff der Mauren und Rehv ließ nicht locker, während der *Symphath* in ihm gespannt zusah, als wäre es die unterhaltsamste Sendung im Fernsehen.

Es dauerte ungefähr neun Minuten, bis der Kerl das Bewusstsein verlor.

Als ihm die Lichter ausgegangen waren, ließ Rehv los und ging zurück zu seinem Stuhl. Auf ein Nicken hin

brachten Trez und iAm den Menschen in die Seitengasse hinaus, wo ihn die Kälte irgendwann wieder aufwecken würde.

Als sie gingen, hatte Rehv auf einmal das Bild von Ehlena vor Augen, wie sie all die Dopaminschachteln balancierend ins Behandlungszimmer kam. Was würde sie wohl von ihm denken, wenn sie wüsste, mit welchen Mitteln er den Betrieb am Laufen hielt? Was würde sie davon halten, dass die Aussicht für den Buchhalter, bei Zahlungsverzug in bluttriefenden Päckchen stückweise heimzukehren, keine leere Drohung war? Wie fände sie es, dass er das Hacken und Würfeln bereitwillig selbst übernehmen oder Xhex, Trez und iAm damit beauftragen würde?

Nun, er kannte die Antwort, oder etwa nicht?

Ihre Stimme, diese klare, hübsche Stimme, klang wieder in seinen Ohren: *Die behalten Sie besser. Für jemanden, der vielleicht einmal Verwendung dafür hat.*

Klar, sie kannte keine Einzelheiten, aber sie war schlau genug, seine Visitenkarte abzulehnen.

Rehvs Blick fiel auf Xhex, die keinen Zentimeter von der Tür gewichen war. Als sich das Schweigen in die Länge zog, starrte sie auf den schwarzen Teppich, und ihr Stiefelabsatz beschrieb einen Kreis darauf.

»Was?«, fragte er. Als sie nicht aufsah, spürte er, wie sie sich zu sammeln versuchte. »Was zum Donner ist los?«

Trez und iAm kamen zurück und lehnten sich an die schwarze Wand gegenüber Rehvs Schreibtisch. Sie verschränkten die Arme vor den mächtigen Brustkörben und hielten die Klappe.

Schweigen war charakteristisch für Schatten. Aber gepaart mit Xhex' verschlossenem Gesicht und der Zirkelbewegung ihres Stiefels verhieß es nichts Gutes.

»Spuck's aus.«

Xhex sah ihm ins Gesicht. »Chrissy Andrews ist tot.«

»Was ist passiert?« Obwohl er es wusste.

»Sie lag zusammengeschlagen und erwürgt in ihrer Wohnung. Ich musste in die Leichenhalle und sie identifizieren.«

»Mistkerl.«

»Ich werde mich darum kümmern.« Xhex bat nicht um Erlaubnis und egal, was er sagte, sie würde dieses Stück Dreck von einem Freund zur Strecke bringen. »Und ich werde es schnell tun.«

Eigentlich war Rehv dafür zuständig, aber er würde sich ihr nicht in den Weg stellen. Seine Mädchen waren nicht nur eine Einkommensquelle für ihn ... Sie waren Angestellte, die ihm etwas bedeuteten, mit denen er sich identifizierte. Wenn also einer von ihnen etwas zustieß, ob durch Freier, Freund oder Gatten, kümmerte er sich persönlich um die Vergeltung. Huren verdienten Respekt, und seine würden ihn bekommen.

»Erteil ihm eine Lektion«, knurrte Rehv.

»Wird erledigt.«

»Scheiße ... ich fühle mich schuldig«, murmelte Rehvenge und griff nach seinem Brieföffner. Das Ding war wie ein Dolch geformt und auch so scharf wie eine Waffe. »Wir hätten ihn früher umlegen sollen.«

»Sie machte den Eindruck, als ginge es ihr besser.«

»Vielleicht hat sie es nur besser *versteckt*.«

Die vier verfielen in Schweigen. In ihrem Beruf kam es immer wieder zu Verlusten – das Auftauchen einer Leiche war wirklich nichts bahnbrechend Neues –, aber meistens sorgten er und seine Crew für das Minus in der

Gleichung: Sie beseitigten Leute. Ein Verlust in den eigenen Reihen war ein harter Schlag.

»Möchtest du den Stand von heute Nacht?«, fragte Xhex.

»Noch nicht. Ich habe euch auch noch etwas mitzuteilen.« Mühsam drehte er den Kopf zu Trez und iAm. »Was ich jetzt sage, wird eine Menge Dreck aufwirbeln, und ich möchte euch beiden die Gelegenheit geben zu gehen. Xhex, dir steht diese Wahl nicht frei. Tut mir leid.«

Trez und iAm rührten sich nicht vom Fleck, was Rehv nicht überraschte. Trez streckte ihm außerdem den erhobenen Mittelfinger entgegen. Auch das schockierte ihn nicht.

»Ich war heute in Connecticut«, begann Rehv.

»Du warst außerdem in der Klinik«, fügte Xhex hinzu. »Warum?«

Dieses GPS nervte manchmal wirklich. Wo blieb eigentlich die Privatsphäre? »Vergiss die verdammte Klinik. Hör zu, ich brauche dich für einen Job.«

»Welche Sorte Job?«

»Betrachte Chrissys Freund als Cocktail vor dem Dinner.«

Das rang ihr ein eiskaltes Lächeln ab. »Erzähl.«

Er blickte auf die Spitze des Brieföffners und erinnerte sich daran, wie er und Wrath gelacht hatten, weil beide das gleiche Teil hatten: Der König hatte ihn nach den Überfällen im Sommer besucht, um Ratsgeschäfte zu besprechen, und den Öffner auf dem Tisch liegen sehen. Wrath hatte gewitzelt, dass sie ihre Geschäfte beide mit der Klinge führten, selbst wenn sie einen Stift in der Hand hielten.

Und hatte er nicht recht? Obgleich Wrath die Moral auf seiner Seite hatte und Rehv nur Eigeninteresse.

Deshalb hatte er seine Entscheidung auch nicht aus Tugendhaftigkeit gefällt. Wie üblich ging es darum, was ihm am meisten einbringen würde.

»Es wird nicht leicht sein«, murmelte er.

»Das sind die lustigen Jungs nie.«

Rehv konzentrierte sich auf die Spitze des Öffners. »Bei dem hier ... ist es nicht lustig.«

Als es Morgen wurde und ihre Schicht zu Ende ging, war Ehlena zappelig. Zeit für ihr Date. Zeit für ihre Entscheidung. In zwanzig Minuten wollte sie der Vampir an der Klinik abholen.

Gott, sie geriet schon wieder ins Schwanken.

Er hieß Stephan. Stephan, Sohn des Tehm, obwohl sie ihn und seine Familie nicht kannte. Er war Zivilist, kein Adeliger, und er war mit seinem Cousin hier gewesen, der sich die Hand beim Holzspalten für den Kamin verletzt hatte. Während sie die Formulare ausfüllte, in denen stand, dass er auf eigene Verantwortung die Klinik verließ, hatte sie mit Stephan über die Sorte Dinge geredet, über die Singles eben so reden: Er mochte Radiohead. Sie auch. Sie mochte die indonesische Küche. Er auch. Er arbeitete als Programmierer in der Menschenwelt, dank elektronischer Kommunikation. Sie war Krankenschwester. Er wohnte zu Hause bei seinen Eltern, ein Einzelkind aus einer soliden zivilen Familie – oder zumindest klang es so, sein Vater arbeitete für vampirische Bauunternehmer, seine Mutter unterrichtete freiberuflich die Alte Sprache.

Sympathisch, normal. Vertrauenerweckend.

Bei dem, was die Aristokraten mit dem Kopf ihres Vaters angestellt hatten, erschienen Ehlena all diese Eigenschaften ziemlich positiv, und als Stephan vorschlug, dass man sich ja mal auf einen Kaffee treffen könnte, hatten sie sich auf heute Abend geeinigt und Handynummern getauscht.

Aber was sollte sie jetzt tun? Ihn anrufen und sagen, dass sie aus familiären Gründen nicht konnte? Trotzdem gehen und sich um ihren Vater sorgen?

Ein kurzer Anruf bei Lusie vom Mitarbeiterzimmer aus beruhigte sie jedoch: Ehlenas Vater hatte lange geschlafen und arbeitete nun ruhig an seinem Schreibtisch.

Eine halbe Stunde in einem 24-Stunden-Café. Sich vielleicht ein Rosinenbrötchen teilen. Was konnte das schaden?

Als sie endgültig entschied, zu gehen, war sie nicht begeistert über das Bild, das kurz vor ihrem inneren Auge aufblitzte. Rehvs nackte Brust mit den roten Sterntätowierungen war kein geeigneter Gedanke für ein Date mit einem anderen Vampir.

Worauf sie sich jetzt konzentrieren musste, war das Ablegen der Arbeitskleidung, um wenigstens ein bisschen ansprechend auszusehen.

Als die Tagesbelegschaft langsam eintrudelte und die Leute von der Nachtschicht gingen, zog sie sich den mitgebrachten Rock und den Pulli an …

Sie hatte die Schuhe vergessen.

Na prima. Weiße Kreppsohlen waren wirklich sexy.

»Stimmt was nicht?«, wollte Catya wissen.

Ehlena drehte sich um. »Ruinieren diese zwei weißen U-Boote an meinen Füßen mein Aussehen komplett?«

»Ähm … ehrlich? Sie sind nicht so schlimm.«

»Du bist eine schlechte Lügnerin.«

»Ich habe es versucht.«

Ehlena packte ihre Schwesternkleidung in die Tasche, steckte das Haar noch einmal frisch zusammen und überprüfte ihr Make-up. Natürlich hatte sie auch noch Kajal und Wimperntusche vergessen, also war hier auch nichts mehr zu holen.

»Ich bin froh, dass du gehst«, meinte Catya, als sie den Dienstplan der Nacht vom Whiteboard wischte.

»Du bist meine Chefin. Es macht mich nervös, wenn du so etwas sagst. Solltest du nicht froh sein, wenn ich bei Schichtbeginn erscheine?«

»Nein, es geht nicht um die Arbeit. Ich bin froh, dass du heute noch ausgehst.«

Ehlena runzelte die Stirn und sah sich um. Wie durch ein Wunder waren sie allein. »Wer sagt, dass ich nicht heimgehe?«

»Für den Heimweg ziehen sich Frauen normalerweise nicht um. Und sie machen sich auch keine Sorgen, ob die Schuhe nicht zum Rest ihrer Kleidung passen. Ich werde dich nicht fragen, wer er ist.«

»Da bin ich erleichtert.«

»Es sei denn, du erzählst es mir freiwillig?«

Ehlena lachte laut. »Nein, ich behalte es lieber für mich. Aber wenn etwas daraus wird ... dann werde ich es dir erzählen.«

»Ich werde dich daran erinnern.« Catya ging zu ihrem Schließfach und starrte es einfach nur an.

»Alles okay bei dir?«, fragte Ehlena.

»Ich hasse diesen verdammten Krieg. Ich hasse es, dass Tote hier ankommen und man ihren Schmerz noch in den Gesichtern lesen kann.« Catya öffnete das Schließ-

fach und holte ihren Parka heraus. »Entschuldige, ich wollte dich nicht runterziehen.«

Ehlena ging zu ihr und legte ihr eine Hand auf die Schulter. »Ich weiß genau, wie du dich fühlst.«

Einen Moment lang standen sie sich schweigend gegenüber und blickten einander in die Augen. Und dann räusperte sich Catya.

»Okay, jetzt aber los mit dir. Dein Rendezvous wartet auf dich.«

»Er holt mich hier ab.«

»Oh, vielleicht hänge ich dann noch ein bisschen hier rum und rauche draußen eine Zigarette.«

»Du rauchst nicht.«

»Verflixt, erwischt.«

Auf dem Weg nach draußen sah Ehlena am Empfangstresen nach, ob noch etwas für die Übergabe an die Morgenschicht zu erledigen war. Zufrieden, dass alles in Ordnung war, ging sie durch die Türen und die Treppen hinaus, bis sie schließlich aus der Klinik kam.

Es war inzwischen nicht mehr kühl, sondern eisig, und die Nacht schien ihr blau zu riechen, wenn man Farben hätte riechen können: Es war einfach so frisch und eisig und klar, als sie tief Luft holte und kleine Wölkchen ausatmete. Mit jedem Atemzug hatte sie das Gefühl, die saphirblaue Weite des Himmels über ihr in die Lunge zu saugen. Und die Sterne waren Funken, die durch ihren Körper hüpften.

Die letzten Schwestern gingen, dematerialisierten sich oder fuhren davon, je nachdem, was sie vorhatten. Ehlena verabschiedete sich von den Nachzüglern. Dann kam Catya und ging.

Ehlena stampfte auf den Boden und sah auf die Uhr.

Ihre Verabredung war zehn Minuten zu spät. Keine große Sache.

Als sie sich an die Aluminiumverschalung lehnte, fühlte sie das Blut in ihren Adern rauschen, und ein seltsames Gefühl der Freiheit schwoll in ihrer Brust an, bei dem Gedanken, dass sie allein mit einem Mann ausging ...

Blut. Adern.

Rehvenge hatte seinen Arm nicht behandeln lassen.

Der Gedanke kam plötzlich und hallte wie das Echo eines großen Knalls nach. Havers hatte sich nicht um seinen Arm gekümmert. Im Krankenblatt stand nichts von einer Infektion, und mit seinen Aufzeichnungen war Havers so genau wie mit der Kleidung der Belegschaft, der Sauberkeit der Räume und der Ordnung der Vorratsschränke.

Als sie mit den Medikamenten von der Apotheke zurückgekommen war, hatte Rehvenge sein Hemd bereits angezogen und die Manschetten geschlossen gehabt. Ehlena war davon ausgegangen, dass die Untersuchung abgeschlossen war. Jetzt hätte sie darauf gewettet, dass er sein Hemd gleich nach der Blutabnahme wieder angezogen hatte.

Aber das war nicht ihre Sache, oder? Rehvenge war ein erwachsener Vampir, der jedes Recht hatte, fahrlässig gegen seine Gesundheit zu handeln. Genauso wie der Kerl mit der Überdosis, der gerade so über die Nacht gekommen war, und wie all diese Patienten, die nickten, solange der Arzt vor ihnen stand, und sich zu Hause nicht um Rezepte oder Nachsorge kümmerten.

Wenn sich jemand nicht helfen lassen wollte, konnte sie nichts tun. Nichts. Und das war eine der größten Tragödien ihrer Arbeit.

Sie konnte nur Möglichkeiten und Konsequenzen aufzeigen und hoffen, dass sich der Patient klug verhielt.

Ein kalter Wind wehte um die Klinik und zog ihr direkt unter den Rock, sodass sie Rehvenge um seinen Pelzmantel beneidete. Sie beugte sich zur Seite und schielte um die Klinik herum auf die Einfahrt, auf der Suche nach Scheinwerfern.

Zehn Minuten später blickte sie erneut auf die Uhr.

Und zehn Minuten später wieder.

Er hatte sie versetzt.

Das war keine Überraschung. Das Date war so hastig vereinbart worden, und eigentlich kannten sie einander gar nicht, oder?

Als der nächste Luftzug um das Haus strich, holte sie ihr Handy heraus und schrieb eine SMS: *Hallo Stephan – schade, dass es heute nicht geklappt hat. Vielleicht ein andermal. E.*

Sie steckte das Handy zurück in die Tasche und dematerialisierte sich nach Hause. Doch anstatt gleich hineinzugehen, hüllte sie sich in ihren Wollmantel und ging auf dem rissigen Bürgersteig, der seitlich am Haus bis zum Hintereingang entlangführte, auf und ab. Als der kalte Wind wieder auffrischte, wehte ihr eine Bö ins Gesicht.

Ihre Augen brannten.

Sie drehte den Rücken zum Wind. Einzelne Strähnen flatterten ihr ins Gesicht, als wollten sie der Kälte entfliehen, und sie zitterte.

Großartig. Als ihre Augen wieder tränten, konnte sie es nicht mehr auf den Wind schieben.

Gott, weinte sie etwa? Wegen einer Sache, die vielleicht nur ein Missverständnis war? Mit einem Kerl, den sie kaum kannte? Warum machte ihr das so zu schaffen?

Doch es ging nicht um ihn. *Sie* war das Problem. Es tat weh, wieder so dort zu sein, wie sie das Haus heute verlassen hatte: allein.

Um Halt zu finden, im wörtlichen Sinn, griff sie nach der Klinke des Hintereingangs, konnte sich aber nicht überwinden, sie hinunterzudrücken. Das Bild der schäbigen, penibel ordentlichen Küche und der knarrenden Stufen in den Keller und der staubige, papierne Geruch des Zimmers ihres Vaters waren so vertraut wie ihr Spiegelbild. Heute trat alles zu klar hervor, ein heller Blitz, der sie in beide Augen traf, ein donnernder Lärm in ihren Ohren, ein überwältigender Gestank, der ihre Nase penetrierte.

Sie ließ den Arm sinken. Das Date war wie ein Ausbruch aus dem Gefängnis gewesen. Ein Floß weg von der Insel. Eine Hand, die sich ihr über dem Abhang entgegenstreckte.

Ihre Verzweiflung brachte sie zur Vernunft. In ihrem Zustand sollte sie keine Dates vereinbaren. Es war nicht fair dem Mann gegenüber und ungesund für sie selbst. Wenn sich Stephan meldete, sollte er das überhaupt tun, würde sie sagen, dass sie keine Zeit hatte …

»Ehlena? Alles in Ordnung bei dir?«

Ehlena machte einen Satz zurück von der Tür, die sich gerade weit geöffnet hatte. »Lusie! Entschuldige, ich … grüble nur zu viel. Wie geht es Vater?«

»Gut, richtig gut. Er schläft jetzt wieder.«

Lusie trat aus dem Haus und blockierte die entweichende Wärme aus der Küche. Nach zwei Jahren war sie eine schmerzhaft vertraute Erscheinung, ihr Ethnostyle und das lange, grau melierte Haar wirkten tröstlich. Wie immer hatte sie ihre Arzttasche in einer Hand,

während die große Handtasche an der anderen Schulter hing. In der Arzttasche befanden sich das zum Standard gehörende Blutdruckmessgerät, ein Stethoskop und ein paar milde Medikamente – die Ehlena schon alle in der Anwendung erlebt hatte. In der Handtasche steckte das Kreuzworträtsel aus der *New York Times,* ein paar Kaugummis, eine Börse und der pfirsichfarbene Lippenstift, den sie regelmäßig nachzog. Von dem Kreuzworträtsel wusste Ehlena, weil Lusie und ihr Vater es immer zusammen machten, von dem Kaugummi wegen der Papierchen im Müll, und der Lippenstift war offensichtlich. Was die Börse betraf, konnte sie nur raten.

»Wie geht es dir?« Lusie wartete, ihre grauen Augen waren klar und forschend. »Du bist ein bisschen früh zurück.«

»Er hat mich versetzt.«

An der Art, wie sie Ehlena die Hand auf die Schulter legte, erkannte man die gute Krankenschwester: Mit einer Berührung vermittelte sie Trost und Wärme und Mitgefühl, die allesamt Blutdruck und Herzfrequenz senkten und die Schmerzen linderten.

Und den Geist entwirrten.

»Das tut mir leid«, sagte Lusie.

»O nein, es ist besser so. Ich meine, ich wollte zu viel.«

»Wirklich? Du hast so besonnen gewirkt, als du mir davon erzählt hast. Ihr wolltet euch nur auf einen Kaffee treffen …«

Aus irgendeinem Grund erzählte Ehlena ihr die Wahrheit: »Nein. Ich habe nach einem Ausweg gesucht. Den es nie geben wird, weil ich ihn nie verlasse.« Ehlena schüttelte den Kopf. »Jedenfalls, vielen Dank, dass du gekommen bist …«

»Du musst nicht wählen. Dein Vater und du …«

»Ich weiß es wirklich zu schätzen, dass du heute früher gekommen bist. Das war sehr lieb von dir.«

Lusie lächelte auf die gleiche Art wie Catya im Mitarbeiterzimmer, angespannt und traurig. »Okay, ich höre auf, aber in diesem Punkt habe ich recht. Du kannst auch mit einem Partner eine gute Tochter für deinen Vater sein.« Lusie schielte zur Tür. »Hör zu, du musst diese Verletzung an seinem Bein beobachten, wo er sich an dem Nagel geritzt hat. Ich habe sie frisch verbunden, aber ich mache mir ein bisschen Sorgen. Ich glaube, sie entzündet sich.«

»Das werde ich. Danke.«

Nachdem sich Lusie dematerialisiert hatte, ging Ehlena in die Küche, verschloss und verriegelte die Tür und machte sich in den Keller auf.

Ihr Vater schlief in seinem Zimmer in seinem riesigen viktorianischen Bett. Das massive Kopfteil mit den Schnitzereien wirkte wie der umrahmende Bogen einer Grabstätte. Sein Kopf ruhte auf einem Stapel weißer Kissen, und die blutrote Samtdecke war exakt in der Mitte seiner Brust nach unten geklappt.

Er sah aus wie ein schlafender König.

Mit Auftreten der Geisteskrankheit waren sein Haar und sein Bart weiß geworden. Damals hatte Ehlena befürchtet, sein Ende könnte nahe sein. Doch nach fünfzig Jahren sah er noch genauso aus: keine Falte im Gesicht, die Hände stark und ruhig.

Es war so hart. Sie konnte sich ein Leben ohne ihn nicht vorstellen. Und ein Leben mit ihm auch nicht.

Ehlena zog seine Tür ein Stück zu und ging in ihr eigenes Reich, wo sie duschte und sich umzog und sich dann

auf dem Bett ausstreckte. Sie hatte ein einfaches Bett ohne Kopfteil, mit nur einem Kissen und Baumwollbezügen, aber sie machte sich nichts aus Luxusartikeln. Sie brauchte einen Platz, wo sie ihre müden Knochen ausruhen konnte, mehr nicht.

Normalerweise las sie noch ein bisschen vor dem Schlafen, aber heute nicht. Sie hatte einfach keine Energie. Sie langte nach der Lampe und schaltete das Licht aus, überkreuzte die Beine an den Knöcheln und streckte die Arme seitlich neben dem Körper aus.

Mit einem Lächeln dachte sie an Lusies Besorgnis um die Wunde ihres Vaters. Einer guten Pflegerin lag an der Gesundheit des Patienten, auch wenn sie ging. Sie erklärte den Angehörigen, was zu tun war, und stand helfend zur Seite.

Es war kein Job, den man mit Schichtende hinter sich ließ.

Ehlena knipste die Lampe wieder an.

Sie stand auf und ging zu dem Laptop, den ihr die Klinik vermacht hatte, als das IT-System erneuert wurde. Die Internetverbindung ließ wie immer auf sich warten, aber schließlich konnte Ehlena auf die Datenbank der Klinik zugreifen. Sie loggte sich mit ihrem Passwort ein, führte eine Suche aus ... dann eine zweite. Die erste musste sein, die zweite geschah aus Neugier.

Sie speicherte beide, schaltete den Laptop aus und nahm ihr Telefon zur Hand.

II

Sekundenbruchteile vor Tagesanbruch, kurz bevor sich das erste Licht im Osten abzeichnete, materialisierte sich Wrath im dichten Gehölz auf der Nordflanke des Berges der Bruderschaft. Niemand hatte sich in Hunterbred gezeigt, und die nahenden Sonnenstrahlen hatten ihn zum Gehen gezwungen.

Kleine Äste knackten laut unter seinen Stiefeln. Die Kiefernzweige waren brüchig von der Kälte, und es gab noch keinen Schnee, um die Geräusche zu dämpfen, aber Wrath roch ihn bereits in der Luft, fühlte den frostigen Biss tief in den Stirnhöhlen.

Der versteckte Eingang zum Allerheiligsten der Bruderschaft lag am hintersten Ende einer Höhle, ganz tief drinnen. Wraths Hände ertasteten den Griff an dem Steintor, und das schwere Portal glitt hinter die Felswand. Er setzte den Fuß auf glatte schwarze Marmorplatten und folgte ihnen ins Innere, als sich das Tor hinter ihm schloss.

Kraft seines Willens flammten Fackeln zu beiden Seiten auf. Sie reichten weit, weit in die Tiefe und beleuchteten die massiven Eisentore, die sie Ende des achtzehnten Jahrhunderts angebracht hatten, als die Bruderschaft diese Höhle in die Gruft verwandelt hatte.

Im Näherkommen belebten die flackernden Flammen

die dicken Stäbe des Tores und verwischten seine Sicht, sodass Wrath eine Reihe bewaffneter Wächter sah. Kraft seines Geistes öffnete er das Flügeltor und lief weiter durch eine lang gezogene Halle, die vom Boden bis zur zwölf Meter hohen Decke mit Regalen ausgestattet war.

Lesser-Kanopen aller Arten und Sorten lagerten hier Seite an Seite und bezeugten Generationen des Kampfes der Bruderschaft. Die ältesten Kanopen waren nichts als primitive, handgedrehte Vasen, die man aus dem Alten Land herübergebracht hatte. Mit jedem weiteren Meter wurden die Gefäße moderner, bis man zum nächsten Flügeltor kam und Massenware aus China fand, wie man sie in Nippesläden bekam.

Es war nicht mehr viel Platz in den Regalen, und das deprimierte Wrath. Er hatte eigenhändig mitgebaut an dieser Lagerstatt für erlegte Feinde, zusammen mit Darius, Tohrment und Vishous. Einen ganzen Monat hindurch hatten sie gerackert, bis in den Tag hinein, und auf den Marmorplatten geschlafen. Er hatte damals bestimmt, wie weit sie in die Erde vordrangen, und er hatte die Halle viele Meter länger gemacht, als er für nötig hielt. Als er und seine Brüder fertig waren und die alten Kanopen eingeräumt hatten, war Wrath überzeugt gewesen, dass sie niemals so viel Lagerraum brauchen würden. Er war sich sicher gewesen, der Krieg würde vorbei sein, bevor sie auch nur drei Viertel der Regale aufgefüllt hatten.

Und jetzt, Jahrhunderte später, suchte er nach ausreichend Platz.

Mit einem unguten Gefühl maß Wrath den verbleibenden Raum mit seinen schwachen Augen. Es war schwer, es nicht als Hinweis auf ein Ende des Krieges zu deu-

ten, als das in rauen Stein gehauene Vampir-Pendant des Mayakalenders.

Und ihn überkamen keine Visionen des siegreichen Triumphs bei dem Gedanken, wie die letzte Kanope zu den anderen gestellt wurde.

Entweder würde ihnen das Volk ausgehen, das es zu beschützen galt, oder die Brüder, die das Beschützen besorgten.

Wrath holte die drei Kanopen aus seiner Jacke und ordnete sie zusammen in einer kleinen Gruppe an. Dann trat er einen Schritt zurück.

Er war verantwortlich für eine Menge dieser Kanopen. Bevor er König geworden war.

»Ich wusste schon, dass du wieder kämpfst.«

Beim herrischen Tonfall der Jungfrau der Schrift warf Wrath den Kopf herum. Ihre Heiligkeit schwebte kurz vor den Eisenstäben, die schwarzen Schleier hingen einen Fuß über dem Steinboden, ihr Licht schien unter den Säumen hervor.

Einst war er blendend hell gewesen, dieser Glanz, den sie verstrahlte. Jetzt warf er kaum noch Schatten.

Wrath wandte sich wieder den Kanopen zu. »Das meinte V also mit Genickbrechen.«

»Mein Sohn kam zu mir, ja.«

»Aber Ihr wusstet es schon. Und das ist keine Frage.«

»Ja, denn die hasst sie.«

Wrath blickte über die Schulter. V kam durch das Tor.

»Sieh einer an«, murmelte Wrath. »Mutter und Sohn, in Harmonie vereint.«

Die Jungfrau der Schrift kam auf ihn zugeschwebt und flog langsam an den Kanopen vorbei. Früher – oder, Hölle, gerade mal vor einem Jahr – hätte sie die Leitung

des Gesprächs übernommen. Jetzt schwebte sie einfach dahin.

V schnaubte abfällig, als hätte er sich auf eine gehörige Standpauke für den König gefreut und sei nun enttäuscht, dass Mama nicht auf den Tisch haute. »Wrath, du hast mich nicht ausreden lassen.«

»Und du glaubst, das werde ich jetzt?« Er griff nach dem Rand von einer der drei Kanopen, die er der Sammlung eben hinzugefügt hatte.

»Du wirst ihn ausreden lassen«, schaltete sich die Jungfrau der Schrift in desinteressiertem Tonfall ein.

Vishous kam auf Wrath zu und stand breitbeinig auf dem Boden, den er selbst mit gelegt hatte. »Ich wollte sagen, wenn du schon rausgehst, dann mach es mit Deckung. Und erzähle Beth davon. Ansonsten bist du ein Lügner ... und die Chancen erhöhen sich, dass du sie zur Witwe machst. Verflucht noch mal, dann ignoriere meine Vision, fein. Aber denk zumindest praktisch.«

Wrath ging auf und ab und dachte, dass sie sich keinen besseren Ort für diese Unterhaltung hätten aussuchen können: Er war umgeben von Zeugnissen des Krieges.

Schließlich blieb er vor den drei Kanopen stehen, die er heute ergattert hatte. »Beth glaubt, dass ich in den Norden fahre und Phury treffe. Ihr wisst schon, um mit den Auserwählten zu arbeiten. Das Lügen nervt. Aber der Gedanke, dass nur vier Brüder im Kampf stehen, ist noch viel schlimmer.«

Ein langes Schweigen breitete sich aus, und das knisternde Flackern der Fackeln war das einzige Geräusch, das zu hören war.

V brach das Schweigen. »Ich glaube, du musst ein Treffen mit der Bruderschaft einberufen und es Beth beich-

ten. Wie gesagt, wenn du kämpfen musst, dann kämpfe. Aber mach es nicht heimlich.

Auf diese Weise wärst du nicht allein. Und wir auch nicht. Im Moment ist immer einer allein im Einsatz. Wenn du offiziell dabei bist, wäre dieses Problem gelöst.«

Wrath musste lächeln. »Hätte ich gewusst, dass du mir recht gibst, hätte ich es dir früher gesagt.« Er schielte zur Jungfrau der Schrift. »Aber was ist mit dem Gesetz? Der Tradition?«

Die Mutter der Spezies sah ihn an und sagte in distanziertem Tonfall: »So vieles hat sich gewandelt. Was macht eine Änderung mehr? Alles Gute für dich, Wrath, Sohn des Wrath, und für dich, Vishous aus meinem Schoß.«

Die Jungfrau der Schrift verwehte wie Atem in einer kalten Nacht und wurde eins mit dem Äther, als wäre sie nie da gewesen.

Wrath ließ sich gegen die Regale sinken. Als sein Kopf zu pochen anfing, schob er die Sonnenbrille hoch und rieb sich die nutzlosen Augen. Dann schloss er die Lider und wurde so ruhig wie der Fels um ihn herum.

»Du siehst müde aus«, murmelte V.

Ja, das war er. Und wie traurig war das denn.

Drogenhandel war ein äußerst lukratives Geschäft.

An seinem Schreibtisch in seinem Privatbüro im *ZeroSum* ging Rehvenge die Einnahmen des Abends durch und überprüfte sie bis auf den letzten Penny. iAm machte das Gleiche drüben in *Sal's Restaurant*. Der erste allabendliche Dienstakt war ein Treffen zum Vergleich der Ergebnisse.

Meistens kamen sie auf den gleichen Endbetrag. Wenn nicht, beugte er sich iAm.

Mit Alkohol, Drogen und Sex kamen sie auf über zweihundertneunzigtausend allein für das *ZeroSum*. Zweiundzwanzig Angestellte arbeiteten auf Gehaltsbasis im Club, darunter zehn Türsteher, drei Leute an der Bar, sechs Prostituierte, Trez, iAm und Xhex. Die Kosten für alle beliefen sich auf ungefähr fünfundsiebzig Riesen die Nacht. Buchmacher und geduldete Drogendealer, also jene, denen Rehv gestattete, in seinem Laden zu verkaufen, arbeiteten auf Kommission. Was übrig blieb, nachdem sie ihren Anteil genommen hatten, gehörte Rehv. Außerdem verkauften er oder Xhex oder die Mauren alle ein, zwei Wochen größere Mengen an einen ausgewählten Kreis von Händlern, die eigene Vertriebsgebiete in Caldwell oder Manhattan abdeckten.

Alles in allem blieben nach Abzug der Personalkosten ungefähr zweihunderttausend pro Nacht, mit denen Rehv Drogen und Sprit einkaufte, Gas und Strom bezahlte und das siebenköpfige Putzteam entlohnte, das um fünf Uhr morgens einlief.

Jahr für Jahr holte er damit um die fünfzig Millionen aus seinem Geschäft heraus – einen unanständig hohen Betrag, wenn man bedachte, dass er nur für einen Bruchteil davon Steuern bezahlte. Drogen und Sex waren zwar riskante Geschäfte, aber die Gewinnspanne war enorm. Und Rehv brauchte Geld. Dringend. Um seiner Mutter den Lebensstil zu ermöglichen, den sie gewohnt war und verdiente, bedurfte es Millionen. Dann waren da seine eigenen Häuser. Und jedes Jahr kaufte er einen Bentley, sobald das neue Modell herauskam.

Doch die bei Weitem höchste Ausgabe wurde in kleinen schwarzen Samtbeutelchen geliefert.

Rehv langte über seine Tabellen nach dem Beutel, den

der Kurier heute aus dem Diamantenviertel in New York gebracht hatte. Die Lieferung kam jetzt immer montags – früher war es freitags gewesen, aber seit der Eröffnung des *Iron Mask* hatte der Ruhetag des *ZeroSum* auf Sonntag gewechselt.

Er löste die Samtkordel, zog den Beutel auf und schüttete eine glitzernde Handvoll Rubine aus. Eine Viertelmillion in blutig roten Steinen. Er goss sie zurück in den Beutel, knotete ihn fest zu und blickte auf die Uhr. Noch sechzehn Stunden, bis er nach Norden aufbrechen musste.

Der erste Dienstag im Monat war Tag der Übergabe, und er bezahlte die Prinzessin auf zweierlei Art für ihr Schweigen. Zum einen mit Edelsteinen. Und zum anderen mit seinem Körper.

Doch er sorgte dafür, dass auch sie dafür bezahlte.

Der Gedanke daran, wo er hinging, und was er dort tun würde, verursachte ihm ein Ziehen im Nacken, und es überraschte ihn nicht, als sich sein in Schwarz und Weiß gehaltenes Büro plötzlich Rot färbte, während er jegliche räumliche Wahrnehmung verlor.

Er zog eine Schublade auf und holte eine seiner wundervollen neuen Schachteln Dopamin heraus. Dann nahm er die Spritze, die er die letzten drei Mal im Büro verwendet hatte, und rollte den linken Ärmel hoch. Er band sich den Bizeps aus Gewohnheit ab, nicht weil es nötig gewesen wäre. Seine Venen waren so geschwollen, dass es aussah, als hätten sich Wühlmäuse unter seiner Haut hindurchgegraben, und dieser bedauernswerte Zustand verschaffte ihm eine gewisse Befriedigung.

Die Nadel hatte keine Schutzkappe, und er füllte die Spritze mit der Routine eines Junkies. Es dauerte eine

Weile, bis er eine Vene fand, in die er spritzen konnte. Immer wieder stach er die winzige Stahlspitze in den Arm, ohne auch nur das Geringste zu spüren. Er wusste, dass er schließlich den richtigen Punkt gefunden hatte, als er sie ein Stück weit aufzog und sich Blut in die klare Lösung mischte.

Während er die Bandage löste und den Kolben hinunterdrückte, starrte er auf die Entzündung an seinem Arm und dachte an Ehlena. Obwohl sie ihm nicht traute, sich nicht zu ihm hingezogen fühlen wollte und sich mit Händen und Füßen dagegen wehrte, mit ihm auszugehen, wollte sie ihn retten.

Trotz alledem wollte sie das Beste für ihn und seine Gesundheit.

So etwas nannte man eine Frau von Wert.

Er war halb fertig mit seiner Injektion, als sein Handy klingelte. Ein kurzer Blick auf das Display zeigte eine unbekannte Nummer, also nahm er den Anruf nicht an. Nur Leute, mit denen er reden wollte, hatten seine Nummer, und diese Liste war verdammt kurz: seine Schwester, seine Mutter, Xhex, Trez und iAm. Und Bruder Zsadist, der *Hellren* seiner Schwester.

Das war es.

Er zog die Nadel aus dem Chaos in seinem Arm und fluchte, als ein Piepsen eine neue Nachricht auf der Mailbox verkündete. Das passierte manchmal, Leute verwählten sich und hinterließen ein kleines Stück ihres Lebens auf seinem akustischen Bahnhof. Rehv rief nie zurück, klärte die Anrufer nie mit einer SMS über ihren Irrtum auf. Sie würden es schon merken, wenn sich ihr Wunschgesprächspartner nicht zurückmeldete.

Er schloss die Augen, lehnte sich zurück und warf die

Spritze auf die Aufstellungen. Es war ihm so egal, ob das Medikament wirkte.

Allein in seiner Höhle, in der Stille, nachdem alle gegangen waren und bevor die Putzmannschaft anrückte, war es ihm einfach egal, ob sich seine flächige Wahrnehmung wieder zur Dreidimensionalität wandelte. War es ihm egal, ob er das volle Farbenspektrum zurückerlangte. Fragte er sich nicht mit jeder verstreichenden Sekunde, ob er nun wieder »normal« wurde.

Das war neu, fiel ihm auf. Bisher hatte er nie abwarten können, bis das Dopamin wirkte.

Was hatte die Änderung hervorgerufen?

Er ließ die Frage in der Luft hängen, nahm sein Handy und griff nach dem Stock. Mit einem Stöhnen stand er vorsichtig auf und ging in sein privates Schlafzimmer. Das taube Gefühl kehrte zügig in seine Füße und Beine zurück, schneller als auf der Fahrt von Connecticut, doch das war nicht verwunderlich. Je weniger der *Symphath* in ihm gereizt wurde, desto besser wirkte das Medikament. Und hey, echt seltsam, die Aufforderung, den König umzulegen, hatte ihn echt angemacht.

Allein hier zu sitzen dagegen nicht.

Die Alarmanlage im Büro lief bereits, und jetzt stellte Rehv eine zweite für seine Privaträume an, dann schloss er sich in das fensterlose Schlafzimmer ein, in dem er manchmal übernachtete. Das Bad schloss sich am hinteren Ende an. Rehv warf den Zobel aufs Bett, bevor er hineinging und die Dusche aufdrehte. Als er hin und her ging, breitete sich Kälte bis in die Knochen in ihm aus, von innen nach außen, als hätte er sich flüssigen Stickstoff injiziert.

Das war das Schlimmste. Er hasste dieses permanente

Frieren. Scheiße, Mann, vielleicht sollte er sich einfach gehen lassen. Schließlich war er allein.

Ja, aber wenn er zu lange pausierte, war der Wiedereinstieg ganz schön holprig.

Hinter der Glastür quoll Dampf hervor, und Rehv zog sich aus. Anzug, Krawatte und Hemd legte er auf den Marmorwaschtisch. Dann trat er unter die Brause, zitternd und mit klappernden Zähnen.

Einen Moment lang ließ er sich gegen die Marmorrückwand fallen und hielt sich in der Mitte der vier Duschköpfe. Während heißes Wasser, das er nicht fühlen konnte, an seiner Brust und seinem Bauch herabrann, versuchte er nicht daran zu denken, was ihm in der nächsten Nacht bevorstand, und scheiterte kläglich.

O Gott … würde er das wirklich noch einmal durchstehen? Dort hochzufahren und sich dieser Kreatur anzubieten?

Doch die Alternative war, dass sie dem Rat seine *Symphathen*-Natur meldete und man ihn in die Kolonie deportierte.

Eine klare Wahl.

Ach Scheiße, es war keine Wahl. Bella wusste nichts von seinem Geheimnis, und es würde sie umbringen, von der Familienlüge zu erfahren. Und sie wäre nicht das einzige Opfer. Seine Mutter würde zusammenbrechen. Xhex würde buchstäblich rot sehen, zu seiner Rettung herbeieilen und dabei umkommen. Das Gleiche galt für Trez und iAm.

Das ganze Kartenhaus würde in sich zusammenfallen.

Wie unter Zwang griff er nach der hellgoldenen Seife auf dem Keramikhalter und produzierte einen Berg von Schaum zwischen seinen Händen. Die Seife, die er ver-

wandte, war kein erlesenes Kosmetikprodukt. Es war billiges Discounterzeug und desinfizierte die Haut wie Sandpapier.

Seine Huren verwendeten diese Seife ebenfalls. Auf ihren Wunsch hin stattete Rehv ihre Duschen damit aus.

Dreimal war seine Regel. Dreimal seifte er Arme, Beine, Brust und Bauch ein, Nacken und Schultern. Dreimal griff er zwischen seine Schenkel und wusch Schwanz und Sack. Es war ein unsinniges Ritual, aber so war das nun mal mit Zwängen. Er hätte drei Dutzend Seifenstücke benutzen können und sich immer noch schmutzig gefühlt.

Witzig, seine Mädchen waren immer überrascht über die Behandlung, die er ihnen angedeihen ließ. Neuanfängerinnen erwarteten immer, auch Rehv befriedigen zu müssen, und alle waren auf Schläge eingestellt. Stattdessen bekamen sie ihr eigenes Umkleidezimmer mit Dusche, feste Stunden, Sicherheitsleute, die sie niemals anrührten, und dieses Ding, das sich Respekt nennt – das hieß, sie wählten ihre Freier selbst aus, und wenn ihnen die Mistkerle, die für die Vorzüge ihrer Gesellschaft zahlten, auch nur ein Haar krümmten, brauchten sie es nur zu sagen, und der Kandidat steckte bis zum Hals in der Scheiße.

Nicht nur eine hatte irgendwann an sein Büro geklopft. Es passierte normalerweise einen Monat nach ihrer Einstellung, und was sie sagten, war immer das Gleiche, vorgebracht mit einer Verwirrung, die ihm das Herz gebrochen hätte, wäre er normal gewesen:

Danke.

Er war kein Freund von Umarmungen, aber er hatte sie dennoch umarmt und kurz gehalten. Keine von ihnen

wusste, dass es nicht an seiner Großherzigkeit lag. Es lag daran, dass er zu ihnen gehörte. Das unbarmherzige Leben hatte sie in eine Lage gebracht, in die sie nicht hatten kommen wollen, namentlich die Horizontale für Leute, mit denen sie nicht schlafen wollten. Ok, es gab auch solche, denen der Job nicht viel ausmachte, aber wie jeder andere hatten sie nicht immer Lust auf die Arbeit. Und Gott wusste, dass die Freier immer auftauchten.

Genau wie seine Erpresserin.

Aus der Dusche zu kommen war die reinste Hölle, und Rehv zögerte es so lange er konnte hinaus. Er ließ das Wasser über sich strömen und konnte sich einfach nicht entscheiden, aufzuhören. Während er mit sich rang, hörte er das Wasser auf den Marmor plätschern und im Messingabfluss verschwinden, doch sein betäubter Körper spürte nichts außer einer leichten Erwärmung seines inneren Alaskas. Als das heiße Wasser aus war, merkte er es daran, dass sein Zittern schlimmer wurde und sich seine Nagelbetten von Blassgrau zu Dunkelblau verfärbten.

Er trocknete sich auf dem Weg zum Bett ab und schlüpfte so schnell er konnte unter die Nerzdecke.

Gerade, als er sich die Decke bis zum Hals hinaufzog, piepste sein Handy. Noch eine Nachricht auf der Mailbox.

Auf seinem Handy ging es zu wie am Hauptbahnhof.

Er überprüfte die verpassten Anrufe und stellte fest, dass der letzte von seiner Mutter stammte. Hastig setzte er sich auf, obwohl dadurch seine Brust entblößt wurde. Seine Mutter rief sonst nie an. Sie war eine Dame und wollte ihn nicht »bei der Arbeit stören«.

Er drückte ein paar Tasten, gab sein Passwort ein und

machte sich bereit, die erste Nachricht zu löschen, bei der sich jemand verwählt haben musste.

»*Ihr Anruf von 518 bla, bla, bla ...*« Er übersprang die Nummernansage, und sein Finger bewegte sich schon auf die Löschtaste zu, als eine Frauenstimme sagte: »Hallo, ich ...«

Diese Stimme ... diese Stimme war ... *Ehlena?*

»Scheiße!«

Doch die Mailbox war unerbittlich und kümmerte sich einen Dreck darum, dass eine Nachricht von Ehlena das Letzte war, was er löschen wollte. Während er noch fluchte, lief die Ansage weiter, bis er die sanfte Stimme seiner Mutter in der Alten Sprache hörte.

»*Sei gegrüßt, geliebter Sohn, ich hoffe, es geht dir gut. Bitte entschuldige die Störung, aber ich wollte fragen, ob du in den nächsten Tagen bei uns vorbeischauen könntest? Ich möchte dich in einer gewissen Angelegenheit sprechen. Ich liebe dich. Auf bald, mein Erstgeborener.*«

Rehv runzelte die Stirn. Die Worte waren so förmlich und gewählt wie die in ihren handschriftlichen Briefen, doch die Bitte war ungewöhnlich, und das verlieh der Sache Dringlichkeit. Nur dass ihm die Hände gebunden waren. Am nächsten Abend hatte er sein *Date,* also ging es erst in der Nacht darauf, wenn er denn dann schon wieder auf den Beinen war.

Er rief im Haus an und sagte einer ihrer *Doggen,* dass er Mittwochabend kommen würde, sobald die Sonne unterging.

»Sire, wenn mir die Bemerkung gestattet ist«, sagte das Dienstmädchen. »Ich bin froh, dass Ihr kommt.«

»Was ist denn los?« Als eine lange Pause am anderen Ende entstand, wurde ihm noch kälter. »Nun sag schon.«

»Sie ist …« Die Stimme am anderen Ende klang erstickt. »Sie ist bezaubernd wie immer, aber wir sind alle froh, dass Ihr kommt. Bitte entschuldigt mich, ich werde Eure Nachricht ausrichten.«

Damit war die Leitung tot. In seinem Hinterkopf meldete sich eine Ahnung, doch diesen Gedanken ließ er nicht zu. Er konnte einfach nicht zu ihr. Ausgeschlossen.

Außerdem war vielleicht auch gar nichts. Verfolgungswahn gehörte zu den Nebenwirkungen von zu viel Dopamin, und der Himmel wusste, dass er mehr als genug davon nahm. Sobald er konnte, würde er sie in ihrem sicheren Haus besuchen, und es würde ihr gut gehen – Moment, die Wintersonnenwende. Das musste es sein. Sicher wollte sie die Festlichkeiten planen, zu denen Bella mit Z und der Kleinen kommen würde. Es wäre Nallas erstes Wintersonnwend-Ritual, und Rehvs Mutter nahm diese Dinge sehr ernst. Sie mochte zwar auf dieser Seite leben, doch sie pflegte die Traditionen der Auserwählten mit größter Sorgfalt.

Das musste es sein.

Erleichtert übernahm er Ehlenas Nummer ins Telefonbuch und rief zurück.

Sein einziger Gedanke außer *geh dran, geh dran, geh dran* während es klingelte war, dass er wirklich hoffte, dass es ihr gut ging. So ein Unsinn. Als ob sie ihn jemals anrufen würde, weil sie in der Patsche steckte.

Aber warum hatte sie …

»Hallo?«

Ihre Stimme in seinem Ohr bewirkte, was die heiße Dusche, die Nerzdecke und eine Raumtemperatur von 27 Grad nicht vermochten. Wärme breitete sich in sei-

ner Brust aus, drängte Taubheit und Kälte zurück und erfüllte ihn mit … Leben.

Er löschte die Lichter, um sich ganz auf das Einzige zu konzentrieren, was er von ihr hatte.

»Rehvenge?«, fragte sie nach einem Moment.

Er ließ sich in die Kissen sinken und lächelte in die Dunkelheit. »Hi.«

12

»Du hast Blut auf dem Hemd ... und ... o Gott ... dein Hosenbein. Wrath, was ist passiert?«

Wrath stand in seinem Arbeitszimmer im Wohnhaus der Bruderschaft vor seiner geliebten *Shellan* und zog sich die Lederjacke enger um die Brust. Nur gut, dass er sich wenigstens das *Lesser*-Blut von den Händen gewaschen hatte.

Beths Stimme wurde tiefer. »Wie viel davon ist deins?«

Sie war schön, wie sie es immer für ihn gewesen war, die eine Frau, die er wollte, die einzige Gefährtin für ihn. In ihren Jeans und dem schwarzen Rollkragenpulli, mit dem dunklen Haar, das ihre Schultern umschmeichelte, war sie das attraktivste Wesen, das er je gesehen hatte. Noch immer.

»Wrath.«

»Nicht alles davon.« Die Schulterverletzung hatte bestimmt in sein Achselshirt gesuppt, aber er hatte den Zivilisten auf den Armen getragen, also hatte sich das Blut des Vampirs sicher mit seinem vermischt.

Unfähig, still zu stehen, schritt er im Arbeitszimmer umher, vom Schreibtisch zum Fenster und wieder zurück. Der Teppich, über den seine Treter gingen, war blau, grau und cremefarben, ein Aubusson, farblich abgestimmt auf die taubenblauen Wände, und mit seinem

geschwungenen Muster passend zu den zarten Louis-XIV-Möbeln und den Stuckverzierungen.

Er hatte nie einen Blick für das Dekor gehabt. Und das war auch jetzt nicht anders.

»Wrath ... wie ist es dorthin gekommen?« Ihr harter Ton verriet ihm, dass sie die Antwort kannte, aber dennoch hoffte, es könnte eine andere Erklärung geben.

Er nahm seinen Mut zusammen und wandte sich dem geliebten Gesicht zu. »Ich kämpfe wieder.«

»Du tust was?«

»Ich kämpfe.«

Als Beth verstummte, war er froh über die geschlossene Tür des Arbeitszimmers. Er sah, wie sie im Kopf eins und eins zusammenaddierte und wusste, dass sie auf ein unangenehmes Ergebnis kommen würde: Sie dachte an all die »Nächte oben im Norden« mit Phury und den Auserwählten. All die Male, die er langärmlige, Verletzungen verbergende Hemden im Bett getragen hatte, weil ihm »kalt gewesen« war. All die Ausflüchte von wegen »das Humpeln kommt vom vielen Training«.

»Du kämpfst.« Sie stieß die Hände in die Taschen ihrer Jeans, und obwohl er kaum etwas sah, wusste er, dass ihr schwarzer Rollkragen perfekt zu ihrem durchdringenden Blick passte. »Nur, um dich richtig zu verstehen: Heißt das, du wirst in Zukunft kämpfen, oder du hast schon damit *angefangen?*«

Die Frage war rhetorisch, aber offensichtlich wollte sie, dass er ihr die volle Wahrheit gestand. »Habe schon angefangen. Vor ein paar Monaten.«

Wut und Schmerz strömten von ihr aus und rollten auf ihn zu. Für ihn roch es wie verkohltes Holz und schwelendes Plastik.

»Sieh mal, Beth, ich muss …«

»Du *musst* ehrlich zu mir sein«, fuhr sie ihn an. »*Das* musst du tun.«

»Ich hatte nicht vor, länger als ein, zwei Monate zu kämpfen …«

»Ein, zwei Monate! Wie lang zur Hölle …«

Als er es ihr sagte, wurde sie wieder schweigsam. Dann: »Seit August? August.«

Er wünschte, sie würde ihrem Ärger Luft machen. Ihn anschreien. Ihn einen Wichser nennen. »Es tut mir leid, ich … Scheiße, es tut mir wirklich leid.«

Sie schwieg weiter, und der Geruch ihrer Gefühle verflog, wurde von der warmen Luft verweht, die durch die Lüftungsschächte in den Raum geblasen wurde. Draußen im Flur saugte ein *Doggen,* und man hörte das Auf und Ab der Teppichbürste. Während Beth schwieg, konzentrierte sich Wrath auf dieses normale, alltägliche Geräusch – ein Geräusch, wie man es ständig hörte, ohne es wahrzunehmen, weil man gerade mit Papierkram beschäftigt war oder von Hunger abgelenkt wurde oder sich nicht entscheiden konnte, ob man nun im Trainingszentrum oder vor der Glotze abschalten sollte. Es war ein Geräusch, das Sicherheit vermittelte.

Und an diesem verheerenden Tiefpunkt seiner Partnerschaft klammerte er sich mit dem Griff eines Ertrinkenden an das einlullende Brummen des Staubsaugers und fragte sich, ob er wohl jemals wieder in die glückliche Lage käme, es überhören zu können.

»Ich hätte nie geglaubt …« Sie räusperte sich noch einmal. »Ich hätte nie geglaubt, dass es etwas gibt, worüber du mit mir nicht reden kannst. Ich bin immer da-

von ausgegangen, du würdest mir ... alles erzählen, was du kannst.«

Als sie verstummte, drang ihm eisige Kälte bis ins Mark. Sie redete nun mit der Stimme, die Anrufern vorbehalten war, die sich verwählt hatten: Wie mit einem Fremden, ohne Wärme oder sonderliches Interesse.

»Beth, schau, ich muss da raus. Ich muss ...«

Sie schüttelte den Kopf und brachte ihn mit erhobener Hand zum Schweigen. »Hier geht es nicht darum, ob du kämpfst.«

Beth sah ihn an. Dann wandte sie sich ab und ging auf die Flügeltür zu.

»*Beth.*« War dieses erstickte Krächzen etwa seine Stimme?

»Nein, lass mich in Frieden. Ich brauche etwas Abstand.«

»Beth, hör zu, wir sind nicht genug Kämpfer ...«

»Es geht nicht um die Kämpfe!« Sie wirbelte herum und funkelte ihn an. »Du hast mich angelogen. *Angelogen.* Und nicht nur einmal, sondern vier ganze Monate lang.«

Wrath wollte etwas einwenden, sich verteidigen, erklären, dass er die Zeit vergessen hatte, dass diese 120 Tage wie im Sturm verflogen waren, dass er nur immer an den nächsten Schritt gedacht, versuchte hatte, die Vampire am Leben zu halten, versucht hatte, die *Lesser* zurückzudrängen. Er hatte nicht vorgehabt, dass es so lange dauerte. Er hatte nicht geplant, sie so lange zu betrügen.

»Beantworte mir nur eine Frage«, sagte sie. »Eine Frage. Und sag mir die Wahrheit, sonst, so wahr mir Gott helfe ...« Sie schlug die Hand vor den Mund und unterdrückte ein leises Schluchzen. »Ganz ehrlich, Wrath ...

hattest du vorgehabt aufzuhören? Tief in deinem Herzen, hattest du da wirklich vor …«

Er schluckte, als sie verstummte.

Wrath holte tief Luft. Er war schon oft verwundet worden in seinem Leben. Doch nichts, kein Schmerz, den man ihm zugefügt hatte, hatte auch nur ansatzweise so wehgetan, wie ihr auf diese Frage zu antworten.

»Nein.« Er holte erneut Luft. »Nein, ich glaube nicht … dass ich aufhören wollte.«

»Wer hat heute Nacht mit dir geredet? Wer hat dich dazu gebracht, es mir zu sagen?«

»Vishous.«

»Ich hätte es wissen sollen. Er ist vielleicht der Einzige außer Tohr, der fähig ist, dich zu …« Beth schlang die Arme um sich, und Wrath hätte seine Dolchhand gegeben, hätte er sie jetzt in den Arm nehmen können. »Dass du da draußen bist und kämpfst, jagt mir eine Höllenangst ein, aber du vergisst eines … als ich mich mit dir vereint habe, wusste ich nicht, dass der König nicht kämpft. Ich war bereit, trotz der Angst zu dir zu stehen … weil der Kampf in diesem Krieg in deiner Natur und in deinem Blut liegt. Du Dummkopf …« Ihre Stimme versagte. »Du Dummkopf, ich hätte dich gelassen. Doch stattdessen …«

»Beth …«

Sie schnitt ihm das Wort ab: »Erinnerst du dich an die Nacht zu Anfang des Sommers, als du fortgingst? Als du eingesprungen bist, um Z zu retten und dann in der Stadt geblieben bist und mit den anderen gekämpft hast?«

Aber natürlich erinnerte er sich. Als er heimkam, hatte er sie die Treppe raufgejagt, und sie hatten sich im Wohnzimmer geliebt. Immer wieder. Die Stofffetzen, die

er ihr von den Hüften gerissen hatte, bewahrte er als Andenken auf.

Himmel ... jetzt, wo er daran dachte ... das war das letzte Mal gewesen, dass sie zusammen gewesen waren.

»Du hast mir gesagt, es wäre nur diese eine Nacht«, sagte sie. »Eine Nacht. Nicht mehr. Du hast es geschworen, und ich habe dir geglaubt.«

»Scheiße ... es tut mir leid.«

»Vier Monate.« Sie schüttelte den Kopf, und ihr prächtiges Haar wallte um ihre Schultern und fing das Licht auf eine Weise ein, dass selbst seine erbärmlichen Augen den Glanz bemerkten. »Weißt du, was mich am meisten schmerzt? Dass die Brüder es wussten und ich nicht. Ich habe diese Geheimgesellschaft immer akzeptiert, verstanden, dass es Dinge gibt, von denen ich nichts wissen darf ...«

»Sie wussten es nicht.« Okay, Butch hatte es gewusst, aber es gab keinen Grund, ihn vor den Bus zu stoßen. »V hat es erst heute Nacht herausgefunden.«

Sie schwankte und suchte Halt an den blassblauen Wänden. »Du warst *alleine* unterwegs?«

»Ja.« Er streckte die Hand nach ihrem Arm aus, aber sie riss ihn weg. »Beth ...«

Sie zog die Tür auf. »*Fass mich nicht an.*«

Das Ding fiel hinter ihr zu.

Voller Wut auf sich selbst wirbelte Wrath zu seinem Schreibtisch herum. Als er die Papierberge sah, all die Anfragen, Beschwerden, Probleme, war es, als hätte ihm jemand Starterkabel an die Schulterblätter geklemmt und eine Stromladung durch ihn hindurchgeschickt. Er schoss nach vorne und fegte mit dem Arm über den Tisch, sodass der ganze Scheiß durch die Luft segelte.

Während Zettel hinabschwebten wie Schnee, nahm er die Panoramasonnenbrille ab und rieb sich die Augen. Ein stechender Schmerz fuhr in seine Stirn. Mit stockendem Atem stolperte er herum, ertastete seinen Stuhl und ließ sich auf das verdammte Ding plumpsen. Mit einem erschöpften Schnauben ließ er der Kopf zurückfallen. Diese stressbedingten Kopfschmerzen befielen ihn in letzter Zeit fast täglich und gaben ihm den Rest. Sie schwelten wie eine Grippe in ihm, die einfach nicht weggehen wollte.

Beth. Seine Beth.

Als es klopfte, fluchte er deftig.

Es klopfte erneut.

»Was?«, blaffte er.

Rhage steckte den Kopf zur Tür hinein und erstarrte. »Ah ...«

»Was?«

»Na ja ... nach dem Türknallen – und, wow, der Sturmbö, die hier offensichtlich durchgefegt ist – wollte ich fragen, ob du uns trotzdem sehen willst.«

O Gott ... wie sollte er noch so eine Unterhaltung überstehen?

Andrerseits hätte er sich das vielleicht überlegen sollen, bevor er anfing, seine engsten Freunde zu belügen.

»Mein Herr?« Rhages Tonfall wurde weich. »Möchtest du die Bruderschaft sehen?«

Nein. »Ja.«

»Sollen wir Phury über Telefon zuschalten?«

»Ja. Hör zu, ich will nicht, dass die Jungs an diesem Treffen teilnehmen. Blay, John und Qhuinn sind nicht eingeladen.«

»Verstehe. He, kann ich dir beim Aufräumen helfen?«

Wrath blickte auf die verstreuten Blätter auf dem Teppich. »Das mach ich schon.«

Hollywood bewies einen Funken Verstand, indem er sich nicht noch einmal anbot und auf ein *Bist du sicher* verzichtete. Er duckte sich einfach nur und schloss die Tür hinter sich.

In der hinteren Ecke des Raums schlug die Standuhr. Noch so ein vertrautes Geräusch, das Wrath gewöhnlich überhörte, doch jetzt, allein in seinem Arbeitszimmer, klang der Ton, als würde er über Konzertlautsprecher übertragen.

Wrath ließ die Hände auf die zierlichen Armlehnen des Stuhls fallen, die darunter zwergenhaft aussahen. Das Möbelstück war eher für Frauen gedacht, die am Ende einer Nacht die Strümpfe abstreiften.

Es war kein Thron. Deshalb hatte Wrath ihn gewählt.

Es gab viele Gründe, warum er die Krone nicht hatte annehmen wollen. König zu sein war sein Geburtsrecht, aber er verspürte keine Neigung zum Regieren und hatte das Amt in den letzten dreihundert Jahren abgelehnt. Doch dann war Beth gekommen und hatte alles verändert. Schließlich war er zur Jungfrau der Schrift gegangen.

Das war nun zwei Jahre her. Zwei Frühlinge und zwei Sommer, zwei Herbste und zwei Winter.

Er hatte große Pläne gehabt, damals, am Anfang. Große, wundervolle Pläne, wie er die Bruderschaft zusammenführen und unter einem Dach vereinen konnte, die Kräfte bündeln, sich gegen die Gesellschaft der *Lesser* auflehnen. Siegen.

Retten.

Zurückerobern.

Stattdessen war die *Glymera* abgeschlachtet worden. Weitere Zivilisten waren gestorben. Und es gab noch weniger Brüder.

Sie hatten keine Fortschritte erzielt. Sie hatten Land verloren.

Wieder steckte Rhage den Kopf zur Tür herein. »Wir sind immer noch hier draußen.«

»Verdammt, ich habe doch gesagt, ich brauche etwas ...«

Die Standuhr schlug erneut, und als Wrath die Schläge zählte, erkannte er, dass er eine Stunde lang vor sich hin gestarrt hatte.

Er rieb sich die brennenden Augen. »Gebt mir noch eine Minute.«

»Solange du brauchst, mein Herr. Lass dir Zeit.«

13

Als sie Rehvenges »Hi« hörte, setzte sich Ehlena im Bett auf und unterdrückte ein *Ach du Scheiße* ... Dabei sollte sie nicht überrascht sein. Schließlich hatte sie ihn angerufen und so reagierten Leute eben auf Anrufe ... sie riefen zurück. Was für ein Weltwunder.

»Hallo«, sagte sie.

»Ich bin vorher nur nicht drangegangen, weil ich deine Nummer nicht kannte.«

Mann, seine Stimme war sexy. Tief. Klangvoll. So, wie eine Männerstimme sein sollte.

Und warum hatte ich gleich noch mal bei ihm angerufen?, dachte sie in dem Schweigen, das folgte.

Ach ja, richtig. »Ich wollte noch einmal wegen Ihres Besuches in der Klinik nachhaken. Als ich Ihre Krankenakte einordnete, fiel mir auf, dass Sie nichts für Ihren Arm bekommen haben.«

»Ah.«

Die Pause, die folgte, konnte sie nicht deuten. Vielleicht war er verärgert über die Störung. »Ich wollte mich nur vergewissern, dass es Ihnen gut geht.«

»Machst du das bei vielen Patienten?«

»Ja«, log sie.

»Weiß Havers, dass du seine Arbeit überprüfst?«

»Hat er sich die Vene überhaupt angesehen?«

Rehvenges Lachen war leise. »Es wäre mir lieber, du hättest aus einem anderen Grund angerufen.«

»Ich verstehe nicht«, antwortete sie spitz.

»Was? Dass jemand außerhalb der Arbeit mit dir zu tun haben möchte? Du bist nicht blind. Du hast dich schon einmal im Spiegel gesehen. Und du weißt, dass du intelligent bist, also bietest du weit mehr als nur eine hübsche Fassade.«

Was sie betraf, sprach er eine fremde Sprache. »Ich verstehe nicht, warum Sie nicht auf sich achtgeben.«

»Hmmm.« Er lachte leise, und sie spürte das Schnurren so deutlich, wie sie es hörte. »Oh … vielleicht ist das ein Vorwand, um dich wiederzusehen.«

»Hören Sie, der einzige Grund, warum ich angerufen habe, war …«

»Dass du eine Ausrede gesucht hast. Du bist mir im Behandlungszimmer über den Mund gefahren, dabei wolltest du eigentlich mit mir reden. Also hast du wegen meines Armes angerufen, um mich an den Hörer zu bekommen. Und jetzt hast du mich.« Die Stimme sank um eine weitere Oktave. »Darf ich mir aussuchen, was du mit mir machst?«

Sie schwieg, bis er fragte: »Hallo?«

»Sind Sie fertig? Oder wollen Sie noch ein bisschen länger über meine Motive spekulieren?«

Einen Moment lang war es still, dann brach er in ein Baritonlachen aus. »Ich wusste, dass es mehr als einen Grund gibt, warum ich dich mag.«

Sie weigerte sich, geschmeichelt zu sein. Und war es doch. »Ich rufe wegen Ihres Armes an. Ende. Ich habe mit der Pflegerin meines Vaters geredet, und wir unterhielten uns über …«

Sie verstummte, als sie bemerkte, was sie gerade preisgegeben hatte. Ihr war, als wäre sie über eine lose Konversations-Teppichecke gestolpert.

»Sprich weiter«, sagte er ernst. »Bitte. Und hör endlich auf, mich zu siezen.«

»Ehlena? Ehlena …

Bist du noch da, Ehlena?«

Später, viel später, würde sie darüber nachsinnen, was diese vier Worte für ein Abgrund waren. *Bist du da, Ehlena?*

Und tatsächlich war es der Anfang von allem, was folgte, der Beginn einer schmerzlichen Reise, verkleidet als schlichte Frage.

Sie war froh, dass sie nicht wusste, wohin die Reise sie führen würde. Denn manchmal musste man durch die Hölle gehen, weil man zu tief drin steckte, um sich herauszuziehen.

Während Rehv auf eine Antwort wartete, schloss sich seine Faust so fest um das Handy, dass eine der Tasten einen erschrockenen *Mach dich locker*-Piepser ausstieß.

Der elektronische Hilferuf brach den Bann.

»Entschuldigung«, murmelte er.

»Ist schon in Ordnung. Ich, äh …«

»Was wolltest du sagen?«

Er erwartete nicht, dass sie antwortete, aber dann … tat sie es doch. »Die Pflegerin meines Vaters und ich unterhielten uns über einen Schnitt, der sich entzünden könnte, und da musste ich an deinen Arm denken.«

»Dein Vater ist krank?«

»Ja.«

Rehv wartete darauf, dass sie weitersprach. Er überleg-

te, ob er sie mit einer weiteren Nachfrage zum Verstummen brächte – doch sie löste das Problem.

»Ein paar seiner Medikamente machen ihn fahrig, deshalb stößt er manchmal gegen Möbel und weiß nicht immer, dass er sich verletzt hat. Es ist eine heikle Situation.«

»Das tut mir leid. Es muss schwer für dich sein, dich um ihn zu kümmern.«

»Ich bin Krankenschwester.«

»Und Tochter.«

»Also war es beruflich. Der Grund meines Anrufs.« Rehv lächelte. »Ich möchte dich etwas fragen.«

»Ich zuerst. Warum willst du deinen Arm nicht behandeln lassen? Und erzähl mir nicht, Havers hätte diese Entzündung gesehen. Wäre das so, hätte er dir ein Antibiotikum verschrieben. Und hättest du die Behandlung abgelehnt, wäre in der Akte erschienen, dass du gegen ärztlichen Rat handelst. So eine Entzündung lässt sich mit ein paar Tabletten behandeln, und dass du kein Medizin-Muffel bist, weiß ich. Du nimmst eine höllische Menge Dopamin.«

»Wenn du dich um meinen Arm gesorgt hast, warum hast du mir das nicht in der Klinik gesagt?«

»Das habe ich, erinnerst du dich?«

»Nicht auf diese Weise.« Rehv lächelte in die Dunkelheit und strich mit der Hand über die Nerzdecke. Er spürte sie nicht, stellte sich aber vor, dass der Pelz so weich war wie ihr Haar. »Ich glaube immer noch, dass du einen Vorwand gesucht hast, um mich anzurufen.«

Als sie schwieg, fürchtete er, sie könne aufgelegt haben.

Er setzte sich auf, als könnte sie das davon abhalten, die rote Taste zu drücken. »Ich sage nur … ach Scheiße,

172

ich will nur sagen, ich bin froh, dass du angerufen hast. Egal, aus welchem Grund.«

»Ich habe in der Klinik nichts mehr gesagt, weil du weg warst, bevor ich Havers Daten in den Computer eingegeben habe. Erst da habe ich es bemerkt.«

Er kaufte ihr immer noch nicht ab, dass der Anruf rein beruflich war. Sie hätte es ihm mailen können. Sie hätte den Arzt informieren können. Sie hätte das Problem einer Schwester der Tagesschicht aufhalsen können.

»Dann besteht also keine Möglichkeit, dass du ein schlechtes Gewissen hast, weil du mich so rüde abgewiesen hast?«

Sie räusperte sich. »Das tut mir leid.«

»Nun, ich vergebe dir. Absolut. Vollkommen. Du sahst aus, als hättest du keine gute Nacht.«

Ihr Seufzer bestätigte ihn. »Ja, es war nicht meine beste.«

»Warum?«

Eine weitere lange Pause. »Du bist viel angenehmer am Telefon, weißt du das?«

Er lachte. »In welcher Hinsicht?«

»Konversation. Eigentlich … kann man ganz gut mit dir reden.«

»Ich bin okay im Privatgespräch.«

Auf einmal verzog er das Gesicht und dachte an den Buchmacher, den er im Büro hatte singen lassen. Verdammt, dieser arme Bastard war nur einer von unzähligen Drogendealern, Wettspielern, Bartendern und Zuhältern, die er im Laufe der Jahre zum Reden gebracht hatte. Für ihn hatte stets der Grundsatz gegolten, dass die Beichte die Seele erleichtert, insbesondere, wenn es um Kanalratten ging, die glaubten, ihn bescheißen zu können. Mit

seinem Führungsstil sandte er außerdem ein wichtiges Signal in einem Geschäft aus, in dem jede Schwäche den Tod bedeuten konnte: Illegale Geschäfte verlangten eine starke Hand, und Rehv hatte immer geglaubt, dass dies eben die Wirklichkeit war, in der er lebte.

Doch in diesem stillen Moment, als Ehlena so nahe war, hatte er das Gefühl, sich für seine Geschäfte entschuldigen zu müssen.

»Und warum war gestern keine gute Nacht?«, fragte er, um seiner inneren Stimme den Mund zu stopfen.

»Mein Vater. Und dann … na ja, ich wurde versetzt.«

Rehv kräuselte so stark die Stirn, dass es leicht zwischen seinen Augen stach. »Von einem Date?«

»Ja.«

Die Vorstellung, dass sie mit einem anderen Vampir ausging, war ihm ein Graus. Und doch beneidete er den Bastard, wer immer er war. »Was für ein Trottel. Tut mir leid, aber was für ein Trottel.«

Ehlena lachte, und ihm gefiel einfach alles an dem Klang, insbesondere die Art, wie ihm dabei sofort noch etwas wärmer wurde. Zur Hölle mit der heißen Dusche. Dieses leise Glucksen war alles, was er brauchte.

»Lächelst du?«, fragte er leise.

»Ja. Woher weißt du das?«

»Ich hatte es nur gehofft.«

»Du kannst wirklich ganz charmant sein.« Dann wechselte sie schnell das Thema, als wollte sie von dem Kompliment ablenken: »Das Date war keine große Sache. Ich kannte ihn kaum. Wir wollten nur zusammen einen Kaffee trinken.«

»Und jetzt beendest du die Nacht mit mir am Telefon. Was so viel besser ist.«

Sie lachte wieder. »Nun, ich werde nie erfahren, wie es ist, etwas mit ihm zu unternehmen.«

»Nein?«

»Ich … äh … habe nachgedacht und ich glaube, ich sollte im Moment nichts anfangen.« Sein Triumph wurde geschmälert, als sie hinzufügte: »Mit niemandem.«

»Hm.«

»Hm. Was bedeutet *hm?*«

»Es bedeutet, ich habe deine Telefonnummer.«

»Ach ja, die hast du …« Ihre Stimme stockte, als er sich anders hinsetzte. »Moment, bist du … im Bett?«

»Ja. Und bevor du fragst: Du willst es nicht wissen.«

»Was will ich nicht wissen?«

»Was ich alles nicht anhabe.«

»Ähm …« Als sie zögerte, wusste er, dass sie wieder lächelte. Und wahrscheinlich errötete. »Dann frage ich also nicht.«

»Klug von dir. Es sind ohnehin nur ich und die Laken … ups, habe ich mich etwa gerade verplappert?«

»Ja. Ja, das hast du.« Ihre Stimme wurde etwas tiefer, als ob sie ihn sich nackt vorstellte. Und keinen Anstoß an dem mentalen Pin-up nahm.

»Ehlena …« Er hielt sich zurück. Seine *Symphathen*-Natur verlieh ihm die Beherrschung, um etwas langsamer zu tun. Ja, Rehv wollte, dass sie nackt war wie er. Aber noch mehr wollte er, dass sie am Telefon blieb.

»Was?«, fragte sie.

»Dein Vater … ist er schon lange krank?«

»Ich, äh … ja, ja, ist er. Er ist schizophren. Aber er bekommt jetzt Medikamente und das hilft.«

»Ach du … Scheiße. Das muss wirklich schwer sein. Als wäre er da und doch wieder nicht, oder?«

»Ja … genauso fühlt es sich an.«

Er kannte dieses Gefühl. Der *Symphath* in ihm war eine ständige Präsenz, die ihn verfolgte, während er versuchte, als Normalo durchs Leben zu kommen.

»Darf ich dich fragen«, fing sie vorsichtig an, »wozu du das Dopamin brauchst? In deiner Akte stand keine Diagnose.«

»Wahrscheinlich, weil Havers mich schon so lange behandelt.«

Ehlena lachte verlegen. »Das ist es wahrscheinlich.«

Verdammt, was sollte er ihr nur sagen.

Seine *Symphathen*-Seite sagte, *egal, lüg einfach.* Das Problem war nur, dass sich wie aus dem Nichts eine zweite Stimme in seinem Kopf meldete, eine, die neu und leise war, aber unüberhörbar. Weil er jedoch keine Ahnung hatte, was sie zu bedeuten hatte, folgte er der alten Routine.

»Ich leide unter Parkinson. Beziehungsweise dem Pendant für Vampire.«

»Oh … das tut mir leid. Deshalb brauchst du also auch den Stock.«

»Mein Gleichgewichtssinn ist beeinträchtigt.«

»Aber das Dopamin scheint zu wirken. Du zitterst fast gar nicht.«

Die leise Stimme in seinem Kopf verwandelte sich in einen seltsamen Schmerz in seiner Brust, und für einen Moment ließ er alle Tarnung fahren und sagte einfach die Wahrheit: »Ich weiß nicht, was ich ohne dieses Medikament machen würde.«

»Bei meinem Vater haben die Medikamente Wunder gewirkt.«

»Bist du allein für ihn verantwortlich?« Als sie *Hm-hm* machte, fragte er: »Wo ist der Rest deiner Familie?«

»Wir sind nur zu zweit.«

»Dann trägst du eine höllische Last.«

»Na ja, ich liebe ihn. Und wäre es andersrum, würde er das Gleiche für mich tun. Das tun Eltern und Kinder eben füreinander.«

»Nicht unbedingt. Offensichtlich kommst du aus einer guten Familie.« Bevor er sich bremsen konnte, fuhr er fort: »Aber deshalb bist du wahrscheinlich so einsam, oder? Du hast ein schlechtes Gewissen, wenn du ihn länger als eine Stunde alleine lässt, aber wenn du immer zu Hause bleibst, zieht das Leben an dir vorbei. Du bist gefangen und könntest manchmal schreien, aber du würdest nichts ändern.«

»Ich muss Schluss machen.«

Rehv kniff die Augen zu, der Schmerz in seiner Brust weitete sich wie ein Buschfeuer nach einer Trockenperiode über den ganzen Körper aus. Durch Willenskraft stellte er ein Licht an, als die Dunkelheit zu symbolträchtig für seine Existenz wurde.

»Es ist nur … ich weiß, wie das ist, Ehlena. Nicht aus denselben Gründen … aber ich kenne das, wenn man sich ausgegrenzt fühlt. Du weißt schon, wenn man allen anderen zusieht, wie sie durchs Leben gehen … Ach verflixt, ist ja egal. Ich hoffe, du schläfst gut –«

»So fühle ich mich oft.« Ihre Stimme war jetzt sanft, und er war froh, dass sie ihn verstanden hatte, auch wenn er sich so wortgewandt wie ein Metzgerlehrling ausgedrückt hatte.

Jetzt war er an der Reihe, verlegen zu werden. Er war es nicht gewöhnt, so zu reden. Und sich so zu fühlen, wie er es tat. »Hör zu, ich lass dich jetzt schlafen. Ich bin froh, dass du angerufen hast.«

»Weißt du was ... ich auch.«

»Und, Ehlena?«

»Ja?«

»Ich glaube, du hast recht. Vielleicht solltest du im Moment wirklich nichts mit irgendjemand anfangen.«

»Wirklich?«

»Ja. Guten Tag.«

Es gab eine Pause. »Guten ... Tag. Moment ...«

»Was?«

»Dein Arm. Was machst du mit deinem Arm?«

»Mach dir keine Sorgen, das wird wieder gut. Aber danke der Nachfrage. Das bedeutet mir viel.«

Rehv beendete als Erster den Anruf und legte das Handy auf die Nerzdecke. Er ließ das Licht an und schloss die Augen. Und schlief überhaupt nicht.

14

Im Haus der Bruderschaft verabschiedete sich Wrath von der Hoffnung, dass es ihm in Sachen Beth in absehbarer Zukunft besser gehen könnte. Hölle, er konnte den ganzen nächsten Monat hier auf diesem Suhl hocken und sinnieren, aber davon würde ihm nur der Hintern einschlafen.

Und in der Zwischenzeit setzten die Jungs im Flur Rost an und wurden unleidlich.

Er öffnete die Flügeltür mit seinem Willen, und seine Brüder setzten sich wie ein Mann in Bewegung. Als er durch sein blassblaues Arbeitszimmer zu den großen, markanten Gestalten an der Balustrade blickte, erkannte er sie nicht an den Gesichtern, der Kleidung oder ihrem Ausdruck, sondern am Echo jedes Einzelnen in seinem Blut.

Die Zeremonien in der Gruft, die sie miteinander verbunden hatten, hallten nach, egal, wie lange sie nun her waren.

»Steht da nicht so rum«, brummte er, als die Bruderschaft zurückstarrte. »Ich habe diese beschissene Tür nicht geöffnet, um hier wie ein Zootier zu sitzen.«

Die Brüder kamen mit ihren schweren Stiefeln rein – außer Rhage, der Flip-Flops trug, seine Standardausrüstung im Haus, egal, zu welcher Jahreszeit. Dann nahmen

sie ihre gewohnten Positionen ein, Z stand am Kamin, V und Butch ließen sich auf einer kürzlich verstärkten Couch mit Bleistiftbeinchen nieder. Rhage schlappte mit einer Serie von *Flips* und *Flops* zum Schreibtisch und drückte auf die Lautsprechertaste am Telefon. Dann tippte er auf den Tasten herum, um Phury an die Muschel zu bekommen.

Keiner kommentierte die am Boden verstreuten Unterlagen. Keiner machte Anstalten, sie aufzuheben. Es war, als wäre die Unordnung gar nicht vorhanden, und Wrath war es am liebsten so.

Als er die Tür mit seinem Willen schloss, dachte er an Tohr. Der Bruder war im Haus, nur ein paar Türen den Gang mit den Statuen hinunter, und dennoch war er in einem anderen Universum. Ihn einzuladen wäre zwecklos gewesen – oder eine Grausamkeit, wenn man bedachte, was sich in seinem Kopf abspielte.

»Hallo?«, meldete sich Phury aus dem Lautsprecher.

»Wir sind alle hier«, sagte Rhage, bevor er einen Lolli auspackte und zu einem hässlichen grünen Armsessel trottete.

Das Ungetüm gehörte Tohr. Man hatte es zum Schlafen für John Matthew hergebracht, nachdem Wellsie ermordet worden und Tohrment verschwunden war. Rhage wählte diesen Sessel, weil es für seine Gewichtsklasse die sicherste Option war, neben Sofas mit Stahlgerüst.

Als sich jeder an seinem Platz befand, wurde es still im Raum, mit Ausnahme von dem Geräusch von Hollywoods malmenden Kiefern auf dem Kirschlutscher in seinem Mund.

»Ach Himmelherrgott noch einmal«, stöhnte Rhage

schließlich an seinem Lutscher vorbei. »Jetzt sag es uns einfach. Was es auch ist. Ich schreie bald. Ist jemand tot?«

Nein, aber Wrath fühlte sich, als hätte er etwas umgebracht.

Er wandte den Blick in Richtung Rhage, dann sah er die Brüder der Reihe nach an. »Ich werde dein Partner sein, Hollywood.«

»Partner? Du meinst …« Rhage sah sich im Raum um, als wolle er sich vergewissern, dass die anderen es auch gehört hatten. »Du sprichst hier nicht von Rommé, nehme ich an.«

»Nein«, sagte Z ruhig. »Ich glaube nicht, dass er das tut.«

»Heilige Scheiße.« Rhage holte einen zweiten Lutscher aus seinem schwarzen Fleecepulli. »Ist das legal?«

»Jetzt schon«, murmelte V.

Phury meldete sich aus dem Lautsprecher. »Moment, Moment, heißt das als Ersatz für mich?«

Wrath schüttelte den Kopf, obwohl der Bruder ihn nicht sehen konnte. »Als Ersatz für eine Menge Leute, die wir verloren haben.«

Auf einmal sprudelten alle los, als hätte man eine Dose Cola geöffnet. Butch, V, Z und Rhage fingen alle gleichzeitig an zu reden, bis eine blecherne Stimme das Geplapper unterbrach:

»Dann will ich auch zurückkommen.«

Alle blickten auf das Telefon, außer Wrath, der Z beobachtete, um seine Reaktion abzuschätzen. Zsadist hatte kein Probleme damit, Wut zu zeigen. Nie. Aber Besorgnis und Verunsicherung versteckte er wie loses Geld in Gesellschaft von Räubern. Und bei den Worten seines

Zwillingsbruders schaltete er auf Verteidigungsmodus, verschloss sich komplett und zeigte keinerlei Regung.

Klarer Fall, dachte Wrath. Der dickhäutige Bastard sorgte sich zu Tode.

»Hältst du das wirklich für eine gute Idee?«, fragte Wrath langsam. »Vielleicht ist Kämpfen im Moment nicht das Richtige für dich, mein Bruder.«

»Ich habe seit fast vier Monaten nicht gekifft«, verteidigte sich Phury durch den Lautsprecher. »Und ich habe nicht vor, wieder Drogen zu nehmen.«

»Stress macht so etwas nicht gerade leichter.«

»Ach, aber hier auf meinem Hintern zu sitzen, während ihr euch in die Schlacht stürzt, vielleicht?«

Großartig. Zum ersten Mal in der Geschichte würden König und Primal gemeinsam im Kampf stehen. Und warum? Weil die Bruderschaft aus dem letzten Loch pfiff.

Diesen Rekord musste man erst einmal brechen. Das war, wie Fünfzig-Meter-Bauch-oben-Schwimmen in der Verlierer-Olympiade zu gewinnen.

Himmel.

Doch dann dachte Wrath an den toten Zivilisten. War das etwa besser? Nein.

Er lehnte sich auf seinem zerbrechlichen Stuhl zurück und fasste Z scharf ins Auge.

Als würde er den Blick fühlen, stieß sich Zsadist vom Kamin ab und lief im Arbeitszimmer umher. Sie alle wussten, woran er dachte: Phury nach einer Überdosis auf dem Badezimmerboden, das Spritzbesteck noch neben ihm auf den Kacheln.

»Z?«, meldete sich Phury. »Z? Nimm den Hörer.«

Als Zsadist mit seinem Zwillingsbruder sprach, verzog sich das Gesicht mit der gezackten Narbe zu einer solchen

Grimasse, dass selbst Wrath den Zorn sehen konnte. Und der Ausdruck wurde nicht besser, als er sagte: »Ah-ha. Ja. Hm-hm. Ich weiß. Okay.« Es folgte eine lange Pause. »Nein, ich bin noch dran. In Ordnung. Geht klar.«

Pause. »Schwör es mir. Beim Leben meiner Tochter.«

Einen Moment später drückte Z wieder auf den Lautsprecherknopf und legte den Hörer auf die Gabel. Dann stellte er sich wieder an den Kamin.

»Ich bin dabei«, sagte Phury.

Wrath rutschte auf dem schwuchteligen Stuhl herum und wünschte, dass so vieles anders wäre. »Weißt du, in anderen Zeiten hätte ich dir vielleicht geraten, du sollst es bleiben lassen. Jetzt sage ich nur … wann kannst du anfangen?«

»Heute Nacht. Ich lasse Cormia in der Obhut der Auserwählten, während ich im Kampf bin.«

»Wird das für deine Partnerin okay sein?«

Es gab ein Schweigen. »Sie weiß, mit wem sie sich vereinigt hat. Und ich werde ihr gegenüber ehrlich sein.«

Autsch.

»Jetzt habe ich eine Frage«, zischte Z. »Bezüglich des eingetrockneten Bluts auf deinem Hemd, Wrath.«

Wrath räusperte sich. »Ich bin seit einiger Zeit wieder dabei. Bei den Kämpfen.«

Die Temperatur im Raum fiel schlagartig. Z und Rhage ärgerten sich, dass sie nichts davon gewusst hatten.

Und dann fluchte Hollywood auf einmal. »Moment. Moment. Ihr zwei wusstet … ihr wusstet es vor uns, oder? Ihr zwei wirkt nämlich gar nicht überrascht.«

Butch räusperte sich, als gelte der Zorn ihm. »Er brauchte mich zum Saubermachen. Und V hat versucht, ihn umzustimmen.«

»Wann hat das angefangen, Wrath?«, presste Rhage zwischen den Zähnen hervor.

»Seit Phury nicht mehr mitkämpft.«

»Willst du mich verarschen?«

Z stapfte zu einem der Fenster, die vom Boden bis zur Decke reichten, und obwohl die Rollläden geschlossen waren, starrte er das Ding an. »Nur gut, dass du dich dabei nicht umgebracht hast.«

Wrath bleckte die Fänge. »Glaubst du, ich habe verlernt zu kämpfen, nur weil ich jetzt hinter diesem Schreibtisch sitze?«

Phurys Stimme meldete sich aus dem Telefon: »Okay, Leute, macht euch locker. Jetzt wissen wir alle Bescheid, und von nun an wird es anders. Keiner kämpft allein, selbst wenn wir zu dritt gehen. Aber ich muss wissen, ob das allgemein bekannt gegeben wird? Wirst du es übermorgen beim Ratstreffen verkünden?«

Mann, auf dieses fröhliche Stelldichein freute er sich schon ganz besonders. »Ich glaube, wir behalten es erst einmal für uns.«

»Ja«, presste Z hervor. »Warum auch ehrlich sein.«

Wrath überhörte seinen Kommentar. »Aber Rehvenge werde ich einweihen. Ich weiß, dass einige Angehörige der *Glymera* wegen der Überfälle verstimmt sind. Wenn es zu viel wird, kann er sie mit dieser Sorte Wissen etwas beruhigen.«

»Sind wir hier fertig?«, fragte Rhage tonlos.

»Ja. Das war's.«

»Dann bin ich weg.«

Hollywood stapfte aus dem Zimmer, und Z folgte ihm dicht auf den Fersen, zwei weitere Opfer der Bombe, die Wrath heute hatte hochgehen lassen.

»Und wie hat Beth es aufgenommen?«, erkundigte sich V.

»Was glaubst du denn?« Wrath stand auf und folgte dem Beispiel von Rhage und Z.

Zeit, zu Doc Jane zu gehen und sich zusammenflicken zu lassen, vorausgesetzt, die Wunden hatten sich nicht schon von selbst geschlossen.

Morgen musste er wieder einsatzbereit sein.

Im kalten, hellen Morgenlicht materialisierte sich Xhex hinter einer hohen Mauer in die kahlen Äste eines kräftigen Ahornbaums. Das Herrenhaus dahinter thronte in der Gartenanlage wie eine graue Perle in filigraner Fassung. Drahtige, im Winter kahle, gepflegte Bäume erhoben sich rund um das alte Steinhaus, verankerten es mit dem sanft abfallenden Rasen und hielten es auf der Erde fest.

Die schwache Dezembersonne beschien die Szenerie, sodass das nächtlich triste Anwesen nun ehrwürdig und vornehm erschien.

Ihre Sonnenbrille war fast schwarz, doch sie war das einzige Zugeständnis, das sie an ihren Vampiranteil machen musste, wenn sie tagsüber unterwegs war. Hinter den Gläsern blieb ihre Sicht scharf, und sie erkannte jeden Bewegungsmelder, jedes Sicherheitslämpchen und jedes Bleiglas-Fenster, das mit Rollläden geschützt war.

Es würde nicht einfach sein, da hineinzukommen. Die Scheiben dieser Dinger waren ohne Zweifel stahlverstärkt, was bedeutete, dass es selbst bei offenen Jalousien unmöglich war, sich hinein zu materialisieren. Und ihr *Symphathen*-Anteil witterte, dass eine Menge Leute in diesem Haus verkehrten: das Küchenpersonal. Die,

die oben schliefen. Die anderen, die sich umherbeweg-
ten. Es war kein glückliches Haus, das Gefühlsraster
der Leute darin steckte voller dunkler, schwermütiger
Emotionen.

Xhex materialisierte sich auf das Dach des Haupt-
trakts und schaltete die *Symphathen*-Version eines *Mhis*
aus. Es war kein völliges Ausradieren, sondern mehr, als
würde sie zu einem Schatten unter den Schatten, die der
Kamin warf, aber es reichte, um die Bewegungsmelder
auszutricksen.

Als sie auf einen Lüftungsschacht zuging, stieß sie auf
eine Platte aus Stahlgitter, dick wie ein Lineal, das in die
metallenen Seitenwände genietet war. Das Gleiche beim
Kamin. Abgedeckt mit kräftigem Stahl. Keine Überraschung. Sie hatten ausgezeichnete Sicherheitsvorkehrungen hier.

Ihre beste Möglichkeit, einzudringen, wäre in der
Nacht, mit einer kleinen batteriebetriebenen Stichsäge
an einem der Fenster. Der Dienstbotenflügel im hinteren
Teil wäre ein guter Ort für den Einstieg, vorausgesetzt,
das Personal war im Dienst, und dieser Teil des Hauses
wäre ruhiger.

Eindringen. Zielobjekt finden. Eliminieren.

Rehvs Weisung lautete, ein Zeichen zu setzen, also
brauchte sie sich keine Mühe machen, die Leiche zu verstecken oder wegzuschaffen.

Als sie über den feinen Kies ging, der das Dach bedeckte, gruben sich die Büßergurte mit jedem Schritt in
das Fleisch ihrer Oberschenkel. Der Schmerz raubte ihr
einen gewissen Teil der Energie und erhielt ihre Konzentration aufrecht – beides trug dazu bei, den *Symphathen*
in ihr in Schach zu halten.

Die stacheligen Gurte würde sie nicht tragen, wenn sie herkam, um den Auftrag auszuführen.

Xhex blieb stehen und blickte in den Himmel. Der trockene, schneidende Wind kündete von Schnee, der schon bald fallen würde. Die Eisschrankkälte des Winters kam nach Caldwell.

In ihrem Herzen herrschte sie seit Ewigkeiten.

Unter ihr, zu ihren Füßen, spürte sie wieder die Leute, las in ihren Gefühlen, ergründete sie. Xhex würde sie alle töten, wenn man es ihr auftrug. Sie würde sie ohne zu zögern abschlachten, während sie in ihren Betten lagen oder ihren Aufgaben nachgingen oder sich einen Mittagsimbiss genehmigten oder kurz zum Pinkeln aufstanden, bevor sie sich wieder hinlegten.

Die hässlichen Überreste des Ablebens, all das Blut, störten sie auch nicht, nicht mehr, als sich eine Heckler & Koch oder eine Glock um befleckte Teppiche oder verschmierte Kacheln oder leckende Arterien scherte. Etwas anderes als Rot sah sie ohnehin nicht, wenn sie bei der Arbeit war, und außerdem sahen angstvoll geweitete Augen und Münder, die den letzten röchelnden Atemzug taten, nach einer Weile alle gleich aus.

Das war die große Ironie. Im Leben war jeder eine Schneeflocke von einzigartiger und schöner Form, doch wenn der Tod zupackte, blieb nichts als anonyme Haut und Muskeln und Knochen, die alle in voraussagbaren Zeiträumen abkühlten und verwesten.

Sie war die Waffe am Zeigefinger ihres Chefs. Er drückte den Abzug, sie schoss, das Opfer fiel. Und obwohl sich dadurch das Leben einiger für immer änderte, ging die Sonne für alle anderen auf dem Planeten am nächsten Tag wieder auf und unter. Auch für sie.

So sah sie ihren Job: halb Anstellung, halb Verpflichtung gegenüber Rehv, für das, was er tat, um sie beide zu beschützen.

Wenn sie abends zu diesem Haus zurückkehrte, würde sie ausführen, weswegen sie gekommen war, und mit blütenreinem Gewissen wieder gehen.

Rein und raus, und die Sache dann vergessen.

So dachte und lebte der Auftragskiller.

15

Verbündete waren die dritte Säule jeder erfolgreichen Kriegsführung. Geldmittel und Rekruten waren der taktische Motor, mit denen man den feindlichen Mächten entgegentrat, sie attackierte und in Größe und Stärke dezimierte. Verbündete waren der strategische Vorteil, Leute, deren Interessen sich mit den eigenen überschnitten, selbst wenn sich Philosophie und Absicht unterschieden. Für den Sieg waren sie genauso wichtig wie die ersten beiden Posten, aber sie waren ein bisschen schwerer zu kontrollieren.

Es sei denn, man verstand sich auf Verhandlungen.

»Wir sind schon ganz schön lange unterwegs«, bemerkte Mr. D, der hinter dem Steuer des Mercedes saß, der vormals Lashs totem Adoptivvater gehört hatte.

»Und es wird auch noch eine Weile dauern.« Lash blickte auf seine Uhr.

»Sie haben mir noch nicht gesagt, wohin wir fahren.«

»Nein, das habe ich nicht.«

Lash blickte aus dem Fenster der Limousine. Die Bäume, die den Northway flankierten, sahen aus wie Bleistiftskizzen vor Einfügen der Blätter, nichts als kahle Eichen, dürrer Ahorn und nackte Birken. Das einzige Grün waren die gedrungenen Nadelbäume, die immer mehr überhandnahmen, je weiter sie in die Adirondacks vordrangen.

Grauer Himmel. Grauer Highway. Graue Bäume. Es war, als hätte sich die Landschaft des Staates New York eine Grippe eingefangen. Sie sah ungefähr so gesund aus wie jemand, der sich nicht rechtzeitig gegen Lungenentzündung hatte impfen lassen.

Es gab zwei Gründe, warum Lash seinen Stellvertreter noch nicht eingeweiht hatte, wohin die Reise ging. Der erste war reine Feigheit, und Lash konnte es sich selbst kaum eingestehen: Er war sich nicht sicher, ob er das arrangierte Treffen wirklich durchziehen würde.

Aber diese Verbündeten waren heikel, und Lash wusste, dass er in ein Hornissennest stach, indem er sich ihnen auch nur näherte. Ja, es bestand Potenzial für ein großartiges Bündnis, aber war Loyalität eine gute Eigenschaft bei einem Soldaten, so war sie bei Verbündeten absolut unerlässlich, und da, wo sie hinfuhren, war das Konzept der Loyalität so unbekannt wie das der Angst. Also war Lash in zweierlei Hinsicht am Arsch, und deshalb hielt er sich bedeckt. Sollte ihm die Sache unheimlich werden oder sein erstes Vortasten erfolglos bleiben, würde Lash das Ganze fallen lassen, und in diesem Fall musste Mr. D keine Einzelheiten erfahren, mit wem sie es zu tun hatten.

Der zweite Grund für seine Verschwiegenheit war die Unsicherheit, ob die andere Partei überhaupt auftauchte. Wenn nicht, musste auch niemand erfahren, was Lash erwogen hatte.

Am Straßenrand erschien ein kleines, grünes Schild mit weiß reflektierender Aufschrift: *U. S.-Grenze 38*.

Ja, nur achtunddreißig Meilen bis zur Grenze … das war der Grund, warum man die *Symphathen*-Kolonie hier oben angesiedelt hatte: Man war bestrebt gewesen,

diese psychopathischen Monster so weit wie möglich von der zivilen Vampirbevölkerung fernzuhalten, und dieses Ziel hatte man erreicht. Noch näher an Kanada hätte man auf Französisch *Verpisst euch, und verreckt endlich* zu ihnen sagen müssen.

Die Kontaktaufnahme war Lash dank dem alten Rolodex seines Adoptivvaters gelungen, das sich wie das Auto des Vampirs als äußerst nützlich erwiesen hatte. Als ehemaliger *Leahdyre* des Rats hatte Ibix die Möglichkeit gehabt, die *Symphathen* zu kontaktieren, für den Fall, dass einer unter der Allgemeinbevölkerung entdeckt wurde und deportiert werden musste. Natürlich war Diplomatie zwischen den Spezies nie möglich gewesen. Das wäre, als würde man einem Serienkiller nicht nur die Kehle präsentieren, sondern ihm auch gleich noch das Messer anbieten, um sie aufzuschlitzen.

Lashs E-Mail an den König der *Symphathen* war knapp, aber freundlich gewesen. Lash hatte sich als der zu erkennen gegeben, der er wirklich war, nicht der, als der er aufgezogen worden war: Er war Lash, Kopf der Gesellschaft der *Lesser*. Lash, Sohn des Omega. Und er strebte eine Allianz gegen die Vampire an, die die *Symphathen* diskriminiert und ausgestoßen hatten.

Sicherlich wollte der König die Verachtung, die man seinem Volk entgegenbrachte, rächen?

Die Antwort war so distinguiert gewesen, dass Lash fast gekotzt hätte, doch dann erinnerte er sich aus seinen Trainingstagen daran, dass *Symphathen* alles wie ein Schachspiel behandelten – bis zu dem Moment, wo sie deinen König kassierten, deine Königin zur Hure machten und deine Türme niederbrannten. In seiner Antwort hatte das Oberhaupt der Kolonie angedeutet, dass eine

kollegiale Diskussion gemeinsamer Interessen willkommen wäre, und ob Lash die Freundlichkeit besäße und in den Norden kommen könnte, da die Reisemöglichkeiten des Exilkönigs naturgegeben etwas eingeschränkt waren.

Lash hatte das Auto genommen, weil auch er selbst eine Bedingung gestellt hatte, und diese war die Teilnahme von Mr. D. In Wahrheit hatte er seine Forderung einzig aus dem Grund gestellt, um ein Gleichgewicht herzustellen. Sie wollten, dass er zu ihnen kam. Fein, er brachte einen seiner Männer mit. Und nachdem sich der *Lesser* nicht dematerialisieren konnte, mussten sie eben fahren.

Fünf Minuten später bog Mr. D vom Highway ab und schlängelte sich durch ein Stadtzentrum von der Größe eines der sieben Stadtparks von Caldwell. Hier gab es keine Wolkenkratzer, nur drei- und vierstöckige Backsteinhäuser, sodass es aussah, als hätte der harsche Winter nicht nur das Wachstum der Bäume gehemmt, sondern auch das der Architektur.

Auf Lashs Anweisung hin fuhren sie in westlicher Richtung, vorbei an blattlosen Apfelgärten und eingezäunten Rinderfarmen.

Wie auf dem Highway konnte sich Lash auch hier kaum an der Landschaft sattsehen. Für ihn war es immer noch faszinierend, wie die milchige Dezembersonne Schatten auf die Bürgersteige oder Hausdächer warf. Bei seiner Wiedergeburt hatte ihm sein wahrer Vater einen neuen Lebenszweck gegeben, zusammen mit der Gabe des Tageslichts, und beides machte ihm unendlich viel Freude.

Ein paar Minuten später gab das GPS den Geist auf, die Schrift wurde wellig. Das hieß wahrscheinlich, dass

sie sich der Kolonie näherten, dachte Lash, und tatsächlich trafen sie kurz darauf auf die gesuchte Straße. Ilene Avenue war nur durch ein unscheinbares Straßenschild markiert. Und von wegen Avenue, es war ein Feldweg zwischen zwei Kornfeldern.

Die Limousine gab ihr Bestes auf der unebenen Fahrbahn, die Stoßdämpfer fingen die Schlaglöcher, die durch Pfützen entstanden waren, ab, aber mit einem Geländewagen wären sie hier deutlich besser beraten gewesen. Irgendwann erschien ein dichter Wall aus Bäumen in der Ferne, und das Farmhaus, um das sie sich drängten, war in tadellosem Zustand, leuchtend weiß mit dunkelgrünen Läden und einem dunkelgrünen Dach. Wie auf einer kitschigen Weihnachtskarte quoll Rauch aus zwei der vier Kamine und auf der Veranda standen Schaukelstühle und immergrüne Ziersträucher.

Als sie näher kamen, passierten sie ein dezentes grünweißes Schild mit der Aufschrift TAOISTischer klosterorden GEgr. 1982.

Mr. D brachte den Mercedes zum Stehen, stellte den Motor ab und bekreuzigte sich. »Ich habe kein gutes Gefühl.«

Was so idiotisch war.

Aber der kleine Texaner hatte recht. Trotz der offenen Haustür, dem Sonnenlicht, das auf warme Kirschholzdielen fiel, lauerte etwas Falsches hinter der heimeligen Fassade. Es war zu perfekt, zu sehr darauf ausgerichtet, den Besucher in Sicherheit zu wiegen und seinen Verteidigungsinstinkt zu schwächen.

Wie ein hübsches Mädchen mit einer Geschlechtskrankheit.

»Gehen wir«, sagte Lash.

Sie stiegen aus, und während Mr. D seine Magnum in die Hand nahm, sparte sich Lash die Mühe, nach seiner Waffe zu greifen. Sein Vater hatte ihm viele Tricks gezeigt, und anders als bei seinen Kontakten mit Menschen hatte er keine Probleme, seine besonderen Fähigkeiten gegenüber einem *Symphathen* einzusetzen. Eine kleine Showeinlage konnte sogar dazu beitragen, ihn ins richtige Licht zu rücken.

Mr. D schob seinen Cowboyhut zurecht. »Ich habe wirklich kein gutes Gefühl.«

Lash verengte die Augen. Spitzenvorhänge hingen vor den Fenstern, aber so chlorweiß sie auch waren, die ganze Scheiß-Inszenierung war gruselig ... Hu! Hatte sich das Zeug etwa gerade bewegt?

In diesem Moment erkannte er, dass es nicht Spitze war, die vor den Fenstern hing, sondern Spinnweben. Bevölkert mit Spinnentieren.

»Sind das ... Spinnen?«

»Ja.« Lash hätte sich selbst wahrscheinlich anders eingerichtet, aber er musste hier ja auch nicht wohnen.

Sie beide zögerten an der ersten der drei Stufen auf die Veranda. Mann, manche offenen Türen waren nicht einladend und das traf insbesondere auf diese hier zu – sie schien weniger *Hallo, wie geht es* zu sagen, als *Komm rein, damit wir dir die Haut abziehen und als Superheldenkappe für einen von Hannibal Lecters Patienten verwenden können.*

Lash grinste. Wer hier auch wohnte, war regelrecht für ihn geschaffen.

»Soll ich klingeln?«, fragte Mr. D. »Wenn es eine Klingel gibt.«

»Nein. Wir warten. Sie werden kommen.«

Und wie auf dieses Stichwort hin erschien jemand am anderen Ende des Hausflurs.

Was da auf sie zukam, trug genügend Gewänder an Kopf und Schultern, um gegen eine Broadwaybühne anzutreten. Der Stoff hatte ein seltsames, irisierendes Weiß, in dem sich das Licht fing und in den tiefen Falten gebrochen wurde. Gehalten wurde das Gewicht des Ganzen von einem breiten weißen Brokatgürtel.

Sehr imposant. Wenn man auf priesterliche Monarchen stand.

»Sei gegrüßt, mein Freund«, ließ sich eine tiefe, verführerische Stimme hören. »Ich bin der, den du suchst, der Führer der Verstoßenen.«

Er zog das »S« in die Länge, bis es wie ein eigenes Wort klang, und das Gesäusel war wie das warnende Rasseln einer Klapperschlange.

Ein Kribbeln überzog Lash und fuhr bis in seinen Schwanz. Autorität machte ihn mehr an als Ecstasy, und dieses Ding da in der Haustür strahlte unglaubliche Macht aus.

Lange, elegante Hände langten an die Kapuze und schoben die weißen Falten zurück. Das Gesicht des königlichen *Symphathen* war so glatt wie seine spektakulären Roben, die Flächen von Wangen und Kinn standen in eleganten, sanften Winkeln zueinander. Das Erbgut, aus dem dieser prächtige, schwächliche Killer hervorging, war so verfeinert, dass sich die Geschlechter glichen. Maskuline und feminine Elemente vermischten sich mit einer Tendenz zum Femininen.

Doch sein Lächeln war eiskalt. Und die leuchtend roten Augen waren so durchdringend, dass es an Röntgenstrahlen grenzte.

»Wollt ihr nicht hereinkommen?«

Das liebliche Schlangengezischel vermengte die Worte miteinander, und Lash bemerkte, dass ihm das gefiel.

»Ja«, beschloss er spontan. »Das wollen wir.«

Als er einen Schritt nach vorne tat, hob der König die Hand.

»Einen Moment noch. Bitte, sag deinem Gefährten, dass es keinen Grund zur Sorge gibt. Euch wird hier kein Leid geschehen.« Die Bemerkung war oberflächlich betrachtet freundlich, doch der Ton war hart – Lash interpretierte sie so, dass sie nicht ins Haus kommen durften, solange Mr. D die Waffe in der Hand hielt.

»Steck die Waffe weg«, raunte er. »Ich kann uns verteidigen.«

Mr. D steckte die .357 ins Halfter, sein »Yes Sir« blieb tonlos, und der *Symphath* gewährte ihnen Einlass.

Als sie die Stufen hochstiegen, blickte Lash verwundert zu Boden. Ihre schweren Kampfstiefel verursachten kein Geräusch auf dem Holz, und das Gleiche geschah auf den Bohlen der Veranda, als sie auf die Tür zugingen.

»Wir schätzen die Stille.« Der *Symphath* lächelte und entblößte dabei ebenmäßige Zähne, was überraschte. Offensichtlich waren die Fänge dieser Wesen, die einst eng mit den Vampiren verwandt gewesen waren, weggezüchtet worden. Wenn sie sich tatsächlich noch aus der Vene nährten, konnte es nicht oft sein, es sei denn, sie standen auf Messer.

Der König machte eine ausladende Bewegung nach links. »Sollen wir ins Wohnzimmer gehen?«

Das »Wohnzimmer« hätte man treffender als »Kegelbahn mit Schaukelstühlen« beschreiben können. Der Raum wurde dominiert von nackten glänzenden Dielen

und kahlen, weißgetünchten Wänden. Am gegenüberliegenden Ende standen vier hölzerne Schaukelstühle im Halbkreis um den brennenden Kamin, als hätten sie sich aus Angst vor der Leere zusammengedrängt.

»Setzt euch doch«, forderte der König sie auf, zog seine Robe leicht hoch und zur Seite und ließ sich in einem der zierlichen Stühle nieder.

»Du bleibst stehen«, befahl Lash Mr. D, der gehorsam hinter Lashs Stuhl Position bezog.

Das Feuer knisterte nicht fröhlich, während es die Scheite verschlang, auf denen es tanzte. Die Schaukelstühle knarzten nicht, als sich der König und Lash hineinsetzten. Die Spinnen ließen sich geräuschlos in die Zentren ihrer Netze fallen, als machten sie sich bereit, Zeugen zu sein.

»Du und ich teilen ein Interesse«, begann Lash.

»Das scheinst du zu glauben.«

»Ich dachte, deine Spezies wäre ein Freund der Rache?«

Als der König lächelte, schoss wieder dieses seltsame Kribbeln in Lashs Lendengegend. »Da bist du falsch informiert. Rache ist eine unbeholfene, gefühlsgelenkte Reaktion auf einen Affront.«

»Und du erzählst mir, so etwas sei unter eurer Würde?« Lash lehnte sich zurück und setzte seinen Schaukelstuhl in Bewegung. »Hm ... dann habe ich dein Volk vielleicht wirklich falsch eingeschätzt.«

»Wir sind kultivierter als das, ja.«

»Oder vielleicht seid ihr auch einfach ein Haufen Schlappschwänze im Frauenfummel.«

Das Lächeln verschwand. »Wir sind jenen, die glauben, uns gefangen zu halten, weit überlegen. Tatsächlich be-

vorzugen wir es, unter uns zu sein. Glaubst du, wir haben dieses Ergebnis nicht selber herbeigeführt? Wie dumm von dir. Vampire sind das primitive Ausgangsmaterial, aus dem wir hervorgegangen sind, Schimpansenhirne neben unserer höheren Vernunft. Würdest du lieber unter Tieren hausen, wenn du zivilisiert unter deinesgleichen leben könntest? Natürlich nicht. Gleiches gesellt sich zu Gleichem. Die von gemeinem und die von überlegenem Geist sollten sich nicht miteinander umgeben.« Die Lippen des Königs öffneten sich. »Das weißt du nur zu gut. Du bist auch nicht geblieben, wo du angefangen hast, nicht wahr?«

»Nein, das bin ich nicht.« Lash ließ seine Fänge blitzen und dachte, dass seine Art von Bosheit nicht besser unter die Vampire gepasst hatte als die der Sündenfresser. »Ich bin jetzt dort, wo ich hingehöre.«

»Dann siehst du also, hätten wir nicht ebenjenes Endergebnis angestrebt, hätten wir vielleicht nicht Rache genommen, sondern Korrekturmaßnahmen angewandt, um unser Schicksal nach unseren Interessen zu formen.«

Lash hörte auf zu schaukeln. »Wenn du nicht an einer Zusammenarbeit interessiert bist, hättest du mir das auch einfach in einer verdammten E-Mail schreiben können.«

Ein seltsames Licht glomm in den Augen des Königs auf und heizte Lash noch mehr an, obgleich es ihn abstieß. Er stand nicht auf diese homosexuelle Scheiße, und doch … Verflucht, sein Vater mochte Männer, vielleicht trug er es auch in sich.

Und wäre das nicht ein Grund für Mr. D, zu beten?

»Aber hätte ich gemailt, hätte ich mich um das Vergnügen deiner Bekanntschaft gebracht.« Die rubinroten

Augen wanderten an Lash hinab. »Und das wäre sträflich gewesen.«

Der kleine Texaner räusperte sich, als würde er an seiner Zunge ersticken.

Als das angeekelte Husten vorbei war, fing der Schaukelstuhl des Königs an, sich lautlos vor und zurück zu bewegen. »Doch es gibt etwas, das du für mich tun könntest … was mich im Gegenzug dazu verpflichten würde, dir zu liefern, was du brauchst – du suchst die Vampire, nicht wahr? Das war schon immer das Problem der Gesellschaft der *Lesser*. Die Vampire in ihren versteckten Häusern aufzuspüren.«

Der Bastard traf den Nagel auf den Kopf. Im Sommer hatte Lash gewusst, welche Häuser er überfallen konnte, weil er sie von Geburtstagsfesten seiner Freunde, Hochzeiten seiner Cousins und den Bällen der *Glymera* kannte. Mittlerweile war die verbliebene Elite der Vampire in sichere Häuser aufs Land oder in andere Staaten geflohen, deren Adressen er nicht kannte. Und die Zivilisten? Er hatte keine Ahnung, wo er da anfangen sollte, weil er sich nie mit dem Proletariat abgegeben hatte.

Doch *Symphathen* konnten sowohl Menschen als auch Vampire erspüren und sie selbst durch dicke Wände und Kellergewölbe orten. Genau diese Art von Spürsinn brauchte er, wenn er Fortschritte erzielen wollte. Es war das einzige Werkzeug, das ihm sein Vater nicht liefern konnte.

Lash setzte seinen Kampfstiefel auf den Boden und verfiel in einen Schaukelrhythmus mit dem König.

»Und womit könnte ich dir dienen?«, fragte er gedehnt.

Der König lächelte. »Das Paar ist die fundamentale

Einheit, nicht wahr? Ein Mann und eine Frau, vereint im Bund. Und doch trifft man in diesen intimen Verbindungen immer wieder auf Disharmonie. Versprechen werden gebrochen. Schwüre missachtet. Gegen diese Verstöße müssen Maßnahmen ergriffen werden.«

»Klingt für mich nach Rache, Mann.«

Das glatte Gesicht nahm einen selbstgefälligen Ausdruck an. »Keine Rache, nein. Eine Korrekturmaßnahme. Dass dabei jemand sterben muss … wird lediglich von der Situation erfordert.«

»So, so, sterben. Dann halten *Symphathen* nichts von Scheidung?«

In den rubinroten Augen blitzte Verachtung auf. »Im Falle eines treulosen Gefährten, dessen Verhalten außerhalb des Bettes völlig im Widerspruch zum Kern der Beziehung steht, ist der Tod die einzige Scheidung.«

Lash nickte. »Verstehe. Und wer ist das Ziel?«

»Erklärst du dich zu dieser Maßnahme bereit?«

»Noch nicht.« Lash wusste nicht so recht, wie weit er gehen wollte. Er hatte eigentlich nicht geplant, sich die Hände innerhalb der Kolonie schmutzig zu machen.

Der König hörte auf zu schaukeln und erhob sich. »Dann denk darüber nach und entscheide dich. Wenn du bereit bist, von uns zu bekommen, was du für deinen Krieg brauchst, wende dich an mich, und ich zeige dir, wie du es erlangen kannst.«

Lash erhob sich ebenfalls. »Warum tötest du deinen Partner nicht selbst?«

Der König lächelte wie eine Leiche, starr und kalt. »Mein liebster Freund, die Kränkung, die ich am wenigsten vertrage, ist nicht der Treuebruch, der verzeihlich wäre, sondern die arrogante Annahme, ich würde

den Betrug nicht bemerken. Ersteres ist eine Lappalie. Letzteres … unentschuldbar. Und nun … soll ich euch zu eurem Wagen bringen?«

»Nein. Wir finden selbst hinaus.«

»Wie ihr wünscht.« Der König streckte Lash die sechsfingrige Hand entgegen. »Welch ein Vergnügen …«

Lash ergriff sie. Als sich ihre Handflächen berührten, kribbelte sein Arm wie elektrisiert. »Ja, ja, schon gut. Du hörst von mir.«

16

Sie war bei ihm ... oh, Gott, sie war endlich wieder bei ihm.

Tohrment, Sohn des Hharm, war nackt und presste sich an seine geliebte Frau. Er spürte ihre seidige Haut und hörte ihr Aufstöhnen, als seine Hand ihre Brust berührte. Rotes Haar ... rotes Haar, wohin er blickte. Auf dem Kissen, auf das er sie gerollt hatte, und auf den weißen Laken, die nach Zitrone rochen ... rotes Haar schlang sich um seinen starken Unterarm. Ihr Nippel war hart unter seinem kreisenden Daumen und ihre Lippen weich unter seinen, als er sie langsam und ausführlich küsste. Als sie ihn anflehte, wollte er sich auf sie wälzen und sie von oben nehmen, hart in sie stoßen und sie in die Kissen drücken.

Sie mochte sein Gewicht. Mochte es, unter ihm zu liegen. In ihrem gemeinsamen Leben war Wellsie eine unabhängige Frau mit einem starken Kopf und eisernem Durchsetzungsvermögen, doch im Bett lag sie gerne unten.

Er senkte die Lippen auf ihren Busen und saugte ihren Nippel ein, rollte ihn umher, küsste ihn.

»Tohr ...«

»Was, *Lielan?* Mehr? Vielleicht lasse ich dich noch etwas zappeln?«

Aber er konnte nicht. Er umarmte sie und streichelte ihren Bauch und ihre Hüften. Als sie sich wand, fuhr er mit der Zunge bis zu ihrem Hals hinauf und streifte ihre Halsschlagader mit den Fängen. Er konnte es nicht mehr erwarten, sich zu nähren. Aus unerfindlichen Gründen war er völig ausgehungert. Vielleicht hatte er viel gekämpft.

Ihre Finger vergruben sich in seinem Haar. »Nimm meine Vene ...«

»Noch nicht.« Das Hinauszögern würde es umso schöner machen – je mehr er es wollte, desto süßer würde das Blut schmecken.

Er strich hinauf zu ihrem Mund und küsste sie heftiger als zuvor, stieß die Zunge in ihren Mund und rieb seinen Schwanz an ihrem Schenkel, ein Versprechen auf ein anderes, tieferes Eindringen. Sie war völlig erregt, ihr Duft stieg von den Laken empor. Er ließ die Fänge in seinem Mund pochen und die Spitze seines Geschlechts tropfen.

Tohrment kannte keine andere Vampirin als seine *Shellan*. Sie waren beide Jungfrauen in der Nacht ihrer Vereinigung gewesen ... und er hatte nie jemand anderen begehrt.

»Tohr ...«

Gott, er liebte den leisen Klang ihrer Stimme. Liebte alles an ihr. Schon vor der Geburt hatte man sie einander versprochen, doch es war Liebe auf den ersten Blick gewesen, von dem Moment an, als sie sich trafen. Das Schicksal hatte es gut mit ihnen gemeint.

Seine Hand strich herunter zu ihrer Hüfte, und dann ...

Er stockte, als ihm etwas auffiel. Etwas ...

»Dein Bauch ... dein Bauch ist flach.«

»Tohr ...«

»Wo ist das Kind?« Panisch richtet er sich auf. »Du hattest ein Kind in dir. Wo ist das Kind? Ist alles in Ordnung mit ihm? Was ist mit dir passiert ... geht es dir gut?«

»Tohr ...«

Sie schlug die Augen auf, in die er über hundert Jahre geblickt hatte. Eine unendliche Traurigkeit stand in ihrem Blick und verdrängte die sexuelle Erregung aus ihrem bezaubernden Gesicht.

Sie streckte die Hand nach seiner Wange aus. »Tohr ...«

»*Was ist passiert?*«

»Tohr ...«

Der Glanz in ihren Augen und das Zittern ihrer Stimme zerrissen ihm das Herz. Und dann entglitt sie ihm. Ihr Körper löste sich unter seiner Berührung auf, ihr rotes Haar, ihr geliebtes Gesicht, ihre verzweifelten Augen verschwanden, und nur die Kissen blieben vor ihm liegen. Dann wich auf einen Schlag der Zitronenduft der Laken und ihr natürlicher Duft aus seiner Nase und wurde durch nichts ersetzt ...

Tohr fuhr auf. Tränen strömten aus seinen Augen, sein Herz schmerzte, als hätte man ihm Nägel in die Brust getrieben. Mit stockendem Atem presste er die Hände an die Brust und öffnete den Mund zu einem Schrei.

Doch es kam kein Laut heraus. Er hatte nicht die Kraft dazu.

Er fiel zurück in die Kissen, wischte sich die nassen Wangen mit zitternden Händen ab und versuchte sich zu beruhigen. Als er schließlich wieder zu Atem kam, runzelte er die Stirn. Sein Herz raste in seiner Brust, mehr ein Flattern als ein Schlagen, was sicher auch der Grund war, warum sich in seinem Kopf alles drehte.

Er zog sein T-Shirt hoch und betrachtete die eingefallene Brust und den hohlen Bauch und feuerte seinen Körper an, weiter zu verfallen. Die Anfälle kamen nun häufiger und stärker, und Tohr wünschte sich, sie könnten ihn bald übermannen und ihn aus seinem Elend erlösen. Selbstmord war ausgeschlossen, wenn man in den Schleier eintreten und geliebte Verstorbene wiedersehen wollte, aber sich zu Tode zu vernachlässigen, dagegen konnte doch niemand etwas sagen, hoffte Tohr. Schließlich war das streng genommen kein Selbstmord, wie wenn man sich eine Kugel in den Kopf schoss, den Kopf in die Schlinge steckte oder sich die Pulsadern aufschlitzte.

Der Geruch von Essen drang aus dem Flur zu ihm, und er blickte auf die Uhr. Vier Uhr am Nachmittag. Oder am Morgen? Die Vorhänge waren zugezogen, daher wusste Tohr nicht, ob die Rollläden offen oder geschlossen waren.

Es klopfte leise.

Was, der Hölle sei gedankt, bedeutete, dass es nicht Lassiter war, der einfach hereinspazierte, wenn es ihm passte. Offensichtlich kannten gefallene Engel keine Manieren. Oder Privatsphäre. Oder Grenzen jeglicher Art. Wahrscheinlich hatte man diesen großen, leuchtenden Albtraum aus dem Himmel verstoßen, weil Gott seine Gesellschaft auch nicht besser ertrug als Tohr.

Es klopfte erneut. Also musste es John sein.

»Ja«, sagte Tohr, ließ sein T-Shirt fallen und richtete sich in den Kissen auf. Seine Arme, einst stark wie Kräne, trugen kaum das Gewicht der ausgezehrten Schultern.

Der Junge, der kein Junge mehr war, trug ein schwer beladenes Tablett und ein Gesicht voll unbegründetem Optimismus herein.

Tohr warf einen Blick auf das Angebot, als die Last auf dem Nachtkästchen abgestellt wurde. Gewürzhuhn mit Safranreis und grünen Bohnen, dazu frische Brötchen.

Was Tohr betraf, hätte es ebenso gut angefahrene Taube mit Stacheldraht umwickelt gewesen sein können, ihm war es gleichgültig, doch er nahm den Teller und rollte die Serviette auf. Dann griff er zu Messer und Gabel und machte sich an die Arbeit.

Kauen. Kauen. Kauen. Schlucken. Noch mal kauen. Schlucken. Trinken. Kauen. Das Essen ging so mechanisch und automatisch wie seine Atmung vor sich, etwas, dessen er sich nur vage bewusst war, eine Notwendigkeit, kein Genuss.

Denn Genüsse gehörten der Vergangenheit an ... und der Folter in seinen Träumen. Bei dem Gedanken, wie sich seine *Shellan* an ihn schmiegte, nackt, eingehüllt in zitronenduftende Laken, erleuchtete ihn das flüchtige Bild kurz von innen heraus und riss ihn aus seiner Lethargie. Doch es war nur das kurze Auflodern einer Streichholzflamme, die keinen Docht fand, der sie nährte.

Kauen. Schneiden. Kauen. Trinken.

Während er aß, saß der Junge in einem Sessel vor dem geschlossenen Vorhang, die Ellbogen auf den Knien, das Kinn auf die Faust gestützt, ein lebender, atmender *Denker* von Rodin. So war John in letzter Zeit immer, stets in Gedanken versunken.

Tohrment wusste nur zu gut, was den Jungen beschäftigte, aber die Antwort würde ihm erst einmal übel zusetzen.

Und das tat Tohr leid. Sehr leid.

Himmel, warum hatte Lassiter ihn nicht einfach im Wald liegen gelassen. Der Engel hätte einfach weiterge-

hen können, aber nein, die alte Leuchtdiode musste ja den Helden spielen.

Tohr blickte zu John hinüber und blieb an der Faust des Jungen hängen. Sie war riesig, und Kinn und Kiefer, die darauf ruhten, waren stark und maskulin. Der Junge hatte sich zu einem hübschen Kerl gemausert. Aber als Sohn von Darius brachte er auch die besten Voraussetzungen mit.

Genau betrachtet, sah John wirklich aus wie D, fast eine Kopie, abgesehen von der Blue Jeans. So etwas hätte Darius nie getragen, selbst kein schickes Designerteil, so wie John es gerade tat.

Und eigentlich hatte D auch oft genau diese Haltung eingenommen, wenn er über das Leben nachsann: die Denkerpose, ernst und nachdenklich.

Etwas Silbernes blitzte in Johns freier Hand auf. Es war eine Münze, und der Junge drehte sie um seine Finger, seine Version einer nervösen Zuckung.

Doch heute war Johns stilles Hocken anders. Etwas war geschehen.

»Was ist los?«, erkundigte sich Tohr mit kratziger Stimme. »Ist bei dir alles in Ordnung?«

Johns Blick schoss überrascht zu ihm.

Um dem Blick zu entgehen, sah Tohr auf seinen Teller, spießte ein Stück Huhn auf und führte es zum Mund. Kauen. Kauen. Schlucken.

Dem Rascheln nach zu schließen, gab John seine Haltung nur langsam auf, als fürchte er, eine zu plötzliche Bewegung könnte die Frage vertreiben, die zwischen ihnen hing.

Als Tohr ihn erwartungsvoll ansah, steckte John die Münze weg und gestikulierte sparsam und anmutig:

Wrath kämpft wieder. V hat es mir und den Jungs gerade gesagt.

Tohrs Gebärdensprache war eingerostet, aber das verstand er noch. Überrascht ließ er die Gabel sinken. »Moment ... er ist doch immer noch König, oder?«

Ja, aber heute sagte er den Brüdern, dass er wieder mitkämpft. Ich glaube, er tut es schon länger und hat es für sich behalten. Die Bruderschaft ist ziemlich angepisst.

»Er kämpft wieder. Das kann nicht sein. Der König darf nicht kämpfen.«

Jetzt schon. Und Phury kommt auch zurück.

»Was zur Hölle? Aber der Primal darf auch nicht ...« Tohr runzelte die Stirn. »Gibt es irgendwelche Entwicklungen im Krieg? Ist irgendwas passiert?«

Ich weiß es nicht. John zuckte die Schultern, lehnte sich zurück und schlug ein Bein über das Knie. Noch eine Geste, die Tohr von Darius kannte.

In dieser Pose schien der Sohn so alt zu sein, wie es sein Vater gewesen war, obgleich weniger auf Grund der Haltung als wegen der Erschöpfung in seinen blauen Augen.

»Das ist nicht verboten?«, fragte Tohr.

Nicht mehr. Wrath hat die Jungfrau der Schrift getroffen.

Viele Fragen bedrängten Tohr, und sein Hirn kämpfte mit dem ungewohnten Ansturm. Inmitten dieses Wirbels war es schwer, zusammenhängend zu denken, und Tohr fühlte sich, als wolle er hundert Tennisbälle in den Armen halten. So sehr er sich bemühte, immer entkamen ihm welche und hüpften über den Boden.

Er gab auf, es verstehen zu wollen. »Nun, das ist neu ... ich wünsche ihnen Glück.«

Johns leiser Seufzer fasste es ganz gut zusammen, wäh-

rend sich Tohr wieder von der Welt abkapselte und sich seinem Essen zuwandte. Als er fertig war, faltete er säuberlich die Serviette zusammen und trank noch einen letzten Schluck Wasser.

Dann schaltete er den Fernseher ein und schaute CNN, weil er nicht nachdenken wollte und die Stille nicht ertrug. John blieb noch etwa eine halbe Stunde, dann konnte er offensichtlich nicht länger stillsitzen. Er stand auf und streckte sich.

Wir sehen uns am Ende der Nacht.

Also war es Nachmittag. »Ich werde hier sein.«

John nahm das Tablett und ging ohne Zaudern oder Zögern. Anfangs hatte er sich nur schwer lösen können, als hoffte er jedes Mal auf dem Weg zur Tür, Tohr könnte ihn aufhalten und sagen: *Ich möchte mich wieder dem Leben stellen. Ich kämpfe weiter. Es geht mir besser, ich interessiere mich wieder für dich.*

Doch jeder Quell der Hoffnung versiegte irgendwann.

Als die Tür zu war, streifte Tohr die Decke von seinen steifen Beinen und schob sie über den Bettrand.

Er würde sich etwas stellen, aber ganz bestimmt nicht seinem Leben. Mit einem Ächzen stolperte er ins Bad, ging zur Toilette und hob die Brille an. Dann kniete er sich vor die Porzellanschüssel, gab den Befehl, und sein Magen entleerte sich ohne Gegenwehr.

Anfangs hatte er sich noch den Finger in den Hals rammen müssen, doch jetzt nicht mehr. Er zog nur einfach das Zwerchfell zusammen, und schon kam alles raus, wie Ratten aus einem überfluteten Kanal.

»Du musst mit dieser Scheiße aufhören.«

Lassiters Stimme harmonierte mit dem Klang der Klospülung. Wie treffend.

»Jesus, klopfst du eigentlich nie an?«

»Lassiter, heiße ich. L-a-s-s-i-t-e-r. Dass du mich immer noch verwechselst …. Soll ich mir etwa ein Namensschildchen anheften?«

»Ja, und warum nicht gleich über den Mund.« Tohr sackte auf dem Marmor zusammen und ließ den Kopf in die Hände fallen. »Weißt du, du kannst auch heimgehen. Jederzeit.«

»Wenn du das willst, musst du deinen faulen Arsch hochkriegen.«

»Na, wenn das kein Ansporn zum Leben ist.«

Es klingelte leise. Oh nein, der Engel hatte sich auf den Waschtisch geschwungen. »Und was machst du heute so? Warte, lass mich raten, du brütest über deinem Leid. Oder nein … du kombinierst es. Brüten mit schmerzlicher Intensität, oder? Was bist du doch für ein Revoluzzer. Als Nächstes wirst du dein Herz für Slipknot entdecken.«

Mit einem Fluch stand Tohr auf und schaltete die Dusche ein. Vielleicht langweilte sich Lassiter schneller, wenn er ihn einfach ignorierte, und ging, um jemand anderen zu nerven.

»Frage«, kam es von dem Großmaul. »Wann sollen wir diese Matte schneiden, die von deinem Kopf wächst? Wenn das Gestrüpp noch länger wird, müssen wir mit der Sense kommen.«

Tohr legte T-Shirt und Boxershorts ab und genoss seine einzige Genugtuung in Lassiters Gegenwart: Er präsentierte ihm sein Hinterteil.

»Mann, fauler Arsch hat gestimmt«, murmelte Lassiter. »Wie zwei Basketbälle ohne Luft. Lass mal überlegen … he, ich glaube, Fritz hat eine Fahrradpumpe. Nur ein Vorschlag.«

»Gefällt dir der Anblick nicht? Du weißt, wo die Tür ist. Das ist das Ding, an das du nie klopfst.«

Tohr wartete nicht, bis das Wasser warm war. Er stellte sich einfach unter die Brause und wusch sich, ohne zu wissen, warum – er hatte keinen Stolz, also war es ihm scheißgal, was die Leute von seiner Körperhygiene dachten.

Das Kotzen hatte einen Zweck. Das Duschen hingegen war vielleicht einfach Gewohnheit.

Er schloss die Augen, öffnete den Mund und drehte das Gesicht in den Wasserstrahl. Wasser drang in seinen Mund und wusch die Magensäure fort. Als der scharfe Geschmack von seiner Zunge wich, kam ihm ein Gedanke.

Wrath kämpfte. Allein.

»He, Tohr?«

Tohr horchte auf. Der Engel sprach ihn nie mit seinem richtigen Namen an. »Was?«

»Heute ist es anders.«

»Ja, nur wenn du mich in Frieden lässt. Oder dich in diesem Bad erhängst. Du kannst unter sechs Duschköpfen wählen.«

Tohr nahm ein Stück Seife und seifte sich ein. Er fühlte die harten Knochen unter der dünnen Haut hervorstehen.

Wrath ist allein da draußen.

Shampoo. Auswaschen. Gesicht wieder in den Strahl drehen. Mund öffnen.

Allein.

Als er das Wasser abstellte, hielt ihm der Engel ein Handtuch hin, ganz der Diener.

»Heute ist es anders«, wiederholte Lassiter leise.

Tohr sah ihn an und nahm ihn zum ersten Mal richtig wahr, obwohl sie seit vier Monaten zusammen waren. Der Engel hatte schwarz-blondes Haar, so lang wie Wraths, aber er kleidete sich nicht feminin, trotz dieser Cher-Mähne. Er trug schlichte Armeekleidung, schwarze Hemden, Camouflage-Hosen und Kampfstiefel, aber nicht alles an ihm glich einem Soldaten. Der Kerl war gepierct wie ein Nadelkissen und behangen wie ein Christbaum, mit goldenen Ringen und Ketten in und an den Ohren, Handgelenken und Brauen. Und man konnte darauf wetten, dass das Glitzern an der Brust und unterhalb der Gürtellinie weiterging – ein Gedanke, den Tohr nicht zu Ende dachte. Er brauchte keine Hilfe beim Kotzen, vielen Dank auch.

Als das Handtuch in seine Hände überging, wurde der Engel ernst. »Zeit aufzuwachen, Aschenputtel.«

Tohr wollte gerade einwenden, dass es dabei um Dornröschen ging, als ihm eine Erinnerung kam, so plötzlich, als hätte man sie ihm in die Stirn injiziert. Es war die Nacht im Jahre 1958, in der er Wrath das Leben gerettet hatte, und die Erinnerung war so klar wie das Erlebnis damals.

Der König war unterwegs gewesen. Allein. In der Innenstadt.

Er hatte halbtot in der Gosse gelegen und in den Rinnstein geblutet.

Ein Ford hatte ihn umgenietet. Ein beschissenes Edsel Cabriolet im Lidschattenblau einer Restaurantbedienung.

Soweit Tohr die Sache später rekonstruieren konnte, hatte Wrath zu Fuß einen *Lesser* verfolgt und war um eine Ecke gebogen, als dieses Schiff von einem Auto

ihn umgenietet hatte. Tohr hatte noch in einer Gasse zwei Blocks weiter das Quietschen von Bremsen und einen dumpfen Aufprall gehört und sich nicht darum gekümmert.

Menschliche Verkehrsunfälle? Nicht sein Problem.

Doch dann waren zwei *Lesser* an der Gasse vorbeigerannt. Sie flohen in heller Panik durch den Herbstnieselregen, als würden sie verfolgt, nur dass niemand kam. Tohr blieb stehen und erwartete, einen seiner Brüder zu sehen. Doch keiner von ihnen kam angekeucht.

Das war merkwürdig. Wäre ein Jäger vom Auto erfasst worden, wären seine Kumpane nicht abgehauen. Sie hätten die Insassen des Autos getötet, den toten Jäger in den Kofferraum gepackt und sich aus dem Staub gemacht. Die Gesellschaft der *Lesser* war nicht an kampfunfähigen Mitgliedern interessiert, die schwarz auf die Straße bluteten.

Vielleicht war es aber auch nur ein Zufall. Ein menschlicher Passant. Oder ein Radfahrer. Oder zwei Autos.

Es hatte aber nur ein Auto gebremst. Und warum hätten die *Lesser* bleichgesichtig davonlaufen sollen, als hätten sie gerade ein Feuer gelegt?

Tohr war zur Trade Street gejoggt und um die Ecke gebogen. Dort stand ein Mann mit Hut und Trenchcoat über eine zusammengekrümmte Gestalt gebeugt, die doppelt so groß war wie er. Die Frau des Typen, die einen dieser 50er-Jahre Petticoats mit vielen Rüschen trug, stand in ihren Pelz gehüllt vor den Scheinwerfern.

Ihr leuchtend roter Rock hatte die gleiche Farbe wie die Blutlache auf der Fahrbahn, doch der Geruch des Blutes war nicht menschlich. Es war Vampirblut. Und der Getroffene hatte langes Haar …

Die Stimme der Frau war schrill. »Wir müssen ihn ins Krankenhaus bringen ...«

Tohr war vorgetreten und hatte sie unterbrochen. »Er gehört zu mir.«

Der Mann hatte aufgeblickt. »Ihr Freund ... ich habe ihn nicht gesehen ... ganz in Schwarz ... er kam aus dem Nichts ...«

»Ich kümmere mich um ihn.« Tohr hatte aufgehört, Erklärungen abzugeben und stattdessen die zwei Menschen durch seinen Willen in eine Starre versetzt. Eine schnelle Gedankenbeeinflussung schickte sie zurück in ihr Auto und auf den Weg, unter dem Eindruck, eine Mülltonne gestreift zu haben. Der Regen würde das Blut vom Kühlergrill waschen, und die Delle könnten sie selber ausbeulen.

Tohrs Herz schlug wie ein Vorschlaghammer, als er sich über den Thronerben seines Volkes beugte. Überall war Blut, das schnell aus einer Platzwunde am Kopf strömte, also hatte Tohr seine Jacke abgestreift, in den Ärmel gebissen und einen Streifen Leder abgerissen. Nachdem er Wraths Schläfen umwickelt und den Behelfsverband so fest wie möglich angezogen hatte, stoppte er einen vorbeifahrenden Pick-up-Truck, hielt dem Rocker am Steuer die Pistole unter die Nase und ließ sich in Havers Nachbarschaft chauffieren.

Er hatte mit Wrath auf der Ladefläche gesessen und dabei den Verband festgehalten. Der Regen war kalt gewesen. Ein später Novemberregen, vielleicht Dezember. Aber es war gut, dass es nicht Sommer war. Sicher hatte die Kälte Wraths Herzschlag verlangsamt und seinen Blutdruck gesenkt.

Eine Viertelmeile von Havers entfernt, im vornehmen

Teil von Caldwell, hatte Tohr den Menschen an den Rand fahren lassen und dessen Erinnerungen gelöscht.

Zehn Minuten hatte Tohr bis zur Klinik gebraucht, und das waren vielleicht die längsten zehn Minuten seines Lebens gewesen. Aber er hatte es geschafft, und Havers hatte die aufgeplatzte Schläfenarterie verschlossen.

Am nächsten Tag stand Wraths Leben auf Messers Schneide. Marissa war da, um ihn zu nähren, doch der König hatte so viel Blut verloren, dass er nicht wie erwartet zu sich kam. Tohr war die ganze Zeit bei ihm geblieben, auf einem Stuhl an seinem Bett. Als Wrath so reglos dalag, schien es Tohr, als hinge das Überleben der gesamten Spezies am seidenen Faden. Der einzig rechtmäßige Thronfolger war nur ein paar aktive Nervenenden von einem permanenten vegetativen Zustand entfernt.

Die Nachricht hatte sich rasch verbreitet, und jede Menge aufgelöste Leute erschienen. Schwestern und Ärzte. Andere Patienten kamen, um für den König zu beten. Die Brüder wechselten sich damit ab, jede Viertelstunde anzurufen.

Die allgemeine Stimmung war, dass es ohne Wrath keine Hoffnung gab. Keine Zukunft. Keine Chance.

Doch Wrath hatte überlebt. Er war mit einer miserablen Laune aufgewacht, bei der alle erleichtert aufatmeten … wenn ein Patient die Kraft für eine derart schlechte Stimmung aufbrachte, kam er in der Regel durch.

Am folgenden Abend, nach vierundzwanzig Stunden Bewusstlosigkeit, und nachdem er alle um sich herum zu Tode erschrocken hatte, zog sich Wrath den Tropf aus dem Arm, kleidete sich an und ging.

Ohne ein Wort zu irgendwem.

Tohr wusste nicht, was er erwartet hatte. Keinen Dank

vielleicht, aber irgendeine Art der Anerkennung oder …
irgendetwas. Zur Hölle, Wrath war auch heute ein Stink-
stiefel, aber damals? Damals war er schlichtweg unerträglich gewesen. Und dennoch … gar nichts? Nachdem
er dem Kerl das Leben gerettet hatte?

Das erinnerte ihn entfernt daran, wie er John behandelt hatte. Und seine Brüder.

Tohr schlang sich das Handtuch um die Hüfte und
dachte an den eigentlichen Kern der Erinnerung. Wrath
allein da draußen. Damals '58 war es reines Glück gewesen, dass Tohr in der Nähe gewesen war und den König
fand, bevor es zu spät war.

»Zeit zum Aufwachen«, sagte Lassiter.

17

Als sich die Nacht ausbreitete, betete Ehlena, dass sie nicht schon wieder zu spät zur Arbeit kam. Die Uhr tickte, als sie oben in der Küche mit dem Saft und den zerdrückten Pillen wartete. Heute war sie peinlich genau mit dem Aufräumen gewesen: Sie hatte den Löffel in die Schublade geräumt. Zweimal alle Oberflächen überprüft. Sichergestellt, dass das Wohnzimmer komplett aufgeräumt war.

»Vater?«, rief sie nach unten.

Während sie auf ein Rascheln oder Schlurfen oder leises Gemurmel ohne Sinn lauschte, dachte sie an den verrückten Traum, den sie am Tag gehabt hatte. Rehv hatte in dunkler Ferne gestanden und seine Arme hingen seitlich an ihm herab. Sein prächtiger, nackter Körper war angeleuchtet, wie in einem Schaufenster, die angespannten Muskeln zeugten von Kraft, seine Haut besaß einen warmen Bronzeton.

Der Kopf war nach unten geneigt, die Augen geschlossen, als würde er ruhen.

Fasziniert lief sie über einen kalten Steinboden auf ihn zu und sagte immer wieder seinen Namen.

Er hatte nicht geantwortet. Hatte den Kopf nicht gehoben. Hatte die Augen nicht geöffnet.

Da hatte sie die Angst gepackt und ihr Herz zum Ra-

sen gebracht. Sie war auf ihn zugerannt, aber er war immer in der Ferne geblieben, ein unerreichbares Ziel, eine nie eintreffende Bestimmung.

Zitternd und mit Tränen in den Augen war sie erwacht. Als das erstickte Gefühl wich, war ihr die Bedeutung des Traumes klar gewesen, aber ihr Unterbewusstsein musste ihr nun wirklich nicht sagen, was sie ohnehin schon wusste.

Sie schob die Erinnerung beiseite und rief noch einmal die Treppen herunter: »Vater?«

Als keine Antwort kam, nahm Ehlena den Becher und ging in den Keller. Sie ging langsam, aber nicht aus Angst, sich den roten Saft über die weiße Uniform zu kippen. Manchmal kam ihr Vater nicht allein aus dem Bett, und Ehlena musste diesen Abstieg machen, und jedes Mal, wenn sie dann die Treppe hinunterging, fragte sie sich, ob es schließlich passiert war, ob ihr Vater in den Schleier gerufen worden war.

Sie war noch nicht bereit, ihn zu verlieren. Noch nicht, egal, wie schwer es war, mit ihm zu leben. Sie steckte den Kopf zur Tür hinein und sah, dass er an seinem mit Schnitzereien verzierten Tisch saß, umgeben von unordentlichen Stapeln von Blättern und unangezündeten Kerzen.

Danke, Jungfrau der Schrift.

Als sich ihre Augen an die Dunkelheit gewöhnten, sorgte sie sich, dass die spärliche Beleuchtung die Sehkraft ihres Vaters schädigen könnte. Aber die Kerzen würden nicht angezündet, denn es gab keine Zündhölzer oder Feuerzeuge in diesem Haus. Das letzte Streichholz hatte er in ihrem alten Haus in die Finger bekommen – und damit die Wohnung in Brand gesetzt, weil ihm das die Stimmen befohlen hatten.

Das war vor zwei Jahren gewesen, und der Grund, warum er jetzt Tabletten bekam.

»Vater?«

Er blickte von seiner Unordnung auf und schien überrascht. »*Geliebte Tochter, wie geht es dir heute Nacht?*«

Immer die gleiche Frage, und immer gab sie ihm die gleiche Antwort in der Alten Sprache. »*Gut, mein Vater, und dir?*«

»*Dein Anblick ist wie immer eine Freude. Ah, ja, die Doggen hat mir den Saft bereitgestellt. Wie aufmerksam von ihr.*« Ihr Vater nahm den Becher. »*Wohin des Weges?*«

Das führte zu ihrem üblichen Gespräch über sein Unverständnis gegenüber der jüngeren Generation und ihre Erklärung, dass sie die Arbeit glücklich mache.

»*So, jetzt muss ich aber wirklich los*«, erklärte sie, »*aber Lusie müsste jeden Moment hier sein.*«

»*Ja, gut, gut. Eigentlich habe ich mit meinem Buch zu tun, aber ich werde sie unterhalten, wie es sich gehört, zumindest eine Zeit lang. Doch ich muss mich auch um meine Arbeit kümmern.*« Er deutete auf die physische Manifestation seiner geistigen Wirrnis, und seine elegante Handbewegung stand in krassem Widerspruch zu den unordentlichen Stapeln, die mit Unsinn gefüllt waren. »*Das kann ich nicht liegen lassen.*«

»*Natürlich nicht, Vater.*«

Er trank seinen Saft aus, doch als sie ihm den Becher abnehmen wollte, stutzte er. »*Sollte das nicht eigentlich das Dienstmädchen erledigen?*«

»*Ich möchte ihr helfen. Sie hat so viele Pflichten.*« Und war es nicht so? Die *Doggen* musste alle Regeln für Gegenstände und ihre Verwahrungsorte einhalten, die Einkäufe erledigen, das Geld verdienen, die Rechnungen be-

zahlen und auf ihn aufpassen. Die *Doggen* war müde. Die *Doggen* war erschöpft.

Aber der Becher musste unbedingt in die Küche.

»Vater, bitte gib mir den Becher, damit ich ihn mit nach oben nehmen kann. Das Dienstmädchen hat Angst, dich zu stören, und ich möchte ihr die Sorge nehmen.«

Einen Moment lang sah er sie so an wie früher. *»Du bist ein großherziges Kind. Ich bin so stolz, dich Tochter nennen zu dürfen.«*

Ehlena musste heftig blinzeln und sagte mit belegter Stimme: *»Dein Stolz bedeutet mir alles.«*

Er nahm ihre Hand und drückte sie. *»Nun geh, meine Tochter. Geh und mache diesen ›*Job*‹ und kehre heim und erzähle mir von deiner Nacht.«*

Oh ... Gott.

Die gleichen Worte wie damals vor so langer Zeit, als sie noch auf die Privatschule ging und ihre Familie zur *Glymera* gehörte und etwas bedeutete.

Obwohl sie wusste, dass er sich bei ihrer Rückkehr vermutlich nicht an diese wundervolle alte Frage erinnern würde, lächelte sie und sog den Glanz der Vergangenheit tief ein.

»Wie immer, mein Vater, wie immer.«

Sie ging, begleitet von raschelndem Papier und dem *Ding-ding-ding* einer Feder, die am Rand eines kristallenen Tintenfasses abgestreift wurde.

Oben wusch sie den Becher aus, trocknete ihn ab und stellte ihn in den Schrank, dann vergewisserte sie sich, dass im Kühlschrank alles stand, wo es hingehörte. Als die SMS kam, dass Lusie auf dem Weg war, schlüpfte sie zur Tür hinaus, schloss ab und dematerialisierte sich zur Klinik.

Auf der Arbeit war es so eine Wohltat, so zu sein wie alle anderen. Rechtzeitig zu kommen, ihre Sachen in ihr Schließfach zu stellen, über Belanglosigkeiten zu reden, bis die Schicht begann.

Doch dann kam Catya zu ihr an die Kaffeemaschine und strahlte sie an. »Und ... wie war es gestern? Na los, erzähl.«

Ehlena füllte ihre Tasse und verbarg ein Zusammenzucken hinter einem tiefen ersten Schluck, an dem sie sich die Zunge verbrannte. »Ich denke, ›verhindert‹ beschreibt es am besten.«

»Verhindert?«

»Ja. Er muss verhindert gewesen sein und ist nicht gekommen.«

Catya schüttelte den Kopf. »Oh, verdammt.«

»Nein, ist schon okay. Wirklich. Ich meine, ich hatte noch nicht viel in diese Sache investiert.« Ja, nur ein Hirngespinst über eine Zukunft, die Aspekte wie einen *Hellren,* eine eigene Familie und ein lebenswertes Leben beinhaltete. Wirklich nichts von Bedeutung. »Ist schon okay.«

»Weißt du, ich habe gestern an meinen Cousin gedacht, der ...«

»Danke, aber nein. Beim derzeitigen Zustand meines Vaters sollte ich mich auf nichts einlassen.« Ehlena runzelte die Stirn, als ihr einfiel, wie schnell ihr Rehv in diesem Punkt zugestimmt hatte. Obwohl man argumentieren konnte, dass er das als Gentleman gesagt hatte, war es schwierig, sich nicht auch ein bisschen darüber zu ärgern.

»Dass du deinen Vater pflegst, bedeutet nicht ...«

»He, warum besetze ich nicht den Empfang während dem Schichtwechsel?«

Catya verstummte, aber ihr Blick sprach Bände, von denen die meisten den Titel *Wann wacht dieses Mädchen endlich auf?* trugen.

»Ich mache mich auf«, meinte Ehlena und wandte sich ab.

»Es geht nicht ewig.«

»Natürlich nicht. Die meisten unserer Schicht sind schon hier.«

Catya schüttelte den Kopf. »Das habe ich nicht gemeint, und das weißt du. Das Leben geht nicht ewig. Dein Vater ist psychisch krank und du sorgst sehr gut für ihn, aber es könnte noch ein Jahrhundert so weitergehen.«

»Was bedeutet, dass mir noch circa siebenhundert Jahre bleiben. Ich bin dann vorne. Entschuldige mich.«

Draußen am Empfang nahm Ehlena ihre Position hinter dem Computer ein und loggte sich ein. Der Wartebereich war noch leer, da die Sonne gerade erst untergegangen war, aber bald würden die ersten Patienten eintreffen, und Ehlena konnte die Ablenkung kaum erwarten.

Sie sah sich Havers Zeitplan an und entdeckte nichts Außergewöhnliches. Nachuntersuchungen, Patientengespräche, kleine Behandlungen …

Es klingelte, und Ehlena blickte auf den Überwachungsbildschirm. Draußen stand ein unangemeldeter Besucher, ein Vampir, der sich gegen den kalten Wind fest in seinen Mantel gewickelt hatte.

Sie drückte auf den Knopf der Gegensprechanlage und sagte: »Guten Abend. Wie kann ich Ihnen behilflich sein?«

Das Gesicht, das in die Kamera blickte, hatte sie schon

einmal gesehen. Vor drei Nächten. Es war Stephans Cousin.

»Alix?«, sagte sie. »Hier ist Ehlena. Wie geht …«

»Ich wollte nachsehen, ob er bei euch eingeliefert wurde.«

»Er?«

»Stephan.«

»Ich glaube nicht, aber ich werde mal nachsehen, während du runterkommst.« Ehlena drückte auf den Türöffner und rief die Patientenliste im Computer auf. Sorgfältig ging sie die Namen durch, während sie die Serie von Türen für Alix öffnete.

Nirgends eine Erwähnung von Stephan.

Als Alix in den Wartebereich kam, erschrak sie. Die dunklen Ringe unter den grauen Augen zeugten von so viel mehr als Schlafmangel.

»Stephan ist gestern Nacht nicht heimgekommen«, erklärte er.

Rehv hasste den Dezember und zwar nicht nur, weil er wegen der Kälte im Bundesstaat New York am liebsten Pyrotechniker geworden wäre, nur um nicht so erbärmlich zu frieren.

Die Nacht brach früh an im Dezember. Die Sonne, dieses arbeitsscheue, faule Stück, dankte schon um halb fünf ab, sodass Rehvs albtraumartige Verabredung für den ersten Dienstag im Monat diesmal früh begann.

Es war gerade mal zehn, als er nach einer zweistündigen Fahrt von Caldwell in den Black Snake State Park einbog. Trez, der sich immer dorthin materialisierte, war zweifelsohne bereits in Position irgendwo nahe der Hütte, um schattenhaft als Wächter zu fungieren.

Und als Zeuge.

Die Tatsache, dass sein wahrscheinlich bester Freund bei der Sache zusehen musste, war Teil der Marter, eine zusätzliche Demütigung. Aber nach dem Zirkus schaffte es Rehv nicht allein nach Hause, und Trez war dann ein willkommener Retter.

Natürlich hätte Xhex diesen Job gerne übernommen, aber ihr war nicht zu trauen. Nicht mit der Prinzessin. Wenn Rehv ihr eine Sekunde den Rücken zuwandte, würde die Hütte einen neuen Innenanstrich haben – einen der abscheulichen Art.

Wie immer parkte Rehv auf dem Parkplatz am Fuß des Berges. Es waren keine anderen Autos da, und er erwartete auch nicht, dass jemand auf den Pfaden unterwegs war, die vom Parkplatz abgingen.

Seine Sicht aus dem Fenster war rot und flach, und obwohl er seine Halbschwester hasste und ihren Anblick kaum ertrug und sich nur wünschte, ihre schmutzige, beschissene Angelegenheit könnte aufhören, war sein Körper nicht taub und kalt, sondern strotzte vor Leben und Kraft: In seiner Hose stand sein harter Schwanz parat für seinen Einsatz.

Wenn er sich jetzt nur noch dazu überwinden konnte, aus dem Auto zu steigen.

Er legte die Hand auf den Türgriff, konnte den Hebel aber nicht zurückziehen.

So still. Nur das sanfte, klickende Geräusch des abkühlenden Bentleymotors störte die Stille.

Aus unerfindlichem Grund dachte er an Ehlenas wundervolles Lachen, und das veranlasste ihn schließlich dazu, die Tür zu öffnen. Er steckte den Kopf aus dem Auto, gerade, als sich sein Magen zu einer Faust zusam-

menballte und er sich beinahe übergeben hätte. Als die Kälte seine Übelkeit vertrieb, versuchte er, Ehlena aus seinem Kopf zu verbannen. Sie war so rein und gut und freundlich, dass er es nicht ertrug, sie bei dem, was vor ihm lag, in seinem Kopf zu haben.

Was ihn überraschte.

Ursprünglich gehörte es nicht zu seiner Veranlagung, jemanden vor der grausamen Welt zu schützen, vor dem Tödlichen und Gefährlichen, dem Verdorbenen, Obszönen und Abstoßenden. Doch für drei Frauen in seinem Leben hatte er sich diese Instinkte angeeignet. Für die, die ihn geboren hatte, die, die er aufgezogen hatte wie sein eigenes Kind, und für die Tochter, die seine Schwester vor kurzer Zeit auf die Welt gebracht hatte, würde er alle Bedrohungen aus dem Weg schaffen, alles mit bloßen Händen töten, was sie verletzte, und selbst die kleinste Gefahr aufspüren und zerstören.

Und irgendwie war Ehlena durch ihre kleine Unterhaltung zu später Stunde ebenfalls auf diese sehr, sehr kurze Liste geraten.

Was bedeutete, dass er sie aussperren musste. Zusammen mit den anderen dreien.

Er war mit seinem Leben als Hure zurechtgekommen, denn er verlangte seiner Freierin einen teuren Preis ab. Außerdem hatte er nichts Besseres als Prostitution verdient, wenn man bedachte, wie sein wahrer Vater seine Mutter zu seiner Empfängnis gezwungen hatte. Aber mit Rehv war der Kampf zu Ende. Er allein ging in diese Hütte und brachte sich zu dem, was er tat.

Das wenige Schützenswerte in seinem Leben musste weit, weit weg von dieser Sache bleiben, und deshalb musste er Ehlena aus Kopf und Herz verbannen, wenn

er hierherkam. Später, wenn er wieder erholt war und geduscht und geschlafen hatte, konnte er sich wieder mit der Erinnerung an ihre karamellfarbenen Augen und ihren Zimtgeruch befassen und mit der Art, wie sie bei ihrem Gespräch wider Willen lachen musste. Doch jetzt verbannte er sie und seine Mutter und seine Schwester und seine geliebte Nichte aus dem Frontalhirn in einen separaten Bereich seines Hirns und schloss sie dort ein.

Die Prinzessin versuchte jedes Mal, in seinen Schädel zu dringen, und er wollte nicht, dass sie etwas über die Leute erfuhr, die ihm etwas bedeuteten.

Ein eisiger Windstoß knallte ihm beinahe die Tür an den Kopf. Rehv zog seinen Zobelmantel enger um sich, stieg aus und schloss den Bentley ab. Als er vom Parkplatz auf den Weg trat, knirschte die gefrorene Erde unter seinen Cole-Haan-Schuhen, hart und widerborstig.

Eigentlich war der Park für dieses Jahr geschlossen. Eine Kette hing vor dem breiten Eingang des Wegs, der an der Bergkarte vorbei zu den Hütten führte, die man mieten konnte. Doch mehr noch als die Parkwächter würde das Wetter die Besucher fernhalten. Rehv stieg über die Kette, ging an den Besucherlisten zum Eintragen vorbei, die an einem Klemmbrett hingen, obwohl die Wege doch gesperrt waren. Rehv trug sich nie ein.

Ja, denn menschliche Parkwächter brauchten nicht zu erfahren, was hier zwischen zwei *Symphathen* in einer der Blockhütten abging. Ganz bestimmt nicht.

Wenigstens war der Wald im Dezember nicht so bedrängend eng, wenn die kahlen Äste der Eichen und Ahornbäume viel der sternenklaren Nacht durchließen. Die nackten Laubbäume wurden verhöhnt von ihren immergrünen Nachbarn mit dem stacheligen Blattwerk,

eine kleine Revanche für das prahlerische Herbstlaub, mit dem sich die Kollegen bis vor Kurzem geschmückt hatten.

Rehv tauchte zwischen die Bäume ein und folgte dem Hauptweg, der nach und nach schmaler wurde. Kleinere Pfade bogen links und rechts davon ab, markiert mit groben Holzschildern mit Aufschriften wie *Hobnob's Walk, Lightening Strike, Summit Long* und *Summit Short*. Er ging geradeaus weiter und atmete kleine Wölkchen aus. Das Knirschen seiner Loafers auf dem gefrorenen Boden erschien ihm übermäßig laut.

Über Rehv strahlte der Mond, eine messerscharfe Sichel, die, nachdem der *Symphath* in ihm außer Rand und Band war, die Farbe der rubinroten Augen seiner Erpresserin hatte.

Trez erschien in Form eines eisigen Hauchs, der den Pfad entlangblies.

»He, mein Mann«, grüßte Rehv leise.

Trezs Stimme wehte in seinen Kopf, als die Schattengestalt zu einer schimmernden Welle kondensierte. bring es schnell hinter dich. je früher wir dir geben können, was du dann brauchst, desto besser.

»Es dauert, so lange es dauert.«

Je früher, desto besser.

»Wir werden sehen.«

Trez verfluchte ihn, verwandelte sich zurück in einen kalten Windstoß und fegte außer Sichtweite.

Tatsächlich wollte Rehv, so sehr er es hasste, hierherzukommen, manchmal dennoch nicht wieder fort. Es machte ihm Spaß, die Prinzessin zu verletzen, und sie war eine exzellente Widersacherin. Schlau, schnell, grausam. Bei ihr konnte er seine dunkle Seite ausleben, und

wie ein Läufer, der sich nach seinem Training sehnte, brauchte er die Übung.

Außerdem war es vielleicht ähnlich wie mit seinem Arm: Der Verfall war ein gutes Gefühl.

Bei der sechsten Abzweigung bog Rehvenge links auf einen Pfad ein, der nur noch breit genug für eine Person war, und bald schon kam die Blockhütte in Sicht. Im hellen Mondschein hatten die Balken die Farbe von Roséwein.

Als er vor der Tür stand und die linke Hand nach dem hölzernen Riegel ausstreckte, dachte er an Ehlena und daran, dass sie sich die Mühe gemacht hatte, ihn wegen seines Armes anzurufen.

Für einen flüchtigen Moment hatte er wieder ihre Stimme im Ohr.

Ich verstehe nicht, warum du nicht auf dich achtgibst.

Der Griff wurde ihm aus der Hand gerissen, als die Tür so schnell aufflog, dass sie gegen die Wand knallte.

Die Prinzessin stand in der Mitte der Hütte, und alles an ihr – die leuchtend roten Roben, die Rubine an ihrem Hals und die blutroten Augen – besaß die Farbe von Hass. Mit dem unscheinbaren Haar im Nacken hochgebunden, der blassen Haut und den lebendigen Albinoskorpionen, die sie als Ohrringe trug, bot ihr Bild ein vollendetes Horrorszenario, wie eine Kabuki-Puppe aus der Werkstatt des Bösen. Und sie war böse, ihre Dunkelheit spülte ihm in Wellen entgegen, sie strömte aus dem Zentrum ihrer Brust, selbst wenn sie sich nicht bewegte und ihr mondähnliches Gesicht keine Miene verzog.

Auch ihre Stimme war schneidend wie eine Klinge. »Heute mal keine Strandszene in deinem Kopf? Nein, nein, nichts mit einer Strandschönheit heute.«

Rehv verbarg Ehlena eilig, indem er sich eine stereotype Szene auf den Bahamas vorstellte, wie er sie vor Jahren in einer Fernsehwerbung gesehen hatte. Pärchen in Badebekleidung flanierten Hand in Hand über einen Traumstrand, wie ihn der Sprecher anpries. Das Bild war so lebhaft, dass es sich ausgezeichnet als Schutzhelm für die kleinen grauen Zellen eignete.

»Wer ist sie?«

»Wer ist wer?«, fragte er und kam herein.

Die Hütte war warm, dank ihr, ein kleiner Trick molekularer Wirbel in der Luft, die durch ihren Ärger verstärkt wurden. Doch die von ihr erzeugte Hitze war keine wohlige Kaminwärme – sie glich den Hitzewallungen, die eine auszehrende Erkrankung mit sich brachte.

»Wer ist die Vampirin in deinem Kopf?«

»Nur ein Model aus der Fernsehwerbung, meine liebste Furie«, erwiderte er so geölt wie sie. Ohne ihr den Rücken zuzuwenden, schloss er leise die Tür. »Eifersüchtig?«

»Um eifersüchtig zu sein, müsste ich mich bedroht fühlen. Und das wäre absurd.« Die Prinzessin lächelte. »Aber ich glaube, du musst mir ihren Namen sagen.«

»Ist das alles, was du heute von mir willst? Reden?« Rehv ließ seinen Mantel auseinanderklaffen und umschloss seinen harten Schwanz und die schweren Hoden. »Normalerweise möchtest du mehr von mir.«

»Das stimmt. Dein größter Vorzug ist deine Funktion als Dildo, wie es die Menschen nennen, wenn ich mich nicht täusche. Ein Spielzeug für die Frau, mit dem sie sich Lust verschafft.«

»Nun, als *Frau* würde ich dich nicht unbedingt bezeichnen.«

»Das stimmt. Du kannst auch *Geliebte* sagen.«

Sie hob eine abstoßende Hand an ihren Haarknoten und strich mit den knöchernen, viergliedrigen Fingern über die säuberliche Konstruktion. Ihr Handgelenk war dünner als der Griff an einem Schneebesen, und der Rest von ihr war genauso dürr: *Symphathen* hatten die Statur von Schachspielern und nicht von Quarterbacks, was an ihrer Vorliebe lag, sich geistig zu messen und nicht körperlich. In ihren Roben wirkten sie weder männlich noch weiblich, sondern wie eine destillierte Mischung aus beidem, und deswegen war die Prinzessin auch so scharf auf Rehv. Sie mochte seinen Körper, seine Muskeln, seine offensichtliche und brutale Männlichkeit, und meistens wollte sie beim Sex hart rangenommen werden – etwas, das sie zu Hause ganz bestimmt nicht bekam. Soweit Rehv informiert war, bestand der Akt bei *Symphathen* aus nicht mehr als ein wenig geistigem Geziere, gefolgt von zwei Stößen und einem Seufzen auf Seiten des Mannes. Außerdem hätte er wetten wollen, dass sein Onkel wie ein Hamster bestückt war und Eier von der Größe von Bleistiftradiergummis hatte.

Nicht dass er es je überprüft hätte – doch hey, der Kerl strotzte nicht gerade vor Testosteron.

Die Prinzessin schwebte durch die Hütte, als wolle sie ihn mit ihren Reizen locken, doch sie verfolgte eine bestimmte Absicht, als sie von Fenster zu Fenster ging und hinausblickte.

Verdammt, immer diese blöden Fenster.

»Wo ist denn dein Wachhund heute?«, fragte sie.

»Ich komme immer allein.«

»Du belügst deine Geliebte.«

»Warum um alles in der Welt sollte ich wollen, dass uns hier jemand zusieht?«

»Weil ich so schön bin.« Sie blieb vor dem Fenster neben der Tür stehen. »Er ist da drüben rechts, bei der Kiefer.«

Rehv musste nicht nachsehen, er wusste, dass sie recht hatte. Natürlich konnte sie Trez spüren. Sie wusste nur nicht sicher, wo oder was er war.

Dennoch sagte er: »Da sind nur Bäume.«

»Stimmt nicht.«

»Angst vor den Schatten, Prinzessin?«

Als sie über die Schulter schaute, blickte ihm auch der Albinoskorpion an ihrem Ohrläppchen in die Augen. »Angst ist nicht das Problem. Aber Untreue. Ich dulde keine Untreue.«

»Es sei denn natürlich bei dir selbst.«

»Oh, ich bin dir ziemlich treu, mein Geliebter. Abgesehen vom Bruder deines Vaters, wie du weißt.« Sie drehte sich um und straffte die Schultern zu ihrer vollen Größe. »Mein Mann ist der Einzige außer dir. Und ich komme allein hierher.«

»Deine Tugend ist wirklich unfehlbar, obwohl ich dir schon sagte: Nimm dir noch einen Liebhaber. Lass hundert Männer in dein Bett.«

»Keiner könnte dir je das Wasser reichen.«

Rehv wurde jedes Mal übel, wenn sie ihm diese falschen Komplimente machte. Was sie natürlich genau bezweckte.

»Sag mir«, meinte er, um das Thema zu wechseln, »Wo du schon unseren Onkel erwähnst, wie geht es dem Arschloch?«

»Er hält dich immer noch für tot. Meinen Teil des Abkommens habe ich also erfüllt.«

Rehv fasste in seinen Zobel, holte die geschliffenen Rubine im Wert von einer viertel Million Dollar heraus und warf ihr das hübsche Beutelchen vor die Füße. Dann streifte er den Mantel ab. Jackett und Halbschuhe folgten, dann die Seidensocken, die Hose und das Hemd. Boxershorts trug er keine. Wozu der Umstand.

Rehvenge stand vor ihr, vollkommen aufrecht, die Füße fest auf den Boden gedrückt, seine Brust hob und senkte sich mit jedem Atemzug. »Und ich bin bereit, meinen Teil zu leisten.«

Ihre rubinroten Augen glitten an ihm herab, und ihr Blick fiel auf sein Geschlecht. Ihr Mund öffnete sich leicht, und ihre gespaltene Zunge fuhr über die Unterlippe. Die Skorpione an ihren Ohren wanden sich wie in Vorfreude, als würden sie auf ihre sexuelle Erregung reagieren.

Sie deutete auf das Samtbeutelchen. »Heb das auf, und gib es mir anständig.«

»Nein.«

»*Heb es auf.*«

»Du bückst dich doch so gerne vor mir. Warum sollte ich dir den Spaß verderben?«

Die Prinzessin steckte die Hände in die weiten Ärmel ihrer Robe und kam auf ihn zu, auf die gleitende Art, die allen *Symphathen* zu eigen war, fast schon, als schwebte sie über die Bodenbretter. Rehv wich keinen Millimeter zurück. Eher würde er sterben und sich begraben lassen, als sich von ihr einschüchtern zu lassen.

Sie starrten einander an, und in der tiefen, gehässigen Stille spürte er eine schreckliche Verbundenheit mit ihr. Sie waren einander ebenbürtig, und obwohl er es verabscheute, war es eine Wohltat, einmal er selbst sein zu dürfen.

»Heb es …«

»Nein.«

Ihre verschränkten Arme lösten sich voneinander, und eine sechsfingrige Hand sauste auf ihn zu. Die Ohrfeige war hart und brennend wie ihre Rubinaugen. Rehv ließ nicht zu, dass sein Kopf von der Wucht nach hinten geschleudert wurde, während der schallende Laut wie ein zerbrechender Teller widerhallte.

»Ich möchte, dass du mir meinen Zehnten anständig aushändigst. Und ich will wissen, wer sie ist. Ich habe schon einmal dein Interesse an ihr gespürt – wenn du nicht bei mir bist.«

Rehv hielt sich an der Strandszene fest. Er wusste, dass sie bluffte. »Ich beuge mich weder dir noch sonst jemand, Weibsstück. Wenn du diesen Beutel willst, musst du ihn schon selbst aufheben. Und was du glaubst zu wissen: Du irrst. Es gibt niemanden für mich.«

Sie schlug ihn erneut, und der Schmerz fuhr durch seine Wirbelsäule und in die Spitze seines Schwanzes. »Du beugst dich mir jedes Mal, wenn du hierherkommst, mit deiner lächerlichen Zahlung und deinem hungrigen Sex. Du brauchst es, du brauchst mich.«

Er schob sein Gesicht ganz nah an ihres heran. »Bilde dir nichts ein, Prinzessin. Du bist eine lästige Pflicht und kein Vergnügen.«

»Falsch. Du lebst, um mich zu hassen.«

Die Prinzessin griff zwischen seine Beine und umfasste ihn fest mit ihren Friedhofsfingern. Als er ihren Griff und ihr Streicheln fühlte, war er angewidert … und doch tropfte seine Erektion bei der Zuwendung. Es war kaum zu ertragen: Obgleich er sie abstoßend fand, war der *Symphath* in ihm gefesselt von diesem geistigen Kräftemessen, und das war das Erotische daran.

Die Prinzessin neigte sich zu ihm, und ihr Zeigefinger strich über den Stachel am Schaft seiner Erregung. »Wer diese Frau in deinem Kopf auch ist, sie kann dir nicht bieten, was wir beide haben.«

Rehv legte die Hände an den schmalen Hals seiner Erpresserin und drückte mit den Daumen zu, bis sie keuchte. »Ich könnte dir den Kopf vom Hals reißen.«

»Das wirst du nicht tun.« Sie ließ ihre roten, glänzenden Lippen über seinen Hals streifen und verbrannte seine Haut mit dem Pfefferlippenstift, den sie trug. »Denn dann müsstest du auf das hier verzichten.«

»Unterschätze nicht die Reize der Nekrophilie. Insbesondere, was dich betrifft.« Er griff in den Haarknoten und riss sie ruckartig zurück. »Sollen wir zur Sache kommen?«

»Erst wenn du diesen Beutel aufgeho…«

»*Das wird nicht passieren.* Ich beuge mich nicht.« Mit der freien Hand zerfetzte er die Vorderseite ihrer Robe und enthüllte den glänzenden Body, den sie immer trug. Dann wirbelte er sie herum, presste ihr Gesicht an die Tür und griff in die Falten ihres roten Gewandes, während sie keuchte. Das Gewebe, mit dem sie ihre Haut bedeckte, war mit Skorpiongift getränkt, und als er sich zu ihrer Mitte vorarbeitete, drang das Sekret langsam durch seine Haut. Hoffentlich konnte er sie noch eine Weile vögeln, solange sie ihre Gewänder trug …

Die Prinzessin dematerialisierte sich aus seinem Griff heraus und formte sich genau vor dem Fenster wieder, durch das Trez blicken konnte. Wie durch einen Lufthauch glitten die Roben von ihren Schultern, abgestreift durch reine Willenskraft, und entblößten ihr Fleisch. Sie war gebaut wie die Schlange, die sie war, sehnig und viel

zu dünn, und ihr schimmernder Body wirkte wie Schuppen, als sich das Mondlicht in den Maschen brach.

Ihre Füße standen fest rechts und links von dem Beutel mit den Rubinen.

»Du wirst mich anbeten«, sagte sie und ihre Hand fuhr zwischen ihre Beine und streichelte den Schlitz. »Mit deinem Mund.«

Rehv kam zu ihr und ging in die Knie. Lächelnd blickte er zu ihr auf: »Und du wirst es sein, die diesen Beutel aufhebt.«

18

Ehlena stand vor der Leichenhalle der Klinik, die Arme um sich geschlungen. Das Herz schlug ihr bis in die Kehle, und ihre Lippen formten Gebete. Trotz ihrer Schwesternkleidung wartete sie hier nicht in beruflicher Funktion, und die Mahnung NUR FÜR PERSONAL versperrte ihr den Durchgang genauso wie jedem anderen. Als sich die Minuten zu Jahrhunderten dehnten, starrte sie die Buchstaben an, als hätte sie verlernt zu lesen. Die Worte *Nur für* standen auf der einen Flügeltür, *Personal* auf der anderen. Große rote Druckbuchstaben. Darunter stand dasselbe in der Alten Sprache.

Gerade war Alix durch diese Tür gegangen, geleitet von Havers.

Bitte ... nicht Stephan. Bitte lass den Unbekannten nicht Stephan sein.

Als ein Klagelaut durch die Nur-für-Personal-Tür drang, schloss sie die Augen, und alles drehte sich.

Sie war also doch nicht versetzt worden.

Zehn Minuten später kam Alix heraus. Sein Gesicht war kalkweiß, die Augenpartie rot von all den fortgewischten Tränen. Havers war direkt hinter ihm und sah genauso erschüttert aus.

Ehlena ging auf Alix zu und schloss ihn in die Arme. »Es tut mir so leid.«

»Wie ... wie soll ich es nur seinen Eltern sagen ... Sie wollten nicht, dass ich hierherkomme ... Oh, Gott ...«

Ehlena hielt den zitternden Vampir fest, bis er sich aufrichtete und sich mit beiden Händen über das Gesicht fuhr. »Er hat sich auf die Verabredung mit dir gefreut.«

»Ich mich auch.«

Havers legte Alix eine Hand auf die Schulter. »Willst du ihn mitnehmen?«

Der Vampir blickte zurück zur Tür, und sein Mund wurde schmal. »Wir werden mit dem ... Todesritual ... anfangen wollen, aber ...«

»Soll ich ihn einhüllen«, fragte Havers sanft.

Alix schloss die Augen und nickte. »Seine Mutter darf sein Gesicht nicht sehen. Es würde sie umbringen. Und ich würde es tun, nur ...«

»Bei uns ist er gut aufgehoben«, sagte Ehlena. »Du kannst dich darauf verlassen, dass wir ihn mit Achtung und Respekt behandeln.«

»Ich glaube, ich könnte nicht ...« Alix sah sich um. »Ist das schlecht von mir?«

»Nein.« Sie hielt seine Hände. »Und ich verspreche dir, wir tun es mit Liebe.«

»Aber ich sollte helf...«

»Du kannst uns vertrauen.« Als der Vampir schnell blinzelte, führte Ehlena ihn sanft von der Tür der Leichenhalle weg. »Ich möchte, dass du in einem der Familienzimmer wartest.«

Ehlena führte Stephans Cousin weg von der Leichenhalle und bis zu dem Gang, von dem die Patientenzimmer abgingen. Als eine andere Schwester vorbeikam, bat Ehlena sie, ihn in ein privates Wartezimmer zu bringen, dann kehrte sie zur Leichenhalle zurück.

Bevor sie eintrat, atmete sie tief durch und straffte die Schultern. Als sie die Tür aufdrückte, war die Luft erfüllt von Kräuterduft, und Havers stand bei einer Leiche, die mit einem weißen Laken bedeckt war. Ehlena geriet ins Wanken.

»Mein Herz ist schwer«, meinte der Arzt. »So schwer. Ich wollte nicht, dass der arme Junge seinen Cousin so sieht, aber er bestand darauf, ihn zu identifizieren, nachdem er die Kleidung wiedererkannt hatte. Er wollte ihn unbedingt sehen.«

»Er brauchte die Gewissheit.« Ihr wäre es genauso gegangen.

Havers hob das Laken an und faltete es auf der Brust. Ehlena schlug sich die Hand vor den Mund, um nicht laut aufzukeuchen.

Stephans geschundenes Gesicht war fleckig und kaum wiederzuerkennen.

Sie schluckte. Und schluckte noch einmal. Und noch ein drittes Mal.

Liebste Jungfrau der Schrift, vor vierundzwanzig Stunden hatte er noch gelebt. Hatte gelebt, war in der Innenstadt gewesen und hatte sich auf das Treffen mit ihr gefreut. Dann hatte er einen falschen Weg eingeschlagen, und nun lag er hier auf diesem kalten Stahlbett, kurz davor, für sein Todesritual vorbereitet zu werden.

»Ich hole die Wickel«, sagte Ehlena heiser, als Havers das Laken ganz entfernte.

Die Leichenhalle war klein, besaß nur acht Kühleinheiten und zwei Seziertische, aber sie war gut ausgerüstet und bestückt. Die zeremoniellen Wickelverbände wurden im Schrank am Schreibtisch verwahrt, und als sie die Tür öffnete, schlug ihr erneut der Duft von Kräutern entgegen.

Die Leinenverbände waren sechs Zentimeter breit und wurden in zehn Zentimeter dicken Rollen aufbewahrt. Sie waren in einer Mischung aus Rosmarin, Lavendel und Meersalz getränkt und verströmten eigentlich einen angenehmen Geruch. Doch Ehlena wich trotzdem jedes Mal zurück, wenn ihr ein Hauch davon in die Nase drang.

Tod. Es war der Geruch des Todes.

Sie nahm zehn Rollen aus dem Schrank und stapelte sie in ihren Armen, dann kehrte sie zu Stephan zurück, der nun völlig entblößt dalag, nur ein Tuch über den Lenden.

Einen Moment später kam Havers aus der Umkleide im hinteren Teil, in einer schwarzen Robe mit schwarzer Schärpe. Um den Hals trug er eine lange Silberkette, an der eine scharfkantige Klinge mit filigranen Mustern hing, deren Handgriff an den Ecken vom Alter geschwärzt war.

Ehlena senkte den Kopf, während Havers die erforderlichen Gebete an die Jungfrau der Schrift richtete und um ein sanftes Eintreten in den Schleier für Stephan bat. Als der Arzt geendet hatte, reichte sie ihm die erste der duftenden Rollen, und sie begannen mit Stephans rechter Hand, wie es sich gehörte. Behutsam und sanft hielt sie den kalten, grauen Arm hoch, während Havers ihn fest umwickelte und zweifach mit den Leinenstreifen einband. Als sie sich zu seiner Schulter hochgearbeitet hatten, gingen sie zum rechten Bein über. Als Nächstes kam die linke Hand, der linke Arm und das linke Bein.

Als der Lendenschurz angehoben wurde, wandte sich Ehlena ab, wie es sich für Frauen gehörte. Bei einem weiblichen Leichnam wäre das nicht nötig gewesen, in diesem Fall hätte sich ein männlicher Assistent aus Re-

spekt abgewandt. Nachdem die Hüften umwickelt waren, wurde der Torso bis zur Brust eingehüllt und die Schultern bedeckt.

Mit jedem neuen Wickeln des Verbandes drang der Kräutergeruch erneut in ihre Nase, bis sie glaubte, ersticken zu müssen.

Oder vielleicht war es auch nicht der Geruch. Vielleicht waren es die Gedanken in ihrem Kopf. Wäre er ihre Zukunft gewesen? Hätte sie seinen Körper kennengelernt? Hätte das ihr *Hellren* sein können, der Vater ihrer Kinder?

Fragen, die nun niemals beantwortet werden würden.

Ehlena runzelte die Stirn. Nein, tatsächlich waren sie alle beantwortet worden.

Und jede Einzelne davon mit einem Nein.

Als sie dem Arzt die nächste Rolle reichte, fragte sie sich, ob Stephan ein erfülltes, zufriedenes Leben gehabt hatte.

Nein, dachte sie. Er war geprellt worden. Total geprellt.

Betrogen.

Das Gesicht wurde als Letztes umwickelt, und sie hob Stephans Kopf an, während der Arzt den Stoff langsam Runde für Runde nach oben bewegte. Ehlena atmete schwerfällig, und gerade, als Havers die Augen bedeckte, kullerte eine Träne aus ihren Augen und fiel auf den weißen Verband.

Havers legte ihr kurz die Hand auf die Schulter und beendete dann die Arbeit.

Das Salz im Gewebe diente als Siegel, damit keine Flüssigkeiten durch das Gewebe sickerten, außerdem konservierte das Mineral den Leib für die Beisetzung. Sinn

der Kräuter war es natürlich, in der kurzen Zeit Gerüche zu übertünchen, doch sie standen auch symbolisch für die Früchte der Erde und den Kreislauf von Wachstum und Tod.

Mit einem Fluch ging Ehlena zurück zum Schrank und holte ein schwarzes Leichentuch heraus, mit dem sie und Havers Stephan umhüllten. Das Schwarz der Außenseite symbolisierte das fehlbare sterbliche Fleisch, das innere Weiß die Reinheit der Seele und das Strahlen im ewigen Heim des Schleiers.

Ehlena hatte einmal gehört, dass die Rituale neben dem praktischen Nutzen eine wichtige Funktion besaßen. Angeblich halfen sie beim seelischen Heilungsprozess, aber als sie jetzt neben Stephans Leiche stand, empfand sie das als totalen Humbug. Es war ein unechter Abschluss, ein jämmerlicher Versuch, ein grausames Schicksal mit süßen Düften zu vertuschen.

Nichts als ein frischer Überwurf auf einem blutbesudelten Sofa.

Einen Moment lang standen sie schweigend bei Stephans Leiche, dann schoben sie die Rollbahre hinten aus der Leichenhalle und in das Tunnelsystem, das zu den Garagen führte. Dort schoben sie Stephan in einen der vier Krankenwagen, die nach menschlichem Vorbild gestaltet waren.

»Ich fahre die beiden zum Haus seiner Eltern«, erklärte Ehlena.

»Soll Sie noch jemand begleiten?«

»Ich glaube, Alix ginge es besser ohne weiteres Publikum.«

»Aber Sie werden aufpassen? Nicht nur auf die beiden, sondern auch auf sich selbst?«

»Ja.« Jeder Krankenwagen hatte eine Pistole unter dem Fahrersitz, und der Umgang damit war eines der ersten Dinge gewesen, die Catya Ehlena in der Klinik gezeigt hatte: Ehlena war also auf alles vorbereitet.

Als sie und Havers die Hecktüren des Krankenwagens schlossen, schielte Ehlena zum Tunneleingang. »Ich glaube, ich gehe über den Parkplatz zur Klinik zurück. Ich brauche etwas frische Luft.«

Havers nickte. »Ich schließe mich an. Ich glaube, auch ich brauche Luft.«

Zusammen traten sie in die kalte, klare Nacht.

Als brave Hure machte Rehv alles, was sie von ihm verlangte. Die Tatsache, dass er grob und unsanft vorging, war ein Zugeständnis an seinen freien Willen – und doch auch Grund dafür, warum es der Prinzessin so gut gefiel.

Als es vorbei war und sie beide erschöpft waren – sie von ihren vielen Orgasmen, er von dem Skorpiongift, das tief in seinen Blutstrom gedrungen war –, lagen diese verdammten Rubine immer noch dort, wo er sie hingeworfen hatte. Auf dem Boden.

Die Prinzessin lehnte am Fenstersims und keuchte atemlos, ihre viergliedrigen Finger gespreizt, höchstwahrscheinlich, weil sie wusste, dass er sich davor ekelte. Er stand schwankend am anderen Ende der Hütte, so weit von ihr entfernt wie möglich.

Als er nach Atem rang, widerte ihn der Geruch nach schmutzigem Sex an, der in der Hütte hing. Außerdem klebte ihr Geruch an ihm, umhüllte ihn, erstickte ihn so sehr, dass ihm selbst mit dem *Symphathen*-Blut in den Adern zum Kotzen zumute war. Vielleicht war es aber auch schon das Gift. Wer zum Teufel wusste das schon.

Eine ihrer knochigen Hände hob sich und zeigte auf den Samtbeutel. »Heb. Sie. Auf.«

Rehv schaute ihr fest in die Augen und schüttelte langsam den Kopf.

»Du solltest besser zurück zu unserem Onkel«, krächzte er heiser. »Sicher wird er misstrauisch, wenn du zu lange weg bist.«

Damit hatte er ins Schwarze getroffen. Der Bruder ihres gemeinsamen Vaters war ein berechnender, argwöhnischer Psychopath. Genau wie sie beide. Alle in der Familie, wie man sagte.

Die Roben der Prinzessin hoben sich vom Boden und schwebten auf sie zu. Als sie neben ihr in der Luft hingen, holte sie eine breite, rote Schärpe aus einer Innentasche heraus, schlang sie sich zwischen den Beinen hindurch und umwickelte ihr Geschlecht, sodass sie seinen Samen in sich behielt. Dann zog sie sich an und verdeckte das von ihm zerrissene Gewand, indem sie es unter einer weiteren Schicht verbarg. Der goldene – oder zumindest schloss er aus der Art, wie er das Licht reflektierte, auf Gold – Gürtel war als Nächstes dran.

»Grüße meinen Onkel«, grinste Rehv süffisant. »Oder auch … nicht.«

»Heb … sie … auf.«

»Du wirst dich entweder nach diesem Beutel bücken, oder er bleibt hier.«

Aus den Augen der Prinzessin blitzte ihm die Art von Boshaftigkeit entgegen, die es so lustig machte, mit Mördern zu spielen, und sie funkelten sich eine lange, feindselige Minute hindurch an.

Die Prinzessin gab nach. Wie er es vorhergesagt hatte. Zu seiner unermesslichen Befriedigung holte sie den

Beutel, und bei dieser Kapitulation wäre er fast noch einmal gekommen: Sein Stachel drohte auszufahren, obwohl es nichts gab, an dem er sich festhalten konnte.

»Du könntest König sein«, sagte sie, und streckte die Hand aus. Der Samtbeutel mit den Rubinen hob sich vom Boden. »Töte ihn, und du könntest König sein.«

»Ich töte dich und könnte glücklich sein.«

»Du wirst niemals glücklich sein. Du bist eine ganz eigene Spezies und lebst ein verlogenes Leben unter Minderwertigen.« Sie lächelte, und ehrliche Freude stand in ihrem Gesicht. »Außer hier bei mir. Hier kannst du ehrlich sein. Bis nächsten Monat, mein Geliebter.«

Mit ihren abstoßenden Händen hauchte sie ihm einen Kuss zu und löste sich auf, wie vorher sein Atem vor der Hütte, aufgezehrt von der dünnen Nachtluft.

Rehvs Knie knickten ein, und er stürzte zu Boden, ein Häufchen Elend. Als er auf den rauen Planken lag, spürte er alles: Die zuckenden Muskeln seiner Oberschenkel, das Kitzeln an der Eichel, während sich die Vorhaut wieder darüber schob, der krampfhafte Schluckreiz durch das Skorpiongift.

Als die Wärme aus der Hütte verflog, überkam ihn die Übelkeit in einer stinkenden, öligen Welle. Sein Magen verkrampfte sich zu einer Faust und sein Hals zog sich spastisch zusammen. Der Würgreflex gehorchte, und er öffnete den Mund, aber nichts kam heraus.

Er war schlau genug, vor seinen Dates nicht zu essen.

Trez kam so leise durch die Tür, dass Rehv seinen Freund erst bemerkte, als dessen Stiefel in seinem Gesichtsfeld erschienen.

»Schaffen wir dich hier raus«, sagte der Maure freundlich.

Rehv wartete darauf, dass der Würgreflex nachließ, um sich vom Boden abzustützen. »Ich werde ... mich anziehen.«

Das Skorpiongift schoss durch sein zentrales Nervensystem und blockierte seine Neuronenautobahnen. Es wurde zu einer peinlichen Demonstration von Gebrechlichkeit, als er sich zu seiner Kleidung schleppte. Leider musste das Antiserum im Auto bleiben, weil die Prinzessin es sonst gefunden hätte, und mit dem Eingeständnis einer solchen Schwäche hätte er sich ans Messer geliefert.

Trez verlor die Geduld. Er ging zu dem Kleiderhaufen und schnappte sich den Mantel. »Zieh einfach nur den an, damit wir dich behandeln können.«

»Ich ... ich ziehe mich an.« Es war der Stolz der Hure.

Trez fluchte und kniete sich mit dem Mantel nieder. »Himmel noch mal, Rehv ...«

»Nein ...« Ein heftiges Keuchen unterbrach ihn und beförderte ihn bäuchlings auf den Boden, sodass er eine kurze Nahansicht der Holzmaserung der Bodenbretter bekam.

Mann, heute Nacht war übel. So schlimm war es noch nie gewesen.

»Entschuldige, Rehv, aber jetzt übernehme ich.«

Trez ignorierte seinen armseligen Versuch, die Hilfe abzuwehren, wickelte ihn in den Zobel und trug ihn hinaus wie ein kaputtes Stück Ausrüstung.

»Du kannst so nicht weitermachen«, schimpfte Trez, als er ihn auf langen Beinen zum Bentley trug.

»Warte ... ab.«

Damit er und Xhex am Leben blieben und sich frei bewegen konnten, musste er es.

19

Rehv wachte im Schlafzimmer seines Sommerhauses in den Adirondacks auf, das er als sicheres Haus benutzte. Er erkannte es an den Fenstern, die vom Boden bis zur Decke reichten, dem prasselnden Feuer im Kamin und der Tatsache, dass die Schnitzereien im Mahagoni-Fußteil seines Bettes pausbäckige Engel darstellten. Was er nicht genau sagen konnte, war, wie viele Stunden seit seinem Tête-à-Tête mit der Prinzessin verstrichen waren. Eine? Hundert?

Am anderen Ende des spärlich beleuchteten Raums saß Trez auf einem ochsenblutroten Clubsessel und las im gelblichen Licht einer langstieligen Lampe.

Rehv räusperte sich. »Was liest du da?«

Der Maure blickte auf, und seine mandelförmigen Augen richteten sich mit einer Schärfe auf ihn, auf die er gern verzichtet hätte. »Du bist wach.«

»Was ist das?«

»*Das Todes-Lexikon der Schatten.*«

»Leichte Lektüre. Und ich dachte, du wärst ein Fan von Candace Bushnell.«

»Wie fühlst du dich?«

»Gut. Wundervoll. Frisch wie ein Apfel.« Mit einem Knurren schob sich Rehv ein Stück im Bett nach oben. Trotz des Zobelmantels, der um seinen nackten Leib ge-

wickelt war, und den Federbetten und Überdecken, die sich auf ihm stapelten, war er kalt wie ein Pinguinhintern, also hatte ihm Trez offensichtlich schon eine ordentliche Ladung Dopamin gespritzt. Aber wenigstens hatte das Antiserum gewirkt, sodass die Kurzatmigkeit und das Keuchen ein Ende hatten.

Langsam schloss Trez das alte Buch. »Ich bereite mich nur vor, das ist alles.«

»Für den Eintritt in die Priesterschaft? Ich dachte, die Königssache wäre mehr dein Ding.«

Der Maure legte den Folianten auf den Beistelltisch. Dann richtete er sich zu voller Größe auf, streckte sich ausführlich und kam zum Bett. »Willst du etwas essen?«

»Ja. Das wäre gut.«

»Gib mir eine Viertelstunde.«

Als sich die Tür hinter Trez schloss, durchwühlte Rehv die Innentasche seines Zobels. Er fand sein Handy und prüfte es, aber es gab keine Nachrichten. Keine SMS.

Ehlena hatte es nicht bei ihm versucht. Doch warum sollte sie auch?

Er starrte das Handy an und strich mit dem Daumen über die Tasten. Er verzehrte sich danach, ihre Stimme zu hören, als könnte ihr Klang alles fortwaschen, was in der Blockhütte passiert war.

Als könnte sie die letzten zweieinhalb Jahrzehnte ungeschehen machen.

Rehv ging auf Adressbuch und holte ihre Nummer aufs Display. Sie war wahrscheinlich auf der Arbeit, aber wenn er ihr eine Nachricht hinterließ, rief sie ihn vielleicht in der Pause zurück. Er zögerte, doch dann drückte er die grüne Taste und hielt sich das Handy ans Ohr.

In dem Moment, als er es tuten hörte, trat ihm ein

lebhaftes Bild der Szenen mit der Prinzessin vor Augen, wie er Sex mit ihr hatte, wie seine Hüften schwangen, wie das Mondlicht obszöne Schatten auf die Bodenbretter warf.

Er unterbrach den Anruf mit einem schnellen Tastendruck und fühlte sich, als hätte er sich von oben bis unten mit Dreck eingerieben.

Gott, es gab nicht genug Duschen auf der Welt, um sich sauber genug für ein Gespräch mit Ehlena zu waschen, nicht genug Seife oder Bleiche oder Stahlwolle. Als er sich ihre makellose Schwesternuniform in Erinnerung rief, ihr rötlich blondes Haar, ordentlich zurückgebunden zu einem Pferdeschwanz, die weißen Schuhe ohne Kratzer, wusste er, dass er sie lebenslang beflecken würde, sollte er sie je berühren. Mit seinem tauben Daumen streichelte er das flache Display des Handys, als wäre es ihre Wange, dann ließ er die Hand aufs Bett fallen. Die leuchtendroten Adern an seinem Arm erinnerten ihn an ein paar weitere Dinge, die er mit der Prinzessin getrieben hatte.

Er hatte seinen Körper nie als besondere Gabe betrachtet. Er war groß und muskulös, also war er nützlich, und das andere Geschlecht sprach darauf an, was wohl hieß, dass er seine Vorzüge hatte. Außerdem funktionierte er … na ja, mal abgesehen von den Nebenwirkungen, mit denen er auf das Dopamin reagierte, und seiner Allergie gegen Skorpiongift.

Doch wer wollte so kleinlich sein.

Als er hier im Dämmerlicht in seinem Bett lag, das Handy in der Hand, spulten sich weitere abscheuliche Szenen mit der Prinzessin vor seinem inneren Auge ab … wie sie ihm einen blies, wie er sie nach unten drückte und

von hinten vögelte, seine mahlenden Kiefer zwischen ihren Schenkeln. Er erinnerte sich an das Gefühl, wenn der Stachel an seinem Schwanz ausfuhr und sie zwei miteinander verband.

Dann dachte er daran, wie Ehlena seinen Blutdruck gemessen hatte … und wie sie einen Schritt von ihm zurückgewichen war.

Das hatte sie zu Recht getan.

Es war falsch von ihm, sie anzurufen.

Mit größter Vorsicht schob er den Daumen auf den Tasten herum und rief ihre Nummer auf. Ohne zu zögern, löschte er sie aus dem Verzeichnis, und als sie verschwand, erfüllte eine unerwartete Wärme seine Brust – und sagte ihm, dass er nach den Maßstäben seiner Mutter das Richtige getan hatte.

Das nächste Mal in der Klinik würde er um eine andere Schwester bitten. Und wenn er Ehlena noch einmal sah, würde er die Finger von ihr lassen.

Trez kam mit einem Tablett herein. Haferbrei, Tee und etwas trockener Toast.

»Lecker«, kommentierte Rehv ohne Begeisterung.

»Sei ein guter Junge und iss. Als Nächstes bringe ich dir Eier mit Speck.«

Als das Tablett auf seine Beine gestellt wurde, warf Rehv das Handy auf den Pelz und nahm den Löffel. Auf einmal sagte er aus unerfindlichen Gründen: »Warst du jemals verliebt, Trez?«

»Nein.« Der Maure ging zurück zu seinem Sessel in der Ecke, die geschwungene Lampe beleuchtete sein ebenmäßiges, dunkles Gesicht. »Ich habe zugesehen, wie iAm es versucht hat, und entschieden, dass es nichts für mich ist.«

»iAm? Hör auf. Ich wusste gar nicht, dass dein Bruder mal was hatte.«

»Er redet nicht über sie, und ich habe sie nie getroffen. Aber er war eine ganze Weile übel drauf, auf die Art, wie Männer es nur wegen Frauen sind.«

Rehv verrührte den braunen Zucker, der auf seinen Haferbrei gestreut war. »Meinst du, dass du dich je vereinigen wirst?«

»Nein.« Trez lächelte, und seine perfekten weißen Zähne blitzten. »Warum die Frage?«

Rehv führte den Löffel an den Mund. »Nur so.«

»Ja. Klar.«

»Dieser Haferbrei ist köstlich.«

»Du kannst Haferbrei nicht ausstehen.«

Rehv lachte leise und aß weiter, um sich selbst zum Schweigen zu bringen. Schließlich ging ihn die Sache mit der Liebe nichts an. Aber die Arbeit.

»Irgendwas in den Clubs passiert?«

»Alles im Lot, so weit.«

»Gut.«

Rehv aß langsam die ganze Schale leer und fragte sich, warum er so ein komisches Gefühl im Bauch hatte, wenn in Caldwell doch alles wie geschmiert lief.

Wahrscheinlich der Haferbrei, dachte er. »Du hast Xhex gesagt, dass es mir gut geht, oder?«

»Ja«, sagte Trez und nahm das Buch wieder auf. »Ich habe gelogen.«

Xhex saß hinter ihrem Schreibtisch und starrte auf ihre besten Türsteher Big Rob und Silent Tom. Sie waren Menschen, aber sie waren schlau, und in ihren tiefsitzenden Jeans vermittelten sie genau den trü-

gerisch entspannten Anschein, den sie für die Arbeit brauchten.

»Was können wir für dich tun, Boss?«, wollte Big Rob wissen.

Sie lehnte sich vor, holte zehn gefaltete Scheine aus der Gesäßtasche ihrer Lederhose und strich sie umständlich glatt, dann bildete sie zwei Stapel daraus und schob sie den beiden hin.

»Ich brauche euch für einen Nebenjob.«

Sie nickten so schnell, wie ihre Finger nach den Scheinen langten. »Was immer du willst«, meinte Big Rob.

»Im Sommer haben wir einen Barmann gefeuert, der sich aus der Kasse bedient hat. Ein Kerl namens Grady. Ihr erinnert euch an …«

»Ich habe die Scheiße mit Chrissy in der Zeitung gelesen.«

»Drecksschwein«, stimmte Silent Tom zu.

Xhex war nicht überrascht, dass sie die Geschichte kannten. »Ich möchte, dass ihr Grady findet.« Als Big Rob seine Knöchel knacken ließ, schüttelte sie den Kopf. »Nein. Ich möchte nur, dass ihr mir seine Adresse bringt. Wenn er euch sieht, nickt ihr und geht weiter. Ist das klar? Ihr krümmt ihm kein Haar.«

Die Türsteher lächelten grimmig. »Kein Problem, Boss«, murmelte Big Rob. »Wir überlassen ihn dir.«

»Die Polizei sucht auch nach ihm.«

»Worauf du wetten kannst.«

»Wir wollen nicht, dass die Polizei von eurer Aktivität erfährt.«

»Kein Problem.«

»Ich kümmere mich um eine Aushilfe für eure Schichten. Je schneller ihr ihn findet, desto glücklicher bin ich.«

Big Rob blickte zu Silent Tom. Nach einem Moment holten sie die Scheine wieder aus den Taschen und schoben sie Xhex zurück über den Tisch.

»Das tun wir für Chrissy, Boss. Keine Sorge.«

»Wenn ihr zwei das übernehmt, mache ich mir keine.«

Die Tür schloss sich hinter ihnen. Xhex rieb sich über die Oberschenkel und trieb die Büßergurte tiefer in ihr Fleisch. Sie hätte zu gern selbst nach ihm gesucht, aber Rehv war oben im Norden, und für diese Nacht standen noch Deals an, also konnte sie den Club nicht verlassen. Außerdem durfte sie Grady nicht selbst beschatten. Dieser Detective von der Mordkommission hatte ein Auge auf sie.

Ihr Blick fiel auf das Telefon, und sie fluchte verhalten. Trez hatte angerufen. Rehv habe sein Geschäft mit der Prinzessin hinter sich gebracht. Doch der Klang seiner Stimme hatte Xhex verraten, was seine Worte verschwiegen: dass Rehv diese Tortur nicht mehr lange körperlich durchstehen würde.

Noch so eine Situation, bei der sie hilflos zusehen und still auf ihrem Stuhl sitzen musste.

Machtlosigkeit war kein Zustand für Xhex, aber in Bezug auf die Prinzessin war sie das Gefühl gewohnt. Vor über zwanzig Jahren hatte Xhex' Entscheidung sie und Rehv in diese Situation gebracht. Rehv meinte, er würde sich um die Sache kümmern, aber nur unter einer Bedingung: Er würde es auf seine Weise tun, und Xhex durfte sich nicht einmischen. Sie hatte schwören müssen, sich rauszuhalten, und obwohl es sie umbrachte, hielt sie ihr Versprechen und lebte damit, dass Rehv diesem Miststück ihretwegen ausgeliefert war.

Verdammt, sie wünschte, er würde die Beherrschung

verlieren und losdreschen. Nur einmal. Stattdessen nahm er es hin und bezahlte ihre Schuld mit seinem Körper.

Sie hatte ihn zur Hure gemacht.

Xhex ging aus dem Büro, weil sie es allein nicht mehr aushielt. Sie hoffte inständig auf eine Schlägerei im Clubgetümmel, eine auffliegende Dreiecksbeziehung, wo ein Macker einen anderen wegen irgendeiner fischlippigen Zicke mit Plastiktitten zusammenschlug. Oder ein fehlgelaufener Toilettenfick auf dem Herrenklo im Zwischengeschoss. Verdammt, sie war so geladen, sie hätte sogar mit einem Besoffenen vorliebgenommen, der wegen seinem Smirnoff rumzickte, oder einem Nahkörpertanz in der Ecke, der die Grenze zum Geschlechtsverkehr überschritt.

Sie brauchte etwas zum Abreagieren, und ihre besten Chancen hatte sie in der Masse. Wenn da doch nur …

Typisch. Alle benahmen sich.

Idiotenpack.

Schließlich landete sie wieder im VIP-Bereich, weil sie die Türsteher vom Erdgeschoss mit ihrer Suche nach Ärger in den Wahnsinn trieb. Außerdem musste sie bei einem großen Deal die Muskeln spielen lassen.

Als sie an der Samtkordel vorbeikam, wanderten ihre Augen zum Tisch der Bruderschaft. John Matthew und seine Kumpel waren nicht da, aber so früh am Abend machten sie bestimmt noch Jagd auf *Lesser*. Coronas kippen würden sie später, wenn überhaupt.

Ihr war es egal, ob John Matthew sich blicken ließ.

Total egal.

Sie wandte sich an iAm: »Sind wir startklar?«

Der Maure nickte: »Rally hält die Ware bereit. Käufer müsste in zwanzig Minuten hier sein.«

»Gut.«

Zwei Koks-Deals im sechsstelligen Bereich standen heute auf dem Programm, und nachdem Rehv fehlte und Trez bei sich hatte, waren Xhex und iAm dafür zuständig. Das Geld wurde im Büro übergeben, aber die Ware verluden sie in der Seitenstraße in die Autos, denn vier Kilo reinen kolumbianischen Schnees wollte sie nicht durch den Club spazieren lassen. Scheiße, dass die Käufer kofferweise Geld hier reinschleppten, war schon schlimm genug.

Xhex war gerade an der Bürotür, als sie sah, wie sich Marie-Terese an einen Anzugträger ranmachte. Der Mann sah sie voll Ehrfurcht und Staunen an, wie einen Sportwagen, zu dem ihm gerade jemand die Schlüssel gegeben hatte.

Der Ehering an seinem Finger blitzte auf, als er nach seiner Börse griff.

Marie-Terese schüttelte den Kopf und hielt ihn mit graziler Hand auf, dann zog sie den willenlosen Kerl auf die Füße und führte ihn zu den privaten Toilettenräumen im hinteren Teil, wo das Geld den Besitzer wechseln würde.

Xhex drehte sich um. Sie stand vor dem Tisch der Bruderschaft.

Als sie auf John Matthews Stammplatz blickte, dachte sie an Marie-Tereses Freier. Xhex hätte gewettet, dass dieser Bastard, der gleich fünfhundert Dollar für einmal blasen oder ficken blechen würde, oder vielleicht tausend für beides, seine Frau nicht mit dieser Begierde ansah. Er wusste nichts über Marie-Terese, ahnte nicht, dass ihr Sohn vor zwei Jahren von ihrem Exmann entführt worden war und sie anschaffen ging, um ihn auszulösen.

Für ihn war sie nur ein herrliches Stück Fleisch, etwas zum Spielen und danach Wegwerfen.

Hübsch. Sauber.

Alle Freier waren gleich.

Und John war auch nicht anders. Xhex war eine Fantasie für ihn. Nicht mehr. Ein erotisches Trugbild, das er sich als Wichsvorlage ins Gedächtnis rief – was sie ihm übrigens nicht verübelte, schließlich hielt sie es mit ihm genauso. Und ironischerweise gehörte er zu den besten Liebhabern, die sie je gehabt hatte. Aber das lag daran, dass sie alles mit ihm machen konnte, so lange, bis sie ihren Hunger gestillt hatte. Und nie gab es Beschwerden, Bedenken oder Forderungen.

Hübsch. Sauber.

iAms Stimme drang in ihren Ohrstöpsel. »Käufer sind gerade angekommen.«

»Ausgezeichnet. Fangen wir an.«

Sie würde die zwei Deals abwickeln. Und dann hatte sie da noch diesen anderen Job zu erledigen. Das war doch etwas, worauf man sich freuen konnte. Am Ende der Nacht winkte genau die Sorte Befriedigung, die sie brauchte.

In einem ruhigen Viertel am anderen Ende der Stadt parkte Ehlena in einer Sackgasse vor einem schlichten Kolonialhaus und kam nicht mehr weg.

Der Schlüssel wollte einfach nicht ins Zündschloss des Krankenwagens passen.

Nachdem der schwerste Teil eigentlich hinter ihr lag und sie Stephan sicher zu seiner Familie gebracht hatte, überraschte es sie, dass sich das Einführen des verdammten Schlüssels als noch schwieriger erwies.

»*Komm schon …*« Ehlena konzentrierte sich auf ihre Hand. Und musste zusehen, wie das Metallstück um das Zündschloss kreiselte, in das es hineinsollte.

Fluchend lehnte sie sich zurück. Sie wusste, dass sie das Leid im Haus noch vergrößerte, weil der Krankenwagen in der Einfahrt ein weiterer schreiender Beweis der Tragödie war.

Als würde die Leiche des geliebten Sohnes nicht reichen.

Sie sah zum Haus hinüber. Hinter den Gazevorhängen bewegten sich Schatten.

Sie war rückwärts in die Einfahrt gefahren, und Alix war reingegangen, während sie in der kalten Nacht gewartet hatte. Einen Moment später hatte sich das Garagentor widerstrebend geöffnet, und Alix war mit einem älteren Vampir herausgekommen, der Stephan sehr ähnlich sah. Ehlena hatte sich verbeugt und seine Hand geschüttelt, dann hatte sie die Hecktüren des Krankenwagens geöffnet. Der Vampir hatte seine Hand vor den Mund geschlagen, als sie und Alix die Rollbahre herausfuhren.

»Mein Sohn …«, hatte er gestöhnt.

Sie würde seine Stimme nie vergessen. Hohl. Hoffnungslos. Gebrochen.

Sein Vater und Alix hatten Stephan nach Hause getragen, und genau wie in der Leichenhalle war Sekunden später ein Klagelaut ertönt. Nur war es diesmal der höhere Klageruf einer Frau. Stephans Mutter.

Alix war zurückgekommen, als Ehlena die Rollbahre in den Krankenwagen zurückschob, und hatte heftig geblinzelt, als würde ihm ein steifer Wind ins Gesicht wehen. Nachdem sie ihm ihr Beileid ausgedrückt und sich ver-

abschiedet hatte, setzte sie sich hinter das Steuer und ... bekam den verdammten Schlüssel nicht ins Schloss.

Auf der anderen Seite der Gazevorhänge sah sie zwei Schatten, die aneinander hingen. Dann waren es drei. Dann kamen mehr.

Aus unerfindlichem Grund musste sie an ihre Fenster zu Hause denken, die mit Alufolie zugeklebt waren, um die Welt auszusperren.

Wer würde sich über ihren eingewickelten Leib beugen, wenn es mit ihr aus war? Ihr Vater wusste zwar meistens, wer sie war, war aber nur selten ganz da. Ihre Arbeitskollegen in der Klinik waren sehr nett, aber das war beruflich, nicht privat. Lusie wurde für ihre Hilfe bezahlt.

Wer würde sich um ihren Vater kümmern?

Ehlena war immer davon ausgegangen, dass er zuerst gehen würde, aber das hatte Stephans Familie sicher auch gedacht.

Ehlena wandte den Blick von den Trauernden ab und starrte durch die Windschutzscheibe.

Das Leben war zu kurz, egal, wie lang es dauerte. Wenn der Zeitpunkt kam, war vermutlich niemand bereit, seine Freunde zu verlassen und seine Familie und all die Dinge, die einen glücklich machten, sei man nun fünfhundert Jahre alt wie ihr Vater oder fünfzig wie Stephan.

Nur für das unendliche Weltall war die Zeit eine endlose Folge von Tagen und Nächten.

Das brachte sie auf eine Frage: Was zur Hölle machte sie mit der ihr zugeteilten Zeit? Ihr Job gab ihr eine Aufgabe, gewiss, und sie kümmerte sich um ihren Vater, was man eben für seine Familie tat. Aber wo ging es hin mit ihr? Nirgends. Und nicht nur, weil sie in diesem Kran-

kenwagen saß und ihre Hände zu stark zitterten, um den Motor zu starten.

Dabei wollte sie ja gar nicht alles ändern. Sie wollte nur etwas für sich selbst besitzen, etwas, das sie spüren ließ, dass sie am Leben war.

Wie aus dem Nichts fielen ihr plötzlich die tiefvioletten Augen von Rehvenge ein, und wie durch eine zurückfahrende Kamera sah sie sein markantes Gesicht und den Irokesen, seine feine Kleidung und den Stock.

Als sie sich diesmal mit dem Schlüssel vorbeugte, brachte sie ihn problemlos ins Schloss, und der Dieselmotor sprang mit einem Knurren an. Die Lüftung blies ihr kalte Luft ins Gesicht, und sie stellte sie aus, legte den Gang ein und fuhr weg von dem Haus und der Sackgasse und aus dem Viertel.

Das ihr nun nicht mehr ruhig erschien.

Sie lenkte den Wagen und war doch in Gedanken ganz woanders, gefangen von der Vorstellung eines Mannes, den sie nicht haben konnte und im Moment doch unbedingt brauchte.

Ihre Gefühle waren in so vieler Hinsicht falsch. Himmel noch mal, sie waren ein Betrug an Stephan, obwohl sie ihn kaum gekannt hatte. Aber es schien pietätlos, einen anderen Mann zu wollen, während Stephans Leiche von seiner Familie betrauert wurde.

Nur, dass sie Rehvenge ohnehin gewollt hätte.

»Verdammt.«

Die Klinik lag am anderen Ende der Stadt auf der anderen Seite des Flusses, und Ehlena war froh darüber, denn im Moment konnte sie noch nicht in die Arbeit. Sie war zu fertig und traurig und wütend auf sich selbst.

Was sie brauchte war …

Starbucks. Oh, ja, das war *genau,* was sie brauchte.

Ungefähr fünf Meilen weiter, in einem Karree, bestehend aus Supermarkt, Blumenladen, Optiker und Videoladen, fand sie einen Starbucks, der bis zwei Uhr geöffnet hatte. Sie parkte seitlich davon und stieg aus.

Bei ihrem Aufbruch von der Klinik hatte sie nicht daran gedacht, ihren Mantel mitzunehmen, also drückte sie jetzt ihre Handtasche an sich und sprintete über den Bürgersteig und durch die Tür. Drinnen sah es aus wie in den meisten dieser Läden: rote Holzverkleidung, dunkelgrau gefliester Boden, viele Fenster, Polstersessel und kleine Tische. An der Ladentheke gab es Becher zum Verkauf, eine Glasvitrine mit Zitronenkuchen, Brownies und Rosinenbrötchen und zwei Kerle Anfang zwanzig an den Kaffeemaschinen. Es roch nach Haselnuss und Karamell und Schokolade, und der Duft vertrieb die Kräutermischung der Totenwickel aus ihrer Nase.

»Was darf's sein?«, fragte der größere der beiden hinter der Theke.

»Einen großen Caffè Latte mit Schaum, keine Sahne. In zwei Pappbechern, bitte.«

Der junge Mann lächelte sie an und regte sich nicht. Er hatte einen dunklen kurzen Bart und einen Nasenring, auf seinem T-Shirt stand kunstvoll rot gekleckert TOMATO EATER. Die Tropfen mochten Blut sein oder, dem Namen der Band nach, Ketchup. »Sonst noch etwas? Die Zimt-Scones sind der Hammer.«

»Nein, danke.«

Seine Augen blieben an ihr haften, als er ihre Bestellung zubereitete, und um sich seiner Aufmerksamkeit zu entziehen, griff sie in ihre Handtasche und schaute nach ihrem Handy, nur für den Fall, dass Lusie …

EIN VERPASSTER ANRUF. *Zeigen?*

Sie bejahte und betete, dass es nichts mit ihrem Vater zu tun hatte.

Rehvenges Nummer erschien, obgleich nicht sein Name, weil sie ihn nicht gespeichert hatte. Sie starrte auf die Ziffern.

Gott, es war, als hätte er ihre Gedanken gelesen.

»Ihr Caffè Latte. Hallo?«

»Entschuldigung.« Sie steckte das Handy zurück, nahm entgegen, was der Kerl ihr hinhielt, und dankte ihm.

»Ich habe zwei Becher genommen, genau wie Sie wollten.«

»Danke.«

»He, arbeiten Sie in einem der Krankenhäuser hier in der Gegend?«, fragte er und beäugte ihre Uniform.

»Privatklinik. Nochmals danke.«

Sie ging schnell und schlüpfte in den Krankenwagen. Wieder hinter dem Steuer, verriegelte sie die Türen, ließ den Motor an und stellte die Heizung an.

Der Caffè Latte war echt gut. Superheiß. Schmeckte wundervoll.

Sie holte ihr Handy raus und rief die Anrufliste auf. Dann drückte sie auf Rehvenges Nummer.

Sie atmete tief durch und nahm einen kräftigen Schluck Kaffee.

Und drückte auf Wählen.

Das Schicksal hatte eine 518-Vorwahl. Wer hätte das gedacht.

20

Lash parkte den Mercedes 550 unter einer von Caldwells Brücken, wo die schwarze Limousine mit den Schatten der riesenhaften Betonpfeiler verschmolz. Die Digital-uhr auf dem Armaturenbrett verriet ihm, dass die Show unmittelbar bevorstand.

Wenn nichts schiefgelaufen war.

Während er wartete, dachte er wieder an das Treffen mit dem Oberhaupt der *Symphathen*. Im Rückblick ge-fiel ihm wirklich nicht, welche Gefühle dieser Typ in ihm geweckt hatte. Er vögelte Frauen. Ende der Diskussion. Keine Kerle. Niemals.

Dieser Mist war etwas für Wichser wie John und seine Crew von Weicheiern.

Bei dem Gedanken an John lächelte Lash. Er konnte es kaum erwarten, diesen Idioten wiederzusehen. Anfangs, kurz nachdem ihn sein wahrer Vater gerettet hatte, woll-te sich Lash sofort rächen. Schließlich hingen John und seine Jungs sicher immer noch im *ZeroSum* ab, sie zu finden wäre also kein Problem gewesen. Doch er musste den richtigen Zeitpunkt abpassen. Lash musste sich erst noch in seinem neuen Leben zurechtfinden, und er woll-te fest im Sattel sitzen, wenn er John zerschmetterte und Blay vor Qhuinns Augen erledigte, bevor er den Wichser killte, der ihn ermordet hatte.

Der richtige Zeitpunkt war entscheidend.

Wie aufs Stichwort erschienen zwei Autos zwischen den Pfeilern. Der Ford Escort gehörte der Gesellschaft der *Lesser,* und der silberne Lexus war das Auto von Gradys Großhändler.

Hübsche Felgen auf dem LS 600h. Ganz entzückend.

Grady stieg als Erster aus dem Escort, gefolgt von Mr. D und den zwei anderen *Lessern.* Es sah aus wie ein Clownauto, man fragte sich, wie sie alle dort hineingepasst hatten.

Als sie auf den Lexus zugingen, stiegen zwei Männer in eleganten Wintermänteln aus. Synchron schoben sie die rechten Hände in die Jacketts, und Lash dachte nur: *Bitte Pistolen und keine Dienstmarken.* Wenn Grady versagt hatte und das verdeckte Ermittler waren, die hier eine Crockett-und-Tubbs-Nummer abzogen, würde die Sache kompliziert.

Aber nein … keine Dienstmarken, nur ein paar Worte vonseiten der Menschen, wahrscheinlich im Sinne von: *Wer zum Donner sind die drei Hallodris, die du zu einem privaten Geschäftstreffen mitgebracht hast?*

Grady blickte hilfesuchend und panisch zu Mr. D, und der kleine Texaner übernahm das Ruder. Er trat mit einem Aluminiumkoffer nach vorne, stellte ihn auf den Kofferraum des Lexus, ließ ihn aufschnappen und präsentierte stapelweise Hundertdollarscheine. In Wirklichkeit waren es natürlich wertlose Bündel mit je einem echten Schein obenauf. Die Mantelträger senkten die Blicke und …

Plopp. Plopp.

Grady machte einen Satz zurück, als die Drogenhändler wie Sandsäcke zu Boden gingen, und sein Mund

klappte auf wie ein Klodeckel. Bevor er sich in ein Gro-ßer-Gott-was-habt-ihr-getan hineinsteigern konnte, ging Mr. D auf ihn zu und verschloss seine Klappe mit einer Ohrfeige.

Die beiden Jäger steckten ihre Pistolen zurück in die Jacketts, während Mr. D den Koffer schloss, um den Lexus herumging und sich hinters Steuer setzte. Als er davonfuhr, blickte Grady in die Gesichter der blassen Männer, als erwarte er, im nächsten Moment selbst um-genietet zu werden.

Stattdessen gingen sie zurück zum Escort.

Nach kurzer Verwirrung joggte Grady ihnen unbehol-fen hinterher, als wären seine Gelenke zu stark geölt, aber als er die hintere Tür öffnen wollte, ließen ihn die Jäger nicht einsteigen. Als Grady kapierte, dass man ihn zurücklassen wollte, geriet er in Panik, ruderte mit den Armen und schrie herum. Was angesichts der zwei Lei-chen mit den Kugeln im Kopf fünf Meter weiter ziem-lich bescheuert war.

Stillsein wäre jetzt ziemlich angebracht gewesen.

Das Gleiche schien einer der Jäger zu denken. Mit ru-higer Hand richtete er seine Pistole auf Gradys Kopf.

Es folgte Schweigen. Stille. Zumindest von diesem Idioten.

Zwei Türen schlossen sich, und der Motor des Escort heulte auf. Mit quietschenden Reifen brausten die Jäger davon und bespritzten Gradys Stiefel und Schienbeine mit gefrorenem Schlamm.

Jetzt schaltete Lash die Scheinwerfer des Mercedes ein. Grady wirbelte herum und riss die Arme hoch, um die Augen zu bedecken.

Lash war versucht, ihn einfach umzupflügen, doch im

Moment rechtfertigte der Nutzen des Typen seinen Herzschlag.

Also startete Lash den Motor, fuhr zu dem Jammerlappen und ließ das Fenster herunter. »Steig ein.«

Grady senkte die Arme. »Was zur Hölle sollte das ...«

»Halt die Klappe, und steig ein.«

Lash schloss das Fenster und wartete, bis sich Grady auf den Beifahrersitz plumpsen ließ. Als der Kerl den Gurt anlegte, klapperten seine Zähne wie Kastagnetten, und das nicht von der Kälte. Das Arschloch war kalkweiß und schwitzte wie eine Transe im Giants Stadion.

»Sie hätten die Typen genauso gut bei hellem Tageslicht töten können«, stammelte Grady, als sie auf die Straße bogen, die am Fluss entlangführte. »Hier sind überall Augen.«

»Was schließlich Zweck der Übung war.« Lashs Handy klingelte, und er ging dran, während er die Auffahrt auf den Highway nahm. »Sehr hübsch, Mr. D.«

»Ich glaube, das war gut«, stimmte der Texaner zu. »Nur sehe ich noch keine Drogen. Müssen im Kofferraum sein.«

»Sie sind in diesem Auto. Irgendwo.«

»Treffpunkt immer noch Hunterbred?«

»Ja.«

»Ach ja, äh, hören Sie, haben Sie eigentlich schon Pläne für dieses Auto hier?«

Lash lächelte. Gier war eine wundervolle Eigenschaft bei einem Untergebenen. »Ich lasse ihn umlackieren und kaufe neue Papiere und Nummernschilder.«

Der *Lesser* schwieg, als wartete er auf mehr. »Gute Idee, Sir«, sagte er dann.

Lash legte auf und wandte sich an Grady. »Ich will alle

anderen Großhändler der Stadt kennenlernen. Namen, Reviere, Angebotspalette, alles.«

»Ich weiß nicht, ob ich das ha…«

»Dann finde es heraus.« Lash warf ihm sein Handy in den Schoß. »Mach die nötigen Anrufe. Forsche nach. Ich will jeden einzelnen Dealer der Stadt. Dann will ich den Hintermann, der sie versorgt. Den Boss der Bosse von Caldwell.«

Gradys Kopf sank gegen die Nackenstütze. »Scheiße. Ich dachte, hier würde es … na ja … um mein Geschäft gehen.«

»Das war dein zweiter Fehler. Nimm das Handy und besorge mir, was ich will.«

»Schauen Sie … ich glaube, das ist nicht … vielleicht sollte ich nach Hause gehen …«

Mit einem Lächeln präsentierte Lash dem Kerl Fänge und blitzende Augen. »Du bist schon zu Hause.«

Grady drückte sich in den Sitz und tastete nach dem Türgriff, obwohl sie mit siebzig Meilen die Stunde über den Highway rasten.

Lash verriegelte die Türen. »Tut mir leid, du bist jetzt mit im Boot, und unterwegs aussteigen ist nicht. Also nimm das verdammte Handy, und tu, was ich dir sage. Oder ich zerstückle dich scheibchenweise und genieße jede Sekunde deines Geschreis.«

Wrath stand vor dem Refugium. Der Wind konnte einem Mann die Eier abfrieren, doch Wrath kümmerte sich einen Dreck ums Wetter. Vor ihm erhob sich weitläufig und einladend eine alte Villa im Kolonialstil, die als Zufluchtsort für Opfer häuslicher Gewalt diente. In den Fenstern hingen gesteppte Vorhänge, ein Kranz zier-

te die Tür, und »Willkommen« stand in verschnörkelten Buchstaben auf der Fußmatte.

Als männlicher Vampir hatte er keinen Zutritt, also wartete Wrath wie eine Skulptur auf dem harten braunen Gras und betete, dass seine geliebte *Lielan* dort drinnen war – und sich bereit erklärte, ihn zu sehen.

Nachdem er den ganzen Tag im Arbeitszimmer verbracht und gehofft hatte, Beth würde zu ihm kommen, hatte er sie schließlich überall im Haus gesucht. Als er sie nirgends finden konnte, hatte er gebetet, dass sie freiwillig hier aushalf, wie sie es oft tat.

Marissa erschien auf der obersten Stufe und schloss die Tür hinter sich. Butchs *Shellan* und Wraths frühere Blutsgefährtin wirkte wie immer hochprofessionell in legeren schwarzen Hosen und einer Jacke, das blonde Haar zu einem eleganten Knoten gedreht, umschwebt von einer Meeresbrise.

»Beth ist gerade gegangen«, sagte sie, als er zu ihr ging.

»Zurück nach Hause?«

»In die Redd Avenue.«

Wrath versteifte sich. »Was zur ... Was will sie denn dort?« Scheiße, seine *Shellan* allein unterwegs in Caldwell? »Du meinst, sie ist zu ihrer alten Wohnung gegangen?«

Marissa nickte. »Ich glaube, sie wollte zurück an den Ort, wo alles begann.«

»Ist sie allein?«

»Soweit ich weiß.«

»Himmelherrgott, sie wurde schon einmal entführt«, knurrte er. Als Marissa zurückwich, verfluchte er sich. »Tut mir leid. Ich bin gerade völlig fertig.«

Nach einem Moment lächelte Marissa. »Das klingt

jetzt gemein, aber ich bin froh, dass du leidest. Du hast es verdient.«

»Ja. Ich war ein Arsch. Ein Riesenarsch.«

Marissa blickte in den Himmel. »Ein kleiner Ratschlag, wenn du zu ihr gehst.«

»Nur zu.«

Sie sah ihn an mit ihrem anmutigen Gesicht und sagte schüchtern: »Versuch dich zu beherrschen. Du mutierst zum Monster, wenn du dich aufregst, und im Moment sollte sich Beth daran erinnern, warum sie sich in deiner Gegenwart sicher fühlen sollte und nicht bedroht.«

»Guter Tipp.«

»Alles Gute, mein Herr.«

Er nickte kurz und materialisierte sich direkt zu Beths alter Adresse in die Redd Avenue, wo sie sich kennengelernt hatten. Als er sich aufmachte, bekam er einen verdammt guten Eindruck davon, was seine *Shellan* jede Nacht durchmachen musste, wenn er in der Stadt unterwegs war. Gütige Jungfrau der Schrift, wie ertrug sie diese Angst? Den Gedanken, dass etwas passiert sein könnte? Die Tatsache, dass er von tausend Gefahren umgeben war?

Als er vor dem Wohnblock Gestalt annahm, dachte er an die Nacht, als er sie nach dem Tod ihres Vaters aufgesucht hatte. Er war ein widerstrebender, ungeeigneter Retter gewesen, den ein Freund durch seinen letzten Willen verpflichtet hatte, Beth durch ihre Transition zu begleiten – als sie selbst noch nicht wusste, was sie war.

Sein erster Annäherungsversuch war nicht besonders gut verlaufen, doch als er ein zweites Mal probierte, mit ihr zu reden?

Das war *extrem* gut gelaufen.

Gott, er wollte wieder richtig mit ihr zusammen sein. Nackte Haut auf nackter Haut, sich im Gleichklang bewegen, tief in sie eindringen, sie kennzeichnen.

Doch bis dahin war es ein weiter Weg, vorausgesetzt, es würde jemals wieder dazu kommen.

Wrath ging um das Haus zum Garten. Seine Schritte waren leise, sein Schatten riesig auf der gefrorenen Erde.

Beth saß zusammengekauert auf dem wackligen Gartentisch, auf dem er selbst einmal gesessen hatte, und starrte in die Wohnung vor ihr, wie er es getan hatte, als er zu ihr gekommen war. Kalter Wind wehte durch ihr Haar, sodass es aussah, als befände sie sich unter Wasser in einer starken Strömung.

Sein Duft musste zu ihr geweht sein, denn ihr Kopf fuhr herum. Als sie ihn sah, setzte sie sich, die Arme weiterhin um den North-Face-Parka geschlungen, den er ihr gekauft hatte.

»Was machst du hier?«, fragte sie.

»Marissa hat mir gesagt, wo du steckst.« Er blickte zur Terrassentür und dann wieder zu ihr. »Darf ich mich zu dir setzen?«

»Äh … okay. In Ordnung.« Sie machte ein bisschen Platz für ihn. »Ich wollte hier nicht lange bleiben.«

»Nein?«

»Ich wollte zu dir. Ich wusste nur nicht, wann du zum Kämpfen gehst, und dachte, vielleicht wäre vorher noch Zeit … Aber ich weiß auch nicht, ich …«

Als der Satz in der Luft hängen blieb, setzte er sich neben sie. Die Tischbeine quietschten, als sich sein Gewicht auf den Tisch senkte. Er wollte ihr einen Arm um die Schulter legen, wagte es aber nicht und hoffte, der Parka würde sie warmhalten.

Während sie schwiegen, schossen ihm Worte durch den Kopf, lauter Entschuldigungen, alle sinnlos. Er hatte bereits gesagt, dass es ihm leidtat, und sie wusste, wie ernst es ihm damit war. Er würde noch lange wünschen, er könnte mehr tun, um es wieder gutzumachen.

Doch in dieser kalten Nacht zwischen Vergangenheit und Zukunft konnte er nur bei ihr sitzen und auf die dunklen Fenster der Wohnung starren, in der sie einst gelebt hatte … damals. Bevor sie das Schicksal zusammenführte.

»Ich erinnere mich nicht, da drinnen sonderlich glücklich gewesen zu sein«, flüsterte sie.

»Nein?«

Sie strich sich die Haare aus der Stirn. »Ich kam nicht gern von der Arbeit heim, um dann hier allein zu sein. Zum Glück hatte ich Boo. Ich weiß nicht, was ich ohne diese Katze getan hätte. Fernsehen ist schließlich auch nicht alles.«

Es brach ihm das Herz, dass sie einsam gewesen war. »Dann wünschst du dir nicht, du könntest zurück?«

»Himmel, nein.«

Wrath atmete auf. »Darüber bin ich froh.«

»Ich habe für diesen notgeilen Penner Dick gearbeitet, bei der Zeitung, und die Arbeit von drei Leuten erledigt, ohne jede Aufstiegschance, weil ich eine junge Frau war. Das war kein Club der alten Knaben mehr – das war eine Loge.« Sie schüttelte den Kopf. »Aber weißt du, was das Schlimmste war?«

»Was?«

»Ich hatte immer das Gefühl, dass da noch etwas existierte, etwas Wichtiges, aber ich wusste nicht, was. Irgendwie spürte ich ein Geheimnis, und es war dunkel,

aber ich konnte es nicht greifen. Das hat mich fast in den Wahnsinn getrieben.«

»Dann war die Erkenntnis, dass du nicht nur Mensch bist ...«

»Die letzten drei Monate mit dir waren schlimmer.« Sie sah ihn an. »Wenn ich an den Herbst zurückdenke ... ich ahnte, dass etwas nicht stimmte. Irgendwie wusste ich es, es war deutlich zu spüren. Du bist nicht mehr regelmäßig ins Bett gegangen, und wenn, dann hast du nicht geschlafen. Du konntest nicht loslassen. Du hast kaum gegessen. Du hast dich nie genährt. Das Königsamt hat dich immer belastet, aber diese letzten Monate waren anders.« Sie starrte wieder auf ihre alte Wohnung. »Ich spürte es, aber ich hätte einfach nie für möglich gehalten, dass du mich anlügst und mir etwas so Wichtiges und Schreckliches wie die Tatsache, dass du alleine in die Schlacht ziehst, verschweigen könntest.«

»Scheiße, das wollte ich dir nicht antun.«

Ihr Profil war ebenso hart wie schön, als sie fortfuhr: »Ich glaube, das macht mich besonders fertig. Die Sache versetzt mich in mein altes Leben zurück, als ich täglich mit dieser Ungewissheit lebte. Nach der Wandlung und nachdem wir beide mit den Brüdern zusammengezogen sind, war ich so erleichtert, endlich zu verstehen, was mich so beschäftigt hatte. Das Wissen gab mir unglaublichen Halt. Ich fühlte mich sicher.« Sie sah ihn an. »Aber jetzt, nach all den Lügen? Das Vertrauen in meine Wirklichkeit ist zerstört. Ich verliere den Boden unter den Füßen. Denn du bist meine Welt. Meine *ganze* Welt. Alles dreht sich um dich, weil unsere Vereinigung die Grundlage meines Lebens ist. Deshalb geht es um so viel mehr als um das Kämpfen.«

»Ja.« Scheiße, was redete er da für einen Mist?

»Ich weiß, du hattest deine Gründe.«

»Ja.«

»Und ich weiß, du wolltest mir nicht wehtun.« Am Ende dieses Satzes hob sich ihre Stimme leicht, sodass es mehr nach einer Frage als nach einer Feststellung klang.

»Nein, natürlich nicht.«

»Aber du wusstest, das würde es, nicht wahr?«

Wrath stützte die Ellbogen auf die Knie und lehnte sich auf seine schweren Arme. »Ja, das wusste ich. Deshalb habe ich auch nicht geschlafen. Ich hatte ein furchtbar schlechtes Gewissen, weil ich es dir verschwieg.«

»Hattest du Angst, ich würde es dir verbieten? Dich wegen des Gesetzesbruchs verpfeifen? Oder …?«

»Die Sache ist … Am Ende jeder Nacht kam ich heim und sagte mir, dass es das letzte Mal war. Und jeden Sonnenuntergang band ich mir dann wieder die Dolche um. Ich wollte nicht, dass du dir Sorgen machst. Ich redete mir ein, selbst nicht an eine Fortsetzung der ganzen Sache zu glauben. Aber du hattest recht, mich deswegen zur Rede zu stellen. Ich hatte keine Pläne, aufzuhören.« Er rieb sich die Augen unter der Sonnenbrille, als sein Kopf zu pochen begann. »Es war so falsch, und ich konnte mir nicht eingestehen, was ich dir antat. Es brachte mich um.«

Sie legte ihm die Hand auf das Bein, und er erstarrte. Ihre freundliche Geste war mehr, als er verdiente. Als sie seinen Schenkel zaghaft streichelte, ließ er die Sonnenbrille zurück auf die Nase fallen und fing vorsichtig ihre Hand ein.

Beide schwiegen, als sie Händchen haltend dasaßen.

Manchmal taugten Worte weniger als die Luft, die sie trug, wenn es darum ging, sich wieder anzunähern.

Als der kalte Wind über den Garten fegte und ein paar braune Blätter zum Rascheln brachte, ging Licht in Beths alter Wohnung an und flutete den Küchenschlauch und den einen großen Raum.

Beth lachte leise auf. »Sie haben ihre Möbel genauso aufgestellt wie ich meine, den Futon an die Längswand.«

Weshalb sie beste Sicht auf das Pärchen hatten, das in die Wohnung stolperte und geradewegs aufs Bett zusteuerte. Die beiden klebten an Lippen und Hüften aneinander und purzelten aufs Bett, wo der Mann auf die Frau kletterte.

Als wäre ihr der Anblick peinlich, stand Beth auf und räusperte sich. »Ich schätze, ich sollte zurück ins Refugium.«

»Ich bin heute nicht im Einsatz. Das heißt, ich bin zu Hause, du weißt schon, die ganze Nacht.«

»Das ist gut. Versuch dich etwas auszuruhen.«

Himmel, die Distanz zwischen ihnen war schrecklich, aber wenigstens redeten sie miteinander. »Soll ich dich zurückbringen?«

»Danke, ich komm schon zurecht.« Beth mummelte sich in ihren Parka und vergrub das Gesicht im Daunenkragen. »Mann, ist das kalt.«

»Ja. Das ist es.« Als der Abschied kam, wusste er plötzlich nicht mehr, wo sie standen, und die Angst ließ ihn klarsehen. Himmel, wie er den verlorenen Ausdruck in ihrem Gesicht hasste. »Du weißt nicht, wie leid es mir tut.«

Beth berührte ihn am Kinn. »Ich höre es in deiner Stimme.«

Er nahm ihre Hand und führte sie an sein Herz. »Ohne dich bin ich nichts.«

»Das stimmt nicht.« Sie trat einen Schritt zurück. »Du bist der König. Egal, wer deine *Shellan* ist, du bist alles.«

Beth dematerialisierte sich, und wo eben noch Leben und Wärme gewesen war, blies jetzt nur noch eisiger Dezemberwind.

Wrath wartete noch zwei Minuten, dann materialisierte er sich ebenfalls zum Refugium. Nach all der Zeit, die sie sich voneinander genährt hatten, trug sie so viel von seinem Blut in sich, dass er ihre Gegenwart hinter den dicken Mauern mit all den Sicherheitsvorkehrungen spüren konnte und wusste, dass sie geschützt war.

Schweren Herzens dematerialisierte sich Wrath erneut und machte sich auf zum Wohnhaus: Es galt, sich Fäden ziehen zu lassen und eine ganze Nacht allein im Arbeitszimmer zu verbringen.

21

Eine Stunde nachdem Trez das Tablett wieder hinunter in die Küche gebracht hatte, rebellierte Rehvs Magen. Mann, wenn ihm nicht einmal mehr Haferbrei bekam, was blieb dann noch? Bananen? Weißer Reis? Babynahrung und Weizenkleie?

Und nicht nur seine Verdauung war durcheinander. Hätte er noch etwas gefühlt, hätte er sicherlich Kopfschmerzen gehabt, zusätzlich zu der quälenden Übelkeit. Immer, wenn Licht in seine Augen fiel, zum Beispiel wenn Trez hineinkam und nach ihm sah, musste Rehv dauerblinzeln, während seine Augen unkoordiniert in alle Richtungen rollten. Dann fing er an, Speichel zu produzieren, und musste zwanghaft schlucken. Also musste ihm schlecht sein.

Als sein Handy klingelte, hielt er es sich ans Ohr, ohne den Kopf zu drehen. Im *ZeroSum* war heute Nacht viel los, und er musste am Ball bleiben. »Ja.«

»Hallo ... du hast angerufen?«

Rehvs Blick schoss zur Badezimmertür, aus der ein schwacher Lichtschein drang.

O Gott, er hatte noch nicht geduscht.

Er war immer noch besudelt vom Sex mit ihr.

Obwohl Ehlena drei Autostunden von ihm entfernt war und sie keine Webcam verband, kam er sich total schäbig vor, in diesem Zustand mit ihr zu reden.

»Hey«, sagte er heiser.

»Geht es dir gut?«

»Ja.« Was hundert Prozent gelogen war, und seine kratzige Stimme verriet es.

»Na ja, ich, äh … habe gesehen, dass du angerufen hast –« Als ihm ein erstickter Laut entfuhr, stockte Ehlena. »Du bist krank.«

»Nein …«

»Verflixt noch mal, komm in die Klinik …«

»Ich kann nicht. Ich bin …« Hilfe, er konnte nicht mit ihr sprechen. »Ich bin nicht in der Stadt. Ich bin im Norden.«

Es gab eine lange Pause. »Ich bringe dir die Antibiotika.«

»Nein.« Sie durfte ihn nicht so sehen. Verdammt, sie durfte ihn überhaupt nie mehr sehen. Er war schmutzig. Er war eine schmutzige, dreckige Hure. Er ließ sich von der verhassten Prinzessin befummeln und abschlecken, benutzen und dazu zwingen, das Gleiche mit ihr zu tun.

Die Prinzessin hatte recht. Er war ein verdammter Dildo.

»Rehv? Lass mich zu dir kommen …«

»*Nein.*«

»Verflixt, tu dir das nicht an!«

»Du kannst mich nicht retten!«, rief er.

Als der Ausbruch nachhallte, dachte er: *Himmel … wo kam denn das jetzt her?* »Es tut mir leid … ich hatte eine schlimme Nacht.«

Als Ehlena schließlich weitersprach, war ihre Stimme kaum mehr als ein Flüstern. »Tu mir das nicht an. Ich will dich nicht in der Leichenhalle finden. Tu mir das nicht an.«

Rehv kniff die Augen zu. »Ich tu dir überhaupt nichts an.«

»Unsinn.« Ihre Stimme versagte, und sie schluchzte.

»Ehlena ...«

Ihr verzweifeltes Stöhnen drang nur zu deutlich durch das Handy. »Ach ... Himmel. Dann bring dich eben um.« Und damit legte sie auf.

»Scheiße.« Er rieb sich das Gesicht. »*Scheiße!*«

Rehv setzte sich auf und pfefferte das Handy gegen die Schlafzimmertür. Und gerade, als es vom Holz abprallte und durch die Luft segelte, wurde ihm bewusst, dass er das einzige Ding zerstört hatte, das ihre Nummer kannte.

Röhrend warf er sich in einer grotesken Verrenkung aus dem Bett, sodass die Decken in alle Richtungen flogen. Keine gute Idee. Als seine tauben Füße den Läufer berührten, verwandelte er sich in ein Frisbee, hing kurz in der Luft und krachte dann aufs Gesicht. Sein Aufschlag dröhnte wie ein Kanonenschlag auf den Dielen. Hektisch kroch er auf das Handy zu, immer dem leichten Lichtschein nach, der vom Display ausging.

Bitte, o bitte, lieber Gott ...

Er hatte es fast erreicht, als die Tür aufflog, knapp seinen Kopf verfehlte und das Handy traf – das wie ein Hockeypuck losflog. Rehv wälzte sich herum, stürzte dem Ding hinterher und schrie gleichzeitig Trez an.

»Erschieß mich nicht!«

Trez hatte Angriffshaltung eingenommen, seine Pistole deutete aufs Fenster, auf den Schrank, dann aufs Bett. »Was zur *Hölle* war das?«

Rehv drückte sich flach auf den Boden, um an das Handy zu gelangen, das unter dem Bett kreiselte. Er fing es ein, schloss die Augen und hielt es sich ganz nah vors Gesicht.

»Rehv?«

»Bitte …«

»Was? Bitte … was?«

Rehv öffnete die Augen. Das Display flackerte, und er drückte hastig auf den Tasten herum. Empfangene Anrufe … empfangene Anrufe … empf…

»Rehv, was zur Hölle ist los?«

Da war sie. Die Nummer. Er starrte auf die sieben Ziffern nach der Vorwahl, als wären sie die Kombination seines eigenen Tresors, und versuchte sie sich einzuprägen. Das Display erlosch, und er ließ den Kopf auf den Arm fallen.

Trez hockte neben ihm. »Alles in Ordnung?«

Rehv schob sich unter dem Bett hervor und setzte sich auf, während sich das Zimmer wie ein Karussell um ihn drehte. »Oh, verflucht.«

Trez steckte seine Pistole ins Holster. »Was ist passiert?«

»Handy ist runtergefallen.«

»Verstehe. Natürlich. Was so einen Donnerschlag verursachen wü… He, langsam!« Trez fing ihn auf, als er versuchte aufzustehen. »Wo willst du hin?«

»Ich muss duschen. Ich muss …«

Wieder hämmerten sich Szenen mit der Prinzessin in sein Hirn. Ihr Rücken durchgebogen, der rote Netzstoff über dem Hintern zerrissen, er tief in ihrem Geschlecht vergraben, in sie stoßend, bis sich sein Stachel in ihr verankerte, sodass sein Erguss tief in sie hineingepumpt wurde.

Rehv presste sich die Fäuste auf die Augen. »Ich muss …«

Oh, Himmel … Er kam bei seiner Erpresserin. Und nicht nur einmal, meistens gleich drei- oder viermal. Zu-

mindest konnten sich die Mädchen in seinem Club damit trösten, keine Lust beim Akt zu empfinden, wenn sie ihre Tätigkeit verabscheuten. Aber der Samenerguss eines Mannes sagte alles, oder etwa nicht?

Rehvs Hals schnürte sich noch enger zusammen, und panisch stolperte er ins Bad. Haferbrei und Toast drängten in die Freiheit, und Trez war da, um ihn über die Schüssel zu halten. Rehvenge fühlte das Würgen nicht, aber er wusste, dass es seine Speiseröhre zerfetzte, denn nach einigen Minuten voll Husten und Röcheln und Sternchensehen kam Blut mit hoch.

»Lehn dich zurück«, befahl Trez.

»Nein, Dusche …«

»Dafür bist du noch zu schwa…«

»Ich muss sie von mir abwaschen!«, dröhnte Rehvs Stimme nicht nur durchs Schlafzimmer, sondern durch das ganze Haus. »Verdammt noch mal … *ich ertrage es nicht.«*

Einen Moment lang herrschte betroffenes Schweigen: Rehv war nicht der Typ, der nach einer Rettungsweste fragte, nicht einmal, wenn er ertrank, und er beklagte sich nie über das Arrangement mit der Prinzessin. Er brachte es hinter sich, tat, was getan werden musste, und lebte mit den Konsequenzen, weil es ihm das Geheimnis von Xhex und ihm wert war.

Und einem Teil von dir gefällt es, erinnerte ihn eine innere Stimme. *Wenn du in ihr bist, musst du dich nicht entschuldigen.*

Verpiss dich, stauchte er die Stimme zusammen.

»Tut mir leid, dass ich dich angeschrien habe«, sagte er heiser zu seinem Freund.

»Ach, ist schon okay. Ich kann's verstehen.« Trez zog

ihn behutsam von den Fliesen hoch und lehnte ihn an den Waschtisch. »Es war überfällig.«

Rehv stürzte in Richtung Dusche.

»Halt«, rief Trez und zog ihn zurück. »Ich schalte dir das warme Wasser ein.«

»Ich werde es nicht fühlen.«

»Du bist schon ausgekühlt genug. Bleib einfach hier.«

Als sich Trez in die Marmordusche lehnte und das Wasser anstellte, blickte Rehv auf seinen schlaffen Schwanz hinab, der lang am Oberschenkel herabhing. Er schien gar nicht zu ihm zu gehören, und das war gut so.

»Du weißt, dass ich sie für dich töten könnte«, bot Trez an. »Ich könnte es nach einem Unfall aussehen lassen. Niemand würde es erfahren.«

Rehv schüttelte den Kopf. »In diese Scheiße willst du nicht hineingezogen werden. Es stecken schon genug Leute mit drin.«

»Das Angebot steht.«

»Ich werde es mir merken.«

Trez langte unter den Strahl. Als das Wasser von seiner Hand abspritzte, riss er plötzlich den Kopf herum, und seine schokobraunen Augen waren weiß vor Wut, als sie Rehvenge durchbohrten. »Nur damit das klar ist: Wenn du stirbst, ziehe ich dieser Hexe bei lebendigem Leib die Haut ab und schicke die Fetzen in der Tradition der Assassinen zu deinem Onkel zurück. Dann röste ich den Rest über dem Feuer und nage das Fleisch von ihren Knochen.«

Rehv lächelte leicht. Es wäre noch nicht einmal Kannibalismus, ging es ihm durch den Kopf, weil Schatten und *Symphathen* genetisch so viel gemeinsam hatten wie Menschen und Hühner.

»Die gute alte Hannibal-Lecter-Nummer«, murmelte er.

»Du weißt, wie wir es halten.« Trez schüttelte das Wasser von den Händen. »*Symphathen*... die gibt's bei uns zum Mittagessen.«

»Und dazu Brechbohnen?«

»Nein, aber vielleicht einen hübschen Chianti und ein paar gepflegte Pommes. Ich will etwas aus Kartoffeln zu meinem Fleisch. Jetzt los, schaffen wir dich unters Wasser und waschen den Gestank von diesem Scheusal ab.«

Trez half Rehv vom Waschtisch weg.

»Danke«, sagte Rehv leise, als sie auf die Dusche zuwankten.

Trez zuckte die Schultern und wusste verdammt gut, dass sie nicht über den Badezimmerbesuch redeten. »Das Gleiche würdest du für mich tun.«

»Das stimmt.«

Unter dem Strahl schrubbte sich Rehv mit Seife ab, bis seine Haut krebsrot leuchtete. Er kam erst wieder heraus, als er seine drei Durchgänge erledigt hatte. Trez hielt ihm ein Handtuch auf, und Rehv trocknete sich so schnell er konnte, ohne das Gleichgewicht zu verlieren, ab.

»Und wo wir schon bei Gefallen sind ...«, meinte er, »ich brauche dein Handy. Dein Handy und etwas Zeit für mich.«

»Okay.« Trez half ihm zum Bett und deckte ihn zu. »Mann, nur gut, dass diese Decke nicht im Kamin gelandet ist.«

»Kann ich also dein Handy haben?«

»Wirst du Hockey damit spielen?«

»Nicht, solange du die Tür geschlossen hältst.«

Trez reichte ihm sein Nokiahandy. »Behandle es gut. Es ist ganz neu.«

Als er alleine war, wählte Rehv bedächtig, hielt den Atem an und drückte auf die grüne Verbindungstaste, ohne zu wissen, ob er die richtige Nummer hatte.

Tut. Tut. Tut.

»Hallo?«

»Ehlena, es tut mir so leid …«

»Ehlena?«, fragte die Frauenstimme. »Verzeihung, aber hier gibt es keine Ehlena.«

Ehlena saß im Krankenwagen und hielt aus Gewohnheit ihre Tränen zurück. Es konnte sie zwar niemand sehen, aber die Anonymität spielte keine Rolle. Während ihr Caffè Latte in seinen zwei Bechern abkühlte und die Heizung mit Unterbrechungen lief, riss sie sich zusammen, weil sie das immer tat.

Bis sich der Funk mit einem Knistern meldete und sie fast zu Tode erschreckte.

»Basis an vier«, erklang Catyas Stimme. »Vier, bitte melden.«

Siehst du, dachte Ehlena, als sie nach dem Funkmikro griff, eben deshalb sollte man sich niemals gehen lassen. Hätte sie mit tränenerstickter Stimme antworten wollen? Ganz bestimmt nicht.

Sie drückte auf den *Sprechen*-Knopf. »Hier vier.«

»Ist bei dir alles in Ordnung?«

»Äh, ja. Ich musste nur … Ich komme gleich zurück.«

»Keine Eile. Lass dir Zeit. Ich wollte nur hören, ob bei dir alles klar ist.«

Ehlena blickte auf die Uhr. Hilfe, kurz vor zwei. Sie saß

seit fast zwei Stunden hier und vergaste sich, indem sie Motor und Heizung laufen ließ.

»Es tut mir so leid. Ich hatte keine Ahnung, dass es schon so spät ist. Braucht ihr den Krankenwagen für einen Notfall?«

»Nein, wir haben uns nur ein bisschen gesorgt. Ich weiß, dass du Havers bei diesem Toten geholfen hast und …«

»Mir geht es gut.« Sie kurbelte das Fenster herunter, um etwas Frischluft hereinzulassen, und legte den Gang ein. »Ich komme jetzt zurück.«

»Keine Eile. Hör mal, warum nimmst du dir nicht den Rest der Nacht frei?«

»Das ist schon okay …«

»Das ist keine Bitte. Und ich habe den Dienstplan umgestellt, damit du morgen auch frei hast. Nach dieser Nacht heute brauchst du eine Pause.«

Ehlena wollte etwas einwenden, aber das hätte sich nur nach Trotz angehört, und nachdem die Entscheidung ohnehin schon gefallen war, gab es nichts mehr auszufechten.

»In Ordnung.«

»Lass dir Zeit mit dem Zurückkommen.«

»Mach ich. Over and out.«

Sie hängte das Mikro zurück in die Halterung und machte sich in Richtung Brücke auf, die sie über den Fluss bringen würde. Gerade als sie die Auffahrt hochfuhr, klingelte ihr Handy.

Also rief Rehv sie zurück. Keine Überraschung.

Sie holte das Handy aus der Tasche, nur um sich zu vergewissern, dass er es war, nicht weil sie drangehen wollte.

Unbekannte Nummer?

Sie drückte auf die grüne Taste und hielt sich das Handy ans Ohr. »Hallo?«

»Bist du das?«

Bei Rehvs tiefer Stimme wurde ihr immer noch ganz heiß, obwohl sie auf ihn sauer war. Und auf sich. Im Grunde auf die gesamte Situation.

»Ja«, sagte sie. »Aber das ist nicht deine Nummer.«

»Nein, ist sie nicht. Mein Handy hatte einen Unfall.«

Sie sprudelte los, noch bevor er dazu kam, sich zu entschuldigen: »Hör zu, es geht mich nichts an. Was immer du tust. Du hast recht. Ich kann dich nicht retten …«

»Warum wolltest du es überhaupt versuchen?«

Sie runzelte die Stirn. Hätte die Frage selbstmitleidig oder anklagend geklungen, hätte sie aufgelegt und sich eine neue Nummer besorgt. Aber es lag nichts außer ehrlicher Verwunderung in seiner Stimme. Das und grenzenlose Erschöpfung.

»Ich verstehe einfach nicht … warum«, murmelte er.

Ihre Antwort war schlicht und kam aus tiefstem Herzen: »Wie könnte ich das nicht.«

»Was, wenn ich es nicht verdiene?«

Sie dachte daran, wie Stephan auf dem kalten Stahl gelegen hatte, sein Körper kalt und geschunden. »Jeder mit einem schlagenden Herzen verdient es, gerettet zu werden.«

»Hast du deshalb einen Pflegeberuf gewählt?«

»Nein, ich bin Pflegerin, weil ich später Ärztin werden will. Die Sache mit der Rettung gehört zu meiner Weltanschauung.«

Das Schweigen zwischen ihnen dauerte ewig.

»Sitzt du im Auto?«, erkundigte er sich schließlich.

»Im Krankenwagen, ja. Ich fahre zurück zur Klinik.«

»Bist du allein unterwegs?«, knurrte er.

»Ja, und du kannst dir die Machonummer sparen. Ich habe eine Pistole unter dem Sitz und weiß, wie man damit umgeht.«

Ein leises Lachen drang durch das Handy. »Okay, das ist sexy. Es tut mir leid, aber das ist es.«

Unfreiwillig musste sie lächeln. »Du treibst mich in den Wahnsinn, weißt du das? Obwohl ich dich kaum kenne, bringst du mich schon auf die Palme.«

»Und irgendwie schmeichelt mir das.« Es gab eine Pause. »Was ich vorher gesagt habe, tut mir leid. Ich hatte eine schlimme Nacht.«

»Ja, na ja, das Gleiche gilt für mich. Sowohl das mit dem Leidtun als das mit der schlimmen Nacht.«

»Was ist passiert?«

»Das zu erklären würde zu weit führen. Bei dir?«

»Das Gleiche.«

Als er sich umsetzte, raschelte eine Decke. »Bist du schon wieder im Bett?«

»Ja. Und du willst es noch immer nicht wissen.«

Sie grinste breit. »Du meinst, ich soll schon wieder nicht fragen, was du anhast?«

»Du hast es erfasst.«

»Das wird langsam zur Routine.« Sie wurde ernst. »Du hörst dich wirklich krank an. Wenn du nicht in die Klinik kommen kannst, kann ich dir Medikamente bringen.« Das Schweigen am anderen Ende war so intensiv und lang, dass sie fragte: »Hallo? Bist du noch da?«

»Morgen Nacht … könntest du dann zu mir kommen?«

Ihre freie Hand schloss sich fester um das Steuer. »Ja.«

»Ich wohne im obersten Stock auf dem Commodore-Gebäude. Kennst du das?«

»Ja.«

»Kannst du um Mitternacht da sein? Ostseite?«

»Ja.«

Sein Seufzen klang resigniert. »Ich werde dich erwarten. Fahr vorsichtig, okay?«

»Mach ich. Und du wirf dein Handy nicht wieder weg.«

»Woher weißt du, dass ich das getan habe?«

»Hätte ich ein freies Feld vor mir gehabt statt des Armaturenbretts, hätte ich das Gleiche getan.«

Sein Lachen brachte sie zum Schmunzeln, aber es schwand, als sie auflegte und das Handy wegsteckte.

Obwohl sie stetige fünfundsechzig Meilen die Stunde fuhr und die Straße gerade und frei vor ihr lag, fühlte sie sich, als hätte sie vollkommen die Kontrolle verloren und würde von einer Leitplanke zur anderen schlingern, während der Krankenwagen Funken sprühend einzelne Teile verlor.

Ihn morgen Nacht zu treffen, in seiner Privatwohnung, allein mit ihm zu sein war genau das Falsche.

Und trotzdem würde sie es tun.

22

Montrag, Sohn des Rehm, legte den Hörer auf die Gabel und blickte durch die Flügeltüren des väterlichen Arbeitszimmers hinaus auf die Terrasse. Die Beete und Bäume, der sanft abfallende Rasen sowie das große Haus und alles, was sich darin befand, gehörten jetzt ihm und waren nicht länger ein Vermächtnis, das ihm eines Tages zufallen würde.

Als er das Gelände auf sich wirken ließ, spürte er das Hochgefühl von Besitztum in seinem Blut, aber er war nicht zufrieden mit der Aussicht. Alles war für den Winter hergerichtet, die Blumenbeete umgepflügt, die Obstbäume mit Netzen umspannt, die Ahornbäume und Eichen kahl. Deshalb sah man die Mauer, die das Grundstück umgab, und das war einfach kein schöner Anblick. Diese hässlichen Sicherheitsvorkehrungen sollten besser verdeckt bleiben.

Montrag drehte sich um und wandte sich einer erfreulicheren Aussicht zu, obgleich sie nur an der Wand hing. Mit einem Anflug von Ehrfurcht, wie er es seit jeher getan hatte, betrachtete er sein bevorzugtes Gemälde, denn Turner verdiente wahrlich Bewunderung, sowohl für seine Kunstfertigkeit als auch für die Wahl seiner Motive. Besonders bei diesem Werk: Die Darstellung der untergehenden Sonne über dem Meer war ein Meisterwerk in

so vieler Hinsicht. Die Schattierungen von Gold und Pfirsich und tiefem, brennendem Rot waren eine Augenweide für jemanden, der auf Grund seiner Veranlagung die echte glühende Himmelsgöttin, welche die Welt belebte, erhielt und wärmte, nicht erblicken durfte.

Solch ein Gemälde wäre der Stolz einer jeden Sammlung.

Allein in diesem Haus hingen drei Turners.

Mit vor Vorfreude zuckender Hand griff er nach der unteren rechten Ecke des vergoldeten Rahmens und klappte die Meereslandschaft von der Wand weg. Der Safe dahinter hatte genau die Maße des Gemäldes und war in Mauerwerk und Putz eingelassen. Nachdem er die Kombination über das Zahlenrad eingegeben hatte, gab es eine kaum hörbare Bewegung, die keinerlei Hinweis darauf gab, dass jeder der sechs zurückfahrenden Metallstifte so dick wie ein Unterarm war.

Geräuschlos öffnete sich der Safe, und ein Licht im Inneren beleuchtete einen Kubikmeter gefüllt mit schmalen Schmuckschatullen aus Leder, Hundertdollarbündeln und Dokumenten in Heftern.

Montrag rückte einen bestickten Schemel heran und stieg auf die geblümte Sitzfläche. Dann langte er tief in den Safe hinein, vorbei an all den Übertragungsurkunden von Häusern und Aktienzertifikaten, und holte eine Stahlkassette heraus. Anschließend schloss er den Safe und klappte das Bild zurück in seine alte Position. Voller Aufregung über all die Möglichkeiten trug er die Kassette zum Schreibtisch und nahm den Schlüssel aus dem Geheimfach in der linken unteren Schublade.

Sein Vater hatte ihm die Kombination des Safes beigebracht und ihm das Versteck gezeigt, und wenn Montrag

selbst einmal Söhne hatte, würde er dieses Wissen an sie weitergeben. So stellte man sicher, dass Dinge nicht verloren gingen. Von Vater zu Sohn.

Der Deckel der Kassette öffnete sich nicht mit der feinkalibrierten Widerstandslosigkeit des Safes. Es quietschte, als die Scharniere die Ruhestörung nur unter Protest erduldeten und widerwillig freilegten, was im Metallbauch der Kassette lag.

Sie waren noch da. Der Jungfrau der Schrift sei gedankt, sie waren noch da.

Als Montrag nach ihnen griff, ging ihm durch den Kopf, wie wertlos diese Seiten für sich allein betrachtet waren. Das Papier, die Tinte, die darin eingezogen war, all das war kaum einen Penny wert. Und doch war unbezahlbar, was dort stand.

Ohne diese Dokumente schwebte er in Lebensgefahr.

Er nahm eines der beiden heraus, wobei es keine Rolle spielte, welches, da sie identisch waren. Zwischen seinen behutsamen Fingern hielt er eine eidesstattliche Versicherung, eine dreiseitige, handschriftlich verfasste und mit Blut unterzeichnete Niederschrift eines Ereignisses, das sich vor vierundzwanzig Jahren zugetragen hatte. Die notariell beglaubigte Unterschrift auf der dritten Seite war krakelig, ein braunes Geschmiere, das man kaum lesen konnte.

Doch sie stammte ja auch von einem Mann, der im Sterben lag.

Rehvenges »Vater« Rempoon.

Die Dokumente beschrieben eine hässliche, aber wahre Geschichte in der Alten Sprache: Die Entführung von Rehvenges Mutter durch die *Symphathen,* seine Empfängnis und Geburt, ihre Flucht und spätere Heirat mit

Rempoon, einem Aristokraten. Der letzte Abschnitt war so vernichtend wie der ganze Rest:

Bei meiner Ehre und der Ehre meiner Vor- und Nachfahren, wahrlich, in dieser Nacht fiel mich mein Stiefsohn Rehvenge an und fügte mir mit bloßen Händen tödliche Wunden zu. Er tat dies in böswilliger Absicht, nachdem er mich durch einen eigens provozierten Streit in mein Arbeitszimmer gelockt hatte. Ich war unbewaffnet. Nachdem er mich verwundet hatte, machte er sich im Arbeitszimmer zu schaffen, um es nach einem Raub aussehen zu lassen. Wahrhaft, er ließ mich am Boden liegen und überließ mich des Todes kalter Hand, auf dass er meine sterblichen Überreste nehme, und verließ das Haus. Mein geschätzter Freund Rehm weckte mich aus einer Ohnmacht, als er mich in einer geschäftlichen Angelegenheit aufsuchte.

Ich werde wohl nicht überleben. Ich sterbe durch die Hand meines Stiefsohns. Dies ist meine letzte Erklärung als fleischgebundener Geist auf dieser Erde. Möge mich die Jungfrau der Schrift in ihrer Anmut und Bereitwilligkeit in den Schleier eintreten lassen.

Montrags Vater hatte später erklärt, dass Rempoon die Lage einigermaßen richtig eingeschätzt hatte. Rehm war wegen einer Geschäftsangelegenheit zu ihm gekommen und fand nicht nur ein leeres Haus vor, sondern auch seinen blutig geschlagenen Partner – und hatte getan, was jeder vernünftige Vampir getan hätte: Er durchstöberte das Arbeitszimmer nun selbst. In der Annahme, Rempoon sei tot, suchte er die Dokumente über Rempoons Anteile des Geschäfts, um sie aus dem Nachlass zu nehmen und sich das gut laufende Unternehmen ganz anzueignen.

Nach erfolgreicher Suche war Rehm schon wieder auf dem Weg zur Tür gewesen, als Rempoon ein Lebenszeichen von sich gab und mit aufgeplatzten Lippen einen Namen hauchte.

Die Rolle des Opportunisten hatte Rehm keine Probleme bereitet, aber Komplize bei einem Mord? Also hatte er den Arzt gerufen, und bis Havers eintraf, kam dem sterbenden Mann eine schockierende Geschichte über die Lippen, eine, die noch viel mehr wert war als das Unternehmen. Rehm hatte schnell geschaltet und die Geschichte sowie die unglaubliche Enthüllung über Rehvenges wahre Natur aufgeschrieben und von Rempoon unterzeichnen lassen – und sie somit in ein rechtskräftiges Dokument verwandelt.

Dann war der Vampir abermals in Ohnmacht gefallen, und bis zu Havers Ankunft war er tot.

Rehm hatte die Geschäftsunterlagen und die eidesstattliche Versicherung an sich genommen und wurde als tapferer Retter gepriesen, der dem sterbenden Vampir zu Hilfe geeilt war.

In der Zeit danach war der Nutzen des Geständnisses offensichtlich gewesen, doch ob es weise war, die Informationen, die es enthielt, einzusetzen, war weniger klar. Mit *Symphathen* war nicht zu spaßen, das hatte Rempoons vergossenes Blut gezeigt. Ganz der Intellektuelle, hatte Rehm die Information zurückgehalten und zurückgehalten ... bis es zu spät war, irgendetwas damit anzufangen.

Das Gesetz verpflichtete jeden Vampir dazu, *Symphathen* zu melden, und Rehm besaß die Sorte Beweis, die Rehvenge ohne Zweifel überführt hätte. Doch indem er seine Möglichkeiten zu lange überdachte, fand er sich

plötzlich selbst in einer prekären Lage: Man hätte ihm vorwerfen können, Rehvenges Identität gedeckt zu haben. Wäre er vierundzwanzig oder achtundvierzig Stunden später damit an die Öffentlichkeit getreten, in Ordnung. Aber eine Woche nach dem Fund? Zwei Wochen? Einen Monat … ?

Zu spät. Doch bevor er den Besitz völlig verschwendete, hatte Rehm Montrag von dem Dokument erzählt, und der Sohn hatte Verständnis für den Fehler des Vaters gehabt. Auf kurze Sicht konnte man nichts tun, und auch langfristig gab es nur eine denkbare Situation, in der es von Wert gewesen wäre, aktiv zu werden – und eben diese hatte sich während des Sommers ergeben. Rehm kam bei den Überfällen ums Leben, und sein Sohn hatte alles geerbt, inklusive der Dokumente.

Montrag konnte man das Schweigen seines Vaters nicht anlasten. Er brauchte also lediglich zu behaupten, dass er in den Unterlagen seines Vaters auf dieses Dokument gestoßen war und nun das Versäumnis seines Vaters tilgte, indem er Rehvs Natur offenlegte.

Niemand würde erfahren, dass er die ganze Zeit bereits davon gewusst hatte.

Und niemand würde je auf die Idee kommen, dass der Mord an Wrath nicht Rehvs Idee gewesen war. Schließlich war er ein *Symphath,* und nichts, was er sagte, konnte man glauben. Vor allem aber würde Rehv selbst die Hand am Abzug haben, oder war, sollte dieser den Mord in Auftrag geben, als *Leahdyre* des Rates größter Nutznießer von Wraths Tod. Weswegen Montrag auch dafür gesorgt hatte, dass Rehv in diese Position gehoben wurde.

Rehvenge würde den König töten, und dann würde sich

Montrag vor dem Rat zu Boden werfen. Er würde erklären, die Dokumente erst gefunden zu haben, nachdem er einen Monat nach den Überfällen und Rehvs Ernennung zum *Leahdyre* in das Haus in Connecticut gezogen war. Er würde schwören, dass er sogleich den König kontaktiert und ihm die Natur des Problems am Telefon erklärt hätte – doch Wrath habe ihn zum Schweigen gezwungen, wegen der kompromittierenden Situation, in die seine Enthüllung Bruder Zsadist gebracht hätte: Schließlich war er mit der Schwester von Rehvenge vereinigt, und sie wäre damit mit einem *Symphathen* verwandt.

Wrath könnte natürlich nicht widersprechen, da er zu diesem Zeitpunkt längst tot wäre, und außerdem war der König bereits in Ungnade gefallen, weil er die konstruktive Kritik der *Glymera* ignoriert hatte. Der Rat wäre nur allzu bereit, sich auf einen weiteren Fehltritt zu stürzen, sei der nun echt oder konstruiert.

Es war ein kompliziertes Manöver, aber es würde klappen, denn war der König erst einmal tot, war der Rat der erste Ort, an dem das Volk nach seinem Mörder suchen würde. Und Rehv, ein *Symphath,* stellte den perfekten Sündenbock dar. Jeder wusste, zu was *Symphathen* fähig waren! Und Montrag würde bei der Klärung des Motivs helfen, indem er von Rehvs Besuch kurz vor dem Mord berichtete, bei dem sein Gast mit seltsamer Gewissheit von unvorhergesehenen Veränderungen gesprochen hatte. Außerdem verliefen Morde nie ganz sauber. Ohne Zweifel würde es Indizien geben, die Rehv mit dem Mord in Verbindung brachten, ob sie nun real existierten, oder weil man nach genau dieser Sorte Beweis suchte.

Und wenn Rehv Montrag beschuldigte? Niemand

würde ihm glauben. Erstens, weil er *Symphath* war, aber auch, weil Montrag in der Tradition seines Vaters einen unbescholtenen und vertrauenswürdigen Ruf als Geschäftspartner und Mitglied der Gesellschaft kultiviert hatte. Soweit die anderen Ratsmitglieder wussten, war er über jeden Zweifel erhaben, jedes Betruges unfähig, ein ehrbarer Vampir von edelstem Geblüt. Niemand von ihnen ahnte, dass er und sein Vater viele Partner, Kollegen und Blutsverwandte übers Ohr gehauen hatten – denn sie hatten ihre Opfer stets mit größter Sorgfalt ausgesucht, um den Schein zu wahren.

Also würde Rehv wegen Verrats angeklagt, eingesperrt und entweder nach Vampirrecht zum Tode verurteilt oder in die *Symphathen*-Kolonie deportiert werden, wo man ihn dafür töten würde, ein Mischling zu sein.

Beide Ausgänge waren akzeptabel.

Alles war bereits eingefädelt, deshalb hatte Montrag auch gerade seinen engsten Freund angerufen.

Er nahm das Dokument, faltete es und steckte es in ein dickes, cremefarbenes Kuvert. Dann zog er einen Bogen seines persönlichen Briefpapiers aus einer geprägten Lederschachtel, schrieb einen kurzen Brief an den Vampir, den er als Stellvertreter bestellen wollte, und besiegelte damit Rehvs Untergang. In seinem Brief erklärte er, dass er – wie am Telefon erklärt – Beigefügtes in den privaten Unterlagen seines Vaters gefunden hatte. Und sollte sich dieses Dokument als echt erweisen, sei er um die Zukunft des Rates besorgt.

Natürlich würde die Rechtsanwaltskanzlei seines Freundes das Dokument beglaubigen. Und bis dahin wäre Wrath tot und Rehv bereit, die Schuld auf sich zu laden.

Montrag hielt einen Stift roten Siegelwachses über eine Flamme, träufelte ein paar Tropfen auf die Lasche des Kuverts und versiegelte die eidesstattliche Versicherung darin. Vorne drauf kam der Name des Vampirs, und in der Alten Sprache schrieb er »Nur persönlich aushändigen«. Dann war er fertig, schloss die Metallkassette ab, schob sie unter den Schreibtisch und legte den Schlüssel zurück an seinen Aufbewahrungsort in der geheimen Schublade.

Ein Knopf am Telefon rief den Butler herbei, der den Umschlag entgegennahm und unverzüglich davoneilte, um ihn in die richtigen Hände zu befördern.

Zufrieden brachte Montrag die Kassette zurück zum Wandsafe, klappte das Gemälde nach außen, stellte die Kombination seines Vaters ein und räumte das verbleibende Dokument an seinen Platz: Eine Kopie für sich zu behalten war eine reine Vorsichtsmaßnahme, eine Versicherung für den Fall, dass etwas mit jenem Dokument geschah, das sich gerade auf dem Weg über die Grenze nach Rhode Island befand.

Als er den Turner wieder zurückklappte, sprach die Landschaft zu ihm wie immer, und einen Moment lang erlaubte er sich, aus dem Chaos herauszutreten, das er mit Absicht kreierte, und sich in der friedlichen, betörenden See zu verlieren. Sicher wehte dort ein warmer Hauch, dachte er.

Liebste Jungfrau der Schrift, wie er den Sommer während dieser kalten Wintermonate herbeisehnte, doch andererseits war es der Kontrast, der das Herz belebte. Ohne die Kälte des Winters würde man die lauen Nächte des Augusts nicht zu würdigen wissen.

Er stellte sich vor, wo er in sechs Monaten wäre, wenn

ein voller Mond über Caldwell aufginge. Im Juni wäre er der König, ein gewählter und geachteter Monarch. Wenn das sein Vater nur noch hätte erleben können –

Montrag hustete. Atmete mit einem Hicksen ein. Fühlte etwas Nasses.

Er blickte an sich herab. Die Vorderseite seines weißen Hemdes war blutgetränkt.

Er öffnete den Mund, um erschrocken aufzuschreien, versuchte, tief einzuatmen, doch es gluckerte nur –

Seine Hände fuhren zu seinem Hals und stießen auf einen sprudelnden Strahl, wo das Blut aus seiner Halsschlagader schoss. Als er herumwirbelte, stand eine Vampirin in schwarzem Leder und mit Männerhaarschnitt vor ihm. Die Schneide des Messers in ihrer Hand war rot, und ihr Gesicht war eine reglose Maske von unbeteiligtem Desinteresse.

Montrag sackte vor ihr in die Knie, dann kippte er auf die rechte Seite, während seine Hände immer noch versuchten, seinen Lebenssaft im Körper zu halten und nicht auf den Aubusson-Teppich seines Vaters fließen zu lassen.

Er lebte noch, als sie ihn herumrollte, ein rundliches Werkzeug aus Elfenbein hervorholte und sich neben ihn kniete.

Als Auftragskillerin maß sich Xhex' Arbeitsleistung an zwei Kriterien. Erstens: Hatte sie das Zielobjekt getötet? Das verstand sich von selbst. Zweitens: War es ein sauberer Mord gewesen? Oder gab es Kollateralschäden in Form von weiteren Toten, um sich, ihre Identität und/oder die ihres Auftraggebers zu schützen?

In diesem Fall war Ersteres ein Kinderspiel, so wie das

Blut aus Montrags Hals gepumpt wurde. Das zweite war noch nicht geklärt, deshalb musste sie schnell vorgehen. Sie holte die *Lys* aus ihrer Tasche, beugte sich über den Mistkerl und verschwendete keine Zeit damit, seine rollenden Augäpfel zu bewundern.

Sie ergriff sein Kinn und zwang ihn, sie anzusehen. »Schau mich an. *Schau* mich an.«

Als sein wilder Blick auf sie fiel, hob sie die *Lys*. »Du weißt, warum ich hier bin und wer mich schickt. Es ist nicht Wrath.«

Montrag hatte offensichtlich noch etwas Sauerstoff im Hirn, denn seine Lippen formten ein entsetztes *Rehvenge*, bevor seine Augen wieder nach hinten rollten.

Sie ließ ihn los und verpasste ihm eine Ohrfeige. »Hör mir zu, Arschloch. *Schau mich an.*«

Während sie die *Lys* neben der Nasenwurzel in den Augenwinkel drückte, drang sie in sein Gehirn ein und löste alle möglichen Erinnerungen aus. Ah ... interessant. Er war ein hinterhältiges Schwein gewesen, darauf spezialisiert, Leute um ihr Geld zu betrügen.

Montrags Hände vergruben sich im Teppich, als er sich durch einen Schrei gurgelte. Der Augapfel löste sich aus dem Schädel wie ein Löffel Honigmelone aus der Schale, so vollendet rund und sauber, wie man es sich nur wünschen konnte. Beim rechten Auge war es das Gleiche. Während Montrags Arme und Beine auf dem teuren Teppich zappelten und ruderten und sich seine Lippen so weit zurückschoben, dass man jeden einzelnen Zahn inklusive der Backenzähne sah, steckte sie die beiden Augäpfel in ein gefüttertes Samtbeutelchen.

Xhex überließ Montrag seinem unsauberen Tod und spazierte um den Schreibtisch herum und durch die Bal-

kontür, von wo aus sie sich zu dem Ahornbaum materialisierte, von dem aus sie am Vortag ihre ersten Eindrücke des Hauses gesammelt hatte. Dort wartete sie zwanzig Minuten, bis sie eine *Doggen* ins Arbeitszimmer kommen sah, welche die Leiche entdeckte und erschrocken ihr Silbertablett fallen ließ.

Während Teekanne und Porzellan durch die Gegend kullerten, klappte Xhex ihr Handy auf, drückte auf Wählen und hielt es sich ans Ohr. Als Rehv sich mit seiner tiefen Stimme meldete, sagte sie: »Er ist tot und wurde gefunden. Alles verlief sauber. Souvenir bringe ich dir in circa zehn Minuten.«

»Gut gemacht«, sagte Rehv heiser. »Sehr gut gemacht.«

23

Wrath runzelte die Stirn, als er in sein Handy sprach. »Jetzt? Ich soll jetzt noch hoch in den Norden kommen?«

Rehvs Ton war deutlich anzuhören, dass er keine Witze machte. »Diese Sache muss persönlich besprochen werden, und ich bin hier gebunden.«

Auf der anderen Seite des Arbeitszimmers formten die Lippen von Vishous, der gerade vom neuesten Stand bei der Herkunftssuche dieser Waffenkisten hatte berichten wollen, die Worte: »Was soll die Scheiße?«

Das Gleiche dachte Wrath. Ein *Symphath* ruft zwei Stunden vor der Dämmerung an und bat ihn, in den Norden zu reisen, weil er »etwas für ihn habe«. Ja, okay, der Bastard war Bellas Bruder, aber das änderte nichts an seiner Natur, und ganz bestimmt war dieses »etwas« kein Geschenkkorb.

»Wrath, es ist wichtig«, meinte Rehv.

»Okay, ich komme.« Wrath klappte sein Handy zu und sah Vishous an. »Ich werde …«

»Phury ist heute im Einsatz. Du kannst da nicht alleine hin.«

»Die Auserwählten sind im Haus.« Und waren es immer wieder gewesen, seit Phury als *Primal* das Ruder übernommen hatte.

»Nicht gerade die Sorte Schutz, die mir vorschwebt.«

»Ich kann auf mich selbst aufpassen, also hör bloß auf.«

V verschränkte die Arme vor der Brust, und seine Diamantaugen blitzten. »Gehen wir jetzt? Oder willst du deine Zeit mit dem Versuch verschwenden, mich von meiner Meinung abzubringen?«

»Na gut, was soll's. In fünf Minuten in der Eingangshalle.«

Als sie zusammen aus dem Arbeitszimmer traten, sagte V: »Was diese Waffen betrifft: Ich arbeite noch daran. Im Moment habe ich nichts, aber du kennst mich. Mir ist egal, ob die Seriennummern weggekratzt sind, ich finde heraus, wo sie die Dinger herbekommen haben.«

»Du hast mein Vertrauen, Bruder. Mein vollstes Vertrauen.«

Als sie vollständig bewaffnet waren, reisten die beiden in einem losen Tanz der Moleküle in den Norden, bis hin zu Rehvs Sommerhaus in den Adirondacks, wo sie sich am Ufer eines stillen Sees materialisierten. Das Haus unweit von ihnen war ein riesiger viktorianischer Klotz, mit einem Dach aus Schindeln und rautenförmigen Bleiglasfenstern; vor beiden Stockwerken befanden sich zedernholzgefasste Balkone.

· Sehr verwinkelt. Viele Schatten. Und einige dieser Fenster sahen aus wie Augen.

Das Haus war an sich schon gespenstisch genug, aber nachdem es mit einem Kraftfeld umgeben worden war, der *Symphath*-Entsprechung eines *Mhis,* konnte man meinen, Freddy, Jason, Michael Myers und eine Mannschaft von Rednecks mit Kettensägen würden gemeinsam darin wohnen. Um den ganzen Ort herum lag eine

nicht zu greifende Barriere aus geistigem Stacheldraht, und selbst Wrath, der davon wusste, war froh, auf die andere Seite zu kommen.

Als er seine Augen zu schärferer Sicht zwang, öffnete Trez, einer von Rehvs Leibwächtern, die Flügeltür der Veranda, die auf den See ging, und hob die Hand zum Gruß.

Wrath und V marschierten über den eisigen, knirschenden Rasen, und obwohl sie ihre Waffen in den Halftern ließen, zog V den Handschuh von seiner leuchtenden rechten Hand. Trez war die Sorte Mann, die man respektierte, und das nicht nur, weil er ein Schatten war. Der Maure hatte die muskulöse Statur eines Kämpfers und den schlauen Blick eines Strategen, und seine ganze Treue galt Rehv, und nur Rehv. Um seinen Boss zu schützen, würde Trez in Windeseile einen Straßenzug planieren.

»Wie geht's, großer Mann«, grüßte Wrath, als er die Stufen zur Veranda hinaufstieg.

Trez trat einen Schritt vor und gab Wrath die Hand. »Alles in Ordnung. Und bei dir?«

»Gut wie immer.« Wrath stieß die Faust gegen die Schulter des Kerls. »Solltest du je einen richtigen Job haben wollen, komm zu uns.«

»Mir gefällt mein Job, aber danke.« Der Maure grinste und wandte sich an V. Seine dunklen Augen huschten kurz zu dessen unverhüllter Hand. »Nimm's mir nicht übel, aber das Ding schüttle ich nicht.«

»Klug von dir«, meinte V und bot ihm die Linke an. »Aber du verstehst …«

»Absolut, ich würde das Gleiche für Rehv tun.« Trez führte sie zur Tür. »Er erwartet euch im Schlafzimmer.«

»Ist er krank?«, erkundigte sich Wrath, als sie das Haus betraten.

»Wollt ihr vielleicht etwas trinken? Essen?«, fragte Trez, und wandte sich nach rechts.

Wrath schielte zu V, als die Frage unbeantwortet blieb. »Danke, wir brauchen nichts.«

Das Haus war das reinste Victoria-und-Albert-Museum, mit schweren Empiremöbeln und viel Granat und Gold. Getreu dem Sammlerfimmel der viktorianischen Epoche, hatte jeder Raum ein eigenes Motto. Ein Salon war voll antiker Uhren, die vor sich hin tickten, von Standuhren bis hin zu aufziehbaren Messinguhren und Taschenuhren in Vitrinen. In einem anderen Raum waren Muscheln, Korallen und jahrhundertealtes Treibholz ausgestellt. In der Bibliothek standen überwältigende orientalische Vasen und Rüstungen, und das Esszimmer war mit mittelalterlichen Ikonen ausstaffiert.

»Ich bin überrascht, dass nicht mehr Auserwählte hier sind«, meinte Wrath, als sie einen leeren Saal nach dem anderen passierten.

»Am ersten Dienstag im Monat kommt Rehv immer hier herauf. Er macht die Damen nervös, daher gehen diese dann meistens auf die andere Seite. Nur Selena und Cormia bleiben.« In seiner Stimme klang Stolz mit, als er fortfuhr: »Die beiden sind sehr stark.«

Sie stiegen über eine breite Treppe in den ersten Stock hinauf und gingen einen langen Gang entlang bis zu einer verzierten Flügeltür, die förmlich *Herr des Hauses* schrie.

Trez hielt inne. »Hört zu, er ist ein bisschen krank, okay. Nichts Ansteckendes. Es ist nur … ich möchte, dass ihr beiden vorbereitet seid. Wir haben ihm alles verab-

301

reicht, was er braucht, und er wird bald wieder auf den Beinen sein.«

Als Trez klopfte und die Flügeltür öffnete, runzelte Wrath die Stirn, und seine Sicht wurde automatisch schärfer, als seine Instinkte erwachten.

In der Mitte eines mit Schnitzereien verzierten Bettes lag Rehvenge, reglos wie ein aufgebahrter Leichnam, eine rote Samtdecke bis ans Kinn hochgezogen, Zobel fiel in Falten über seinen ausgestreckten Körper. Seine Augen waren geschlossen, der Atem ging flach, die Haut sah teigig und gelblich aus. Der kurz geschorene Iro war das einzig einigermaßen normal Aussehende an ihm … das und Xhex, die zu seiner Rechten am Bett stand, diese *Halbsymphathin,* die aussah, als würde sie Kastrationen zum Zeitvertreib vornehmen.

Rehvs Augen öffneten sich. Das Amethystviolett war zu einem schlierigen Rot getrübt. »Der König.«

»Ah.«

Trez schloss die Flügeltür und baute sich seitlich daneben auf, nicht davor. Eine respektvolle Maßnahme. »Ich habe ihnen bereits Erfrischungen und Getränke angeboten.«

»Danke, Trez.« Rehv verzog das Gesicht und versuchte, sich etwas aufzurichten. Als er dabei zusammensackte, eilte ihm Xhex zu Hilfe. Sein wütendes Funkeln sandte ein deutliches *Wage es bloß nicht* aus, doch sie ließ sich nicht beirren.

Als er aufrecht saß, zog er sich die Decke wieder bis ans Kinn und verdeckte damit die roten Sterne auf seiner Brust. »Ich habe etwas für dich, Wrath.«

»Ach ja?«

Rehv nickte Xhex zu, die in ihre Lederjacke griff. So-

fort schoss der Lauf von Vs Waffe empor und zielte auf ihr Herz.

»Könntest du dich etwas zusammennehmen?«, fauchte Xhex ihn an.

»Tut mir leid, nein.« V klang so bedauernd wie eine Abrissbirne im Anflug.

»Okay, machen wir uns etwas locker«, meinte Wrath und nickte Xhex zu. »Zeig her.«

Xhex zog einen Samtbeutel aus ihrer Innentasche und schleuderte ihn in Wraths Richtung. Wrath achtete auf das leise Pfeifen des Flugs und fing den Beutel nach Gehör, nicht nach Sicht.

Darin lagen zwei blassblaue Augäpfel.

»Ich hatte gestern Nacht ein interessantes Treffen«, erklärte Rehv gedehnt.

Wrath sah den *Symphathen* an. »Wessen leere Augen habe ich hier in der Hand?«

»Die von Montrag, Sohn des Rehm. Er trat an mich heran und bat mich, dich zu töten. Du hast erbitterte Feinde in der *Glymera,* mein Freund, und Montrag war nur einer davon. Ich weiß nicht, wer noch an der Verschwörung beteiligt ist. Ich wollte nicht riskieren, das herauszufinden, bevor wir in Aktion traten.«

Wrath ließ die Augäpfel zurück in den Beutel kullern und schloss die Faust darum. »Wann sollte es passieren?«

»Bei der Ratsversammlung übermorgen.«

»Dieser Hund.«

V steckte seine Waffe ein und verschränkte die Arme vor der Brust. »Weißt du, ich hasse diese Idioten.«

»Damit bist du nicht allein«, sagte Rehv, dann wandte er sich wieder an Wrath. »Ich habe das Problem selbst gelöst und bin nicht erst zu dir gekommen, weil

mir der Gedanke gefällt, dass mir der König etwas schuldet.«

Wrath musste lachen. »Sündenfresser.«

»Du weißt Bescheid.«

Wrath ließ den Beutel in der Hand auf und ab hüpfen. »Wann ist das passiert?«

»Vor ungefähr einer halben Stunde«, antwortete Xhex. »Und ich habe nicht hinter mir sauber gemacht.«

»Nun, dann haben sie die Botschaft sicher verstanden. Ich gehe trotzdem zur Versammlung.«

»Hältst du das für klug?«, fragte Rehv. »Diese Leute werden sich kein zweites Mal an mich wenden. Meine Zugehörigkeit scheint jetzt offensichtlich. Aber das heißt nicht, dass sie keinen anderen finden.«

»Sollen sie doch«, tat Wrath den Gedanken ab. »Ich kämpfe gerne bis aufs Blut« Er sah Xhex an. »Hat Montrag einen Komplizen erwähnt?«

»Ich habe ihm die Kehle von einem Ohr zum anderen aufgeschlitzt. Reden war schwierig.«

Wrath lächelte und warf einen Blick auf V. »Eigentlich seltsam, dass ihr zwei euch nicht besser versteht.«

»Eigentlich nicht«, sagten sie im Chor.

»Ich könnte die Ratsversammlung verschieben«, murmelte Rehv. »Wenn du selbst Erkundigungen einholen willst, wer noch mit in der Sache steckt.«

»Nein. Wären sie keine totalen Schisser, hätten sie selbst versucht, mich zu beseitigen, und sich nicht an dich gewandt. Also gibt es jetzt zwei Möglichkeiten: Nachdem sie nicht wissen, ob Montrag sie vor dem Verlust seines Augenlichts verraten hat oder nicht, werden sie sich entweder verstecken, so wie Feiglinge es tun, oder die Schuld einem anderen zuschieben. Also steht die Versammlung.«

Rehv lächelte düster, und seine *Symphathen*-Seite zeigte sich deutlich. »Wie du wünschst.«

»Aber ich will eine ehrliche Antwort«, bat Wrath.

»Auf welche Frage?«

»Hast du erwogen, mich zu töten? Als er auf dich zukam?«

Rehv schwieg einen Moment lang. Dann nickte er langsam. »Ja, das habe ich. Aber wie gesagt, jetzt stehst du in meiner Schuld, und aufgrund meiner … Veranlagung … ist das mehr wert als irgendwelche Gefälligkeiten eines adeligen Schnösels.«

Wrath nickte. »Diese Logik kann ich respektieren.«

»Außerdem, sehen wir den Tatsachen ins Auge« – Rehvenge lächelte erneut –, »meine Schwester hat in die Familie eingeheiratet.«

»Das hat sie, *Symphath*. Das hat sie.«

Nachdem Ehlena den Krankenwagen in der Garage abgestellt hatte, ging sie über den Parkplatz und hinunter in die Klinik. Sie musste ihre Sachen aus dem Spind holen, aber das war nicht der einzige Grund. Um diese Zeit bearbeitete Havers normalerweise die Krankenakten in seinem Büro, und dort wollte sie hin. An seiner Tür holte sie ein Haargummi heraus, strich sich das Haar zurück und drehte es zu einem festen Knoten im Nacken. Sie trug noch immer ihren schwarzen Wollmantel, aber das war vermutlich in Ordnung. Er war zwar nichts Teures, aber ordentlich und klassisch geschnitten.

Sie klopfte an, und als eine höfliche Stimme antwortete, trat sie ein. Havers früheres Büro war ein überwältigend schönes Studierzimmer gewesen, mit Antiquitäten und ledergebundenen Büchern. Hier in der neuen Klinik

unterschied sich sein persönlicher Arbeitsbereich nicht von dem anderer: weiße Wände, Linoleumboden, Stahlschreibtisch, schwarzer Bürostuhl.

»Ehlena«, grüßte er, als er von seinen Krankenakten aufblickte. »Wie geht es Ihnen.«

»Stephan ist bei seinen Angehörigen …«

»Meine Teuerste, ich wusste ja nicht, dass Sie ihn kennen. Catya hat es mir erzählt.«

»Das … tat ich.« Aber vielleicht hätte sie es der Kollegin nicht erzählen sollen.

»Gütige Jungfrau der Schrift, warum haben Sie das nicht gesagt?«

»Weil ich ihm die Ehre erweisen wollte.«

Havers nahm die Hornbrille ab und rieb sich die Augen. »Nun, das kann ich verstehen. Dennoch wünschte ich, ich hätte es gewusst. Der Umgang mit den Toten ist niemals einfach, aber er ist besonders schwer, wenn man sie persönlich kannte.«

»Catya hat mir den Rest der Schicht freigegeben –«

»Ja, darum habe ich sie gebeten. Sie hatten eine lange Nacht.«

»Nun, dankeschön. Doch bevor ich gehe, habe ich noch eine Frage zu einem anderen Patienten.«

Havers setzte die Brille wieder auf. »Natürlich. Um wen handelt es sich?«

»Rehvenge. Er war gestern Nacht hier.«

»Ich erinnere mich. Hat er Probleme mit seinen Medikamenten?«

»Haben Sie seinen Arm untersucht?«

»Seinen Arm?«

»Die entzündeten Venen auf der rechten Seite.«

Der Arzt schob die Hornbrille hoch. »Er hat nichts

von Problemen mit dem Arm erwähnt. Wenn er noch einmal herkommt, schaue ich es mir gerne an. Aber wie Sie wissen, kann ich ohne vorherige Untersuchung nichts verschreiben.«

Ehlena wollte etwas erwidern, als eine andere Schwester den Kopf zur Tür hineinsteckte. »Doktor?«, sagte sie. »Ihr Patient wartet in Behandlungszimmer vier auf Sie.«

»Danke.« Havers sah Ehlena noch einmal an. »Gehen Sie heim und ruhen sich aus.«

»Ja, Doktor.«

Sie duckte sich aus seinem Büro und sah zu, wie der Arzt davoneilte und um eine Ecke verschwand.

Rehvenge würde kein zweites Mal kommen und sich untersuchen lassen. Niemals. Erstens hatte er sich dazu zu krank angehört, und zweitens hatte er bereits bewiesen, was für ein Dickkopf er war, indem er die Entzündung vor Havers versteckt hatte.

Dummer. Idiot.

Und sie war auch dumm, wenn man bedachte, was ihr so durch den Kopf ging.

Im Großen und Ganzen hatte sie nie Probleme mit der Ethik: Bei korrektem Verhalten musste man nicht nachdenken oder abwägen. Zum Beispiel wäre es falsch, sich am Penicillinvorrat der Klinik zu bedienen und, sagen wir, achtzig fünfhundert-Milligramm-Tabletten zu entwenden.

Insbesondere, wenn man diese Tabletten einem Patienten gab, der das zu behandelnde Leiden keinem Arzt vorgeführt hatte.

Das wäre schlicht ergreifend falsch. Von vorne bis hinten.

Richtig hingegen wäre es, den Patienten anzurufen

und ihn zu überzeugen, in die Klinik zu kommen und sich vom Arzt untersuchen zu lassen. Und wenn der nicht in die Puschen kam? Nun, dann war das sein Problem.

Ganz genau, eine völlig klare Sache.

Ehlena machte sich auf den Weg zur Apotheke.

Sie beschloss, es dem Schicksal zu überlassen. Und siehe einer an: Zigarettenpause. Drei Uhr fünfundvierzig zeigte die kleine Bin-gleich-zurück-Uhr an.

Sie sah auf ihre Armbanduhr. Drei Uhr dreißig.

Sie entriegelte die Klappe an der Ladentheke, ging schnurstracks zu den Penicillin-Gläsern und schüttete achtzig fünfhundert-Milligramm-Tabletten in die Tasche ihrer Uniform – genau das Gleiche, was vor drei Nächten einem Patienten mit ähnlichem Leiden verschrieben worden war.

Rehvenge würde in nächster Zeit nicht in die Klinik kommen. Also brachte sie ihm, was er brauchte.

Sie redete sich ein, einem Patienten zu helfen, was schließlich das Wichtigste war. Verflucht, sie rettete ihm wahrscheinlich das Leben. Außerdem, erläuterte sie ihrem Gewissen, handelte es sich nicht um OxiContin oder Valium oder Morphium. Nach ihrem Informationsstand hatte sich noch niemand zerstoßenes Penicillin durch die Nase gezogen, um high zu werden.

Als sie ihr unangerührtes Pausenbrot aus dem Mitarbeiterraum holte, fühlte sie sich frei von Schuldgefühlen. Und als sie sich nach Hause materialisierte, ging sie in die Küche und kippte die Tabletten ohne Scham in ein wiederverschließbares Tütchen, das sie in ihrer Handtasche verstaute.

Sie wählte diesen Kurs bewusst. Stephan war bereits

tot, als sie ihn erreicht hatte, und sie hatte nur noch dabei helfen können, seinen kalten, steifen Leib in kräutergetränkte Wickel zu hüllen. Rehvenge lebte. Er lebte und litt. Und egal, ob er es nun selbst verschuldet hatte oder nicht, ihm konnte sie noch helfen.

Das Ergebnis war richtig, auch wenn die Methoden zweifelhaft waren.

Und manchmal ging es eben nicht anders.

24

Um halb vier Uhr morgens kam Xhex ins *ZeroSum* zurück, gerade rechtzeitig, um den Club zu schließen. Außerdem musste sie da noch eine Kleinigkeit an sich selbst erledigen, und anders als das Leeren der Kassen und das Heimschicken der Belegschaft erlaubte ihre persönliche Angelegenheit keinen Aufschub.

Bevor sie Rehvs Sommerhaus verlassen hatte, hatte sie sich ins Bad verdrückt und ihre Büßergurte wieder angelegt, aber es wollte nicht funktionieren: Sie stand unter Strom. War rastlos vor Macht. Vollkommen drauf. Die Dinger waren ungefähr so wirksam wie zwei Schnürsenkel.

Sie schlüpfte durch den Seiteneingang in die VIP-Lounge und sah sich kurz in der Menge um, sich wohl bewusst, dass sie jemand ganz Bestimmten suchte.

Und er war da.

Verflixter John Matthew. Ein erfolgreich durchgeführter Auftrag weckte immer Hunger in ihr, und die Nähe zu jemandem wie ihm war jetzt das Letzte, was sie brauchte.

Als spürte er ihre Blicke, hob er den Kopf, und seine tiefblauen Augen blitzten. Er wusste genau, was sie wollte. Und dass er sich diskret anders hinsetzen musste, ließ darauf schließen, dass er zu Diensten stünde.

Xhex konnte nicht anders. Sie musste sich und ihn quälen, also pflanzte sie ihm eine bildhafte Szene direkt ins Frontalhirn: Sie beide in einem der privaten Waschräume, er auf dem Waschbecken, den Oberkörper zurückgelehnt, sie einen Fuß auf der Konsole, sein Schwanz tief in ihr vergraben, beide keuchend.

Während er sie durch den vollen Raum ansah, öffneten sich seine Lippen, und die Röte, die ihm in die Wangen schoss, hatte nichts mit Verlegenheit zu tun und alles mit dem Orgasmus, der zweifelsohne in seinem Ständer hämmerte.

Gott, sie wollte ihn.

Sein Kumpel, der Rothaarige, riss sie aus ihrer Erstarrung. Blaylock kam an den Tisch, drei Bier von seinen Fingern baumelnd. Er sah Johns hartes, erregtes Gesicht, blieb stehen und blickte überrascht zu ihr hinüber.

Verdammt.

Xhex winkte den Türstehern, die auf sie zukamen, und stolperte so überstürzt aus dem VIP-Bereich, dass sie fast eine Bedienung niedergerissen hätte.

Ihr Büro war der einzig sichere Ort für sie, und sie rannte förmlich dorthin. Das Töten setzte bei ihr einen Motor in Gang, der sich nur schwer wieder bremsen ließ, und die Erinnerung an den süßen Moment, als Montrag ihrem Blick begegnete und sie ihm das Augenlicht nahm, befeuerte ihre *Symphathen*-Seite. Um von diesem Trip wieder herunterzukommen und die Energie zu kanalisieren, gab es zwei Möglichkeiten.

Sex mit John Matthew wäre ganz bestimmt eine davon gewesen. Die andere war weitaus weniger attraktiv, aber Xhex blieb keine Wahl, denn sie war kurz davor, ihre *Lys* herauszukramen und sie an allen Menschen,

die ihr im Weg standen, anzuwenden. Was nicht gut fürs Geschäft wäre.

Ungefähr hundert Jahre später schloss sie ihre Tür hinter sich und sperrte den Lärm und das herdenartige Gedränge der Leute aus, doch auch in ihrem kahlen Büro gab es keine Erleichterung. Himmel, sie konnte sich nicht einmal weit genug beruhigen, um die Büßergurte festzuzurren. Rastlos zog sie Kreise um ihren Schreibtisch, eingesperrt und kurz davor, in die Luft zu gehen. Sie versuchte sich einigermaßen zu beruhigen, um wenigstens …

Mit einem Donnergrollen brach der Wandel über sie herein, und ihre Sicht kippte ins Rote, als hätte man ihr ein Visier vor die Augen geklappt. Mit einem Schlag stürzten die Gemütsverfassungen aller lebendiger Wesen im Club auf sie ein: Die Wände und Böden lösten sich auf und ließen Bosheit und Verzweiflung, Wut und Begierde, Grausamkeit und Schmerz hindurch – für Xhex waren sie ebenso greifbar wie eben noch die Bausubstanz des Clubs.

Der *Symphath* in ihr hatte genug von dem freundlichen Getue, er wollte diese Herde von aufgeblasenen, zugedröhnten Menschen da draußen zu Fellen verarbeiten.

Als Xhex davonstürzte, als stünde die Tanzfläche in Flammen und sie besäße den einzigen Löscher, sank John zurück auf das Sofa. Nachdem sich das Bild in seinem Kopf aufgelöst hatte, legte sich das Kribbeln unter seiner Haut langsam wieder, doch seine Erektion wollte nichts von einem Na-ja-dann-halt-ein-andermal wissen.

Sein Schwanz war hart in seiner Jeans, gefangen hinter der Knopfleiste.

Scheiße, dachte John. *Scheiße. Einfach nur ... Scheiße.*

»Na, da hast du ja was unterbrochen, Blay«, murmelte Qhuinn.

»Tut mir leid«, sagte Blay, quetschte sich zwischen die zwei und verteilte die Biere. »Tut mir leid ... verdammter Mist.«

Tja, damit traf er den Nagel auf den Kopf.

»Weißt du, sie steht wirklich auf dich«, sagte Blay mit einem Anflug von Bewunderung. »Ich dachte immer, wir kommen hierher, damit du sie anstarren kannst. Aber ich wusste nicht, dass sie dich auch so anschaut.«

John senkte den Kopf, um zu verbergen, dass seine Wangen röter waren als Blays Haare.

»Du weißt, wo ihr Büro ist, John.« Qhuinns verschiedenfarbige Augen blieben reglos, während er sein frisches Bier ansetzte und einen tiefen Zug nahm. »Geh zu ihr. Jetzt. Dann bekommt wenigstens einer von uns etwas Erleichterung.«

John schob sich auf dem Sofa zurück und rieb sich die Schenkel. Er dachte das Gleiche wie Qhuinn. Aber hatte er wirklich den Mumm dazu? Was, wenn sie ihn abwies?

Was, wenn seine Erektion wieder versagte?

Doch als er daran dachte, was er in Gedanken gesehen hatte, verwarf er diese Sorge. Er hätte auf der Stelle abspritzen können.

»Du könntest allein in ihr Büro gehen«, fuhr Qhuinn leise fort. »Ich könnte oben im Gang warten und aufpassen, dass euch niemand stört. Du bist sicher, und ihr seid für euch.«

John dachte an das einzige Mal, als er mit Xhex in einem geschlossenen Raum gewesen war. Das war im August im Herrenklo im Zwischengeschoss gewesen. Sie

hatte ihn aufgegabelt, als er aus einer Kabine torkelte, völlig jenseits von Gut und Böse. Doch selbst im Vollrausch hatte ein Blick auf sie gereicht, und er war bereit und wollte nur noch Sex mit ihr haben – und dank dieses Mutes, gegründet auf eine Schiffsladung Corona, brachte er es über sich, zu ihr zu gehen und ihr eine kleine Nachricht auf ein Papierhandtuch zu schreiben. Eine Revanche für das, was sie von ihm verlangt hatte.

Es war nur gerecht gewesen. Sie sollte seinen Namen sagen, wenn sie kam.

Seitdem hatten sie im Club Abstand voneinander gehalten, doch in ihren Betten waren sie einander verdammt nah – und er wusste, dass sie seiner Aufforderung nachkam. Er sah es an der Art, wie sie ihn ansah. Und der heutige kleine telepathische Austausch darüber, was sie ihrer Meinung nach in einem der Waschräume tun sollten, bewies, dass auch sie manchmal Befehlen folgte.

Qhuinn legte ihm eine Hand auf den Arm, und als John zu ihm aufblickte, bedeutete er in Gebärdensprache: *Der richtige Zeitpunkt ist entscheidend, John.*

Das stimmte. Sie wollte ihn, und heute nicht nur in Gedanken, wenn sie allein zu Hause war. John wusste nicht, was sich für sie geändert hatte oder was der Auslöser war, aber sein Schwanz kümmerte sich einen Dreck um diese Sorte Details.

Es zählte, was dabei herauskam.

Im wahrsten Sinne des Wortes.

Außerdem: Wollte er denn verdammt noch mal für den Rest seines Lebens Jungfrau bleiben, nur wegen einer Sache, die ewig zurücklag?

Es kam *wirklich* auf den richtigen Zeitpunkt an, und

er war es gründlich leid, stillzusitzen und sich zu verweigern, was er wirklich wollte.

John stand auf und nickte Qhuinn zu.

»Verfickt noch mal«, sagte dieser und erhob sich vom Sofa. »Blay, wir kommen gleich zurück.«

»Lasst euch Zeit. Und John, viel Glück, okay?«

John klatschte seinem Freund auf die Schulter und zog seine Jeans hoch, bevor er sich auf den Weg aus dem VIP-Bereich machte. Zusammen mit Qhuinn passierte er die Türsteher an der Samtkordel, dann bahnten sie sich einen Weg durch das Gedränge, vorbei an verschwitzten Tänzern und knutschenden Pärchen und der Traube um die Bar, wo die letzten Drinks bestellt wurden. John fragte sich, ob Xhex vielleicht schon heimgegangen war.

Nein, dachte er, sie musste bis zum Schluss bleiben, weil Rehv noch nicht aufgetaucht war.

»Vielleicht ist sie schon in ihrem Büro«, meinte Qhuinn.

Auf der Treppe zum Zwischengeschoss dachte John an ihre erste Begegnung. Sie hatten keinen sonderlich guten Start gehabt. Xhex hatte ihn diesen Flur hinuntergezerrt und ausgequetscht, nachdem sie ihn dabei erwischt hatte, wie er eine Waffe einsteckte, damit Qhuinn und Blay sich in Ruhe mit ein paar Mädels vergnügen konnten. Bei dieser Gelegenheit hatte sie seinen Namen erfahren und seine Verbindung zu Wrath und der Bruderschaft. Die Art, wie sie ihn überwältigte, hatte ihn absolut scharfgemacht ... nachdem er die Furcht überwunden hatte, sie würde ihn in Stücke reißen.

»Ich warte hier auf dich.« Qhuinn blieb oben im Gang stehen. »Dir kann nichts passieren.«

John nickte und setzte dann einen Fuß vor den anderen, immer wieder, während der Gang immer dunkler

wurde. An der Tür blieb er nicht stehen, um sich zu sammeln, aus Angst, er könnte sonst den Schwanz einklemmen und zurück zu seinem Kumpel laufen.

Und wie stünde er dann da?

Außerdem wollte er es. Er *brauchte* es.

John hob die Hand zum Klopfen – und erstarrte. Blut. Er roch … Blut.

Ihr Blut.

Ohne nachzudenken, stieß er die Tür auf und –

Großer Gott, formten seine Lippen.

Xhex' Kopf schoss hoch, und ihr Anblick brannte sich auf seiner Netzhaut ein. Sie hatte ihre Lederhose ausgezogen und über den Stuhl gehängt. An ihren Beinen rann Blut herunter … Blut, das unter stachligen Metallbändern hervorquoll, die um ihre Oberschenkel geschnürt waren. Sie hatte einen schwarzen Stiefel auf den Tisch gestemmt und war gerade dabei … die Bänder fester zu ziehen?

»Verpiss dich!«

Warum?, formten seine Lippen, als er auf sie zuging und die Hand nach ihr ausstreckte. *Oh … Gott, hör auf!*

Sie knurrte bedrohlich und richtete den Finger gegen ihn. »*Bleib mir vom Leib.*«

John begann hektisch zu gestikulieren, obwohl sie keine Gebärdensprache beherrschte. *Warum tust du dir das an …*

»Verpiss dich! Sofort.«

Warum?, schrie er stumm zurück.

Wie als Antwort blitzten ihre Augen plötzlich rubinrot auf, als hätte man ihr bunte Glühbirnen in den Schädel geschraubt, und John wurde mit einem Schlag kalt.

Es gab nur ein Wesen in der Welt der Bruderschaft, das so etwas konnte.

»*Geh.*«

John wirbelte herum und stolperte zur Tür. Als er nach dem Türknauf griff, sah er, dass man ihn mit einem kleinen Knopf verriegeln konnte, und mit einem schnellen Drehen schloss er sie ein, damit niemand sonst sie sah.

Er hielt nicht an, als er an Qhuinn vorbeikam. Er ging einfach weiter und kümmerte sich nicht darum, ob sein Freund und persönlicher Wächter hinter ihm hereilte.

Von all den Dingen, die er über sie hätte erfahren können, traf ihn diese Erkenntnis völlig unvorbereitet.

Xhex war eine verdammte *Symphathin*.

25

Am anderen Ende von Caldwell saß Lash in einer von Bäumen gesäumten Straße in einem Sandsteinhaus in einem Clubsessel mit dunklem Samtüberzug. Neben ihm hingen die letzten anderen Überbleibsel der stilbewussten, betuchten Menschen, die früher hier gewohnt hatten: Prächtige Brokatvorhänge reichten von der Decke bis zum Boden und brachten die Erkerfenster vollends zur Geltung, die sich über den Bürgersteig wölbten.

Lash liebte diese verdammten Vorhänge. Sie waren in Burgunderrot, Gold und Schwarz gehalten, eingefasst mit einer Goldbordüre mit Satinbommeln. In ihrer üppigen Pracht erinnerten sie ihn an sein früheres Leben im großen Tudorhaus auf dem Hügel.

Er vermisste die Eleganz dieses Lebens. Das Personal. Das Essen. Die Autos. Er musste sich zu viel mit der Unterschicht herumschlagen.

Scheiße, der *menschlichen* Unterschicht, wenn man bedachte, woraus die *Lesser* rekrutiert wurden.

Er streckte die Hand aus und streichelte einen der Vorhänge und achtete nicht auf das Staubwölkchen, das sich in der reglosen Luft bildete, sobald er den Stoff berührte. Entzückend. So schwer und mächtig und nichts daran billig, weder Gewebe noch Farbe noch die handgenähten Säume oder Borten.

Das Gefühl zwischen seinen Fingern führte ihm vor Augen, dass er ein anständiges Haus für sich brauchte. Er überlegte, ob vielleicht dieses Sandsteinhaus infrage käme. Laut Mr. D gehörte es seit dreihundert Jahren der Gesellschaft der *Lesser,* nachdem es ein *Hauptlesser* erstanden hatte, der Vampire in der Nachbarschaft vermutete. Eine Garage mit zwei Stellplätzen führte auf eine Nebenstraße hinaus, also bot das Haus Privatsphäre, und etwas Hübscheres würde er auf absehbare Zeit nicht finden.

Grady kam herein, das Handy am Ohr, auf dem letzten Abschnitt seines rastlosen Wanderweges, den er in den letzten zwei Stunden etabliert hatte. Seine Stimme hallte von der hohen, stuckverzierten Decke wider.

Mit dem richtigen Antrieb durch Adrenalin hatte der Kerl die Namen von sieben Dealern ausgespuckt und sie nacheinander angerufen, um Treffen zu erbetteln.

Lash schielte auf Gradys krakelige Liste. Ob diese Leute brauchbar waren, musste sich erst noch erweisen, aber einer war sicher Gold wert. Der siebte Name auf der Liste, schwarz eingekringelt, war Lash bekannt: der Reverend.

Alias Rehvenge, Sohn des Rempoon. Inhaber des *ZeroSum.*

Alias der Platzhirsch, der Lash aus dem Club geworfen hatte, weil er hier und da mal ein paar Gramm verkauft hatte. Scheiße, Lash konnte nicht glauben, dass er nicht früher auf ihn gekommen war. Natürlich stand Rehvenge auf dieser Liste. Zur Hölle, er war der Hauptstrom, der alle Nebenarme speiste, der Kerl, mit dem die kolumbianischen und chinesischen Produzenten direkt verhandelten.

Das machte die Sache noch viel interessanter.

»Okay, bis dann also«, verabschiedete sich Grady gerade. Als er auflegte, blickte er zu Lash herüber. »Die Nummer vom Reverend habe ich nicht.«

»Aber du weißt, wo du ihn finden kannst, nicht wahr.« Kunststück. Vom Dealer über den User bis hin zur Polizei wusste jeder im Drogenmilieu, wo der Kerl abhing. Darum war es auch ein Wunder, dass man den Club nicht längst geschlossen hatte.

»Da gibt es ein Problemchen. Ich habe Hausverbot im *ZeroSum*.«

Willkommen im Club. »Wir finden eine Lösung.« Obwohl sie für diesen Deal keinen *Lesser* reinschicken konnten. Dafür brauchten sie einen Menschen. Oder sie lockten Rehvenge aus seiner Höhle, doch das wäre wahrscheinlich schwierig.

»War das alles?«, fragte Grady und blickte sehnsuchtsvoll zur Haustür wie ein Hund, der dringend pissen musste.

»Du sagtest doch, du müsstest untertauchen.« Lash lächelte und ließ die Fänge blitzen. »Also gehst du mit meinen Männern zu ihrem Haus.«

Grady widersprach nicht. Er nickte nur und verschränkte die Arme vor seiner bescheuerten Adlerjacke. Seine Unterordnung war zu gleichen Teilen seinem Charakter, seiner Angst und seiner Erschöpfung zu verdanken. Offensichtlich dämmerte ihm, dass er viel tiefer in der Scheiße steckte, als anfänglich vermutet. Lashs Fänge hielt er sicherlich für ein kosmetisches Accessoire, aber jemand, der sich als Vampir ausgab, konnte mitunter genauso tödlich und gefährlich sein wie ein echter Blutsauger.

Die Schwingtür zur Küche öffnete sich, und Mr. D kam

mit zwei eckigen, in Zellophan gewickelten Päckchen herein. Sie waren jeweils kopfgroß, und vor Lashs Augen ratterten die Dollarzeichen nur so durch, als der *Lesser* sie ihm brachte.

»Die waren hinten in der Verkleidung versteckt.«

Lash holte sein Schnappmesser heraus und piekste kleine Löcher in die Folie. Ein kurzes Lecken des weißen Pulvers, das zutage kam, entlockte ihm erneut ein Lächeln. »Gute Qualität. Das machen wir zu Geld. Du weißt, wohin damit.«

Mr. D nickte und verschwand wieder in der Küche. Als er zurückkam, befanden sich die anderen zwei Jäger bei ihm, und Grady war nicht der Einzige, der erschlagen aussah. *Lesser* mussten alle vierundzwanzig Stunden Reserven tanken, und nach letzter Zählung waren sie seit ungefähr achtundvierzig Stunden unterwegs. Selbst Lash, der tagelang durchpowern konnte, fühlte sich matt.

Zeit, sich aufs Ohr zu hauen.

Er stand auf und zog sich den Mantel an. »Ich fahre den Mercedes. Mr. D, du sitzt hinten und passt auf, dass Grady Spaß an der Fahrt hat. Ihr anderen nehmt die Schrottkarre.«

Sie ließen den Lexus in der Garage zurück; die Nummernschilder hatten sie entfernt und die Fahrgestellnummer zerkratzt.

Die Fahrt zur Hunterbred-Siedlung dauerte nicht lang, aber Grady gelang es tatsächlich, ein Nickerchen einzuschieben. Lash sah ihn im Rückspiegel. Er war weggetreten, als hätte man ihm den Stecker rausgezogen. Sein Kopf war auf die Lehne gerollt, der Mund stand offen, und er schnarchte.

Was schon fast an eine Beleidigung grenzte.

Lash hielt vor der Wohnung von Mr. D und seinen zwei Mitbewohnern und verdrehte den Kopf in Richtung Grady.

»Aufwachen, Arschloch.« Als der Loser blinzelte und gähnte, verachtete Lash dessen Schwäche, und Mr. D schien es genauso zu gehen. »Die Regeln sind einfach. Wenn du versuchst abzuhauen, erschießen dich meine Männer entweder auf der Stelle, oder sie rufen die Cops an und verklickern ihnen, wo du bist. Kurz nicken, damit ich weiß, dass wir uns verstehen.«

Grady nickte, obwohl Lash das Gefühl hatte, dass er das bei jeder Ansage getan hätte. Friss deine Füße. Klar, natürlich, geht in Ordnung.

Lash entriegelte die Türen. »Und jetzt raus aus meinem Auto.«

Ein weiteres Nicken, während die Türen geöffnet wurden und der bittere Wind hineinwehte. Grady stieg aus und zog die Jacke enger um sich, sodass er die Flügel des dämlichen Adlers einknickte. Mr. D hingegen schien wenig beeindruckt von der Kälte – einer der Vorteile, wenn man bereits tot war.

Lash stieß rückwärts aus dem Parkplatz und fuhr in Richtung seiner Stadtwohnung, einem Loch namens »Ranch« in einer Siedlung voller Rentner – dort hielten Vorhänge aus Polyester die Blicke seiner glasäugigen Nachbarn ab. Der einzige Vorteil war, dass keiner in der Gesellschaft die Adresse kannte. Aus Sicherheitsgründen schlief er bei Omega, aber die Rückkehr auf diese Seite machte ihn immer eine halbe Stunde lang fix und fertig, und er wollte nicht wehrlos erwischt werden.

Denn Schlaf war eigentlich der falsche Ausdruck für das, was er brauchte. Es war kein Augenschließen und

Wegdösen, sondern eher eine Art Ohnmacht, die ihn überfiel. Symptomatisch für *Lesser,* wenn man Mr. D glaubte. Aus irgendeinem Grund waren sie mit dem Blut seines Vaters in den Adern wie Handys, die man nicht benutzen konnte, solange sie sich aufluden.

Der Gedanke an die Ranch deprimierte Lash, und er bemerkte, dass er stattdessen auf die vornehmste Gegend von Caldwell zusteuerte. Hier kannte er die Straßen wie seine Westentasche, und die Steinsäulen seines alten Hauses fand er leicht.

Das Tor war fest verschlossen, und er konnte nicht über die hohe Mauer sehen, die das Grundstück einschloss, aber er wusste, was sich dahinter verbarg: Der Rasen und die Bäume und der Pool und die Terrasse … alles perfekt instand gehalten.

Scheiße. Er wollte zurück zu seinem Luxusleben. Dieses anspruchslose Dasein bei der Gesellschaft der *Lesser* fühlte sich wie ein billiger Anzug an. Gar nicht nach ihm. In keinerlei Hinsicht.

Er stellte den Mercedes auf Parkposition und saß einfach nur da, auf die Auffahrt blickend. Nachdem er die Vampire, die ihn aufgezogen hatten, ermordet und seitlich neben dem Haus verscharrt hatte, hatte er alles aus dem Tudorhaus geschafft, was nicht niet- und nagelfest gewesen war. Die Antiquitäten hatte er in verschiedenen *Lesser*-Behausungen in und um die Stadt deponiert. Er war nicht mehr hier gewesen, seit er sich dieses Auto geholt hatte, und er ging davon aus, dass der Besitz über das Testament seiner Eltern an irgendeinen Blutsverwandten gefallen war, der seine Überfälle auf die Aristokratie überlebt hatte.

Doch Lash bezweifelte, dass sein altes Zuhause noch in

Vampirhand war. Schließlich war es von *Lessern* überfallen worden und damit für alle Zeiten enttarnt.

Lash fehlte dieses Haus, obwohl es als Hauptquartier unbrauchbar gewesen wäre. Zu viele Erinnerungen, und außerdem lag es zu nahe an der Vampirwelt. Seine Pläne, seine Buchführung und die geheimen Details der Gesellschaft der *Lesser* durfte auf keinen Fall versehentlich in die Hände der Bruderschaft geraten.

Eines Tages würde er sich wieder mit den Kriegern auseinandersetzen, aber dann würde *er* die Spielregeln bestimmen. Nachdem ihn diese Missgeburt von Qhuinn ermordet und sein wahrer Vater ihn zu sich geholt hatte, war er von niemandem außer diesem trotteligen John Matthew mehr gesehen worden – und auch von ihm nur sehr verschwommen, sodass er es vermutlich als Trugbild abtat, nachdem schließlich alle seine Leiche angestarrt hatten.

Lash stand auf große Auftritte. Wenn er sich der Vampirwelt präsentierte, würde es aus einer überlegenen Position heraus geschehen. Und seine erste Aktion wäre die Rache seines eigenen Todes.

Seine Zukunftspläne ließen ihn ein bisschen weniger wehmütig in die Vergangenheit blicken. Er sah die kahlen Bäume an, die vom kalten Wind gebeutelt wurden, und dachte an Naturgewalten.

Und wollte genau das sein.

Als sein Handy klingelte, klappte er es auf und hielt es sich ans Ohr. »Was?«

Mr. Ds Stimme war nüchtern. »Bei uns wurde eingedrungen, Sir.«

Lashs Hand umklammerte das Steuer. »Wo?«

»Hier.«

»*Verdammt*. Was haben sie sich geholt?«

»Kanopen. Alle drei. Daher wissen wir, dass es die Brüder waren. Die Türen waren immer noch verschlossen, als wir ankamen, die Fenster auch, keine Ahnung, wie sie reingekommen sind. Muss irgendwann in den letzten zwei Nächten passiert sein, da wir seit Sonntag nicht hier geschlafen haben.«

»Waren sie in der Wohnung darunter?«

»Nein, die ist sicher.«

Zumindest etwas. Trotzdem, der Verlust von Kanopen war ein Problem.

»Warum ist die Alarmanlage nicht losgegangen?«

»Sie war nicht eingeschaltet.«

»Himmel noch mal. Du solltest besser da sein, wenn ich komme.« Lash beendete den Anruf und kurbelte das Lenkrad herum. Als er aufs Gas trat, schoss die Limousine auf das Tor zu und schrammte mit der vorderen Stoßstange am Eisengitter entlang.

Einfach großartig.

Er parkte direkt vor dem Treppenaufgang der Wohnung und riss fast die Tür aus den Angeln, als er ausstieg. Eiskalte Windstöße fuhren ihm durchs Haar, während er immer zwei Stufen auf einmal nahm und in die Wohnung stürzte, bereit, jemanden zu killen.

Grady saß auf dem Hocker an der Frühstücksbar, die Jacke ausgezogen, die Ärmel hochgekrempelt, und schaute möglichst unbeteiligt.

Mr. D kam aus einem der beiden Schlafzimmer, mitten im Satz »... verstehe nicht, wie sie diesen Ort hier finden konn...«

»Wer waren die Versager?«, blaffte Lash und sperrte den heulenden Wind aus. »Alles andere ist mir egal. Wer

war dieser Volltrottel, der den Alarm nicht eingeschaltet und diese Adresse verraten hat? Wenn sich niemand meldet, ziehe ich dich« – er zeigte auf Mr. D – »zur Verantwortung.«

»Ich war es nicht.« Mr. D starrte seine Männer durchdringend an. »Ich war seit zwei Tagen nicht mehr hier.«

Der linke *Lesser* hob die Arme, jedoch – typisch für seine Spezies – nicht als Unterwerfungsgeste, sondern in Kampfbereitschaft. »Ich habe meinen Geldbeutel, und ich habe mit niemandem geredet.«

Alle Augen wandten sich dem dritten Jäger zu, der sauer wurde. »Was zur Hölle?« Er langte demonstrativ an seine Gesäßtasche. »Ich habe meinen …«

Er schob die Hand tiefer in die Tasche, als würde das helfen. Dann veranstaltete er eine große Pantomime und durchsuchte alle Taschen in und an Hose, Jacke und Hemd. Sicher hätte der Vollidiot auch in seinen After gegriffen, hätte er eine Chance gesehen, dass sich die Börse hoch in den Mastdarm gearbeitet hatte.

»Wo ist dein Portemonnaie«, fragte Lash aalglatt.

Jetzt ging dem Tölpel ein Licht auf. »Mr. N … dieser Wichser. Wir haben gestritten, weil er Kohle von mir wollte. Wir haben gekämpft, und er muss mir mein Portemonnaie gestohlen haben.«

Mr. D trat leise hinter den Jäger und rammte ihm den Kolben seiner Magnum an die Schläfe. Die Wucht des Schlages versetzte den Jäger in eine Kreiselbewegung, bis er gegen die Wand schlug und einen schwarzen Streifen auf der naturweißen Tapete hinterließ, als er auf den billigen Teppich glitt.

Grady japste erschrocken auf, wie ein Terrier, der eins mit einer Zeitung überbekommt.

Und dann klingelte es an der Tür. Alle horchten auf und sahen dann Lash an.

Er deutete auf Grady. »Du rührst dich nicht vom Fleck.« Als es erneut klingelte, nickte er Mr. D zu. »Mach auf.«

Der kleine Texaner stieg über den niedergestreckten Jäger hinweg und steckte sich die Waffe hinten in den Hosenbund. Dann öffnete er die Tür einen Spaltbreit.

»Domino Pizza«, erklang eine Männerstimme, und ein Windstoß wehte herein. »Oh – Mist, passen Sie auf!«

Es war wie eine schlechte Komödie, der reinste Slapstick. Der Wind erfasste den Pizzakarton, als der Lieferant ihn aus der roten Thermokiste hob, und die Salami-irgendwas flog auf Mr. D zu. Der vorbildliche Pizzamann mit der Domino-Kappe versuchte noch, sie aufzufangen – wobei er Mr. D umpflügte und in die Wohnung stolperte.

Ein Fauxpas, so vermutete Lash, vor dem Domino-Pizza seine Lieferanten sicher ausdrücklich warnte, und das mit gutem Grund. Das Hineintrampeln in fremde Wohnungen hielt selbst für Helden unangenehme Überraschungen parat: perverse Pornos im Fernsehen. Eine dicke Hausfrau in Liebestötern und oben ohne. Eine Absteige mit mehr Kakerlaken als Menschen.

Oder ein Untoter am Boden, dem schwarzes Blut aus einer Kopfwunde sickerte.

Völlig ausgeschlossen, dass der Pizzamann nichts davon mitbekam. Und das hieß, dass man sich um ihn kümmern musste.

Nachdem er den Rest der Nacht durch die Innenstadt von Caldwell gestreift war und nach *Lessern* Ausschau gehalten hatte, nahm John im Innenhof vor dem Wohnhaus der Bruderschaft Gestalt an, neben den Autos, die

in ordentlicher Reihe dort parkten. Eisiger Wind drückte gegen seine Schultern wie ein lästiger Pausenhofrowdy, der ihn niederkämpfen wollte, aber er ließ den Angriff an sich abprallen.

Eine *Symphathin.* Xhex war eine verdammte *Symphathin.*

Während sich sein Kopf immer noch gegen diese Erkenntnis zur Wehr setzte, materialisierten sich Qhuinn und Blay neben ihm. Man musste ihnen zugutehalten, dass keiner John gefragt hatte, was im *ZeroSum* passiert war. Dennoch sahen sie ihn weiterhin an wie ein Reagenzglas im Labor, als müsste er gleich die Farbe wechseln oder schäumen oder irgendetwas dergleichen.

Ich brauche etwas Zeit für mich, gestikulierte er, ohne sie anzusehen.

»Kein Problem«, antwortete Qhuinn.

Es entstand eine Pause, als John darauf wartete, dass sie ins Haus gingen. Qhuinn räusperte sich einmal. Und dann ein zweites Mal.

Dann sagte er erstickt: »Es tut mir leid. Ich wollte dich nicht wieder drängen. Ich …«

John schüttelte den Kopf und signalisierte: *Es hat nichts mit Sex zu tun. Keine Sorge, okay?*

Qhuinn runzelte die Stirn. »Okay. Ja, cool. Wenn … du uns brauchst, wir sind in der Nähe. Komm, Blay.«

Blay folgte Qhuinn, und die beiden gingen die flachen Steinstufen hinauf ins Wohnhaus.

Als er endlich allein dastand, wusste John nicht, wo er hingehen sollte, aber es würde bald dämmern, also blieben neben einem kurzen Jogginglauf durch den Garten nicht viele Möglichkeiten draußen.

Obwohl, Gott, er fragte sich, ob er überhaupt hinein-

gehen konnte. Er fühlte sich durch sein neues Wissen besudelt.

Xhex war eine *Symphathin*.

Wusste Rehvenge davon? Wusste es irgendjemand?

Er war sich durchaus im Klaren darüber, was von ihm erwartet wurde. Er hatte es im Training gelernt: Wenn man einen *Symphathen* entdeckte, meldete man ihn zur Deportation, oder man machte sich zum Komplizen. Ganz einfach.

Nur, was passierte dann?

Ja, auch das war keine Frage. Xhex würde abtransportiert werden wie Müll auf eine Kippe – und es würde nicht gut aussehen für sie. Es war offensichtlich, dass sie ein Mischling war. John hatte Fotos von *Symphathen* gesehen, und Xhex sah überhaupt nicht wie diese langen, hageren Schauergestalten aus. Also war die Chance groß, dass sie in der Kolonie getötet wurde, denn soweit John informiert war, standen *Symphathen* in puncto Diskriminierung der *Glymera* in nichts nach.

Nur dass sie ihre Opfer vorher folterten.

Was sollte er bloß tun …

Als die Kälte unter seine Lederjacke kroch, ging er ins Haus und auf direktem Wege die Freitreppe hinauf. Die Flügeltür zum Arbeitszimmer stand offen, und er hörte Wraths Stimme, aber er blieb nicht stehen, um mit dem König zu reden. Er ging weiter, um die Ecke, den Gang mit den Statuen entlang.

Doch John ging nicht zu seinem Zimmer.

Er blieb vor Tohrs Tür stehen und strich sich die Haare glatt. Es gab nur eine Person, mit der er über diese Sache reden wollte, und er betete, dass nur dieses eine Mal etwas zurückkommen würde.

Er brauchte Hilfe. Dringend.

John klopfte leise an.

Keine Antwort. Er klopfte erneut.

Als er wartete und wartete, starrte er die Paneele der Tür an und dachte an die letzten beiden Male, die er ungebeten in ein Zimmer geplatzt war. Das erste Mal war im Sommer gewesen, als er in Cormias Schlafzimmer gestürzt war und sie nackt und eingerollt gefunden hatte, mit blutverschmierten Schenkeln. Das Ende vom Lied? Er hatte auf Phury eingedroschen wie ein Berserker, aber völlig unnötigerweise, weil der Sex einvernehmlich stattgefunden hatte.

Das zweite Mal war heute Nacht bei Xhex gewesen. Und man schaue sich an, in was für eine Situation ihn das gebracht hatte.

John klopfte lauter, seine Knöchel krachten so laut gegen die Tür, dass es die Toten aufgeweckt hätte.

Keine Antwort. Schlimmer noch, überhaupt kein Geräusch. Kein Fernseher, keine Dusche, keine Stimmen.

John trat zurück, um zu prüfen, ob Licht unter der Tür hervordrang. Nein. Lassiter war also auch nicht drinnen.

Die Angst schnürte ihm die Kehle zu, als er die Tür langsam öffnete. Sein erster Blick fiel aufs Bett, und als Tohr nicht darin lag, geriet John in Panik. Er sprang über den Orientteppich und schoss ins Bad, voller Erwartung, den Bruder mit aufgeschlitzten Pulsadern in seinem Whirlpool vorzufinden.

Doch auch dort war niemand.

Eine seltsame, aufgeregte Hoffnung breitete sich in seiner Brust aus, als er zurück in den Flur ging. Er blickte nach rechts und links und fing dann mit Lassiters Zimmer an.

Keine Antwort, und als er hineinsah, fand er dort nichts als Ordnung und Sauberkeit und den verfliegenden Duft von frischer Luft.

Das war gut. Der Engel musste bei Tohr sein.

John hastete zu Wraths Arbeitszimmer, klopfte an den Rahmen, steckte den Kopf hinein und blickte schnell zu dem zierlichen Sofa und den Sesseln und dem Kaminsims, an das sich die Brüder gerne lehnten.

Wrath blickte vom Tisch auf. »He, Sohn. Was gibt's?«

Oh nichts. Weißt du. Bitte … entschuldige mich.

John joggte die Freitreppe hinunter. Er wusste, dass Tohr bei seinem ersten Vorstoß in die Welt bestimmt keinen großen Wirbel verursachen wollte. Wahrscheinlich würde er mit etwas Einfachem beginnen und mit dem Engel in die Küche gehen oder so etwas.

Unten sprang John auf den Mosaikboden der Eingangshalle. Von rechts kamen Männerstimmen, und er warf einen Blick ins Billardzimmer. Butch beugte sich über den Billardtisch und wollte gerade zustoßen, Vishous stand hinter ihm und störte durch Zwischenrufe. Auf dem großen Flachbildschirm lief der Sportkanal, und nur zwei niedrige Gläser standen herum, eines mit einer bernsteinfarbenen Flüssigkeit gefüllt, das andere mit einem kristallklaren Zeug, das garantiert kein Wasser war.

Tohr war nicht anwesend, aber er hatte sich auch nie viel aus Spielen gemacht. Außerdem waren Butch und V mit ihren harten Schlagabtäuschen keine geeignete Gesellschaft für einen ersten tastenden Ausflug in die Normalität.

John wandte sich ab und lief durchs Esszimmer, das schon für das Letzte Mahl gedeckt war, in die Küche,

wo er auf … *Doggen* stieß, die drei verschiedene Pasta-soßen zubereiteten, selbstgebackenes italienisches Brot aus dem Ofen zogen, Salate schnipselten und Rotwein-flaschen zum Dekantieren öffneten … kein Tohr in Sicht.

Die Hoffnung schwand aus Johns Brust und hinterließ eine beklemmende Enge.

Er ging zu Fritz, dem unvergleichlichen Butler, der ihn mit einem strahlenden Lächeln in seinem alten, faltigen Gesicht begrüßte. »Hallo, Sire, wie geht es Euch?«

John führte die Gebärden eng an seiner Brust aus, da-mit niemand sonst sie sehen konnte: *Hör zu, hast du …*

Scheiße, er wollte keine Panik im Haus auslösen, nur weil er vorschnelle Schlüsse zog.

… irgendjemanden gesehen?, führte er zu Ende.

Fritz zog die buschigen weißen Brauen zusammen. »Ir-gendjemanden, Sire? Bezieht Ihr Euch auf die Damen in diesem Haus, oder …«

Männer, deutete er. *Hast du irgendeinen der Brüder gesehen?*

»Nun, ich bin seit einer Stunde hauptsächlich mit der Zubereitung des Essens beschäftigt gewesen, aber ich weiß, dass mehrere vom Einsatz zurückgekehrt sind. Rhage hat sich seine Sandwiches geholt, sobald er zu-rück war, Wrath ist im Arbeitszimmer, und Zsadist ist mit der Kleinen in der Wanne. Lasst mich überlegen … oh, und ich glaube, Butch und Vishous spielen Billard, weil einer meiner Belegschaft ihnen gerade Drinks im Billardzimmer serviert hat.«

Okay, dachte John. Wäre ein Bruder aufgetaucht, den niemand seit … sagen wir, vier Monaten gesehen hatte, wäre er sicher als Erstes erwähnt worden.

Danke, Fritz.

»Sucht Ihr jemand Bestimmtes?«

John schüttelte den Kopf und ging zurück in die Eingangshalle, dieses Mal mit schweren Schritten. Als er in die Bibliothek kam, erwartete er nicht, jemanden vorzufinden, und siehe da: Überall nur Bücher, doch weit und breit kein Tohr.

Wo konnte …

Vielleicht war er gar nicht im Haus.

John schoss aus der Bibliothek und schlitterte um den Absatz der Freitreppe, die Sohlen seiner Schuhe quietschten, als er um die Ecke wirbelte. Er riss die versteckte Tür unter der Treppe auf und rannte durch den unterirdischen Tunnel aus dem Wohnhaus.

Natürlich. Tohr würde zum Trainingszentrum gehen. Wenn er wieder ins Leben zurückkehren wollte, dann wollte er sicherlich auch zurück in den Kampf. Und das bedeutete, dass er trainierte, um wieder in Form zu kommen.

Als John ins Büro des Zentrums kam, war er wieder voller Hoffnung, und als Tohr nicht am Schreibtisch saß, überraschte ihn das nicht.

Dort hatte er von Wellsies Tod erfahren.

John eilte in den Korridor, und als er den leisen Klang von aneinanderstoßenden Gewichten vernahm, klang das wie eine Symphonie in seinen Ohren. Eine unglaubliche Erleichterung wuchs in seiner Brust, bis seine Hände und Füße kribbelten.

Aber er musste sich cool geben. Als er auf den Kraftraum zuging, wischte er sich das Lächeln aus dem Gesicht und öffnete weit die Tür …

Blaylock sah von seiner Trainingsbank auf. Qhuinns Kopf hüpfte auf dem StairMaster auf und ab.

Als John sich umsah, stellten beide ihre Aktivitäten ein. Blay legte das Gewicht ab, Qhuinn sank langsam auf den Boden.

Habt ihr Tohr gesehen?, bedeutete John.

»Nein«, meinte Qhuinn und trocknete sich das Gesicht mit einem Handtuch ab. »Warum sollte er hier sein?«

John stürzte zurück in den Korridor und in die Turnhalle, wo er nichts außer vergitterten Lampen, glänzenden Kiefernbohlen und blitzblauen Turnmatten fand. Im Geräteraum standen ausschließlich Geräte. Der Physiotherapieraum war leer. Genauso wie Janes Behandlungszimmer.

Jetzt rannte er durch den Tunnel zurück zum Haupthaus und schnurstracks hoch zur offenen Tür des Arbeitszimmers. Diesmal klopfte er nicht an den Rahmen. Er stellte sich vor Wraths Schreibtisch und signalisierte: *Tohr ist verschwunden.*

Als der Mann vom Lieferservice rudernd dem Pizzakarton nachsprang, erstarrte alles um ihn herum.

»Das war knapp«, meinte der Mensch. »Wir wollen doch nicht, dass Ihr Teppich –«

Der Kerl erstarrte in Kauerstellung, als seine Augen den schwarzen Fleck an der Wand erfassten und die Schliere bis zu dem am Boden gekrümmten, stöhnenden *Lesser* verfolgten, der ihn verursacht hatte. »... versaut wird.«

»Himmel«, knurrte Lash, zog das Klappmesser aus seiner Brusttasche, ließ die Klinge aufschnappen und stellte sich hinter den Kerl. Als der Pizzamann sich aufrichtete, legte ihm Lash den Arm um den Hals und trieb ihm das Messer tief ins Herz.

Keuchend sackte der Mann in sich zusammen. Der Pizzakarton glitt zu Boden und klappte auf. Die Tomatensoße und die Salami passten farblich zu dem Blut, das aus seiner Wunde floss.

Grady sprang von seinem Hocker auf und deutete auf den noch stehenden Jäger: »Er hat mich die Pizza bestellen lassen!«

Lash richtete die Spitze seines Messers auf den Idioten. »Maul halten.«

Grady sank auf seinen Hocker zurück.

Mr. D war ernsthaft angepisst, als er auf den verbleibenden Jäger zuging. »Du hast ihn also die Pizza bestellen lassen?«

Der *Lesser* knurrte zurück: »Sie haben gesagt, ich soll die Fenster im hinteren Schlafzimmer bewachen. So haben wir bemerkt, dass die Kanopen fehlen, erinnern Sie sich? Das Stück Scheiße hier am Boden hat sie ihn bestellen lassen.«

Mr. D schien diese Schlussfolgerung egal, aber so spaßig es wäre, diesen *Lesser* zu zerfleischen, es blieb nicht viel Zeit. Der Pizzamann würde heute nichts mehr zustellen, und seine Freunde mit den Domino-Käppchen würden das nur allzu bald spitzbekommen.

»Ruf Verstärkung«, ordnete Lash an, ließ sein Messer zuschnappen und ging zu dem ohnmächtigen *Lesser* hinüber. »Sie sollen mit dem Laster kommen. Dann hol die Kisten mit den Gewehren. Wir räumen beide Wohnungen leer.«

Mr. D ging ans Telefon und fing an, Befehle zu schnauzen, während der andere Jäger ins hintere Schlafzimmer trabte.

Lash warf einen Blick auf Grady, der die Pizza anstarr-

te, als erwäge er ernsthaft, das Ding vom Teppich abzu-
schälen. »Das nächste Mal, wenn du …«

»Die Gewehre sind weg.«

Lash sah den *Lesser* an. »Wie bitte?«

»Die Gewehrkisten sind nicht im Schrank.«

Einen Sekundenbruchteil lang wollte Lash nichts anderes, als irgendetwas zu töten, und das Einzige, was Grady
davor bewahrte, dieses Etwas zu sein, war, dass er sich in
die Küche duckte und außer Sicht verschwand.

Doch schließlich siegte die Vernunft über seine Impulse, und Lash wandte sich an Mr. D. »Du bist verantwortlich für die Evakuierung.«

»Ja, Sir.«

»Grady?« Als keine Antwort kam, fluchte Lash und
ging in die Küche, wo sich der Kerl gerade über den
Kühlschrank hermachte und angesichts der leeren Fä-
cher den Kopf schüttelte. Dieses Arschloch war entweder
extrem cool oder komplett auf sich selbst bezogen, und
Lash ging davon aus, dass es Letzteres war. »Wir gehen.«

Der Mensch schloss die Kühlschranktür und folgte wie
ein Hund: schnell und ohne Widerrede, so übereilt, dass
er sogar seine Jacke vergaß.

Als Lash und Grady langsam aus der Wohnanlage gingen, weil Hast die Aufmerksamkeit der Nachbarn erregen konnte, sah Grady ihn von der Seite an. »Dieser
Kerl … nicht der Pizzamann … der, der gestorben ist …
er war nicht normal.«

»Nein. War er nicht.«

»Sie sind es auch nicht.«

»Nein. Ich bin göttlich.«

26

Nach Einbruch der Dunkelheit zog sich Ehlena die Schwesternuniform an, obwohl sie nicht in die Klinik ging. Sie tat es aus zwei Gründen: Erstens half es ihrem Vater, der Änderungen im Tagesablauf nicht gut verkraftete. Und zweitens hatte sie das Gefühl, sich damit etwas Distanz zu erkaufen, wenn sie sich mit Rehvenge traf.

Sie hatte den ganzen Tag nicht geschlafen. Bilder aus der Leichenhalle und Erinnerungen an Rehvenges kraftlose Stimme hatten ein höllisches Wrestlingteam gebildet, das sie anfiel, während sie in der Dunkelheit lag und mit ihren wechselnden Gefühlen rang.

Würde sie sich nun wirklich mit Rehv treffen? Bei ihm zu Hause? Wie war es dazu gekommen?

Sie rief sich in Erinnerung, dass sie ihm nur seine Medikamente brachte. Das hier war medizinische Fürsorge, eine Sache zwischen Pflegerin und Patient. Himmel noch mal, Rehv war selbst der Meinung gewesen, dass sie mit niemandem etwas anfangen sollte, und er hatte sie schließlich nicht zum Abendessen eingeladen. Sie würde die Tabletten abliefern und versuchen, ihn zu einem Besuch bei Havers zu überreden. Das war alles.

Nachdem sie nach ihrem Vater gesehen und ihm seine Medizin verabreicht hatte, materialisierte sie sich auf den Bürgersteig vor das Commodore-Gebäude mitten

in der Innenstadt. Als sie da im Schatten des Hochhauses stand und an der glatten Flanke emporblickte, war sie überwältigt vom Kontrast dieses Gebäudes zu dem windschiefen Kasten, für den sie Miete zahlte.

Mann … inmitten von so viel Chrom und Glas zu leben kostete Geld. Viel Geld. Und Rehvenge besaß ein Penthouse. Außerdem war dies bestimmt nicht seine einzige Wohnung, denn kein vernünftiger Vampir würde sich bei Tageslicht, umgeben von so vielen Fenstern, hinlegen.

Die Kluft zwischen Normal und Reich schien ihr so groß wie der Abstand zwischen ihrem Standort und dem Dach, auf dem Rehvenge wahrscheinlich auf sie wartete, und einen Moment lang gestattete sie sich die Fantasie, dass ihre Familie noch vermögend war. Vielleicht hätte sie dann etwas anderes getragen als ihren billigen Wintermantel und die Schwesterntracht.

Tief unter ihm, hier auf der Straße, schien es plötzlich unmöglich, dass sie diese Vertraulichkeit besessen haben sollten, doch andererseits war das Telefon lediglich eine virtuelle Verbindung, nur wenig besser als ein Online-Chat. Die Gesprächspartner befanden sich jeweils in der eigenen Umgebung, unsichtbar für den anderen, nur durch ihre Stimmen verbunden. Es war eine trügerische Nähe.

Hatte sie wirklich Tabletten für diesen Kerl gestohlen?

Schau in deine Tasche, Dummkopf, dachte sie.

Mit einem Fluch materialisierte sich Ehlena auf die Terrasse des Penthouses, erleichtert, dass die Nacht einigermaßen windstill war. Bei der Kälte wäre jeder Wind in dieser Höhe –

Was … zur *Hölle?*

Durch unzählige Glasscheiben verwandelte der Glanz von hundert Kerzen die Nacht in einen goldenen Nebel. Die Wände des Penthouses hinter den Scheiben waren schwarz, und es hingen ... Gegenstände an den Wänden. Gegenstände wie eine neunschwänzige Katze aus Metall, Lederpeitschen, Masken ... und es gab einen großen, antik wirkenden Tisch, der – Nein, Moment mal, das war eine Trainingsbank, oder nicht? Mit Lederschlaufen, die von den vier Ecken herabhingen.

Bitte nicht – auf *solchen* Mist stand Rehvenge?

In Ordnung. Planänderung. Sie würde ihm die Antibiotika dalassen, klar, sie aber vor eine der Schiebetüren legen, denn auf keinen Fall würde sie da hineingehen. Nie im Leben.

Ein riesenhafter Vampir mit Ziegenbärtchen kam aus dem Bad, trocknete sich die Hände ab und strich sich auf dem Weg zur Trainingsbank die Lederhose glatt. Mit einem mühelosen Hüpfer war er auf dem Ding und fing an, einen seiner Knöchel anzubinden.

Die Sache wurde immer kränker. Ein *Dreier?*

»Ehlena?«

Sie wirbelte so hastig herum, dass sie sich die Hüfte an der Mauer anschlug, die um das Dach herum verlief. Sie runzelte die Stirn.

»Doc Jane?« Diese Nacht entwickelte sich rapide von *Oh bitte nicht* zu *Was zum Henker soll das?* »Was machst du ...«

»Ich glaube, du bist auf der falschen Seite gelandet.«

»Auf der falschen Seite? Moment, ist das hier nicht die Wohnung von Rehvenge?«

»Nein, hier wohnen Vishous und ich. Rehv findest du auf der Ostseite.«

»Oh ...« Rote Wangen. Sehr rot, und nicht nur wegen des Windes. »Es tut mir leid, ich hab da was verwechselt ...«

Die Ärztin lachte. »Ist schon okay.«

Ehlena schielte noch einmal zum Penthouse, dann sah sie schnell zur Seite. Natürlich war das Bruder Vishous. Der mit den diamantenen Augen und den Tätowierungen im Gesicht.

»Du musst auf die Ostseite.«

Wie ihr Rehv gesagt hatte, nicht wahr? »Dann geh ich da jetzt einfach mal hinüber.«

»Ich würde dich durch unsere Wohnung lassen, aber ...«

»Ja. Besser, ich gehe selbst.«

Doc Jane lächelte verschmitzt. »Ich glaube auch, das ist das Beste.«

Ehlena beruhigte sich und dematerialisierte sich auf die richtige Seite des Dachs, während sie dachte: *Doc Jane, eine Domina?*

Nun, es gab die verrücktesten Dinge.

Als sie wieder Form annahm, fürchtete sie sich fast davor, durch die Scheiben zu blicken, nach ihrem Erlebnis von gerade eben. Wenn Rehvenge auch solch Zeug hatte – oder schlimmer: Frauenfummel in Herrengrößen oder rumwuselndes Bauernhofgetier –, wusste sie nicht, ob sie die Ruhe besäße, sich heil aus der Affäre zu materialisieren.

Aber nein. Er gab nicht den RuPaul. Und es gab nichts, das nach Trog oder Pferch verlangte. Nur eine sehr geschmackvolle moderne Einrichtung mit schnörkellosem, schlichtem Mobiliar, das aus Europa kommen musste.

Rehvenge trat durch einen Türbogen, sah sie und

blieb stehen. Als er den Kopf hob, schob sich die gläserne Schiebetür vor ihr auf, weil er sie Kraft seines Willens öffnete, und ein wundervoller Duft wehte ihr aus dem Penthouse entgegen.

War das ... Roastbeef?

Rehvenge ging auf sie zu. Obwohl er sich auf seinen Stock stützen musste, war sein Gang geschmeidig. An diesem Abend trug er einen schwarzen Rollkragenpullover, eindeutig aus Kaschmir, und einen superschicken schwarzen Anzug. In seinem eleganten Aufzug sah er aus wie das Covermodel eines Magazins, glamourös, verführerisch und völlig unerreichbar.

Ehlena kam sich wie eine Idiotin vor. Als sie ihn hier in seinem wunderschönen Zuhause sah, hatte sie zwar nicht das Problem, sich ihm nicht ebenbürtig zu fühlen, aber es war einfach klar, dass sie nichts gemeinsam hatten. Welchen Illusionen sie sich doch hingegeben hatte, als sie miteinander telefoniert hatten oder in der Klinik zusammen gewesen waren.

»Herzlich willkommen.« Rehvenge blieb in der Tür stehen und streckte ihr die Hand entgegen. »Ich hätte draußen auf dich gewartet, aber es ist zu kalt für mich.«

Wir leben in zwei verschiedenen Welten, dachte sie.

»Ehlena?«

»Entschuldigung.« Weil alles andere unhöflich gewesen wäre, legte sie ihre Hand in die seine und trat in sein Penthouse. Doch in Gedanken hatte sie ihn bereits verlassen.

Als sich ihre Hände trafen, fühlte sich Rehv beraubt, bestohlen, ausgenommen und betrogen: Er spürte nichts bei der Berührung und wünschte verzweifelt, er könnte

Ehlenas Wärme fühlen. Doch trotz seiner Taubheit ließ allein der Anblick ihrer Hand in der seinen seine Laune erglänzen, als hätte man sie mit Stahlwolle poliert.

»Hallo«, sagte er heiser und zog sie hinein.

Er schloss die Tür, ließ aber ihre Hand nicht los, bis Ehlena sie ihm entzog, vorgeblich, um umherzugehen und sich seine Wohnung anzusehen. Doch er spürte, dass sie den Abstand brauchte.

»Die Aussicht ist fantastisch.« Sie blieb stehen und blickte auf die blinkende Stadt, die sich vor ihr ausbreitete. »Witzig, von hier oben sieht Caldwell wie ein Modell aus.«

»Wir sind hoch oben, so viel steht fest.« Er beobachtete sie mit glühenden Augen und sog ihren Anblick in sich auf. »Ich liebe diesen Anblick«, murmelte er.

»Das verstehe ich.«

»Und es ist ruhig.« Privat. In diesem Moment existierte nur sie und niemand sonst auf der Welt. Und jetzt, alleine mit ihr, konnte er fast glauben, dass all die schmutzigen Dinge, die er getan hatte, die Untaten eines Fremden waren.

Sie lächelte verstohlen. »Natürlich ist es ruhig. Schließlich verwenden sie nebenan Knebel – äh …«

Rehv lachte. »Bist du auf der falschen Seite gelandet?«

»Wäre möglich.«

Aus ihrem Erröten schloss er, dass sie mehr als nur unbelebte Ausstellungsstücke aus Vs Bondage-Kollektion gesehen hatte. Auf einmal wurde Rehv todernst. »Muss ich ein ernstes Wort mit meinem Nachbarn wechseln?«

Ehlena schüttelte den Kopf. »Es war absolut nicht seine Schuld, und glücklicherweise hatten er und Jane noch nicht … äh, angefangen. Gott sei Dank.«

»Solche Sachen sind nicht dein Ding, schließe ich daraus.«

Ehlena sah wieder auf die Stadt hinab. »He, die zwei sind erwachsen und tun es einvernehmlich, also sei ihnen der Spaß gegönnt. Aber was mich persönlich betrifft: nie im Leben.«

Tja, so viel zu geplatzten Seifenblasen. Wenn ihr schon Fesselspielchen und SM zu viel waren, würde sie schätzungsweise auch kein Verständnis dafür haben, dass er als Schweigegeld eine Frau vögelte, die er hasste. Und die zufällig seine Halbschwester war. Ach ja, und *Symphathin.*

So wie er einer war.

Als er schwieg, blickte sie ihn über die Schulter hinweg an. »Tut mir leid, habe ich dich gekränkt?«

»Mein Ding ist es auch nicht.« Oh, natürlich, ganz und gar nicht. Er war eine Hure mit Prinzipien – ausgefallene Praktiken waren nur okay, wenn man dazu gezwungen wurde. Scheiß auf das einvernehmliche Treiben von V und seiner Partnerin. Ja, so etwas zu erzwingen war einfach falsch.

Himmel, er war ihrer nicht würdig.

Ehlena wanderte im Penthouse herum, und ihre weichen Sohlen verursachten kein Geräusch auf seinem schwarzen Marmorboden. Er sah ihr zu und bemerkte, dass sie unter dem schwarzen Wollmantel ihre Uniform trug. Was logisch war, sagte er sich selbst, wenn sie danach noch zur Arbeit musste.

Komm schon. Hatte er wirklich geglaubt, sie würde bleiben?

»Darf ich dir den Mantel abnehmen?«, fragte er, denn er wusste, dass ihr warm sein musste. »Ich muss diese

Räume wärmer halten, als es für die meisten Leute angenehm ist.«

»Eigentlich ... sollte ich mich wieder auf den Weg machen.« Sie steckte die Hand in die Manteltasche. »Ich bin nur gekommen, um dir Penicillin zu bringen.«

»Ich hatte gehofft, du würdest zum Essen bleiben.«

»Tut mir leid.« Sie hielt ihm einen Plastikbeutel hin. »Ich kann nicht.«

Bilder von der Prinzessin schossen ihm durch den Kopf, und er erinnerte sich, was für ein gutes Gefühl es gewesen war, sich Ehlena gegenüber richtig zu verhalten – und ihre Nummer aus dem Handy zu löschen. Er hatte nicht das Recht, um sie zu werben. Absolut nicht.

»Ich verstehe.« Er nahm ihr den Beutel ab. »Und danke für die Tabletten.«

»Nimm viermal am Tag zwei Stück. Zehn Tage lang. Versprochen?«

Er nickte einmal. »Versprochen.«

»Gut. Und versuch, noch einmal zu Havers zu gehen, okay?«

Einen Moment lang breitete sich ein verlegenes Schweigen aus, dann hob sie die Hand. »Okay ... dann also ...«

Ehlena wandte sich ab, und er öffnete die Glasschiebetür für sie durch reine Willenskraft, denn er wusste nicht, ob er sich in ihrer Nähe unter Kontrolle hätte.

Oh, bitte geh nicht. Bitte nicht, dachte er.

Er wollte sich nur für eine Weile ... sauber fühlen.

Als sie bereits draußen war, blieb sie stehen, und sein Herz schlug wie wild.

Ehlena blickte zurück, und der Wind fuhr durch die hellen Strähnen, die ihr hübsches Gesicht umrahmten.

»Zusammen mit einer Mahlzeit. Du musst sie zum Essen einnehmen.«

Okay. Gebrauchsanweisung. »Davon habe ich genug hier.«

»Gut.«

Nachdem er die Tür geschlossen hatte, sah Rehv zu, wie sie in den Schatten verschwand, und musste sich gewaltsam zwingen, sich abzuwenden.

Langsam und auf den Stock gestützt, ging er an der Glasfront entlang, um die Ecke und in den Glanz des Esszimmers.

Zwei brennende Kerzen. Zwei Gedecke mit Silberbesteck. Zwei Gläser für Wein, zwei für Wasser. Zwei Servietten, säuberlich gefaltet über zwei Teller gelegt.

Er setzte sich auf den Stuhl, den er für sie vorgesehen hatte, zu seiner Rechten, der Ehrenplatz. Er lehnte seinen Stock an seinen Oberschenkel und legte den Plastikbeutel auf den Ebenholztisch und strich ihn glatt, sodass die Tabletten in einer säuberlichen Reihe nebeneinander lagen.

Er fragte sich, warum sie nicht in einem kleinen orangenen Fläschchen mit weißem Etikett steckten, doch egal. Sie hatte sie ihm gebracht. Darauf kam es an.

Während er so in der Stille dasaß, umgeben von Kerzenschein und dem Duft des Roastbeefs, das er gerade aus dem Ofen geholt hatte, streichelte Rehv das Plastiktütchen mit dem tauben Zeigefinger. Und fühlte etwas, ganz eindeutig. Mitten in der Brust schmerzte es – in der Gegend seines Herzens.

Im Laufe seines Lebens hatte er vieles verbrochen. Großes und Kleines.

Er hatte Leute fertiggemacht, nur um mit ihnen zu

spielen, ob nun skrupellose Dealer, die in seinem Revier verkauften, Freier, die seine Huren schlecht behandelten, oder Idioten, die sich in seinem Club nicht benahmen.

Er profitierte von den Lastern anderer. Verkaufte Drogen. Verkaufte Sex. Verkaufte den Tod in Form von Xhex' speziellen Fähigkeiten.

Er hatte aus den falschen Gründen gevögelt.

Er hatte gefoltert.

Er hatte gemordet.

Doch seinerzeit hatte ihn das nie gekümmert. Er hatte nicht gezögert, nicht bereut, kein Mitgefühl empfunden. Es ging immer nur um weitere Intrigen, weitere Pläne, weitere Möglichkeiten, die es zu ersinnen und auszubeuten galt.

Doch hier an dem leeren Tisch, in diesem leeren Penthouse fühlte er den Schmerz in seiner Brust und wusste, was es war: Reue.

Es wäre außerordentlich gewesen, Ehlena zu verdienen.

Doch das war nur eine Sache mehr, die er niemals fühlen würde.

27

Als sich die Bruderschaft in seinem Arbeitszimmer versammelte, behielt Wrath John im Auge. Von seinem Aussichtspunkt hinter dem verschnörkelten Tisch aus wirkte der Junge, als sei er vom Laster überfahren worden. Er war blass und reglos und hatte sich bisher überhaupt nicht am Gespräch beteiligt. Doch am schlimmsten war der Geruch seiner Gefühle: Es gab keinen. Nicht den beißenden Geruch der Wut, der in den Nasenflügeln brannte. Nicht den säuerlichen, rauchigen Anflug von Traurigkeit. Nicht einmal die zitronige Note von Angst.

Nichts. Und wie er so zwischen den Brüdern und seinen zwei besten Freunden stand, war er isoliert durch sein Desinteresse und seine taube Trance ... gleichzeitig hier und doch weit weg.

Das war nicht gut.

Wraths Kopfschmerzen, die wie Augen, Ohren und Lippen fest an seinem Schädel installiert zu sein schienen, starteten eine neue Attacke auf seine Schläfen, und er lehnte sich in seinem schwuchteligen Stühlchen zurück, in der Hoffnung, eine veränderte Stellung der Wirbelsäule könnte den Druck vielleicht mindern.

Leider war dem nicht so.

Vielleicht würde eine Amputation oberhalb des Hals-

wirbels Erleichterung schaffen. Der Himmel wusste, dass Doc Jane mit einer Säge umgehen konnte.

Ihm gegenüber in dem hässlichen grünen Sessel kaute Rhage an einem Lolli herum und brach eine der vielen Schweigepausen, die ihre Zusammenkunft charakterisierten.

»Tohr kann nicht weit sein«, murmelte Hollywood. »Er ist nicht kräftig genug.«

»Ich habe die Andere Seite überprüft«, meldete sich Phury aus dem Lautsprecher. »Bei den Auserwählten ist er nicht.«

»Vielleicht sollten wir bei seinem alten Haus vorbeifahren?«, schlug Butch vor.

Wrath schüttelte den Kopf. »Ich kann mir nicht vorstellen, dass er dorthin gegangen ist. Zu viele Erinnerungen.«

Scheiße, im Moment konnte nicht einmal die Erwähnung seines früheren Heims John eine Reaktion entlocken. Aber wenigstens war es endlich so dunkel, dass sie hinausgehen und nach Tohr suchen konnten.

»Ich bleibe hier, für den Fall, dass er zurückkommt«, verkündete Wrath, als sich die Flügeltür öffnete und V mit langen Schritten hereinkam. »Ich möchte, dass der Rest von euch in der Stadt nach ihm sucht, aber bevor ihr geht, möchte ich erst noch den neuesten Stand von unserer Nachrichtenkorrespondentin hören.« Er nickte Vishous zu. »Schätzchen?«

Vs Blick war die Entsprechung eines sauber durchgestreckten Mittelfingers, aber er fing mit seinem Rapport an: »Letzte Nacht gab es im internen Netzwerk der Polizei einen Bericht von einem Detective der Mordkommission. In der Wohnung, in der wir die Gewehrkisten

gefunden haben, wurde eine Leiche entdeckt. Menschlich. Pizzalieferant. Einfache Messerwunde in der Brust. Zweifelsohne ist der arme Tölpel in irgendetwas hineingestolpert, das er besser nicht gesehen hätte. Gerade eben habe ich mich in die Details gehackt, und stellt euch vor, es wird ein schwarzer, öliger Fleck an der Wand neben der Tür erwähnt.« Es folgten unterdrückte Flüche, von denen viele mit Sch... begannen. »Tja, aber hier kommt der interessante Teil: Im Bericht wurde vermerkt, dass circa zwei Stunden vor der Vermisstenmeldung durch den Manager von Domino's Pizza ein Mercedes auf dem Parkplatz vor der Wohnanlage gesichtet wurde. Und eine Nachbarin hat bemerkt, wie ein blonder Mann, was sonst, zusammen mit einem dunkelhaarigen in dieses Auto einstieg. Sie sagte, es war seltsam, eine so schicke Limousine in dieser Gegend zu sehen.«

»Ein Mercedes?«, fragte Phury aus dem Lautsprecher des Telefons.

Rhage hatte einen weiteren Lutscher zerkaut und warf den kleinen weißen Stängel in den Papierkorb. »Ja, seit wann steckt die Gesellschaft denn ihr Geld in teure Autos?«

»Eben«, nickte V. »Ist doch hirnrissig. Aber jetzt kommt der unangenehme Part: Zeugen berichten außerdem von einem verdächtig aussehenden schwarzen Escalade am Vorabend ... mit einem Mann in Schwarz, der ... Himmel, was war es gleich ... Kisten, ja genau, vier verdammte Kisten hinter dieser Wohneinheit hervorgeschleppt hat.«

Als V durchdringend seinen Wohnungsgenossen anstarrte, schüttelte der Bulle den Kopf. »Aber niemand konnte das Kennzeichen vom Escalade nennen. Und zu Hause haben wir gleich neue Schilder aufgezogen. Und was den Benz betrifft: Zeugen irren sich ständig. Der

Blonde und der Dunkelhaarige hatten vielleicht nichts mit dem Mord zu tun.«

»Nun, ich werde die Sache im Auge behalten«, meinte V. »Ich glaube nicht, dass die Polizei eine Verbindung zu unserer Welt herstellt. Mann, viele Dinge hinterlassen schwarze Flecken, aber wir sollten auf alles vorbereitet sein.«

»Wenn der Detective, an den ich denke, den Fall untersucht, dann ist es ein guter«, murmelte Butch. »Ein sehr guter.«

Wrath stand auf. »Okay, die Sonne ist untergegangen. Raus hier. John, mit dir möchte ich noch ein Wort unter vier Augen sprechen.«

Wrath wartete, bis sich die Tür hinter den letzten Brüdern geschlossen hatte, bevor er sprach. »Wir werden ihn finden, Sohn. Mach dir keine Sorgen.« Keine Antwort. »John? Was ist los?«

Der Junge verschränkte nur die Arme vor der Brust und blickte stur geradeaus.

»John …«

John entknotete seine Arme wieder und gestikulierte etwas in Gebärdensprache, das Wraths miserable Augen als *Ich gehe mit den anderen raus* interpretierten.

»Einen Scheißdreck wirst du.« Jetzt riss John den Kopf zu ihm herum. »Kommt überhaupt nicht infrage. Schau dich doch mal an, du bist ein Zombie. Und komm mir nicht mit: ›*Mir geht's gut.*‹ Wenn du glaubst, ich lasse dich kämpfen, irrst du dich gewaltig.«

John lief im Arbeitszimmer auf und ab wie ein gefangenes Tier. Schließlich blieb er stehen und gebärdete: *Ich halte es hier nicht aus. In diesem Haus.*

Wrath runzelte die Stirn und versuchte zu verstehen,

was John sagte, doch das Stirnrunzeln brachte seinen Kopf zum Singen wie ein Sopran. »Tut mir leid, was hast du gesagt?«

John drückte die Tür auf, und eine Sekunde später kam Qhuinn herein. Es folgte eine Menge Gebärdensprache, und dann räusperte sich Qhuinn.

»Er sagt, er kann heute Nacht nicht in diesem Haus bleiben. Er erträgt es einfach nicht.«

»Okay, dann geh in einen Club und betrink dich bis zur Besinnungslosigkeit. Aber kein Kampf.« Wrath sprach ein stilles Dankgebet, dass Qhuinn an den Jungen gebunden war. »Und John ... ich werde ihn finden.«

Noch mehr Gebärden, dann wandte sich John zur Tür. »Was hat er gesagt, Qhuinn?«, fragte Wrath.

»Äh ... er sagt, es ist ihm egal, ob du das tust.«

»John, das meinst du nicht ernst.«

Der Junge wirbelte herum und gestikulierte, während Qhuinn übersetzte. »Er sagt, doch, das sei ihm ernst. Er sagt ... er kann so nicht mehr leben ... dieses Warten und sich jede Nacht fragen, ob sich Tohr – John, etwas langsamer – ah ... ob er sich erhängt hat oder wieder verschwunden ist. Selbst wenn er zurückkommt ... John sagt, er hat genug. Er wurde zu oft zurückgelassen.«

Dem ließ sich schwer etwas entgegensetzen. Tohr war in letzter Zeit wirklich kein guter Vater gewesen, sein einziger Verdienst bestand darin, die nächste Generation lebender Toter zu kreieren.

Wrath winselte und rieb sich die Schläfen. »Schau, Sohn, ich bin kein Spezialist, aber du kannst mit mir reden.«

Es gab eine lange, stille Pause, die von einem merkwürdigen Geruch unterlegt war ... ein trockener, beinahe schaler Geruch ... Bedauern? Ja, das war Bedauern.

John verbeugte sich leicht wie zum Dank und duckte sich aus der Tür hinaus.

Qhuinn zögerte. »Ich werde ihn nicht kämpfen lassen.«

»Dann rettest du ihm das Leben. Denn wenn er in diesem Zustand zur Waffe greift, kommt er in einer Holzkiste heim.«

»Verstanden.«

Als sich die Tür schloss, brüllte der Schmerz in Wraths Schläfen auf und zwang ihn wieder auf den Stuhl.

Gott, er wollte einfach nur noch in sein Bett, wo die Kissen nach Beth rochen. Er wollte sie anrufen und bitten, zu ihm zu kommen, nur damit er sie im Arm halten konnte. Er wollte, dass sie ihm verzieh.

Er wollte schlafen.

Stattdessen stand der König auf, hob seine Waffen vom Boden neben dem Schreibtisch auf und legte sie an. Dann verließ er das Arbeitszimmer mit der Lederjacke in der Hand, ging die Freitreppe herunter, durch die Eingangshalle und in die kalte Nacht hinaus. So wie er die Sache sah, blieben ihm die Kopfschmerzen erhalten, egal, wo er hinging, also konnte er sich genauso gut etwas nützlich machen und nach Tohr suchen.

Als er seine Jacke anzog, dachte er plötzlich an seine *Shellan* und wo sie in der vorigen Nacht hingegangen war.

Heilige Scheiße. Er wusste genau, wo Tohr steckte.

Eigentlich wollte Ehlena Rehvenges Terrasse sofort verlassen, aber als sie in die Schatten trat, musste sie einfach noch einmal zum Penthouse zurückschauen. Durch die Scheiben beobachtete sie, wie Rehvenge sich abwandte und langsam die Glasfront des Penthouses abschritt …

Sie stieß mit dem Schienbein an etwas Hartes. »Verflixt!«

Als sie auf einem Bein herumhüpfte und sich das Schienbein rieb, bedachte sie die Vase aus Marmor, gegen die sie gerannt war, mit einem finsteren Blick.

Rehvenge war in einen anderen Raum gegangen und dort vor einem Tisch stehen geblieben, der für zwei gedeckt war. Kerzen glänzten inmitten von schimmerndem Kristallglas und Silber. Durch die große Scheibe sah sie, wie viel Mühe er sich für sie gemacht hatte.

»Verdammt …«, flüsterte sie.

Rehvenge ließ sich ebenso behutsam nieder, wie er lief, und blickte erst hinter sich, um sich zu vergewissern, dass der Stuhl an der richtigen Stelle stand, dann stützte er beide Hände auf die Tischplatte und setzte sich. Das Tütchen, das sie ihm gegeben hatte, wurde auf den Tisch gelegt, und als er es zu streicheln schien, standen seine zärtlichen Finger im Widerspruch zu den breiten Schultern und der dunklen Kraft in seinen harten Zügen.

Als Ehlena in seinen Anblick versank, spürte sie die Kälte nicht mehr, oder den Wind, oder den Schmerz in ihrem Schienbein. In Kerzenlicht gebadet, den Kopf leicht gesenkt und das Profil so stark und bestimmt, war Rehvenge unermesslich schön.

Auf einmal schoss sein Kopf hoch, und er blickte sie direkt an, obwohl sie in der Dunkelheit stand.

Ehlena trat einen Schritt zurück und fühlte die Ummauerung der Terrasse an ihrer Hüfte, aber sie dematerialisierte sich nicht. Auch nicht, als er den Stock auf den Boden stemmte und sich zu voller Größe aufrichtete.

Und auch nicht, als sich die Tür vor ihm durch seinen Willen öffnete.

Sie hätte eine bessere Lügnerin sein müssen, um glaubhaft vorzugeben, nur in die Nacht hinauszublicken. Und sie war auch nicht feige und verschwand.

Ehlena ging stattdessen auf ihn zu. »Du hast deine Tabletten noch nicht genommen.«

»Ist es das, worauf du wartest?«

Ehlena verschränkte die Arme. »Ja.«

Rehvenge schielte über die Schulter zum Esstisch mit den zwei leeren Tellern. »Du hast gesagt, ich soll sie mit einer Mahlzeit einnehmen.«

»Ja, das habe ich.«

»Nun, es sieht so aus, als müsstest du mir beim Essen zusehen.« Der elegante Schwung des Arms, der sie einlud, war eine Aufforderung, der sie eigentlich nicht folgen sollte. »Willst du dich zu mir setzen? Oder möchtest du hier draußen in der Kälte warten? Oder Moment, vielleicht hilft ja das.« Er stützte sich schwer auf seinen Stock, ging zum Tisch und blies die Kerzen aus.

Die sich kringelnden Rauchwolken über den Dochten erschienen ihr wie eine Klage über all die verpassten Gelegenheiten des Abends: Er hatte für sie beide gekocht. Sich Mühe gegeben. Sich schön gemacht.

Sie ging hinein, weil sie seinen Abend schon genug ruiniert hatte.

»Setz dich doch«, forderte er sie auf. »Ich komme gleich mit meinem Teller zurück. Es sei denn …?«

»Ich habe schon gegessen.«

Er verbeugte sich leicht, als sie sich einen Stuhl heranzog. »Selbstverständlich.«

Rehvenge ließ seinen Stock am Tisch gelehnt stehen und ging hinaus, wobei er sich an Stuhllehnen, der Anrichte und dem Rahmen der Schwingtür festhielt. Als

er ein paar Minuten später zurückkam, wiederholte er das Schema mit der freien Hand und setzte sich dann konzentriert auf den Stuhl am Kopfende des Tisches. Dann nahm er ein wohlproportioniertes Silbermesser zur Hand und begann wortlos sein Fleisch zu schneiden. Er aß manierlich und mit Bedacht.

Himmel, sie fühlte sich wie die Eisprinzessin der Woche, so wie sie hier vor einem leeren Teller saß, im zugeknöpften Mantel.

Das Klappern von Silberzinken auf dem Porzellan machte das Schweigen zwischen ihnen überlaut.

Sie strich über die Serviette, die vor ihr lag, und fühlte sich wegen so vieler Dinge mies, und obwohl sie sonst nicht sonderlich redselig war, brabbelte sie nun los, weil sie einfach nicht mehr alles für sich behalten konnte.

»Vorgestern Nacht ...«

»Mm?« Rehvenge sah sie nicht an, sondern konzentrierte sich weiterhin auf seinen Teller.

»Ich wurde nicht versetzt. Von meiner Verabredung, weißt du?«

»So? Schön für dich.«

»Er wurde umgebracht.«

Rehvenges Kopf schoss hoch. »Was?«

»Stephan, der Typ, mit dem ich verabredet war ... er wurde von *Lessern* getötet. Der König brachte seine Leiche in die Klinik, aber ich wusste nicht, dass er es war, bis sein Cousin auftauchte und nach ihm suchte. Ich ... äh, habe meinen letzten Dienst damit verbracht, ihm die letzte Ehre zu erweisen und ihn seiner Familie zurückzubringen.« Sie schüttelte den Kopf. »Sie hatten ihn verprügelt ... er war kaum noch wiederzuerkennen.«

Ihre Stimme geriet ins Stocken und versagte dann ganz,

deshalb saß sie einfach nur da und strich über die Serviette, um sich selbst zu trösten.

Ein leises Klirren verriet, dass Rehv sein Besteck abgelegt hatte. Dann legte sich eine feste Hand auf ihren Unterarm.

»Das tut mir gottverdammt leid«, sagte er. »Kein Wunder, dass du nichts für das hier übrighast. Hätte ich gewusst …«

»Nein, es ist okay. Wirklich, ich hätte früher etwas sagen sollen. Ich bin nur heute etwas durch den Wind. Nicht ganz ich selbst.«

Er drückte ihren Arm und lehnte sich dann zurück, als wollte er sie nicht bedrängen. Was sie normalerweise vorzog, doch heute Nacht war es … schade – um eines seiner Lieblingsworte zu gebrauchen. Seine Berührung hatte sich schön durch ihren Mantel angefühlt.

Und wo sie schon dabei war, ihr wurde langsam wirklich warm.

Ehlena knöpfte ihren Mantel auf und streifte ihn von den Schultern. »Heiß hier.«

»Wie ich schon sagte, ich kann es gerne etwas kühler für dich einstellen.«

»Nein.« Sie runzelte die Stirn und sah zu ihm hinüber. »Warum frierst du immer? Eine Nebenwirkung des Dopamins?«

Er nickte. »Das Dopamin ist auch der Grund, warum ich den Stock brauche. Ich spüre meine Arme und Beine nicht.«

Sie hatte noch nicht von vielen Vampiren gehört, die so auf dieses Medikament reagierten, doch andererseits war jeder anders. Außerdem war Parkinson auch bei Vampiren eine hässliche Krankheit.

Rehvenge schob seinen Teller von sich, und eine Weile saßen sie schweigend da. Im Dämmerlicht schien er irgendwie gedimmt, nicht so energiegeladen wie sonst, und seine Stimmung war düster.

»Du bist heute Abend auch nicht du selbst«, meinte sie. »Nicht dass ich dich besonders gut kennen würde, aber du wirkst ...«

»Wie?«

»So wie ich mich fühle. In einer Art Wachkoma gefangen.«

Er lachte kurz auf. »Das trifft es genau.«

»Willst du darüber reden ...«

»Willst du etwas essen ...«

Sie lachten beide und hörten dann auf.

Rehvenge schüttelte den Kopf. »Schau, lass mich dir eine Nachspeise holen. Es ist das Mindeste, was ich tun kann. Und es ist kein Candlelight-Dinner. Die Kerzen sind aus.«

»Weißt du, eigentlich ...?«

»... war es gelogen, dass du schon gegessen hast, und du stirbst vor Hunger.«

Sie lachte wieder. »Du hast es erfasst.«

Als er sie mit seinen Amethystaugen ansah, verwandelte sich die Luft zwischen ihnen, und sie hatte das Gefühl, dass er so vieles sah, zu viel. Insbesondere, als er mit dunkler Stimme sagte: »Wirst du dich von mir versorgen lassen?«

Völlig hypnotisiert flüsterte sie: »Ja. Gerne.«

Sein Lächeln entblößte lange, weiße Fänge. »Das ist genau die Antwort, auf die ich gehofft hatte.«

Wie wohl sein Blut schmecken würde, schoss es ihr unwillkürlich durch den Kopf.

Rehvenge knurrte tief in der Kehle, als wüsste er genau, was sie dachte. Aber er ging nicht weiter darauf ein, erhob sich und verschwand in der Küche.

Bis er mit ihrem Teller zurückkam, hatte sie sich wieder einigermaßen gefasst, doch als er das Essen vor ihr abstellte, umgab sie ein würziger Geruch, der einfach zu köstlich war – und nichts mit dem zu tun hatte, was er zubereitet hatte.

Entschlossen, sich zusammenzureißen, breitete Ehlena die Serviette über ihren Schoß und kostete das Roastbeef.

»Mein *Gott,* das ist fantastisch.«

»Danke«, sagte Rehv und setzte sich. »Auf diese Weise haben es die *Doggen* in unserem Haus immer zubereitet. Man heizt den Ofen auf zweihundertfünfzig Grad vor, stellt das Roastbeef hinein und gart es eine halbe Stunde. Dann stellt man alles aus und lässt es einfach ziehen. Aber man darf nicht die Klappe aufmachen und nachsehen, das ist verboten. Man muss an den Prozess glauben. Und zwei Stunden später ist es …?«

»Himmlisch.«

»Himmlisch.«

Ehlena lachte, als sie im Chor sprachen. »Nun, es ist wirklich gut. Es zergeht geradezu auf der Zunge.«

»Um ehrlich zu sein, ist es allerdings das Einzige, was ich kochen kann.«

»Nun, du kannst ein Gericht perfekt, und das ist mehr, als manch andrer von sich behaupten kann.«

Er lächelte und blickte auf die Tabletten hinab. »Wenn ich jetzt eine davon nehme, gehst du dann gleich nach dem Essen?«

»Wenn ich Nein sage, verrätst du mir dann, warum du so schweigsam bist?«

»Du bist eine harte Verhandlungspartnerin.«

»Ich möchte nicht, dass es so einseitig ist. Ich habe dir auch gesagt, was mich belastet.«

Ein Schatten legte sich auf sein Gesicht, sein Mund formte eine Linie, und seine Brauen zogen sich zusammen. »Ich kann nicht darüber sprechen.«

»Natürlich kannst du das.«

Seine Augen, jetzt hart, funkelten sie an. »So wie du über deinen Vater?«

Ehlena senkte den Blick auf ihren Teller und schnitt übertrieben umständlich ein Stück Fleisch ab.

»Tut mir leid«, meinte Rehv. »Ich … Scheiße.«

»Nein, ist schon okay.« Obwohl es das nicht war. »Ich dränge manchmal zu sehr. Gut im Pflegeberuf. Nicht so prickelnd im privaten Bereich.«

Als sich wieder ein Schweigen auf sie herabsenkte, aß sie schneller und nahm sich vor zu gehen, sobald sie fertig war.

»Ich tue etwas, worauf ich nicht stolz bin«, sagte er unvermittelt.

Sie blickte auf. In seinem Gesicht stand tiefste Abscheu. Sie sah eine Wut und einen Hass, der ihr Angst gemacht hätte, hätte sie ihn nicht gekannt. Denn diese Abscheu galt nicht ihr. Sie drückte aus, was er für sich selbst empfand. Oder für jemand anderen.

Sie war schlau genug, nicht nachzuhaken. Insbesondere nicht in seiner Stimmung.

Deshalb war sie überrascht, als er sagte: »Es ist eine fortlaufende Geschichte.«

Privat oder geschäftlich, fragte sie sich.

Er blickte zu ihr auf. »Es geht um eine Frau.«

Okay. Eine Frau.

Nun, es stand ihr nicht zu, so enttäuscht zu sein. Es ging sie nichts an, dass er schon jemanden hatte. Oder dass er ein Playboy war, der diese Roastbeef-Kerzenschein-Verführungs-Nummer für wer weiß wie viele Frauen abzog.

Mit einem Räuspern legte Ehlena Messer und Gabel zur Seite. Dann tupfte sie sich den Mund mit der Serviette ab und sagte: »Wow, weißt du, mir ist nie in den Sinn gekommen zu fragen, ob du eine Gefährtin hast. In deiner Akte steht kein Na–«

»Sie ist nicht meine *Shellan*. Und ich liebe sie nicht im Geringsten. Es ist kompliziert.«

»Habt ihr ein gemeinsames Kind?«

»Nein, Gott sei Dank.«

Ehlena runzelte die Stirn. »Aber es ist eine Beziehung?«

»Ich schätze, man könnte es so nennen.«

Ehlena kam sich wie eine komplette Idiotin vor, hier so herumzuraten. Sie legte die Serviette neben den Teller und lächelte ihn hoch professionell an, während sie aufstand und ihren Mantel nahm.

»Ich sollte jetzt gehen. Danke für das Essen.«

Rehv fluchte. »Ich hätte nichts sagen sollen …«

»Wenn du vorhattest, mich ins Bett zu bekommen, hast du recht. Kein kluger Zug. Trotzdem bin ich dir dankbar für deine Ehrlich…«

»Ich wollte dich nicht ins Bett bekommen.«

»Natürlich nicht, weil du sie dann betrogen hättest.« Hoppla, was regte sie sich nur so darüber auf?

»Nein«, schnauzte er zurück, »weil ich impotent bin. Glaub mir, könnte ich eine Erektion bekommen, wäre das Bett der erste Ort, an den ich dich bringen wollte.«

28

»Mit dir abzuhängen ist so aufregend, wie Farbe beim Trocknen zuzusehen.« Lassiters Stimme hallte zu den Stalaktiten hinauf, die von der hohen Decke der Gruft hingen. »Nur ohne den Verschönerungseffekt – was wirklich schade ist, wenn man sich hier umsieht. Warum steht ihr Typen bloß alle auf diese düstere Umgebung? Noch nie etwas von Wohlfühlatmosphäre gehört?«

Tohr rieb sich das Gesicht und blickte sich in der Höhle um, die der Bruderschaft seit Jahrhunderten als Versammlungsort diente. Hinter dem gewaltigen Steinaltar, neben dem er saß, zog sich die schwarze Marmorwand mit den Namen aller Brüder über den gesamten hinteren Teil der Höhle. Schwarze Kerzen in schweren Ständern warfen flackerndes Licht auf die Gravuren, die in der Alten Sprache verfasst waren.

»Wir sind Vampire«, erwiderte er. »Keine Elfen.«

»Manchmal bin ich mir da nicht so sicher. Schau dir doch nur dieses Arbeitszimmer an, in dem euer König hockt.«

»Er ist fast blind.«

»Was erklärt, warum er sich noch nicht in diesem pastellfarbenen Albtraum erhängt hat.«

»Ich dachte, du nörgelst über die düstere Einrichtung?«

»Ich assoziiere frei vor mich hin.«

»Man merkt's.« Tohr hielt die Augen gesenkt, um den Engel nicht durch Blickkontakt weiter zu ermutigen. Aber, halt, Lassiter musste man ja gar nicht ermutigen.

»Erwartest du, dass dieser Schädel auf dem Altar zu dir spricht oder was?«

»Eigentlich warten wir beide darauf, dass du mal zwischendurch die Luft anhältst.« Tohr funkelte den Engel an. »Wann immer du bereit bist. Wann *immer*.«

»Du bist stets so reizend.« Der Engel pflanzte seinen Leuchtpopo neben Tohr auf die Steintreppe. »Kann ich dich mal etwas fragen?«

»Kann ich Nein sagen?«

»Nö.« Lassiter rutschte umher und starrte zu dem Schädel hinauf. »Dieses Ding sieht älter aus als ich. Und das will etwas heißen.«

Es war der erste Bruder, der erste Krieger, der unerschrocken dem Feind entgegentrat, das heiligste Symbol von Stärke und Bestimmung der Bruderschaft.

Zur Abwechslung lästerte Lassiter nicht. »Er muss ein großer Kämpfer gewesen sein.«

»Ich dachte, du wolltest mich etwas fragen.«

Der Engel stand fluchend auf und schüttelte die Beine aus. »Ja, ich meine ... wie zur Hölle kannst du hier so lange sitzen? Mein Hintern bringt mich jetzt schon um.«

»Ja, Hirnkrämpfe sind echt scheußlich.«

Obwohl der Engel recht hatte, was die Zeit betraf. Tohr hatte bereits so lange hier gesessen und den Schädel sowie die Mauer mit den Namen dahinter angestarrt, dass er seinen tauben Hintern bald nicht mehr von den Steinstufen unterscheiden konnte.

Er war in der Vornacht hierhergekommen, gezogen von einer unsichtbaren Hand, auf der Suche nach Inspiration,

nach Klarheit, nach einer neuen Verbindung zum Leben. Stattdessen hatte er nur Stein gefunden. Kalten Stein. Und eine Menge von Namen, die ihm einst etwas bedeutet hatte und jetzt nicht mehr als eine Auflistung von Toten war.

»Du suchst eben am falschen Ort«, meinte Lassiter.

»Du kannst jetzt gehen.«

»Es treibt mir jedes Mal die Tränen in die Augen, wenn du das sagst.«

»Lustig, mir auch.«

Der Engel beugte sich herunter, der Geruch von frischer Luft ging von ihm aus. »Weder diese Mauer noch dieser Schädel werden dir geben, wonach du suchst.«

Tohr verengte die Augen zu Schlitzen und wünschte sich, er hätte die Kraft, diesen Kerl abzuschütteln. »Ach nein? Nun, dann strafen sie dich aber Lügen. ›Die Zeit ist gekommen. Heute Nacht ändert sich alles.‹ Tolle Vorhersage. Du redest einfach nur Müll.«

Lassiter lächelte und rückte ungerührt den Goldring zurecht, der seine Augenbraue durchstach. »Wenn du glaubst, Beleidigungen könnten mich beeindrucken, wird dir die Luft ausgehen, bevor ich es überhaupt bemerke.«

»Aber warum bist du eigentlich hier, verdammt!« Tohrs Erschöpfung stahl sich in seine Stimme und schwächte sie, was ihn nervte. »Warum konntest du mich nicht liegen lassen, wo ich war?«

Der Engel stieg die schwarzen Marmorstufen hinauf und zog vor der glänzenden Mauer mit den Namengravuren Kreise. Ab und an blieb er stehen, um einen oder zwei der Namen zu inspizieren.

»Zeit ist ein Luxus, ob du es glaubst oder nicht«, sagte er.

»Ich empfinde sie eher als Fluch.«

»Aber was bliebe dir ohne Zeit?«

»Der Schleier. Der Ort, zu dem ich unterwegs war, bis du daherkamst.«

Lassiter fuhr mit dem Finger einen Schriftzug nach, und Tohr wandte den Kopf ab, als er erkannte, welcher es war. Sein eigener Name.

»Ohne Zeit«, fuhr der Engel fort, »bleibt dir nur der bodenlose, formlose Morast der Ewigkeit.«

»Nur zu deiner Information: Philosophie langweilt mich.«

»Nicht Philosophie. Realität. Zeit gibt dem Leben seine Bedeutung.«

»Ach, fick dich doch ins Knie. Im Ernst … fick dich.«

Lassiter neigte den Kopf, als hätte er etwas gehört.

»Endlich«, murmelte er. »Der Bastard treibt mich in den Wahnsinn.«

»Wie bitte?«

Der Engel kam zu Tohr, beugte sich zu seinem Gesicht herunter und sagte sehr deutlich: »Hör zu, Sonnyboy. Deine *Shellan* Wellsie hat mich geschickt. Deshalb habe ich dich nicht sterben lassen.«

Tohrs Herz setzte aus, während der Engel aufblickte und sagte: »Was hat dich so lange aufgehalten?«

Wrath klang verärgert, als seine schweren Schritte auf den Altar zudonnerten. »Vielleicht verrätst du das nächste Mal jemandem, wo zur Hölle du hingehst …«

»Was hast du gesagt?«, hauchte Tohr.

Ohne Anzeichen von Bedauern wandte sich Lassiter wieder Tohr zu. »Diese Mauer kannst du dir schenken. Versuch's mal lieber mit einem Kalender. Vor einem Jahr hat der Feind deiner Wellsie ins Gesicht geschossen. *Wach verdammt noch mal auf und tu etwas.*«

Wrath fluchte. »Sachte, Lassit…«

Tohrment tat einen gewaltigen Satz, der an seine frühere Kraft erinnerte, und pflügte Lassiter trotz des Unterschieds an Körpermasse wie ein Mähdrescher um, sodass der Engel unsanft zu Boden ging. Dann schloss Tohr die Finger um Lassiters Kehle, starrte in dessen weiße Augen und drückte mit gebleckten Fängen zu.

Lassiter starrte einfach nur zurück und pflanzte seine Stimme direkt in Tohrs Schläfenlappen: *Was willst du tun, Arschloch? Sie rächen oder ihr Andenken entwürdigen, indem du dich so gehen lässt?*

Wraths Hand grub sich wie eine Löwenpranke in Thors Schulter und riss ihn zurück. »Lass los.«

»Tu das …« Tohrs Atem ging stoßweise, »tu … das … nie …«

»Genug«, knurrte Wrath.

Tohr krachte auf seinen Hintern, und als er wie ein fallen gelassener Stock vom Boden abprallte, wurde er aus seinem Mordswahn gerissen. Und erwachte.

Er wusste nicht, wie er es sonst hätte beschreiben sollen. Es war, als wäre ein Schalter umgelegt worden, und seine erloschene Beleuchtung hätte plötzlich wieder Saft bekommen.

Wraths Gesicht erschien vor ihm, und Tohr sah es mit einer Klarheit, die er seit … Ewigkeiten … nicht gehabt hatte. »Bei dir alles okay?«, fragte sein Bruder. »Du bist hart aufgeschlagen.«

Tohr streckte die Hände aus und fuhr über Wraths starke Arme, versuchte, ein Gefühl für die Wirklichkeit zu bekommen. Er blickte zu Lassiter herüber, dann zum König. »Es … tut mir leid.«

»Machst du Witze? Wir alle wollten ihn erwürgen.«

»Wisst ihr, ich bekomme irgendwann noch mal einen Komplex«, röchelte Lassiter mühsam.

Tohr packte die Schultern seines Königs. »Niemand hat etwas von ihr gesagt«, stöhnte er. »Niemand hat ihren Namen ausgesprochen, niemand hat darüber geredet, was … passiert ist.«

Wraths Hand stützte Tohr im Nacken. »Aus Respekt dir gegenüber.«

Tohrs Blick wanderte zu dem Schädel auf dem Altar, dann zu der Mauer mit den Gravuren. Der Engel hatte recht gehabt. Es gab nur einen Namen, der ihn hatte aufwecken können, und der stand nicht auf dieser Mauer.

Wellsie.

»Wie hast du uns gefunden?«, fragte er den König, den Blick immer noch auf die Mauer gerichtet.

»Manchmal muss man zum Anfang zurückgehen. Dorthin, wo alles begonnen hat.«

»Es wird Zeit«, sagte der gefallene Engel leise.

Tohr blickte an sich herab, an dem ausgemergelten Körper unter den hängenden Kleidern. Er war ein Viertel seiner selbst, vielleicht sogar weniger. Und das lag nicht nur an dem Gewicht, das er verloren hatte. »Oh Himmel … schaut mich an.«

Wraths Antwort war einfach und geradeheraus. »Wenn du bereit bist, sind wir bereit, dich wieder aufzunehmen.«

Tohr blickte zu dem Engel hinüber und bemerkte zum ersten Mal die goldene Aura, die den Kerl umgab. Ein himmlischer Gesandter. Geschickt von Wellsie.

»Ich bin bereit«, sagte er zu niemandem und allen.

Rehvenge sah Ehlena über den Tisch hinweg an und dachte: *Na ja, wenigstens ist sie nicht gleich aufgesprungen und davongelaufen, als ich das I-Wort gesagt habe.*

Impotent war ein Wort, das man für gewöhnlich nicht in Gesellschaft einer Frau verwendete, an der man interessiert war. Außer in Sätzen wie *Scheiße, nein, natürlich bin ich* NICHT *impotent.*

Ehlena setzte sich wieder. »Du bist ... Ist es wegen der Medikamente?«

»Ja.«

Ihre Augen wanderten umher, als stellte sie Berechnungen im Kopf an, und sein erster Gedanke war: *Meine Zunge funktioniert tadellos, und genauso meine Finger.*

Aber das behielt er für sich. »Dopamin hat eine seltsame Wirkung auf mich. Statt die Testosteron-Ausschüttung anzukurbeln, entzieht es mir das Zeug.«

Ihre Mundwinkel zuckten nach oben. »Das ist jetzt völlig unangemessen, aber da du sehr männlich bist, könntest du ohne ...«

»Ich könnte dich lieben«, nickte er ruhig. »Das könnte ich dann.«

Sie sah ihn an. Heilige Scheiße, hatte er das gerade wirklich gesagt?

Rehv strich sich über den Irokesen-Haarschnitt. »Ich werde mich nicht dafür entschuldigen, dass ich etwas für dich empfinde, aber ich werde dich auch nicht mit irgendwelchen Übergriffen in Verlegenheit bringen. Möchtest du einen Kaffee? Er ist schon fertig.«

»Äh ... gerne.« Als hoffte sie, das Getränk könne ihr zu einem klaren Kopf verhelfen. »Hör mal ...«

Er verharrte mitten im Aufstehen. »Ja?«

»Ich ... äh ...«

Als sie nicht weitersprach, zuckte er die Schultern. »Lass mich dir einfach den Kaffee bringen. Ich möchte dich bedienen. Das macht mich glücklich.«

Von wegen glücklich. Als er in die Küche ging, brach ein innerer Jubel durch seine Taubheit.

Die Tatsache, dass er ihr zu essen gab, dass er für sie gekocht hatte, ihr zu trinken gegen den Durst gab, ihr Schutz vor der Kälte bot …

Rehv nahm einen eigenartigen Geruch wahr. Zuerst verdächtigte er das Roastbeef, das er draußen stehen gelassen hatte, denn er hatte das Fleisch mit Kräutern eingerieben. Aber nein … das war es nicht.

Da es im Moment jedoch Wichtigeres gab als seine Nase, ging er zu den Schränken und holte Tassen und Untertassen heraus. Als er den Kaffee ausgeschenkt hatte, wollte er sein Revers glattstreichen …

Und erstarrte.

Er hob die Hand an die Nase, atmete tief ein und konnte nicht fassen, was er da roch. Es konnte doch unmöglich …

Doch es gab nur eines, was so roch, und das hatte nichts mit seiner *Symphathen*-Seite zu tun. Die herbe Würze, die er verströmte, war Bindungsduft, die Kennzeichnung, die Vampire auf der Haut und dem Geschlecht ihrer Partnerinnen hinterließen, damit andere Vampire wussten, wessen Zorn sie auf sich zogen, wenn sie ihr zu nahe kamen.

Rehv senkte den Arm und blickte erstaunt zur Schwingtür.

Wenn man ein gewisses Alter erreichte, erwartete man keine Überraschungen mehr von seinem Körper. Zumindest keine der guten Sorte. Klapprige Gelenke, pfeifender Atem, schlechte Augen. Klar, wenn die Zeit dafür kam.

Aber im Großen und Ganzen behielt man die neunhundert Jahre nach der Transition, was man hatte.

Obwohl *gut* diese neue Entwicklung vielleicht nicht ganz treffend beschrieb.

Aus einem unerfindlichen Grund musste er an sein erstes Mal denken, kurz nach seiner Transition. Als sie fertig waren, war er überzeugt gewesen, dass die Vampirin und er sich vereinigen würden und den Rest ihres Lebens als glückliches Paar verbrächten. Sie war einfach wunderschön. Der Bruder seiner Mutter hatte sie für ihn ins Haus gebracht, damit Rehv sie bei der Wandlung benutzen konnte.

Sie war brünett gewesen.

Himmel, er erinnerte sich gerade nicht an ihren Namen.

Mit seiner heutigen Erfahrung wusste er, dass sie von der Größe seines gewandelten Körpers überrascht gewesen war. Sie hatte nicht erwartet, dass er ihr gefallen würde. Hatte nicht erwartet, ihn zu begehren. Aber sie tat es, und sie schliefen miteinander, und der Sex war eine Offenbarung – das Fleisch, die aufpeitschende Erregung, die Macht, die er verspürte, als er nach den ersten paar Malen die Kontrolle übernahm.

Damals hatte er von der Existenz seines Stachels erfahren – obwohl er sich nicht sicher war, ob ihr in ihrem Zustand der Hingabe überhaupt auffiel, dass sie ein wenig warten musste, bevor er sich aus ihr zurückziehen konnte.

Danach war er so gelöst gewesen, so zufrieden mit sich und der Welt, so glücklich. Doch es kam nicht zum *Und-wenn-sie-nicht-gestorben-sind.* Während noch der Schweiß auf ihrer Haut trocknete, hatte sie sich angezogen und war zur Tür gegangen. Im Gehen hatte sie ihn

noch einmal liebevoll angelächelt und gesagt, dass sie seiner Familie nichts für den Sex berechnen würde.

Sein Onkel hatte sie gekauft, damit er sich von ihr nähren konnte.

Witzig, dachte er jetzt. Eigentlich kein Wunder, dass es so mit ihm geendet hatte. Dass Sex eine Ware ist, wurde ihm verdammt früh eingebläut – obwohl sein erstes Mal, oder die ersten sechs, sozusagen aufs Haus gegangen waren.

Wenn dieser herbe Geruch also bedeutete, dass sich seine Vampirnatur mit Ehlena vereinigen wollte, war das keine gute Nachricht.

Rehv nahm den Kaffee und trug ihn vorsichtig durch die Schwingtür hinaus ins Esszimmer. Als er ihn vor sie hinstellte, wollte er ihr Haar berühren, setzte sich aber stattdessen.

Sie hob die Tasse an die Lippen. »Du machst guten Kaffee.«

»Du hast ihn noch nicht probiert.«

»Ich rieche es. Und ich liebe diesen Geruch.«

Das ist nicht der Kaffee, dachte er. *Zumindest nicht nur.*

»Und ich liebe dein Parfüm«, sagte er, weil er ein Trottel war.

Sie sah ihn verwundert an. »Ich trage keines. Ich meine, außer der Seife und dem Shampoo, das ich benutze.«

»Nun, dann mag ich eben die. Und ich bin froh, dass du geblieben bist.«

»Hattest du das geplant?«

Ihre Blicke begegneten sich. Verdammt, sie war einfach perfekt. Strahlend, wie die Kerzen es gewesen wa-

ren. »Dass du bis zum Kaffee bleibst? Ja, ich schätze, ich war auf ein Date aus.«

»Ich dachte, du hättest mir recht gegeben.«

Mann, diese atemlose Note in ihrer Stimme erweckte den Wunsch in ihm, sie an seiner nackten Brust zu spüren.

»Recht gegeben?«, fragte er. »Zur Hölle, ich würde zu allem Ja sagen, wenn es dich glücklich macht. Aber wovon redest du gerade?«

»Du sagtest, ich solle nichts mit irgendjemandem anfangen.«

Ach ja. »Solltest du auch nicht.«

»Ich verstehe nicht.«

Er war ein Idiot, aber er versuchte es. Rehv stützte die gefühllosen Ellbogen auf den Tisch und beugte sich zu ihr vor. Ihre Augen wurden größer, aber sie wich nicht zurück.

Er verharrte und gab ihr Gelegenheit, ihn aufzufordern, mit dem Unsinn aufzuhören. Warum er das tat? Er hatte keine Ahnung. Seine *Symphathen*-Seite pausierte sonst nur, um zu analysieren oder mehr Kapital aus einer Schwäche zu ziehen. Aber Ehlena erweckte den Wunsch in ihm, anständig zu sein.

Aber sie wies ihn nicht zurück. »Ich ... verstehe nicht«, flüsterte sie.

»Ganz einfach. Ich finde wirklich, du solltest nichts mit irgendjemandem anfangen.« Rehv kam noch näher auf sie zu, bis er die goldenen Flecken in ihren Augen sah. »Aber ich bin schließlich nicht irgendjemand.«

29

Ich bin schließlich nicht irgendjemand.

Als Ehlena in Rehvenges Amethystaugen blickte, dachte sie, wie sehr das stimmte. In diesem stillen Moment, in dem sie beide eine explosive erotische Spannung verband und der Duft von herbem Cologne in der Luft lag, war Rehvenge jeder und alles.

»Du wirst dich von mir küssen lassen.«

Es war keine Frage, aber sie nickte dennoch, und er schloss die Entfernung zwischen ihren Mündern.

Seine Lippen waren weich, und sein Kuss war noch weicher. Und er zog sich zu schnell zurück, ihrer Meinung nach. Viel zu schnell.

»Wenn du mehr willst«, flüsterte er heiser, »würde ich es dir gerne geben.«

Ehlena starrte auf seinen Mund und dachte an Stephan – an all die Gelegenheiten, die er nicht mehr hatte. Sie wollte mit Rehvenge zusammen sein. Es war unsinnig, aber in diesem Moment spielte das keine Rolle.

»Ja. Ich will mehr.« Außer dass es ihr dann dämmerte. Er spürte nichts, war dem nicht so? Was also, wenn sie die Sache weitertrieben?

Und wie sprach man das an, ohne dass er sich wie behindert vorkam? Und was war mit dieser anderen Frau?

Offenkundig schliefen sie nicht miteinander, aber es war eine ernste Sache zwischen ihnen.

Sein amethystfarbener Blick fiel auf ihre Lippen. »Du willst wissen, was ich davon habe?«

Mann, diese Stimme war purer Sex.

»Ja«, hauchte sie.

»Ich sehe dich so, wie du jetzt bist.«

»Wie ... bin ich denn?«

Er strich mit einem Finger über ihre Wange. »Du bist erregt.« Seine Berührung wanderte zu ihren Lippen. »Dein Mund ist geöffnet, weil du an den nächsten Kuss denkst.« Sein Finger strich tiefer, über ihren Hals. »Dein Herz schlägt. Ich sehe das Pochen in der Ader.« Er hielt zwischen ihren Brüsten inne. Jetzt öffnete sich auch sein Mund, und seine Fänge verlängerten sich. »Wenn ich weiter herunterstreiche, stoße ich wahrscheinlich auf aufgerichtete Brustwarzen, und ich wette, es gibt noch andere Anzeichen dafür, dass du für mich bereit bist.« Er beugte sich zu ihrem Ohr und flüsterte: »Bist du für mich bereit, Ehlena?«

Heilige. Scheiße.

Ihr Brustkorb zog sich zusammen und ein süßes, schwindelerregendes Gefühl von Atemnot überkam sie, das dieses Ziehen, das sie plötzlich zwischen den Schenkeln empfand, noch überwältigender machte.

»Ehlena, antworte mir.« Rehv knabberte an ihrem Hals und ließ einen scharfen Zahn an ihrer Halsschlagader entlangfahren.

Ihr Kopf fiel zurück, und sie krallte sich an seinem Anzug fest und zerknitterte den edlen Stoff. Es war so lang ... so ewig her, seit sie jemand im Arm gehalten hatte. Seit sie etwas anderes war als eine Pflegerin. Seit

sie ihre Brüste und Hüften und Schenkel als etwas anderes empfunden hatte denn als Körperregionen, die es zu verhüllen galt, bevor sie sich vor die Tür wagte. Und jetzt wollte dieser gut aussehende Nicht-irgendjemand-Vampir mit ihr zusammen sein, nur um sie zu verwöhnen.

Ehlena musste heftig blinzeln. Es war, als hätte er ihr ein Geschenk gemacht. Sie fragte sich, wie weit das, was sie da gerade anfingen, gehen würde. Bevor ihre Familie in der *Glymera* in Ungnade fiel und zerrissen wurde, war sie einem Vampir versprochen gewesen, und er ihr. Es hatte bereits einen Termin für die Vereinigungszeremonie gegeben, doch sie kam nicht zustande, nachdem ihre Familie ihr Vermögen verlor.

Sie hatte bereits mit ihrem Zukünftigen geschlafen, obwohl sie es als Frau von Wert in der *Glymera* nicht hätte tun sollen, da sie beide noch nicht offiziell vereinigt gewesen waren. Doch das Leben hatte zu kurz geschienen, um zu warten.

Jetzt wusste sie, dass es sogar noch kürzer war.

»Du hast ein Bett hier, oder?«, fragte sie.

»Und ich würde töten, um dich dorthin zu bringen.«

Sie war es, die aufstand und ihm die Hand hinhielt. »Gehen wir.«

Was die Sache legitimierte war, dass es allein um Ehlena ging. Durch seine Gefühllosigkeit blieb Rehv außen vor, und ihnen beiden wurde der hässliche Eindruck erspart, er könnte in die Sache verwickelt sein.

Mann, welch Freude. Der Prinzessin musste er seinen Körper geben, aber Ehlena gab er aus freien Stücken ...

Tja, verflucht, er wusste nicht genau was, aber auf je-

den Fall so viel mehr als seinen Schwanz. Etwas, das auch um vieles wertvoller war.

Er nahm den Stock, weil er sich nicht auf sie stützen wollte, und führte sie ins Schlafzimmer mit dem Bett in der Größe eines Swimmingpools, der schwarzen Satindecke und der perfekten Aussicht.

Kraft seines Willens schloss er die Tür, obwohl sich niemand außer ihnen im Penthouse befand. Dann drehte er Ehlena zu sich um, sodass sie ihn ansah und er ihr das Band aus dem Haar nehmen konnte. Die rotblonden Wellen fielen auf ihre Schultern herab, und obwohl er die seidigen Strähnen nicht fühlte, roch er den leichten, natürlichen Duft ihres Shampoos.

Sie war sauber und frisch wie ein Fluss, in dem er baden konnte.

Er hielt inne, als ihn ein ungewohnt mahnendes Gewissen zurückhielt. Hätte Ehlena gewusst, womit er sein Geld verdiente und was er mit seinem Körper anstellte, würde sie ihn nicht wollen. Dessen war er sich sicher.

»Hör nicht auf«, bat sie und blickte zu ihm auf. »Bitte …«

Unter größter Willensanstrengung teilte er sich innerlich auf: Alles Schlechte, sein lasterhaftes Leben und sein gefährliches Geheimnis, all das verbannte er aus dem Schlafzimmer, sperrte es weg, brachte es zum Schweigen.

So, als wären nur sie beide hier.

»Ich höre nicht auf, es sei denn, du willst es«, sagte er. In diesem Fall würde er ohne weitere Fragen von ihr ablassen. Auf keinen Fall durfte sie Sex so empfinden wie er.

Rehv beugte sich herab und küsste sie behutsam. Er konnte die Berührung nicht einschätzen und wollte sie

nicht zerquetschen. Sie würde sich schon bemerkbar machen, wenn sie mehr wollte ...

Und genau das tat Ehlena: Sie schlang die Arme um ihn und presste sich an ihn.

Und ... Himmel, er fühlte etwas. Aus heiterem Himmel brach ein Lichtstrahl durch seine Taubheit, zaghaft zwar, aber durchaus spürbar und warm. Kurz erfasste ihn Angst, und er zog sich zurück ... doch seine Sicht blieb dreidimensional, und das einzige Rot in seiner Umgebung war die Digitalanzeige des Weckers auf dem Nachttisch.

»Ist das in Ordnung?«, fragte sie.

Er wartete noch ein paar Herzschläge ab. »Ja ... ja, absolut.« Seine Augen erforschten ihr Gesicht. »Darf ich dich ausziehen?«

O Gott, hatte er das gerade gefragt?

»Ja.«

»O ... danke.«

Langsam knöpfte Rehv ihre Uniform auf, enthüllte sie mehr, als sie auszuziehen. Vorsichtig legte er Zentimeter für Zentimeter frei, bis er ihr den Kittel schließlich von den Schultern streifte und ihn über ihre Hüften zu Boden gleiten ließ. Als sie so vor ihm stand in ihrem weißen BH und den weißen Strumpfhosen, unter denen sich der weiße Slip abzeichnete, fühlte er sich auf merkwürdige Weise geehrt.

Aber das war nicht alles. Der Duft, der von ihrem Geschlecht ausging, erzeugte ein Summen zwischen seinen Ohren, als hätte er eineinhalb Wochen durchgekokst. Sie wollte ihn. Fast so sehr, wie er ihr dienen wollte.

Rehv legte die Arme um ihre Taille, zog sie an sich und hob sie hoch. Sie war federleicht, das merkte er daran,

dass sich seine Atmung kein bisschen veränderte, als er sie zum Bett trug und dort niederlegte.

Er richtete sich auf und betrachtete sie. Ehlena war ganz anders als die Frauen, mit denen er sonst zu tun hatte. Sie räkelte sich nicht auf den Laken oder spreizte die Beine, spielte nicht an sich herum oder bog sich ihm lockend in *Komm-und-fang-mich*-Manier entgegen.

Sie wollte ihm auch keinen Schmerz zufügen oder ihn erniedrigen – in ihren Augen stand keine heiße, leidenschaftliche Grausamkeit.

Sie blickte nur staunend und erwartungsvoll zu ihm auf. An dieser Frau war nichts Künstliches oder Berechnendes. Und damit war sie tausendmal anziehender als alle, mit denen er je zu tun gehabt hatte.

»Soll ich die Kleidung anbehalten?«

»Nein.«

Rehv warf sein Gucci-Jackett achtlos von sich, als wäre es nicht mehr als ein Billigding von der Stange. Er streifte seine Halbschuhe ab, öffnete den Gürtel und ließ seine Hosen zu Boden gleiten, wo er sie einfach liegen ließ. Der Rollkragenpulli war schnell ausgezogen. Ebenso die Socken.

Bei den Boxershorts zögerte er, den Daumen schon im Bund, bereit, sie auszuziehen. Doch dann konnte er es nicht.

Die fehlende Erektion war ihm peinlich.

Rehv hatte nicht erwartet, dass es ihm etwas ausmachen würde. Zur Hölle, sein schlaffer Penis war es, was das hier überhaupt ermöglichte. Dennoch fühlte er sich nur wie ein halber Mann.

Oder eigentlich gar nicht sonderlich männlich.

Er zog die Hände aus dem Bund und legte sie über sein schlaffes Geschlecht. »Die lasse ich an.«

Ehlena streckte sehnsuchtsvoll die Hand nach ihm aus. »Ich will mit dir zusammen sein, so wie du bist.«

»Tut mir leid«, flüsterte er.

Einen Moment lang herrschte Verlegenheit zwischen ihnen, denn was hätte sie schon antworten können? Und doch wartete er und wollte ... etwas von ihr.

Eine Bestätigung?

Himmel, was war nur los mit ihm. All diese verrückten Reaktionen! Sein Denken schlug die ungewöhnlichsten Kurse ein und eröffnete ihm Gefühle, die er sonst nur vom Hörensagen kannte: Scham und Traurigkeit und Sorge. Auch Unsicherheit.

Vielleicht wirkten die Sexualhormone, die diese Frau zum Sprudeln brachte, bei ihm auf gleiche Weise wie das Dopamin, nämlich entgegengesetzt ihrer üblichen Weise, und machten ihn zum Weichei.

»Du bist wunderschön in diesem Licht«, sagte sie mit belegter Stimme. »Deine Schultern und deine Brust sind so kräftig, ich wüsste gern, wie es ist, so stark zu sein. Und dein Bauch ... ich wünschte, meiner wäre so flach und hart. Deine Beine sind auch perfekt, nichts als Muskeln, kein Gramm Fett.«

Als er sich über sein Sixpack strich, blickte er auf ihren sanft gewölbten Bauch. »Ich finde dich vollkommen, so wie du bist.«

Ihre Stimme wurde ernst. »Und mir geht es mit dir genauso.«

Rehv atmete schwerfällig ein. »Ja?«

»Ich finde dich unglaublich sexy. Allein dein Anblick ... schmerzt schon fast.«

Nun … dann war ja alles bestens. Und doch kostete es ihn Überwindung, die Daumen zurück unter den Bund zu schieben und seine Boxershorts langsam herabzuziehen.

Als er sich neben sie legte, zitterte er, was er nur merkte, weil er das Beben sah.

Es war ihm wichtig, was sie von ihm hielt. Und von seinem Aussehen. Davon, was in diesem Bett geschah. Bei der Prinzessin war ihm scheißegal, ob ihr gefiel, was er mit ihr anstellte. Und die paar Male, die er etwas mit seinen Mädchen gehabt hatte, wollte er sie natürlich nicht verletzen, aber es war ein reiner Austausch von Sex gegen Geld gewesen.

Xhex war ein Fehler gewesen. Weder gut noch schlecht. Es war einfach passiert und würde nicht noch einmal vorkommen.

Ehlena streichelte seine Arme und ließ die Hände über seine Schulter wandern. »Küss mich.«

Rehv blickte ihr in die Augen und gehorchte. Er beugte sich herab und strich sanft mit dem Mund über ihre Lippen, dann mit der Zunge. Anschließend küsste er sie, bis sie sich vor Verlangen auf dem Bett wand und sich so fest an ihn krallte, dass er wieder die seltsame Ahnung einer Empfindung verspürte. Er schlug die Augen auf, um seine Sicht zu prüfen, doch alles war normal, nichts färbte sich rot.

Er gab sich wieder dem Kuss hin, sehr vorsichtig, weil er nicht einschätzen konnte, wie fest er die Lippen auf ihre presste. Er wartete, bis sie ihm entgegenkam, damit er sie nicht mit dem Mund erdrückte.

Doch er wollte so viel weitergehen … und sie las seine Gedanken.

Ehlena war es, die ihren BH öffnete und sich entblößte. Oh, verdammt noch mal, *ja!* Ihre Brüste waren perfekt proportioniert und gekrönt von kleinen rosa Nippeln – die er sofort in den Mund nahm und daran saugte, einen nach dem anderen.

Ihr Stöhnen erweckte sein Innerstes zum Leben und vertrieb die Kälte mit Energie, Wärme und Verlangen.

»Ich möchte mich auf dich legen«, knurrte er.

Ihr »Bitte« war mehr geseufzt als gesprochen, und mit ihrem Körper gab sie ihm eine noch deutlichere Antwort. Ihre Schenkel teilten sich, und die Beine fielen auseinander. Einladender hätte es nicht sein können.

Diese Strumpfhose musste runter, bevor er sich durch sie hindurchkaute.

Rehv machte es so langsam und vorsichtig, wie er es aushielt, und streifte das dünne Gewebe von der Haut, während er an ihrem Bein bis hinab zu den Knöcheln entlangknabberte und dabei tief einatmete.

Ihren Slip ließ er an.

Rehvs Zärtlichkeit überraschte Ehlena am meisten.

Trotz seiner Stärke war er so behutsam. Seine Berührungen waren sacht und gaben ihr jede Gelegenheit, ihn aufzuhalten, in eine andere Richtung zu lenken oder die Sache ganz abzubrechen.

Obwohl sie nichts davon plante.

Insbesondere nicht, als seine große Hand an der Innenseite ihres nackten Beines hinaufglitt und es dabei mit unauffälligem Druck noch ein Stück nach außen schob. Als seine Finger über ihren Slip streiften, durchfuhr es sie wie ein elektrischer Schlag, und ein Miniorgasmus ließ sie aufstöhnen.

Rehvenge richtete sich leicht auf und knurrte ihr ins Ohr: »Mir gefällt dieses Geräusch.«

Er küsste sie und streichelte dabei über die sittsame Baumwolle zwischen ihren Beinen. Tiefe Zungenschläge standen im Kontrast zu federleichten Berührungen, und sie warf den Kopf in den Nacken und verlor sich vollkommen in ihm. Sie hob die Hüften und bedeutete ihm, unter ihren Slip zu gehen, und betete, dass er den Hinweis verstand, da es ihr nicht mehr möglich war zu sprechen.

»Was willst du?«, hauchte er ihr ins Ohr. »Möchtest du nichts mehr zwischen uns haben?«

Als sie nickte, steckte er den Mittelfinger unter das Gummiband, und dann lag Haut auf Haut und …

»O … *Gott*«, stöhnte sie, als sie ein Orgasmus durchzuckte.

Rehvenge grinste wie ein Tiger, als er sie streichelte und ihr half, die bebenden Wellen zu reiten. Als sie schließlich ruhiger wurde, war sie verlegen. Sie war so lange nicht mit jemandem zusammen gewesen, und nie mit jemandem wie ihm.

»Du bist unbeschreiblich schön«, flüsterte er, bevor sie etwas sagen konnte.

Ehlena drehte den Kopf in seine Armbeuge und küsste die weiche Haut, die sich über den starken Bizeps spannte. »Es ist eine Weile her für mich.«

Sein Gesicht wurde von einem weichen Glanz erfüllt. »Das gefällt mir. Sehr.«

Er ließ den Kopf auf ihre Brüste sinken und küsste ihren Nippel. »Mir gefällt, dass du deinen Körper respektierst. Das tun nicht alle. Ach ja, und ich bin noch nicht fertig.«

Ehlenas Nägel gruben sich in seinen Nacken, als er ihren Slip an den Schenkeln herabzog. Der Anblick seiner rosa Zunge, die ihre Brust neckte, fesselte sie, insbesondere, als sich seine amethystfarbenen Augen in ihre bohrten, während er genussvoll ihren Nippel umkreiste und dann darüberleckte – als wolle er ihr einen Vorgeschmack auf die Kunst des Verwöhnens geben, die er gleich an anderer Stelle anwenden wollte.

Sie kam erneut. Heftig.

Dieses Mal ließ sich Ehlena vollkommen darauf ein, und es war eine Erlösung, einfach nur in ihrer Haut zu stecken und bei ihm zu sein. Als sie sich von dem Genuss erholte, zuckte sie nicht einmal zurück, als er sich Stück für Stück nach unten küsste, über ihren Bauch und zu ihrer …

Sie stöhnte so laut, dass es hallte.

Wie seine Finger fühlte sich auch sein Mund auf ihrem Geschlecht umso intensiver an, weil er sie kaum berührte. Sanfte Zungenstriche schwebten über diesem empfindsamen heißen Punkt ihres Körpers, sodass sie sich abmühte, um ihn zu fühlen, und jedes Vorbeistreifen der Lippen oder der Zunge zu einer Quelle von Wohltat und Frustration zugleich wurde.

»Mehr«, verlangte sie und schob die Hüften nach oben.

Seine Amethystaugen blickten zu ihr auf: »Ich will nicht grob sein.«

»Das bist du nicht. *Bitte* … du bringst mich um …«

Mit einem Knurren tauchte er ab und verschloss ihr Geschlecht mit dem Mund, saugte und zog sie in sich hinein. Sie kam erneut, dieses Mal in harten Erschütterungen, und er ließ nicht locker. Er machte weiter und folgte jedem Zucken und Aufbäumen. Der Klang von

Lippen auf Lippen vermengte sich mit ihren kehligen Schreien, während er sie bearbeitete und wieder und wieder zum Höhepunkt trieb.

Als sie Gott weiß wie viele Male gekommen war, wurde sie ruhiger, und somit auch er. Sie waren beide außer Atem, sein glänzender Mund ruhte an der Innenseite ihres Schenkels, drei Finger hatte er tief in ihr vergraben. In der aufgeheizten Luft vermengten sich ihre Düfte …

Sie zog die Stirn in Falten. Ein Teil der berauschenden Düfte in dem Zimmer waren … dunkle Gewürze. Als sie schnupperte, sah er sie an.

Ihr erschrockenes Gesicht musste deutlich ausdrücken, zu welchem Schluss sie gekommen war.

»Ja, ich rieche es auch«, sagte er heiser.

Aber er konnte sich nicht mit ihr verbunden haben, oder? Ging das wirklich so schnell?

»Bei manchen Männern ja«, sagte er. »Wie man sieht.«

Abrupt bemerkte sie, dass er ihre Gedanken las, aber das kümmerte sie nicht. Nach all den Vorstößen der vergangenen Stunde schien der in ihre Gedanken nur noch halb so intim.

»Das habe ich nicht erwartet«, meinte sie.

»Ich auch nicht.« Rehvenge zog seine Finger aus ihr heraus und schleckte sie genussvoll ab.

Was sie natürlich gleich wieder anheizte.

Sie löste den Blick keine Sekunde von ihm, als er sich anders auf die Kissen bettete, auf denen sie sich eben noch geräkelt hatten.

»Wenn du nicht weißt, was du sagen sollst: Willkommen im Club.«

»Wir müssen nichts sagen«, murmelte sie. »Es ist, wie es ist.«

»Ja.«

Rehvenge rollte sich auf den Rücken. Als sie nebeneinander in der Dunkelheit lagen, nur durch zehn Zentimeter voneinander getrennt, vermisste sie ihn, als hätte er das Land verlassen.

Sie drehte sich auf die Seite, legte den Kopf in ihre Armbeuge und sah ihn an, während er an die Decke starrte.

»Ich wünschte, ich könnte dir etwas geben«, sagte sie und ließ die Sache mit der Bindung erst einmal auf sich beruhen. Zu viel Gerede würde nur kaputt machen, was sie gerade zusammen erlebt hatten, und sie wollte es noch ein bisschen länger auskosten.

Er sah zu ihr hinüber. »Bist du verrückt? Muss ich dich daran erinnern, was wir gerade getan haben?«

»Ich möchte dir auch so etwas geben.« Sie seufzte. »Ich meine, das soll nicht klingen, als ob irgendetwas gefehlt hätte … ich meine … Mist.«

Er lächelte und strich ihr über die Wange. »Es ist lieb von dir, das muss dir nicht peinlich sein. Und unterschätze nicht, wie schön es für mich war.«

»Ich möchte, dass du etwas weißt: Niemand hätte mich mehr verwöhnen können oder mir mehr das Gefühl geben können, schön zu ein, als du es gerade getan hast.«

Er drehte sich zu ihr um und lag ihr nun in der gleichen Haltung gegenüber, indem er den Kopf auf seinen kräftigen Bizeps legte. »Verstehst du jetzt, warum es für mich so gut war?«

Sie nahm seine Hand und küsste die Handfläche, nur um dann die Stirn zu runzeln. »Dir wird kalt. Ich spüre es.«

Sie setzte sich auf und breitete die Decke über ihm

aus, dann legte sie sich auf die Decke und kuschelte sich an ihn.

In dieser Position verharrten sie ungefähr ein Jahrhundert.

»Rehvenge?«

»Ja?«

»Nimm meine Vene.«

Sie sah, wie sehr es ihn schockierte, als sein Atem stockte. »Entschuldige ... wie bitte?«

Sie musste lächeln, weil er nicht die Sorte Mann war, die leicht ins Stottern geriet. »Nimm meine Vene. Ich möchte dir auch etwas geben.«

Seine Lippen öffneten sich leicht, und sie sah, wie sich seine Fänge verlängerten, aber nicht langsam, sondern sie schossen regelrecht aus seinem Kiefer.

»Ich weiß nicht ... ob das ...« Während sein Atem stockte, fiel seine Stimme um eine weitere Oktave.

Sie legte die Hand auf ihren Hals und massierte sanft ihre Halsschlagader. »Ich halte es für eine großartige Idee.«

Als seine Augen lila leuchteten, rollte sie sich auf den Rücken und neigte den Kopf zur Seite, sodass ihre Kehle freilag.

»Ehlena ...« Seine Augen wanderten an ihr herab und kamen zurück zu ihrem Hals.

Jetzt war er atemlos und erhitzt, und eine feine Schweißschicht bedeckte seine Schultern, wo sie unter der Decke hervorschauten. Und das war noch nicht alles. Der Duft von dunklen Gewürzen entströmte ihm, bis die Luft davon geschwängert war, als seine innere Chemie auf ihr Angebot und sein Verlangen, diesem nachzugeben, reagierte.

»Oh ... Scheiße, Ehlena ...«

Auf einmal verzog Rehv das Gesicht und sah an sich herab. Die Hand, die eben noch sanft auf ihrer Wange geruht hatte, verschwand unter der Decke, und sein Gesichtsausdruck verwandelte sich: Die Hitze und Begierde verschwanden und wichen einem besorgniserregenden Ekel.

»Entschuldige mich«, krächzte er heiser. »Tut mir leid ... ich kann nicht ...«

Rehvenge stolperte aus dem Bett und zog die Decke unter ihr hervor und mit sich mit. Er war schnell – aber nicht so schnell, als dass ihr seine Erektion entgangen wäre.

Er war hart. Groß, lang und unübersehbar hart.

Und doch verschwand er ins Bad und schloss die Tür. Dann sperrte er ab.

30

John erklärte Qhuinn und Blay, dass er sich in seinem Zimmer aufs Ohr hauen würde, und als er sicher war, dass sie ihm die Lüge abkauften, schlich er durch den Dienstbotentrakt aus dem Haus und ging auf direktem Weg zum *ZeroSum*.

Er musste sich beeilen, denn sicher würde später einer der beiden nach ihm sehen und dann einen verdammten Suchtrupp zusammentrommeln.

Er ging am Haupteingang des Clubs vorbei zu der Nebenstraße, in der er Xhex einmal dabei beobachtet hatte, wie sie einem zugekoksten Großmaul den Schädel einschlug. Er entdeckte die Überwachungskamera über dem Seiteneingang, hob den Kopf und blickte direkt in die Linse.

Als sich die Tür öffnete, wusste er ohne aufzusehen, dass sie es war.

»Möchtest du reinkommen?«, fragte sie.

Er schüttelte den Kopf. Diesmal waren die Verständigungsschwierigkeiten kein Problem. Scheiße, er hätte ohnehin nicht gewusst, was er ihr sagen sollte. Er wusste nicht, warum er hier war. Er hatte einfach kommen müssen.

Xhex kam aus dem Club, lehnte sich an die Tür und schlug einen Stahlkappenstiefel über den anderen. »Hast du es jemandem erzählt?«

Er sah ihr fest in die Augen und schüttelte den Kopf.

»Wirst du es tun?«

Er schüttelte den Kopf.

In einem weicheren Tonfall, der ihm an ihr unbekannt war und den er nicht von ihr erwartet hatte, flüsterte sie: »Warum?«

Er konnte nur die Schultern zucken. Ehrlich, er war überrascht, dass sie nicht versuchte, seine Erinnerung zu löschen. Einfacher. Sauberer.

»Ich hätte dir die Erinnerung nehmen sollen«, sagte sie, und er fragte sich, ob sie seine Gedanken las. »Ich war nur einfach völlig durch letzte Nacht, und du warst so schnell weg, da habe ich es nicht getan. Jetzt sind sie natürlich ins Langzeitgedächtnis übergegangen, also ...«

Deswegen war er hergekommen, erkannte er jetzt. Um ihr zu versichern, dass er den Mund halten würde.

Tohrs Verschwinden hatte seinen Entschluss besiegelt. Als John mit ihm reden wollte und feststellen musste, dass der Kerl mal wieder verschwunden war, und *wieder* ohne jedes Wort, hatte sich in ihm etwas verschoben, so wie ein Felsbrocken, der von einer Seite des Gartens auf die andere gerollt wird, eine bleibende Veränderung in der Landschaft.

John war allein. Und deshalb ging diese Entscheidung nur ihn etwas an. Er respektierte Wrath und die Bruderschaft, aber er war kein Bruder und würde es vielleicht nie werden. Klar, er war ein Vampir, aber den größten Teil seines Lebens hatte er unter Menschen verbracht, deshalb hatte er die Aversionen gegen *Symphathen* auch nie ganz verstanden. Psychopathen? Hölle, die gab es überall, wenn man ihn fragte. Man musste sich nur an-

schauen, wie Zsadist und V drauf waren, bevor sie sich mit ihren *Shellans* vereinigt hatten.

John würde Xhex nicht dem König ausliefern, damit man sie in diese Kolonie deportierte. Kam nicht in die Tüte.

Jetzt wurde ihre Stimme hart. »Also, was willst du?«

In Anbetracht all der Ratten, Loser und Schwerenöter, mit denen Xhex nachtein, nachtaus zu tun hatte, überraschte ihn diese Frage nicht im Geringsten.

Er hielt ihrem Blick stand und schüttelte den Kopf, während er sich mit dem Finger über die Kehle fuhr und *Nichts* mit den Lippen formte.

Xhex sah ihn mit kalten grauen Augen an, und er fühlte, wie sie in seinen Kopf eindrang. Er ließ es zu. Es würde sie mehr überzeugen als alle Worte, die er hätte sprechen können.

»Du bist wirklich einzigartig, John Matthew«, meinte sie leise. »Die meisten würden versuchen rauszuholen, was geht. Vor allem, wenn man bedenkt, was ich hier im Club alles besorgen kann.«

Er zuckte die Schultern.

»Tja, und wo geht's heute Nacht noch hin? Wo sind deine Jungs?«

Er schüttelte den Kopf.

»Möchtest du über Tohr reden?« Als er ruckartig den Kopf hochriss, sagte sie: »Entschuldige, aber er spukt durch deine Gedanken.«

Als John erneut den Kopf schüttelte, berührte etwas seine Wange. Er blickte auf. Es hatte angefangen zu schneien, winzig kleine Flocken wirbelten im Wind.

»Der erste Schnee in diesem Jahr«, meinte Xhex und stieß sich von der Tür ab. »Und du hast keine Jacke an.«

Er sah an sich hinab und merkte, dass er nur Jeans

und ein Nerdz-T-Shirt trug. Wenigstens hatte er daran gedacht, Schuhe anzuziehen.

Xhex langte in ihre Tasche und hielt ihm etwas hin. Einen Schlüssel. Einen kleinen Messingschlüssel.

»Ich weiß, dass du nicht nach Hause willst, und ich habe eine Wohnung nicht weit von hier. Sie ist sicher und unterirdisch. Geh hin, wenn du willst, bleib, solange du möchtest. Verschaff dir die nötige Privatsphäre, bis du dich gesammelt hast.«

Er wollte schon den Kopf schütteln, als sie in der Alten Sprache sagte: »*Ich möchte mich auf diese Weise erkenntlich zeigen.*«

Er nahm den Schlüssel, ohne ihre Hand zu berühren, und formte ein *Danke* mit den Lippen.

Nachdem sie ihm die Adresse genannt hatte, ließ er sie in der Seitenstraße stehen, im Schnee, der vom Nachthimmel fiel. An der Trade Street blickte er noch einmal über die Schulter zurück. Sie stand immer noch an der Tür und beobachtete ihn, die Arme verschränkt, die Stiefel fest am Boden.

Die zarten Flocken, die auf ihrem kurzen dunklen Haar und auf ihren nackten, harten Schultern landeten, machten sie kein bisschen weicher. Sie war kein Engel, der ihm eine Freundlichkeit erwies. Sie war dunkel und gefährlich und unberechenbar.

Und er liebte sie.

John hob die Hand und winkte, dann bog er um die Ecke und schloss sich einem Tross von geduckten Menschen an, die eilig von Bar zu Bar huschten.

Xhex blieb stehen, wo sie war, auch als Johns große Gestalt außer Sicht war.

Einzigartig, dachte sie erneut. Dieser Junge war wirklich einzigartig.

Zurück im Club wusste sie, dass es nur eine Frage der Zeit war, bis seine zwei Freunde oder irgendein Mitglied der Bruderschaft auftauchen und nach ihm suchen würden. Sie würde behaupten, ihn nicht gesehen zu haben und keine Ahnung zu haben, wo er war.

Ende.

Er schützte sie. Sie schützte ihn.

Ganz einfach.

Sie kam gerade aus der VIP-Lounge, als sich ihr Ohrstöpsel meldete. Als der Türsteher fertig war, fluchte sie und hob die Uhr an den Mund. »Bring ihn in mein Büro.«

Sie vergewisserte sich, dass alle Prostituierten verschwanden, und ging in den allgemein zugänglichen Teil des *ZeroSum,* wo Detective de la Cruz gerade durch das Gedränge der Clubgänger geführt wurde.

»Ja, Qhuinn?«, fragte sie, ohne sich umzudrehen.

»Himmel, du musst Augen im Hinterkopf haben.«

Sie blickte über die Schulter. »Und du solltest das nie vergessen.«

Johns *Ahstrux nohtrum* war die Sorte Kerl, bei der Frauen schwach wurden. Viele Männer auch. Er zog diese Schwarz-Nummer ab, mit seinem Affliction-Shirt und seiner Lederjacke, aber er konnte sich nicht für eine Richtung entscheiden. Der Nietengürtel und die hochgerollte abgewetzte Jeans waren von The Cure abgekupfert. Das igelige schwarze Haar, die gepiercte Lippe und die sieben schwarzen Ohrstecker an seinem linken Ohr waren Emo. Die New Rocks mit den Schnallen und den acht Zentimeter dicken Sohlen waren Gothic Style und die Tattoos am Hals im Stil von Hart & Huntington.

Und was die verborgenen Waffen betraf, die er, wie Xhex nur zu genau wusste, unter den Armen versteckte? Das war Rambo pur, ebenso wie sich bei den Fäusten, die seitlich an ihm herabhingen, alles um Kampfsport drehte.

Kombiniert ergab das, ungeachtet der einzelnen Komponenten, reinen Sex, und soweit Xhex im Club beobachten konnte, hatte er bis vor Kurzem Kapital daraus geschlagen – bis zu dem Punkt, dass die privaten Waschräume im hinteren Teil zu seinem zweiten Wohnzimmer wurden.

Doch nach seiner Beförderung zu Johns persönlichem Wächter hatte er sich in dieser Hinsicht gebremst.

»Was gibt's«, fragte sie.

»War John hier?«

»Nein.«

Qhuinns verschiedenfarbige Augen verengten sich. »Du hast ihn überhaupt nicht gesehen?«

»Nein.«

Der Kerl starrte sie an, aber er würde nichts wittern. Neben dem Töten war Lügen ihr zweites großes Talent.

»Verflixt«, murmelte er und sah sich im Club um.

»Wenn ich ihn sehe, sage ich ihm, dass du nach ihm suchst.«

»Danke.« Er fasste sie wieder ins Auge. »Hör zu, ich hab keine Ahnung, was zwischen euch passiert ist, und es geht mich auch nichts an ...«

Xhex verdrehte die Augen. »Weswegen du jetzt auch davon anfängst.«

»Er ist ein guter Kerl. Denk dran, okay?« In Qhuinns blau-grünem Blick lag eine Klarheit, die ein Mann nur durch ein wirklich hartes Leben erwarb. »Eine Menge

Leute würden es nicht gerne sehen, wenn er verarscht wird. Insbesondere ich.«

In dem Schweigen, das folgte, musste sie Qhuinn eines lassen: Die wenigsten hatten den Mumm, ihr die Stirn zu bieten, und die Drohung hinter den ruhigen Worten war offensichtlich.

»Du bist okay, Qhuinn, weißt du das? Du bist cool.«

Sie klopfte ihm auf die Schulter, dann ging sie zu ihrem Büro und dachte, dass der König den *Ahstrux nohtrum* für John weise gewählt hatte. Qhuinn war ein sexbesessenes Tier, aber er war auch ein knallharter Killer, und sie war froh, dass er auf ihren Mann aufpasste.

Auf John Matthew, meinte sie.

Denn er war nicht ihr Mann. Nicht im Geringsten.

Xhex kam an ihre Bürotür und öffnete sie ohne ein Zögern. »Guten Abend, Detective.«

José de la Cruz trug einen weiteren Zweiteiler von der Stange, und der Detective, sein Anzug und der Mantel, der über allem hing, wirkten allesamt gleich müde.

»'n' Abend«, sagte er.

»Was kann ich für Sie tun?« Sie setzte sich hinter den Schreibtisch und wies auf den Stuhl, auf dem er auch das letzte Mal gesessen hatte.

Er blieb stehen. »Können Sie mir sagen, wo Sie gestern Nacht waren?«

Nicht ganz, dachte sie. Denn da war diese kleine Episode mit dem Mord an einem Vampir, aber das ging ihn nichts an.

»Ich war hier im Club. Warum?«

»Haben Sie Angestellte, die das bestätigen können?«

»Ja. Sie können mit iAm oder jedem anderen von mei-

nem Personal reden. Vorausgesetzt, Sie sagen mir, was zur Hölle los ist.«

»Gestern Nacht haben wir ein Kleidungsstück von Grady am Tatort eines Mordes gefunden.«

Oh Mann, wenn jemand anders dieses Arschloch abgeknallt hatte, wäre sie ernsthaft angepisst. »Aber nicht seine Leiche?«

»Nein. Es war eine Jacke mit einem Adler darauf, eine, wie er sie immer trug. Sein Markenzeichen.«

»Interessant. Und warum wollen Sie wissen, wo ich gestern war?«

»Auf der Jacke fanden sich Blutspritzer. Wir sind noch nicht sicher, ob es sein Blut ist, aber das werden wir morgen erfahren.«

»Und noch einmal, warum kommen Sie dann zu mir?«

De la Cruz stemmte die Hände auf ihren Schreibtisch und beugte sich zu ihr herunter, die schokoladenbraunen Augen todernst. »Weil ich so den Eindruck habe, dass Sie ihn gerne tot sehen würden.«

»Ich stehe nicht auf gewalttätige Männer, das stimmt. Aber Sie haben nichts außer seiner Jacke, keine Leiche, und viel entscheidender: Ich war gestern Nacht hier. Wenn ihn also jemand kaltgemacht hat, war ich es nicht.«

Er richtete sich auf. »Organisieren Sie Chrissy eine Beerdigung?«

»Ja. Morgen. Die Anzeige erscheint heute in der Zeitung. Sie hatte vielleicht nicht viele Verwandte, aber sie war beliebt in der Trade Street. Wir sind hier alle eine große, glückliche Familie.« Xhex lächelte leicht. »Werden Sie eine schwarze Armbinde für sie tragen, Detective?«

»Bin ich denn eingeladen?«

»Wir leben in einem freien Land. Und Sie kommen doch ohnehin, oder etwa nicht?«

De la Cruz lächelte aufrichtig, und die Aggression wich aus seinen Augen. »Ja, ich komme. Stört es Sie, wenn ich mit Ihren Angestellten rede? Ihre Aussagen aufnehme?«

»Ganz und gar nicht. Ich rufe sie gleich.«

Während Xhex in das Mikro in ihrer Uhr sprach, sah sich der Detective in ihrem Büro um, und als sie den Arm fallen ließ, sagte er: »Sie halten nicht viel von Dekoration.«

»Ich beschränke mich gern auf das Notwendige.«

»Verstehe. Meine Frau dekoriert für ihr Leben gern. Sie hat ein Händchen dafür, eine wohnliche Atmosphäre zu schaffen. Es ist schön.«

»Klingt nach einer guten Frau.«

»Ja, das ist sie. Außerdem macht sie das beste Chili con Queso.« Er blickte sie über den Schreibtisch hinweg an. »Wissen Sie, ich höre viel von diesem Club.«

»Tatsächlich?«

»Ja. Besonders von der Sitte.«

»Aha.«

»Und ich habe meine Hausaufgaben bezüglich Grady gemacht. Er wurde im Sommer wegen Drogenbesitz festgenommen. Das Verfahren läuft noch.«

»Nun, ich vertraue darauf, dass er seine Strafe erhalten wird.«

»Kurz vor seiner Inhaftierung wurde er hier aus dem Club geworfen, nicht wahr?«

»Er hat sich aus der Kasse bedient.«

»Und Sie haben ihn nicht angezeigt?«

»Würde ich jedes Mal die Polizei anrufen, wenn ein

Angestellter ein paar Scheinchen mitgehen lässt, hätte ich Ihre Nummer als Direktwahl in meinem Telefon gespeichert.«

»Aber ich habe gehört, das war nicht der einzige Grund für seine Entlassung.«

»Ach ja?«

»Die Trade Street ist, wie Sie sagten, eine große Familie – aber deswegen wird trotzdem geredet. Und wie ich höre, wurde er gefeuert, weil er hier im Club gedealt hat.«

»Nun, das erklärt sich von selbst, oder nicht? Wir dulden keine Dealer in unserem Club.«

»Weil das Gebiet Ihrem Chef gehört und er keine Konkurrenz mag.«

Sie lächelte. »Hier gibt es keine Konkurrenz, Detective.«

Und das war die Wahrheit. Rehvenge war hier der Boss der Bosse. Schluss. Jeder Kleinganove, der hier etwas unter der Hand verchecken wollte, wurde zusammengeschlagen. Gründlich.

»Um ehrlich zu sein, verstehe ich nicht ganz, wie er es anstellt«, murmelte de la Cruz. »Seit Jahren wird über diesen Club spekuliert, aber keiner fand je einen anständigen Grund für einen Durchsuchungsbefehl.«

Nun, das lag daran, dass der menschliche Geist, selbst der in den Köpfen von Bullen, so leicht zu beeinflussen war. Was sie auch sahen oder hörten – es ließ sich in Sekundenschnelle ausradieren.

»Hier laufen keine krummen Sachen«, versicherte sie ihm. »So haben wir es immer gehalten.«

»Ist Ihr Boss da?«

»Nein, heute nicht.«

»Dann vertraut er Ihnen sein Geschäft an, solange er unterwegs ist?«

»Genau wie ich bleibt er nie lange weg.«

De la Cruz nickte. »Gute Politik. In dem Zusammenhang fällt mir ein: Ich weiß nicht, ob Sie es schon gehört haben, aber es scheint Grabenkämpfe zu geben.«

»Grabenkämpfe? Ich dachte, zwischen den zwei Hälften von Caldwell herrsche Frieden. Der Fluss ist doch heute keine Grenzlinie mehr.«

»Grabenkämpfe im Drogenmilieu.«

»Damit kenne ich mich nicht aus.«

»Das ist derzeit mein anderer Fall. Wir haben zwei tote Dealer am Fluss gefunden.«

Xhex zog die Stirn in Falten. Sie war überrascht, noch nichts davon gehört zu haben. »Tja, Drogen sind ein hartes Geschäft.«

»Zwei Kopfschüsse.«

»Das wirkt.«

»Ricky Martinez und Isaac Rush. Kannten Sie die beiden?«

»Ich habe von ihnen gehört, sie waren in der Zeitung.« Sie tippte auf die *CCJ*, die ordentlich gefaltet auf ihrem Tisch lag. »Ich bin eine treue Leserin.«

»Dann haben Sie sicher heute den Artikel über sie gelesen.«

»Noch nicht, aber ich wollte gerade Pause machen. Ich brauche täglich meinen Dilbert.«

»Ist das der Bürocartoon? Ich war jahrelang Calvin-und-Hobbes-Fan und war schwer enttäuscht, als sie den Cartoon einstellten. An die neuen Sachen konnte ich mich nie gewöhnen. Schätzungsweise bin ich nicht mehr auf dem neuesten Stand.«

»Sie haben Ihren Geschmack. Daran ist nichts auszusetzen.«

»Das sagt meine Frau auch.« De la Cruz' Blicke wanderten erneut herum. »Tja, ein paar Leute haben erzählt, dass die beiden gestern Nacht hier im Club waren.«

»Calvin und Hobbes? Einer davon ist ein kleiner Junge, der andere ein Tiger. Keiner von beiden wäre an meinen Türstehern vorbeigekommen.«

De la Cruz grinste kurz. »Nein. Martinez und Rush.«

»Nun, Sie sind auch durch den Club gelaufen. Wir haben hier jede Nacht eine Menge Leute.«

»Da haben Sie wohl recht. Es ist einer der am besten laufenden Clubs der Stadt.« De la Cruz steckte die Hände in die Hüfttaschen, sodass sein Mantel zurückgeschoben wurde und sich das Jackett um die Brust auswölbte. »Einer der Junkies, die unter der Brücke leben, hat einen ältlichen Ford, einen schwarzen Mercedes und einen Lexus mit Chromfelgen gesehen, die schnell davonfuhren, nachdem die beiden erschossen worden waren.«

»Drogendealer können sich hübsche Autos leisten. Obwohl ich nicht weiß, was ich von dem Ford halten soll.«

»Was fährt Ihr Chef? Einen Bentley, habe ich recht? Oder hat er sich einen neuen Wagen zugelegt?«

»Nein, es ist immer noch der Bentley.«

»Teures Gefährt.«

»Sehr.«

»Kennen Sie jemanden mit einem schwarzen Mercedes? Zeugen haben nämlich auch einen bei der Wohnung gesehen, in der Gradys Adlerjacke gefunden wurde.«

»Nicht dass ich wüsste.«

Es klopfte. Trez und iAm kamen rein. Zwischen den

zwei Mauren wirkte der Detective wie ein Honda zwischen zwei Hummer H2.

»Nun, ich überlasse Sie den beiden«, sagte Xhex. Sie vertraute Rehvs Schatten absolut. »Wir sehen uns bei der Beerdigung, Detective.«

»Wenn nicht schon vorher. He, haben Sie je daran gedacht, sich hier eine Pflanze reinzustellen? Das würde vielleicht für ein bisschen Auflockerung sorgen.«

»Nein, ich bin zu talentiert darin, solche Dinge umzubringen.« Sie lächelte knapp. »Sie wissen, wo Sie mich finden. Bis später.«

Sie schloss die Tür hinter sich und hielt inne. Grabenkämpfe waren äußerst ungut fürs Geschäft, und wenn jemand Martinez und Rush ausgeschaltet hatte, war es ein sicheres Zeichen dafür, dass es in Caldwell mal wieder unterirdisch brodelte und kochte, trotz des kalten Dezemberwetters.

Scheiße, das war das Letzte, was sie brauchten.

Ein Vibrieren in ihrer Tasche meldete, dass jemand sie erreichen wollte, und sie ging sofort dran, als sie sah, wer es war.

»Habt ihr Grady schon gefunden?«, fragte sie leise.

Big Rob klang frustriert. »Der Mistkerl ist anscheinend untergetaucht. Silent Tom und ich waren in allen Clubs, außerdem bei ihm zu Hause und bei ein paar seiner Kumpel.«

»Sucht weiter, aber seid vorsichtig. Seine Jacke wurde am Tatort eines weiteren Mordes gefunden. Die Cops sind ihm auf den Fersen.«

»Wir geben nicht auf, bevor wir ihn gefunden haben.«

»Guter Junge. Also, auflegen und weitersuchen.«

»Wird erledigt, Boss.«

31

In seinem stockdunklen Bad rempelte Rehvenge gegen eine der Marmorwände, stolperte über die Marmorfliesen und prallte gegen den marmornen Waschtisch. Sein ganzer Körper stand in Flammen, Sinneswahrnehmungen stürzten auf ihn ein, er spürte den Schmerz, der in seine Hüfte fuhr, den rasselnden Atem, der in seinen Lungen brannte, und die Schläge seines Herzens, das gegen die Rippen hämmerte.

Er ließ die Satindecke fallen, schaltete per Willen das Licht ein und sah an sich hinab.

Sein Schwanz war steif und dick, die Spitze glänzte und war bereit zum Eindringen.

Verdammter Mist.

Er sah um sich. Seine Sicht war normal, das Bad war schwarz, weiß und chromfarben, der Rand des Whirlpools ragte aus dem Boden, die Tiefe war deutlich zu erkennen. Doch trotz dieser plastischen, bunten Welt waren seine Sinne hellwach. Sein Blut war erhitzt und rauschte in seinen Adern, die Haut war bereit, berührt zu werden, der Orgasmus im Schaft seiner Erektion schrie nach Befreiung.

Er hatte sich vollkommen mit Ehlena gebunden.

Und das bedeutete – zumindest für diesen Moment, in dem er sich so verzweifelt nach Sex mit ihr verzehrte –, dass der Vampir in ihm über den *Symphathen* siegte.

Sein Verlangen nach ihr beherrschte seine dunkle Seite. Es musste an den Bindungshormonen liegen, dachte er. Bindungshormone, die seine innere Chemie verändert hatten.

Doch diese neuartige Erkenntnis versetzte ihn nicht in Freudentaumel, er wurde von keinem Triumphgefühl erfasst oder dem Impuls, sich auf sie zu stürzen und sie hemmungslos zu nehmen. Er konnte nur auf seinen Schwanz starren und daran denken, wo er zuletzt gewesen war. Was er damit angestellt hatte ... damit und mit dem Rest seines Körpers.

Rehvenge wollte das verdammte Ding einfach nur abreißen.

Auf keinen Fall würde er das mit Ehlena teilen. Nur ... in diesem Zustand konnte er ihr auch schlecht unter die Augen treten.

Rehv ergriff sein erigiertes Glied und streichelte sich. Oh ... verfickt ... das war gut ...

Er dachte daran, wie er sich auf Ehlena senkte, wie er ihre Wärme im Mund und in der Kehle spürte. Er sah sie mit gespreizten Schenkeln und glitzernder Weichheit, wie seine Finger in sie glitten und wieder heraus, während sie stöhnte und die Hüften –

Seine Eier wurden hart wie Fäuste, sein Rücken von einer kribbelnden Welle überzogen und dieser abstoßende Stachel fuhr aus, obwohl es nichts gab, wo er sich einklinken konnte. Ein Brüllen stieg in seiner Kehle auf, doch er hielt es zurück, indem er sich auf die Lippen biss, bis er Blut schmeckte.

Rehv kam über seine ganze Hand und bearbeitete sein Geschlecht weiter, auf den Waschtisch gestützt. Er kam wieder und wieder, über den Spiegel und die Waschbe-

cken, und brauchte immer noch mehr – als hätte er seit fünfhundert Jahren keine Erlösung gefunden.

Erst als der Sturm schließlich vorbei war, fiel es ihm auf ... Scheiße, er war an die Wand gequetscht, das Gesicht an den harten Marmor gepresst, die Schultern hingen, das Becken zuckte, als hätte ihm jemand Starterkabel an die Zehen geklemmt.

Mit zittrigen Händen machte er mit einem der Handtücher sauber, die ordentlich gefaltet auf einem Halter hingen, wischte den Waschtisch ab, und ebenso das Glas und das Waschbecken. Dann nahm er ein zweites Handtuch und wusch sich die Hände und den Schwanz und den Bauch und die Beine, denn sich selbst hatte er genauso eingesaut wie das verdammte Bad.

Es musste wohl fast eine Stunde vergangen sein, als er die Hand schließlich nach dem Türgriff ausstreckte. Halb erwartete er, dass Ehlena gegangen war, und er hätte es ihr nicht verübelt: einer Frau, die er praktisch geliebt hatte, und die ihm ihre Vene angeboten hatte, nur damit er davonrannte wie ein Hosenschisser und sich im Bad einsperrte.

Weil er einen Ständer hatte.

Himmel noch mal. Dieser Abend, der schon etwas holprig angelaufen war, hatte sich beziehungstechnisch zu einem kompletten Desaster ausgewachsen.

Rehv wappnete sich innerlich und öffnete die Tür.

Als sich Licht ins Schlafzimmer ergoss, setzte sich Ehlena zwischen den Decken auf und blickte ihm besorgt entgegen ... aber völlig ohne jede Wertung. Keine Spur von Verurteilung, keine Berechnung, als würde sie danach suchen, was ihn noch weiter niederschmettern könnte. Einfach nur grundehrliche Besorgnis.

»Alles in Ordnung bei dir?«

Tja, das war hier die große Frage.

Rehvenge ließ den Kopf hängen und wollte zum ersten Mal jemandem alles erzählen. Selbst gegenüber Xhex, die mehr durchgemacht hatte als er, hatte er nie das Bedürfnis gehabt, sich auszutauschen. Aber bei Ehlenas karamellbraunen Augen, die ihm so offen und warm aus ihrem bildhübschen Gesicht entgegenblickten, wollte er jeden einzelnen dreckigen, hinterhältigen, gemeinen, berechnenden Scheiß gestehen, den er je verbrochen hatte.

Nur um ehrlich zu sein.

Ja, aber was hieß das für sie, wenn er ihr sein Leben vorsetzte? Sie musste ihn als *Symphathen* melden und würde wahrscheinlich um ihr Leben bangen. Super Ergebnis. Einfach toll. »Ich wünschte, ich wäre anders«, murmelte er, und das war so nahe an der Wahrheit, die sie für immer trennen würde, wie er sich wagen konnte. »Ich wünschte, ich wäre ein anderer Mann.«

»Ich nicht.«

Das lag daran, dass sie ihn nicht kannte. Nicht richtig. Und doch ertrug er die Vorstellung nicht, sie nach dieser gemeinsamen Nacht nicht wiederzusehen.

Oder dass sie Angst vor ihm haben könnte.

»Was würdest du sagen, wenn ich dich bitten würde, mich noch einmal zu besuchen und mich mit dir zusammen sein zu lassen?«

Sie zögerte nicht. »Ich würde Ja sagen.«

»Selbst wenn es zwischen uns nicht ... normal ... sein könnte? In Bezug auf Sex?«

»Ja.«

Er verzog das Gesicht. »Das hört sich jetzt sicher komisch an ...«

»Das ist okay, in der Klinik bin ich schließlich auch schon ins Fettnäpfchen getreten. Dann wären wir quitt.«

Rehv musste lächeln, aber es verflog rasch wieder. »Ich muss wissen ... warum. Warum würdest du wiederkommen?«

Ehlena ließ sich in die Kissen zurücksinken und strich langsam mit der Hand über die Satindecke auf ihrem Bauch. »Darauf habe ich nur eine Antwort, aber ich glaube nicht, dass es das ist, was du hören willst.«

Die kalte Taubheit, die wiederkehrte, seit der Nachhall seiner Orgasmen verklungen war, nahm wieder Besitz von seinem Körper.

Bitte, lass es nicht *Mitleid* sein, dachte er. »Sag es mir.«

Eine lange Zeit sagte sie nichts, und ihr Blick schweifte zur Aussicht über die zwei blinkenden Hälften von Caldwell.

»Du fragst mich, warum ich wiederkommen würde?«, fing sie leise an, »und meine einzige Antwort ist ... wie könnte ich das nicht?« Jetzt sah sie ihm in die Augen. »Ich verstehe es auch nicht ganz, aber Gefühle muss man nicht immer verstehen, oder? Was du mir heute Nacht gegeben hast ... hatte ich nicht nur seit Langem nicht, vieles habe ich heute zum ersten Mal erfahren.« Sie schüttelte den Kopf. »Ich habe gestern einen Toten eingewickelt ... einen Toten in meinem Alter, jemand, der höchstwahrscheinlich am Abend seines Todes aus dem Haus ging, ohne zu ahnen, dass es seine letzte Nacht war. Ich weiß nicht, wohin diese« – sie deutete auf sich und ihn – »Sache mit uns führt. Vielleicht werden es nur ein, zwei Nächte. Vielleicht ein Monat. Vielleicht ein Jahrzehnt oder länger. Ich weiß nur, das Leben ist zu kurz, um nicht wieder zu dir zu kommen. Das Leben ist einfach zu

kurz, und ich bin viel zu gern bei dir. Der Rest kümmert mich einen Dreck, wenn ich noch so eine Nacht mit dir teilen kann.«

Rehvs Brust schwoll an, als er sie anstarrte. »Ehlena?«

»Ja?«

»Fass das bitte nicht falsch auf.«

Sie holte tief Luft und er sah, wie sich ihre nackten Schultern anspannten. »Okay. Ich werde es versuchen.«

»Wenn du mich wieder besuchst … und so bist wie du bist …« Es gab eine Pause. »Werde ich mich in dich verlieben.«

John fand die Wohnung von Xhex ohne weitere Probleme, da sie nur zehn Block vom *ZeroSum* entfernt lag. Und doch hätte es eine andere Stadt sein können. Die Sandsteinhäuser in der Straße waren elegant und altgedient, und all das Geschnörkel um die Erkerfenster ließ ihn auf viktorianisch tippen – obwohl er keine Ahnung hatte, warum er sich da eigentlich so sicher war.

Ihr gehörte kein ganzes Haus, sondern eine Kellerwohnung in einem besonders hübschen mehrstöckigen Gebäude. Unter der Steintreppe, die vom Bürgersteig zum Eingang führte, war eine Mauervertiefung. Er ging hinein und steckte den Schlüssel in ein seltsames kupferfarbenes Schloss. Ein Licht ging an, als er eintrat, und beleuchtete nichts Aufregendes: einen roten Boden aus Steinplatten. Weiße Wände aus Betonblöcken. Am hinteren Ende lag eine zweite Tür mit einem weiteren komischen Schloss.

Er hatte eine exotische Einrichtung bei Xhex erwartet, irgendwas mit vielen Waffen.

Und französischen Dessous und Stilettos.

Aber so war es eben mit der Fantasie.

Er schloss die Tür am Ende des Ganges auf, und weitere Lichter flammten auf. Das Zimmer dahinter war fensterlos und leer bis auf ein Bett. Auch hier war alles kahl, was nach dem Gang keine Überraschung war. Ein Bad schloss sich noch an, aber keine Küche, und es gab auch kein Telefon und keinen Fernseher. Die einzige Farbe in dem Raum kam von den alten Kieferndielen, die einen frischen Honigglanz besaßen. Die Wände waren weiß, so wie die im Gang, bestanden hier allerdings aus Ziegeln.

Die Luft war überraschend frisch, doch dann entdeckte er die Lüftungsschächte. Drei davon.

John zog die Stiefel aus und ließ die dicken schwarzen Strümpfe an. Dann ging er ins Bad, benutzte die Toilette und klatschte sich etwas Wasser ins Gesicht.

Kein Handtuch. Er trocknete sich mit dem Saum seines schwarzen Shirts ab.

Schließlich streckte er sich auf dem Bett aus. Die Waffen behielt er an, wenn auch nicht aus dem Grund, dass er sich vor Xhex fürchtete.

Gott, vielleicht war er dumm. Das Erste, was sie in Bezug auf *Symphathen* im Trainingsprogramm der Bruderschaft gelernt hatten, war, dass man ihnen niemals trauen konnte, und jetzt riskierte er sein Leben, indem er sich in der Wohnung einer *Symphathin* aufhielt – und höchstwahrscheinlich über Tag hierbleiben würde, ohne jemandem gesagt zu haben, wo er steckte.

Und doch war das genau, was er brauchte.

Bei Anbruch der nächsten Nacht würde er entscheiden, wie es weitergehen sollte. Er wollte nicht aus dem Krieg aussteigen – dafür mochte er das Kämpfen zu sehr. Es fühlte sich ... richtig an, und nicht nur im Hinblick

darauf, dass er die Spezies beschützte. Es schien einfach seine Bestimmung zu sein, das, wozu er geboren worden war.

Aber er war sich nicht sicher, ob er zurück zum Haus der Bruderschaft gehen und wieder dort leben konnte.

Als er still liegen blieb, gingen nach einer Weile die Lichter aus, und er starrte einfach in die Dunkelheit. Wie er so auf dem Bett lag, den Kopf auf einem der ziemlich steifen Kissen, erkannte er, dass er zum ersten Mal wirklich allein war, seit ihn Tohr mit seinem fetten schwarzen Range Rover aus seinem schäbigen Loch geholt hatte.

Mit absoluter Klarheit erinnerte er sich nun an sein Dasein in dieser Wohnhausruine. Dieses Viertel von Caldie war nicht nur runtergekommen, sondern schlichtweg gefährlich gewesen.

Er hatte sich jeden Abend in die Hosen gemacht, weil er hager, schwach und wehrlos war. Wegen seines empfindlichen Magens konnte er sich nur von Eiweißdrinks ernähren, und er wog weniger als ein Staubsauger. Die Tür, die ihn von Junkies, Strichern und kalbsgroßen Ratten trennte, hatte dünn wie Papier geschienen.

Er hatte Gutes in der Welt tun wollen. Wollte es immer noch.

Er hatte sich verlieben wollen, mit einer Frau zusammen sein. Wollte es immer noch.

Er hatte sich eine Familie gewünscht, eine Mutter und einen Vater, hatte zu einer Sippe gehören wollen.

Das wollte er nicht mehr.

John ahnte langsam, dass die Gefühle des Herzens wie Sehnen waren. Man konnte sie dehnen und dehnen und den Schmerz der Zerrung und der Spannung spüren … bis zu einem gewissen Punkt funktionierte das Gelenk

weiter, das Glied ließ sich beugen, konnte Gewicht tragen und war einsatzbereit, wenn die Belastung vorbei war. Aber das ging nicht unendlich.

Bei ihm war etwas gerissen. Und er war sich verdammt sicher, dass es keine psychotherapeutische Entsprechung zur arthroskopischen Chirurgie gab.

Um seinem Geist etwas Ruhe zu schaffen und nicht dem Wahnsinn zu verfallen, konzentrierte er sich auf seine Umgebung. Das Zimmer war ruhig, abgesehen von dem Heizlüfter, aber der machte nicht viel Lärm. Und das Gebäude über ihm war leer, kein Laut drang zu ihm hindurch.

Als er die Augen schloss, fühlte er sich sicherer, als es wahrscheinlich gut für ihn war.

Andrerseits war er das Alleinsein gewöhnt. Seine Zeit mit Tohr und Wellsie und der Bruderschaft war eine Abweichung von der Normalität gewesen. Er war alleine an dieser Bushaltestelle zur Welt gekommen und allein im Waisenhaus gewesen, auch wenn ihn eine ständig wechselnde Gruppe von Kindern umgab. Und dann war er allein in der Welt draußen gewesen.

Man hatte ihn brutal misshandelt, und er war ohne Hilfe darüber hinweggekommen. War krank gewesen und hatte sich selbst geheilt. Er hatte sich seinen Weg gesucht, so gut er konnte, und hatte es ganz okay hinbekommen.

Zeit, sich auf die Wurzeln zurückzubesinnen.

Und auf seinen Kern.

Diese Zeit mit Wellsie und Tohr ... und den Brüdern ... war wie ein misslungenes Experiment – etwas, das seinerzeit Potenzial zu haben schien, das aber letztlich ein Fehlschlag war.

32

Tag oder Nacht, das war Lash egal ...

Als er und Mr. D auf den Parkplatz einer leer stehenden Mühle fuhren und die Scheinwerfer des Mercedes einen großen Bogen beschrieben, war es ihm egal, ob er den König der *Symphathen* mittags oder um Mitternacht traf, weil ihn dieser Freak irgendwie nicht mehr einschüchterte.

Er verriegelte den Wagen und ging mit Mr. D über einen Streifen brüchigen Asphalts zu einer Tür, die in Anbetracht des maroden Zustandes der Mühle überraschend stabil wirkte. Dank des losen Schneefalls hätte die Szenerie aus einer Werbung für rustikale Vermont-Ferien stammen können, solange man nicht zu genau auf das durchhängende Dach oder den abgebröckelten Putz achtete.

Der *Symphath* war bereits hineingegangen. Lash fühlte es so sicher, wie er die Schneeflocken auf den Wangen spürte und lose Steine unter den Kampfstiefeln knirschen hörte.

Mr. D öffnete die Tür, und Lash ging voran, um zu demonstrieren, dass ihm niemand den Weg frei räumen musste. Die Einrichtung der Mühle bestand aus einer Menge kalter Luft, nachdem man schon längst alles Brauchbare aus dem eckigen Gebäude geholt hatte.

Der *Symphath* wartete im hinteren Teil, nahe dem riesigen Schaufelrad, das immer noch im Fluss hockte wie eine fette alte Kröte in einem kühlenden Bad.

»Mein Freund, wie schön, dich wiederzusehen«, grüßte der König, und seine Schlangenstimme säuselte über die Balken.

Lash ging langsam und gelassen zu dem Kerl, ließ sich Zeit, prüfte die Schatten, die von den Fenstern geworfen wurden. Niemand außer dem König. Das war gut.

»Hast du über mein Angebot nachgedacht?«, fragte der König.

Lash hatte keine Lust auf Faxen. Nach der Scheiße mit dem Pizzamann in der Vornacht und angesichts der Tatsache, dass er in einer Stunde den nächsten Drogendealer kaltmachen würde, blieb ihm keine Zeit für Spielchen.

»Ja. Und weißt du was? Ich weiß gar nicht, ob ich dir überhaupt einen Gefallen tun muss. Entweder gibst du mir, was ich will, oder … vielleicht schicke ich einfach meine Männer aus und lasse dich und deine Freunde abschlachten.«

Das flache, blasse Gesicht lächelte gelassen. »Aber was hättest du davon? Damit würdest du das Werkzeug vernichten, mit dem du deinen Feind übertrumpfen willst. Keine logische Vorgehensweise für einen Anführer.«

Lashs Schwanz kitzelte an der Spitze, der König flößte ihm Respekt ein, obwohl er sich das nicht eingestehen wollte. »Weißt du, ich hätte nicht erwartet, dass der König Hilfe braucht. Warum kannst du das Töten nicht selbst besorgen?«

»Es wirkt sich günstig aus, wenn meine Beteiligung an diesem Ableben verborgen bleibt. Du wirst auch noch

lernen, dass Machenschaften im Hintergrund manchmal wirkungsvoller sind als öffentliches Handeln vor den Augen deiner Untergebenen.«

Ein Punkt für ihn, obwohl ihm Lash auch dieses Mal kein Kompliment machen würde.

»Ich bin nicht so jung, wie du denkst«, meinte er stattdessen. Verdammte Scheiße, in den letzten vier Monaten war er um eine Million Jahre gealtert.

»Und du bist nicht so alt, wie du glaubst. Aber diese Unterhaltung sollten wir uns für ein anderes Mal aufheben.«

»Ich brauche keinen Therapeuten.«

»Was ein Jammer ist. Ich bin ziemlich gut darin, mich in die Köpfe anderer hineinzuversetzen.«

Ja, das glaubte Lash sofort. »Dein Zielobjekt – ist es männlich oder weiblich?«

»Würde das eine Rolle spielen?«

»Nicht im Geringsten.«

Der *Symphath* lächelte regelrecht. »Männlich. Und wie ich schon sagte: Es sind ungewöhnliche Umstände.«

»In welcher Hinsicht?«

»Es ist nicht leicht, an ihn heranzukommen. Er wird sehr gut bewacht.« Der König schwebte zu einem Fenster und blickte hinaus. Nach einer Weile drehte sich sein Kopf wie der einer Eule, fast um hundertachtzig Grad, bis er Lash rückwärts anblickte, und dann flammten seine weißen Augen kurz rot auf. »Meinst du, dass dir ein solches Eindringen gelingt?«

»Bist du ein Homo?«, brach es aus Lash heraus.

Der König lachte. »Meinst du, ob ich Liebhaber des eigenen Geschlechts bevorzuge?«

»Ja.«

»Wäre dir das unangenehm?«

»Nein.« *Ja,* weil das hieße, dass er irgendwie auf einen Kerl stand, der so tickte.

»Du lügst nicht sehr gut«, murmelte der König. »Aber das kommt mit dem Alter.«

Scheiß drauf. »Und ich glaube, du bist nicht so mächtig, wie du denkst.«

Als das erotische Kribbeln verschwand, wusste Lash, dass er einen wunden Punkt getroffen hatte. »Hüte dich vor voreiligen Schlüssen …«

»Komm mir nicht mit dieser Glückskeks-Scheiße, Hoheit. Würde unter diesen Gewändern ein anständiger Hammer hängen, würdest du den Kerl doch selbst beseitigen.«

Gelassenheit kehrte in das Gesicht des Königs zurück, als hätte Lash mit seinem Ausbruch seine Unterlegenheit demonstriert. »Und doch möchte ich, dass es jemand anderes für mich erledigt. Weitaus raffinierter, obwohl ich nicht erwarte, dass du das verstehst.«

Lash dematerialisierte sich direkt vor den Kerl und schloss die Hände um seinen dünnen Hals. Mit einem einzigen brutalen Stoß drängte er den König an die Wand.

Sie sahen sich in die Augen und als Lash spürte, wie etwas in sein Gehirn eindringen wollte, verschloss er instinktiv den Zugang zu seinen Frontallappen.

»Du schaust mir hier nicht in die Karten, Arschloch. Tut mir leid.«

Der Blick des Königs wurde rot wie Blut. »Nein.«

»Was nein?«

»Ich bevorzuge keine Liebhaber des eigenen Geschlechts.«

Es war ein geschickter Schachzug. Jetzt stand Lash da, als wäre er der Homo, weil er so auf Tuchfühlung ging. Lash ließ los und wanderte herum.

Die Stimme des Königs klang nun weniger nach Schlange und wurde sachlicher. »Wir zwei passen gut zusammen. Ich glaube, wir werden beide Nutzen aus dieser Allianz ziehen.«

Lash drehte sich um und sah dem Kerl in die Augen. »Dieser Typ, den ich umlegen soll, wo finde ich ihn.«

»Es kommt auf den richtigen Zeitpunkt an. Der richtige Zeitpunkt ist entscheidend.«

Rehvenge sah zu, wie sich Ehlena anzog, und obwohl es im Grunde bedauerlich war, war doch der Anblick, wie sie sich vornüberbeugte und langsam die Strumpfhose am Bein hochzog, auch nicht ganz ohne.

Ganz und gar nicht ohne.

Lachend hob sie ihren BH auf und ließ ihn um den Finger kreiseln. »Kann ich den jetzt anziehen?«

»Aber natürlich.«

»Wirst du mich wieder dazu bringen, mir Zeit zu lassen?«

»Ich dachte nur, mit der Strumpfhose sollte man nicht hetzen.« Er grinste wie ein Wolf und fühlte sich auch wie einer. »Ich meine, diese Dinger bekommen leicht Laufmaschen, nicht wahr – Ach, *verfickt* ...«

Ehlena wartete nicht, bis er geendet hatte, sondern bog den Rücken durch und legte sich den BH um. Den kleinen Tanz, den sie aufführte, als sie ihn vorne verschloss, machte ihm das Atmen schwer ... und das war, *bevor* sie die Träger über die Schultern zog und die Körbchen zusammengeknautscht unter den Brüsten ließ.

Sie kam zu ihm. »Ich habe vergessen, wie das geht. Kannst du mir helfen?«

Rehv zog sie knurrend an sich, saugte einen Nippel in den Mund und knetete den anderen mit dem Daumen. Gerade als sie stöhnte, klappte er die Körbchen hoch.

»Ich bin froh, dass ich dir behilflich sein konnte, aber weißt du, ausgezogen sah es besser aus.« Als er seine Brauen auf und ab hüpfen ließ, war ihr Lachen so frei und leicht, dass sein Herz kurz aussetzte. »Der Klang gefällt mir.«

»Und mir gefällt es, ihn zu erzeugen.«

Sie schlüpfte in ihre Uniform und knöpfte sie zu.

»Schade«, meinte er.

»Willst du etwas Dummes wissen? Ich habe die Uniform angezogen, obwohl ich heute gar nicht arbeite.«

»Im Ernst? Warum?«

»Ich wollte kein zu persönliches Treffen, doch jetzt bin ich glücklich, dass es sich anders entwickelt hat.«

Er stand auf und nahm sie in die Arme, kein bisschen mehr befangen durch seine völlige Nacktheit. »Dieses Gefühl teile ich.«

Er küsste sie sanft, und als sie sich lösten, sagte sie: »Danke für einen wundervollen Abend.«

Rehv steckte ihr das Haar hinter die Ohren. »Was machst du morgen?«

»Ich arbeite.«

»Wann hast du Schluss?«

»Um vier.«

»Kommst du?«

»Ja«, sagte sie, ohne zu zögern.

Als sie aus dem Schlafzimmer und durch die Biblio-

thek gingen, sagte er: »Ich werde jetzt meine Mutter besuchen.«

»Ja?«

»Ja, sie hat mich angerufen und mich gebeten, zu ihr zu kommen. Das tut sie sonst nie.« Es fühlte sich so richtig an, ihr Einzelheiten aus seinem Leben zu erzählen. Nun, ein paar davon zumindest. »Sie versucht immer, mich für das Spirituelle zu erwärmen. Ich hoffe nur, sie will mich nicht zu irgendeinem Selbstfindungskurs schicken.«

»Was machst du eigentlich? Beruflich?« Ehlena lachte. »Ich weiß so wenig über dich.«

Rehv blickte über ihre Schulter auf die Stadt hinaus. »Ach, alles Mögliche. Größtenteils Geschäfte in der Menschenwelt. Jetzt, wo sich meine Schwester gebunden hat, habe ich mich nur noch um meine Mutter zu kümmern.«

»Wo ist dein Vater?«

Im kalten Grab, wo der Mistkerl hingehörte. »Er ist gestorben.«

»Das tut mir leid.«

Ehlenas warme Augen sahen ihn an, und ihr Blick verursachte ihm Schuldgefühle. Er bereute nicht, dass er seinen Alten umgebracht hatte, aber es tat ihm leid, dass er ihr so viel verheimlichte.

»Danke«, sagte er steif.

»Es geht mich ja nichts an. Dein Leben oder deine Familie. Ich bin nur neugierig, aber wenn du lieber –«

»Nein, es ist nur … ich rede nicht gern von mir.« Na, wenn das nicht die Wahrheit war. »Ist das … ist das ein Handy, das da klingelt?«

Ehlena zog die Stirn kraus und löste sich. »Meins. In meinem Mantel.«

Sie stürzte ins Esszimmer, und die Anspannung in ihrer Stimme war deutlich zu hören, als sie dranging. »Ja? Oh, hallo! Ja, nein, ich – jetzt? Natürlich. Und das Witzige ist, ich muss mich noch nicht einmal umziehen, weil ich – Oh. Ja. Hm-hm. Okay.«

Als er durch die Tür des Esszimmers trat, hörte er gerade, wie sie das Handy zuklappte. »Alles in Ordnung?«

»Äh, ja. Nur die Arbeit.« Ehlena kam zu ihm, während sie sich den Mantel überzog. »Wahrscheinlich nur Mitarbeiterkram.«

»Soll ich dich hinfahren?« Gott, zu gerne würde er sie zur Arbeit fahren, nicht nur, weil sie so noch ein bisschen Zeit miteinander hätten.

Ein Mann wollte etwas für seine Frau tun. Sie beschützen. Sich um sie kümmern –

Okay, was sollte der Scheiß? Seine Gedanken bezüglich Ehlena missfielen ihm zwar nicht, aber es war, als hätte jemand eine andere CD bei ihm eingelegt. Und nein, es war nicht der verdammte Barry Manilow.

Obwohl da definitiv etwas Maroon 5 drauf war. Hilfe.

»Ach, ich gehe einfach so, aber danke.« Ehlena blieb kurz an der Schiebetür stehen. »Heute Nacht war so eine … Offenbarung.«

Rehvenge ging noch einmal zu ihr, umfasste ihr Gesicht und küsste sie fest. Als er sich zurückzog, knurrte er tief: »Allein wegen dir.«

Sie strahlte ihn an und leuchtete von innen heraus, und auf einmal wollte er ihr die Kleidung vom Leib reißen, um in ihr zu kommen. In ihm tobte der Drang, sie zu kennzeichnen, und er konnte sich allein damit zügeln, sich zu sagen, dass er genug von seinem Duft auf ihrer Haut hinterlassen hatte.

»Schreib mir eine SMS, wenn du in der Klinik ankommst, damit ich weiß, dass du sicher bist«, bat er.

»Mach ich.«

Ein letzter Kuss, dann war sie durch die Tür und in die Nacht verschwunden.

Als sie Rehvenges Penthouse verließ, flog Ehlena, und nicht nur, weil sie sich über den Fluss zur Klinik materialisierte. Für sie war die Nacht nicht kalt. Sie war frisch. Ihre Uniform war nicht zerknautscht, weil sie sich darauf herumgewälzt hatte, sie war kunstvoll in Falten gelegt. Ihr Haar war nicht zerzaust, es war leger.

Der Anruf der Klinik war keine Störung, er war eine Gelegenheit.

Nichts hätte ihr das Hochgefühl nehmen können. Sie war ein Stern im samtigen Nachthimmel, unerreichbar, unberührbar, erhaben über alle Mühen der Erdgebundenen.

Als sie vor den Garagen der Klinik Gestalt annahm, verlor sie jedoch etwas von ihrem Rosenglanz. Es schien ihr unfair, sich so zu fühlen, nach dem, was in der letzten Nacht passiert war: Sie hätte ihr Leben verwettet, dass Stephans Familie nicht schon wieder Freude empfinden konnte. Sie hatten wahrscheinlich gerade mal das Todesritual beendet. Himmel noch mal … es würde Jahre dauern, bis sie auch nur annähernd eines Gefühls fähig wären, wie es in ihrer Brust beim Gedanken an Rehv anschwoll.

Wenn überhaupt. Möglicherweise würden seine Eltern nie mehr die Gleichen sein.

Mit einem Fluch ging sie zügig über den Parkplatz und ihre Schuhe hinterließen kleine schwarze Spuren in der

dünnen Schneeschicht, die früher am Abend gefallen war. Als Mitarbeiterin brauchte sie nicht lang, um alle Kontrollpunkte bis zum Wartebereich zu passieren, und im Aufnahmebereich streifte sie den Mantel ab und ging direkt zum Empfangstresen.

Der Pfleger hinter dem Computer blickte auf und lächelte. Rhodes war einer der wenigen männlichen Kollegen und ein absoluter Liebling aller Mitarbeiter der Klinik. Er gehörte zu den Leuten, die mit jedem zurechtkamen, und immer für ein Lächeln, eine Umarmung oder ein Highfive zu haben waren.

»He, Mädchen, wie geht es …« Er runzelte die Stirn, als sie auf ihn zukam, dann schob er den Stuhl zurück, wie um Abstand zu halten. »Äh … hallo.«

Verwundert blickte sie sich um, ob sich hinter ihr ein Monster versteckte, so wie er vor ihr zurückwich. »Alles okay bei dir?«

»Ja. Total.« Er sah sie durchdringend an. »Wie geht es *dir*?«

»Gut. Bin froh, dass ich kommen und helfen kann. Wo ist Catya?«

»Sie wartet in Havers Büro auf dich, hat sie, glaube ich, gesagt.«

»Dann werde ich mal schauen.«

»Ja. Cool.«

Sie bemerkte, dass seine Tasse leer war. »Soll ich dir einen Kaffee bringen, wenn ich fertig bin?«

»Nein, nein«, sagte er schnell und hob beide Hände. »Ich hab genug. Danke. Wirklich.«

»Bist du sicher, dass alles in Ordnung ist?«

»Ja. Absolut. Danke.«

Ehlena ging und kam sich wie eine Aussätzige vor.

Normalerweise scherzten sie und Rhodes miteinander, aber heute Nacht …

Ach du lieber Himmel. Endlich kam ihr die Erkenntnis. Rehvenge hatte seinen Geruch an ihr gelassen. Das musste es sein.

Sie drehte sich um … aber was hätte sie sagen sollen?

In der Hoffnung, dass es nur Rhodes auffiel, warf sie ihren Mantel im Mitarbeiterzimmer ab, machte sich zu Havers auf und winkte einigen Kollegen und Patienten im Vorbeigehen. Die Bürotür stand offen. Der Arzt saß hinter seinem Schreibtisch, Catya auf dem Stuhl, den Rücken zum Gang.

Ehlena klopfte leise an den Rahmen. »Hallo.«

Havers blickte auf, und Catya blickte über die Schulter. Beide sahen regelrecht krank aus.

»Kommen Sie rein«, brummte der Arzt mürrisch. »Und schließen Sie die Tür.«

Ehlenas Herz begann zu pochen, als sie tat wie geheißen. Neben Catya stand ein leerer Stuhl, und sie setzte sich, weil ihre Knie plötzlich weich waren.

Unzählige Male war sie in diesem Büro gewesen, für gewöhnlich, um den Arzt ans Essen zu erinnern, denn wenn er sich mit den Krankenblättern beschäftigte, verlor er oft jegliches Zeitgefühl. Aber diesmal ging es nicht um ihn, nicht wahr?

Ein langes Schweigen entstand, in dem Havers blasse Augen ihrem Blick auswichen, während er mit den Bügeln seiner Hornbrille herumspielte.

Catya brach als Erste das Schweigen, und ihre Stimme war gepresst. »Bevor ich letzte Nacht ging, machte mich einer der Sicherheitsleute, der die Kameraaufzeichnungen durchgesehen hatte, darauf aufmerksam, dass du in

der Apotheke warst. Allein. Er sagte, du hättest Tabletten genommen und sie mitgenommen. Ich habe mir die Aufzeichnung angesehen und in das betreffende Regal geschaut. Es war Penicillin.«

»Warum haben Sie ihn nicht einfach hierhergebracht?«, fragte Havers. »Ich hätte mir Rehvenge sofort noch einmal angesehen.«

Fragen schossen ihr durch den Kopf. Hatte sie wirklich geglaubt, damit davonzukommen? Sie hatte sogar von den Kameras gewusst ... und doch hatte sie nicht daran gedacht, als sie gestern Nacht durch die Theke der Apotheke geschlüpft war.

Jetzt würde sich alles ändern. Ihr Leben, das schon vorher ein Kampf war, wäre nicht mehr zu finanzieren.

Schicksal? Nein ... Dummheit.

Wie zur Hölle hatte sie das tun können?

»Ich kündige«, sagte sie heiser. »Mit sofortiger Wirkung. Ich hätte es niemals tun dürfen ... ich habe mir Sorgen um ihn gemacht, war überspannt wegen Stephan und habe eine schreckliche Gewissensentscheidung getroffen. Ich bedaure es zutiefst.«

Weder Havers noch Catya antworteten, aber das mussten sie nicht. Es ging hier um Vertrauen, und das hatte Ehlena missbraucht. Und nebenbei hatte sie gegen eine Reihe von Regeln für die Sicherheit der Patienten verstoßen.

»Ich räume mein Schließfach. Und gehe sofort.«

33

Rehvenge besuchte seine Mutter nicht oft genug.

Dieser Gedanke kam ihm, als er vor dem Haus anhielt, in das sie vor fast einem Jahr umgezogen war. Nachdem *Lesser* in das Familienheim in Caldwell eingedrungen waren, hatte er alle aus dem Haus geholt und sie in diesem Tudorbau weit im Süden der Stadt untergebracht.

Das war das einzig Gute an der Entführung seiner Schwester gewesen – nun, das und die Tatsache, dass Bella in ihrem Retter aus der Bruderschaft einen anständigen Mann gefunden hatte.

Indem Rehv seine Mutter damals aus der Stadt gebracht hatte, waren sie und ihre geliebte *Doggen* den sommerlichen Überfällen der *Lesser* entgangen.

Rehv parkte den Bentley vor dem Herrenhaus, und noch bevor er ausstieg, ging schon die Haustür auf und die *Doggen* seiner Mutter stand im Licht, in geduckter Haltung wegen der Kälte.

Rehvs Budapester hatten glatte Sohlen, deshalb ging er vorsichtig über die dünne Schneeschicht. »Ist sie in Ordnung?«

Die *Doggen* blickte zu ihm auf, und ihre Augen wurden von Tränen verschleiert. »Die Zeit naht.«

Rehv ging hinein und schloss die Tür hinter sich. Er weigerte sich, das zu hören. »Das ist nicht möglich.«

»Es tut mir sehr leid, Sire.« Die *Doggen* zog ein weißes Taschentuch aus der Tasche ihrer grauen Uniform. »Sehr … leid.«

»Sie ist noch nicht so alt.«

»Ihr Leben war länger als ihre Jahre.«

Die *Doggen* wusste genau, was in dem Haus vorgefallen war, als Bellas Vater noch bei ihnen geweilt hatte. Sie hatte zerbrochenes Glas und zersplittertes Porzellan aufgefegt. Hatte Verbände angelegt und gepflegt.

»Wahrhaftig, ich ertrage nicht, dass sie geht«, klagte die Dienstmagd. »Ich bin verloren ohne meine Herrin.«

Rehv legte ihr eine taube Hand auf die Schulter und drückte sie sanft. »Das weißt du doch noch gar nicht. Sie hat sich noch nicht von Havers untersuchen lassen. Lass mich zu ihr, okay?«

Als die *Doggen* nickte, ging Rehv langsam die Treppen in den ersten Stock hinauf, vorbei an Familienporträts in Öl, die er aus dem alten Haus hierhergebracht hatte.

Am oberen Treppenabsatz wandte er sich nach links und klopfte an eine Flügeltür. »*Mahmen?*«

»*Hier drinnen, mein Sohn.*«

Die Antwort in der Alten Sprache ertönte hinter einer anderen Tür, und er ging zurück zu ihrem Ankleidezimmer, wo ihn der vertraute Duft von Chanel No. 5 empfing und beruhigte.

»Wo bist du?«, sagte er zu Meter um Meter ordentlich auf Bügel aufhängter Kleider.

»Ganz hinten, mein liebster Sohn.«

Rehv atmete tief ein, als er an den Reihen von Blusen und Röcken, Kostümen und Abendkleidern vorbeiging. Das typische Parfüm seiner Mutter lag auf allen Kleidern, die nach Farbe und Sorte aufgehängt waren, und

der Flakon, aus dem es kam, stand auf dem verschnör-kelten Frisiertisch, zwischen Make-up-Tiegeln, Cremes und Puder.

Sie selbst saß vor dem dreiteiligen bodenlangen Spiegel. Und bügelte.

Was mehr als seltsam war und ihn dazu veranlasste, sie genau ins Auge zu fassen.

Selbst in ihrem rosenfarbenen Morgenmantel sah seine Mutter hoheitsvoll aus, das weiße Haar hochgesteckt auf ihrem perfekt proportionierten Kopf, ihre Haltung bezaubernd, wie sie da auf dem Bügelstuhl saß, mit dem großen tropfenförmigen Diamant an der Hand. Auf einer Seite des Bügelbretts, hinter dem sie saß, standen ein Weidenkörbchen und eine Sprühdose Bügelstärke, auf der anderen lag ein Stapel gebügelter Taschentücher. Eben war sie mitten bei einem blassgelben Taschentuch. Das Quadrat war in der Mitte gefaltet, und das Bügeleisen zischte, als sie es auf und ab schwang.

»*Mahmen,* was tust du da?«

Okay, eigentlich war das offensichtlich, aber seine Mutter war die Herrin des Hauses. Für solche Tätigkeiten besaß man *Doggen.*

Madalina sah zu ihm auf, die blassen blauen Augen müde, ihr Lächeln mehr Kraftanstrengung als Ausdruck ehrlicher Freude. »Die gehörten meinem Vater. Wir fanden sie, als wir die Kisten vom Speicher des alten Hauses durchgingen.«

Das »alte Haus« war das, indem sie fast ein Jahrhundert lang in Caldwell gelebt hatten.

»Du könntest das von deiner *Doggen* erledigen lassen.« Er ging zu ihr und küsste ihre weiche Wange. »Sie würde dir gerne helfen.«

»Das hat sie gesagt, ja.« Seine Mutter legte ihm eine Hand an die Wange, dann wandte sie sich wieder ihrer Arbeit zu. »Aber das muss ich selbst tun.«

»Darf ich mich setzen?«, fragte er und nickte in Richtung des Stuhls neben dem Spiegel.

»Oh, natürlich, wo sind meine Manieren.« Das Bügeleisen wurde abgestellt, und sie erhob sich langsam von ihrem Stuhl. »Und wir müssen dir etwas zu …«

Er hob die Hand. »Nein, *Mahmen,* ich habe gerade gegessen.«

Sie verbeugte sich vor ihm und setzte sich wieder. »Ich bin dankbar, dass du kommen konntest, ich weiß, dass du sehr viel zu tun …«

»Ich bin dein Sohn. Wie kannst du glauben, ich würde nicht kommen?«

Das gebügelte Taschentuch wurde säuberlich gefaltet auf den Stapel zu seinen Brüdern gelegt. Dann wurde das letzte verbleibende Tuch aus dem Korb genommen.

Das Bügeleisen stieß Dampf aus, als sie das heiße Metall über das weiße Quadrat gleiten ließ. Während sie sich langsam bewegte, blickte er in den Spiegel. Ihre Schulterblätter zeichneten sich deutlich unter dem Seidengewand ab, ihre Wirbel traten am Nacken hervor.

Als er wieder in ihr Gesicht blickte, sah er, wie eine Träne aus ihrem Auge auf das Taschentuch kullerte.

O … liebste Jungfrau der Schrift, dachte er. *Ich bin noch nicht bereit dafür.*

Rehv stieß seinen Stock auf den Boden, trat vor sie und kniete nieder. Er drehte den Bügelstuhl zu sich hin, nahm ihr das Bügeleisen ab und stellte es auf die Seite, bereit, sie zu Havers zu bringen, bereit, jede Behandlung zu bezahlen, die ihr mehr Zeit verschaffte.

»*Mahmen, was quält dich?*« Er nahm eines der gebügelten Taschentücher seines Vaters und tupfte die Feuchtigkeit unter ihren Augen ab. »*Sag deinem Sohn, was dein Herz betrübt.*«

Die Tränen wollten nicht versiegen, und er fing eine nach der anderen auf. Sie war wunderschön, selbst in ihrem Alter und wenn sie weinte, eine gefallene Auserwählte, die ein hartes Leben hinter sich hatte und nichtsdestotrotz voller Anmut geblieben war.

Als sie schließlich sprach, war ihre Stimme dünn. »Ich sterbe.« Sie schüttelte den Kopf, bevor er sprechen konnte. »Nein, lass uns ehrlich zueinander sein. Mein Ende ist gekommen.«

Das sehen wir noch, dachte Rehv bei sich.

»Mein Vater« – sie berührte das Taschentuch, mit dem Rehv ihre Tränen getrocknet hatte –, »mein Vater … es ist seltsam, dass ich jetzt Tag und Nacht an ihn denke, aber das tue ich. Er war vor langer Zeit Primal, und er liebte seine Kinder. Seine größte Freude war sein Blut, und obwohl wir zahlreich waren, hatte er zu jedem von uns eine Beziehung. Diese Taschentücher wurden aus seinen Kleidern gefertigt. Wahrhaft, das Nähen lag mir am meisten, und er wusste es und gab mir ein paar seiner Kleider.«

Sie streckte eine knöcherne Hand aus und strich den Stapel glatt, den sie gebügelt hatte. »Als ich die Andere Seite verließ, drängte er mich, ein paar davon mitzunehmen. Ich liebte einen Bruder und war mir gewiss, dass mein Leben nur Erfüllung fände, wenn ich bei ihm war. Natürlich wurde ich dann …«

Ja, es war der *dann*-Part ihres Lebens, der ihr solchen Schmerz verursacht hatte: Dann wurde sie von einem

Symphathen vergewaltigt und geschwängert und gezwungen, mit Rehv ein Mischlingsmonster zu gebären, das sie irgendwie dennoch an die Brust genommen und geliebt hatte, wie es sich ein Sohn nur wünschen konnte. Und die ganze Zeit über hielt sie der König der *Symphathen* gefangen, während ihr Geliebter aus der Bruderschaft nach ihr suchte – nur um bei einem Befreiungsversuch zu sterben.

Und mit diesen Tragödien war es noch nicht vorbei gewesen.

»Nachdem ich … zurückgegeben wurde, rief mich mein Vater an sein Sterbebett«, fuhr sie fort. »Von all den Auserwählten, von all seinen Gefährtinnen und Kindern wollte er mich sehen. Aber ich wollte nicht zu ihm gehen. Ich ertrug es nicht … ich war nicht die Tochter, die er kannte.« Als ihre Augen Rehvs trafen, lag ein flehentliches Bitten in ihnen. »Ich wollte, dass er gar nichts von mir wusste. Ich war beschmutzt.«

Mann, er kannte dieses Gefühl, aber damit würde er seine *Mahmen* nicht belasten. Sie hatte keine Ahnung, mit welchem Dreck er sich abkämpfte, und sie würde es niemals erfahren, weil klar war, dass er sich hauptsächlich deswegen prostituierte, um ihr die Folter zu ersparen, dass ihr Sohn deportiert wurde.

»Als ich mich weigerte zu gehen, kam die Directrix zu mir und sagte mir, dass er leide. Dass er nicht in den Schleier eintreten würde, bis ich zu ihm käme. Dass er auf ewig am schmerzlichen Rande des Todes verharren würde, wenn ich ihn nicht erlöste. Am nächsten Abend ging ich schweren Herzens zu ihm.« Jetzt mengte sich Wut in den Blick seiner Mutter. »Als ich im Tempel des Primals ankam, wollte er mich im Arm halten, aber ich

konnte … es nicht zulassen. Ich war eine Fremde mit einem geliebten Gesicht, das war alles, und ich versuchte von höflichen und entfernten Dingen zu sprechen. Da sagte er etwas, das ich bis vor kurzer Zeit nie ganz verstand. Er sagte: ›Die schwere Seele will nicht gehen, obwohl der Körper versagt.‹ Er war gefangen durch das, was in mir nicht gelöst war. Er hatte das Gefühl, in seiner Rolle versagt zu haben. Er meinte, mein Schicksal wäre vielleicht gnädiger gewesen, hätte er mich dazu gebracht, auf der Anderen Seite zu bleiben.«

Rehvs Kehle schnürte sich zu, ein plötzlicher, schrecklicher Verdacht regte sich in ihm.

Die Stimme seiner Mutter war schwach, aber bestimmt. »Ich ging auf das Bett zu, und er nahm meine Hand. Da erzählte ich ihm, dass ich meinen Sohn liebte und mich mit einem Mann aus der *Glymera* verbinden würde, und dass nicht alles verloren war. Mein Vater forschte in meinem Gesicht, ob ich die Wahrheit gesprochen hatte, und als er zufrieden war, schloss er die Augen und … glitt davon. Ich wusste, wäre ich nicht gekommen …« Sie holte tief Luft. »Wahrlich, ich kann die Erde nicht so verlassen, wie die Dinge stehen.«

Rehv schüttelte den Kopf. »Es ist alles in Ordnung, *Mahmen*. Bella und ihrem Kind geht es gut, und sie sind sicher. Ich bin …«

»*Hör auf.*« Seine Mutter ergriff sein Kinn auf die Art, wie sie es früher getan hatte, als er sehr jung war und gerne Schwierigkeiten machte. »Ich weiß, was du getan hast. Ich weiß, dass du meinen *Hellren* Rempoon getötet hast.«

Einen Moment lang erwog Rehv, ob er weiter lügen sollte, aber das Gesicht seiner Mutter sagte ihm, dass sie

die Wahrheit kannte und sich durch keine Worte beeindrucken lassen würde.

»Wie?«, fragte er. »Wie hast du es herausgefunden?«

»Wer sonst hätte es tun sollen? Wer hätte es gekonnt?« Als sie sein Kinn losließ und seine Wange streichelte, hätte er zu gern die Wärme gefühlt. »Vergiss nicht, ich habe dein Gesicht gesehen, jedes Mal, wenn mein *Hellren* wütend wurde. Mein Sohn, mein starker, mächtiger Sohn. Schau dich an.«

In Anbetracht der Umstände seiner Zeugung hatte Rehv den ernsten, liebenden Stolz nie verstanden, den sie ihm entgegenbrachte.

»Ich weiß auch«, flüsterte sie, »dass du deinen leiblichen Vater getötet hast. Vor fünfundzwanzig Jahren.«

Nun, das ließ ihn wirklich aufhorchen. »Du solltest es nicht erfahren. Nichts von alledem. Wer hat dir davon erzählt?«

Sie nahm die Hand von seiner Wange und deutete auf ihre Frisierkommode, zu einer Kristallschale, von der er immer gedacht hatte, sie benutze sie bei der Maniküre. »Alte Angewohnheit einer Auserwählten Schreiberin. Ich habe es im sehenden Wasser gesehen. Direkt, nachdem es geschehen war.«

»Und du hast alles für dich behalten«, staunte er.

»Doch jetzt kann ich es nicht mehr. Deshalb habe ich dich gerufen.«

Die grässliche Vorahnung setzte wieder ein, der Konflikt zwischen dem Gehorsam gegenüber der Mutter und seiner Überzeugung, dass man seiner Schwester nichts Gutes täte, würde man ihr diese schmutzigen Familiengeheimnisse offenbaren. Bella war ihr Leben lang von diesen Scheußlichkeiten verschont geblieben, und es be-

stand kein Anlass, das jetzt zu ändern, insbesondere, wenn ihre Mutter im Sterben lag.

Was Madalina *nicht* tat, erinnerte er sich.

»Mahmen ...«

»Deine Schwester darf es *nie* erfahren.«

Rehv erstarrte und betete, dass er sich nicht verhört hatte. »Entschuldige, wie bitte?«

»Schwöre mir, dass du alles in deiner Macht Liegende tun wirst, damit sie es nie erfährt.« Als sich seine Mutter zu ihm vorbeugte und seine Arme ergriff, sah er an den weiß hervortretenden Knochen an Händen und Handgelenken, wie fest ihr Griff war. »Ich möchte nicht, dass sie damit belastet wird. Du warst dazu gezwungen, und ich hätte es dir erspart, hätte ich die Möglichkeit gehabt, aber das konnte ich nicht. Und wenn Bella es nicht weiß, muss die nächste Generation nicht leiden. Auch Nalla wird diese Bürde nicht tragen. Sie stirbt mit dir und mir. *Schwöre es mir.*«

Rehv starrte in die Augen seiner Mutter und hatte sie noch nie so sehr geliebt.

Er nickte einmal. *»Seht in mein Gesicht, und seid Euch versichert, dass ich es schwöre. Bella und ihre Nachkommen werden es nie erfahren. Die Vergangenheit stirbt mit Euch und mir.«*

Die Schultern seiner Mutter entspannten sich unter dem Morgenmantel und ihr Zittern sagte alles über ihre Erleichterung. »Einen Sohn wie dich können sich andere Mütter nur wünschen.«

»Wie sollte das möglich sein?«, sagte er leise.

»Wie sollte es das nicht.«

Madalina sammelte sich und nahm ihm das Taschentuch aus der Hand. »Das hier muss ich wohl

noch einmal bügeln, und dann hilfst du mir vielleicht ins Bett?«

»Selbstverständlich. Und ich würde gerne Havers anrufen.«

»Nein.«

»*Mahmen* ...«

»Ich möchte ein Dahinscheiden ohne medizinische Eingriffe. Es gibt jetzt ohnehin nichts mehr, was mich retten könnte.«

»Das weißt du doch nicht ...«

Sie hob ihre anmutige Hand mit dem Diamantring. »Ich werde vor Einbruch der morgigen Nacht tot sein. Ich habe es in der Schale gesehen.«

Rehv blieb die Luft weg, seine Lungen verweigerten ihm den Dienst. *Ich bin noch nicht bereit dafür, ich bin noch nicht bereit dafür, ich bin noch nicht ...*

Madalina arbeitete akkurat mit dem letzten Taschentuch, bügelte die Ecken sorgfältig aus, ließ das Eisen langsam vor und zurück gleiten. Als sie fertig war, legte sie das perfekte Quadrat zu den anderen und achtete genau darauf, dass alles säuberlich gestapelt war.

»Das wäre geschafft«, meinte sie.

Rehv stützte sich auf seinen Stock, um aufzustehen, und bot ihr den Arm an. Zusammen wankten sie in ihr Schlafzimmer, beide wackelig auf den Beinen.

»Hast du Hunger?«, fragte er, als er die Decke zurückschlug und ihr ins Bett half.

»Nein, mir geht es gut.«

Ihre Hände arbeiteten zusammen, um Laken, Decke und Überdecke zurechtzuzupfen, bis alles präzise gefaltet war und über ihrer Brust lag. Als er sich aufrichtete,

wusste er, dass sie nicht mehr aus diesem Bett aufstehen würde, und der Gedanke war unerträglich.

»Bella muss kommen«, sagte er mit brüchiger Stimme. »Sie muss sich verabschieden.«

Seine Mutter nickte und schloss die Augen. »Sie muss jetzt kommen. Und bitte lass sie das Kind mitbringen.«

Im Wohnhaus der Bruderschaft in Caldwell schritt Tohr in seinem Schlafzimmer auf und ab. Was ein Witz war, wenn man bedachte, wie schwach er war. *Schlurfen* war alles, was er zustande brachte.

Alle zwei Minuten blickte er auf die Uhr. Die Zeit verstrich erschreckend schnell, bis es ihm vorkam, als sei die Sanduhr der Welt zerbrochen, und Sekunden würden wie Sand in alle Richtungen davonrinnen.

Er brauchte mehr Zeit. Mehr ... Scheiße, aber würde das überhaupt helfen?

Er wusste einfach nicht, wie er das Bevorstehende durchstehen sollte, ahnte aber, dass ihn noch mehr Grübeln auch nicht weiterbrächte. Zum Beispiel konnte er sich nicht entscheiden, ob es besser wäre, einen Zeugen zu haben oder nicht. Der Vorteil war, dass es dadurch noch unpersönlicher wäre. Aber wenn er zusammenbrach, würde es noch einer mehr mitbekommen.

»Ich bleibe.«

Tohr blickte zu Lassiter, der sich auf der Chaiselongue am Fenster lümmelte. Der Engel hatte die Beine an den Knöcheln übereinandergelegt, und ein Kampfstiefel wanderte von Seite zu Seite, eine weitere hassenswerte Erinnerung an das Verstreichen der Zeit.

»Komm schon«, grinste Lassiter. »Ich habe deinen er-

bärmlichen Hintern nackt gesehen. Was könnte schlimmer sein als das?«

Die Worte waren typisch provozierend, der Ton überraschend sanft ...

Das Klopfen an der Tür war leise. Also war es kein Bruder. Und nachdem kein Essensduft unter der Tür hereinwehte, war es auch nicht Fritz mit einem Tablett voller Speisen, deren Bestimmung der Porzellanthron war.

Offensichtlich hatte die Anfrage bei Phury gefruchtet.

Tohr fing an, von Kopf bis Fuß zu zittern.

»Okay, ganz locker.« Lassiter stand auf und kam schnell zu ihm. »Setz dich hierher. Wir wollen das doch nicht in der Nähe vom Bett tun. Komm schon – nein, wehr dich nicht gegen mich. Du weißt, das gehört dazu. Deine Biologie will es, nicht du, du darfst dich nicht deswegen schuldig fühlen.«

Tohr wurde zu einem Stuhl mit steifer Rückenlehne beim Sekretär gezerrt, und das gerade noch rechtzeitig: Seine Knie verloren das Interesse an ihrer Aufgabe und knickten ein, sodass er unsanft auf die geflochtene Sitzfläche fiel und ein Stück wieder hochhüpfte.

»Ich weiß nicht, wie ich das anstellen soll.«

Lassiters Gesicht erschien direkt vor ihm. »Dein Körper wird das für dich erledigen. Halte deinen Kopf und dein Herz da raus und lass deinen Instinkt tun, was getan werden muss. Es ist nicht deine Schuld. Es geht ums Überleben.«

»Ich will aber nicht überleben.«

»Was du nicht sagst. Und ich dachte immer, dieser ganze Selbstzerstörungsblödsinn wäre nur ein Hobby.«

Tohr fehlte die Kraft, um nach dem Engel zu schlagen.

Fehlte die Kraft, aus dem Zimmer zu gehen. Fehlte sogar die Kraft zu weinen.

Lassiter ging zur Tür und machte auf. »He, danke für's Kommen.«

Tohr konnte die Auserwählte nicht ansehen, die hereinkam, aber ihre Präsenz ließ sich nicht ignorieren: Ihr zarter, blumiger Duft schwebte ihm entgegen.

Wellsies natürlicher Duft war stärker gewesen, er hatte nicht nur aus Rose und Jasmin bestanden, sondern die Würze gehabt, die ihrem Rückgrat entsprach.

»Mein Herr«, erklang eine Frauenstimme. »Ich bin die Auserwählte Selena und ich bin hier, um Euch zu dienen.«

Ein langes Schweigen breitete sich aus.

»Geh zu ihm«, drängte Lassiter leise. »Wir müssen das hinter uns bringen.«

Tohr vergrub das Gesicht in den Händen, sein Kopf schwenkte lose auf dem Hals herum. Er brachte es gerade noch zustande, ein- und auszuatmen, als sich die Auserwählte zu seinen Füßen auf den Boden setzte.

Durch seine hageren Finger sah er ihre weißen, fließenden Gewänder. Wellsie hatte nicht viel für Kleider übriggehabt. Das Einzige, das sie wirklich gemocht hatte, war das rot-schwarze, in dem sie sich mit ihm verbunden hatte.

Ein Bild von der heiligen Zeremonie erschien vor seinem inneren Auge, und er sah mit schmerzlicher Klarheit den Moment, als die Jungfrau der Schrift seine und Wellsies Hände zusammengeführt und erklärt hatte, dass es eine gute Verbindung sei, eine sehr gute Verbindung. Er hatte solche Wärme empfunden, als er durch die Mutter ihrer Spezies mit seiner Frau verbunden wurde, und das Gefühl von Liebe und Erfüllung und Optimismus hatte

sich noch millionenfach gesteigert, als er in ihre wunderschönen Augen blickte.

Ihm war gewesen, als stünde ihnen ein Leben voller Glück und Freude bevor … und doch stand er jetzt mit einem unbegreiflichen Verlust da. Allein.

Nein, schlimmer als allein. Allein, aber drauf und dran, das Blut einer anderen Frau in seinen Körper aufzunehmen.

»Das geht zu schnell«, murmelte er hinter seinen Händen. »Ich kann nicht … ich brauche mehr Zeit …«

»Mein Herr«, sagte die Auserwählte sanft, »ich komme zurück, wenn Ihr das wünscht. Und auch ein weiteres Mal, wenn es dann auch nicht der richtige Zeitpunkt ist. Bitte … mein Herr, ich wünsche nur, Euch zu helfen, nicht Euch zu verletzen.«

Tohr runzelte die Stirn. Sie klang sehr freundlich, und es lag nichts Anzügliches in ihren Worten.

»Sag mir deine Haarfarbe«, bat er durch die Hände.

»Es ist schwarz wie die Nacht und so fest zusammengebunden, wie es meinen Schwestern möglich war. Ich habe mir die Freiheit genommen, es in einen Turban einzuhüllen, obwohl Ihr nicht danach verlangt habt. Ich dachte … es würde vielleicht helfen.«

»Sag mir deine Augenfarbe.«

»Sie sind blau, mein Herr. Ein blasses Himmelblau.«

Wellsies waren Kirschbraun gewesen.

»Mein Herr«, flüsterte die Auserwählte, »Ihr müsst mich nicht ansehen. Erlaubt mir, hinter Euch zu stehen und nehmt mein Handgelenk auf diese Weise.«

Er hörte das Rascheln von weichen Gewändern, und der Duft der Frau umschwebte ihn, bis er schließlich von hinten auf ihn eindrang. Tohr ließ die Hände fallen und

sah Lassiters Beine in der Jeans. Die Knöchel des Engels waren wieder verschränkt, dieses Mal, als er an der Wand lehnte.

Ein schlanker Arm, in Weiß gehüllt, erschien vor ihm.

In langsamen Zügen wurde der Ärmel des Kleides hoch und höher gekrempelt.

Das Handgelenk, das zum Vorschein kam, war zerbrechlich, die Haut weiß und zart.

Die Adern unter der Haut schimmerten hellblau.

Tohrs Fänge schossen aus dem Oberkiefer, und ein Knurren entfuhr seinen Lippen. Dieser Mistkerl von Engel hatte recht. Auf einmal waren alle Bedenken wie weggefegt. Sein Körper war alles und forderte, was er ihm so lange vorenthalten hatte.

Tohr packte ihre Schulter mit einer festen Hand, zischte wie eine Kobra und biss bis auf die Knochen der Auserwählten, wo sich seine Fänge am richtigen Ort verkanteten. Es gab einen erschrockenen Aufschrei und eine kleine Unruhe, aber er bekam nichts mehr mit, als er trank. Seine Schlucke sogen das Blut so schnell in seinen Magen, dass er nicht die Zeit hatte, es zu schmecken.

Er brachte die Auserwählte beinahe um.

Aber das erfuhr er erst später, nachdem Lassiter ihn von ihr weggezerrt hatte und ihn mit einem Schlag auf den Kopf in eine Ohnmacht beförderte – denn sobald er von der Nahrungsquelle getrennt wurde, versuchte er erneut, auf die Frau loszugehen.

Der gefallene Engel hatte recht gehabt.

Die schreckliche Biologie war letztlich die Triebfeder und besiegte selbst das standhafteste Herz.

Und den treuesten Witwer.

34

Als Ehlena nach Hause kam, setzte sie ein falsches Lächeln auf, schickte Lusie nach Hause und sah nach ihrem Vater, der »immense Fortschritte bei der Arbeit« machte. Doch sobald sie sich von ihm lösen konnte, verschwand sie in ihr Zimmer und ging online. Sie musste herausfinden, wie viel Geld sie hatten, und zwar bis auf den Penny genau. Und sie glaubte nicht, dass ihr das Ergebnis gefallen würde. Nachdem sie sich auf ihrem Bankkonto eingeloggt hatte, scrollte sie durch die Abbuchungen, die noch anstanden, und zählte zusammen, was in der ersten Woche des Monats fällig würde. Das Gute war, dass ihr Novembergehalt noch ausstand.

Auf ihrem Sparbuch lagen knapp unter elftausend.

Es gab nichts mehr, dass sie noch verkaufen konnte, und keinen Spielraum, um die monatlichen Ausgaben abzuspecken.

Lusie würde nicht mehr kommen können. Was nervig war, denn sie würde die Lücke mit einem anderen Patienten füllen, und wenn Ehlena dann eine neue Anstellung fand, musste sie sich jemand anderes suchen.

Vorausgesetzt, sie fand eine andere Stelle. Ganz bestimmt nicht im Pflegesektor. Eine fristlose Kündigung machte sich nie gut auf dem Lebenslauf.

Warum hatte sie diese verdammten Tabletten gestohlen?

Ehlena saß da und starrte auf den Bildschirm und zählte die kleinen Zahlen wieder und wieder zusammen, bis sie vor ihren Augen verschwammen und nicht mehr zu fassen waren.

»*Meine geliebte Tochter?*«

Hastig klappte sie den Laptop zu, weil ihr Vater elektronische Geräte nicht gut vertrug, und setzte ein gefasstes Gesicht auf. »Ja? Ich meine: *Ja?*«

»*Ich frage mich, ob du vielleicht ein, zwei Absätze meiner Arbeit lesen würdest? Du scheinst angespannt, und ich habe die Erfahrung gemacht, dass solcher Zeitvertreib den Geist beruhigt.*« Er kam zu ihr und streckte ihr in galanter Weise den Arm entgegen.

Ehlena stand auf, denn manchmal blieb einem nichts übrig, als sich von jemandem leiten zu lassen. Sie wollte nichts von dem Gefasel lesen, dass er zu Papier gebracht hatte. Ertrug es nicht, so zu tun, als wäre alles in Ordnung. Wünschte, sie könnte ihren Vater zurückhaben, und sei es nur für eine Stunde, damit sie mit ihm über den Schlamassel reden konnte, den sie ihnen beiden eingebrockt hatte.

»*Das wäre schön*«, sagte sie mit toter, eleganter Stimme.

Sie folgte ihm in sein Arbeitszimmer, half ihm in seinen Sessel und blickte auf die unordentlichen Stapel von Papier. Was für ein Chaos. Schwarze Ledermappen waren so vollgestopft, dass sie aus allen Nähten platzten. Übervolle Aktenordner. Spiralblöcke, aus denen seitlich Seiten wie die Zungen von Hunden heraushingen. Und überall dazwischen einzelne weiße Blätter, als hätten sie versucht davonzufliegen und wären nicht sonderlich weit gekommen.

All das war sein Tagebuch, zumindest beteuerte er das. In Wirklichkeit war es nur haufenweise Unsinn, die Manifestation seiner geistigen Verwirrung.

»Hier. Setz dich, setz dich.« Ihr Vater räumte den Stuhl neben sich frei und schob Schreibblöcke zur Seite, die mit hellbraunen Gummis zusammengehalten wurden.

Sie setzte sich, legte die Hände auf die Knie und drückte fest zu, um nicht auszuflippen. Das Chaos in dem Raum erschien ihr wie ein rotierender Magnet, durch den sich ihre Gedanken und Sorgen nur noch schneller drehten, was sie jetzt absolut nicht brauchen konnte.

Ihr Vater sah sich im Büro um und lächelte entschuldigend. »*So viel Mühe für einen vergleichsweise geringen Ertrag. Es ist fast wie Perlentauchen. Die Stunden, die ich hier hineingesteckt habe, die vielen Stunden, um mein Vorhaben zu erfüllen …*«

Ehlena hörte kaum zu. Wenn sie die Miete nicht mehr bezahlen konnte, wo sollten sie dann hingehen? Gab es etwas noch Billigeres, das sie nicht mit Ratten und knirschenden Kakerlaken teilen mussten? Wie würde ihr Vater einen Umgebungswechsel verkraften? Liebste Jungfrau der Schrift, in der Nacht, als er das anständige Haus angezündet hatte, in dem sie zur Miete wohnten, hatte sie geglaubt, sie wären ganz unten angelangt. Wie konnte man noch tiefer sinken?

Sie wusste, dass sie in Schwierigkeiten steckte, als ihre Sicht verschwamm.

Die Stimme ihres Vaters fuhr fort, trampelte über ihr angstvolles Schweigen hinweg. »*Ich habe mich stets bemüht, meine Erkenntnisse gewissenhaft aufzuzeichnen …*«

Ehlena hörte nicht viel mehr.

Sie konnte sich nicht dagegen wehren. Auf dem kleinen Beistellstuhl, mit sinnlosem Geschwätz von ihrem Vater überschüttet, konfrontiert mit ihrem Fehltritt, weinte sie.

Es ging um so viel mehr als um die verlorene Stelle. Es ging um Stephan. Es ging um das, was mit Rehvenge passiert war. Es war die Tatsache, dass ihr Vater ein Erwachsener war, der ihre Lage nicht verstehen konnte.

Es ging darum, dass sie so allein war.

Ehlena schlang die Arme um sich und weinte. Heisere Schluchzer entrangen sich ihren Lippen, bis sie zu erschöpft war, um irgendetwas zu tun, außer in sich zusammenzusinken.

Schließlich seufzte sie tief und rieb sich die Augen mit dem Ärmel ihrer Uniform, die sie nun nicht mehr brauchte.

Als sie aufblickte, saß ihr Vater kerzengerade in seinem Sessel und sah sie völlig entgeistert an. »*Also wirklich … meine Tochter.*«

Tja, so war das. Sie hatten vielleicht ihr gesamtes Vermögen und ihre Stellung verloren, aber gegen alte Gewohnheiten war kein Kraut gewachsen. Die Zurückhaltung der *Glymera* bestimmte noch heute ihre Umgangsformen – und deshalb war ein Heulkrampf so schockierend, als hätte sie sich beim Frühstück rücklings auf den Tisch geworfen, damit sich ein Alien aus ihrem Bauch schälen konnte.

»*Verzeih mir, Vater*«, flüsterte sie und kam sich wie ein kompletter Idiot vor. »*Ich glaube, ich sollte mich besser entschuldigen.*«

»*Nein … warte. Du wolltest doch lesen.*«

Ehlena schloss die Augen und spürte, wie sich die Haut an ihrem ganzen Körper anspannte. In gewisser Hinsicht

wurde ihr gesamtes Leben durch seine Geisteskrankheit bestimmt, und obwohl sie dieses Opfer bereitwillig brachte, hatte sie heute Nacht einfach nicht den Nerv, Interesse an etwas so Wertlosem wie seinem »Werk« zu heucheln.

»Vater, ich …«

Eine Schreibtischschublade ging auf und wieder zu.

»Hier, Tochter. Nimm etwas mehr als nur einen Absatz.«

Mühsam öffnete sie die Lider …

Und musste sich nach vorne beugen, um sich zu vergewissern, dass sie richtig sah. Zwischen den Händen ihres Vaters lag ein perfekt ausgerichteter Stapel weißer Blätter, ungefähr zwei Zentimeter dick.

»Das ist mein Werk«, erklärte er schlicht. *»Ein Buch für dich, meine Tochter.«*

Im Erdgeschoss des Tudorhauses stand Rehv am Wohnzimmerfenster und blickte hinaus auf den sanft abfallenden Rasen. Die Wolken hatten sich verzogen, und ein unmotivierter Mond stand winterhell am Himmel. In seiner tauben Hand hielt er sein neues Handy, das er gerade mit einem Fluch zugeklappt hatte.

Er konnte es nicht fassen. Über ihm lag seine Mutter auf dem Sterbebett, und seine Schwester und ihr *Hellren* hetzten sich ab, um noch vor Sonnenaufgang hier zu sein … und doch hob die Arbeit ihren hässlichen gehörnten Kopf.

Noch ein toter Drogenhändler. Mit ihm waren es drei in den letzten vierundzwanzig Stunden.

Die Beschreibung, die Xhex ihm gegeben hatte, war kurz und bündig gewesen, wie es ihre Art war. Anders als Ricky Martinez und Isaac Rush, deren Leichen man

unten am Fluss gefunden hatte, war dieser Kerl in seinem Auto auf einem Supermarktparkplatz gefunden worden, eine Kugel im Hinterkopf. Was bedeutete, dass jemand das Auto mit der Leiche darin dorthin kutschiert haben musste: Niemand wäre so bescheuert, einen Mistkerl an einem Ort zu erschießen, der todsicher mit Überwachungskameras ausgestattet war. Nachdem der Polizeifunk nichts mehr gemeldet hatte, mussten sie auf die Zeitung und die Morgennachrichten im Fernsehen warten, um mehr zu erfahren.

Aber hier war das Problem und der Grund, warum er fluchte:

Alle drei hatten in den letzten zwei Nächten bei ihm eingekauft.

Weswegen ihn Xhex auch bei seiner Mutter gestört hatte. Das Drogengeschäft war nicht nur dereguliert, sondern komplett *un*reguliert, und das Gleichgewicht, das in Caldwell herrschte und ihm und seinen Kollegen Geschäfte ermöglichte, war eine äußerst instabile Angelegenheit.

Bei einem großen Tier wie ihm bestanden die Lieferanten aus einer Mischung aus Drogenschiebern aus Miami, New Yorker Hafenimporteuren, Crystal-Laboratorien in Connecticut und Ecstasy-Herstellern auf Rhode Island. Alle waren Geschäftsleute wie er und die meisten von ihnen Unabhängige, das hieß, sie hatten nichts mit der hiesigen Mafia zu schaffen. Die Beziehungen waren gefestigt, und Rehvs Geschäftspartner waren genauso vorsichtig und skrupellos wie er selbst: Für sie bedeutete das Drogengeschäft schlicht die Transaktion von Waren und Finanzen, ein Austausch wie in jedem legalen Wirtschaftssektor. Sendungen kamen zu diversen Wohnsit-

zen in Caldwell und wurden ins *ZeroSum* gebracht, wo Rally für das Testen, Strecken und Verpacken zuständig war.

Es war eine gut geölte Maschinerie, deren Aufbau zehn Jahre gedauert hatte und deren Wartung einer Kombination aus gut bezahlten Angestellten, Androhung körperlicher Gewalt, tatsächlichen Abreibungen und einem ständigen Aufbau von Beziehungen bedurfte.

Drei Leichen reichten, um das sensible Gebilde zum Einsturz zu bringen und nicht nur einen wirtschaftlichen Engpass zu verursachen, sondern auch einen Machtkampf auf den niedrigeren Rängen auszulösen, den niemand wollte: Wenn jemand Leute auf seinem Territorium umlegte, würden sich seine Kollegen fragen, ob er eine Disziplinarmaßnahme durchführte oder, schlimmer noch, selbst diszipliniert wurde. Die Preise würden schwanken, Beziehungen würden belastet, Informationen verdreht.

Um diese Sache musste man sich kümmern.

Er musste ein paar Telefonate führen, um seinen Importeuren und Produzenten zu versichern, dass er die Sache in Caldwell unter Kontrolle hatte und die Ereignisse keinen Einfluss auf den Verkauf ihrer Waren hätten. Aber Himmel, warum jetzt?

Rehvs Blick schweifte zur Decke.

Einen Moment lang spielte er mit dem Gedanken, einfach alles hinzuwerfen, nur dass das natürlich Unsinn war. Solange es die Prinzessin in seinem Leben gab, musste er im Geschäft bleiben, denn er würde nicht zulassen, dass dieses Miststück das Familienerbe einheimste. Gott wusste, dass Bellas Vater durch seine finanziellen Fehlentscheidungen genug dazu getan hatte, das Vermögen zu verschleudern.

Solange die Prinzessin auf dieser Erde wandelte, würde Rehv Drogenbaron von Caldie bleiben, und er würde seine Telefonate machen – allerdings nicht im Hause seiner Mutter, nicht in der Zeit, die er für seine Familie reserviert hatte. Das Geschäft konnte warten, bis er seiner Familie gedient hatte.

Doch eines war schon jetzt klar: In Zukunft würden Xhex, Trez und iAm ein noch genaueres Auge auf die Dinge haben müssen, denn wenn jemand den Ehrgeiz hatte, die Mittelleute auszuschalten, würde er sich sicher auch an den großen Fischen wie Rehv versuchen. Deshalb war es wichtig für ihn, sich im Club sehen zu lassen. In unruhigen Zeiten war es entscheidend, sein Gesicht zu zeigen, denn seine Kontakte würden danach Ausschau halten, ob er davonlief oder sich versteckte. Rehv wurde lieber als potenzieller Mörder wahrgenommen, als wie ein Weichei dazustehen, das den Schwanz einkniff und sich hinterm Ofen verkroch, sobald es einmal kritisch wurde.

Ohne weiteren Grund klappte er sein Handy auf und sah nach, ob er irgendwelche Anrufe verpasst hatte. Und wieder: keine Nachricht von Ehlena. Immer noch nicht.

Sie hatte wahrscheinlich einfach nur viel in der Klinik um die Ohren und kam nicht zum Telefonieren. Bestimmt war das der Grund. Und schließlich war ihr Arbeitsplatz nicht in Gefahr, überfallen zu werden. Die Klinik lag abseits und war gut gesichert, und Rehv hätte es sicher erfahren, wäre irgendetwas Schlimmes passiert.

Okay?

Verdammt.

Stirnrunzelnd blickte er auf die Uhr. Zeit für zwei weitere Tabletten.

Er ging in die Küche und spülte das Penicillin gerade mit einem Glas Milch herunter, als Scheinwerfer das Haus streiften. Als der Escalade vor dem Eingang hielt und die Türen aufgingen, stellte Rehv das Glas ab, stemmte den Stock auf den Boden und ging seiner Schwester, ihrem Mann und ihrem Kind entgegen.

Bellas Augen waren bereits rot, als sie hereinkam, denn Rehv hatte ihr unmissverständlich gesagt, was los war. Ihr *Hellren* kam direkt hinter ihr und trug die schlummernde Tochter in seinen riesenhaften Armen. Sein vernarbtes Gesicht war grimmig.

»Meine Schwester«, grüßte Rehv und nahm Bella in die Arme. Während er sie locker hielt, gab er Zsadist die Hand. »Ich bin froh, dass du hier bist, Mann.«

Z nickte mit dem kahlgeschorenen Kopf. »Ich auch.«

Bella löste sich von ihrem Bruder und wischte sich hektisch die Augen. »Ist sie oben im Bett?«

»Ja, und ihre *Doggen* ist bei ihr.«

Bella nahm ihre Tochter und ging hinter Rehv nach oben. An der Schlafzimmertür klopfte er an den Rahmen und wartete, während sich seine Mutter und ihre treue Dienerin vorbereiteten.

»Geht es ihr sehr schlecht?«, flüsterte Bella.

Rehv blickte seine Schwester an und dachte, dass dies eine der wenigen Situationen war, wo er nicht so stark für sie sein konnte, wie er das gerne wollte.

Seine Stimme war heiser. »Es ist Zeit.«

Bella kniff die Augen zusammen, gerade als ihre *Mahmen* sie mit brüchiger Stimme dazu aufforderte, hereinzukommen.

Als Rehv eine der Flügeltüren öffnete, hörte er Bella scharf die Luft einsaugen, aber noch viel deutlicher

nahm er das Geflecht ihrer Gefühle wahr: Traurigkeit und Panik vermengten sich, verstärkten gegenseitig ihre Wirkung, bis sie einen festen Knoten bildeten. Es war ein Gefühlsmuster, das er sonst nur von Beerdigungen kannte. Und war das nicht auf tragische Weise passend?

»*Mahmen*«, flüsterte Bella und trat ans Bett.

Als Madalina die Arme ausstreckte, leuchtete ihr Gesicht vor Glück. »Meine Lieben, meine geliebten beiden.«

Bella beugte sich herab und küsste ihre Mutter auf die Wange, dann lagerte sie Nalla vorsichtig um. Weil ihre Mutter nicht mehr genug Kraft hatte, die Kleine zu halten, wurde ein Kissen zurechtgelegt, um Nallas Hals und Kopf zu stützen.

Das Lächeln ihrer Mutter war strahlend. »Schaut euch dieses Gesicht an … Sie wird einmal eine große Schönheit werden.« Sie hob eine skelettdünne Hand in Richtung Z. »Und der stolze Papa, der mit solcher Kraft und Stärke auf seine Frauen aufpasst.«

Zsadist kam ans Bett und nahm die Hand, die sie ihm entgegenstreckte, verbeugte sich und streifte mit der Stirn die Knöchel, wie es zwischen Müttern und Schwiegersöhnen Brauch war. »Ich werde sie stets beschützen.«

»Natürlich. Dessen bin ich mir sicher.« Ihre Mutter lächelte zu dem wilden Krieger auf, der völlig deplatziert wirkte, inmitten all der Spitze, die um das Bett drapiert war – doch dann verließ sie ihre Kraft, und sie ließ den Kopf zur Seite fallen.

»Du bist mein größtes Glück«, flüsterte sie, als sie ihre Enkelin ansah.

Bella setzte sich auf die Bettkante und rieb ihrer Mutter sanft das Knie. Das Schweigen in dem Raum wurde

so sanft wie Daunen, webte einen Kokon aus Stille, der sich um sie alle legte und die Spannung löste.

Die Sache hatte nur ein Gutes: Ein sanfter Tod, der zur richtigen Zeit eintrat, war genauso ein Segen wie ein langes, unbeschwertes Leben.

Letzteres war ihrer Mutter nicht vergönnt gewesen. Aber Rehv würde sein Versprechen halten und dafür sorgen, dass der Friede in diesem Zimmer auch erhalten blieb, wenn sie nicht mehr da war.

Bella beugte sich zu ihrer Tochter und flüsterte: »Schlafmützchen, wach auf für *Granhmen*.«

Als Madalina sanft über die Wange der Kleinen strich, wachte Nalla mit einem Gurren auf. Gelbe Augen, so leuchtend wie Diamanten, konzentrierten sich auf das alte, ebenmäßige Gesicht vor ihr, und das Mädchen lächelte und streckte die Händchen aus. Als der Säugling die Finger ihrer Großmutter umschloss, blickte Madalina über die nächste Generation hinweg zu Rehv. In ihrem Blick lag ein Flehen.

Und er wusste genau, was sie brauchte. Er legte die Faust ans Herz, verbeugte sich unmerklich und erneuerte damit seinen Schwur.

Seine Mutter blinzelte, Tränen zitterten an ihren Wimpern, und die Welle ihrer Dankbarkeit lief über ihn hinweg. Obwohl er die Wärme nicht spürte, ließ sich der leichte Anstieg seiner Körpertemperatur daran festmachen, dass er den Zobelmantel aufklaffen lassen konnte.

Rehv wusste außerdem, was er tun musste, um sein Versprechen zu halten. Ein guter Tod war nicht nur schnell und schmerzlos. Ein guter Tod bedeutete, dass man seine Welt in Ordnung hinterließ, dass man mit der Gewissheit in den Schleier eintrat, dass gut für die Ge-

liebten gesorgt war. Dass sie zwar trauern würden, doch dass man alles Nötige gesagt und getan hatte.

Oder nicht gesagt, in ihrem Fall.

Es war das größte Geschenk, das er seiner Mutter geben konnte, die ihn liebevoller großgezogen hatte, als er es verdient hatte, seine einzige Möglichkeit, die Umstände seiner grausamen Geburt zu einem Teil gutzumachen.

Madalina lächelte und stieß einen langen, dankbaren Seufzer aus.

Und alles war, wie es sein musste.

35

John Matthew erwachte, die H & K auf die sich öffnende Tür am anderen Ende von Xhex' kahlem Zimmer gerichtet. Sein Herzschlag war so ruhig wie die feste Hand um den Knauf, und selbst als die Lichter angingen, blinzelte er nicht. Sollte ihm nicht gefallen, wer sich da am Schloss und an der Türklinke zu schaffen machte, würde er dem Eindringling eine Kugel in die Brust schießen.

»Cool bleiben«, mahnte Xhex, kam rein und sperrte sie zu zweit ein. »Ich bin's nur.«

Er legte die Sicherung ein und ließ die Mündung sinken.

»Ich bin beeindruckt«, murmelte sie und lehnte sich an den Türrahmen. »Du erwachst wie ein Kämpfer.«

Wie sie da so am anderen Ende des Raumes stand, muskulös, aber entspannt, war sie die attraktivste Frau, die er je gesehen hatte. Und das hieß, er musste gehen, obwohl sie das Gleiche wollte wie er. Fantasien waren in Ordnung, aber die Wirklichkeit war besser, und er glaubte nicht, dass er sich von ihr fernhalten konnte.

John wartete. Und wartete. Keiner von ihnen bewegte sich.

Okay. Zeit zu gehen, bevor er sich noch zum Idioten machte.

Er schwang die Beine aus dem Bett, aber sie schüttelte den Kopf. »Nein, bleib, wo du bist.«

Okaaaay. Aber das bedeutete, dass er etwas Tarnung brauchte.

Er griff nach der Decke und zog sie sich über den Schoß, denn seine Pistole war nicht das einzige schussbereite Gerät in der Nähe. Wie üblich hatte er einen Ständer, was normal war beim Aufwachen – und außerdem ein Dauerproblem in ihrer Nähe.

»Ich bin gleich zurück«, kündigte sie an, ließ ihre schwarze Lederjacke fallen und ging Richtung Bad.

Die Tür schloss sich, und sein Mund klappte auf.

War das … die Möglichkeit?

Er strich sich das Haar glatt, steckte sich das Hemd in die Hose und arrangierte schnell seinen Schwanz um. Der jetzt nicht nur hart war, sondern zuckte. Als er auf den Ständer blickte, der sich gegen die Knopfleiste seiner Jeans presste, versuchte er dem Ding klarzumachen, dass ihre Aufforderung zu bleiben nicht unbedingt bedeutete, dass sie seine Hüften als Rodeo-Trainer verwenden wollte.

Kurz darauf kam Xhex wieder aus dem Bad und blieb am Lichtschalter stehen. »Hast du was gegen Dunkelheit?«

Er schüttelte langsam den Kopf.

Das Zimmer wurde in Schwarz getaucht, und er hörte, wie sie auf das Bett zukam.

Mit pochendem Herzen und hämmerndem Schwanz rutschte John schnell auf die Seite, um ihr viel Platz zu verschaffen. Als sie sich hinlegte, spürte er jede Nuance der sich bewegenden Matratze, hörte er das leise Schaben ihrer Haare auf dem Kissen, nahm er ihren Duft auf.

Er konnte nicht atmen.

Selbst als sie entspannt seufzte.

»Du hast keine Angst vor mir«, meinte sie leise.

Er schüttelte den Kopf, obwohl sie ihn nicht sehen konnte.

»Du bist hart.«

O Gott, dachte er. Ja, das war er.

Kurz flackerte Panik in ihm auf, ein Schakal, der aus dem Busch sprang und ihn anfauchte. Scheiße, es war schwer zu sagen, was schlimmer wäre: Wenn Xhex die Hand nach ihm ausstreckte und seine Erektion in sich zusammenfiel – wie bei der Auserwählten Layla in der Nacht seiner Transition. Oder wenn Xhex die Hand *nicht* nach ihm ausstreckte.

Sie beendete seine Spekulationen, indem sie sich zu ihm drehte und ihm die Hand auf die Brust legte.

»Ganz ruhig«, flüsterte sie, als er zusammenzuckte.

Als er sich beruhigt hatte, wanderte ihre Hand zu seinem Bauch hinunter, und als sie seine Erektion durch die Jeans umfasste, drängten seine Hüften nach oben, und sein Mund öffnete sich zu einem stummen Stöhnen.

Es gab kein Vorspiel, aber er wollte auch keines. Sie öffnete die Knöpfe, befreite seine Erektion und dann hörte man ein Rascheln, als ihre Lederhose zu Boden glitt.

Sie bestieg ihn, legte die Hände auf seine Brust und drückte ihn in die Matratze. Als sich etwas Warmes, Weiches, Feuchtes gegen ihn rieb, waren alle Sorgen vergessen, dass er erschlaffen könnte. In ihm tobte das Verlangen, in sie einzudringen, nichts aus der Vergangenheit durchkreuzte seinen reinen Instinkt.

Xhex erhob sich auf die Knie, nahm ihn in ihre Hän-

de und stellte ihn auf. Als sie sich auf ihn senkte, spürte er einen köstlichen Druck entlang der Länge seines Schwanzes, der ihn elektrisierte und einen Orgasmus auslöste, bei dem er ihr die Hüften entgegenstemmte. Ohne einen Gedanken daran, ob es richtig war, umfasste er ihre Hüften …

Er erstarrte, als er Metall berührte, doch dann war er zu weggetreten. Er konnte nur noch zudrücken, während er immer wieder erbebte und seine Jungfräulichkeit wieder und wieder verlor.

Es war das Verrückteste, was er je gefühlt hatte. Er kannte sich mit Handarbeit aus. Hatte sich selbst seit seiner Transition Tausende Male bearbeitet. Aber das hier war eine ganz andere Nummer. Xhex war unglaublich.

Und das war, bevor sie anfing, sich zu bewegen.

Als er diesen ersten Phantasmorgasmus hinter sich hatte, gab sie ihm eine Minute Verschnaufpause, dann begann sie, die Hüften zu wiegen, vor und zurück. Er schnappte nach Luft. Die Muskeln in ihrem Innern umfassten und entließen seinen Schwanz, der wechselnde Druck machte seine Eier sofort wieder fest und bereit.

Jetzt auf einmal verstand er komplett, warum Qhuinn die Kleider nicht anbehalten konnte. Das hier war gigantisch, insbesondere, als sich John von ihr leiten ließ und sie sich im Gleichklang bewegten. Selbst als der Rhythmus immer schneller und fordernder wurde, wusste er genau, was geschah und wo welcher Teil von ihnen beiden war, von ihren Handflächen auf seiner Brust zu ihrem Gewicht, das auf ihm lagerte, der Reibung ihres Geschlechts bis zu der Art, wie sein Atem stoßweise in und aus seiner Kehle kam.

Er versteifte sich von Kopf bis Fuß, als er erneut kam,

und seine Lippen formten ihren Namen, genau wie in seiner Fantasie – nur drängender.

Und dann war es vorbei.

Xhex stieg von ihm herab, und seine Erektion fiel auf seinen Bauch. Verglichen mit dem heißen Kokon ihres Inneren war die weiche Baumwolle seines Shirts wie Sandpapier, und die Raumtemperatur fühlte sich eisig an. Das Bett bewegte sich, als sie sich neben ihm hinlegte, und er drehte sich in der Dunkelheit zu ihr. Er war noch außer Atem, aber er sehnte sich danach, sie in der Pause zu küssen, bevor sie das noch einmal machten.

John streckte die Hand aus und fühlte, wie sie sich versteifte, als er ihren Nacken berührte, aber sie wich nicht zurück. Gott, ihre Haut war weich ... so weich. Obwohl sich stählerne Muskeln von den Schultern in den Hals zogen, waren sie von weichem Samt überzogen.

John ging langsam vor, als er den Oberkörper vom Bett aufrichtete, sich über sie beugte und die Hand an ihre Wange führte. Dann umfasste er zärtlich ihr Gesicht und ertastete ihre Lippen mit dem Daumen.

Er wollte es nicht vermasseln. Sie hatte den Großteil der Arbeit geleistet und war sensationell gewesen. Mehr als das, sie hatte ihm sein erstes Mal geschenkt und ihm gezeigt, dass er immer noch ein Mann war, immer noch fähig auszukosten, wozu sein Körper geschaffen war. Wenn er derjenige war, der ihren ersten Kuss herbeiführte, war er entschlossen, es richtig anzufangen.

Er senkte den Kopf ...

»So war das nicht gemeint.« Xhex schob ihn zurück, stieg aus dem Bett und verschwand im Bad.

Die Tür schloss sich, und Johns Schwanz fiel auf seinem Shirt zusammen, als er hörte, wie das Wasser an-

ging: Sie wusch ihn von sich ab, beseitigte, was sein Körper ihr gegeben hatte. Mit zitternden Händen stopfte er sein Geschlecht zurück in die Jeans und versuchte, nicht auf die Feuchtigkeit und den erotischen Geruch zu achten.

Xhex kam heraus, nahm ihre Jacke und ging zur offenen Tür. Als Licht aus dem Flur hereinfiel, war sie ein schwarzer Schatten, groß und stark.

»Draußen ist es Tag, für den Fall, dass du nicht auf die Uhr geschaut hast.« Sie schwieg kurz. »Und ich schätze es, dass du meine … Situation … diskret behandelst.«

Die Tür schloss sich leise hinter ihr. Das also war der Grund für die Aktion gewesen. Der Sex war eine Gegenleistung dafür, dass er ihr Geheimnis bewahrte.

Himmel, wie hatte er sich einbilden können, dass mehr dahintersteckte?

Voll bekleidet. Kein Kuss. Und er war sich ziemlich sicher, dass er als Einziger gekommen war: Ihr Atem war nicht schneller geworden, sie hatte nicht aufgeschrien, sie war nicht erlöst zusammengesunken, als es vorbei war.

Kein Mitleidsfick. Ein Erkenntlichkeitsfick.

John rieb sich das Gesicht. Er war so dumm. Zu glauben, dass es etwas bedeutete.

So dumm, wie man nur sein konnte.

Tohr erwachte mit einem brüllenden Gefühl im Magen. Der Schmerz war so schlimm, dass er sich in seinem todesähnlichen Schlaf nach dem Nähren die Arme um den Bauch geschlungen und sich zusammengekrümmt hatte.

Als er sich nun zitternd entrollte, fragte er sich, ob wohl etwas mit dem Blut nicht in Ordnung gewesen war –

Sein Magen knurrte so laut, als würde eine Ladung Schutt auf die Kippe entladen.

Der Schmerz ... sollte das Hunger sein? Er blickte an sich herab auf die nach innen gewölbte Grube zwischen seinen Rippen. Strich über die harte, flache Oberfläche. Lauschte einem zweiten Poltern.

Sein Körper verlangte nach Essen, riesigen Bergen von Nahrung.

Er sah auf die Uhr. Zehn Uhr Vormittag. John hatte ihm kein Letztes Mahl gebracht.

Tohr setzte sich auf, ohne sich stützen zu müssen, und ging auf Beinen, die sich merkwürdig fest anfühlten, ins Bad. Er ging zur Toilette, aber nicht, um sich zu übergeben, dann wusch er sich das Gesicht und bemerkte, dass er nichts zum Anziehen hatte.

Er schlüpfte in einen Bademantel und tappte vorsichtig aus seinem Zimmer.

Die Lichter in dem Flur mit den Statuen brachten ihn zum Blinzeln, als hätte sich ein Bühnenscheinwerfer auf ihn gerichtet. Er musste sich erst wieder langsam daran gewöhnen ... an alles.

Die marmornen Männer in ihren diversen Posen, die den Flur zu beiden Seiten flankierten, waren genau wie in seiner Erinnerung, so stark und anmutig und fest. Völlig ohne Zusammenhang fiel ihm ein, wie Darius eine nach der anderen erstanden hatte und eine Sammlung aufbaute. Damals, als D in Kauflaune gewesen war, hatte er Fritz zu Auktionen bei Sotheby's und Christie's in New York geschickt, und immer, wenn eines der Meisterwerke in einer Kiste geliefert wurde, eingewickelt in Stoff und gepolstert mit Styroporflocken, hatte der Bruder eine feierliche Enthüllung veranstaltet.

D hatte Kunst geliebt.

Tohr runzelte die Stirn. Wellsie und sein ungeborenes Kind würden immer der schlimmste und erste Verlust seines Lebens sein. Aber er hatte noch mehr Tode zu rächen, nicht wahr? Die *Lesser* hatten ihm nicht nur die Familie genommen, sondern auch seinen besten Freund.

Wut regte sich in seinem Bauch ... und löste einen zweiten Hunger aus: nach Krieg.

Mit einer Entschlossenheit und Zielsicherheit, die vertraut und ungewohnt zugleich war, ging Tohr zur Freitreppe und hielt an der fast verschlossenen Tür des Arbeitszimmers inne. Er konnte Wrath dahinter spüren, aber er wollte im Moment eigentlich niemanden sprechen.

Zumindest glaubte er das.

Aber warum hatte er dann nicht einfach in der Küche angerufen und sich etwas zu essen bestellt?

Tohr lugte durch den Spalt zwischen den Flügeltüren.

Wrath schlief an seinem Schreibtisch, sein langes, glänzendes Haar breitete sich über Papierkram, einen Unterarm hatte er als Kissen unter den Kopf geschoben. In der anderen Hand hielt er noch immer die Lupe, die er zum Lesen brauchte.

Tohr trat ein und sah sich um. Als sein Blick auf den Kamin fiel, sah er förmlich, wie sich Zsadist dagegen lehnte, mit ernstem, vernarbtem Gesicht, die Augen schwarz blitzend. Phury war ihm immer nahe gewesen, normalerweise lümmelte er auf dem zartblauen Sofa am Fenster. V und Butch hatten dazu tendiert, die dünnbeinige Couch zu vereinnahmen. Rhage wählte verschiedene Standpunkte, je nach Stimmung ...

Tohr runzelte die Stirn, als er bemerkte, was neben Wraths Tisch stand.

Der hässliche avocadogrüne Sessel mit den abgewetzten Lederkissen ... das war Tohrs Sessel. Der, den Wellsie wegschmeißen wollte, weil er hinüber war. Der, den er ins Büro im Trainingszentrum gehievt hatte.

»Wir haben ihn hierhergeholt, damit John zurück ins Haus kommt.«

Tohr riss den Kopf herum. Wrath hob den Kopf vom Arm, er klang so müde, wie er aussah.

Der König sprach langsam, als wolle er seinen Besucher nicht vertreiben. »Nach dem ... was passiert ist, wollte John das Arbeitszimmer nicht mehr verlassen. Er weigerte sich, irgendwo anders als in diesem Sessel zu schlafen. Was für ein Chaos ... Er reagierte sich im Training ab. Verwickelte sich in Schlägereien. Schließlich habe ich auf den Tisch gehauen und dieses Monstrum hierher verfrachtet, und es wurde besser.« Wrath wandte sich dem Sessel zu. »Früher saß er immer hier und sah mir bei der Arbeit zu. Nach seiner Transition und den Überfällen im Sommer war er nachts natürlich als Kämpfer unterwegs und hat tagsüber geschlafen, also war er nicht mehr so viel hier. Ein bisschen vermisse ich ihn.«

Tohr winselte. Mit dem Jungen hatte er es wirklich vermasselt. Klar, er war nicht in der Verfassung gewesen, es anders zu machen, aber John hatte ganz schön gelitten.

Litt immer noch.

Tohr schämte sich, als er daran dachte, wie er jeden Morgen in diesem Bett aufgewacht war und jeden Nachmittag, wenn John das Tablett hineinbrachte und bei ihm saß, während er aß – und dann blieb, als wüsste er, dass Tohr das meiste wieder auskotzte, sobald er allein war.

John hatte allein mit Wellsies Tod zurechtkommen müssen. Seine Transition allein durchlaufen. Wer weiß wie viele erste Male allein bewältigen müssen.

Tohr setzte sich auf die Couch von V und Butch. Das Ding fühlte sich überraschend robust an, robuster, als er es in Erinnerung hatte. Er legte die Hände auf die Kissen und drückte zu.

»Es wurde verstärkt, während du weg warst«, erklärte Wrath leise.

Ein langes Schweigen senkte sich über sie, als die Frage, die Wrath stellen wollte, so laut in der Luft hing wie der Widerhall von Glocken in einer kleinen Kapelle.

Tohr räusperte sich. Der Einzige, mit dem er darüber hätte reden können, war Darius, aber Darius war tot. Doch Wrath war ebenfalls jemand, dem er nahestand …

»Es war …« Tohr verschränkte die Arme über der Brust. »Es lief ganz gut. Sie hat sich hinter mich gestellt.«

Wrath nickte. »Gute Idee.«

»Ihre.«

»Selena ist okay. Nett.«

»Ich weiß nicht, wie lange es dauert«, sagte Tohr, der nicht einmal über die Frau sprechen wollte. »Bis ich wieder einsatzbereit bin. Ich muss wohl etwas trainieren. Schießen üben. Keine Ahnung, ob sich mein Körper erholt.«

»Mach dir keine Gedanken über die Dauer. Jetzt werde erst mal wieder gesund.«

Tohr blickte auf seine Hände und formte sie zu Fäusten. Es war kein Fleisch auf den Knochen, deshalb zeichneten sich die Knöchel durch die Haut ab wie eine Reliefkarte der Adirondacks, nichts als zerklüftete Gipfel und tiefe Täler.

Vor ihm lag ein langer Weg, dachte er. Und selbst wenn er körperlich wieder in Form kam, blieb er geistig angeschlagen. Egal, wie viel er wog oder wie gut er kämpfte, daran war nichts zu ändern.

Es klopfte laut. Tohr schloss die Augen und betete, dass es keiner der Brüder war. Er wollte keine große Sache daraus machen, dass er zu den Lebenden zurückkehrte.

»Was gibt's, Qhuinn?«, erkundigte sich der König.

»Wir haben John. Also fast.«

Tohr riss die Augen auf und blickte sich verwundert zu dem Jungen in der Tür um. Bevor Wrath etwas sagen konnte, fragte Tohr: »War er verschwunden?«

Qhuinn schien erstaunt, ihn auf den Beinen zu sehen, sammelte sich aber schnell, als Wrath fragte: »Warum habe ich nicht erfahren, dass er verschwunden war?«

»Ich wusste es selber nicht.« Qhuinn kam rein, gefolgt von dem Rotschopf aus der Trainingsklasse, Blay. »Er hat gesagt, dass er heute nicht im Einsatz ist und sich hinlegt. Wir haben ihn beim Wort genommen, und bevor du mir jetzt die Eier abreißt: Ich bin die ganze Zeit über in meinem Zimmer geblieben, weil ich dachte, er sei in seinem. Sobald ich merkte, dass er nicht da war, habe ich mich auf die Suche begeben.«

Wrath fluchte verhalten, dann schnitt er Qhuinns Entschuldigung ab. »Ist schon gut, Junge. Du wusstest es nicht. Du konntest nichts tun. Wo zum Teufel ist er?«

Tohr hörte die Antwort nicht, weil sein Kopf dröhnte. John da draußen in Caldwell? Allein? Gegangen, ohne jemandem Bescheid zu sagen? Was, wenn etwas passiert war?

Er unterbrach die Unterhaltung. »Warte, wo ist er?«

Qhuinn hielt sein Handy hoch. »Sagt er nicht. In der SMS heißt es nur, er sei in Sicherheit, und dass er uns morgen Nacht treffen will.«

»Wann kommt er heim?«, wollte Tohr wissen.

»Ich schätze« – Qhuinn zuckte die Schultern – »gar nicht.«

36

Rehvenges Mutter trat um elf Uhr elf vormittags in den Schleier ein.

Sie war umgeben von ihrem Sohn, ihrer Tochter, ihrer schlafenden Enkelin und ihrem Schwiegersohn und wurde von ihrer geliebten *Doggen* umsorgt. Es war ein guter Tod. Ein sehr guter Tod. Sie schloss die Augen, und eine Stunde später keuchte sie zweimal und stieß langsam den Atem aus, als seufzte ihr Körper erleichtert, als ihre Seele sich von den Fesseln des Fleisches löste. Und es war seltsam … genau in diesem Moment wachte Nalla auf und blickte nicht auf ihre *Granhmen,* sondern auf einen Punkt über dem Bett. Ihre kleinen Patschehändchen langten in die Luft, und sie lächelte und gurrte, als hätte ihr jemand die Wange gestreichelt.

Rehv starrte auf den Körper hinab. Seine Mutter hatte immer geglaubt, dass sie im Schleier wiedergeboren werden würde, die Wurzeln ihres Glaubens reichten tief in ihre Kindheit bei den Auserwählten zurück. Er hoffte, es stimmte. Er wollte glauben, dass sie irgendwo weiterlebte.

Es war das Einzige, was den Schmerz in seiner Brust auch nur annähernd lindern konnte.

Als die *Doggen* leise anfing zu weinen, umarmte Bella ihre Tochter und Zsadist. Rehv hielt sich abseits, er saß

allein am Fuß des Bettes und sah zu, wie die Farbe aus dem Gesicht seiner Mutter schwand.

Als sich ein Kribbeln in seinen Händen und Füßen ausbreitete, wurde er daran erinnert, dass ihn das Vermächtnis seines Vaters ebenso stetig begleitete wie das seiner Mutter.

Er stand auf, verbeugte sich vor ihnen allen, und entschuldigte sich. Im Bad, das an das Zimmer angrenzte, das er immer benutzte, blickte er unter das Waschbecken und dankte der Jungfrau der Schrift, dass er klug genug gewesen war, ein paar Ampullen Dopamin hier zu deponieren. Er schaltete die Wärmelampe an der Decke an, zog den Zobelmantel aus und streifte das *Gucci*-Jackett von den Schultern. Als ihm das rötliche Leuchten von oben einen höllischen Schrecken einjagte, weil er dachte, der Schock des Todes brächte seine dunkle Seite zum Vorschein, schaltete er das Ding wieder aus, stellte die Dusche an und wartete, bis Dampf aufstieg, bevor er fortfuhr.

Er schluckte zwei weitere Penicillin-Tabletten und tappte ungeduldig mit dem Schuh auf den Boden.

Schließlich riss er sich zusammen und rollte den Hemdsärmel hoch, wobei er es vermied, sein Spiegelbild anzusehen. Dann zog er eine Spritze auf, nahm seinen *Louis Vuitton*-Gürtel, schlang ihn um seinen Bizeps, zurrte das schwarze Lederende fest und presste den Arm an die Rippen.

Er stieß die Nadel in eine seiner entzündeten Venen, drückte den Kolben herunter …

»Was machst du da?«

Als er die Stimme seiner Schwester hörte, riss er den Kopf herum. Im Spiegel starrte sie die Nadel in seinem Arm und die geröteten, entzündeten Adern an.

Sein erster Impuls war, sie anzufahren, bloß zu verschwinden. Er wollte nicht, dass sie das sah, und nicht nur, weil es weitere Lügen nach sich zog. Das hier war privat.

Stattdessen zog er die Spritze ruhig wieder heraus, steckte eine Kappe auf die Nadel und warf sie weg. Während die Dusche zischte, rollte er den Ärmel hinunter, dann zog er Jackett und Mantel wieder an.

Er stellte das Wasser ab.

»Diabetes«, erklärte er. Verflucht, er hatte Ehlena erzählt, er habe Parkinson. Verdammt.

Andrerseits würden sich die beiden sicher nicht in näherer Zukunft begegnen.

Bella hob erschrocken die Hand an den Mund. »Seit wann? Geht es dir gut?«

»Es ist in Ordnung.« Er rang sich ein Lächeln ab. »Bei dir alles okay?«

»Warte, seit wann hast du das?«

»Ich spritze jetzt seit zwei Jahren.« Zumindest das war nicht gelogen. »Ich bin regelmäßig bei Havers.« *Ding! Ding!* Schon wieder die Wahrheit. »Ich habe es gut im Griff.«

Bella blickte auf seinen Arm. »Ist dir deshalb immer so kalt?«

»Schlechte Durchblutung. Deswegen brauche ich auch den Stock. Mein Gleichgewichtssinn ist gestört.«

»Hattest du nicht gesagt, du bräuchtest ihn wegen einer Verletzung?«

»Der Diabetes verzögert die Heilung.«

»Ach so.« Sie nickte traurig. »Ich wünschte, ich hätte es gewusst.«

Als sie mit ihren blauen Augen zu ihm aufsah, verab-

scheute er die Lügen, die er ihr erzählte, aber dann dachte er an das friedliche Gesicht seiner Mutter.

Rehv legte den Arm um seine Schwester und führte sie aus dem Bad. »Es ist keine große Sache. Ich behandle es.«

Im Schlafzimmer war es kälter, aber das merkte er nur daran, dass Bella die Arme um sich schlang und die Schultern hochzog.

»Wann sollen wir die Zeremonie abhalten?«, fragte sie.

»Ich rufe in der Klinik an und bitte Havers zum Einbruch der Nacht herzukommen, um sie einzuwickeln. Dann müssen wir entscheiden, wo wir sie begraben.«

»Auf dem Gelände der Bruderschaft. Dort möchte ich sie begraben.«

»Wenn Wrath die *Doggen* und mich dabei sein lässt, ist es in Ordnung.«

»Das wird er sicher. Z telefoniert gerade mit dem König.«

»Ich glaube, es gibt nicht mehr viele Angehörige der *Glymera* in der Stadt, die sich verabschieden wollen.«

»Ich hole ihr Adressbuch von unten und entwerfe eine Anzeige.«

So eine nüchterne, praktische Unterhaltung, die zeigte, dass der Tod tatsächlich Teil des Lebens war.

Als Bella ein leiser Schluchzer entfuhr, zog Rehv sie an sich. »Komm her, Schwesterchen.«

Als sie zusammen standen, ihr Kopf an seiner Brust, dachte er an die unzähligen Male, bei denen er sie vor der Welt hatte bewahren wollen. Doch das Leben war einfach trotzdem geschehen.

Himmel, als sie klein gewesen war, vor ihrer Transition, war er sich so sicher gewesen, dass er sie beschüt-

zen und sich um sie kümmern konnte. Wenn sie Hunger hatte, sorgte er für Essen. Wenn sie Kleidung brauchte, kaufte er welche. Wenn sie nicht schlafen konnte, blieb er bei ihr, bis sich ihre Augen schlossen. Aber jetzt war sie erwachsen, und ihn beschlich das Gefühl, dass ihm nur noch tröstende Worte blieben. Aber vielleicht war es einfach so. Wenn man klein war, brauchte es nicht mehr als ein sanftes Wiegenlied, um die Sorgen des Tages zu vertreiben und das Gefühl von Sicherheit zu vermitteln.

Als er sie jetzt im Arm hielt, wünschte er sich, es gäbe auch für Erwachsene solche Sofortheilungsmittel.

»Sie wird mir fehlen«, seufzte Bella. »Wir waren uns nicht sehr ähnlich, aber ich habe sie immer geliebt.«

»Du warst ihr ganzer Stolz. Immer.«

Bella löste sich von ihm. »Du auch.«

Er strich ihr eine Strähne hinters Ohr. »Willst du dich mit deiner Familie etwas ausruhen?«

Bella nickte. »Welches Zimmer sollen wir nehmen?«

»Frag *Mahmens Doggen.*«

»Das werde ich.« Bella drückte seine Hand, obwohl er es nicht fühlen konnte.

Als er allein war, ging er zum Bett und holte sein Handy heraus. Ehlena hatte ihm in der letzten Nacht nicht mehr gesimst. Und als er jetzt die Nummer der Klinik aus seinem Nummernverzeichnis heraussuchte, versuchte er sich keine Sorgen zu machen. Vielleicht hatte sie die Tagschicht gehabt. Gott, er hoffte, das hatte sie.

Es war sehr unwahrscheinlich, dass etwas passiert war. Höchst unwahrscheinlich.

Aber er würde sie dennoch anrufen.

»*Hallo, Klinik*«, meldete sich eine Stimme in der Alten Sprache.

»Hier ist Rehvenge, Sohn des Rempoon. Meine Mutter ist soeben dahingegangen, und ich muss Vorkehrungen treffen, um ihren Leichnam zu konservieren.«

Die Frau am anderen Ende der Leitung keuchte. Keine der Schwestern mochte ihn, aber sie liebten seine Mutter. Alle liebten sie …

Oder besser gesagt: hatten sie geliebt.

Er rieb sich den Irokesen. »Besteht vielleicht die Möglichkeit, dass Havers bei Nachtanbruch zu unserem Haus kommt?«

»Ja, natürlich. Und darf ich im Namen von uns allen sagen, dass wir ihr Dahinscheiden zutiefst bedauern und ihr einen sicheren Eingang in den Schleier wünschen.«

»Danke.«

»Einen Moment.« Als die Frau wieder ans Telefon kam, sagte sie: »Der Doktor kommt sofort nach Sonnenuntergang zu Euch. Mit Eurer Erlaubnis wird er jemanden mitbringen, der ihm assistiert …«

»Wen?« Rehv war sich nicht sicher, was er davon halten sollte, wenn es Ehlena war. Er wollte nicht, dass sie so bald schon mit der nächsten Leiche zu tun hätte, und der Umstand, dass es seine Mutter war, machte es noch schlimmer. »Ehlena?«

Die Schwester zögerte. »Äh, nein, nicht Ehlena.«

Er runzelte die Stirn, beim Tonfall der Schwester erwachte der *Symphath* in ihm. »Ist Ehlena letzte Nacht in die Klinik gekommen?« Wieder eine Pause. »Ist sie gekommen?«

»Entschuldigt, darüber kann ich nicht reden …«

Seine Stimme wurde zu einem tiefen Knurren. »Ist sie gekommen oder nicht. Einfache Frage. Ist sie. Oder ist sie nicht.«

Die Schwester wurde nervös. »Ja, doch, sie ist gekommen ...«

»Und?«

»Nichts. Sie ...«

»Also, wo liegt das Problem?«

»Es gibt keines.« Der Ärger in ihrer Stimme verriet ihm, dass es Gespräche wie dieses waren, die ihn so beliebt bei der Belegschaft machten.

Er bemühte sich um einen etwas ruhigeren Ton. »Offensichtlich gibt es ein Problem, und du wirst mir sagen, was es ist, oder ich rufe so lange an, bis jemand mit mir redet. Und wenn sich keiner dazu bereit erklärt, komme ich an den Empfangstresen und treibe euch alle in den Wahnsinn, bis jemand vom Team nachgibt und es mir sagt.«

Es gab eine Pause, in der *Du bist so ein Arschloch* deutlich in der Luft schwang. »In Ordnung. Sie arbeitet nicht mehr hier.«

Rehv zog pfeifend die Luft ein, und seine Hand schoss zu dem Plastiktütchen Penicillin, das er in der Brusttasche bei sich trug. »Warum?«

»Das werde ich Euch nicht verraten, egal, was Ihr tut.«

Es klickte leise, als sie auflegte.

Ehlena saß in der heruntergekommenen Küche im Erdgeschoss, das Manuskript ihres Vaters vor sich. Sie hatte es zweimal an seinem Schreibtisch gelesen, dann hatte sie ihn ins Bett gebracht, war hier hinauf gekommen und hatte es noch einmal gelesen.

Der Titel lautete: *Im Regenwald des Affengeistes*.

Gütige Jungfrau der Schrift, hatte sie vorher geglaubt, Verständnis für den Mann zu haben, hatte sie jetzt Mit-

gefühl. Die dreihundert handgeschriebenen Seiten waren eine geführte Tour durch seine Geisteskrankheit, eine lebhafte, anschauliche Studie seiner Krankheit, wie sie angefangen und wohin sie ihn gebracht hatte.

Sie blickte zur Aluminiumabdeckung an den Fenstern. Die Stimmen in seinem Kopf, die ihn malträtierten, hatten eine Vielzahl von Quellen, und eine davon waren Radiowellen von Satelliten auf Erdumlaufbahnen.

All das wusste sie.

Doch in seinem Buch verglich ihr Vater diese Alufolie mit seiner Psychose: Sowohl Folie als auch Schizophrenie hielten die Wirklichkeit von ihm fern, isolierten ihn … und gaben ihm die Sicherheit, die er brauchte. In Wahrheit liebte er seine Krankheit ebenso sehr, wie er sie fürchtete.

Vor vielen, vielen Jahren, nachdem ihn eine Familie geschäftlich übers Ohr gehauen und ihn in den Augen der *Glymera* ruiniert hatte, verlor er das Vertrauen in seine Fähigkeit, die Interessen anderer zu beurteilen. Er hatte sich auf die falschen Leute verlassen, und es hatte ihn seine *Shellan* gekostet.

Ehlena hatte den Tod ihrer Mutter falsch eingeschätzt. Kurz nach dem großen Fiasko hatte sich ihre Mutter dem Laudanum zugewandt, doch die kurzzeitige Erleichterung entwickelte sich bald zu einem Klotz am Bein, als ihr das vertraute Leben entglitt … Geld, Ansehen, Häuser, Besitztümer flohen wie scheue Tauben aus einem Feld, um sich einen sichereren Ort zu suchen.

Und dann wurde Ehlenas Verlobung gelöst. Ihr Mann hatte sich von ihr distanziert, bevor er öffentlich erklärte, dass er sich von ihr lossagte – weil Ehlena ihn ins Bett gezerrt und damit seine Unschuld ausgenutzt habe.

Daran war ihre Mutter endgültig zerbrochen.

Ihre einvernehmliche Entscheidung wurde nun so hingedreht, als wäre Ehlena eine Frau ohne Wert, eine Metze, die um jeden Preis darauf aus gewesen war, einen Mann zu verführen, der nur die edelsten Absichten hegte. Nachdem dieser Skandal in der *Glymera* bekannt geworden war, waren Ehlenas Heiratsaussichten dahin und wären es auch gewesen, hätte ihre Familie noch den alten Status gehabt, den sie verloren hatte.

In dieser Nacht war ihre Mutter ins Schlafzimmer gegangen, wo man sie ein paar Stunden später tot auffand. Ehlena hatte immer gedacht, dass sie eine Überdosis Laudanum genommen hatte, aber nein: Wie sie jetzt im Manuskript las, hatte sie sich die Pulsadern aufgeschnitten und war auf den Laken verblutet.

Ihr Vater schrieb, dass sich die Stimmen in seinem Kopf das erste Mal meldeten, als er seine Frau tot auf dem Ehebett liegen sah, ihr blasser Körper umgeben von einem Halo aus dunkelrotem, vergossenem Leben.

Mit fortschreitender Umnachtung hatte er sich mehr und mehr in seinen Verfolgungswahn zurückgezogen, aber auf merkwürdige Art und Weise fühlte er sich dort sicherer als in der Realität. Das wirkliche Leben steckte voller Gefahren, man wusste nie, wer einen betrügen würde. Bei den Stimmen in seinem Kopf war das anders: Sie waren ohnehin alle hinter ihm her. Bei den verrückten Affen, die sich durch das Dickicht seiner Geisteskrankheit schwangen und die ihn mit Stöcken und harten Früchten in Form von Gedanken bombardierten, erkannte er seine Feinde. Sie waren verlässlich. Und die Waffen, um sie zu bekämpfen, waren ein gut geordneter Kühlschrank, Aluminiumfolie vor den Fenstern und das Schreiben.

In der wirklichen Welt fühlte er sich hilflos und verloren, anderen schutzlos ausgeliefert, unfähig zu beurteilen, was gefährlich war und was nicht. Deshalb zog er die Krankheit vor, denn hier kannte er, wie er es ausdrückte, die Grenzen des Urwalds, die Pfade, die um die Stämme herumführten und die Tricks der Affen.

Dort wies sein Kompass noch nach Norden.

Und die Überraschung für Ehlena war, dass er dabei nicht nur litt. Vor seiner Erkrankung war er Prozessanwalt für Angelegenheiten des Alten Gesetzes gewesen, ein Mann, bekannt für seine Diskussionsfreude und seine Vorliebe für starke Opponenten. In seiner Krankheit entdeckte er genau die Sorte Konflikt, die er in gesundem Zustand so geschätzt hatte. Die Stimmen in seinem Kopf waren, wie er mit treffender Selbstironie ausdrückte, genauso intelligent und redegewandt wie er. Für ihn waren die gewaltsamen Episoden nichts anderes, als die geistige Entsprechung eines guten Boxkampfs, und nachdem er immer irgendwann ungeschoren aus ihnen hervorging, fühlte er sich stets als Sieger.

Er war sich außerdem bewusst, dass er den Dschungel nie mehr verlassen würde. Der Regenwald war, wie er in der letzten Zeile des Buches sagte, seine letzte Adresse, bevor er in den Schleier eintrat. Und sein einziges Bedauern war, dass der Dschungel nur Platz für einen Bewohner bot – dass sein Aufenthalt unter den Affen bedeutete, dass er nicht bei ihr, seiner Tochter, sein konnte.

Die Trennung betrübte ihn sehr und auch, dass er eine Last für sie war.

Er wusste, dass es nicht einfach für sie war. Er war sich ihres Opfers bewusst. Er bedauerte ihre Einsamkeit.

In diesen Seiten stand alles, was sie immer hatte hören

wollen, und als sie die Blätter in der Hand hielt, machte es nichts aus, dass er es ihr schriftlich und nicht mündlich mitteilte. Eigentlich war es sogar besser so, weil sie es auf diese Weise immer wieder lesen konnte.

Ihr Vater wusste so viel mehr, als sie je gedacht hatte. Und er war viel zufriedener, als sie je erraten hätte.

Sie strich mit der Hand über die erste Seite. Die Handschrift, blau, weil ein ordentlich ausgebildeter Anwalt nie mit Schwarz schrieb, war ordentlich und sauber, und so elegant und präzise, wie die Schlüsse, die er zog, und die Einsicht, die er ihr eröffnete.

Gütige Jungfrau ... so lange hatte sie mit ihm zusammengewohnt, doch erst jetzt wusste sie, in welcher Welt er lebte.

Und eigentlich waren doch alle wie er, oder etwa nicht? Jeder lebte in seinem eigenen Dschungel, allein, egal, von wie vielen Leuten man umgeben war.

War geistige Gesundheit nur eine Frage von weniger Affen? Oder vielleicht der gleichen Anzahl, aber von einer netteren Art?

Der gedämpfte Klingelton ihres Handys ließ sie aufblicken. Sie langte in ihre Manteltasche und holte das Telefon heraus. »Hallo?« Sie erkannte am Schweigen, wer es war. »Rehvenge?«

»Du wurdest gefeuert.«

Ehlena stützte die Ellbogen auf den Tisch und bedeckte ihre Stirn mit der Hand. »Mir geht es gut. Ich wollte gerade schlafen gehen. Und du?«

»Es war wegen der Tabletten, die du mir gebracht hast, stimmt's?«

»Das Abendessen war echt super. Hüttenkäse und Karottengemüse ...«

»Hör auf!«, blaffte er.

Sie ließ den Arm sinken und zog die Stirn in Falten. »Ich bitte um Verzeihung?«

»Warum hast du das getan, Ehlena? Warum zur Hölle …«

»Okay, du solltest deinen Tonfall überdenken, sonst ist dieses Gespräch beendet.«

»Ehlena, du brauchst diesen Job.«

»Erzähl mir nicht, was ich brauche.«

Er fluchte. Fluchte noch einmal.

»Weißt du«, murmelte sie, »wenn ich jetzt noch den Soundtrack einlege und sich ein paar Maschinengewehrsalven dazugesellen, hätten wir einen *Stirb langsam*-Film. Wie hast du es überhaupt herausgefunden?«

»Meine Mutter ist gestorben.«

Ehlena stöhnte auf. »Was …? Lieber Himmel, wann? Ich meine, es tut mir so leid …«

»Vor ungefähr einer halben Stunde.«

Sie schüttelte langsam den Kopf. »Rehvenge, mein Beileid.«

»Ich habe die Klinik angerufen um … das Einbalsamieren zu vereinbaren.« Er stieß die Luft mit der Art Erschöpfung aus, die sie ebenfalls empfand. »Jedenfalls … ja. Du hast mir keine SMS geschickt, ob du sicher angekommen bist. Deshalb habe ich nach dir gefragt, und auf diese Weise habe ich davon erfahren.«

»Verflixt, ich hatte es vor, aber …« Na ja, sie war damit beschäftigt gewesen, entlassen zu werden.

»Aber das war nicht der einzige Grund, warum ich dich anrufen wollte.«

»Nein?«

»Ich … wollte nur deine Stimme hören.«

Ehlena atmete tief durch, ihre Augen hefteten sich an die Zeilen in der Handschrift ihres Vaters. Sie dachte an alles, was sie auf diesen Seiten erfahren hatte, Gutes wie Schlechtes.

»Witzig«, sagte sie. »Mir geht es heute Nacht genauso.«

»Wirklich? Also … im Ernst?«

»Ja, absolut … ja.«

37

Wrath war in übler Stimmung, und das erkannte er daran, dass die Geräusche des *Doggen,* der die hölzerne Balustrade oben an der Haupttreppe wachste, in ihm den Wunsch weckte, die ganze verdammte Hütte in Brand zu stecken.

Beth spukte ihm im Kopf herum. Was erklärte, warum er hier hinter seinem Schreibtisch saß und solche Schmerzen in der Brust spürte.

Er verstand ja, warum sie wütend auf ihn war. Er glaubte ja auch, dass er irgendeine Form der Bestrafung verdiente. Er kam nur einfach nicht damit zurecht, dass Beth nicht zu Hause schlief und er seine *Shellan* per SMS fragen musste, ob er sie anrufen konnte.

Der Umstand, dass er seit Tagen nicht geschlafen hatte, trug natürlich auch zu seiner miserablen Verfassung bei.

Und wahrscheinlich sollte er sich auch wieder nähren. Aber ebenso wie beim Sex war auch dieses letzte Mal so lange her, dass er sich kaum daran erinnerte.

Er sah sich im Arbeitszimmer um und wünschte, er könnte den Impuls zu schreien unterdrücken, indem er hinausging und etwas bekämpfte. Seine einzigen Alternativen waren ein Besuch im Trainingszentrum oder ein Besäufnis, und aus Ersterem kam er gerade und auf Letzteres hatte er keine Lust.

Wieder blickte er auf sein Handy. Beth hatte noch nicht zurückgesimst, und seine SMS hatte er vor drei Stunden geschickt. Was in Ordnung war. Sie hatte wahrscheinlich einfach gerade zu tun. Oder sie schlief.

Scheiße, es war überhaupt nicht in Ordnung.

Er stand auf, steckte sein RAZR hinten in die Tasche seiner Lederhose und ging zur Flügeltür. Der *Doggen* im Flur direkt vor dem Arbeitszimmer wienerte manisch das Holz, und der frische Zitrusduft, der dank seiner Bemühungen aufstieg, war überwältigend.

»Mein Herr«, grüßte der *Doggen* und verbeugte sich tief.

»Du machst das großartig.«

»Mit dem größten Vergnügen.« Der Mann strahlte. »Es ist mir eine Freude, Euch und Eurem Haushalt zu dienen.«

Wrath klatschte dem Diener auf die Schulter und joggte dann die Treppe hinunter. Unten steuerte er links durch die Eingangshalle auf die Küche zu, und war froh, dass keiner dort war. Er öffnete den Kühlschrank und holte ohne Begeisterung jede Menge Reste und eine halb gegessene Pute hervor.

Dann wandte er sich den Schränken zu …

»Hi.«

Er riss den Kopf herum. »Beth? Was machst du … ich dachte, du wärst im Refugium.«

»War ich auch. Ich bin gerade zurückgekommen.«

Er runzelte die Stirn. Als Mischling vertrug Beth Sonnenlicht, aber Wrath bekam jedes Mal einen Herzinfarkt, wenn sie tagsüber unterwegs war. Nicht, dass er jetzt darauf eingehen wollte. Sie wusste, wie er dazu stand, und außerdem war sie zu Hause, und allein das zählte.

»Ich mache mir gerade einen Happen zu essen«, erklärte er, obwohl die Pute auf dem Hackbrett für sich sprach. »Möchtest du auch etwas?«

Himmel, er liebte ihren Geruch. Nachtblühende Rosen. Für ihn heimeliger als jede Zitruspolitur, köstlicher als jedes Parfüm.

»Wie wäre es, wenn ich das für uns übernehme?«, schlug sie vor. »Du siehst aus, als würdest du gleich zusammenklappen.«

Ihm lag schon ein *Nein, mir geht es gut* auf der Zunge, doch er bremste sich. Selbst die kleinste Halbwahrheit würde ihre Probleme nur verschlimmern – und die Tatsache, dass er völlig erschöpft war, war offenkundig.

»Das wäre super. Danke.«

»Setz dich«, sagte sie und kam zu ihm.

Er wollte sie umarmen.

Er tat es.

Wraths Arme schossen einfach nach vorne, umschlossen sie und zogen sie an seine Brust. Ihm wurde bewusst, was er getan hatte, und er ließ los, doch Beth blieb bei ihm, dicht an ihn gedrängt. Mit einem Schaudern ließ er den Kopf in ihr duftendes Haar fallen und presste ihren weichen Körper gegen die Konturen seiner harten Muskeln.

»Du hast mir so gefehlt«, murmelte er.

»Du mir auch.«

Als sie sich gegen ihn sinken ließ, verfiel er nicht dem Irrglauben, dass damit wieder alles gut war, aber er würde nehmen, was er bekommen konnte.

Er lehnte sich zurück und schob die Brille auf den Kopf, damit sie seine nutzlosen Augen sehen konnte. Ihr Gesicht war verschwommen und wunderschön, obwohl

ihm der Geruch von frischem Regen, der von Tränen her-
rührte, gar nicht behagte. Er strich ihr mit beiden Daumen über die Wangen.

»Darf ich dich küssen?«, bat er.

Als sie nickte, umschloss er ihr Gesicht mit den Händen
und senkte seinen Mund auf ihren. Der weiche Kontakt
war herzzerreißend vertraut und dennoch etwas aus der
Vergangenheit. Es schien ewig her zu sein, seit sie mehr
als ein Küsschen auf die Wange ausgetauscht hatten –
und diese Entfremdung hatte nicht allein er verschuldet.
Es war alles. Der Krieg. Die Brüder. Die *Glymera*. John
und Tohr. Dieser Haushalt.

Er schüttelte den Kopf: »Das Leben ist uns in die Quere gekommen.«

»Du hast so recht.« Sie streichelte sein Gesicht. »Es ist
auch deiner Gesundheit in die Quere gekommen. Deshalb will ich, dass du dich da drüben hinsetzt und dich
von mir füttern lässt.«

»Eigentlich sollte es andersherum sein. Der Mann füt-
tert seine Frau.«

»Du bist der König.« Sie lächelte. »Du bestimmst die
Regeln. Und deine *Shellan* möchte dich gern bedienen.«

»Ich liebe dich.« Er zog sie wieder fester an sich und
hielt sie einfach im Arm. »Du musst nicht antworten …«

»Ich liebe dich auch.«

Jetzt war er es, der sich gegen sie sinken ließ.

»Zeit, dass du etwas isst«, befand sie, zerrte ihn an den
rustikalen Eichentisch und zog einen Stuhl für ihn heran.

Er setzte sich, hob mit einem Seufzen die Hüften und
zog das Handy aus der Gesäßtasche. Das Ding schlitterte über den Tisch und krachte in den Salz- und Pfef-
ferstreuer.

»Sandwich?«, fragte Beth.

»Das wäre toll.«

»Machen wir dir lieber zwei.«

Wrath setzte seine Brille wieder auf, weil ihm die Deckenbeleuchtung Kopfschmerzen verursachte. Als das nicht reichte, schloss er die Augen, und obwohl er nicht sah, wie Beth in der Küche werkelte, beruhigten ihn die Geräusche wie ein Wiegenlied. Er hörte, wie sie Schubladen aufzog und im Besteckkasten kramte. Dann öffnete sich die Kühlschranktür, und Flaschen klimperten aneinander. Das Brotschneidebrett wurde hervorgezogen, und die Plastikverpackung von dem Roggenbrot, das er so mochte, knisterte. Es knackte, als ein Messer durch Salat schnitt …

»Wrath …«

Der leise Klang seines Namens ließ ihn die Augen öffnen und den Kopf heben. »Was …?«

»Du bist eingeschlafen.« Die Hand seiner *Shellan* strich über sein Haar. »Iss jetzt. Danach bringe ich dich ins Bett.«

Die Sandwiches waren genau, wie er sie liebte: mit reichlich Fleisch versehen, ordentlich Mayo, und zurückhaltend im Bereich Tomate und Salat. Er aß sie beide, und obwohl sie ihn beleben hätten sollen, machte sich die bleierne Erschöpfung nur noch stärker bemerkbar.

»Komm, gehen wir.« Beth nahm seine Hände.

»Nein, warte«, bat er sie und stand auf. »Ich muss dir noch sagen, was mir heute Abend bevorsteht.«

»Okay.« Ihre Stimme war angespannt, als sie sich innerlich wappnete.

»Setz dich. Bitte.«

Mit einem Quietschen wurde der Stuhl unter dem Tisch hervorgezogen, dann setzte sie sich langsam hin. »Ich bin froh, dass du ehrlich zu mir bist«, murmelte sie. »Was immer es ist.«

Wrath streichelte über ihre Finger und versuchte, sie zu beruhigen, obwohl er wusste, dass seine nächsten Worte sie noch mehr verängstigen würden. »Es gibt da jemanden ... oder höchstwahrscheinlich mehr als einen, aber von einem wissen wir es sicher, der mich töten will.« Ihre Hand spannte sich unter seiner an, und er streichelte sie weiter und versuchte sie zu beruhigen. »Ich treffe mich heute Nacht mit dem Rat der *Glymera,* und ich erwarte ... Probleme. Die Brüder werden alle dabei sein, und wir machen keine Dummheiten, aber ich werde nicht lügen und sagen, dass es ein Nullachtfünfzehn-Treffen ist.«

»Dieser ... jemand ... ist offensichtlich ein Ratsmitglied, oder? Ist es die Sache wert, dass du persönlich hingehst?«

»Der Initiator des Ganzen ist kein Problem.«

»Wie das?«

»Rehvenge hat ihn ausschalten lassen.«

Ihre Hände verkrampften sich erneut. »Himmel ...« Sie atmete tief durch. Und noch einmal. »Oh ... lieber Gott.«

»Die Frage, die uns jetzt alle beschäftigt ist: Wer steckt noch mit drin? Allein aus diesem Grund ist es wichtig, dass ich mich auf dem Treffen zeige. Außerdem ist es eine Machtdemonstration, und auch darauf kommt es an. Ich laufe nicht davon. Ebenso wenig die Brüder.«

Wrath machte sich auf ein *Nein, geh nicht* gefasst und fragte sich, was er dann tun würde.

Nur, dass Beth mit ruhiger Stimme sagte: »Ich verstehe. Aber ich habe eine Bitte.«

Seine Brauen schossen über der Sonnenbrille hervor. »Die wäre?«

»Ich will, dass du eine kugelsichere Weste trägst. Ich zweifle zwar nicht an den Brüdern – aber es würde mir ein etwas besseres Gefühl geben.«

Wrath blinzelte. Dann hob er ihre Hände an die Lippen und küsste sie. »Das kann ich tun. Für dich kann ich das.«

Sie nickte und stand auf. »Okay. Okay … gut. Jetzt komm, gehen wir schlafen. Wir sind beide erschöpft.«

Wrath stand auf und zog sie an sich. Zusammen gingen sie hinaus in die Eingangshalle und überquerten das Mosaik eines Apfelbaums, der in Blüte stand.

»Ich liebe dich«, sagte er. »Ich liebe dich so sehr.«

Beth fasste ihn fester um die Hüfte und legte das Gesicht an seine Brust. Der bittere, rauchige Geruch von Angst stieg von ihr auf und trübte ihren natürlichen Rosenduft. Und doch nickte sie und sagte: »Deine Königin läuft auch nicht davon, weißt du.«

»Das weiß ich. Das weiß ich doch.«

In seinem Zimmer im Haus seiner Mutter lehnte sich Rehv zurück, bis er in den Kissen lag. Er schlug den Zobelmantel über die Knie und sagte in sein Handy: »Ich habe eine Idee. Wie wäre es, wenn wir dieses Telefonat noch einmal von vorn beginnen?«

Ehlenas leises Lachen versetzte ihn in eine merkwürdige Hochstimmung. »Okay. Willst du mich noch einmal anrufen, oder …«

»Wo bist du denn jetzt?«

»Oben in der Küche.«

Was den leichten Hall erklärte. »Kannst du in dein Zimmer gehen? Es dir gemütlich machen?«

»Wird das eine lange Unterhaltung?«

»Nun, ich habe meinen Tonfall überdacht, und jetzt hör dir mal den an«, er senkte die Stimme, bis sie verführerisch tief vibrierte, »bitte, Ehlena. Geh zu deinem Bett und nimm mich mit.«

Ihr Atem stockte, dann lachte sie wieder. »Viel besser.«

»Ich weiß – damit du nicht denkst, ich könnte keine Befehle befolgen. Also, wie wäre es, wenn du die Gefälligkeit erwiderst? Geh in dein Zimmer, und mach es dir bequem. Ich will nicht allein sein und habe das Gefühl, dir geht es genauso.«

Anstatt einer Bestätigung hörte er zu seiner Freude, wie ein Stuhl zurückgeschoben wurde. Ihre leisen Schritte waren wundervoll, die knarrenden Stufen hingegen weniger – er fragte sich, wo genau sie mit ihrem Vater wohnte. Er hoffte, dass es ein gemütliches Haus mit alten Dielen war und nicht irgendeine Bruchbude.

Es quietschte leise, als eine Tür geöffnet wurde, dann war es einen Moment lang still, und er hätte gewettet, dass sie nach ihrem Vater sah.

»Schläft er fest?«, erkundigte sich Rehv.

Die Scharniere quietschten erneut. »Wie hast du das erraten?«

»Weil das typisch für dich ist.«

Rehv hörte eine weitere Tür und dann das Klicken eines einschnappenden Schlosses. »Gibst du mir eine Minute?«

Eine Minute? Verdammt, er würde ihr die ganze Welt geben, wenn er könnte. »Lass dir Zeit.«

Es gab ein gedämpftes Geräusch, als sie das Handy auf eine Decke legte. Wieder quietschte eine Tür. Stille. Dann das entfernte Gurgeln einer Toilettenspülung. Schritte. Bettfedern. Ein Rascheln in der Nähe und dann …

»Hallo?«

»Hast du es bequem?«, fragte er und war sich bewusst, dass er grinste wie ein Idiot – Gott, die Vorstellung, dass sie da war, wo er sie haben wollte, war einfach umwerfend.

»Ja. Und du?«

»Das kannst du glauben.« Andererseits, solange er ihre Stimme im Ohr hatte, hätte man ihm die Fingernägel ausreißen können, und er wäre immer noch vergnügt gewesen.

Die Stille, die folgte, war so weich wie der Zobel seines Mantels und genauso warm.

»Willst du über deine Mutter sprechen?«, fragte sie sanft.

»Ja. Obwohl ich nicht weiß, was ich sagen soll, außer dass sie still gegangen ist, umgeben von ihrer Familie, und dass das alles ist, was man sich wünschen kann. Es war ihre Zeit.«

»Aber sie wird dir fehlen.«

»Ja, das wird sie.«

»Kann ich irgendetwas für dich tun?«

»Ja.«

»Sag mir, was.«

»Lass zu, dass ich mich um dich kümmere.«

Sie lachte leise. »Okay, ich glaube, ich muss dir da etwas erklären: In dieser Art von Situation bist du derjenige, um den ich mich kümmern sollte.«

»Aber wir beide wissen, dass du deine Stelle wegen mir verloren …«

»Moment.« Es raschelte erneut, als hätte sie sich gerade aufgesetzt. »Ich habe die Entscheidung getroffen, dir diese Tabletten zu bringen. Ich bin eine erwachsene Frau und in der Lage, meine falschen Entscheidungen selbst zu treffen. Du schuldest mir nichts, weil ich es vermasselt habe.«

»Da stimme ich überhaupt nicht mit dir überein. Aber abgesehen davon, werde ich mit Havers reden, wenn er kommt, um …«

»Nein, wirst du nicht. Lieber Himmel, Rehvenge, deine Mutter ist gerade gestorben. Du brauchst dich nicht zu sorgen, dass …«

»Was ich für sie tun kann, habe ich getan. Lass mich dir helfen. Ich kann mit Havers reden …«

»Das wird nichts bringen. Er vertraut mir nicht mehr, und ich kann es ihm nicht verübeln.«

»Aber jeder macht mal Fehler.«

»Und einige lassen sich nicht wiedergutmachen.«

»Das glaube ich nicht.« Obwohl er als *Symphath* nicht gerade jedermanns Vorbild in Fragen der Moral war. Ganz und gar nicht. »Insbesondere, wenn es um dich geht.«

»Ich bin nicht anders als andere.«

»Schau, bitte bring mich nicht dazu, meinen Tonfall erneut zu überdenken«, warnte er sie sanft. »Du hast etwas für mich getan. Jetzt möchte ich etwas für dich tun. Es ist ein einfacher Tausch.«

»Aber ich finde bestimmt einen neuen Job, und ich sorge schon ziemlich lange für mich selbst. Das ist zufällig eine meiner Kernkompetenzen.«

»Daran zweifle ich nicht.« Er machte eine dramatische Pause und spielte dann seinen besten Trumpf aus: »Aber hier ist das Problem: Du kannst mich nicht mit dieser Last auf dem Gewissen zurücklassen. Es würde mich innerlich zerfressen. Deine Fehlentscheidung war die Folge von meiner.«

Sie lachte leise. »Warum überrascht es mich nicht, dass du meine Schwäche kennst? Und ich bin dir wirklich verbunden, aber wenn Havers für mich die Regeln beugt, wirft das kein gutes Licht auf ihn und die Klinik. Er und Catya, meine Vorgesetzte, haben es bereits dem Rest der Belegschaft erzählt. Er kann jetzt nicht mehr zurück, nur weil du ihn dazu nötigst, und das würde ich auch nicht wollen.«

Schade eigentlich, dachte Rehv. Er hatte vorgehabt, Havers Gedanken zu beeinflussen, aber damit war das Problem mit dem Rest der Klinikbelegschaft natürlich nicht gelöst.

»Okay, dann lass mich dir helfen, bis du wieder Boden unter den Füßen hast.«

»Danke, aber …«

Am liebsten hätte er geflucht. »Ich habe eine Idee. Komm heute Nacht zu mir, und wir streiten dann darüber.«

»Rehv …«

»Prima. Frühabends muss ich mich um meine Mutter kümmern, und um Mitternacht habe ich noch ein Treffen. Wie wäre es mit drei? Wundervoll – wir sehen uns dann.«

Einen Herzschlag lang herrschte Schweigen, dann lachte sie leise auf. »Du bekommst immer, was du willst, oder?«

»Meistens.«

»In Ordnung. Um drei.«

»Ich bin *so* froh, dass ich meinen Tonfall geändert habe, du nicht auch?«

Nun lachten sie beide, und die Anspannung löste sich aus der Verbindung, als wäre sie herausgespült worden.

Als es erneut raschelte, vermutete er, dass sie sich wieder hinlegte und es sich erneut gemütlich machte.

»Also, kann ich dir erzählen, was mein Vater gemacht hat?«, fragte sie plötzlich.

»Du kannst, und dann kannst du mir erklären, warum du so wenig zu Abend gegessen hast. Und danach werden wir über den letzten Film reden, den du gesehen hast, und die Bücher, die du gelesen hast und darüber, was du über den Klimawandel denkst.«

»Wirklich? All das?«

Gott, er liebte ihr Lachen. »Jawohl. Wir sind beim gleichen Netzanbieter, also kostet es uns nichts. Ach ja, und du musst mir sagen, was deine Lieblingsfarbe ist.«

»Rehvenge ... du willst wirklich nicht alleine sein, oder?« Die Worte wurden sacht gesprochen und beinahe abwesend, als hätten sie sich aus ihrem Mund gestohlen.

»Im Moment ... will ich einfach nur bei dir sein. Das ist alles, was ich weiß.«

»Ich wäre auch noch nicht bereit. Würde mein Vater heute Nacht sterben, wäre ich nicht bereit, ihn gehen zu lassen.«

Er schloss die Augen. »Das ist ...« Er musste sich räuspern. »Das ist genau, wie ich fühle. Ich bin noch nicht bereit dafür.«

»Dein Vater ist auch ... gestorben. Deshalb ist es sicher besonders schwer.«

»Nun ja, er ist tot, aber ich vermisse ihn eigentlich gar nicht. Sie war immer meine Bezugsperson. Und jetzt, wo sie nicht mehr da ist, habe ich das Gefühl, als wäre ich gerade heimgefahren und müsste herausfinden, dass jemand das Haus abgebrannt hat. Ich meine, ich habe sie nicht jede Nacht gesehen oder auch nur jede Woche, aber ich hatte jederzeit die Möglichkeit, zu ihr zu gehen, mich zu ihr zu setzen und ihr Chanel No. 5 zu schnuppern. Ihr am Tisch gegenüberzusitzen und ihre Stimme zu hören. Diese Möglichkeit … hat mir Halt gegeben, und ich wusste es nicht mal, bis ich sie verloren habe. Scheiße … ich rede Unsinn.«

»Nein, das tust du überhaupt nicht. Für mich ist es genauso. Meine Mutter ist fort, und mein Vater … er ist hier, aber auch wieder nicht. Deshalb fühle ich mich auch so heimatlos. Verloren.«

Das war der Grund, warum sich Leute verbanden, schoss es Rehv plötzlich durch den Kopf. Scheiß auf den Sex und die gesellschaftliche Stellung. Wer schlau war, baute sich dieses Haus ohne Mauern, mit einem unsichtbaren Dach und Böden, auf denen niemand laufen konnte – und das doch einen Schutz bot, den kein Sturm davonblasen, kein Streichholz anzünden, keine Anzahl von Jahren zerreiben konnte.

In diesem Moment wurde es ihm klar. Ein solcher Bund half einem durch beschissene Nächte wie diese.

Bella hatte diesen Unterschlupf bei Zsadist gefunden. Und vielleicht musste der großer Bruder dem Beispiel seiner Schwester folgen.

»Na ja«, sagte Ehlena verlegen, »Ich kann die Frage bezüglich meiner Lieblingsfarbe beantworten, wenn du möchtest. Damit es nicht zu tiefsinnig wird.«

Rehv riss sich aus seinen Grübeleien heraus. »Und die wäre?«

Ehlena räusperte sich leicht. »Meine Lieblingsfarbe ist ... Amethyst.«

Rehv lächelte, bis seine Wangen schmerzten. »Ich finde, das ist eine sehr gute Farbe für dich. Eine perfekte Farbe.«

38

Auf Chrissys Beerdigung waren fünfzehn Besucher, die sie gekannt hatten, einer, der sie nicht gekannt hatte, und nun blickte sich Xhex nach Nummer siebzehn um, der sich auf dem windumwehten Friedhof vielleicht zwischen den Bäumen und Gräbern versteckte.

»Pine Grove« – der Name des verdammten Friedhofs war Programm. Überall Kiefern mit buschigen Zweigen, die reichlich Deckung für jemanden boten, der nicht gesehen werden wollte. Verflixt.

Den Friedhof hatte sie in den Gelben Seiten gefunden. Die ersten beiden, die sie angerufen hatte, waren belegt gewesen. Der dritte hatte nur noch Plätze in der »Mauer der Ewigkeit«, wie der Typ es nannte, für eingeäscherte Tote. Schließlich hatte Xhex dieses Kiefernding entdeckt und den Flecken Erde erstanden, um den sie jetzt herumstanden. Fünf Riesen hatte der rosa Sarg gekostet. Weitere drei das Grab. Der Priester, Pfarrer, oder wie ihn die Menschen auch immer nannten, hatte angedeutet, dass eine Spende von hundert Dollar angemessen wäre.

Kein Problem. Chrissy war es wert.

Xhex ließ den Blick erneut über die verfluchten Kiefern schweifen, in der Hoffnung, das Arschloch zu finden, das Chrissy umgebracht hatte. Bobby Grady musste einfach kommen. Die meisten Frauenschänder kamen nicht

vom Objekt ihrer Begierde los, nicht mal, wenn die Frau schon tot war. Und obwohl die Polizei hinter ihm her war und er das sicher wusste, würde der Drang, ihre Beisetzung zu sehen, über jede Vorsicht und Vernunft siegen.

Xhex richtete ihre Aufmerksamkeit wieder auf den Geistlichen. Der Mann trug einen schwarzen Mantel, der weiße Kragen schaute am Hals heraus. In seinen Händen, die er über Chrissys hübschen Sarg erhoben hielt, trug er die Bibel, aus der er las, in tiefem, andächtigem Ton. Lesebändchen markierten seine bevorzugten Vorlesestellen zwischen den Goldschnittseiten, und die Enden hingen aus dem Buch und flatterten rot, gelb und weiß in der Kälte. Xhex überlegte, wie wohl seine Liste der Favoriten aussah. Eheschließungen. Taufen – oder wie sich das nannte. Beerdigungen.

Ob er wohl für die Sünder betete, fragte sie sich. Wenn sie sich richtig an diese Christengeschichte erinnerte, musste er das – also hätte er diese ehrfurchtsvolle Stimme und Miene auch dann zur Schau getragen, wenn er gewusst hätte, dass es sich um eine Prostituierte handelte, die hier beerdigt wurde.

Irgendwie fand Xhex das tröstlich, obwohl sie auch nicht wusste, warum.

Aus dem Norden wehte ein eisiger Wind, und Xhex nahm wieder ihre Beobachtung der Umgebung auf. Chrissy würde hier nicht zur Ruhe gebettet, wenn sie erst einmal fertig waren. Wie so viele Rituale diente auch dieses hier allein der Show. Weil die Erde gefroren war, würde die Tote bis zum Frühling warten müssen, aufbewahrt in einem Kühlfach in der Leichenhalle. Aber zumindest wurde schon mal ihr Grabstein – rosa Granit, klar – an ihrem Grab aufgestellt. Xhex hatte

eine schlichte Inschrift gewählt, nur Chrissys Namen und ihre Lebensdaten, aber umrankt von vielen hübschen Schnörkeln.

Es war das erste menschliche Totenritual, an dem Xhex teilnahm, und es war ihr völlig fremd. All dieses Einsperren, erst in der Kiste, dann unter der Erde. Bei der Vorstellung, unter der Erde gefangen zu sein, griff Xhex unwillkürlich an den Kragen ihrer Lederjacke. Hilfe. Nichts für sie. In dieser Hinsicht hielt sie es ganz mit den *Symphathen*.

Ein Scheiterhaufen, sonst nichts.

Der Geistliche beugte sich nun mit einer silbernen Schippe herab, lockerte etwas Erde vor dem Grab und hielt sie über den Sarg: »Asche zu Asche, Staub zu Staub.«

Dann ließ er die Erde auf den Sarg rieseln, und als der frische Wind sie erfasste, seufzte Xhex. Diesen Teil konnte sie nachvollziehen. In der Tradition der *Symphathen* wurden Tote auf Holzgerüste gelegt und von unten angezündet, und wenn der Rauch aufstieg, wurde er verweht, genau wie diese Erde, den Elementen ausgeliefert. Und was blieb? Asche, die man ließ, wo sie war.

Natürlich wurden *Symphathen* verbrannt, weil man sich sonst nie sicher sein konnte, ob sie wirklich tot waren, wenn sie »starben«. Manchmal waren sie es. Manchmal täuschten sie es nur vor. Und es war besser, auf Nummer sicher zu gehen.

Aber die vornehme Lüge war in beiden Traditionen die Gleiche, oder etwa nicht? Davongeweht zu werden, vom Körper befreit, fort und dennoch Teil von etwas.

Der Priester schloss die Bibel und senkte den Kopf, und während alle seinem Beispiel folgten, sah sich Xhex erneut nach diesem Mistkerl von Grady um.

Doch soweit sie sah, war er noch nicht aufgekreuzt.

Scheiße, man sehe sich nur all diese Grabsteine an ... in sanfte, winterlich braune Hügel gebettet. Obwohl die Steine alle unterschiedlich waren – hoch und dünn oder niedrig und gedrungen, weiß, grau, schwarz, rosa, gold – lag doch eine Regelmäßigkeit darin. Die Reihen der Gräber waren angeordnet wie die Häuser einer Wohnanlage, mit baumbestandenen Flächen durchsetzt und von gewundenen Pfaden durchzogen.

Eine Grabstelle zog immer wieder ihre Aufmerksamkeit auf sich. Darauf befand sich die Statue einer Frau in fließenden Gewändern, den Blick in den Himmel gerichtet. Ihr Gesicht und ihre Haltung waren so ernst wie der bedeckte Himmel, zu dem sie aufsah. Der hellgraue Granit, aus dem sie gehauen war, hatte die gleiche Farbe wie die Wolken, die sich über ihr zusammenbrauten, und einen Moment lang ließ sich kaum unterscheiden, wo der Stein aufhörte und der Himmel begann.

Xhex riss sich von der Statue los und sah zu Trez hinüber. Er erwiderte ihren Blick und schüttelte unmerklich den Kopf. Das Gleiche bei iAm. Auch von ihnen hatte keiner Bobby gewittert.

Währenddessen schielte Detective de la Cruz zu Xhex. Sie wusste das nicht, weil sie seinen Blick erwiderte, sondern weil sich sein Gefühlsraster jedes Mal änderte, wenn sein Blick an ihr hängen blieb. Er verstand, was in ihr vorging. Das tat er wirklich. Und ein Teil von ihm akzeptierte ihre Rachelust. Aber das änderte nichts an seiner Entschlossenheit.

Als der Priester zurücktrat und unter den Besuchern Gemurmel einsetzte, bemerkte Xhex, dass die Beisetzung vorbei war. Sie sah zu, wie Marie-Terese als Ers-

te aus der Reihe trat, auf den Geistlichen zuging und ihm die Hand schüttelte. Sie sah umwerfend aus in ihrem Trauerkleid, der schwarze Spitzenschleier auf dem Kopf sah aus wie ein Hochzeitsschleier. Mit den Perlen und dem Kreuz in den Händen wirkte sie fast so keusch wie eine Nonne.

Dem Priester gefiel das Kleid und das ernste, hübsche Gesicht und was immer sie zu ihm sagte, denn er verbeugte sich und hielt ihre Hand. Als sie sich berührten, wandelten sich seine Gefühle in Liebe, in reine, unverfälschte, sittsame Liebe.

Das war das Besondere an dieser Statue, bemerkte Xhex jetzt. Marie-Terese sah genauso aus wie die Frau in dem fließenden Gewand. Verrückt.

»Eine schöne Beerdigung, nicht wahr?«

Xhex drehte sich zu Detective de la Cruz um. »Schien mir ganz okay zu sein – aber ich habe keine Ahnung von so was.«

»Dann sind Sie keine Katholikin.«

»Nein.« Xhex winkte Trez und iAm, als sich die Besucher zerstreuten. Die Jungs hatten zum Essen eingeladen, bevor später alle zur Arbeit gingen, auch das zu Ehren von Chrissy.

»Grady ist nicht aufgetaucht«, bemerkte der Detective.

»Nein.«

De la Cruz lächelte. »Sie reden so, wie Sie sich einrichten.«

»Ich beschränke mich gerne auf das Wesentliche.«

»›Bitte nur die Tatsachen, Ma'am‹? Ich dachte, das sei mein Text.« Sein Blick schweifte zu den Leuten, die sich zu den drei nebeneinanderstehenden Autos aufmachten. Einer nach dem anderen parkten Rehvs Bentley,

491

ein Honda Minivan und Marie-Tereses fünf Jahre alter Toyota Camry aus.

»Wo ist Ihr Chef?«, erkundigte sich de la Cruz. »Ich hatte ihn hier erwartet.«

»Er ist ein Nachtschwärmer.«

»Verstehe.«

»Okay, Detective, ich verschwinde jetzt auch.«

»Wirklich?« Er machte eine ausladende Bewegung. »Womit? Oder laufen Sie gerne bei diesem Wetter?«

»Ich parke woanders.«

»Tatsächlich? Sie spielen nicht mit dem Gedanken, noch ein bisschen hierzubleiben? Sie wissen schon, nur falls noch ein Nachzügler kommt.«

»Nein, warum sollte ich?«

»Tja, warum?«

Es entstand eine lange, lange Pause, in der Xhexs Blicke wieder auf die Statue fielen, die sie an Marie-Terese erinnerte. »Wollen Sie mich in Ihrem Wagen mitnehmen, Detective?«

»Gerne.«

Der zivile Wagen des Detective war zweckmäßig wie seine Kleidung, doch dafür auch so warm wie sein schwerer Mantel. Und wie unter den Kleidern des Mannes steckte unter der Haube ein kraftvoller Motor: Er klang wie eine Corvette, als er ihn anließ.

De la Cruz sah sie fragend an: »Wo kann ich Sie hinfahren?«

»Zum Club, wenn es Ihnen nichts ausmacht.«

»Dort haben Sie Ihr Auto geparkt?«

»Ich bin bei jemandem mitgefahren.«

»Ach so.«

Während de la Cruz das kurvige Sträßchen hinunter-

fuhr, starrte Xhex auf die Grabsteine und dachte einen kurzen Moment an all die Leichen, die ihren Lebensweg pflasterten.

Inklusive John Matthew.

Sie hatte versucht zu verdrängen, was zwischen ihnen geschehen war und wie sie ihn zurückgelassen hatte, diesen großen, muskulösen Kerl in ihrem Bett. In seinem Blick hatte ein Schmerz gelegen, den sie nicht an sich heranlassen durfte. Denn er war ihr nicht egal. Ganz im Gegenteil.

Deshalb musste sie gehen. Sie hatte sich schon einmal auf so etwas eingelassen, mit verheerendem Ergebnis.

»Alles okay bei Ihnen?«, erkundigte sich de la Cruz.

»Es geht mir gut, Detective. Und Ihnen?«

»Gut. Okay. Danke der Nachfrage.«

Das offene Friedhofstor erschien vor ihnen, zwei Flügel mit schmiedeeisernen Ranken, die den Weg säumten.

»Ich werde wieder herkommen«, meinte de la Cruz und bremste ab, um auf die Straße zu biegen. »Ich bin mir sicher, dass Grady früher oder später hier vorbeischaut.«

»Nun, mich werden Sie hier nicht sehen.«

»Nein?«

»Nein. Verlassen Sie sich drauf.« Dafür konnte sich Xhex einfach viel zu gut verstecken.

Als Ehlenas Handy piepste, musste sie es vom Ohr nehmen. »Was zum … Ach so. Akku fast leer. Moment.« Sie griff nach dem Ladekabel.

Rehvenge lachte sein tiefes Lachen, und Ehlena hielt in ihrer Bewegung inne, um es bis zum letzten Nachhallen auszukosten.

»Okay. Hab's eingesteckt.« Sie lehnte sich zurück in die Kissen. »Also, wo waren wir stehen geblieben – ach ja. Also, ich bin neugierig, was für Geschäfte betreibst du?«

»Erfolgreiche.«

»Was die Garderobe erklärt.«

Er lachte erneut. »Nein, die erklärt sich durch meinen Geschmack.«

»Dann dient dir der Erfolg dazu, sie zu bezahlen.«

»Ich komme aus einer wohlhabenden Familie. Belassen wir es dabei.«

Sie konzentrierte sich auf ihre Bettdecke, um nicht an das niedrige Rattenloch erinnert zu werden, in dem sie hauste. Oder besser noch … Ehlena schaltete die Lampe auf den Milchkisten aus, die sie behelfsmäßig neben ihrem Bett aufgestellt hatte.

»Was war das?«, wollte er wissen.

»Das Licht. Ich, äh, habe es ausgeschaltet.«

»Oh je, ich halte dich viel zu lange wach.«

»Nein, ich … wollte es einfach nur dunkel haben, das ist alles.«

Rehvs Stimme wurde so tief, dass sie fast nicht mehr zu hören war. »Warum?«

Klar, als ob sie ihm verklickern würde, dass sie ihr schäbiges Zimmer nicht sehen wollte. »Ich … wollte es mir noch gemütlicher machen.«

»Ehlena.« Verlangen erfüllte seine Stimme und wandelte ihr Geplänkel in etwas … Hocherotisches. Und sofort lag sie wieder auf dem Bett in seinem Penthouse, nackt, und spürte seine Lippen auf ihrer Haut.

»Ehlena …«

»Was?«, fragte sie heiser.

»Trägst du noch immer deine Uniform? Die, die ich dir ausgezogen habe?«

Ihr gehauchtes »Ja« war so viel mehr als nur die Antwort auf seine Frage. Sie wusste, was er wollte, und sie wollte es auch.

»Die Knöpfe vorne«, murmelte er. »Machst du einen für mich auf?«

»Ja.«

Als sie den ersten öffnete, sagte er. »Und noch einen?«

»Ja.«

Sie fuhren fort, bis ihre Uniform vorne ganz geöffnet war und Ehlena wirklich froh war, dass kein Licht brannte – nicht, weil es ihr peinlich gewesen wäre, sondern weil es ihr das Gefühl gab, Rehv tatsächlich bei sich zu haben.

Rehvenge stöhnte, und sie hörte, wie er sich die Lippen befeuchtete. »Wenn ich da wäre, weißt du, was ich dann tun würde? Ich würde mit den Fingerspitzen zu deinen Brüsten fahren. Ich würde einen Nippel ertasten und Kreise darum ziehen, um ihn vorzubereiten.«

Sie tat wie beschrieben und stöhnte unter der eigenen Berührung. Dann fiel es ihr auf ... »Vorzubereiten für was?«

Er lachte lang und tief. »Du willst, dass ich es sage, oder?«

»Das will ich.«

»Vorzubereiten für meinen Mund, Ehlena. Erinnerst du dich, wie sich das angefühlt hat? Denn ich weiß noch genau, wie du geschmeckt hast. Lass deinen BH an, und zwick dich. Tu's für mich ... als würde ich durch diese hübsche weiße Spitze saugen.«

Ehlena legte Daumen und Zeigefinger an den Nippel

und drückte die Finger zusammen. Es war nicht so schön wie sein warmes, feuchtes Saugen, aber es war gut genug, insbesondere, weil er sie dazu aufgefordert hatte. Sie tat es noch einmal, bäumte sich auf und stöhnte seinen Namen.

»Oh, Himmel … *Ehlena.*«

»Jetzt … was …«, keuchte sie, und zwischen ihren Beinen pulsierte es. Sie konnte seinen nächsten Befehl kaum abwarten.

»Ich möchte bei dir sein«, knurrte er.

»Das bist du.«

»Noch einmal. Zwick dich für mich.« Als sie erbebte und seinen Namen rief, kam die nächste Order. »Zieh deinen Rock hoch. Bis zur Taille. Leg das Handy weg, und mach schnell. Ich bin ungeduldig.«

Sie ließ das Handy auf das Bett fallen und zog sich den Rock über Schenkel und Hüften. Dann ertastete sie hektisch ihr Handy und drückte es sich ans Ohr.

»Hallo?«

»Gott, das klang gut … ich habe gehört, wie der Stoff über deine Haut gestreift ist. Ich möchte, dass du mit deinen Schenkeln anfängst. Hand aufs Bein. Lass die Strumpfhose an und streichle aufwärts.«

Die Strumpfhose leitete ihre Hand und intensivierte das Gefühl, so wie seine Stimme.

»Erinnere dich daran, wie ich das getan habe«, mahnte er mit tiefer Stimme. »*Erinnere dich.*«

»Ja, oh, ja …«

Sie war so außer Atem vor Erwartung, dass sie fast verpasste, wie er knurrte: »Ich wünschte, ich könnte dich riechen.«

»Weiter rauf?«, fragte sie.

»Nein.« Als sie protestierte, lachte er wie ein Liebhaber, leise und tief, zufrieden und verheißungsvoll. »Streiche außen an deinem Schenkel bis zur Hüfte, dann zum Rücken und wieder zurück.«

Sie tat wie geheißen, und er leitete sie durch die Liebkosungen: »Es war wundervoll mit dir. Ich kann nicht erwarten, das zu wiederholen. Weißt du, was ich tue?«

»Was?«

»Ich lecke mir die Lippen. Denn ich denke daran, wie ich Küsse auf deine Schenkel hauche und dann mit der Zunge an den Punkt stoße, nach dem ich mich verzehre.« Sie stöhnte seinen Namen und wurde belohnt. »Berühre dich dort, Ehlena. Ganz oben. Streichle dich dort, wo ich jetzt sein möchte.«

Als sie das tat, spürte sie die gesammelte Hitze, die sie durch das dünne Nylon erzeugt hatte, und ihr Geschlecht reagierte, indem es noch stärker anschwoll.

»Zieh sie aus«, befahl er. »Die Strumpfhose. Zieh sie aus, aber leg sie nicht weg.«

Ehlena legte das Handy erneut zur Seite und kümmerte sich nicht darum, ob sie sich Laufmaschen riss, als sie die Strumpfhose abstreifte. Dann griff sie nach dem Handy und verlangte schon nach mehr, bevor sie es noch ganz am Ohr hatte.

»Steck die Hand unter den Slip. Und sag mir, was du spürst.«

Es gab eine Pause. »Oh, Gott ... ich bin so feucht.«

Als Rehvenge diesmal stöhnte, fragte sie sich, ob er wohl steif war. Sie hatte gesehen, dass er hart werden konnte, doch Impotenz bedeutete nicht, dass man keinen hochbekam. Es hieß nur, dass man aus irgendwelchen Gründen nicht zum Höhepunkt kam.

Himmel, sie wünschte, sie könnte sich mit ein paar Befehlen bei ihm revanchieren, aber sie wusste nicht, wie weit sie gehen konnte.

»Streichle dich. Du weißt, dass ich es in Wirklichkeit bin«, knurrte er. »Es ist meine Hand.«

Sie tat es. Heftig kam sie zum Höhepunkt, bäumte sich auf dem Bett auf und stieß, so leise es ihr möglich war, seinen Namen aus.

»*Weg mit dem Slip.*«

Kein Problem, dachte sie, riss ihn hinunter und warf ihn in die Dunkelheit.

Sie legte sich wieder auf die Kissen und freute sich schon, es erneut zu tun, als er sagte: »Kannst du das Handy mit der Schulter ans Ohr halten?«

»Ja.« Verdammt. Wenn er sie in eine Vampirbrezel verwandeln wollte – sie war dabei.

»Nimm die Strumpfhose mit beiden Händen, zieh sie straff, und führe sie zwischen den Beinen durch.«

Sie lachte rau, dann sagte sie liebenswürdig: »Du willst, dass ich mich an ihr reibe, stimmt's?«

Sein Atem schoss in ihr Ohr. »Verdammt, ja.«

»Schmutziger Kerl.«

»Möchtest du mich sauber lecken?«

»Ja.«

»Ich liebe dieses Wort von deinen Lippen.« Als sie lachte, sagte er: »Also, worauf wartest du, Ehlena? Nimm diese Strumpfhose und fang an.«

Sie klemmte sich das Handy ans Ohr und nahm ihre weiße Strumpfhose. Sie fühlte sich selbst herrlich schmutzig und genoss das Gefühl. Auf die Seite gerollt, führte sie den Nylonstrang zwischen ihren Beinen hindurch.

»Hübsch fest anziehen«, forderte er atemlos.

Sie stöhnte auf, als sie der Stoff berührte, der harte, glatte Strang glitt genau an der richtigen Stelle in ihre Ritze.

»Jetzt reibe dich daran«, sagte Rehvenge zufrieden. »Lass mich hören, wie gut es sich anfühlt.«

Sie folgte seiner Anweisung. Die Strumpfhose sog sich voll und wurde warm wie ihr Innerstes. Sie machte weiter und ließ sich von ihren Empfindungen und seinem Wortfluss davontragen, bis sie wieder und wieder kam: in der Dunkelheit, die Augen geschlossen und seine Stimme im Ohr, war es fast so gut, wie mit ihm zusammen zu sein.

Als sie nicht mehr konnte und erschöpft auf dem Bett lag, auf sehr angenehme Weise atemlos, kuschelte sie sich um das Handy.

»Du bist so schön«, seufzte er leise.

»Nur, weil du mich dazu machst.«

»Was für ein Irrtum.« Seine Stimme wurde tiefer. »Kannst du heute Abend früher kommen? Ich kann nicht warten bis um drei.«

»Ja.«

»Gut.«

»Wann?«

»Ich bin bis zehn bei meiner Mutter und meiner Familie. Danach?«

»Ja.«

»Ich muss zu einem Meeting, aber wir hätten über eine Stunde für uns.«

»Perfekt.«

Es entstand eine Pause. Ehlena hatte das mulmige Gefühl, sie hätte von beiden mit *Ich liebe dich* gefüllt werden können, hätten sie sich getraut.

»Schlaf gut«, flüsterte er.

»Du auch, wenn du kannst. Und hör zu, wenn du nicht schlafen kannst, ruf an. Ich bin hier.«

»Das werde ich. Versprochen.«

Wieder entstand ein Schweigen, als warte jeder darauf, dass der andere auflegte.

Ehlena lachte, obwohl sie die Vorstellung aufzulegen in leichte Panik versetzte. »Okay, bei drei. Eins, zwei …«

»Warte.«

»Was?«

Er antwortete ewig nicht. »Ich will nicht auflegen.«

Sie schloss die Augen. »Ich auch nicht.«

Rehvenge atmete aus, tief und langsam. »Danke. Dass du so lange drangeblieben bist.«

Das Wort, das ihr auf der Zunge lag, ergab eigentlich keinen Sinn, und sie wusste auch nicht, warum sie es aussprach, aber sie sagte:

»Immer.«

»Wenn du willst, kannst du die Augen schließen und dir vorstellen, ich läge neben dir. Und hielte dich im Arm.«

»Genau das werde ich tun.«

»Gut. Schlaf schön.« Schließlich legte er zuerst auf.

Als Ehlena das Handy vom Ohr nahm und auf die rote Taste drückte, leuchtete das Tastenfeld blau auf. Das Ding war warm, weil sie es so lange in der Hand gehalten hatte, und sie strich mit dem Daumen über das flache Display.

Immer. Sie wollte immer für ihn da sein.

Das Tastenfeld erlosch mit einer schrecklichen Endgültigkeit. Aber Ehlena konnte ihn schließlich jederzeit anrufen. Sie würde sich zwar lächerlich machen und total

abhängig von ihm erscheinen, aber er war auch noch da, wenn er gerade nicht mit ihr telefonierte.

Die Möglichkeit, ihn zu sprechen, bestand.

Gott, seine Mutter war heute gestorben. Und aus all den Leuten, mit denen er die Stunden hätte verbringen können, hatte er sie ausgewählt.

Sie zog sich die Decke über die Beine, rollte sich um das Handy zusammen, zog es an sich und schlief ein.

39

In der heruntergekommenen Ranch, die er als seinen Drogenumschlagplatz ausgewählt hatte, legte Lash eine Pause ein und setzte sich in seinem Kunstledersessel auf. In diesem Sessel hätte er in seinem früheren Leben nicht einmal seinen Rottweiler scheißen lassen, denn es war ein billiges, fett gepolstertes Monstrum – aber leider unverschämt gemütlich.

Nicht gerade der Thron, auf den er es abgesehen hatte, aber ein prima Ort, um seinen Hintern zu parken.

Hinter seinem aufgeklappten Laptop erstreckte sich das Reich eines Einkommensschwachen: Sofas mit abgewetzten Armlehnen, ein ausgeblichenes Jesusbild schräg an der Wand, kleine, rundliche Flecken auf dem blassen Teppich – vermutlich Katzenpisse.

Mr. D schlief mit dem Rücken an die Haustür gelehnt, die Pistole in der Hand, den Cowboyhut in die Stirn gezogen. Zwei weitere *Lesser* lagen in den Durchgängen zu den anderen Zimmern an die Rahmen gelehnt, die Beine von sich gestreckt.

Grady fläzte sich seitlich auf der Couch, neben ihm ein leerer Domino-Pizza-Karton mit einem Speichenmuster aus Fett auf der weißen Pappe. Er hatte eine ganze *Mighty Meaty* allein verdrückt und las jetzt das *Caldwell Courier Journal* von gestern.

Die entspannte Haltung dieses Verlierers erweckte in Lash den Drang, ihn bei lebendigem Leib zu sezieren. Was sollte der Mist? Er war der Sohn von Omega. Sollten sich seine Entführungsopfer nicht ein bisschen mehr vor ihm fürchten?

Lash blickte auf die Uhr. Eine halbe Stunde Schlaf würde er seinen Männern noch gönnen. Heute standen zwei weitere Treffen mit Drogenhändlern an, und nachts sollten seine Männer das erste Mal Ware auf der Straße an den Mann bringen.

Weswegen die Sache mit dem König der *Symphathen* bis morgen warten musste – Lash würde den Auftrag annehmen, aber die finanziellen Interessen der Gesellschaft gingen vor.

Er sah an einem seiner schlummernden *Lesser* vorbei in die Küche, wo sie einen langen Klapptisch aufgestellt hatten. Über die Kunststoffplatte verstreut lagen winzige Plastiktütchen, wie man sie beim Kauf von billigen Ohrsteckern in Einkaufspassagen bekam. Ein paar enthielten weißes Pulver, einige kleine braune Steinchen, andere wiederum Pillen. Streckmittel wie Backpulver und Puder bildeten weiche Pyramiden, und die Plastikfolie, in der die Drogen eingepackt waren, lag auf dem Boden.

Ein guter Fang. Grady schätzte, dass er um die 250 000 Dollar einbrachte und sich mit vier Männern in zwei Tagen auf der Straße verchecken ließ.

Die Rechnung gefiel Lash, und er hatte die letzten Stunden damit verbracht, sich ein Geschäftsmodell zu überlegen. Der Zugriff auf Warennachschub würde bald ein Problem darstellen: Er konnte nicht ewig Dealer umlegen und ausnehmen, weil es gar nicht so viele von ihnen gab. Er musste sich entscheiden, an welcher Stelle er

sich in die Handelskette einklinken sollte: Da waren die ausländischen Importeure wie die Kolumbianer, Japaner oder Europäer. Dann gab es Großhändler wie Rehvenge und Zwischenhändler, wie die Typen, bei denen sich Lash derzeit bediente. Da es sicher schwierig würde, an die Großhändler ranzukommen, und es dauern würde, Beziehungen mit den Importeuren aufzubauen, war der logische Schluss, selbst in die Produktion einzusteigen.

Die geografische Lage schränkte seine Möglichkeiten ein, das Klima in Caldwell eignete sich nicht für den Anbau von Mohn, aber für Drogen wie XTC und Crystal brauchte man kein gutes Wetter. Und ob man es glaubte oder nicht, die Anleitung zum Aufbau und Betrieb von Drogenlaboratorien konnte man sich aus dem Internet holen. Natürlich war die Beschaffung der Zutaten nicht ganz einfach. Es gab Regulierungen und Überwachungsmechanismen, um den Verkauf der diversen chemischen Inhaltsstoffe zu kontrollieren. Aber Menschen waren so leicht zu manipulieren. Mit einer kleinen Gedächtniswäsche ließen sich viele Probleme regeln.

Lash starrte auf den leuchtenden Bildschirm und entschied, dass Mr. Ds nächste große Aufgabe die Errichtung einiger solcher Produktionsstätten sein würde. Die Gesellschaft der *Lesser* besaß genügend Grundstücke. Zur Hölle, einer dieser Bauernhöfe wäre doch perfekt. Nur um mehr Mitarbeiter musste man sich kümmern, aber neue Rekruten brauchte er ohnehin.

Während Mr. D die Fabriken errichten ließ, könnte Lash den Weg auf dem Markt freiräumen. Rehvenge musste weg. Selbst wenn die Gesellschaft nur mit Ecstasy und Crystal handelte, je weniger Verkäufer diese Produkte anboten, desto besser, und das bedeutete, dass

man die Großhändler an der Spitze ausschalten musste – obwohl er sich noch nicht darüber im Klaren war, wie er an Rehv herankommen sollte. Im *ZeroSum* hüpften ständig diese zwei Mauren rum, ebenso wie diese Kampflesbe in Leder. Außerdem musste das Überwachungs- und Alarmsystem in dem Laden der feuchte Traum des Sicherheitsteams vom Metropolitan Museum of Art sein.

Und Rehvenge war sicher verdammt gerissen, sonst hätte er sich nicht so lange halten können. Diesen Club gab es jetzt schon seit – wie lang wohl? Fünf Jahren?

Ein lautes Rascheln zog Lashs Blick über den Rand des Laptops. Grady war aus seiner entspannten Haltung hochgeschnellt und umklammerte das *Caldwell Courier Journal* so fest, dass seine Knöchel weiß hervortraten und sich der Highschool-Ring mit dem herausgebrochenen Stein in seinen Finger eingrub.

»Ist was?«, fragte Lash gelangweilt. »Hast du gelesen, dass Pizza die Cholesterinwerte hochtreibt oder so was?«

Nicht, dass dieser Penner lang genug leben würde, damit sich die Sorge um verkalkte Arterien lohnte.

»Nein, nein, nichts. Es ist nichts.«

Grady warf die Zeitung von sich und klappte auf der Couch zusammen. Sein unscheinbares Gesicht hatte jede Farbe verloren, und seine Hand fuhr ans Herz, als würde das Ding in seinem Brustkorb Purzelbäume vollführen, während er sich mit der anderen Hand Haare aus der Stirn strich, die sich eigentlich schon von alleine zurückzogen.

»Was zur Hölle ist mit dir los?«

Grady schüttelte den Kopf, schloss die Augen und bewegte die Lippen wie im Selbstgespräch.

Lash wandte sich wieder seinem Computer zu.

Wenigstens litt dieser Idiot. Das war doch schon etwas.

40

Am nächsten Abend ging Rehv vorsichtig die geschwungene Treppe im sicheren Haus seiner Familie herunter und geleitete Havers zu der mächtigen Eingangstür, durch die der Arzt vor gerade vierzig Minuten gekommen war. Bella und die Schwester, die beide assistiert hatten, folgten ihm. Keiner sagte ein Wort. Nur die ungewohnt lauten Tritte auf dem dicken Teppich waren zu hören.

In Rehvs Nase hing der Geruch des Todes. Der Duft der zeremoniellen Kräuter war tief in seine Nebenhöhlen eingedrungen, als wolle er sich dort vor der Kälte verstecken, und Rehv fragte sich, wie lange er wohl noch bei jedem Atemzug einen Hauch davon abbekam.

Am liebsten hätte er mit einem Sandstrahler da oben vorbeigeschaut.

Er dürstete nach Frischluft, wagte aber nicht, schneller zu gehen. Mit Stock und Geländer kam er so einigermaßen zurecht, aber nach dem Anblick seiner in Leinen eingehüllten Mutter war nicht nur sein Körper taub, sondern auch sein Kopf. Und ein spektakulärer Sturz in die marmorne Eingangshalle war mit das Letzte, was er im Moment gebrauchen konnte.

Rehv nahm die letzte Stufe, wechselte den Stock in die rechte Hand und riss regelrecht die Tür auf. Der kalte Wind, der ihm entgegenblies, war Fluch und Segen

zugleich. Seine Körpertemperatur stürzte ins Bodenlose, aber dafür konnte er einen tiefen eisigen Atemzug nehmen, der etwas von dem scheußlichen Zeug aus seiner Nase vertrieb und mit dem beißenden Versprechen auf kommenden Schnee ersetzte.

Rehv räusperte sich und streckte dem Arzt die Hand hin. »Du hast meine Mutter mit dem größtem Respekt behandelt. Ich danke dir.«

In Havers Augen, die hinter der Hornbrille hervorsahen, spiegelte sich nicht professionelles Mitgefühl, sondern ehrliche Betroffenheit, und er streckte die Hand als Mittrauernder aus. »Sie war etwas ganz Besonderes. Unser Volk hat ein spirituelles Licht verloren.«

Bella trat vor und umarmte den Arzt, und Rehv verbeugte sich vor der Assistenzschwester, wohl wissend, dass sie ihn sicher lieber nicht berühren wollte.

Als die beiden hinausgingen, um sich in die Klinik zurück zu materialisieren, blieb Rehv noch kurz stehen und blickte in die Nacht. Es würde wirklich bald schneien, und zwar nicht so zaghaft wie in der letzten Nacht.

Ob seine Mutter die ersten Flocken des Winters am Vorabend gesehen hatte, fragte er sich. Oder hatte sie ihre letzte Gelegenheit verpasst, zarte Kristallwunder vom Himmel schweben zu sehen?

Gott, für niemand gab es eine unzählige Anzahl von Nächten. Nicht unendlich viele Schneegestöber, die man bestaunen konnte.

Seine Mutter hatte Schnee geliebt. Immer, wenn es schneite, war sie ins Wohnzimmer gegangen, hatte die Außenbeleuchtung ein- und die Innenbeleuchtung ausgeschaltet, sich dort hingesetzt und in die Nacht geblickt. Sie blieb immer dort sitzen, bis es aufhörte. Stundenlang.

Was hatte sie gesehen, fragte er sich jetzt. Was hatte sie in den fallenden Flocken gesehen? Er hatte sie nie gefragt.

Himmel, warum mussten alle Dinge ein Ende haben?

Rehv schloss den Winter aus und lehnte sich an die schwere hölzerne Tür. Vor ihm stand seine Schwester mit leeren Augen unter dem Deckenlüster und hielt ihre Tochter in den Armen.

Sie hatte Nalla seit dem Tod ihrer Mutter nicht abgelegt, aber das störte die Kleine nicht im Geringsten. Sie schlief in Bellas Armen, die Stirn in angestrengte Falten gelegt, als wüchse sie so schnell, dass sie nicht einmal im Schlaf eine Pause machen konnte.

»So habe ich dich früher auch immer gehalten«, sagte Rehv. »Und du hast genauso geschlafen. So tief.«

»Hab ich das?« Bella lächelte und streichelte Nallas Rücken.

Heute trug die Kleine einen schwarzen Strampelanzug mit dem AC/DC Live-Tour-Logo, und Rehv musste lächeln. Es überraschte ihn nicht, dass seine Schwester das ganze pappsüße Zeug mit Bärchen und Entchen weggeschmissen und gegen eine anständige Neugeborenen-Garderobe eingetauscht hatte. Die Jungfrau segne sie. Sollte er jemals Kinder haben …

Rehv runzelte die Stirn und stoppte diesen Gedanken.

»Was ist?«, wollte seine Schwester wissen.

»Nichts.« Ja, nur dass er zum ersten Mal in seinem Leben an eigene Kinder gedacht hatte.

Vielleicht lag es am Tod seiner Mutter.

Vielleicht lag es an Ehlena, wandte ein anderer Teil von ihm ein.

»Möchtest du etwas essen?«, fragte er. »Bevor du mit Z zurückfährst?«

Bella blickte zur Treppe. Oben hörte man leise eine Dusche rauschen. »Ja, gerne.«

Rehv legte ihr eine Hand auf die Schulter, und zusammen gingen sie durch einen Gang mit gerahmten Landschaftsbildern in ein Esszimmer, das in der Farbe von Merlot gestrichen war. Die Küche dahinter war schlicht im Kontrast zum Rest des Hauses, fast schon zweckmäßig, aber sie hatte einen hübschen Tisch, an dem man sitzen konnte, und Rehv manövrierte seine Schwester und ihre Tochter auf einen der Stühle mit hoher Rückenlehne und Armstützen.

»Was schwebt dir vor?«, fragte er und ging zum Kühlschrank.

»Gibt es hier so etwas wie Cornflakes?«

Rehv ging zum Schrank, in dem Cracker und Konserven aufbewahrt wurden, in der Hoffnung, dass … *Frosties, fantastisch.* Eine große Packung *Frosties* stand Schulter an Schulter mit einer Packung *Keebler Club Cracker* und *Pepperidge Farm Croutons.* Er holte die Packung heraus und drehte sie so, dass sie Tiger Tony sah.

Mit dem Finger fuhr er den Umriss der Figur nach und sagte leise: »Magst du die immer noch so gerne?«

»Oh ja, absolut, das sind meine Liebsten.«

»Gut. Das ist schön.«

Bella lachte leicht. »Warum?«

»Erinnerst du dich denn … nicht?« Er hielt inne. »Aber warum solltest du.«

»An was?«

»Es ist schon lange her. Ich habe dir beim Essen zugesehen und … es war einfach nur nett, das ist alles. Wie sie dir so gut geschmeckt haben. Es war schön, wie dir die Flakes geschmeckt haben.«

Er holte Schale, Löffel und fettarme Milch und deckte seiner Schwester den Tisch.

Während sie das Kind in ihren Armen verlagerte, um die rechte Hand für den Löffel frei zu bekommen, öffnete er den Karton und schüttete ihr ein.

»Du sagst Stopp«, meinte er.

Das Rascheln der Flocken in der Schale war ein Klang aus dem normalen Leben. Wie die Schritte auf der Treppe vorher wirkte es viel zu laut. Es war, als wäre durch das schweigende Herz ihrer Mutter der Lautstärkeregler der Welt aufgedreht geworden, bis Rehv das Gefühl hatte, Ohrstöpsel zu brauchen.

»Stopp«, meinte Bella.

Rehv tauschte den *Frosties*- gegen den Milchkarton und goss einen weißen Strahl in die Schale. »Noch einmal, aber diesmal mit Gefühl.«

»Stopp.«

Rehv klappte die Lasche an der Milch zu und setzte sich. Er verbiss sich die Frage, ob er Nalla halten sollte. So umständlich das Essen war, Bella würde ihre Tochter erst einmal nicht loslassen, und das war in Ordnung. Mehr als in Ordnung. Zu sehen, wie sich seine Schwester mit der nächsten Generation tröstete, war auch ein Trost für ihn.

»Mmm«, murmelte Bella bei ihrem ersten Löffel.

Als sich Schweigen zwischen ihnen ausbreitete, erlaubte sich Rehv, an eine andere Küche zu denken, in einer anderen Zeit, als seine Schwester noch viel jünger war und er noch nicht so verkommen. Er dachte an diese eine spezielle Schale *Frosties*, an die sie sich nicht erinnerte. Die, nach der sie Hunger auf mehr gehabt hatte, jedoch gegen alles ankämpfen musste, was ihr mieser Vater ihr

eingebläut hatte – das Frauen sich niemals eine zweite Portion von irgendetwas nachnahmen, weil sie schlank zu sein hatten. Rehv hatte innerlich gejubelt, als sie die Küche in ihrem alten Haus durchquert hatte, um den *Frosties*-Karton an ihren Platz zu holen – als sie sich eine zweite Portion einschüttete, hatte er eine Blutsträne geweint und musste sich entschuldigen und ins Bad gehen.

Zwei Gründe hatte er gehabt, ihren Vater zu ermorden: seine Mutter und Bella.

Der erste Lohn war Bellas zaghaft genutzte Freiheit gewesen, sich nachzunehmen, wenn sie hungrig war. Der andere war, dass seine Mutter keine blauen Flecken mehr im Gesicht trug.

Er fragte sich, was Bella wohl denken würde, wenn sie von seiner Tat erführe. Würde sie ihn hassen? Vielleicht. Er war sich nicht sicher, ob sie sich an die Misshandlungen erinnerte, insbesondere an die, die ihrer *Mahmen* zuteilgeworden waren.

»Ist bei dir alles in Ordnung?«, fragte sie plötzlich.

Er strich sich über den Irokesenschnitt. »Ja.«

»Du bist manchmal schwer zu durchschauen.« Sie lächelte leicht, wie um ihm zu versichern, dass ihre Worte nicht böse gemeint waren. »Ich weiß nie, ob es dir gut geht.«

»Mir geht es gut.«

Sie sah sich in der Küche um. »Was wirst du mit diesem Haus tun?«

»Ich behalte es noch mindestens sechs Monate. Ich habe es vor eineinhalb Jahren einem Menschen abgekauft und muss es noch eine Weile behalten, sonst brummen sie mir Spekulationssteuer auf.«

»Du hattest immer ein Händchen für das Finanzielle.«

Bella beugte sich vor und schob sich einen weiteren Löffel in den Mund. »Darf ich dich etwas fragen?«

»Was du willst.«

»Gibt es für dich eigentlich jemanden?«

»Wie, jemanden?«

»Du weißt schon ... eine Frau. Oder einen Mann.«

»Du glaubst, ich bin schwul?« Als er lachte, wurde sie feuerrot, und er hätte sie am liebsten umarmt.

»Das wäre doch auch okay, Rehvenge.« Ihr Nicken fühlte sich an wie ein vertrautes Streicheln. »Ich meine, du hast nie irgendwelche Freundinnen mitgebracht, nie. Und ich will nicht folgern ... dass du ... äh ... Na ja, ich habe tagsüber mal nach dir geschaut und bin zu deinem Zimmer gegangen. Und dabei habe ich gehört, wie du mit jemanden geredet hast. Nicht, dass ich gelauscht hätte – das habe ich nicht ... Ach, Mist.«

»Ist schon okay.« Er grinste sie an, und dann fiel ihm auf, dass es keine einfache Antwort auf ihre Frage gab. Zumindest nicht auf den Teil, ob es für ihn jemanden gab.

Ehlena war ... Ja, was war sie eigentlich?

Er runzelte die Stirn. Die Antwort, die ihm durch den Kopf schoss, ging ihm unter die Haut. Tief. Aber nachdem sein ganzes Leben auf einem Lügengerüst aufgebaut war, war er sich nicht sicher, ob tiefes Graben so clever war: Das Gestein seines Bergwerks war vermutlich zu löchrig, um tiefe Schächte hineinzubohren.

Bella ließ den Löffel sinken. »Mein Gott ... es gibt jemanden, nicht wahr?«

Er zwang sich zu einer Antwort, die es einfacher und nicht noch komplizierter machte. Obwohl das war, als würde man ein Stückchen Abfall von einem Müllberg wegtragen.

»Nein. Nein, es gibt niemanden.« Er blickte auf ihre Schale. »Mehr?«

Sie lächelte. »Gern.« Er füllte das Schälchen auf, und sie meinte: »Weißt du, die zweite Schale ist immer die beste.«

»Ganz meine Meinung.«

Bella drückte die Flocken mit der Rückseite ihres Löffels in die Milch. »Ich liebe dich, Bruderherz.«

»Und ich dich, geliebte Schwester. Immer.«

»Ich glaube, *Mahmen* ist im Schleier und beobachtet uns. Ich weiß nicht, ob du an solche Dinge glaubst, aber sie glaubte daran, und ich tue es seit Nallas Geburt ebenfalls.«

Rehv war bewusst, dass sie Bella auf dem Entbindungstisch beinahe verloren hätten, und er fragte sich, was sie in diesen Momenten gesehen hatte, als ihre Seele zwischen dem Hier und dem Schleier hing. Er hatte nie groß darüber nachgedacht, wo man nach dem Tod hinkam, aber vermutlich hatte sie recht. Wenn irgendjemand seine Nachkommen vom Schleier aus beobachten konnte, dann ihre wundervolle, fromme Mutter.

Das gab ihm Trost und festigte seinen Entschluss.

Seine Mutter würde sich da oben niemals Sorgen über ihr Problem machen müssen. Nicht wegen ihm.

»Oh, schau, es schneit«, rief Bella.

Er blickte aus dem Fenster. Im Licht der Gaslampen entlang der Einfahrt schwebten kleine weiße Punkte herab.

»Das hätte ihr gefallen«, murmelte er.

»*Mahmen?*«

»Weißt du noch, wie sie immer im Sessel saß und das Fallen der Flocken beobachtete?«

»Sie beobachtete nicht das Fallen.«

Verwundert blickte Rehv über den Tisch. »Aber sicher tat sie das. Stundenlang hat sie …«

Bella schüttelte den Kopf. »Ihr gefiel der Anblick, nachdem sie gefallen waren.«

»Woher weißt du das?«

»Ich habe sie einmal gefragt. Du weißt schon, warum sie so lange dasaß und aus dem Fenster blickte.« Bella legte Nalla anders in ihren Arm und streichelte über die ersten sprießenden Haare der Kleinen. »Sie sagte, wenn der Schnee Boden, Äste und Häuserdächer bedecke, erinnere sie das an die Andere Seite, an ihr Leben mit den Auserwählten, als alles noch in Ordnung war. Sie sagte … wenn der Schnee gefallen war, würde sie zurückversetzt in ihre Zeit vor dem Fall. Ich habe nie verstanden, was sie damit meinte, und sie hat es mir nie erklärt.«

Rehv blickte wieder aus dem Fenster. So langsam, wie die Flocken fielen, würde es eine Weile dauern, bis die Landschaft weiß war.

Kein Wunder, dass seine Mutter stundenlang zugesehen hatte.

Wrath erwachte in der Dunkelheit, aber es war eine herrlich vertraute, wohlige Dunkelheit. Sein Kopf ruhte auf seinem eigenen Kissen, der Rücken auf der eigenen Matratze, die Decke war bis zum Kinn hochgezogen, und der Duft seiner *Shellan* umgab ihn.

Er hatte lange und selig geschlafen, das merkte er daran, wie sehr ihm nach Strecken zumute war. Und die Kopfschmerzen waren fort. Wie weggeblasen … Gott, er hatte so lange mit dem Schmerz gelebt, dass er erst jetzt, wo er fort war, merkte, wie schlimm er geworden war.

Er streckte sich ausgiebig und spannte die Muskeln in Armen und Beinen an, bis seine Schultern knackten und sich die Wirbel einrenkten, und er sich rundherum blendend fühlte.

Er rollte sich herum, ertastete Beth, schlang von hinten einen Arm um ihre Hüfte und schmiegte sich sanft an sie, sodass sein Gesicht im weichen Haar an ihrem Nacken vergraben war. Sie schlief immer auf der rechten Seite, und Wrath war ein absoluter Fan der Löffelstellung – er liebte es, seine zierlichere *Shellan* mit seinem viel größeren Leib zu umfangen, weil es ihm das Gefühl gab, stark genug zu sein, um sie zu beschützen.

Mit den Hüften blieb er allerdings auf Abstand. Sein Schwanz war steif und einsatzwillig, aber Wrath war dankbar, einfach bei ihr liegen zu können – und wollte den Moment nicht verderben, indem er sie bedrängte.

»Mmm«, machte sie und streichelte seinen Arm. »Du bist wach.«

»Das bin ich.« Und wie.

Es raschelte, als sie sich in seinem Arm herumdrehte. »Hast du gut geschlafen?«

»Oh, ja.«

Als es sanft an seinem Haar ziepte, wusste er, dass sie mit den gelockten Enden spielte und war froh, dass er es so lang hatte wachsen lassen. Obwohl er es zum Kämpfen zurückbinden musste und der Scheiß ewig brauchte, um zu trocknen – so lang, dass er tatsächlich einen Fön benutzen musste, was einfach zu weibisch war –, aber Beth *liebte* diese Mähne. Er erinnerte sich an die vielen Male, wo sie seine Haarsträhnen über ihre nackten Brüste ausgebreitet hatte ...

Okay, Zeit für etwas Abkühlung. Mehr Gedanken in

diese Richtung, und er musste sie besteigen oder den verdammten Verstand verlieren.

»Ich liebe dein Haar, Wrath.« In der Dunkelheit war
ihre leise Stimme wie die Berührung ihrer Finger, zart
und überwältigend.

»Ich liebe deine Hände darin«, erwiderte er heiser.

Sie lagen Gott weiß wie lange dort, einfach Seite an
Seite, die Gesichter einander zugewandt, und ihre Finger spielten und vergruben sich in seinem dichten, wel-
ligen Haar.

»Danke«, flüsterte sie, »dass du mir das mit heute
Nacht gesagt hast.«

»Ich hätte dir lieber einmal gute Neuigkeiten gebracht.«

»Ich bin trotzdem froh, dass du es mir gesagt hast. Mir
ist es so viel lieber, wenn ich es weiß.«

Er ertastete ihr Gesicht und ließ die Finger über ihre
Wangen streichen, dann über die Nase und zu ihren Lippen. Er betrachtete sie mit den Händen und kannte sie
in seinem Herzen.

»Wrath ...« Ihre Hand legte sich auf seine Erektion.

»Oh, *verfickt* ...« Seine Hüften schossen aufwärts, und
sein unterer Rücken spannte sich an.

Sie lachte leise. »Deine Liebesschwüre machen jedem
Trucker Ehre.«

»Tut mir leid, ich ...« Ihm stockte der Atem, als sie ihn
durch die Boxershorts hindurch streichelte, die er aus
Anstand angelassen hatte. »Verf... ich meine ...«

»Nein. Ich mag das. Das bist du.«

Sie rollte ihn auf den Rücken und bestieg seine Hüften – *Himmel*. Er wusste, dass sie in einem Flanellnacht-
hemd schlafen gegangen war, aber wo immer das Ding

war, es bedeckte nicht ihre Beine, denn ihr süßer, heißer Kern rieb sich direkt an seinem Ständer.

Wrath knurrte und verlor die Kontrolle. Mit einem plötzlichen Aufbäumen warf er sie auf den Rücken, schob die Calvins runter, die er selten trug, und stieß in sie. Als sie aufschrie und sich ihre Nägel in seinen Rücken bohrten, fuhren seine Fänge zu voller Länge heraus und pochten.

»Ich brauche dich«, keuchte er. »Ich brauche das.«

»Ich auch.«

Er verschonte sie nicht mit seiner Kraft, doch oftmals mochte sie es so, roh und wild, wenn er sie heftig kennzeichnete.

Er kam mit einem gewaltigen Aufschrei, der das Ölgemälde über dem Bett zum Erzittern und die Parfümflacons auf dem Frisiertisch zum Klimpern brachte und machte weiter, mehr Biest als zivilisierter Liebhaber. Doch als sich ihr Duft intensivierte und seine Nase erfüllte, wusste er, dass sie ihn genauso wollte. Jedes Mal, wenn er zum Orgasmus kam, kam sie mit ihm, zog sich fest um ihn zusammen und hielt ihn tief in sich fest.

Atemlos forderte sie: »Nimm meine Vene ...«

Er fauchte wie ein Raubtier und vergrub die Fänge in ihrem Hals.

Beth zuckte unter ihm zusammen, und zwischen ihren Hüften wallte eine Wärme auf, die nichts mit dem zu tun hatte, was er in ihr zurückgelassen hatte. Sein Mund war erfüllt von ihrem Blut, dem Geschenk des Lebens, es floss schwer über seine Zunge und seine Kehle hinab bis in den Bauch, wo es eine gewaltige Hitze erzeugte, die ihn von innen heraus in Flammen setzte.

Seine Hüften übernahmen das Ruder, während er

trank, Wrath verwöhnte Beth, verwöhnte sich selbst, und als er sich endlich sattgetrunken hatte, leckte er die Bissstellen ab und machte sich erneut über sie her. Er langte nach unten und winkelte eines ihrer Beine an, um noch tiefer in sie zu dringen, während er hart zustieß. Als er zuckend zum Höhepunkt kam, schob er die Hand unter ihren Kopf und hob ihre Lippen an seinen Hals.

Er bekam keine Gelegenheit, sie aufzufordern. Sie biss zu, und als ihre scharfen Zähne seine Haut durchstachen und er das süße Stechen fühlte, überwältigte ihn ein weiterer Orgasmus, heftiger als alle vorhergehenden: Das Wissen, dass er hatte, was sie brauchte und wollte, dass sie von dem lebte, was in seinen Adern floss, war unglaublich erotisch.

Als seine *Shellan* sich sattgetrunken und die Wunden mit einem letzten Schlecken geschlossen hatte, rollte er sich auf den Rücken, ohne sie zu trennen, in der Hoffnung, dass …

Oh, ja, sie nahm ihn und ritt ihn hart. Als sie die Führung übernahm, suchten seine Hände nach ihren Brüsten, und er stellte fest, dass sie ihr Nachthemd doch noch trug, also riss er es ihr über den Kopf und warf es von sich. Als er ihre Brüste erneut umschloss, war ihr Gewicht so schwer und voll in seinen Händen, dass er sich hochbeugen und einen ihrer Nippel in den Mund nehmen musste. Er saugte daran, während sie so schnell auf- und abstieß, dass er schließlich loslassen musste und sich zurück aufs Bett fallen ließ.

Beth schrie auf, und dann schrie er, und dann kamen sie gemeinsam. Danach ließ sie sich von ihm herunterrollen, und sie lagen keuchend Seite an Seite da.

»Das war Wahnsinn«, keuchte sie.

»Absoluter Wahnsinn.«

Er tastete in der Dunkelheit, bis er ihre Hand fand, und dann schwiegen sie eine Weile.

»Ich habe Hunger«, meinte sie schließlich.

»Ich auch.«

»Okay, ich gehe und hole uns etwas.«

»Ich will nicht, dass du gehst.« Er zog sie an sich und küsste sie. »Du bist die beste Frau, die ein Mann haben kann.«

»Ich liebe dich auch.«

Als wären sie vollkommen aufeinander abgestimmt, knurrten ihre beiden Mägen gleichzeitig.

»Okay, vielleicht ist es wirklich Zeit, etwas zu essen.« Wrath ließ seine *Shellan* los, als sie gemeinsam lachten. »Ich mach mal das Licht an, damit wir dein Nachthemd suchen können.«

Er bemerkte sofort, dass etwas nicht stimmte. Beth hörte auf zu kichern und wurde totenstill.

»*Lielan?* Alles in Ordnung? Habe ich dir wehgetan?« Oh, Gott … er war so grob gewesen. »Es tut mir leid …«

Sie unterbrach ihn mit erstickter Stimme. »Meine Lampe ist bereits an, Wrath. Ich habe gelesen, bevor du aufgewacht bist.«

41

John ließ sich Zeit unter Xhex' Dusche. Er wusch sich gründlich, nicht, weil er schmutzig war, sondern weil er dachte, dieses »Ich wasch mich von allem rein«- und »War was?«-Spielchen könnte man schließlich auch zu zweit spielen.

Nachdem sie gegangen war, vor vielen, vielen Stunden, war sein erster Gedanke ein finsterer gewesen, daran ließ sich nichts beschönigen: Er wollte einfach nur in die Sonne hinaus spazieren und diesem schlechten Witz namens Leben ein Ende setzen.

Er hatte in so vieler Hinsicht versagt: Er konnte nicht sprechen. Er war eine Null in Mathe. Sein Modegespür war unterirdisch, wenn man ihn sich selbst überließ. Er war nicht sonderlich gut in Gefühlsdingen. Beim Gin Rommé verlor er meistens und beim Pokern immer. Und die Liste seiner Mängel war noch wesentlich länger.

Aber schlecht im Bett zu sein war der schlimmste.

Während er in Xhex' Bett gelegen und die Vorzüge des Selbstmords erwogen hatte, hatte er sich gefragt, warum das Manko, schlecht im Bett zu sein, eigentlich all seine anderen Schwächen in den Schatten stellte.

Vielleicht lag es daran, dass dieses jüngste Kapitel in seinem Sexleben ihn in noch unwegsameres, feindliche-

res Gelände geführt hatte. Vielleicht lag es daran, dass das Desaster so frisch war.

Vielleicht war es aber auch einfach nur der Tropfen, der das Fass zum Überlaufen brachte.

So, wie er die Dinge sah, hatte er zweimal Sex gehabt, und beide Male hatte man ihn genommen – einmal mit Gewalt und gegen seinen Willen, und dann vor wer weiß wie vielen Stunden mit seinem völligen, ganzkörperlichen Einverständnis. Doch die Nachwehen beider Erfahrungen waren ätzend gewesen. Er lag auf Xhex' Bett und versuchte damit aufzuhören, den Schmerz wieder und wieder durchzuspielen – vergebens. War ja klar.

Doch als es Abend wurde, wurde ihm langsam klar, dass er sich ständig von anderen Leuten verarschen ließ, und der Trotz regte sich in ihm. In keinem der Fälle hatte er etwas falsch gemacht. Also warum zur Hölle wollte er *seinem* Leben ein Ende setzen, wenn er doch gar nicht das Problem war?

Er durfte sich nicht länger wie ein Flittchen benutzen lassen.

Scheiße, nein, die Antwort war, nie wieder ein Opfer zu sein.

Von jetzt an würde er bestimmen, was beim Sex lief.

John kam aus der Dusche, trocknete sich ab und stellte sich vor den Spiegel, wo er seine Muskeln und deren Kraft in Augenschein nahm. Er legte die Hände um Eier und Schwanz und hob sie an. Sein schweres Geschlecht fühlte sich gut an.

Nein. Nie mehr das Opfer anderer. Zeit, verdammt noch mal erwachsen zu werden. John warf das Handtuch achtlos auf den Waschtisch, zog sich eilig an und

fühlte sich irgendwie größer, als er seine Waffen einsteckte und nach seinem Handy griff.

Er weigerte sich, weiterhin eine Heulsuse zu sein.

Seine SMS an Qhuinn und Blay war kurz und bündig: *Kommt ins ZS. Lasse mich volllaufen. Seid ihr dabei?*

Nachdem er auf »Senden« gedrückt hatte, sah er sich die eingegangenen Anrufe an. Eine Menge Leute hatte untertags versucht, ihn zu erreichen, vor allem Blay und Qhuinn, die ihn im Zweistundentakt angewählt hatten. Außerdem gab es drei Anrufe einer unbekannten Nummer.

Zwei Nachrichten auf der Mailbox. Ohne sonderliche Neugierde rief John sie ab, in der Erwartung, dass sich ein unbekannter Mensch verwählt hatte.

Irrtum.

Tohrments Stimme klang gepresst und leise: »He, John, ich bin's, Tohr. Hör zu … ich, äh, ich weiß nicht, ob du das hier hörst, aber könntest du zurückrufen? Ich mache mir Sorgen um dich. Ich mache mir Sorgen und möchte mich entschuldigen. Ich weiß, dass ich lange völlig neben der Spur war, aber das ist jetzt vorbei. Ich war … ich war in der Grotte. Ich musste dorthin, um zu sehen … Scheiße, ich weiß auch nicht … ich musste zurück an den Anfang, um wieder zu mir zu kommen. Und dann habe ich mich, äh, zum ersten Mal genährt. Zum ersten Mal seit …« Die Stimme stockte, und man hörte ein schnelles Atmen. »Seit Wellsies Tod. Ich dachte nicht, dass ich es könnte, aber es ging. Es wird eine Weile dauern, bis ich wie…«

Hier wurde die Nachricht abgeschnitten, und die automatische Ansage fragte, ob John sie speichern oder löschen wollte. Er drückte auf »Überspringen«, um zur zweiten Nachricht zu kommen.

Wieder Tohr: »He, entschuldige, ich wurde abgeschnitten. Ich wollte nur sagen, es tut mir leid, dass ich dich so mies behandelt habe. Das war nicht fair. Du hast auch um sie getrauert, und ich war nicht für dich da. Das werde ich mir nie verzeihen. Ich habe dich im Stich gelassen, als du mich gebraucht hast. Und … ich bedauere das unendlich. Aber jetzt laufe ich nicht mehr davon. Ich bleibe. Ich schätze … ich schätze, ich bin einfach hier, und das ist mein Platz. Verdammt, ich rede Unsinn. Schau, bitte ruf mich an und lass mich wissen, dass du in Sicherheit bist. Tschüss.«

Es piepte, und die automatische Ansage meldete sich erneut. »Speichern oder löschen?«, drängte sie.

John nahm das Handy vom Ohr und starrte es an. Einen Moment lang schwankte er, und das Kind in ihm schrie nach seinem Vater.

Eine SMS von Qhuinn erschien auf dem Display und wischte diese Unreife fort.

John löschte Tohrs zweite Nachricht, und als er gefragt wurde, ob er die erste Nachricht noch einmal hören wolle, bestätigte er und löschte auch diese.

Qhuinns SMS war schlicht: *Wir kommen.*

Cool, dachte John, steckte sein Handy ein und ging.

Als Arbeitslose mit einem Berg von Rechnungen hätte Ehlena eigentlich nicht so gut gelaunt sein dürfen.

Und doch, als sie sich zum Commodore Gebäude materialisierte, war sie glücklich. Hatte sie Probleme? Ganz bestimmt: Wenn sie nicht schnell eine neue Arbeit fand, würden sie und ihr Vater bald auf der Straße landen. Aber sie hatte sich bei einer Vampirfamilie als Putzkraft beworben, um fürs Erste über die Runden zu kommen,

und sie spielte mit dem Gedanken, es einmal in der Menschenwelt zu versuchen. Medizinische Schreibkraft war eine Möglichkeit, das einzige Problem war, dass sie keine menschliche Identität hatte, die den laminierten Lappen wert war, auf den sie gedruckt war, und die Beschaffung würde Geld kosten. Dennoch war Lusie bis zum Ende des Monats bezahlt, und ihr Vater war entzückt, dass seine »Geschichte«, wie er es nannte, seiner Tochter gefallen hatte.

Und dann war da Rehv.

Sie wusste nicht, wo diese Sache hinführen würde, aber sie wirkte verheißungsvoll, und die Hoffnung und der Optimismus, die daraus entsprangen, versetzte sie in eine Hochstimmung, die sich auf alle Bereiche ihres Lebens auswirkte, selbst auf den Schlamassel mit ihrer Arbeitslosigkeit.

Sie nahm auf der Terrasse vor dem richtigen Penthouse Gestalt an und lächelte den Schnee an, der im Wind herumwirbelte. Witzig, dass sich die Luft nie so kalt anfühlte, wenn es schneite.

Als sie sich umdrehte, sah sie eine hünenhafte Gestalt durch die Scheibe. Rehvenge hatte auf sie gewartet und nach ihr Ausschau gehalten, und das Bewusstsein, dass er sich genauso auf ihr Treffen freute wie sie, ließ sie so breit grinsen, dass ihre Schneidezähne in der Kälte prickelten.

Bevor sie zu ihm gehen konnte, glitt die Tür vor ihm auf, und er kam zu ihr auf die Terrasse, während der Winterwind in seinen Zobelmantel wehte und ihn aufbauschte. Seine glühenden Amethystaugen blitzten. Sein Gang war pure Kraft. Seine Aura war unbestreitbar männlich.

Ihr Herz machte einen Sprung, als er vor ihr stehen blieb. Angeleuchtet von der Stadt war sein Gesicht hart und liebevoll zugleich, und obwohl er halb erfroren sein musste, öffnete er seinen Mantel und lud sie ein, das bisschen Körperwärme, das er hatte, mit ihm zu teilen.

Ehlena ließ sich gegen ihn sinken, schlang die Arme um ihn und hielt ihn fest. Und atmete seinen Duft tief ein.

Er flüsterte an ihrem Ohr: »Du hast mir gefehlt.«

Sie schloss die Augen und dachte, dass diese vier kleinen Worte so gut waren wie ein *Ich liebe dich*. »Du mir auch.«

Als er leise voll Befriedigung lachte, hörte und spürte sie den Klang in seiner Brust. Und dann zog er sie fester an sich. »Weißt du, wenn du hier bei mir bist, spüre ich die Kälte nicht.«

»Das freut mich sehr.«

»Mich auch.« Er drehte sie, sodass sie gemeinsam über die schneebedeckte Terrasse auf die Wolkenkratzer der Innenstadt und die zwei Brücken mit ihren Streifen von gelben Scheinwerfern und roten Rücklichtern sehen konnten. »Ich habe diese Aussicht noch nie so nah und unmittelbar erlebt. Vor dir … habe ich sie immer nur durch die Scheibe betrachtet.«

Wie sie da so im Kokon der Wärme seines Mantels gehalten wurde, überkam Ehlena das triumphierende Gefühl, gemeinsam mit ihm die Kälte besiegt zu haben.

Ihr Kopf lag an seinem Herz, als sie sagte: »Es ist wundervoll.«

»Ja.«

»Und doch … ich weiß auch nicht, nur du scheinst mir real zu sein.«

Rehvenge löste sich ein Stück von ihr und hob ihr Kinn

mit einem langen Finger an. Als er lächelte, sah sie seine verlängerten Fänge und war sofort erregt.

»Ich dachte genau dasselbe«, sagte er. »In diesem Moment sehe ich nichts außer dir.«

Er senkte den Kopf und küsste sie und hörte nicht mehr auf, während Schneeflocken um sie herumtanzten, als bildeten sie beide eine Zentrifugalkraft, ihr eigenes sich langsam drehendes Universum.

Als sie die Arme um seinen Nacken schlang und die Welt um sie versank, schloss Ehlena die Augen.

Weshalb keiner von ihnen bemerkte, wie sich etwas auf dem Dach des Penthouses materialisierte …

Und sie mit rot glühenden Augen in der Farbe von frisch vergossenem Blut anfunkelte.

42

»Wenn möglich nicht zucken ... okay, das ist gut.«

Doc Jane wandte sich Wraths linkem Auge zu und leuchtete mit ihrer kleinen Taschenlampe direkt in sein Hirn, soweit er das beurteilen konnte. Als sich der Speer in seinen Schädel bohrte, musste er den Impuls unterdrücken, den Kopf zurückzureißen.

»Das gefällt mir gar nicht«, murmelte sie und schaltete das Lämpchen aus.

»Nein.« Er rieb sich die Augen und setzte seine Panoramasonnenbrille wieder auf, unfähig, mehr zu sehen, als ein Paar leuchtend schwarzer Bullaugen.

Beth meldete sich zu Wort: »Aber das ist nichts Ungewöhnliches. Licht hat er noch nie vertragen.«

Als sich ihre Stimme verlor, langte er zu ihr herüber und drückte ihre Hand, um sie zu beruhigen, was, wäre es gelungen, wiederum ihn beruhigt hätte.

Was für ein Stimmungskiller. Nachdem klar geworden war, dass seine Augen eine kleine unangekündigte Auszeit genommen hatten, hatte Beth Doc Jane angerufen, die gerade im neuen Klinikbereich war, sich aber sofort zu einem Hausbesuch bereit erklärte. Doch Wrath hatte darauf bestanden, zu ihr zu gehen. Er wollte auf keinen Fall, dass Beth Hiobsbotschaften in ihrem ehelichen Schlafzimmer empfing – ihm war dieser Ort heilig. Abge-

sehen von Fritz, der regelmäßig sauber machte, war hier niemand willkommen. Nicht einmal die Brüder.

Außerdem würde Doc Jane sicher Tests durchführen wollen. Ärzte wollten doch immer Tests durchführen.

Er hatte eine Weile gebraucht, Beth zu überzeugen, doch dann hatte Wrath seine Sonnenbrille aufgesetzt, seiner *Shellan* den Arm um die Schulter gelegt, und zusammen waren sie in den Flur gegangen und ihre private Treppe hinunter auf die Balustrade im ersten Stock. Auf dem Weg war er mehrmals gestolpert, da er mit den Schuhen an Läuferecken hängen blieb oder sich falsch an die Stufen erinnerte. Das mühsame Vorankommen war eine ziemliche Offenbarung gewesen. Er hatte ja nicht geahnt, wie sehr er sich auf seine miese Sicht verlassen hatte.

Heilige ... liebste Jungfrau der Schrift, dachte er. Was, wenn er für immer vollkommen blind wäre?

Der Gedanke war unerträglich. Einfach unerträglich.

Glücklicherweise hatte es auf halbem Weg durch den Tunnel zum Trainingszentrum ein paarmal in seinem Kopf gepocht und auf einmal stach das Licht der Deckenbeleuchtung durch seine Sonnenbrille. Oder besser gesagt: Seine Augen nahmen es auf einmal wieder wahr. Blinzelnd blieb er stehen und riss sich die Sonnenbrille herunter – und musste sie sofort wieder aufsetzen, als er auf die leuchtenden Kästen schaute.

Also war noch nicht alles verloren.

Nun stand Doc Jane vor ihm und verschränkte raschelnd die Arme. Sie war vollkommen greifbar, ihre Geistergestalt so stofflich wie seine oder Beths, und Wrath hörte förmlich das Getriebe in ihrem Kopf mahlen, während sie überlegte.

»Deine Pupillen reagieren überhaupt nicht, aber das liegt daran, dass sie ohnehin fast kontrahiert sind ... Verdammt, ich wünschte, ich hätte dich vorher untersucht. Du sagst, die Blindheit kam ganz plötzlich?«

»Ich bin schlafen gegangen, und als ich aufwachte, war alles schwarz. Ich bin mir nicht sicher, wann es passiert ist.«

»Gab es irgendwelche Besonderheiten?«

»Abgesehen davon, dass ich keine Kopfschmerzen hatte?«

»Hattest du die in letzter Zeit öfter?«

»Ja. Stressbedingt.«

Doc Jane runzelte die Stirn. Oder zumindest spürte er, dass sie das tat. Er nahm ihr Gesicht als blassen Fleck mit kurzem, blondem Haar und unbestimmten Konturen wahr.

»Ich möchte, dass du eine CT bei Havers machst.«

»Warum?«

»Um ein paar Dinge zu klären. Also, noch mal, du bist aufgewacht und konntest nicht mehr sehen ...«

»Warum willst du die CT?«

»Ich möchte wissen, ob es Anomalien in deinem Gehirn gibt.«

Beth drückte seine Hand, um ihn zu beruhigen, aber die Panik machte ihn rüde: »Zum Beispiel? Verdammt noch mal, Doc, sag mir, was du denkst.«

»Ein Tumor.« Als er und Beth gemeinsam scharf die Luft einsogen, fuhr Jane hastig fort: »Vampire bekommen keinen Krebs. Aber es gab schon Fälle von benignen Tumoren, und das könnte ein Grund für die Kopfschmerzen sein. Jetzt erzähl es mir noch einmal, du bist aufgewacht und ... warst blind. Ist irgendetwas Unge-

wöhnliches vorgefallen, bevor du eingeschlafen bist? Oder danach?«

»Ich …« Verdammt. Scheiße. »Ich bin aufgewacht und habe mich genährt.«

»Wie lange war das letzte Mal her?«

Beth antwortete: »Ungefähr drei Monate.«

»Das ist eine lange Zeit«, murmelte die Ärztin.

»Dann glaubst du, daran könnte es liegen?«, fragte Wrath. »Ich habe mich zu lange nicht genährt und mein Sehvermögen verloren, aber als ich ihre Vene nahm, kam meine Sicht zurück und …«

»Ich glaube, du brauchst eine CT.«

Mit ihr war nicht zu spaßen, Doc Jane ließ nicht mit sich handeln. Als er also hörte, wie ein Handy aufgeklappt und gewählt wurde, hielt er den Mund, so schwer es ihm auch fiel.

»Ich sehe mal, wann Havers dich reinnehmen kann.«

Was zweifelsohne in null Komma nichts sein würde. Wrath und der Vampirarzt hatten ihre Differenzen, noch aus der Zeit mit Marissa, aber wenn es Probleme gab, war der Mann immer sofort zur Stelle.

Als Doc Jane anfing zu reden, unterbrach Wrath: »Sag Havers nicht, warum du die CT willst. Du siehst als Einzige die Ergebnisse. Ist das klar?«

Spekulationen über seine Regierungsfähigkeit waren im Moment das Letzte, was sie brauchen konnten.

»Sag ihm, er tut es für mich«, meinte Beth.

Doc Jane nickte und log gekonnt. Während sie die Vereinbarungen traf, zog Wrath Beth an sich.

Sie schwiegen, denn was hätten sie schon sagen sollen? Ihnen saß die Angst im Nacken. Seine Augen waren schwach, aber das bisschen Sehkraft, das er hatte,

brauchte er. Was sollte er denn tun, wenn er vollkommen blind war?

»Ich muss zu diesem Ratstreffen heute Nacht«, flüsterte er. Als Beth sich versteifte, schüttelte er den Kopf. »Es geht nicht anders. Im Moment steht alles auf der Kippe. Ich kann nicht absagen oder versuchen, den Termin zu verschieben. Ich *muss* Stärke demonstrieren.«

»Und was, wenn dich deine Augen mitten drin im Stich lassen?«, fauchte sie.

»Dann werde ich es so lange vertuschen, bis ich da wieder raus bin.«

»Wrath …«

Doc Jane ließ ihr Handy zuschnappen. »Er hat jetzt gleich für dich Zeit.«

»Wie lange wird es dauern?«

»Ungefähr eine Stunde.«

»Gut. Ich habe heute Nacht noch einen Termin.«

»Warum warten wir nicht ab, was die CT sagt …«

»Ich muss …«

Die Forschheit in Doc Janes Stimme demonstrierte, dass Wrath im Moment ihr Patient und nicht ihr König war. »*Müssen* ist ein relativer Begriff. Wir schauen uns an, was da drinnen los ist, und dann kannst du entscheiden, wie viel du *musst*.«

Ehlena hätte zwanzig Jahre lang mit Rehvenge auf dieser Terrasse bleiben können, aber er flüsterte ihr ins Ohr, dass er etwas zu essen gemacht habe, und ihm im Kerzenlicht gegenüberzusitzen klang genauso verlockend.

Nach einem letzten, ausgedehnten Kuss gingen sie gemeinsam hinein, sie an ihn geschmiegt, sein Arm um ihre Hüfte, ihre Hand zwischen seinen Schulterblättern. Das

Penthouse war so warm, dass sie den Mantel auszog und ihn über eines der niedrigen schwarzen Ledersofas legte.

»Ich dachte, wir essen in der Küche«, sagte er.

So viel zum Kerzenschein, aber was störte es? Solange sie bei ihm war, strahlte sie selbst hell genug, um das ganze verdammte Penthouse zu erleuchten.

Rehvenge nahm ihre Hand und zog sie durch das Esszimmer und durch die Schwingtür. Die Küche war aus schwarzem Granit und Stahl, sehr urban und schick, und an einem Ende der Arbeitsfläche gab es einen Überhang, der einen Tisch bildete und auf dem zwei Gedecke vor zwei Stühlen standen. Eine weiße Kerze brannte, und die Flamme flackerte träge auf ihrem schwindenden Wachssockel.

»Das riecht fantastisch«, meinte Ehlena und setzte sich auf einen der Stühle. »Italienisch. Und du hast gesagt, du könntest nur ein Gericht.«

»Ja, aber diesmal habe ich wirklich keine Mühe gescheut.« Er wandte sich mit großer Geste dem Herd zu und zog ein Backblech heraus mit …

Ehlena lachte laut. »Tiefkühlpizza.«

»Für dich nur vom Feinsten.«

»*DiGiorno?*«

»Selbstverständlich. Und ich habe die mit Extrabelag gewählt. Ich dachte, du kannst ja runternehmen, was du nicht magst.« Mit einer Silberzange zog er die Pizzen auf die Teller und legte dann das Backpapier oben auf den Herd. »Es gibt auch Rotwein.«

Als er mit der Flasche zu ihr kam, konnte sie nur zu ihm aufblicken und lächeln.

»Weißt du«, sagte er und schenkte ihr ein, »mir gefällt, wie du mich ansiehst.«

Sie legte die Hände vors Gesicht. »Ich kann nicht anders.«

»Versuch es nicht. Es gibt mir das Gefühl, größer zu sein, als ich bin.«

»Dabei bist du ohnehin nicht gerade klein.« Sie versuchte sich zusammenzureißen, aber ihr war nach Kichern, als er ihr Glas füllte, die Flasche abstellte und sich neben sie setzte.

»Sollen wir?«, fragte er und nahm Messer und Gabel.

»Oh Gott, ich bin froh, dass du das auch tust.«

»Was tue?«

»Die Pizza mit Messer und Gabel essen. Die anderen Schwestern ziehen mich immer auf …« Sie beendete den Satz nicht. »Na ja, jedenfalls bin ich froh, dass jemand es so wie ich macht.«

Knusprige Pizzaränder splitterten unter den Messern, als sie beide das Abendessen begannen.

Rehvenge wartete, bis sie den ersten Bissen im Mund hatte, und sagte dann: »Lass mich dir bei deiner Jobsuche behilflich sein.«

Er hatte den idealen Moment abgepasst, weil sie nie mit vollem Mund sprach, deshalb hatte er viel Zeit, um fortzufahren: »Lass mich dich und deinen Vater unterstützen, bis du einen neuen Job hast, bei dem du so viel verdienst wie in der Klinik.« Sie begann den Kopf zu schütteln, aber er hob die Hand. »Warte, denk darüber nach: Hätte ich mich nicht wie ein Idiot aufgeführt, hättest du nicht getan, was zu deiner Kündigung geführt hat. Also ist es nur gerecht, wenn ich es wiedergutmache, und sollte es dir helfen, dann betrachte es mal unter dem gesetzlichen Aspekt: Nach Altem Gesetz schulde ich dir etwas und erfülle nichts anderes als meine Pflicht.«

Sie wischte sich den Mund mit der Serviette ab. »Ich habe einfach ... ein seltsames Gefühl dabei.«

»Weil dir mal jemand hilft anstatt anders herum?«

Hm, verflixt, ja. »Ich möchte dich nicht ausnutzen.«

»Aber ich habe es gerne angeboten, und glaube mir, ich habe die Mittel.«

Das stimmt, dachte sie, wenn man sich den Pelz ansah und das Silberbesteck, mit dem sie aßen, und das Porzellan und die ...

»Du hast wundervolle Tischmanieren«, murmelte sie.

Er hielt inne. »Die Erziehung meiner Mutter.«

Ehlena legte eine Hand auf seine riesige Schulter. »Darf ich noch einmal sagen, dass es mir leidtut?«

Er griff ebenfalls zu seiner Serviette. »Es gibt etwas Besseres, was du für mich tun kannst.«

»Was?«

»Nimm meine Hilfe an. Damit du eine Stelle suchen kannst, die dir gefällt, und nicht den erstbesten Job annehmen musst, nur um über die Runden zu kommen.« Er wandte den Blick zur Decke und schlug sich in einer Pose des Leidens vor die Brust. »Das würde meine Schmerzen *wirklich* lindern. Du und nur du hast die Kraft, mich zu heilen.«

Ehlena lachte verhalten mit ihm, konnte aber nicht ganz einstimmen. Unter der Oberfläche spürte sie seinen Kummer, und seine Trauer zeigte sich in den Schatten unter seinen Augen und der Art, wie er die Kiefer zusammenpresste. Ganz eindeutig gab er sich Mühe, für sie normal zu sein, und obwohl es nett von ihm gemeint war, wusste sie nicht, wie sie ihn zum Aufhören bewegen konnte, ohne ihn unter Druck zu setzen.

Denn letztlich kannten sie einander doch gar nicht,

oder? Trotz der Zeit, die sie in den letzten Tagen miteinander verbracht hatten, wusste sie kaum etwas über ihn. Oder über seine Herkunft. Wenn sie bei ihm war oder mit ihm telefonierte, hatte sie das Gefühl, alles zu wissen, was sie wissen musste, aber realistisch betrachtet: Was verband sie denn wirklich?

Er verzog das Gesicht, als er die Hände wieder sinken ließ und in seine Pizza schnitt. »Geh dort nicht hin.«

»Wie bitte?«

»Wo immer du gerade in Gedanken bist. Es ist kein Ort für dich und mich.« Er nahm einen Schluck Wein. »Ich bin nicht so unhöflich und lese deine Gedanken, aber ich spüre deine Distanz. Das will ich nicht. Nicht bei dir.« Er blickte ihr tief in die Augen. »Vertraue darauf, dass ich für dich sorge, Ehlena. Zweifle nie daran.«

Als sie ihn ansah, glaubte sie ihm hundertprozentig. Absolut. Vollkommen. »Das tue ich. Ich vertraue dir.«

Ein unbestimmter Ausdruck huschte über sein Gesicht, doch er verbarg ihn rasch. »Gut. Jetzt iss fertig, und sieh bitte ein, dass du mein Hilfsangebot annehmen solltest.«

Ehlena wandte sich wieder ihrem Teller zu und arbeitete sich langsam durch ihre Pizza. Als sie fertig war, legte sie das Silberbesteck beiseite, wischte sich den Mund und trank einen Schluck Wein.

»Okay.« Sie sah zu ihm auf. »Ich nehme deine Hilfe an.«

Als er strahlte, weil er seinen Willen durchgesetzt hatte, verpasste sie ihm einen Dämpfer: »Aber es gibt Bedingungen.«

Er lachte. »Du stellst Bedingungen für ein Geschenk?«

»Es ist kein Geschenk.« Sie sah ihn durchdringend an. »Ich nehme deine Hilfe nur an, bis ich eine Arbeit fin-

de, nicht meinen Traumjob. Und ich möchte es dir zurückzahlen.«

Sein Triumph trübte sich. »Ich will dein Geld nicht.«

»Genauso geht es mir mit deinem.« Sie faltete ihre Serviette. »Ich weiß, dass du nicht knapp bei Kasse bist, aber nur auf diese Art kann ich dein Angebot annehmen.«

Er runzelte die Stirn. »Aber keine Zinsen. Ich akzeptiere keinen Penny Zinsen.«

»Abgemacht.« Sie streckte ihm die Hand entgegen.

Er fluchte. Und fluchte noch einmal. »Ich will nicht, dass du es zurückbezahlst.«

»Dein Pech.«

Sein Mund formte stumm das F-Wort, dann schlug er ein. »Du bist eine harte Verhandlungspartnerin, weißt du das?«

»Aber du respektierst mich dafür, oder?«

»Ja, okay. Und es erweckt den Wunsch in mir, dich auszuziehen.«

»Oh …«

Ehlena errötete von Kopf bis Fuß, als er aufstand und über ihr aufragte und ihr Gesicht mit den Händen umfasste. »Darf ich dich in mein Bett bringen?«

So, wie seine violetten Augen leuchteten, hätte sie sich auf den Küchenboden gelegt, wäre das sein Wunsch gewesen. »Ja.«

Ein Knurren entrang sich seiner Brust, als er sie küsste. »Weißt du was?«

»Was?«, hauchte sie.

»Das war die richtige Antwort.«

Rehvenge zog sie von ihrem Stuhl hoch und küsste sie schnell und sanft. Mit dem Stock in der Hand führte er sie durch das Penthouse, durch Zimmer, die sie

nicht sah, und an einer blinkenden Aussicht vorbei, für die sie keine Augen hatte. In ihr gab es nur noch diese überwältigende Vorfreude auf das, was er mit ihr anstellen würde.

Die Vorfreude und … ein schlechtes Gewissen. Was konnte sie ihm geben? Sie sehnte sich danach, von ihm verwöhnt zu werden, aber er kam nicht zum Höhepunkt. Obwohl er behauptete, etwas davon zu haben, fühlte sie sich, als würde sie …

»Was denkst du?«, fragte er, als sie im Schlafzimmer ankamen.

Sie sah ihn an. »Ich will mit dir zusammen sein, aber … ach, ich weiß auch nicht. Ich komme mir vor, als würde ich dich benutzen, oder …«

»Das tust du nicht. Glaub mir, ich weiß, was es heißt, benutzt zu werden. Und was zwischen uns ist, hat nichts damit zu tun.« Er kam ihrer Frage zuvor: »Nein, ich kann es nicht erklären, weil ich … verdammt, die Zeit mit dir soll einfach sein. Nur du und ich. Ich bin des Rests der Welt müde, Ehlena. So verdammt müde.«

Es ging um diese andere Frau, dachte sie. Und wenn er nicht wollte, dass sie zwischen ihnen stand, war das für sie in Ordnung.

»Ich möchte nur, dass es okay ist«, erklärte Ehlena. »Zwischen dir und mir. Ich will, dass du auch etwas fühlst.«

»Das tue ich. Ich kann es manchmal selbst nicht glauben, aber das tue ich wirklich.«

Rehv schloss die Tür hinter ihnen, lehnte seinen Stock an die Wand und legte den Zobelmantel ab. Der Anzug darunter war ein weiteres perfekt geschnittenes zweireihiges Meisterwerk, diesmal taubengrau mit schwarzen

Nadelstreifen. Sein Hemd war schwarz, und die obersten zwei Knöpfe standen offen.

Seide, dachte sie. Dieses Hemd musste aus Seide sein. Kein anderer Stoff glänzte auf diese Weise.

»Du bist so schön«, sagte er, als er sie ansah. »So, wie du dort im Licht stehst.«

Sie sah auf ihre schwarze Gap-Hose und ihren zwei Jahre alten Rollkragenpulli herab. »Du musst blind sein.«

»Warum?«, fragte er und kam zu ihr.

»Na ja, es mag bescheuert sein, das zu sagen« – sie strich die Beine ihrer 08/15-Hose glatt. »Aber ich wünschte, ich hätte bessere Kleidung. Dann wäre ich schön.«

Rehvenge hielt inne.

Und erschreckte sie dann zu Tode, indem er vor ihr niederkniete.

Als er aufsah, umspielte ein leichtes Lächeln seine Lippen.

»Verstehst du es denn nicht, Ehlena?« Zärtlich strich er ihre Wade herab, nahm ihren Fuß und stellte ihn auf seinen Oberschenkel. Als er die Schuhbänder ihres billigen Turnschuhs löste, flüsterte er: »Egal, was du anhast ... für mich wirst du immer schimmern wie ein Diamant.«

Als er den Turnschuh abstreifte und zu ihr aufsah, studierte sie sein hartes, schönes Gesicht, von den spektakulären Augen bis zu dem markanten Kinn und dem stolzen Wangenschwung.

Sie verliebte sich.

Und wie bei jedem Flug durch die Luft, gab es keine Möglichkeit zu bremsen. Sie war losgesprungen.

Rehvenge senkte den Kopf. »Ich bin so froh, dass du mich annimmst.«

Die Worte waren so leise und bescheiden und passten so gar nicht zu den mächtigen Schultern.

»Wie könnte ich dir widerstehen?«

Er schüttelte langsam den Kopf. »Ehlena ...«

Ihr Name wurde heiser ausgesprochen, als steckten eine Menge Worte dahinter, Worte die er nicht aussprechen konnte. Sie wusste nicht, was sie sagen sollte, aber sie wusste, was sie tun wollte.

Ehlena nahm ihren Fuß von seinem Bein, ging in die Knie und schlang die Arme um ihn. Sie hielt ihn fest, als er sich an sie lehnte und strich mit einer Hand seinen Nacken hinauf zu dem weichen Haarstreifen seines Irokesen.

Er schien so zerbrechlich, als er sich ihr auslieferte, und ihr wurde bewusst, dass sie für ihn morden würde, sollte jemand versuchen, ihn zu verletzen. Obwohl er für sich selbst sorgen konnte, würde sie dennoch für ihn töten.

Ihre Überzeugung stand fest: Selbst die Starken brauchten manchmal Schutz.

43

Rehv war ein Mann, der seine Arbeit gründlich machte, ob es nun darum ging, Tiefkühlpizza in den Ofen zu schieben und sie perfekt zuzubereiten oder Wein einzuschenken … oder seine Ehlena zu verwöhnen, bis sie vollkommen ermattet, wunschlos glücklich und erfüllt war.

»Ich spüre meine Zehen nicht mehr«, murmelte sie, während er sich von ihren Schenkeln hoch küsste.

»Ist das schlimm?«

»Nein. Ganz und gar nicht.«

Als er an einer ihrer Brüste haltmachte, um sie zu küssen, ging ein Beben durch ihren Körper, und er spürte die Bewegung. Mittlerweile hatte er sich daran gewöhnt, dass einzelne Empfindungen durch den Nebel der Betäubung brachen, und er genoss das Echo der Wärme und Reibung, ohne sich weiter zu sorgen, dass seine böse Seite aus dem Dopaminzwinger ausbrach. Obwohl die Empfindungen nicht so stark waren, wie wenn er nicht unter dem Einfluss von Medikamenten stand, reichten sie doch, um ihn körperlich zu erregen.

Rehv konnte es kaum fassen, aber es gab einige Male, wo er zu kommen glaubte. Als er sie zwischen den Schenkeln leckte und sich ihre Hüften in die Matratze drückten, hätte er beinahe die Kontrolle verloren.

Nur, dass es besser wäre, wenn sein Schwanz nicht ins

Spiel kam. Denn mal im Ernst, wie sollte das funktionieren? *Ich bin doch nicht impotent, oh, Wunder, weil du meinen Kennzeichnungsimpuls ausgelöst hast, sodass der Vampir in mir über den* Symphathen *siegt. Ja! Natürlich heißt das auch, dass du mit meinem Stachel zurechtkommen musst, und genauso damit, wo dieses Stück Fleisch, das da zwischen meinen Beinen hängt, die letzten fünfundzwanzig Jahre regelmäßig war. Aber komm schon, ist doch heiß, oder?*

Ja, er war wirklich scharf darauf, Ehlena in diese Verlegenheit zu bringen. Ganz bestimmt.

Außerdem reichte ihm das. Sie zu verwöhnen, sie sexuell zu befriedigen, war genug ...

»Rehv ...?«

Er blickte von ihrer Brust auf. Bei ihrer rauchigen Stimme und dem Funkeln in ihren Augen war er bereit, allem zuzustimmen. »Ja?« Er leckte an ihrer Brustwarze.

»Öffne deinen Mund für mich.«

Er blickte sie verwundert an, tat aber wie geheißen und fragte sich, warum ...

Ehlena streckte die Hand aus und berührte einen seiner voll ausgefahrenen Fänge. »Du hast gesagt, es gefiele dir, mich zu verwöhnen und das sieht man. Sie sind so lang ... und scharf ... und weiß ...«

Als sie die Schenkel aneinanderrieb, als würde sie all das Genannte aufheizen, wusste er, worauf das hinauslaufen würde. »Ja, aber ...«

»Also, du könntet mich verwöhnen, indem du sie an mir zum Einsatz bringst. Jetzt.«

»Ehlena ...«

Das strahlende Leuchten in ihrem Gesicht begann zu erlöschen. »Hast du etwas gegen mein Blut?«

»Himmel, nein.«

»Also warum willst du dich dann nicht von mir nähren?« Sie setzte sich auf und hielt sich ein Kissen vor die Brüste. Ihr rotblondes Haar fiel herunter und bedeckte ihr Gesicht. »Ach so. Du hast dich bereits … an ihr genährt?«

»Verflucht, *nein*.« Lieber hätte er Blut aus einem *Lesser* gesaugt. Verdammt, er würde von einem aufgedunsenen Hirsch am Straßenrand trinken, bevor er das Blut der Prinzessin trank.

»Du nährst dich nicht bei ihr?«

Er sah Ehlena in die Augen und schüttelte den Kopf. »Nein. Und das werde ich auch nie.«

Ehlena seufzte und strich sich das Haar zurück. »Tut mir leid. Ich weiß nicht, ob ich das Recht habe, solche Fragen zu stellen.«

»Das hast du.« Er nahm ihre Hand. »Das hast du absolut. Es gibt nichts, das du nicht fragen kannst …«

Als sein Satz unfertig in der Luft hängen blieb, krachten seine Welten ineinander, und Mörtel rieselte um ihn herab. Natürlich konnte sie fragen … er konnte ihr nur nicht antworten.

Oder konnte er doch?

»Ich will dich«, meinte er schlicht und hielt sich damit so nah an der Wahrheit, wie er konnte. »Ich will nirgendwo anders sein als in dir.« Er schüttelte den Kopf, als er seinen Versprecher bemerkte. »Bei. Ich meine, bei dir. Schau, was das Nähren betrifft. Will ich mich von dir nähren? Verdammt, *ja*. Aber …«

»Es gibt kein Aber.«

Und wie es das gab. Er befürchtete, dass er sie besteigen würde, wenn er ihre Vene nahm. Sein Schwanz stand schon jetzt stramm, während sie nur darüber redeten.

»Es reicht mir, Ehlena. Dich zu verwöhnen reicht mir.«

Sie runzelte die Stirn. »Dann musst du ein Problem mit meiner Herkunft haben.«

»Wie bitte?«

»Hältst du mein Blut für schwach? Denn zufällig kann ich meine Linie bis in die Aristokratie zurückverfolgen. Mein Vater und ich durchleben vielleicht schlechte Zeiten, aber über Generationen hinweg und den größten Teil seines Lebens über gehörten wir der *Glymera* an.« Als Rehv ein qualvolles Stöhnen ausstieß, stieg sie aus dem Bett und bedeckte sich mit dem Kissen. »Ich weiß nicht genau, wo deine Familie herkommt, aber ich kann dir versichern, mein Blut ist akzeptabel.«

»Ehlena, darum geht es nicht.«

»Bist du dir da sicher?« Sie ging zu ihrer Kleidung. Slip und BH kamen zuerst, dann hob sie ihre schwarzen Slacks auf.

Er konnte einfach nicht verstehen, warum ihr so viel daran lag, seinen Blutdurst zu stillen – denn was konnte sie schon davon haben? Aber vielleicht war das der Unterschied zwischen ihnen beiden. Sie war nicht darauf ausgerichtet, Leute auszunutzen, also liefen ihre Berechnungen nicht darauf hinaus, was sie bei einer Sache gewann. Er selbst hatte sehr wohl etwas davon, wenn er sie verwöhnte: Wenn sie sich unter seinen Lippen wand, fühlte er sich mächtig und stark, wie ein richtiger Mann, nicht wie ein geschlechtsloses Psychopathenmonster.

Sie war nicht wie er. Und darum liebte er sie.

O ... *Himmel*. Tat er das wirklich?

Ja, das tat er.

Als er diese Erkenntnis gewann, stieg Rehv aus dem

Bett, ging zu ihr und nahm ihre Hand. Sie hielt im Anziehen inne und sah zu ihm auf.

»Es liegt nicht an dir«, beteuerte er. »Das kannst du mir glauben.«

Er umarmte sie und zog sie an sich.

»Dann beweise es«, sagte sie leise.

Er löste sich von ihr und blickte lange in ihr Gesicht. Seine Fänge pulsierten in seinem Mund, so viel stand fest. Und er spürte den Hunger tief in seinem Magen, zehrend, verlangend.

»Ehlena …«

»Beweise es.«

Er konnte nicht Nein sagen. Er hatte einfach nicht die Kraft, sie abzuweisen. Es war falsch aus so vielen Gründen, aber sie war alles, was er wollte, brauchte, begehrte.

Rehv strich ihr zärtlich das Haar vom Hals. »Ich werde zärtlich sein.«

»Das musst du nicht.«

»Ich werde es trotzdem sein.«

Er umfasste ihr Gesicht, neigte ihren Kopf zur Seite und legte die zarte blaue Vene frei, die zu ihrem Herzen führte. Als sie sich auf seinen Biss einstellte, beschleunigte sich ihr Puls. Er sah, wie die Vene schneller pulsierte, bis sie flatterte.

»Ich habe nicht das Gefühl, deines Blutes würdig zu sein«, sagte er und strich mit dem Zeigefinger ihren Hals hinauf und herunter. »Es hat nichts mit deiner Blutlinie zu tun.«

Ehlena langte zu seinem Gesicht empor. »Rehvenge, was ist mit dir los? Hilf mir zu verstehen, was hier vorgeht. Wenn ich bei dir bin, fühle ich mich dir mehr verbunden als meinem eigenen Vater. Aber da sind diese riesigen Lücken. Ich weiß, dass da etwas ist. Verrate es mir.«

Jetzt wäre der Moment, dachte er, die ganze Wahrheit zu enthüllen.

Und er war versucht, es zu tun. Es wäre so eine Erleichterung, mit dem Lügen aufzuhören. Das Problem war nur, dass er ihr nichts Egoistischeres antun konnte. Wenn sie seine Geheimnisse kannte, wurde sie zu seiner Komplizin bei einem Gesetzesbruch – entweder das, oder sie schickte ihren Liebhaber in die Kolonie. Und wenn sie sich für Letzteres entschied, hätte er das Versprechen gegenüber seiner Mutter gebrochen, weil dann alles auffliegen würde.

Er war nichts für sie. Er war ganz und gar nichts für sie, und er wusste es.

Er sollte Ehlena gehen lassen.

Er wollte die Hände sinken lassen, einen Schritt zurücktreten und sie den Rest ihrer Kleidung anziehen lassen. Er war ein Überzeugungskünstler. Er konnte sie davon abbringen und sie zu der Einsicht bringen, dass Nähren keine große Sache war …

Bloß, dass sich seine Lippen teilten. Sich teilten, während ein Fauchen in seinem Hals aufstieg und den kurzen Abstand zwischen seinen Fängen und ihrer pulsierenden Vene überbrückte.

Auf einmal stöhnte sie, und die Muskeln, die von ihren Schultern in den Hals führten, spannten sich an, als hätte sein Griff ihr Gesicht zusammengepresst. Oh, Moment, das hatte er. Er war vollkommen taub, vollkommen ohne Empfindung, aber das lag nicht am Dopamin. Jeder Muskel in seinem Körper hatte sich versteift.

»Ich brauche dich«, stöhnte er.

Rehv biss fest zu, und sie schrie auf, ihr Rücken bog sich weit zurück, als er sie mit seiner Kraft umfing. Ver-

dammt, sie war perfekt. Sie schmeckte wie voller, schwerer Wein, und in gierigen Zügen trank er tief und tiefer.

Und schob sie zum Bett.

Ehlena hatte keine Chance. Auch er nicht.

Auf den Plan gerufen durch das Nähren pflügte seine Vampirnatur über alles andere hinweg. Das Verlangen eines Vampirs, zu kennzeichnen, was er wollte, sein sexuelles Revier zu markieren, zu dominieren, übernahm das Ruder und ließ ihn Ehlenas Slacks herunterreißen, eins ihrer Beine anwinkeln, seinen Schwanz an der Schwelle ihres Geschlechts positionieren …

Und tief in sie stoßen.

Ehlena stieß einen weiteren rauen Schrei aus, als er in sie eindrang. Sie war unglaublich eng, und aus Angst, er könnte sie verletzen, verharrte er reglos damit sie sich an ihn gewöhnen konnte.

»Bist du okay?«, fragte er, seine Stimme so rau, dass er nicht wusste, ob sie ihn verstand.

»Nicht … aufhören …« Ehlena schlang die Beine um seinen Hintern und drückte ihn noch tiefer in sich hinein.

Ein Knurren entrang sich seinen Lippen und hallte im Schlafzimmer nach – bis er die Fänge wieder in ihrem Hals vergrub.

Doch selbst im Rausch von Nähren und Sex ging Rehv vorsichtig mit ihr um – ganz anders als mit der Prinzessin. Ganz sanft glitt er in seine Geliebte hinein und aus ihr hinaus, um sicherzustellen, dass Ehlena mit seiner Größe zurechtkam. Seiner Erpresserin wollte er Schmerzen zufügen. Bei Ehlena hätte er sich eher mit einem rostigen Messer kastriert, ehe er sie verletzt hätte.

Das Problem war nur, dass sie sich mit ihm bewegte, während er sich an ihr satt trank, und die köstliche Rei-

bung überwältigte ihn, bis seine Hüften nicht mehr vorsichtig drängten, sondern hämmerten – bis er ihren Hals loslassen musste, um ihn nicht aufzureißen. Er leckte ein paarmal über die Bisswunden, dann ließ er den Kopf in ihr Haar fallen und besorgte es ihr hart und kraftvoll.

Ehlena kam, und als sie sich eng um ihn zusammenzog, schoss sein eigener Orgasmus aus den Hoden durch den Schaft ... was er nicht zulassen konnte. Bevor sein Stachel ausfuhr, zog er sich aus ihr zurück und kam über ihr ganzes Geschlecht und ihren Bauch.

Als es vorbei war, brach er auf ihr zusammen, und es dauerte eine Weile, bis er reden konnte.

»Ah, verdammt ... tut mir leid. Ich bin sicher schwer.«

Ehlenas Hände fuhren seinen Rücken hinauf. »Nein, du bist wundervoll.«

»Ich ... bin gekommen.«

»Ja, das bist du.« Ihr Lächeln lag in jedem Ton ihrer Stimme. »Das bist du wirklich.«

»Ich war mir nicht sicher, ob ich ... könnte, weißt du. Deswegen habe ich mich zurückgezogen ... ich habe nicht erwartet zu ... ja.«

Lügner. Verdammter *Lügner.*

Die Freude in ihrer Stimme machte ihn krank. »Nun, ich bin froh, dass du gekommen bist. Und wenn es wieder passiert, ist es super. Und wenn nicht, auch okay. Es gibt keinen Druck.«

Rehv schloss die Augen, und seine Brust schmerzte. Er hatte sich zurückgezogen, damit sie seinen Stachel nicht bemerkte – und weil es Betrug war, in ihr zu kommen, bei allem, was sie nicht über ihn wusste.

Als sie seufzte und sich an ihn kuschelte, kam er sich vor wie das letzte Arschloch.

44

Die CT war keine große Sache. Wrath legte sich einfach auf eine kalte Pritsche und hielt still, während diese weiße medizinische Apparatur unter Murmeln und höflichem Hüsteln um seinen Kopf herumfuhr.

Das Schlimme war das Warten auf die Ergebnisse.

Während der Tomografie war Doc Jane die Einzige auf der anderen Seite der Glastrennwand, und soweit er es erkennen konnte, stand sie die ganze Zeit stirnrunzelnd vor einem Monitor. Jetzt, wo es vorbei war, tat sie das immer noch. In der Zwischenzeit war Beth hereingekommen und hatte sich in dem kleinen gefliesten Raum neben ihn gestellt.

Der Himmel allein wusste, was Doc Jane gefunden hatte.

»Ich habe keine Angst, unters Messer zu kommen«, versicherte er seiner *Shellan*. »Solange diese Frau es führt.«

»Operiert sie denn am Hirn?«

»Gute Frage. Keine Ahnung.«

Wrath spielte geistesabwesend mit Beths dunklem Rubin und drehte an dem schweren Stein.

»Tu mir einen Gefallen«, flüsterte er.

Beth drückte seinen Arm. »Jeden. Was kann ich tun?«

»Summe die Melodie von *Wer wird Millionär*.«

Es gab eine Pause. Dann prustete Beth los und knuffte ihm in die Schulter. »Wrath ...«

»Nein, zieh dich dabei aus und mach etwas Bauchtanz.« Als sich seine *Shellan* zu ihm herabbeugte und ihn auf die Stirn küsste, sah er durch seine Sonnenbrille zu ihr auf. »Du glaubst, ich scherze? Komm schon, wir können etwas Ablenkung brauchen. Ich verspreche auch ein großzügiges Trinkgeld.«

»Du trägst nie Bargeld bei dir.«

Er leckte sich über die Oberlippe. »Ich habe vor, es abzuarbeiten.«

»Du bist unmöglich.« Beth lächelte zu ihm herab. »Und das gefällt mir.«

Als er sie so ansah, packte ihn plötzlich die Angst. Wie würde sein Leben aussehen, wenn er ganz blind wäre? Wenn er nie mehr das lange dunkle Haar oder das strahlende Lächeln seiner *Shellan* sah ...

»Okay.« Doc Jane kam herein. »Folgendes kann ich sagen.«

Wrath versuchte, nicht zu schreien, als die geisterhafte Ärztin die Hände in den Taschen ihres weißen Kittels vergrub und ihre Gedanken zu ordnen schien.

»Ich erkenne keinen Hinweis auf einen Tumor oder eine Hirnblutung. Aber es gibt Anomalien in diversen Bereichen. Ich habe noch nie die CT eines Vampirhirns angesehen, deshalb habe ich keine Ahnung, was im Bereich des ›Normalen‹ liegt. Ich weiß, du willst, dass nur ich das sehe, aber ich kann es allein nicht beurteilen und würde Havers gerne hinzuziehen. Bevor du ablehnst, möchte ich dich daran erinnern, dass er der Schweigepflicht unterliegt. Er kann nicht einfach ...«

»Hol ihn«, willigte Wrath ein.

»Es wird nicht lange dauern.« Doc Jane berührte seine Schulter und dann Beths. »Er ist gleich draußen. Ich habe ihn gebeten zu warten, für den Fall, dass technische Probleme auftreten.«

Wrath sah zu, wie die Ärztin durch den kleinen Beobachtungsraum in den Flur ging. Einen Moment später kam sie mit dem großen, schlanken Arzt zurück. Havers verbeugte sich durch die Scheibe vor ihm und Beth und trat vor die Bildschirme.

Beide nahmen die gleiche Pose ein: vornübergebeugt, Hände in den Taschen, Brauen tief in die Augen gezogen.

»Lernt man das im Medizinstudium?«, fragte Beth.

»Witzig, das Gleiche habe ich mich auch gerade gefragt.«

Die Zeit zog sich. Sie warteten. Hinter der großen Scheibe wurde viel geredet und mit Kulis auf den Monitor gedeutet. Schließlich richteten sich die beiden Mediziner auf und nickten.

Sie kamen zusammen rein.

»Die Tomografie ist normal«, verkündete Havers.

Wrath stieß die Luft so geräuschvoll aus, dass es fast pfiff. Normal. Normal war gut.

Havers stellte einige Fragen, die Wrath beantwortete, ohne sich dessen überhaupt groß bewusst zu sein.

»Mit Erlaubnis Eurer Leibärztin«, sagte Havers mit Verbeugung vor Doc Jane, »würde ich gerne etwas Blut für eine Analyse nehmen und eine kurze Untersuchung durchführen.«

Doc Jane stimmte zu: »Ich halte es für eine gute Idee. Eine zweite Meinung ist immer gut, wenn etwas unklar ist.«

»Nur zu«, sagte Wrath und drückte kurz Beths Hand, bevor er sie losließ.

»Mein Herr, wärt Ihr so gütig, die Brille abzunehmen?«

Havers vollzog schnell die Routine des Augapfel-Pfählens. Dann kam er um Wrath herum und prüfte das Ohr, dann das Herz. Schließlich brachte eine Schwester das Besteck zur Blutabnahme, aber das Pieksen übernahm Doc Jane.

Danach steckte Havers die Hände in die Taschen und setzte wieder sein kritisches Arztgesicht auf. »Alles scheint normal. Nun, normal für Euch, zumindest. Eure Pupillen zeigen keinerlei Reaktion, aber das ist ein Schutzmechanismus der übermäßig lichtempfindlichen Retina.«

»Was also heißt das?«, wollte Wrath wissen.

Doc Jane zuckte die Schultern. »Führ Tagebuch über die Kopfschmerzen. Und wenn die Blindheit noch einmal auftritt, kommen wir sofort wieder hierher. Vielleicht hilft eine CT während des Auftretens, das Problem zu lokalisieren.«

Havers verbeugte sich erneut vor Doc Jane. »Ich lasse Eure Ärztin wissen, was bei den Bluttests herauskommt.«

»Gut.« Wrath blickte zu seiner *Shellan* auf, bereit zu gehen, aber Beth musterte die Ärzte.

»Ihr scheint beide nicht sonderlich glücklich mit dem Ergebnis«, meinte sie.

Doc Jane sprach langsam und bedächtig, als würde sie ihre Worte sorgfältig wählen. »Ich bin immer nervös, wenn sich keine Ursache für ein Problem ausmachen lässt. Ich sage nicht, dass wir es hier mit einem Notfall zu tun haben. Aber ich glaube nicht, dass sich Probleme in Luft auflösen, nur weil die CT okay war.«

Wrath ließ sich vom Untersuchungstisch gleiten und nahm seine schwarze Lederjacke von Beth entgegen. Es fühlte sich großartig an, in das Ding zu schlüpfen und die Patientenrolle abzustreifen, die ihm seine verdammten Augen eingebrockt hatten.

»Ich werde nicht leichtfertig mit der Sache umgehen«, versicherte er den Weißkitteln, »aber ich arbeite weiter.«

Ein Chor der besorgten und mahnenden Worte hob an, doch Wrath würgte ihn ab, indem er das Behandlungszimmer verließ. Er fühlte sich merkwürdig gehetzt, als er mit Beth den Gang herunter lief.

Er hatte das unangenehme Gefühl, schnell handeln zu müssen, weil ihm nicht viel Zeit blieb.

John ließ sich alle Zeit der Welt auf dem Weg zum *ZeroSum*. Er verließ Xhex' Wohnung, schlenderte durch das Schneegestöber zur Tenth Street und ging in ein Tex-Mex-Restaurant. Dort suchte er sich einen Tisch in der Nähe des Notausgangs und bestellte eine doppelte Portion Spare Ribs mit Kartoffelbrei und Krautsalat durch Deuten auf die laminierte Speisekarte.

Die Kellnerin, die seine Bestellung aufnahm und ihm das Essen brachte, trug einen sensationell kurzen Rock und schien gewillt, ihn nicht nur mit einem Abendessen zu beglücken. Kurz dachte er sogar darüber nach. Sie war blond, nicht überschminkt und hatte hübsche Beine. Aber sie roch nach Grillfett und ihn irritierte, dass sie ihn immer sehr langsam ansprach, so als wäre er bescheuert.

John zahlte in bar, hinterließ ein großzügiges Trinkgeld und stahl sich heraus, bevor sie ihm ihre Nummer zustecken konnte. Draußen in der Kälte ließ er sich Zeit auf

der Trade Street. Das heißt, er machte einen Abstecher in jede Seitenstraße, an der er vorbeikam.

Keine *Lesser.* Auch keine Menschen, die irgendwelchen Unfug anstellten.

Schließlich ging er ins *ZeroSum.* Als er durch die Stahl- und Glastür ging und den ersten Schwall von Lichtern, Musik und zwielichtigen Gestalten in schicken Klamotten auffing, geriet seine coole-Macker-Pose kurz ins Wanken. Xhex würde hier sein …

Na und? War er so ein verdammter ängstlicher Vollidiot, dass er nicht in einem Club mit ihr sein konnte?

Diese Zeiten waren vorbei. John nahm seinen Mut zusammen, ging zur Samtkordel und unter den Blicken der Türsteher in den VIP-Bereich hinein. Im hinteren Teil saßen Qhuinn und Blay am Tisch der Bruderschaft, gefangen wie zwei Quarterbacks auf der Ersatzbank, während sich ihr Team auf dem Rasen schlug: Sie wirkten zappelig, trommelten mit den Fingern auf dem Tisch herum und spielten mit den Servietten, die mit ihren Coronaflaschen gekommen waren.

Als John vor sie trat, blickten sie auf und verharrten reglos, als hätte jemand ihre DVDs angehalten.

»Hey«, grüßte Qhuinn schließlich.

John setzte sich neben seinen Freund und bedeutete *Hallo.*

»Wie geht's«, fragte Qhuinn, als auch schon die Kellnerin zu ihnen kam. »Noch mal drei Corona …«

John schnitt ihn ab. *Ich will etwas anderes. Sag ihr … ich will einen Jack Daniel's auf Eis.*

Qhuinns Augenbrauen schossen nach oben, aber er gab die Bestellung auf und sah zu, wie die Frau zur Bar trottete. »Heute mal was Härteres, hm?«

John zuckte die Schultern und betrachtete eine Blondine zwei Tische weiter. Als sie seinen Blick bemerkte, warf sie sich sofort in Pose, schüttelte ihr volles, glänzendes Haar über die Schulter und schob die Brüste raus, bis sie sich gegen ihr kaum vorhandenes knappes schwarzes Kleid drückten.

Wetten, dass sie nicht nach Grillfett roch?

»Äh ... John, was ist denn mit dir los?«

Wieso?, bedeutete er Qhuinn in Zeichensprache, ohne die Augen von der Frau zu nehmen.

»Du schaust diese Schnitte an, als wolltest du sie in einen Taco rollen und mit deiner scharfen Soße übergießen.«

Blay hüstelte verlegen. »Deine Ausdrucksweise ist manchmal echt unmöglich, weißt du das?«

»Ich sage nur, wie es für mich aussieht.«

Die Kellnerin kam und stellte ihre Bestellung auf den Tisch. John stürzte sich gierig auf den Whiskey und kippte ihn in einem Zug herunter.

»Wird das heute eine dieser Nächte?«, murmelte Qhuinn, »die auf der Toilette enden?«

Darauf kannst du wetten, bedeutete John. *Aber ganz bestimmt nicht, um zu kotzen.*

»Aber warum würdest du sonst ... Ach so.« Qhuinn machte ein Gesicht, als hätte ihm gerade jemand einen Wink mit dem Laternenpfahl verpasst.

Ja, *ach so,* dachte John, während er die VIP-Lounge nach weiteren Kandidatinnen absuchte.

In der Nische neben ihnen saßen drei Geschäftsmänner mit weiblichen Begleitungen, die alle aussahen, als wären sie bereit für ihre Großaufnahme in der *Vanity Fair.* Gegenüber hockte das typische Sixpack von Sze-

ne-Hipstern, die sich ständig schnäuzten und pärchen-weise in den Toiletten verschwanden. Oben an der Bar standen ein paar Erfolgstypen mit ihren aufgedonnerten zweiten Frauen, und ein paar weitere Kokser beäugten die Professionellen.

John war immer noch bei seiner Bestandsaufnahme, als Rehvenge in den VIP-Bereich kam. Alle Blicke wandten sich ihm zu, und ein Schauder der Erregung ging durch den Laden, denn selbst wer nicht wusste, dass ihm der Club gehörte, traf nicht häufig auf einen Zweimeterhünen mit rotem Stock, schwarzem Zobelmantel und kurzem Irokesenschnitt.

Außerdem sah man selbst in dem dämmrigen Licht, dass seine Augen violett waren.

Wie gewöhnlich wurde er von zwei Typen gleicher Größe flankiert, die aussahen, als gäbe es bei ihnen Gewehrkugeln zum Frühstück. Xhex war nicht dabei, aber das war in Ordnung. Das war gut.

»Ich will dieser Kerl sein, wenn ich groß bin«, jammerte Qhuinn.

»Aber schneid dir nicht die Haare«, meinte Blay. »Es ist so schö… ich meine, so einen Iro musst du ständig nachschneiden.«

Während Blay sein Bier herunterstürzte, streiften Qhuinns verschiedenfarbige Augen kurz das Gesicht seines Freundes, bevor sie schnell in eine andere Richtung sahen.

John winkte der Kellnerin und orderte einen weiteren Whiskey und verrenkte sich dann, um durch den Wasserfall hindurch auf den allgemein zugänglichen Clubbereich zu blicken. Da draußen auf der Tanzfläche wimmelte es von Frauen, die nach genau dem Ausschau hielten,

was er zu bieten hatte. Er musste nur hingehen und sich eine der Freiwilligen aussuchen.

Guter Plan, aber plötzlich musste er an alleinerziehende Mütter denken. Wollte er wirklich das Risiko eingehen, irgendeine Menschenfrau zu schwängern? Man sollte sich eigentlich auskennen, wann sie ihren Eisprung hatten, doch was zum Teufel wusste er schon über Frauen?

Mit gerunzelter Stirn löste er den Blick von der Tanzfläche, schloss die Faust um seinen frischen Jack Daniel's und konzentrierte sich auf die Mädchen im Dienst.

Professionelle. Die das Spiel kannten, in das er einsteigen wollte. Viel besser.

Er konzentrierte sich auf eine dunkelhaarige Frau, die ein Gesicht hatte wie die Jungfrau Maria.

Marie-Terese, wenn er richtig informiert war. Sie war die Chefin der Mädels, aber sie war auch zu buchen: Im Moment stand sie mit ausgestellter Hüfte vor einem Kerl im Dreiteiler, der sehr interessiert an ihrem Angebot schien.

Komm mit, bedeutete John Qhuinn.

»Wo… okay, verstehe.« Qhuinn leerte sein Bier und drückte sich aus der Bank. »Bis später, schätze ich, Blay.«

»Ja. Viel … Spaß.«

John ging voraus. Die blauen Augen der Brünetten schienen überrascht, als die beiden auf sie zukamen. Mit irgendeiner gesäuselten Entschuldigung trat sie von ihrem Aufriss zurück.

»Ihr braucht etwas?«, fragte sie ohne jeden ironischen Unterton. Aber ihre Freundlichkeit verdankten sie sicher der Tatsache, dass John und die Jungs Ehrengäste des

Reverends waren. Obwohl sie natürlich nicht wusste, warum.

Frag sie, wie viel, bedeutete er Qhuinn. *Für uns beide.*

Qhuinn räusperte sich. »Er möchte wissen, wie viel.«

Sie runzelte die Stirn. »Hängt davon ab, wen ihr wollt. Die Mädchen haben ...« John zeigte auf Marie-Terese. »Mich?«

John nickte.

Als sich Marie-Tereses blaue Augen zusammenzogen und sie die roten Lippen schürzte, stellte sich John diese Lippen auf seiner Haut vor. Seinem Schwanz gefiel die Vorstellung, und er hüpfte in einer fröhlichen Spontanerektion empor. Ja, sie hatte sehr hübsche Li...

»Nein«, sagte sie. »Mich könnt ihr nicht haben.«

Qhuinn sprach, bevor Johns Hände anfangen konnten zu gestikulieren. »Warum? Unser Geld ist so gut wie das von jedermann.«

»Ich kann mir aussuchen, mit wem ich Geschäfte mache. Ein paar der anderen Mädchen denken vielleicht anders darüber. Ihr könnt sie fragen.«

John hätte gewettet, dass die Absage etwas mit Xhex zu tun hatte. Schließlich hatte es in der Vergangenheit eine Menge Blickkontakt zwischen ihm und der Sicherheitschefin gegeben, und Marie-Terese wollte sich wahrscheinlich nicht einmischen.

Sicherlich war das der Grund, redete er sich ein, und nicht die Tatsache, dass nicht einmal eine Prostituierte etwas mit ihm anfangen wollte.

Okay, cool, bedeutete John. *Wen schlägst du vor?*

Qhuinn übersetzte, und sie antwortete: »Ich würde vorschlagen, du gehst zurück zu deinem Whiskey und lässt die Finger von den Mädchen.«

Kommt nicht infrage. Und ich will eine Professionelle.
Wieder übersetzte Qhuinn, und Marie-Tereses Miene verfinsterte sich noch mehr. »Ich will ehrlich sein: Mir kommt es vor, als wolltest du mit dieser Aktion jemandem eins auswischen. Wenn dir nach Sex ist, such dir jemand auf der Tanzfläche oder in einer dieser Nischen. Mach's nicht mit einer von uns, okay?«

Okay. Ganz eindeutig wegen Xhex.

Der alte John hätte ihren Vorschlag angenommen. Scheiß drauf. Der alte John hätte diese Unterhaltung erst gar nicht angefangen. Aber die Dinge hatten sich geändert.

Danke, aber ich glaube, wir fragen eine deiner Kolleginnen. Mach's gut.

John wandte sich ab, während Qhuinn noch übersetzte, aber Marie-Terese ergriff seinen Arm. »In Ordnung. Du willst ein Arschloch sein, dann geh und sprich mit Gina da drüben in Rot.«

John deutete eine Verbeugung an, dann nahm er ihren Vorschlag an und ging zu einer schwarzhaarigen Frau, deren grellrotes Vinyldress als Stroboskop durchgegangen wäre.

Im Gegensatz zu Marie-Terese war sie sofort dabei, noch bevor Qhuinn fragen konnte. »Fünfhundert«, strahlte sie ihnen entgegen. »Für jeden. Ich nehme an, ihr wollt zusammen?«

John nickte, ein bisschen überrascht, wie einfach es war. Doch andrerseits war es das, wofür sie zahlten: Einfachheit.

»Sollen wir nach hinten gehen?«, schlug Gina vor, stellte sich zwischen ihn und Qhuinn, hakte sich ein und führte sie an Blay vorbei, der sich starr auf sein Bier konzentrierte.

Als sie durch den Gang zu den privaten Toiletten gingen, fühlte sich John wie im Fieber: Heiß und losgelöst von seiner Umgebung, trieb er mit dem Fluss mit, einzig gehalten von dem dünnen Arm der Prostituierten, die er für Sex bezahlen würde.

Wenn sie losließ, so kam es ihm vor, würde er einfach davonschweben.

45

Als Xhex die Stufen in den VIP-Bereich hinaufkam, traute sie zuerst ihren Augen nicht. Es sah doch tatsächlich so aus, als gingen John und Qhuinn mit Gina in den hinteren Bereich. Es sei denn natürlich, es gab zufällig noch zwei andere Typen mit einem Tattoo in der Alten Sprache auf dem Nacken oder Schultern so breit wie Rehvs.

Aber das war absolut sicher Gina in ihrem »Rot heißt nicht Stopp«-Fummel.

Trez' Stimme meldete sich in ihrem Ohrstöpsel. »Rehv ist hier und erwartet dich.«

Tja, Pech gehabt, er würde noch ein bisschen länger warten müssen.

Xhex machte kehrt und ging zurück Richtung Samtkordel – zumindest bis sich ein Kerl in einem Prada-Verschnitt vor ihr aufbaute.

»He, Baby, wohin so eilig?«

Dumme Aktion von seiner Seite. Das aufgekokste Stück Irrelevanz hatte sich der falschen Frau in den Weg gestellt.

»Mach Platz, bevor mir die Geduld ausgeht.«

»Was denn, was denn?« Er grapschte nach ihrer Hüfte. »So redet man nicht mit einem echten Ma... Autsch!«

Xhex packte seine Hand, presste seine Knöchel zusam-

men und drehte seinen Arm, bis er wie ein Flamingobein herausstand. »Okay«, fing sie an, »vor einer Stunde und zwanzig Minuten hast du für siebenhundert Dollar Koks gekauft. Trotz der Mengen, die du dir in der Toilette reingezogen hast, ist sicher noch genug übrig, um dich für Drogenbesitz dranzubekommen. Also geh mir verdammt noch mal aus dem Weg. Und wenn du noch einmal versuchst, mich anzufassen, breche ich dir diese Finger, und dann mach ich mich an die andere Hand.«

Damit schubste sie ihn zurück zu seinen Freunden.

Xhex ging weiter, aus dem VIP-Bereich hinaus und vorbei an der Tanzfläche. Unter der Treppe zum Zwischengeschoss gab es eine Tür mit Aufschrift SICHERHEITSPERSONAL, dort tippte sie einen Code ein. Der Flur dahinter führte sie am Mitarbeiterzimmer vorbei zu ihrem Ziel, dem Sicherheitsbüro. Nachdem sie eine weitere Kombination eingegeben hatte, trat sie in den zwanzig Quadratmeter großen Raum, in dem das gesamte Überwachungssystem Daten in die Computer fütterte.

Alles, was auf dem Gelände geschah, mit Ausnahme von Rehvs Büro und Rallys Packraum, die auf einem gesonderten System liefen, wurde hier digital aufgezeichnet und auf grau-blauen Monitoren wiedergegeben.

»He, Chuck«, sprach sie den Kerl hinter dem Schreibtisch an. »Was dagegen, mich einen Moment allein zu lassen?«

»Kein Problem. Ich muss sowieso mal aufs Klo.«

Sie tauschten die Plätze, und Xhex versank in dem Kirk-Sessel, wie die Jungs ihn nannten. »Ich brauche nicht lang.«

»Ich auch nicht, Boss. Willst du was trinken?«

»Danke, nein.«

Als Chuck nickte und sich hinausschob, konzentrierte Xhex sich auf die Monitore, die die Waschräume hinter dem VIP-Bereich zeigten ...

Ach du Scheiße.

Das höllische Dreierpack drängte sich in einer Kabine zusammen, Gina in der Mitte. John küsste sich gerade zu ihren Brüsten hinunter, während Qhuinn, der hinter ihr stand, seine Hände um ihre Hüften nach vorne schob.

Eingequetscht zwischen den beiden Männern, machte Gina nicht den Eindruck, als würde sie arbeiten. Sie sah aus wie eine Frau, die gerade nach allen Regeln der Kunst verwöhnt wurde.

Verdammt.

Obwohl es wenigstens Gina war. Xhex hatte keine echte Beziehung zu ihr, weil sie ganz neu bei ihnen war, also war es nicht viel anders, als würde John es irgendeiner Braut von der Tanzfläche besorgen.

Xhex lehnte sich zurück und zwang sich, auf die anderen Bildschirme zu sehen. Überall waren Leute zu sehen, flimmernde Bilder davon, wie sie tranken, Lines zogen, es miteinander trieben, tanzten, redeten oder in die Ferne starrten, füllten ihr Gesichtsfeld.

Das war gut, dachte sie. Das war ... gut. John hatte seine romantischen Illusionen abgelegt und sich anders ausgerichtet. Das war gut ...

»Xhex, wo bist du?«, ertönte Trez' Stimme in ihrem Ohrstöpsel.

Sie riss die Uhr an den Mund und fauchte: »Gleich, verdammt!«

Die Antwort des Mauren war typisch ruhig. »Alles okay?«

»Ich ... tut mir leid. Ich komme.«

Ja, und genau das tat Gina auch. Himmel.

Xhex erhob sich aus dem Kirk-Sessel, und ihre Augen wanderten zurück zu dem Monitor, den sie absichtlich gemieden hatte.

Die Sache war vorangegangen. Schnell.

John bewegte die Hüften.

Gerade als Xhex zusammenzuckte und gehen wollte, blickte er in die Überwachungskamera. Ob er es wusste, oder ob sein Blick einfach dorthin fiel, war schwer zu sagen.

Scheiße. Sein Gesicht war finster, die Kiefer zusammengepresst, der Blick seelenlos auf eine Art, die ihr das Herz brach.

Xhex versuchte seinen Wandel nicht als das zu sehen, was er war, aber sie scheiterte. Sie war dafür verantwortlich. Vielleicht war sie nicht der einzige Grund, warum seine Seele versteinert war, aber sie war ein großer Teil davon.

Er sah zur Seite.

Sie wandte sich ab.

Chuck steckte den Kopf zur Tür herein. »Brauchst du noch länger?«

»Nein, danke, ich habe genug gesehen.«

Sie klopfte dem Mann auf die Schulter und ging hinaus in den Gang, wo sie sich nach rechts wandte. Am Ende des Gangs lag eine verstärkte schwarze Tür. Xhex gab eine weitere Zahlenkombination ein und gelangte in den Flur zu Rehvs Büro. Als sie durch die Tür trat, blickten ihr die drei Männer um den Tisch misstrauisch entgegen.

Sie lehnte sich an die schwarze Wand ihnen gegenüber. »Was?«

Rehv verschränkte die Arme. »Kommst du eigentlich gerade in die Triebigkeit?«

Bei diesen Worten vollführten Trez und iAm die Handbewegung, mit der die Schatten Unheil abwehrten.

»Was? Nein! Warum fragst du?«

»Weil du, sei nicht böse, furchtbar reizbar bist.«

»Bin ich nicht.« Als die Männer Blicke tauschten, blaffte sie: »Hört auf damit!«

Na super, jetzt schauten sie sich alle betont *nicht* an.

»Könnten wir dieses Meeting hinter uns bringen?«, bat sie und versuchte, ihren Tonfall etwas zu mildern.

Rehv ließ die Arme fallen und lehnte sich nach vorne. »Ja. Ich muss gleich zu einem Treffen mit dem Rat.«

»Sollen wir mitkommen?«, fragte Trez.

»Solange keine wichtigen Termine nach Mitternacht anstehen.«

Xhex schüttelte den Kopf. »Das letzte Treffen dieser Woche war um neun und verlief ohne Zwischenfälle. Obwohl unser Käufer extrem nervös war, und das war noch bevor wir über Polizeifunk erfuhren, dass schon wieder ein Drogendealer tot aufgefunden wurde.«

»Dann sind jetzt nur noch zwei von unseren sechs Subunternehmern übrig. Mann, da tobt wirklich ein Grabenkrieg.«

»Und wer immer diesen Zirkus abzieht, arbeitet sich langsam hoch.«

Trez meldete sich zu Wort: »Deshalb finden iAm und ich, dass du rund um die Uhr jemanden bei dir haben solltest, bis diese Sache ausgestanden ist.«

Rehv schien genervt, aber er widersprach nicht. »Haben wir eine Ahnung, wer all diese Leichen produziert?«

»Na ja, also«, fing Trez an, »die Leute glauben, das wärst du.«

»So ein Unsinn. Warum sollte ich meine eigenen Kunden beseitigen?«

Jetzt war es Rehv, der von der versammelten Runde angestarrt wurde. »Ach, kommt schon«, meinte er, »*so* schlimm bin ich auch nicht. Na ja, okay, aber nur, wenn mich jemand verarschen will. Und diese vier Toten waren ganz solide Geschäftsleute. Zogen keinen Scheiß ab. Das waren gute Kunden.«

»Hast du mit deinen Lieferanten geredet?«, wollte Trez wissen.

»Ja. Ich habe ihnen gesagt, dass sie auf weitere Weisungen warten sollen und dass ich davon ausgehe, die gleichen Mengen abzusetzen. Für die toten Dealer findet sich sicher bald Ersatz. Dealer schießen für gewöhnlich wie Pilze aus dem Boden.«

Es entstand eine Diskussion über den Markt und die Preise, dann sagte Rehv: »Bevor uns die Zeit ausgeht, berichtet vom Club. Was ist los?«

Okay, großartige Frage, dachte Xhex. Der Knüller des Abends? John Matthew wahrscheinlich. Auf den Knien vor Gina.

»Xhex, knurrst du etwa?«

»Nein.« Sie riss sich zusammen und gab einen kurzen Überblick über die Ereignisse der Nacht. Trez berichtete vom *Iron Mask*, das ihm übertragen worden war, und dann redete iAm über die Finanzen und über *Sal's Restaurant*, einen weiteren Laden von Rehv. Alles in allem liefen die Geschäfte ganz normal – wenn man davon absah, dass viele davon nach menschlichem Gesetz als Kapitalverbrechen galten. Dennoch war Xhex in Gedanken

nur halb bei der Sache, und als ihre Besprechung endete, war sie als Erste an der Tür, obwohl sie normalerweise immer noch ein bisschen länger blieb.

Sie kam genau zum richtigen Zeitpunkt aus dem Büro.

Für einen Tritt in die Nieren.

Genau in diesem Moment erschien Qhuinn am Ende des Gangs, an dem die privaten Waschräume lagen, mit geröteten, geschwollenen Lippen und zerzaustem Haar. Ihn umwehte der Geruch von Sex und Orgasmen und raffinierten schmutzigen Spielchen.

Sie blieb stehen, obwohl das eine bescheuerte Idee war.

Gina kam als Nächste, und sie sah aus, als könnte sie einen Drink gebrauchen. So was in Richtung Gatorade. Die Frau schien keine Knochen mehr zu haben, aber nicht, weil sie ihre aufreizende Balzshow abzog, sondern weil sie ordentlich bedient worden war, und das verklärte Lächeln auf ihren Lippen war für Xhex' Geschmack deutlich zu persönlich und ehrlich.

Als Letzter kam John – erhobenen Hauptes, Blick voraus, Schultern gestrafft.

Er war fantastisch gewesen. Darauf würde sie wetten ... einfach fantastisch.

Er wandte den Kopf und sah Xhex. Verschwunden war der schüchterne Blick, das Erröten, das verlegene Herumgedrucke. Er nickte knapp und sah in die andere Richtung, gefasst ... und bereit für mehr Sex, so wie er die nächste Prostituierte ins Auge fasste.

Ein unbehaglicher, unvertrauter Schmerz fuhr ihr in die Brust und brachte ihren gleichmäßigen Herzschlag aus dem Rhythmus. In ihrem Bemühen, ihn vor dem Unglück zu bewahren, das ihrem letzten Liebhaber gesche-

hen war, hatte sie etwas in ihm zerstört: Ihre Abweisung hatte ihm etwas Kostbares geraubt.

Seine Unschuld war verloren.

Xhex hielt sich die Uhr an den Mund. »Ich brauche etwas Frischluft.«

Trez war ganz ihrer Meinung: »Gute Idee.«

»Ich bin zurück, bevor ihr zu dem Ratstreffen geht.«

Bei seiner Rückkehr aus dem Unterschlupf seines Vaters gab sich Lash nur zehn Minuten, um wieder zu sich zu kommen, dann stieg er in den Mercedes und fuhr zu der schäbigen Ranch, wo sie die Drogen abgepackt hatten. In seinem Zustand grenzte es an ein Wunder, dass er nicht irgendwo hineinkrachte, und fast wäre das auch passiert. Als er sich die Augen rieb und gleichzeitig eine Nummer auf dem Handy wählte, bremste er nicht schnell genug an einer Ampel. Dass seine Reifen Halt fanden, war allein den Streufahrzeugen der Stadt Caldwell zu verdanken, die schon ihre Runde gedreht hatten.

Er legte das Handy weg und konzentrierte sich auf die Straße. Wahrscheinlich war es ohnehin besser, nicht mit Mr. D zu sprechen, solange er noch vom Aufenthalt bei seinem Vater benebelt war.

Mist, die Heizung machte ihn noch müder.

Lash ließ das Fenster runter und schaltete den heißen Luftstrom ab, der ihm ins Gesicht blies. Als er vor der alten Bruchbude anhielt, war er schon viel wacher. Er parkte hinter dem Haus, sodass der Benz durch die abgeschirmte Veranda und die Garage verdeckt war, und ging durch die Küchentür rein.

»Wo seid ihr?«, rief er. »Was gibt's Neues?«

Stille.

Er steckte den Kopf in die Garage. Da dort nur der Lexus stand, folgerte er, dass Mr. D, Grady und die anderen beiden auf dem Rückweg von ihrem Rendezvous mit dem Dealer waren. Also blieb ihm Zeit für einen kleinen Imbiss. Lash ging zu dem Kühlschrank, der für ihn aufgefüllt worden war, und rief den kleinen Texaner auf dem Handy an. Es klingelte einmal. Zweimal.

Gerade als er ein belegtes Putensandwich aus dem Kühlschrank zog und das Verfallsdatum prüfte, meldete sich Mr. Ds Mailbox.

Lash richtete sich auf und starrte auf sein Handy. Er kam nie bis zur Mailbox. Nie.

Aber vielleicht hatte sich das Treffen verschoben, und sie waren gerade mittendrin.

Lash aß in der Erwartung, sicher gleich zurückgerufen zu werden. Als das nicht geschah, ging er ins Wohnzimmer, fuhr den Laptop hoch und startete die GPS-Software, die alle Handys der Gesellschaft der *Lesser* auf der Karte von Caldwell anzeigte. Er suchte nach Mr. Ds und entdeckte …

Der Typ bewegte sich schnell, und zwar in östlicher Richtung. Und die zwei anderen *Lesser* waren bei ihm.

Also warum ging er nicht ans Handy?

Verdächtig. Lash rief erneut an und lief in der Bruchbude umher, während es läutete und läutete. Im Haus war alles beim Alten, soweit er sehen konnte. Das Wohnzimmer war wie gehabt und die beiden Gästezimmer und das Schlafzimmer waren in Ordnung, alle Fenster geschlossen, die Rollläden heruntergelassen.

Er rief den Texaner ein drittes Mal an und ging den Flur an der Seite des Hauses entlang, die zur Straße lag …

Plötzlich blieb Lash stehen und riss den Kopf zu der

Tür herum, die er noch nicht geöffnet hatte – und unter der ein kalter Luftzug hindurchzog.

Er musste die Tür nicht öffnen, um zu wissen, was geschehen war, aber er brach sie trotzdem auf. Das Fenster war eingeschlagen, und um das Sims herum waren schwarze Streifen – Gummi, nicht Jägerblut.

Ein kurzer Blick aus dem Fenster zeigte Fußspuren in Richtung Straße in der dünnen Schneeschicht. Der Marsch hatte sicher nicht lange gedauert. In dieser ruhigen Nachbarschaft gab es genügend Autos, die man kurzschließen konnte, eine Fertigkeit, die jeder Kleinkriminelle beherrschte.

Grady hatte sich aus dem Staub gemacht.

Das überraschte Lash. Grady war nicht gerade der Hellste, aber die Cops waren hinter ihm her. Warum sollte er sich einen zweiten Suchtrupp aufhalsen?

Lash ging ins Wohnzimmer und sah sich um. Sein Blick fiel auf die Couch, und er runzelte die Stirn. Dort lag noch immer Gradys versiffter Pizzakarton ... und das *Caldwell Courier Journal.*

Aufgeschlagen auf der Seite mit den Todesanzeigen.

Lash dachte an Gradys aufgeschürfte Knöchel und nahm die Zeitung ...

Die Zeitung roch nach ... Old Spice. Aha, Mr. D war also nicht ganz bescheuert und hatte sich das Ding auch angesehen ...

Lash überflog die Anzeigen. Ein paar Siebzig- und Achtzigjährige. Eine Sechzigjährige. Zwei in ihren Fünfzigern. Keiner von ihnen hieß Grady mit Nachnamen oder zweitem Vornamen. Drei Leute von außerhalb mit Verwandtschaft in Caldie ...

Und dann das: Christianne Andrews, vierundzwan-

zig. Die Todesursache wurde nicht genannt, aber ihr Todestag war Sonntag, und das Begräbnis hatte heute auf dem Pine Grove Friedhof stattgefunden. Der Knackpunkt: *Statt Blumen und Kränzen bitten wir um Spenden an das polizeiliche Hilfswerk für Opfer häuslicher Gewalt.*

Lash stürzte an den Laptop und sah sich den GPS-Bericht an. Mr. Ds Escort raste ... wer hätte das gedacht: auf den Pine Grove Friedhof zu, wo die einst liebliche Christianne für alle Ewigkeiten in die Arme der Engel gebettet wurde.

Jetzt konnte er sich Gradys Vorgeschichte zusammenreimen: Das Arschloch prügelt seine Liebste, bis er seine Liebesbekundungen eines Nachts übertreibt und sie schließlich abkratzt. Die Cops finden die Leiche und fangen an, sich nach dem Freund umzusehen, dem alten Dealer, der den beruflichen Stress mit zu seiner Süßen nach Hause getragen hat. Kein Wunder, dass sie hinter ihm her waren.

Und die Liebe siegte über alles ... sogar über den Verstand von Kriminellen.

Lash ging vor die Tür und materialisierte sich zum Friedhof. Er freute sich schon auf diesen menschlichen Trottel und auch auf ein Treffen mit den idiotischen Jägern, die besser auf ihn aufpassen hätten sollen.

Er nahm nur zehn Meter entfernt von einem parkenden Auto Gestalt an – sodass ihn der Kerl darin beinahe gesehen hätte. Eilig verschwand Lash hinter einer Frauenstatue in fließendem Gewand und schielte zu dem Wagen herüber: Dem Geruch nach saß ein Mensch darin. Ein Mensch mit einer Menge Kaffee.

Ein verdeckter Ermittler der Polizei. Der ohne Zweifel

auch darauf hoffte, dass dieses Stück Scheiße von Grady zu dem Mädchen zurückkehrte, das er ermordet hatte.

Nun, warten konnte man auch zu zweit.

Lash holte sein Handy heraus und schirmte das helle Display ab. Er hoffte nur, dass Mr. D seine SMS noch las. Nachdem die Polizei hier war, wollte Lash die Sache mit Grady lieber alleine regeln.

Und dann würde er sich den Penner vorknüpfen, der den Menschen lang genug allein gelassen hatte, damit er entkommen konnte.

46

Wrath stand am Fuß der großen Freitreppe und beendete seine Vorbereitungen für das Treffen mit der *Glymera,* indem er eine Kevlar-Weste überstreifte. »Sie ist leicht«, stellte er fest.

»Gewicht ist nicht immer ein Qualitätsmerkmal«, meinte V, zündete sich eine Selbstgedrehte an und ließ sein goldenes Feuerzeug zuschnappen.

»Bist du dir da sicher?«

»Bei kugelsicheren Westen, ja.« Vishous stieß eine Rauchwolke aus, die kurz sein Gesicht umrahmte, bevor sie Richtung Deckengemälde aufstieg. »Aber wenn dir wohler dabei ist, können wir dir auch ein Garagentor vor die Brust schnallen. Oder ein Auto, wenn wir schon dabei sind.«

Schwere Schritte hallten in der prächtigen edelsteinfarbenen Eingangshalle wider, als Rhage und Zsadist gemeinsam die Treppe herunterkamen, ein Paar aufrechter Killer mit den Dolchen der Bruderschaft um die Oberkörper geschnallt, die Griffe nach unten. Als sie sich vor Wrath aufstellten, klingelte es an der Haustür, und Fritz eilte herbei, um Phury reinzulassen, der sich von den Adirondacks herunter materialisiert hatte, ebenso wie Butch, der gerade über den Hof lief.

Wrath durchzuckte es wie eine elektrische Entladung,

als er seine Brüder ansah. Obwohl zwei von ihnen immer noch nicht wieder mit ihm sprachen, spürte er das gemeinsame Kriegerblut durch ihre Adern strömen. Sie alle verband das Verlangen, den Feind zu bekämpfen, sei es nun *Lesser* oder ein Angehöriger des eigenen Volkes.

Ein leises Geräusch auf der Treppe ließ ihn den Kopf drehen.

Tohr kam vorsichtig vom ersten Stock herunter, als traue er seinen Beinen noch nicht ganz. Soweit Wrath sehen konnte, trug der Bruder eine Camouflagehose, die auf jungenhaft schmalen Hüften saß, und sein dicker schwarzer Rollkragenpulli schlackerte unter den Armen, doch an dem Ledergürtel, der nur mit Mühe die Hose hielt, hingen zwei Pistolen.

Neben ihm ging Lassiter, aber zur Abwechslung hielt der Engel ausnahmsweise sein Schandmaul. Er sah nicht, wo er hintrat. Aus irgendeinem Grund blickte er zu dem Deckengemälde auf, zu den Kriegern, die dort in den Wolken kämpften.

Die Brüder sahen Tohr entgegen, aber er blieb nicht stehen, mied ihre Blicke und lief einfach nur weiter, bis er die Halle mit dem Mosaikfußboden erreichte. Und auch dort blieb er nicht stehen, sondern ging weiter, an den Brüdern vorbei zu der Tür, die in die Nacht hinaus führte, und wartete.

Die einzige Erinnerung an sein früheres Selbst war der entschlossene Zug um den Mund. Er würde mitgehen, keine Diskussion.

Tja, falsch gedacht.

Wrath ging zu ihm und sprach ihn leise an: »Tut mir leid, Tohr …«

»Dir muss nichts leidtun. Gehen wir.«

»Nein.«

Ein verlegenes Füßescharren war zu hören, als wäre es den anderen Brüdern genauso unangenehm wie Wrath.

»Du bist noch nicht stark genug.« Wrath wollte Tohr die Hand auf die Schulter legen, aber er hätte sie nur weggeschlagen, danach zu urteilen, wie sich der hagere Mann anspannte. »Warte einfach, bis du wieder fit bist. Dieser Krieg – dieser verdammte Krieg wird noch lang genug dauern.«

Die Standuhr im ersten Stock schlug, der rhythmische Klang drang aus Wraths Arbeitszimmer und über die mit goldenem Blattwerk verzierte Balustrade zu den Brüdern. Halb zwölf. Zeit zu gehen, wenn sie den Versammlungsort besichtigen wollten, bevor die Mitglieder der *Glymera* eintrafen.

Wrath fluchte verhalten und blickte über die Schulter zu den fünf schwarz gekleideten Kriegern, die als Einheit beisammenstanden. Ihre Körper summten vor Kraft, ihre Waffen waren nicht nur, was an Halftern und Gurten hing, sondern ihre Hände und Füße, die Arme und Beine und ihre Köpfe. Ihr Durchsetzungsvermögen lag in ihrem Blut, die Fertigkeit und die Kraft in ihren Muskeln.

Zum Kämpfen brauchte man beides. Der Wille allein reichte nicht.

»Du bleibst«, bestimmte Wrath. »Und damit Schluss.«

Mit einem Fluch stapfte er in den Eingangsflur und verließ ihn auf der anderen Seite wieder. Es war ein schreckliches Gefühl, Tohr zurückzulassen, aber ihm blieb keine Wahl. Der Bruder war so geschwächt, dass er für sich selbst eine Gefahr darstellte, und er wäre eine Ablenkung. Wenn er mitkam, würden alle Brüder an ihn

denken, und die ganze Gruppe wäre nicht bei der Sache – und das konnten sie nicht brauchen bei einem Treffen mit jemandem, der vielleicht versuchte, den König zu ermorden. Zum zweiten Mal in dieser Woche.

Die Haustür schloss sich donnernd, Tohr auf der anderen Seite, und die Brüder standen im schneidenden Wind, der den Berg hinauffuhr, über den Hof fegte und um die Ansammlung von Autos strich.

»Verdammt«, murmelte Rhage, als sie die Augen zum Horizont hoben.

Nach einer Weile blickte Vishous zu Wrath, und sein Profil zeichnete sich gegen den grauen Himmel ab. »Wir müssen …«

Ein Pistolenschuss knallte, und die Selbstgedrehte zwischen Vishous' Lippen wurde vor seinem Mund abgeschnitten. Oder war sie einfach zerstäubt?

»Scheiße!«, schrie V und wich zurück.

Alle wirbelten herum und griffen nach den Waffen, obwohl vollkommen ausgeschlossen war, dass ihr Feind auch nur in der Nähe der großen steinernen Festung war.

Tohr stand seelenruhig in der Eingangstür des Herrenhauses, die Füße hüftbreit auseinander, die Hände um den Griff der Pistole geschlossen, die er gerade abgefeuert hatte.

V stürzte sich auf ihn, doch Butch umklammerte ihn von hinten und hielt ihn davon ab, Tohr zu Boden zu reißen.

Doch Vs Mundwerk war nicht zu stoppen: »*Was hast du dir verdammt noch mal dabei gedacht?*«

Tohr ließ die Mündung sinken. »Ich kann vielleicht noch nicht mit den Fäusten kämpfen, aber ich bin der beste Schütze von uns.«

»Du bist total verrückt«, blaffte V. »Das bist du.«

»Glaubst du wirklich, ich hätte dir eine Kugel in den Kopf gejagt?« Tohr sprach ganz ruhig. »Ich habe die Frau meines Lebens verloren. Ich bin nicht darauf aus, auch noch einen meiner Brüder zu verlieren. Wie gesagt, keiner schießt so gut wie ich, und darauf solltet ihr in einer solchen Nacht nicht verzichten.« Tohr steckte seine SIG ins Halfter. »Und bevor ihr mich jetzt löchert, warum ich das getan habe: Ich musste ein Zeichen setzen, und es war besser, als dir das dämliche Ziegenbärtchen abzuschießen. Nicht, dass ich nicht töten würde, um dir die Rasur zu verpassen, nach der dein Kinn schreit.«

Es gab eine lange Pause.

Wrath fing schallend an zu lachen. Was natürlich verrückt war. Aber der Gedanke, Tohr nicht zurücklassen zu müssen wie einen Hund, der nicht mit auf den Familienausflug durfte, war so eine unendliche Erleichterung, dass er nur noch loswiehern konnte.

Rhage fiel als Erster ein. Er warf den Kopf zurück, sodass sich die Lichter des Hauses in seinem hellblonden Haar fingen und seine weißen Zähne blitzten. Als er lachte, fuhr seine große Hand an sein Herz, als hoffte er, sich das Ding nicht aus der Brust zu prusten.

Butch folgte als Nächster. Der Bulle bellte los und verlor den Halt um seinen besten Freund. Phury lächelte eine Sekunde, dann begannen seine großen Schultern zu beben – was Z ansteckte, sodass sein vernarbtes Gesicht bald nur noch ein großes, breites Grinsen war.

Tohr lächelte nicht, aber es lag ein Schimmer von seinem früheren Selbst in der Zufriedenheit, mit der er sich wieder auf die Fersen kippen ließ. Tohr war immer ein besonnener Typ gewesen, dem mehr an Einklang und

Ordnung innerhalb der Gruppe gelegen war als an Witzen und großen Reden. Aber das hieß nicht, dass er keinen Spaß verstand.

Deswegen hatte er sich auch so gut als Anführer der Bruderschaft geeignet. Er brachte die richtigen Voraussetzungen mit: einen wachen Geist und ein warmes Herz.

Inmitten des Lachens blickte Rhage Wrath von der Seite an. Ohne ein Wort zu sagen, umarmten sich die beiden, und als sie sich voneinander lösten, entschuldigte sich Wrath bei seinem Bruder auf die männliche Art – mit einem ordentlichen Schlag auf die Schultern. Dann wandte er sich an Zsadist, und Z nickte. Was seine Kurzform für: *Ja, du warst ein Arschloch, aber du hattest deine Gründe, und es ist okay* war.

Es war schwer zu sagen, wer damit anfing, aber einer legte dem anderen den Arm um die Schultern, und dann tat es ihm der Nächste gleich, und bald standen sie verschlungen zusammen wie ein Footballteam. Es war ein unregelmäßiger Kreis, den sie da im kalten Wind bildeten. Aber zusammengeschlossen ergaben sie eine Einheit.

Und als er so Hüfte an Hüfte mit seinen Brüdern dastand, sah Wrath es als etwas Besonderes und Seltenes an, was er einst für selbstverständlich gehalten hatte: Die Bruderschaft war wieder vereint.

»He, darf ich mitschmusen?«

Bei Lassiters Worten hoben sie die Köpfe. Der Engel stand auf den Stufen vor dem Haus, und sein Glanz warf ein wunderschönes, weiches Licht in die Nacht.

»Darf ich ihn schlagen?«, bettelte V.

»Später«, versprach Wrath und löste sich aus der Umschlingung. »So oft du willst.«

»Nicht gerade, was mir vorgeschwebt hatte«, murmel-

te der Engel, als sie sich einer nach dem anderen zu dem Treffen materialisierten, während Butch mit dem Auto fuhr, um sie dort zu treffen.

Xhex nahm in einer Gruppe von Kiefern etwa hundert Meter von Chrissys Grab entfernt Gestalt an. Sie hatte diesen Ort nicht gewählt, weil sie erwartete, Grady am Grab stehen und in die Ärmel seiner Adlerjacke schniefen zu sehen, sondern aus dem Grund, weil sie sich noch beschissener fühlen wollte, als sie es ohnehin schon tat – und dafür konnte sie sich keinen besseren Ort vorstellen als das Grab, in das man Chrissy im Frühling legen würde.

Doch zu ihrer Überraschung war sie nicht allein. Aus zwei Gründen.

Der Wagen, der gleich hinter der Kurve parkte, mit guter Sicht auf das Grab, gehörte zweifelsohne de la Cruz oder einem seiner Untergebenen. Aber da war noch etwas.

Eine böse Macht, um genau zu sein.

Jede Faser ihrer *Symphathen*-Natur mahnte sie zur Vorsicht. Soweit sie beurteilen konnte, war das Ding ein *Lesser,* aber irgendwie getunt und mächtiger, und in einem Anflug von Selbstschutz isolierte sie sich und verschmolz mit ihrer Umgebung …

Und schon gab es das nächste unerwartete Ereignis.

Aus nördlicher Richtung näherte sich eine Gruppe von Männern, zwei große und ein kleiner. Alle waren schwarz angezogen, hellhäutig und blond wie Norweger.

Super. Wenn es keine neue Gang von Aufschneidern mit einem Faible für Préférence von L'Oréal in der Stadt gab, waren diese Blondschöpfe Jäger.

Die Cops, die Gesellschaft der *Lesser* und etwas Schlimmeres, und alle hüpften sie um Chrissys Grab herum? Wer hätte das gedacht.

Xhex wartete und beobachtete, wie sich die Jäger aufteilten und hinter Bäumen versteckten.

Es gab nur eine Erklärung: Grady hatte sich mit den *Lessern* eingelassen. Im Grunde war das keine Überraschung, schließlich rekrutierten sie ihre Männer gerne unter Kriminellen, insbesondere unter den gewalttätigen.

Xhex ließ die Minuten verstreichen und harrte einfach der Actionszenen, die bei dieser Starbesetzung bevorstehen mussten. Eigentlich sollte sie zurück zum Club, aber dort mussten sie einfach ohne sie auskommen, denn hier konnte sie auf keinen Fall weg.

Grady musste auf dem Weg hierher sein.

Noch mehr Zeit verstrich, der Wind blies, und dunkelblaue und hellgraue Wolken zogen am Mond vorbei.

Und dann, einfach so, gingen die *Lesser* wieder.

Und dieses Böse dematerialisierte sich ebenfalls.

Vielleicht hatten sie aufgegeben, aber das schien unwahrscheinlich. Denn was Xhex über *Lesser* wusste, litten sie unter einigem, aber ADHS fiel nicht darunter. Das hieß, dass sie entweder zu etwas Wichtigerem abgezogen worden waren oder es sich anders überlegt hatten.

Dann hörte sie das Knirschen von Kieseln.

Sie blickte über die Schulter und sah Grady.

Die Arme in einem zu großen schwarzen Parka vergraben, schlurfte er gebückt durch den dünnen Schnee. Er blickte um sich und suchte nach dem neuesten Grab, und wenn er weiterging, würde er Chrissys Ruhestätte bald finden.

Natürlich würde er dann auch den Bullen in dem Zivilfahrzeug sehen.

Okay. Zeit, einzugreifen.

Wenn die Jäger wirklich weg waren, konnte Xhex mit dem Bullen zurechtkommen.

Diese Gelegenheit würde sie sich nicht entgehen lassen. Ausgeschlossen.

Sie stellte ihr Handy aus und machte sich zur Arbeit bereit.

47

»Verdammt, wir müssen los«, schimpfte Rehv hinter seinem Schreibtisch. Nach einem weiteren vergeblichen Versuch, Xhex anzurufen, warf er sein neues Handy weg wie ein Stück Schrott. Das entwickelte sich in letzter Zeit regelrecht zu einer schlechten Angewohnheit bei ihm. »Ich weiß nicht, wo zur Hölle sie steckt, aber wir müssen los.«

»Sie wird schon zurückkommen.« Trez zog einen schwarzen Ledertrenchcoat an und ging zur Tür. »Und es ist ohnehin besser, wenn sie nicht dabei ist, in dieser Stimmung. Ich sage dem Schichtleiter, dass er alles an mich weiterleiten soll, dann hole ich den Bentley.«

Als Trez verschwand, überprüfte iAm noch einmal die zwei H&Ks, die er unter den Achseln trug. In seinen schwarzen Augen lag eine tödliche Präzision, seine Hände waren vollkommen ruhig. Zufrieden hob er einen stahlgrauen Ledertrenchcoat auf und zog ihn an.

Dass die Brüder ähnliche Mäntel trugen, war nur logisch. iAm und Trez hatten den gleichen Geschmack. In allem. Obwohl sie keine Zwillinge waren, kleideten sie sich ähnlich, benutzten die gleichen Waffen und teilten ihre Gedanken, Wertvorstellungen und Prinzipien.

Es gab nur eines, worin sie sich unterschieden. Während iAm an der Tür stand, schwieg er und war reglos wie ein Dobermann im Dienst. Aber nur weil er wort-

karg war, war er nicht weniger tödlich als sein Bruder, denn die Augen des Kerls sprachen Bände, auch wenn sein Mund verschlossen blieb. iAm entging nie etwas.

Auch nicht, wie sich herausstellte, das Antibiotikum, das Rehv aus seiner Tasche zog und schluckte. Und ebenso bemerkte er, dass diesmal beim Dopamin eine sterile Nadel zum Einsatz kam.

»Gut«, bemerkte er, als Rehv den Ärmel wieder herunterrollte und sein Jackett anzog.

»Was ist gut?«

iAm sah ihn nur an, und seine Augen sagten: Tu nicht so, du weißt genau, was ich meine.

Das tat er oft. Mit einem Blick sagte er alles.

»Egal«, murmelte Rehv. »Glaub jetzt bloß nicht, ich hätte eine neue Seite aufgeschlagen.«

Er kümmerte sich vielleicht um die Entzündung in seinem Arm, aber in seinem Leben gab es immer noch einen ganzen Haufen Dreck.

»Sicher nicht?«

Rehv verdrehte die Augen und stand auf. Dabei steckte er eine Tüte M & M's in die Tasche seines Zobelmantels. »Vertrau mir.«

iAm wollte schon spotten, da fiel sein Blick auf die Manteltasche. »Schmilzt im Mund, nicht in der Hand.«

»Ach, halt den Mund. Die Tabletten muss man zum Essen einnehmen. Hast du zufällig ein Schinken-Käse-Sandwich bei dir? Ich nämlich nicht.«

»Ich hätte dir Pasta mit *Sal's Sauce* gemacht und mitgebracht. Sag mir das nächste Mal einfach früher Bescheid.«

Rehv ging aus dem Büro. »Werd bloß nicht fürsorglich, sonst fühle ich mich scheiße.«

»Dein Problem.«

iAm sprach in seine Uhr, als sie aus dem Büro gingen, und Rehv vertrödelte keine Zeit zwischen dem Hinterausgang des Clubs und dem Wagen. Sobald er im Bentley saß, verschwand iAm. Er reiste als fließender Schatten über den Boden, fuhr durch die Seiten einer Zeitschrift, brachte eine Mülltonne zum Klappern und wirbelte losen Schnee auf.

Er würde als Erster beim Treffpunkt ankommen und schon mal aufschließen, während Trez den Bentley fuhr.

Rehv hatte das Treffen aus zwei Gründen dorthin verlegt: Erstens war er der *Leahdyre,* also bestimmte er, wo sich der Rat traf, und er wusste, dass der *Glymera* dieser Ort widerstrebte, weil sie ihn als ihrer nicht würdig empfand. Stets ein Vergnügen. Und zweitens war der Laden eine seiner Anlageimmobilien, also fand das Treffen auf seinem Grund und Boden statt.

Stets eine Notwendigkeit.

Salvatores Restaurant, Heim der berühmten »Sal Sauce«, war eine italienische Institution in Caldie und bestand seit über fünfzig Jahren. Als der Enkel des Gründers, Sal III, wie man ihn nannte, eine scheußliche Spielsucht entwickelte und sich mit 120 000 Dollar bei Rehvs Buchmachern verschuldete, war es zu einem guten Tausch gekommen: Der Enkel überschrieb Rehv das Restaurant, und Rehv brach nicht mit der dritten Generation.

Was, anders ausgedrückt, bedeutete, dass er ihm nicht die Ellbogen und Knie zertrümmerte, bis er künstliche Gelenke brauchte.

Ach ja, und das Geheimrezept für *Sal's Sauce* hatte zur Ausstattung des Restaurants gehört – eine Zusatzbedingung von iAm: Während der Verhandlungen, die immer-

hin eineinhalb Minuten gedauert hatten, hatte sich der Schatten zu Wort gemeldet: kein Rezept, kein Deal. Und er hatte einen Verkostungstest gefordert, um sicherzustellen, dass das Rezept auch stimmte.

Seit dieser Transaktion hatte der Maure das Lokal geführt. Und siehe da: Es machte Profit. Aber so war das nun mal, wenn man nicht jeden abfallenden Cent abzweigte und auf miserable Footballteams verwettete. Der Laden brummte, das Essen erreichte wieder den alten Standard, und das Restaurant bekam ein ernsthaftes Lifting in Form neuer Tische, Stühle, Tischdecken, Läufer und Leuchter verpasst.

Alles genau der ursprünglichen Einrichtung entsprechend.

Mit Traditionen wurde nicht rumgefickt, wie iAm immer sagte.

Die einzige kleine Änderung war unsichtbar: Ein durchgängiges Stahlnetz wurde in alle Mauern und Decken eingelassen, und alle Türen außer einer wurden damit verstärkt.

Niemand materialisierte sich ohne Wissen und Zustimmung des Managements hier rein oder raus.

Offiziell gehörte der Laden Rehv, aber iAm war der Verantwortliche, und der Maure hatte allen Grund, auf seine Arbeit stolz zu sein: Selbst den alteingesessenen Itakern schmeckte es bei ihm.

Fünfzehn Minuten später hielt der Bentley unter dem Vordach des ausladenden einstöckigen Gebäudes aus rotem Backstein. Die Außenbeleuchtung war ausgeschaltet, sogar die Beleuchtung des Namensschilds, obwohl auf dem leeren Parkplatz altmodische Gaslampen einen orangefarbenen Glanz verstrahlten.

Trez verharrte bei laufendem Motor in der Dunkelheit, die kugelsicheren Türen des Autos verschlossen, und kommunizierte auf Schattenart mit seinem Bruder. Dann nickte er und schaltete den Motor aus.

»Alles klar.« Er stieg aus, ging um den Bentley herum und öffnete die Hintertür, während Rehv nach dem Stock griff und seinen tauben Körper aus dem Ledersitz hievte. Als die beiden über die Steinplatten zu den schweren schwarzen Türen gingen und sie aufzogen, hielt der Maure seine Waffe in der Hand an die Hüfte gepresst.

Ins *Sal's* zu kommen war wie ins Rote Meer einzutauchen. Wortwörtlich.

Frank Sinatra begrüßte sie mit »Wives and Lovers« aus Lautsprechern, die in die rote Samtdecke eingelassen waren. Der rote Teppich unter ihren Füßen war ganz neu und leuchtete dunkel wie frisch vergossenes Menschenblut. Um sie herum zog sich ein schwarzes Akanthusblatt-Muster über rote Wände, und die Beleuchtung war wie im Kino, d.h., sie stammte hauptsächlich aus dem Boden. Während des normalen Betriebes waren Empfang und Garderobe mit attraktiven, dunkelhaarigen Frauen in kurzen, knappen schwarzroten Kleidern besetzt, und die Kellner trugen schwarze Anzüge mit roten Krawatten.

Seitlich gab es eine Reihe Telefonzellen aus den Fünfzigerjahren und zwei Zigarettenautomaten aus der Kojak-Ära, und wie gewöhnlich roch es im Speiseraum nach Oregano, Knoblauch und gutem Essen. Im Hintergrund hing auch noch der Geruch von Zigaretten und Zigarren – obwohl es gesetzlich verboten war, in dieser Art Lokalität zu rauchen, erlaubten es die Betreiber den Gästen im Hinterzimmer, wo die reservierten Tische standen und gepokert wurde.

Rehv war immer etwas angespannt inmitten all des Rots, aber er wusste, solange er in die zwei Speisesäle blicken konnte und sich die Tische mit ihren weißen Leinendecken und die tiefen Ledersessel ordnungsgemäß auf einen Fluchtpunkt hin verengten, war er auf der sicheren Seite.

»Die Bruderschaft ist schon hier«, sagte Trez, als sie zu dem kleinen Veranstaltungssaal gingen, in dem das Treffen stattfinden sollte.

Als sie den Saal betraten, gab es keine Gespräche, kein Gelächter, nicht einmal ein Räuspern unter den Männern, die dort bereits warteten. Die Brüder standen in einer Reihe Schulter an Schulter vor Wrath, der vor der einen Tür stand, die nicht mit Stahl verstärkt war – sodass er sich in Windeseile dematerialisieren konnte, sollte es nötig sein.

»Guten Abend«, grüßte Rehv und ging zum Kopf der langen, schmalen Tafel, um die zwanzig Stühle aufgestellt worden waren.

Ein paar vereinzelte »Hallos« kamen zurück, aber der enge Knoten aus muskelstrotzenden Kriegern konzentrierte sich einzig auf die Tür, durch die er gekommen war.

Tja, wenn man sich mit Wrath anlegte, bekam man es eben mit seinen Jungs zu tun. Auf die unsanfte Art.

Und sieh einer an, sie hatten sich ein Maskottchen zugelegt. Zur Linken stand eine leuchtende Oscar-Statue von einem Kerl, ein großer Typ in Armeehosen. Mit seinem blond-schwarzen Haar sah Lassiter aus wie ein Headbanger aus den Achtzigern auf der Suche nach einer Begleitband. Trotzdem wirkte der gefallene Engel nicht weniger gefährlich als die Brüder. Vielleicht lag es an sei-

nen Piercings. Oder daran, dass seine Augen vollkommen weiß waren. Scheiße, die gesamte Ausstrahlung des Kerls war einfach Hardcore.

Interessant. So, wie er mit den anderen die Tür anfunkelte, schien Wrath eindeutig auf der Liste der zu schützenden Spezies dieses Engels zu stehen.

iAm kam von hinten rein, die Pistole in der einen, ein Tablett mit Cappuccinos mit der anderen Hand balancierend.

Mehrere Brüder bedienten sich, obwohl sie diese zarten Tässchen unter ihren Stiefeln zermalmen würden, wenn es zum Kampf kam.

»Danke, Mann.« Auch Rehv nahm einen Cappuccino. »Cannoli?«

»Kommen gleich.«

Die Rahmenbedingungen für das Treffen waren im Voraus festgelegt worden. Mitglieder des Rats mussten den Vordereingang des Restaurants benutzen. Wer den Knauf einer anderen Tür auch nur berührte, riskierte es, erschossen zu werden. iAm würde sie einlassen und zum Besprechungszimmer führen. Auch verlassen durften sie das Treffen nur durch den Vorderausgang, wobei sie Deckung für ein sicheres Dematerialisieren bekamen. Vorgeblich dienten diese Sicherheitsmaßnahmen Rehvs »Besorgnis wegen der *Lesser*«. In Wahrheit ging es darum, Wrath zu schützen.

iAm brachte die Cannoli.

Cannoli wurden gegessen.

Eine zweite Runde Cappuccino wurde gereicht.

Frank sang »Fly Me to the Moon«. Dann kam das Lied über die Bar, die schloss, obwohl er noch einen Drink für den Heimweg brauchte.

Und dann das mit den drei Münzen im Brunnen. Und darüber, dass er in jemanden verliebt war.

Drüben bei Wrath verlagerte Rhage sein enormes Gewicht von einem Fuß auf den anderen, und seine Lederjacke knarrte. Neben ihm rollte der König die Schultern, und eine davon knackte. Butch ließ die Knöchel krachen. V zündete sich eine an. Phury und Z tauschten Blicke.

Rehv schielte zu iAm und Trez hinüber, die in der Tür standen. Sah zurück zu Wrath. »Überraschung, Überraschung.«

Er nahm seinen Stock, stand auf und drehte eine Runde durch den Raum. Der *Symphath* in ihm hatte Verständnis für das offensive Nicht-Erscheinen der anderen Ratsmitglieder. Er hätte ihnen nicht zugetraut, dass sie den Mumm hatten ...

Ein Ding-Dong ertönte vom Vordereingang des Restaurants.

Als Rehv den Kopf drehte, hörte er das leise metallische Klicken der Sicherungen, das von den Pistolen in den Händen der Brüder kam.

Vor den geschlossenen Toren des Pine-Grove-Friedhofs überquerte Lash die Straße und ging zu einem Honda Civic, der dort im Schatten parkte. Als er die Hand auf die Kühlerhaube legte, war sie warm, und er wusste auch ohne zur Fahrerseite zu gehen, dass dort die Scheibe eingeschlagen war. Mit diesem Auto war Grady zum Grab seiner Ex gefahren.

Als sich Schritte auf dem Asphalt näherten, griff er nach der Pistole in seiner Brusttasche.

Mr. D zog sich den Cowboyhut ins Gesicht, als er auf ihn zukam. »Warum haben Sie uns abberufen ...«

Lash richtete seine Pistole ganz ruhig auf den Kopf des *Lesser.* »Sag mir, warum ich dir nicht auf der Stelle den verdammten Schädel wegblase?«

Die Jäger rechts und links von Mr. D traten zurück. Weit zurück.

»Weil ich seine Flucht bemerkt habe«, näselte Mr. D mit seinem breiten texanischen Akzent. »Darum. Die beiden hätten nie herausgefunden, was er vorhatte.«

»Du warst für ihn verantwortlich. Du hast ihn verloren.«

Mr. D hielt seinem Blick stand. »Ich habe Ihr Geld gezählt. Soll das vielleicht ein anderer machen? Ich glaube nicht.«

Scheiße, gutes Argument. Lash ließ die Waffe sinken und sah die beiden weiteren Jäger an. Anders als Mr. D, der wie ein Fels in der Brandung stand, zappelten sie nervös herum. Was Lash genau verriet, wer es vergeigt hatte.

»Wie viel ist reingekommen?«, wollte er wissen und ließ die Männer dabei nicht aus den Augen.

»Viel. Es ist vorn im Escort.«

»Nun sieh mal einer an, meine Laune hat sich schon gebessert«, murmelte Lash und steckte seine Knarre weg. »Weswegen ich euch abgerufen habe: Grady kann mit meinem Einverständnis ins Gefängnis wandern. Ich will, dass er noch ein paar Zellengenossen als Freundin dient und sein Leben hinter Gittern genießt, bevor ich ihn umbringe.«

»Aber was ist mit ...«

»Wir haben Kontakt mit zwei anderen Dealern und können die Ware selbst verkaufen. Wir brauchen ihn nicht.«

Ein Auto auf dem Friedhof näherte sich dem Eingangs-

tor, und alle wandten die Köpfe nach rechts. Es war der zivile Wagen, der in der Nähe des frischen Grabes geparkt hatte. Das Scheißding kam zum Halt, und Rauchwölkchen stiegen aus dem Auspuff, als würde der Motor furzen. Ein dunkelhaariger Trottel stieg aus, löste die Kette und schob mit durchgebogenem Rücken einen Flügel zur Seite. Dann fuhr er hindurch, stieg erneut aus und schloss wieder ab.

Er war allein im Auto.

Dann bog er links auf die Straße, und die roten Rücklichter verschwanden in der Ferne.

Lash blickte wieder auf den Civic, der Gradys einzige andere Möglichkeit war, irgendwo hinzukommen.

Was war bitte schön da drin geschehen? Der Bulle musste Grady doch gesehen haben, denn er war direkt auf sein Auto zugelau…

Lash versteifte sich und vollführte dann eine Pirouette auf dem Absatz, bei der Streusalz unter seinen dicken Sohlen knirschte.

Da war noch etwas auf diesem Friedhof. Etwas hatte sich gerade enthüllt.

Etwas, das sich exakt genauso anfühlte wie dieser *Symphath* da oben im Norden.

Darum war der Bulle weggefahren. Sein Wille war beeinflusst worden.

»Fahrt mit dem Geld zur Ranch«, befahl er Mr. D. »Ich treffe euch dort.«

»Ja, Sir. Sofort.«

Lash nahm die Antwort kaum noch wahr. Er war zu gefesselt davon, was zum Donner am frühen Grab dieses toten Mädchens vorgehen mochte.

48

Xhex war froh, dass der menschliche Geist weich wie Butter war: Es dauerte nicht lang, bis das Hirn von José de la Cruz ihren Befehl auffing. Sofort stellte er seinen kalten Kaffee in den Becherhalter und startete den Wagen.

Drüben bei den Bäumen stoppte Grady sein Zombieschlurfen und erschrak zu Tode, weil ein Auto anfuhr, das er gar nicht wahrgenommen hatte. Xhex machte sich allerdings keine Sorgen, dass der Typ die Nerven verlor. Trauer, Verzweiflung und Reue füllten den Raum um ihn herum, und dieses Raster würde ihn bald zu dem frischen Grab locken, sicherer als irgendwelche Gedanken, die sie ihm injizieren konnte.

Xhex wartete mit ihm … und tatsächlich, sobald de la Cruz weg war, setzten sich seine Beine wieder in Bewegung und trugen ihn genau dorthin, wo sie ihn haben wollte.

Als er an den Granitstein kam, stieß er einen erstickten Laut aus. Den ersten Schluchzer von vielen, bei dem sich weiße Wölkchen vor seinem Mund formten. Wie eine Memme flennte er über dem Grab, in dem die Frau, die er getötet hatte, das nächste Jahrhundert lang liegen würde.

Wenn er Chrissy so sehr liebte, hätte er daran denken sollen, bevor er sie erschlug.

Xhex trat hinter einer Eiche hervor, ließ ihre Tarnung

fallen und löste sich aus der Landschaft. Während sie auf Chrissys Mörder zuging, griff sie nach hinten und zog die Stahlklinge aus der Scheide, die sie an den Rücken entlang der Wirbelsäule geschnallt hatte. Die Waffe war so lang wie ihr Unterarm.

»Hallo, Grady«, grüßte sie ihn.

Grady fiel auf den Hintern, als hätte er eine Stange Dynamit im Arsch und versuche die Zündschnur im Schnee zu löschen.

Xhex verbarg das Messer hinter dem Bein. »Wie geht's, wie steht's?«

»Was …« Er suchte nach ihren Händen. Als er nur eine sah, kroch er krebsartig auf Händen und Füßen von ihr weg, den Hintern über den Boden schleifend.

Xhex folgte ihm mit einem guten Meter Abstand. So wie Grady immer wieder über die Schulter blickte, plante er offensichtlich, sich abzurollen und davonzustürzen, und sie würde nichts unternehmen, bis er …

Bingo.

Grady sprang nach links, aber sie fiel über ihn her und packte ihn im Flug am Handgelenk, sodass ihn sein eigener Schwung zu ihr hin trug. Er landete mit dem Gesicht im Kies, den Arm hinter den Rücken gedreht, Xhex auf Gedeih und Verderb ausgeliefert. Und ihr war nach Verderben. Mit einem schnellen Streich zog sie das Messer über seinen Trizeps und schnitt durch den dicken, gepolsterten Parka und dünne, weiche Haut.

Es war ein reines Ablenkungsmanöver, und es funktionierte. Er heulte auf und wollte die Wunde abdecken.

Was ihr Gelegenheit verschaffte, seinen linken Fuß zu packen und ihn zu drehen, bis er die Sorge um seinen Arm vergaß. Grady schrie und versuchte, sich umzuwen-

den, aber sie pflanzte ihm ein Knie ins Genick, presste ihn auf den Boden und verdrehte ihm den Knöchel, bis er brach. Ein schnelles Abrollen und ein zweiter Messerstreich, und sie hatte sein anderes Bein ebenfalls außer Gefecht gesetzt, indem sie die Sehnen an seinem Oberschenkel kappte.

Das dämpfte das Gejammer.

Der Schmerz raubte Grady den Atem, und er wurde etwas ruhiger – bis sie anfing, ihn zurück zum Grab zu schleifen. Doch er kämpfte auf die gleiche Art, wie er schrie, mit mehr Lärm als Effekt. Als sie ihn zum Ziel geschleppt hatte, kappte sie die Sehnen an seinem anderen Arm. Jetzt konnte er ihre Hände nicht mehr wegschlagen, so sehr er das auch wollte. Dann drehte sie ihn auf den Rücken, sodass er in den Himmel blickte, und zog ihm den Parka hoch.

Dann machte sie sich an seinem Gürtel zu schaffen und zeigte ihm dazu das Messer.

Männer waren lustig. Egal, wie fertig sie waren, wenn man etwas Langes, Scharfes, Funkelndes in die Nähe ihrer Weichteile hielt, erlebte man ein Feuerwerk.

»Nein …!«

»Oh, doch.« Sie hielt ihm die Klinge unter die Nase. »Doch, doch, doch.«

Er wehrte sich heftig, trotz der Verletzungen, die sie ihm beigebracht hatte, und sie hielt kurz inne, um sich die Vorstellung anzusehen.

»Bevor ich gehe, wirst du tot sein,«, erklärte sie, während er sich wand. »Aber bis dahin machen wir uns noch eine schöne Zeit. Nicht viel, zu meinem Bedauern. Ich muss wieder zur Arbeit. Zum Glück bin ich schnell.«

Sie setzte einen Stiefel auf seine Brust, um ihn ruhigzu-

stellen, öffnete Knopf und Reißverschluss an seiner Hose und zog sie zu den Knien herunter. »Wie lange hat es gedauert, bis sie tot war, Grady? Wie lange?«

In Panik stöhnte er und wand sich, und sein rotes Blut tränkte den weißen Schnee.

»Wie lang, du verdammter Wichser?« Sie schlitzte den Gummibund seiner *Emporio Armani* Boxershorts auf. »Wie lange hat sie gelitten?«

Einen Moment später kreischte Grady so laut, dass es nicht mehr menschlich klang. Es klang wie der flehentliche Ruf einer Krähe.

Xhex pausierte und blickte zu der Statue der Frau in dem fließenden Gewand hinüber, die sie so lange bei Chrissys Begräbnis angesehen hatte. Einen Moment lang wirkte es, als hätte der steinerne Kopf die Haltung geändert, und das hübsche Gesicht blickte nicht mehr zu Gott auf, sondern zu Xhex herüber.

Aber das war natürlich unmöglich, oder?

Hinter seiner Mauer aus Brüdern verfolgte Wrath die fernen Klänge aus dem vorderen Bereich des Restaurants. Er lauschte dem Öffnen und Schließen der Eingangstür und trennte das leise Drehen der Scharniere von Sinatras Schubidubidu. Was immer es war, worauf sie gewartet hatten – es war gerade gekommen, und er machte sich körperlich und seelisch darauf gefasst, als würde er auf eine Steilkurve zuhalten, die er mit Volldampf nehmen wollte.

Seine Augen sahen plötzlich schärfer, und der rote Raum mit der weißen Tafel und die Hinterköpfe seiner Brüder traten etwas klarer hervor, als iAm wieder in der Tür erschien.

Neben ihm stand ein außerordentlich gut gekleideter junger Mann.

Okay, diesem Typ stand *Glymera* förmlich ins Gesicht geschrieben. Mit gewelltem, blondem Haar und Seitenscheitel sah er aus wie der *Große Gatsby,* und seine Züge waren so ebenmäßig und perfekt, dass man ihn nicht anders als bildhübsch bezeichnen konnte. Der schwarze Wollmantel war auf seine schlanke Gestalt maßgeschneidert, und in der Hand trug er eine dünne Aktentasche.

Wrath hatte ihn noch nie gesehen, aber er schien jung für die Situation, in die er gerade hineinspaziert war. Sehr jung.

Nichts weiter als ein sehr teures Opferlamm mit Stil.

Rehvenge ging auf den Jungen zu, wobei er seinen Stock umklammerte, als würde er den darin verborgenen Degen ziehen, wenn Gatsby auch nur wagte zu tief Luft zu holen. »Du solltest reden. Jetzt.«

Wrath drängte sich zwischen Rhage und Z, sodass er Schulter an Schulter mit ihnen stand, worüber die beiden alles andere als glücklich waren. Ein kurzes Handzeichen hielt sie davon ab, sich wieder vor ihn zu schieben.

»Wie heißt du, Sohn?« Das Letzte, was sie brauchten, war eine Leiche, und bei Rehv konnte man nie sicher sein.

Der Gatsby-Junge verneigte sich feierlich und richtete sich wieder auf. Als er sprach, war seine Stimme überraschend tief und sicher für die Anzahl der Selbstlader, die auf seine Brust gerichtet waren. »Ich bin Saxton, Sohn des Tyhm.«

»Deinen Namen habe ich schon gesehen. Du erstellst Stammbäume.«

»Das tue ich.«

Also griff der Rat tatsächlich auf die Verästelungen der

Blutlinien zurück. Ihr Gesandter war nicht einmal Sohn eines Ratsmitglieds.

»Wer schickt dich, Saxton?«

»Der Stellvertreter eines Toten.«

Wrath hatte keine Ahnung, wie man Montrags Tod in der *Glymera* aufgenommen hatte, und es interessierte ihn auch nicht. Solange die Beteiligten an dem Komplott die Botschaft erhalten hatten, war ihm der Rest egal. »Warum sagst du nicht deinen Text auf?«

Der junge Mann stellte seine Tasche auf den Tisch und öffnete die goldene Schnalle. Als es klickte, zog Rehv seinen roten Degen aus der Scheide und hielt Saxton die Spitze an den blassen Hals. Saxton erstarrte und sah sich um, ohne dabei den Kopf zu drehen.

»Vielleicht solltest du dich etwas langsamer bewegen, mein Sohn«, murmelte Wrath. »In diesem Raum sind eine Menge schießwütiger Jungs, und du bist heute Abend ihr Lieblingsziel.«

Die seltsam tiefe und ungerührte Stimme sagte gemessen: »Aus diesem Grund meinte ich zu ihm, dass wir es tun müssen.«

»Was tun?«, kam es von Rhage, wie immer der Hitzkopf – trotz Rehvs Degen war Hollywood bereit, Gatsby anzuspringen, egal, ob er eine Waffe aus dieser Tasche zog oder nicht.

Saxton schielte zu Rhage, dann wandte er sich wieder an Wrath. »Am Tag nach der Hinrichtung von Montrag …«

»Interessante Wortwahl«, stellte Wrath fest und fragte sich, wie viel dieser Kerl wohl wusste.

»Natürlich war es eine Hinrichtung. Bei einem Mord behält man normalerweise die Augen im Kopf.«

Rehv lächelte und entblößte dolchartige Fänge. »Das hängt vom Mörder ab.«

»Rede weiter«, drängte Wrath. »Und Rehv, etwas Zurückhaltung mit der Klinge, wenn es dir nichts ausmacht.«

Der *Symphath* trat einen Schritt zurück, hielt die Waffe aber einsatzbereit, und Saxton musterte ihn, bevor er fortfuhr. »In der Nacht der Hinrichtung von Montrag ging das an meinen Chef.« Saxton öffnete seine Aktentasche und holte einen großen Umschlag heraus. »Es kam von Montrag.«

Er legte das Kuvert mit der Rückseite nach oben auf den Tisch, sodass man das unberührte Wachssiegel sah, und trat zurück.

Wrath betrachtete den Umschlag. »V, würdest du bitte?«

V trat vor und hob ihn mit seiner behandschuhten Hand auf. Es ratschte leise und raschelte, als Blätter aus dem Umschlag gezogen wurden.

Dann war es still.

V schob das Dokument in den Umschlag zurück und steckte ihn sich hinten in den Hosenbund. Dabei starrte er Gatsby unverwandt an. »Und wir sollen glauben, dass du das nicht gelesen hast?«

»Ich habe es nicht gelesen. Auch mein Chef nicht. Niemand hat es gelesen, seit es in unsere Obhut kam.«

»Obhut? Du bist Anwalt und nicht nur Anwaltsgehilfe?«

»Ich bin in der Ausbildung zum Anwalt im Alten Gesetz.«

V beugte sich vor und bleckte die Fänge: »Und du bist sicher, dass du das hier nicht gelesen hast, ja?«

Saxton starrte zurück, als wäre er einen kurzen Moment lang fasziniert von den Tätowierungen an Vs Schläfe. Dann schüttelte er den Kopf und sagte mit dieser tiefen Stimme: »Ich bin nicht daran interessiert, meine Augen zu verlieren. Genauso wenig wie mein Chef. Das Siegel stammt von Montrags Hand. Der Inhalt dieses Umschlags wurde nicht gelesen, seit das Wachs getrocknet ist.«

»Woher weißt du, dass Montrag es versiegelt hat?«

»Es ist seine Handschrift auf dem Kuvert. Ich kenne sie von vielen seiner Anmerkungen auf Dokumenten. Außerdem wurde es uns auf seinen Wunsch hin von seinem persönlichen *Doggen* überbracht.«

Während Saxton redete, las Wrath sorgfältig seine Gefühle, indem er durch die Nase atmete. Keine Täuschung. Der Schönling fühlte sich von V angezogen, aber abgesehen davon entdeckte er nichts. Nicht einmal Angst. Er war vorsichtig, aber ruhig.

»Wenn du lügst«, knurrte V leise, »werden wir es merken und dich finden.«

»Das bezweifle ich nicht.«

»Wer hätte das gedacht, der Anwalt hat ein Hirn.« Vishous trat zurück in die Reihe, und seine Hand wanderte zurück an den Knauf seiner Pistole.

Wrath hätte gern gewusst, was in dem Umschlag war, aber wahrscheinlich war es nicht für die große Runde geeignet. »Und wo sind dein Chef und seine Freunde, Saxton?«

»Von ihnen wird keiner kommen.« Saxtons Blick schweifte über die leeren Stühle. »Sie fürchten sich zu sehr. Nach dem, was Montrag zugestoßen ist, haben sie sich in ihren Häusern eingesperrt und kommen nicht mehr heraus.«

Gut, dachte Wrath. Solange die *Glymera* ihre Vorliebe für Feigheit zur Schau stellte, musste er sich um eine Sache weniger Sorgen machen.

»Danke fürs Kommen, Sohn.«

Saxton erkannte den Wink, schloss die Schnallen an seiner Aktentasche, verbeugte sich erneut und wandte sich zum Gehen.

»Sohn?«

Saxton vollführte eine Drehung. »Mein König?«

»Du musstest deinen Chef dazu überreden, nicht wahr?« Ein diskretes Schweigen war die Antwort. »Dann bist du ein guter Ratgeber, und ich glaube dir – deines Wissens nach hast weder du noch dein Chef den Inhalt dieses Kuverts gelesen. Dennoch möchte ich dir ein Wort mit auf den Weg geben: Sieh dich nach einem neuen Job um. Die Lage wird sich eher verschlechtern als entspannen, und die Not macht selbst aus ehrbaren Leuten Arschlöcher. Sie haben dich schon einmal in die Höhle des Löwen geschickt. Sie werden es wieder tun.«

Saxton lächelte. »Solltet Ihr jemals einen persönlichen Rechtsberater brauchen, lasst es mich wissen. Nach all der Vermögens- und Grundstücksverwaltung und den Stammbaumnachweisen des letzten Sommers sehe ich mich nach neuen Betätigungsfeldern um.«

Saxton verbeugte sich erneut und ließ sich dann mit aufrechtem Gang von iAm nach draußen geleiten.

»Was hast du da, V?«, fragte Wrath leise.

»Nichts Gutes, mein Herr. Nichts Gutes.«

Als sich Wraths Sicht wieder zu gewohnter Unschärfe eintrübte, sah er als Letztes, wie Vs Blick auf Rehvenge fiel.

49

Als der Bulle in seinem Zivilfahrzeug aus dem Pine-Grove-Friedhof fuhr, spürte Lash plötzlich ganz deutlich die Anwesenheit des *Symphathen,* der sich da gerade hinter den Toren enthüllt hatte.

»Verschwindet, verdammt«, herrschte er seine Männer an.

Er materialisierte sich zurück ans Grab des toten Mädchens im hinteren Eck des ...

Der Schrei war opernhaft verzerrt, klang wie eine Sopranistin, die sich in unkontrollierbare Höhen schraubte und dann ins Kreischen kippte. Verärgert nahm Lash wieder Form an. Offensichtlich hatte er gerade den ganzen Spaß verpasst, obwohl der Anblick sicher sehenswert gewesen wäre.

Grady lag flach auf dem Rücken, die Hosen um die Knie, und blutete aus mehreren Wunden, insbesondere aus einem frischen Schnitt quer über die Kehle. Er lebte noch, wie eine Fliege auf einem heißen Fenstersims, die kümmerlichen Arme und Beine ruderten langsam.

Neben ihm richtete sich gerade seine Killerin auf: diese Lederschlampe aus dem *ZeroSum.* Und anders als die sterbende Fliege, die nichts außer dem eigenen Ableben mitbekam, bemerkte sie es sofort, als Lash die Bühne

betrat. Sie wirbelte herum und stand in Kampfpose mit durchdringendem Blick und triefendem Messer ihm gegenüber, die Schenkel wie zum Sprung gespannt.

Sie war verteufelt heiß. Insbesondere, als die Erkenntnis über ihr Gesicht huschte.

»Ich dachte, du wärst tot«, sagte sie. »Und ich dachte, du wärst ein Vampir.«

Er lächelte. »Überraschung. Aber du hütest auch dein kleines Geheimnis, nicht wahr?«

»Nein, ich konnte dich noch nie ausstehen, und daran hat sich nichts geändert.«

Lash schüttelte den Kopf und musterte sie unverblümt. »Leder steht dir ausgezeichnet, weißt du das?«

»Dir würde ein Ganzkörpergips ganz gut stehen.«

Er lachte. »Schlechter Witz.«

»Wie sein Gegenstand. Passt doch.«

Lash lächelte und heizte mit ein paar lebhaften Bildern seine Fantasie an, sodass er einen mächtigen Ständer bekam, denn er wusste, dass sie es spüren konnte: Er stellte sich vor, wie sie vor ihm kniete, seinen Schwanz in ihrem Mund, seine Hände um ihren Kopf, und er sie in den Mund fickte, bis sie fast an ihm erstickte.

Xhex verdrehte die Augen. »Billigporno.«

»Nein. Die Zukunft.«

»Tut mir leid, aber ich steh nicht auf Justin Timberlake. Oder Ron Jeremy.«

»Das werden wir noch sehen.« Lash wies mit dem Kinn auf den Menschen, der sich nur noch langsam wand, als würde er in der Kälte allmählich erstarren. »Ich fürchte, du schuldest mir etwas.«

»Wenn es eine Stichwunde ist, bin ich bereit.«

»Das« – er deutete auf Grady – »war meins.«

601

»Du solltest deine Ansprüche heben. Das« – echote sie seinen Tonfall – »ist ein Stück Scheiße.«

»Scheiße ist gut zum Düngen.«

»Dann lass mich dich unter einen Rosenbusch legen, und wir probieren es aus.«

Grady stieß ein Röcheln aus, und Lash und Xhex wandten kurz die Köpfe. Der Kerl lag in den letzten Zügen, sein Gesicht hatte bereits die Farbe des gefrorenen Bodens angenommen, und das Blut floss nur noch langsam aus den Wunden.

Auf einmal erkannte Lash, mit was man ihm das Maul gestopft hatte, und er sah Xhex anerkennend an. »Wow … du könntest mir ernsthaft gefallen, Sündenfresserin.«

Xhex streifte ihre Klinge am Grabstein ab, sodass Gradys Blut ihn wie eine Rachebotschaft markierte. »Du hast ganz schön Mumm, *Lesser,* wenn man bedenkt, was ich mit ihm gemacht habe. Oder willst du deinen Schwanz etwa nicht behalten?«

»Ich bin anders.«

»Kleiner als er? Himmel, wie enttäuschend. Und jetzt entschuldige mich, ich bin weg.« Sie hob das Messer und winkte, dann war sie verschwunden.

Lash starrte auf die Stelle, wo sie gerade noch gestanden hatte, bis Grady schwächlich gurgelte wie ein Abfluss bei der letzten Pfütze Badewasser.

»Hast du die gesehen?«, fragte Lash den Idioten. »Was für eine Frau! Die werde ich mir so was von holen.«

Gradys letzter Atemzug entwich durch den Schlitz in seiner Kehle, denn einen anderen Ausgang gab es nicht, nachdem er sich gerade selber einen blies.

Lash stützte die Hände in die Hüften und sah auf die sich abkühlende Leiche herab.

Xhex … er musste dafür sorgen, dass sich ihre Wege wieder kreuzten. Und hoffentlich würde sie den Brüdern von ihm erzählen: Ein verunsicherter Feind war besser als ein gesammelter. Er wusste, dass sie sich in der Bruderschaft die Köpfe zerbrechen würden, wie Omega einen Vampir zu einem *Lesser* machen konnte, doch das war schließlich nur ein kleiner Teil der Geschichte.

Die Pointe würde er immer noch selber liefern.

Lash schlenderte in die kalte Nacht und schob seinen Ständer in der Hose zurecht. Er würde sich einen Fick gönnen. Er war wirklich in der Stimmung dazu.

Während iAm den Vordereingang des *Sal's* abschloss, steckte Rehvenge seinen roten Degen in die Scheide und blickte fragend zu Vishous. Der Bruder starrte ihn auf unangenehme Weise an.

»Also, was war in dem Umschlag?«

»Etwas über dich.«

»Versucht mir Montrag das Attentat auf Wrath anzuhängen?« Das wäre egal. Rehv hatte bereits bewiesen, auf wessen Seite er stand, indem er den Kerl hatte aufschlitzen lassen.

Vishous schüttelte langsam den Kopf, dann schielte er zu iAm hinüber, der sich neben seinen Bruder stellte.

Rehvs Tonfall war scharf: »Ich habe keine Geheimnisse vor ihnen.«

»Na gut, dann schau's dir an, Sündenfresser.« V warf den Umschlag auf den Tisch. »Offensichtlich wusste Montrag, was du bist. Deshalb ist er sicher auch mit seinen Umsturzplänen zu dir gekommen. Keiner hätte dir abgenommen, dass es nicht deine Idee war, und zwar deine ganz allein, wäre das hier ans Licht gekommen.«

Rehv runzelte die Stirn und zog ein Dokument aus dem Umschlag, das sich als eidesstattliche Versicherung entpuppte und beschrieb, wie sein Stiefvater getötet worden war. Was zum Donner sollte das? Montrags Vater war nach dem Mord im Haus gewesen, so viel hatte Rehv gewusst. Aber Rehm sollte den *Hellren* seiner Mutter nicht nur zum Reden gebracht haben, sondern auch noch dazu, die Sache schriftlich zu bezeugen? Nur um dann rein gar nichts mit dieser Information anzufangen?

Rehv dachte an die Unterredung mit Montrag in seinem Arbeitszimmer vor zwei Tagen ... und an Montrags kleinen fröhlichen Kommentar, er wisse, was für ein Mann Rehv sei.

Er hatte es wirklich gewusst – und sich dabei nicht auf die Sache mit dem Drogenhandel bezogen.

Rehv steckte das Dokument zurück in den Umschlag. Scheiße, wenn das rauskam, wäre es um das Versprechen an seine Mutter geschehen.

»Also, was genau ist da drin?«, fragte einer der Brüder.

Rehv steckte den Umschlag in seinen Zobelmantel. »Eine eidesstattliche Versicherung, von meinem Stiefvater unmittelbar vor seinem Tod unterschrieben, in der er mein *Symphathen*-Erbe aufdeckt. Es ist ein Original, der Blutsignatur nach zu schließen. Aber um was wollen wir wetten, dass Montrag nicht sein einziges Exemplar verschickt hat?«

»Vielleicht ist es gefälscht?«, murmelte Wrath.

Unwahrscheinlich, dachte Rehv. Zu viele Details der Geschehnisse dieser Nacht stimmten.

Schlagartig wurde er in die Vergangenheit versetzt, in jene Nacht, in der er es getan hatte. Seine Mutter musste nach einem ihrer zahlreichen »Unfälle« in Havers Klinik

gebracht werden. Als klarwurde, dass sie über Tag zur Beobachtung bleiben musste, war Bella bei ihr geblieben, und Rehv hatte seinen Entschluss gefasst.

Er war heimgegangen und hatte die Dienerschaft im Dienstbotentrakt zusammengerufen. Er konnte den Schmerz in den Gesichtern der *Doggen* seiner Familie deutlich erkennen. Er erinnerte sich genau, wie er die Männer und Frauen angesehen hatte und ihnen der Reihe nach in die Augen blickte. Viele waren wegen seines Stiefvaters ins Haus gekommen, doch geblieben waren sie wegen seiner Mutter. Und alle hofften, dass er den Missständen ein Ende setzte, die schon viel zu lange anhielten.

Er hatte sie alle für eine Stunde aus dem Haus entlassen.

Niemand hatte widersprochen, und nacheinander hatten sie ihn auf dem Weg nach draußen umarmt. Alle hatten gewusst, was er vorhatte, und es befürwortet.

Rehv hatte gewartet, bis auch der letzte *Doggen* fort war, dann war er ins Arbeitszimmer gegangen, wo sein Stiefvater in Dokumente vertieft am Schreibtisch saß. In seiner Wut hatte Rehv auf altmodische Weise mit ihm abgerechnet und ihm Schlag um Schlag heimgezahlt, was er seiner Mutter angetan hatte, bevor er das miese Schwein zu seinem verdienten Ende führte.

Als es klingelte, dachte Rehv, die zurückkehrende Dienerschaft wolle ihn warnen, damit sie glaubhaft versichern konnten, den Mörder nicht bei der Arbeit überrascht zu haben. Als letzte Abreibung rammte er seinem Stiefvater die Faust gegen den Schädel und renkte ihm dabei den Hals aus. Dann war Rehv eilig über ihn hinweggestiegen, hatte die Haustür kraft seines Geistes ge-

öffnet und war durch die Terrassentür hinten aus dem Haus geschlüpft. Den Toten von den *Doggen* »finden« zu lassen war perfekt, da die Diener von Natur aus sanftmütig waren und man sie niemals mit einer Gewalttat in Verbindung bringen würde. Außerdem wütete der *Symphath* zu diesem Zeitpunkt so heftig in ihm, dass Rehv sich erst einmal wieder unter Kontrolle bringen musste.

Was damals noch ohne Dopamin gehen musste. In jenen Tagen hatte er Schmerz verwandt, um den Sündenfresser in seinem Inneren zu bändigen.

Erst schien es, als sei alles glattgegangen ... bis Rehv in der Klinik erfuhr, dass Montrags Vater Rehm die Leiche gefunden hatte. Nach seiner damaligen Aussage war Rehm ins Haus gekommen, hatte die Bescherung entdeckt und Havers angerufen. Bis der Arzt kam, war auch die Belegschaft zurück und nannte als Grund für die kollektive Abwesenheit Vorbereitungen für eine Zeremonie, die in dieser Woche abgehalten werden sollte.

Montrags Vater hatte sich gut verstellt, genauso wie der Sohn. Unstimmigkeiten im Gefühlsraster, die Rehv damals oder bei dem Treffen vor ein paar Tagen bemerkte, hatte er dem frischen Tod beziehungsweise dem bevorstehenden Umsturz zugeschrieben.

Himmel, Montrags Motive, Rehvenge zum Mord an Wrath anzustacheln, waren so offensichtlich. Nach vollendeter Tat wäre der ideale Zeitpunkt gewesen, mit der eidesstattlichen Versicherung herauszurücken und Rehv als Mörder und *Symphath* zu entlarven. Bei Rehvs Deportation hätte Montrag nicht nur die Kontrolle über den Rat, sondern über das gesamte Vampirvolk übernehmen können.

Zu dumm, dass der Plan nicht aufgegangen war. Das konnte einem wirklich die Tränen in die Augen treiben.

»Ja, es gibt sicher noch eine Abschrift«, murmelte Rehv. »Niemand schickt das einzige Original in die Welt hinaus.«

»Es wäre einen Besuch im Haus wert«, nickte Wrath. »Sollten Montrags Erben oder Rechtsnachfolger so etwas in die Finger bekommen, haben wir alle ein Problem, wenn du verstehst.«

»Er starb ohne Nachkommen, aber ja, sicher gibt es irgendwo einen Verwandten. Und ich werde dafür sorgen, dass die Sache nicht auffliegt.«

Auf keinen Fall würde er den Schwur brechen, den er gegenüber seiner Mutter geleistet hatte.

Ausgeschlossen.

50

Als Ehlena ihre Einkäufe in ihrem gewohnten, rund um die Uhr geöffneten Supermarkt erledigte, hätte sie eigentlich besser gelaunt sein sollen. Der Abschied von Rehv war sehr romantisch gewesen. Als er zu seinem Treffen musste, hatte er kurz geduscht und sie aussuchen lassen, was er anziehen sollte. Er hatte sich sogar von ihr die Krawatte binden lassen. Dann hatte er sie in die Arme geschlossen, und sie standen eine Weile einfach nur da, Herz an Herz.

Schließlich hatte sie ihn in den Flur gebracht und zusammen mit ihm auf den Aufzug gewartet. Die Ankunft des Lifts kündigte sich durch ein Bimmeln und das Aufgleiten von Doppeltüren an, und Rehv hatte die Türen offen gehalten, um sie zu küssen. Einmal. Zweimal. Ein drittes Mal. Schließlich war er ganz in die Kabine getreten, doch als sich die Türen schlossen, hatte er sein Handy hochgehalten, darauf gezeigt und dann auf sie.

Die Aussicht auf einen Anruf von ihm machte den Abschied leichter. Außerdem gefiel ihr die Vorstellung, dass er den schwarzen Anzug, das frische weiße Hemd und die blutrote Krawatte trug, die sie für ihn ausgesucht hatte.

Also hätte sie eigentlich glücklich sein sollen. Insbesondere, weil sich ihre finanziellen Sorgen durch die Zusagen der Rehvenge Bank etwas entschärft hatten.

Aber Ehlena war schrecklich nervös.

Sie stand vor dem Saftregal und blickte gehetzt über die Schulter. Zur Linken Saft, so weit das Auge reichte, zur Rechten Müsliriegel und Plätzchen. Am Ende des Gangs standen die Kassen, die meisten davon geschlossen, und dahinter lag die dunkle Fensterfront des Supermarktes.

Jemand verfolgte sie.

Seit sie zurück in Rehvs Penthouse gegangen war, um sich anzuziehen, und dann auf die Terrasse, wo sie abgesperrt und sich dematerialisiert hatte.

Vier *CranRaspberry*-Saftflaschen wanderten in ihren Wagen, dann ging es zu den Frühstücksflocken und von dort aus rüber zu Küchenrollen und Toilettenpapier. In der Fleischabteilung wählte sie ein fertiges Brathähnchen, das eher ausgestopft als gebraten aussah, aber im Moment brauchte sie ein paar schnelle Proteine, die sie nicht selbst zubereiten musste. Dann ein Steak für ihren Vater. Milch. Butter. Eier.

Der einzige Nachteil am Einkaufen nach Mitternacht war, dass alle automatischen Kassen geschlossen waren. Deshalb musste sie hinter einem Typen anstehen, der sich den Wagen mit Tiefkühl-Fertiggerichten beladen hatte. Während die Kassiererin seine Hacksteaks über den Scanner zog, starrte Ehlena durch die Glasfront ins Dunkle und fragte sich, ob sie vielleicht gerade den Verstand verlor.

»Wissen Sie, wie man die Dinger zubereitet?«, fragte sie der Kerl vor ihr und hielt einen der dünnen Kartons hoch.

Offensichtlich hatte er ihren nach vorne gerichteten Blick missverstanden und auf sich bezogen und such-

te nun einen guten Anmachspruch. Dabei wanderte sein Blick gierig auf ihr herum. Ehlena konnte nur daran denken, was Rehvenge mit diesem Typen anstellen würde.

Sie musste lächeln. »Lesen Sie, was auf der Verpackung steht.«

»Sie könnten sie mir vorlesen.«

Ehlena gab sich Mühe, ruhig und gelangweilt zu klingen. »Entschuldigen Sie, aber ich glaube, da hätte mein Freund etwas dagegen.«

Leicht enttäuscht zuckte der Mensch mit den Schultern und reichte seine Tiefkühlkost dem Mädchen hinter der Kasse.

Zehn Minuten später rollte Ehlena ihren Wagen durch die automatische Tür und wurde von schneidender Kälte empfangen, sodass sie froh war, ihren dicken Parka zu tragen. Zu ihrer Erleichterung stand das Taxi, mit dem sie gekommen war, noch am gleichen Fleck.

»Brauchen Sie Hilfe?«, fragte der Fahrer durch das heruntergelassene Fenster.

»Nein, danke.« Sie sah sich um, als sie ihre Plastiktüten auf den Rücksitz stellte, und fragte sich, was zum Donner der Taxifahrer tun würde, wenn ein *Lesser* hinter einem der Laster hervorsprang und es auf sie abgesehen hatte.

Als Ehlena sich neben ihre Einkäufe setzte und der Fahrer aufs Gas trat, suchte sie das Dach und die halbgefrorenen Autos ab, die so nahe am Supermarkt parkten wie möglich. Mr. TK-Hacksteak fummelte in seinem Wagen herum und zündete sich von der Innenbeleuchtung beschienen eine Zigarette an.

Nichts. Niemand.

Ehlena zwang sich, sich zurückzulehnen, und ent-

schied, dass sie paranoid war. Niemand beobachtete sie. Niemand verfolgte …

Plötzlich erfasste sie Panik, und sie fuhr sich an den Hals. Oh, Gott … was, wenn sie das Gleiche hatte wie ihr Vater? Was, wenn diese Paranoia das erste Anzeichen dafür war. Was, wenn …

»Alles in Ordnung da hinten?«, erkundigte sich der Taxifahrer, der sie über den Rückspiegel ansah. »Sie zittern ja.«

»Mir ist nur kalt.«

»Warten Sie, ich stelle die Heizung an.«

Als ihr ein warmer Luftstrom ins Gesicht blies, blickte sie durch die Heckscheibe hinaus. Kein Auto weit und breit. Und *Lesser* konnten sich nicht dematerialisieren, also … litt sie nun schon an Verfolgungswahn?

Himmel, es wäre ihr fast lieber, wenn wirklich ein Jäger hinter ihr her wäre.

Ehlena ließ den Fahrer so nahe an der Hintertür ihres Hauses halten wie möglich und gab ihm ein kleines Trinkgeld, weil er so nett gewesen war.

»Ich warte, bis Sie drinnen sind«, sagte der Mann.

»Danke«, sagte sie und meinte es von Herzen.

Mit zwei Plastiktüten in jeder Hand hastete sie zur Tür und setzte ihre Ladung ab, denn vor lauter Panik hatte sie ihre Schlüssel nicht schon ausgepackt. Als sie suchend und fluchend die Hand in die Tasche steckte, fuhr das Taxi davon.

Sie sah auf, als die Rücklichter um die Ecke verschwanden. Was zum …

»Hallo.«

Ehlena erstarrte. Jemand stand direkt hinter ihr. Und sie wusste nur zu gut, wer es war. Als sie herumwirbelte,

stand eine große schwarzhaarige Frau mit wallenden Gewändern und glühenden Augen vor ihr. Oh, ja, das war Rehvenges andere …

»Hälfte«, führte die Frau den Satz zu Ende. »Ich bin seine andere Hälfte. Und es tut mir leid, dass dein Taxi so schnell losmusste.«

Instinktiv verhüllte Ehlena ihre Gedanken mit einem Bild aus dem Supermarkt: eine Regalwand mit roten *Pringles*-Chips.

Die Frau verzog das Gesicht, als wundere sie sich, was sie da in den Hirnwindungen fand, in die sie einzudringen versuchte, doch dann lächelte sie. »Du hast nichts von mir zu befürchten. Ich dachte nur, ich sage dir ein paar Dinge über den Mann, den du gerade in seinem Penthouse gevögelt hast.«

Vergiss die Knabberspaßfassade, ermahnte Ehlena sich. Hier musste sie andere Geschütze auffahren. Um ruhig zu bleiben, musste sie alles aufbringen, was sie in ihrer Berufsausbildung gelernt hatte. Diese Situation war ein Schockerlebnis, sagte sie sich. Ein blutüberströmter Vampir wurde in die Klinik gerollt, und sie musste jegliche Angst und Emotion beiseiteschieben, um die Situation zu meistern.

»Hast du gehört?«, näselte die Frau auf eine Art, die Ehlena fremd war, das S zu einem Zischeln in die Länge gezogen. »Ich habe euch durch die Scheibe beobachtet, bis zu dem Punkt, wo er ihn vorschnell rausgezogen hat. Willst du wissen, warum er das getan hat?«

Ehlena presste die Lippen zusammen und fragte sich, wie sie an das Pfefferspray in ihrer Handtasche kommen sollte. Doch irgendwie hatte sie das Gefühl, dass es wahrscheinlich gar nicht helfen …

Ach du Scheiße, hingen da etwa … lebende Skorpione an den Ohrläppchen dieser Frau?

»Er ist nicht wie du«, zischte die Frau mit boshafter Befriedigung. »Und nicht nur, weil er ein Drogenbaron ist. Er ist außerdem kein Vampir.« Als Ehlenas Brauen zuckten, lachte ihr Gegenüber. »Das hast du beides nicht gewusst?«

Offensichtlich erzielten ihre Anstrengungen nicht den gewünschten Effekt. »Ich glaube dir kein Wort.«

»*ZeroSum.* Innenstadt. Er ist der Besitzer. Kennst du den Club? Vermutlich nicht, du scheinst mir nicht der Typ, der sich dorthin verirrt – was zweifellos der Grund ist, warum er so scharf auf dich ist. Ich sage dir, was er verkauft: Menschenfrauen. Drogen aller Arten. Und weißt du, warum? Weil er wie ich ist, nicht wie du.« Die Frau beugte sich zu Ehlena herunter, und ihre Augen blitzten. »Und weißt du, was ich bin?«

Eine geistesgestörte Schlampe, dachte Ehlena.

»Ich bin eine *Symphathin,* meine Süße. Wir sind beide *Symphathen.* Und er gehört mir.«

Ehlena fragte sich langsam, ob sie wohl heute Nacht sterben würde, hier auf der Schwelle zum Hintereingang ihres Hauses, mit vier Einkaufstüten vor den Füßen. Obwohl es nicht daran läge, dass diese Lügnerin *Symphathin* war – sondern weil jeder, der verrückt genug für so eine Behauptung war, auch eines Mordes fähig sein musste.

Die Frau fuhr fort, jetzt schriller: »Willst du ihn wirklich kennenlernen? Dann geh zu diesem Club, und frag nach ihm. Er soll dir die Wahrheit sagen, damit du weißt, was du in deinen kleinen Körper aufgenommen hast, Kindchen. Und bedenke: Er gehört mir, sexuell, emotional, einfach in jeder Hinsicht: Er ist *mein.*«

Ein viergliedriger Finger strich über Ehlenas Wange, und dann war die Frau plötzlich verschwunden.

Ehlena zitterte so heftig, dass sie kurzzeitig bewegungsunfähig war. Schließlich rettete sie die Kälte. Ein eisiger Hauch fegte den Gehweg entlang und drückte sie nach vorne, und Ehlena musste sich fangen, bevor sie über ihre Einkäufe stolperte.

Als sie ihren Haustürschlüssel endlich fand, ging er nicht besser ins Schloss als neulich der Zündschlüssel beim Krankenwagen. Er umkreiste das Schlüsselloch und rutschte immer wieder ab.

Endlich.

Gewaltsam drehte sie den Schlüssel und warf die Tüten förmlich ins Haus, bevor sie hinterherstolperte und die Tür verschloss, inklusive Riegel und Kette.

Auf wackeligen Beinen gelangte sie in die Küche und setzte sich an den Küchentisch. Als ihr Vater sich über den Lärm beschwerte, sagte sie, es sei der Wind, und betete, dass er nicht hochkam.

In der folgenden Stille spürte Ehlena keine Verfolgerin vor dem Haus, aber der Gedanke, dass eine solche Person über Rehv und sie Bescheid wusste und ihre Adresse kannte – Oh, Gott, diese Verrückte hatte sie *beobachtet*.

Ehlena sprang auf, rannte zur Spüle und drehte das Wasser auf, um etwaige Würgegeräusche zu übertönen. In der Hoffnung, ihren Magen dadurch zu beruhigen, trank sie ein paar Schlucke aus der hohlen Hand und wusch sich das Gesicht.

Das kalte Wasser klärte ihren Kopf ein wenig.

Was diese Frau behauptet hatte, war völlig absurd, viel zu abwegig, um wahr zu sein – und nach ihren glühenden Augen zu urteilen hegte sie einen Groll.

Rehv war nichts von alledem. Drogenbaron. *Sympath*. Zuhälter. So ein Schwachsinn.

Einer rachsüchtigen Exfreundin konnte man höchstens die Lieblingsfarbe eines Mannes abkaufen. Und Rehv hatte klipp und klar gesagt, dass sie nicht zusammen waren und von Anfang an angedeutet, dass die Frau problematisch war. Kein Wunder, dass er nicht näher darauf eingehen wollte: Niemand wollte zugeben, dass er es mit dem Biest aus einer *Verhängnisvollen Affäre* zu tun hatte, mit einer totalen Psychopatin.

Was war also zu tun? Ganz klar: Sie würde Rehv davon erzählen. Aber nicht völlig aufgelöst und hysterisch, sondern ganz sachlich im Sinne von *Folgendes ist passiert, und du solltest dir im Klaren darüber sein, dass diese Person bedenklich labil ist.*

Das schien Ehlena ein guter Plan zu sein.

Bis sie versuchte, ihr Handy aus der Tasche zu klauben und bemerkte, wie stark sie immer noch zitterte. Sie konnte sich das alles noch so vernünftig zurechtlegen, durch ihre Adern rauschte das Adrenalin und interessierte sich nicht die Bohne für ihre Argumente.

Wo war sie gerade stehen geblieben? Ach ja. Rehvenge. Sie wollte Rehvenge anrufen.

Als sie seine Nummer wählte, entspannte sie sich etwas. Sie würden diese Sache klären.

Kurzzeitig war sie überrascht, als sich die Mailbox meldete. Fast hätte sie aufgelegt, doch sie war nicht der Typ, der lange um den heißen Brei herumredete, und es gab keinen Grund zu warten.

»Hallo, Rehv, ich hatte gerade Besuch von dieser ... Frau. Sie hat allen möglichen Unsinn über dich erzählt. Ich ... äh ... dachte nur, das solltest du wissen. Um ehr-

lich zu sein, sie ist verrückt. Wie dem auch sei, kannst du mich deswegen mal zurückrufen? Das wäre super. Bis bald.«

Sie legte auf und starrte ihr Handy an, und betete, dass er sich rasch meldete.

Wrath hatte Beth etwas versprochen, und er hielt sich daran. So schwer es ihm auch fiel.

Als er und die Brüder schließlich aus dem *Sal's* kamen, ging er auf direktem Weg nach Hause, zusammen mit seinen zweitausend Pfund Personenschutz. Er war aufgedreht und kampfwütig, aufgepeitscht und angepisst, aber er hatte seiner *Shellan* gesagt, dass er nach seiner kleinen Blindheitsattacke nicht in den Kampf ziehen würde, also tat er das auch nicht.

Vertrauen musste man aufbauen, und nachdem er gerade ein mächtiges Loch in das Fundament ihrer Beziehung gerissen hatte, würde es eine Menge Arbeit erfordern, um allein wieder auf Erdgeschossniveau zu kommen.

Doch wenn er schon nicht kämpfen konnte, gab es schließlich noch einen anderen Weg, um sich abzureagieren.

Als die Bruderschaft die Eingangshalle betrat, hallten ihre schweren Schritte auf dem Mosaik wider, und Beth schoss aus dem Billardzimmer, als hätte sie nur auf diesen Klang gewartet. Mit einem Satz war sie in seinen Armen, bevor er auch nur blinzeln konnte, und es war gut.

Nach einer schnellen Umarmung trat sie zurück und hielt ihn auf Armeslänge von sich entfernt, um ihn zu inspizieren. »Bist du okay? Was ist passiert? Wer war da? Wie ...«

Die Brüder fingen alle gleichzeitig an zu reden, allerdings

nicht über das Treffen, das nicht stattgefunden hatte. Sie stritten darüber, wer in den verbleibenden drei Stunden der Nacht welches Jagdrevier übernehmen würde.

»Gehen wir ins Arbeitszimmer«, sagte Wrath über den Lärm hinweg. »Ich kann mich selbst nicht hören.«

Als er und Beth auf die Treppe zugingen, rief er zu seinen Brüdern zurück: »Danke, dass ihr mir mal wieder Deckung verschafft habt.«

Die Gruppe hielt inne und drehte sich zu ihm um. Nach einem Moment der Stille formten sie einen Halbkreis um den Fuß der Freitreppe und ballten die Waffenhände zu Fäusten. Mit einem gewaltigen Kriegsschrei gingen sie auf das rechte Knie und schlugen die Knöchel auf den Mosaikboden. Es donnerte wie eine Bombenexplosion und hallte durch das ganze Herrenhaus.

Wrath sah auf sie herab, auf die gebeugten Köpfe, die gebogenen breiten Rücken, die kraftvollen Arme am Boden. Jeder von ihnen war in der Bereitschaft zu diesem Treffen gegangen, eine Kugel für ihn aufzufangen, und das war die Wahrheit.

Hinter dem schmaleren Tohr stand Lassiter, der gefallene Engel, aufrecht, aber er riss keine Witze über die erneute Zusammengehörigkeitsbekundung. Stattdessen starrte er wieder die verdammte Decke an. Wrath blickte zu dem Deckengemälde mit den Kriegern auf, die sich von einem blauem Himmel abhoben, aber er sah nicht viel von den Bildern, die dort angeblich waren.

Dann besann er sich auf seine Aufgabe und sagte in der Alten Sprache: »*Keine stärkeren Verbündeten, keine treueren Freunde, keine besseren Kämpfer für die Ehre könnte ein König haben als jene, die sich hier vor mir versammeln, meine Brüder im Geist und im Blute.*«

Mit einem einstimmigen Knurren erhoben sich die Brüder, und Wrath nickte einem nach dem anderen zu. Er hatte keine Worte mehr für sie, weil sich ihm plötzlich die Kehle zuschnürte, aber sie schienen keine zu brauchen. Sie sahen ihn voller Respekt, Verbundenheit und Entschlossenheit an, und er nahm ihre großzügigen Geschenke feierlich, dankbar und entschieden an. Das war der uralte Bund zwischen König und Untertanen: Die Gelöbnisse kamen beiderseits von Herzen und wurden mit wachem Geist und starkem Leib erfüllt.

»Gott, ich liebe euch, Jungs«, seufzte Beth.

Eine Menge tiefes Gelächter ertönte, und Hollywood sagte: »Sollen wir für dich auch noch einmal? Die Fäuste sind dem König vorbehalten, aber der Königin gebühren die Dolche.«

»Es wäre mir unangenehm, wenn ihr den schönen Boden ruiniert. Aber danke.«

»Sprich nur ein Wort, und wir schlagen für dich alles kurz und klein.«

Beth lachte. »Halte ein, mein Herz.«

Die Brüder kamen zu ihr und küssten nacheinander den dunklen Rubin an ihrem Finger. Während ihr jeder seinen Respekt zollte, strich sie ihnen zärtlich über die Haare. Außer Zsadist, den sie liebevoll anlächelte.

»Entschuldigt uns, Jungs«, schaltete sich Wrath ein. »Wir brauchen etwas Zeit für uns, wenn ihr versteht.«

Es gab ein Gemurmel männlicher Zustimmung, das Beth großzügig – und errötend – hinnahm, dann war es Zeit für etwas Abgeschiedenheit.

Als sich Wrath mit seiner *Shellan* nach oben aufmachte, hatte er das Gefühl, dass sich die Dinge langsam wieder etwas normalisierten. Ja, okay, es gab Intrigen, um

ihn umzubringen, und politische Querelen und *Lesser,* wo man hinsah, aber das *war* nun mal das tägliche Regierungsgeschäft. Und im Moment hatte er seine Brüder zur Seite, seine geliebte *Shellan* im Arm und die Leute und *Doggen,* die ihm etwas bedeuteten, waren so sicher, wie er es einrichten konnte.

Beth legte den Kopf an seine Brust und die Hand um seine Taille. »Ich bin wirklich froh, dass alle heil zurück sind.«

»Witzig, dasselbe habe ich auch gerade gedacht.«

Er führte sie ins Arbeitszimmer und schloss die Flügeltür. Die Wärme des Kaminfeuers war eine Wohltat … und eine Verlockung. Als sie zu dem Tisch ging, auf dem etliche Dokumente verstreut lagen, beobachtete er das Schwingen ihrer Hüften.

Mit einer schnellen Drehung aus dem Handgelenk schloss er sie beide ein. Während er zu ihr ging, streckte Beth die Hand aus, um etwas Ordnung in die Dokumente zu bringen. »Also, was ist pass…«

Wrath presste seine Hüften an ihren Hintern und flüsterte: »Ich möchte in dir sein.«

Seine *Shellan* keuchte und ließ den Kopf in den Nacken fallen. »Oh, Gott … ja …«

Mit einem Knurren griff er ihr von hinten an die Brust, und als ihr Atem stockte, rieb er seinen Schwanz an ihr. »Ich möchte nicht zu lange warten.«

»Ich auch nicht.«

»Lehn dich an den Tisch.«

Als sie sich vornüberbeugte, wäre ihm fast ein Fluch entschlüpft. Dann stellte sie die Beine auseinander, und er hielt sich nicht länger zurück – ein lang gezogenes *Fuck* entrang sich ihm.

Und genau das würde er gleich tun.

Wrath knipste die Schreibtischlampe aus, sodass sie nur noch vom goldenen, tanzenden Schein des Feuers beleuchtet wurden, und fuhr ihr mit rauen Händen voller Vorfreude über die Hüften. Dann bückte er sich und fuhr mit den Fängen an ihrer Wirbelsäule herab. Er ließ sie das Gewicht auf einen Fuß verlagern, sodass er den Knopf öffnen und sie aus ihrer *Severs* Jeans schälen konnte. Für die andere Seite war er allerdings zu ungeduldig – vor allem, als er aufblickte und ihren herrlich schlichten schwarzen Slip sah.

Okay. Planänderung.

Das Eindringen würde warten.

Zumindest das mit dem Schwanz.

Er blieb in der Hocke und legte behutsam und schnell die Waffen ab, wobei er darauf achtete, dass alle Schusswaffen gesichert waren und die Klingen in den Scheiden steckten. Wäre die Tür nicht verschlossen gewesen, hätte er sie in den Waffensafe gelegt, egal, wie heiß er auf seine Frau war. Solange Nalla in der Nähe war, ging niemand im Haus das Risiko ein, dass sie eine Waffe auflas. Nie.

Entwaffnet nahm er seine Panoramasonnenbrille ab und warf sie auf den Schreibtisch, dann strich er mit den Händen hinten an den Schenkeln seiner Frau hinauf. Er schob ihre Beine weit auseinander, drängte sich dazwischen und hob den Mund an die Baumwolle, die den Kern bedeckte, in dem er sehr bald kommen würde.

Er presste den Mund an sie und spürte ihre Hitze durch den Stoff. Ihr Duft machte ihn rasend, sein Schwanz zuckte so wild in seiner Lederhose, dass er sich nicht sicher war, ob er gerade gekommen war. Saugen und

Lecken durch den Slip war nicht genug ... also nahm er die Baumwolle zwischen die Zähne und rieb damit an ihrem Geschlecht. Er wusste verdammt gut, dass diese Naht genau den Punkt massierte, an dem er sich gleich festsaugen würde.

Es klapperte zweimal leise, als sie sich anders auf dem Tisch abstützte und einige Blätter flatterten raschelnd zu Boden.

»Wrath ...«

»Was?«, murmelte er gegen ihren Slip und bearbeitete sie mit der Nase. »Gefällt es dir nicht?«

»Halt den Mund und mach weiter ...«

Seine Zunge glitt unter ihren Slip und verschlug ihr den Atem ... jetzt musste er sich bremsen. Sie war so heiß und feucht und willig, dass er sich nur mit Not zurückhalten konnte, sie nicht auf den Teppich zu werfen und tief und heftig zu bearbeiten.

Doch damit würde er sie beide um das Vorspiel bringen.

Er schob die Baumwolle mit der Hand zur Seite und küsste das rosa Fleisch darunter, dann tauchte er ein. Sie war so bereit für ihn, das merkte er an dem Honig, den er schluckte, als er in einem langen, langsamen Zug an ihr hoch schleckte.

Aber das war nicht genug. Und den Slip zur Seite zu halten störte ihn.

Mit einem Fangzahn piekte er ein Loch hinein, riss ihn in der Mitte entzwei und ließ die beiden Hälften von den Hüften hängen. Seine Hände griffen an ihren Hintern und drückten ihn fest, als er mit den Faxen aufhörte und sich daranmachte, seine Frau anständig mit dem Mund zu befriedigen. Er wusste genau, wie sie es am

liebsten hatte, und saugte und leckte und drang dann mit der Zunge ein.

Er schloss die Augen und nahm alles in sich auf, den Duft und den Geschmack und wie sie unter seiner Berührung erbebte, als sie den Höhepunkt erreichte und sich weitete. Hinter der Knopfleiste seiner Lederhose bettelte sein Schwanz um Aufmerksamkeit, das Reiben der Knöpfe war lange nicht genug, um ihn zu befriedigen, aber Pech gehabt. Seine Erektion musste sich noch eine Weile gedulden, denn das hier war viel zu süß, um so bald aufzuhören.

Als Beths Knie einknickten, legte er sie auf den Boden und winkelte ein Bein ab, ohne ihr dabei eine Pause zu gönnen, während er ihre Fleecejacke hochschob und die Hand unter ihren BH steckte. Als sie erneut kam, klammerte sie sich an eines der Tischbeine und stemmte den freien Fuß in den Teppich. Seine Zuwendung schob sie beide weiter und weiter unter den Tisch, an dem er seine königlichen Pflichten absolvierte, bis er sich bücken musste, um mit den Schultern darunterzupassen.

Schließlich kam ihr Kopf auf der anderen Seite wieder zum Vorschein, und sie griff nach dem zierlichen Stuhl, auf dem er sonst immer saß, und zog ihn mit sich.

Als sie wieder seinen Namen schrie, sah er hoch und funkelte den dummen Stuhl an. »Ich brauche ein robusteres Sitzmöbel.«

Das waren seine letzten verständlichen Worte. Dann fand sein Schwanz den Eingang zu ihr mit einer Leichtigkeit, die von all der Übung zeugte, die sie hatten, und … oh, *ja,* es war noch immer so gut wie beim ersten Mal. Er schloss die Arme um sie und ritt sie hart, und sie hielt

dagegen, während sich der Sturm, der in ihm wütete, in seinen Eiern sammelte, bis sie brannten. Zusammen bildeten er und seine *Shellan* eine Einheit, sie gaben und nahmen, schneller und schneller, bis er kam, und weitermachte, und wieder kam, und immer noch weitermachte, bis ihm etwas ins Gesicht schlug.

Animalisch knurrte er und schnappte mit den Fängen danach.

Es waren die Vorhänge.

Er hatte es geschafft, sie unter dem Tisch heraus, am Stuhl vorbei und bis zur Wand zu vögeln.

Beth brach in Gelächter aus, und er stimmte ein. Dann kuschelten sie sich aneinander. Wrath rollte sich auf die Seite, zog seine Partnerin an seine Brust und zog ihre Fleecejacke und den Rollkragenpulli wieder herunter, damit ihr nicht kalt wurde.

»Und was ist bei dem Treffen passiert?«, fragte sie schließlich.

»Kein einziges Ratsmitglied ist aufgetaucht.« Wrath zögerte und fragte sich, wie viel er ihr von Rehv erzählen durfte.

»Nicht einmal Rehv?«

»Rehv war da, aber keiner von den anderen. Offensichtlich fürchtet sich der Rat vor mir, was im Grunde nicht schlecht ist.« Abrupt nahm er ihre Hände. »Hör zu, Beth ...«

Ihre Stimme klang gepresst: »Ja?«

»Ich will ehrlich sein, ja?«

»Ja.«

»Es ist etwas geschehen. Es ging um Rehvenge ... um sein Leben ... aber ich erkläre dir nur ungern Einzelheiten, weil es seine Sache ist. Nicht meine.«

Sie stieß die Luft aus. »Wenn es dich und die Bruder-schaft nicht betrifft ...«

»Nur insofern, dass es uns in eine schwierige Positi-on bringt.« Und auch für Beth wäre dieses Wissen ein Dilemma. Schließlich ging es nicht nur darum, einen *Symphathen* vor dem Gesetz zu decken. Soweit Wrath informiert war, hatte auch Bella keine Ahnung davon, was ihr Bruder wirklich war. Also müsste Beth dann auch ein Geheimnis vor ihrer Freundin hüten.

Seine *Shellan* runzelte die Stirn. »Wenn ich frage, in welcher Hinsicht es ein Problem für euch ist, wüsste ich, was es ist, stimmt's?«

Wrath nickte und wartete.

Sie strich über sein Kinn. »Und du würdest es mir sa-gen, oder?«

»Ja.« Ungern zwar, aber er würde es tun. Ohne zu zö-gern.

»Okay ... ich frage nicht.« Sie hob den Kopf und küss-te ihn. »Und ich bin froh, dass du mir die Wahl lässt.«

»Siehst du, ich bin lernfähig.« Er hielt ihr Gesicht und küsste sie mehrfach auf den Mund, der sich zu einem Lächeln verzog.

»Sag mal, was hältst du von Essen?«, fragte sie.

»Wie sehr ich dich liebe!«

»Ich hole uns etwas.«

»Ich glaube, ich mache dich besser erst einmal etwas sauber.« Er riss sich das schwarze Hemd vom Leib und strich damit vorsichtig über ihre Schenkel bis hoch bis zu ihrem Kern.

»Du tust mehr, als mich sauber zu machen«, lächelte sie träge, als seine Hände zwischen ihren Schenkeln um-herstreiften.

Er zog sich nach oben und machte Anstalten, sie erneut zu besteigen. »Kannst du mir das verübeln? Mmmm ...«

Sie lachte und hielt ihn zurück. »Essen. Dann mehr Sex.«

Er knabberte an ihren Lippen und dachte, dass Essen völlig überbewertet war. Doch dann knurrte ihr Magen, und sofort war der Gedanke an Sex wie weggewischt, vertrieben von dem Instinkt, sie zu füttern, zu beschützen und für sie zu sorgen.

Er legte ihr die große Hand auf den flachen Bauch und sagte: »Lass mich dir etwas brin...«

»Nein, ich möchte dich bedienen.« Sie berührte erneut sein Gesicht. »Bleib hier. Es dauert nicht lange.«

Als sie aufstand, rollte er sich auf den Rücken und stopfte seinen vielgebrauchten aber immer noch sehr steifen Schwanz in die Lederhose.

Beth bückte sich nach ihrer Jeans und präsentierte ihm eine fantastische Aussicht, sodass er sich fragte, ob er auch nur fünf Minuten damit warten konnte, wieder in sie einzudringen.

»Weißt du, wonach mir ist?«, murmelte sie, als sie ihre *Sevens* zurechtzupfte.

»Nach einer weiteren ordentlichen Nummer mit deinem *Hellren,* nachdem die erste Runde so schön war?«

Gott, er brachte sie so gerne zum Lachen.

»Na ja, das auch«, sagte sie. »Aber was das Essen betrifft ... ich will hausgemachten Eintopf.«

»Ist er schon fertig?« Bitte, lass ihn fertig sein ...

»Es gibt noch Rind von gest... du solltest dein Gesicht sehen!«

»Mir wäre lieber, du wärst nicht so lang in der Küche und dafür früher auf meinem ...« Okay, diesen Satz würde er nicht zu Ende führen.

Doch sie konnte ihn offensichtlich problemlos ergänzen. »Hmm, ich beeile mich.«

»Mach das, *Lielan,* und ich bereite dir ein Dessert, das dir die Sinne raubt.«

Sie schwang neckisch die Hüften auf dem Weg zur Tür, und vollführte einen sexy kleinen Tanz, der ihm ein Knurren entrang. In der Tür blieb sie stehen und blickte zurück, beleuchtet vom hellen Licht aus dem Flur.

Und seine verschwommene Sicht bescherte ihm das hübscheste Abschiedsgeschenk: Im Feuerschein sah er ihr langes, dunkles Haar über ihre Schultern fallen und ihr gerötetes Gesicht und ihre anmutige Gestalt mit all ihren Kurven.

»Du bist wunderschön«, flüsterte er.

Beth strahlte ihn an, und der Geruch ihrer Freude und ihres Glücks verstärkte den Duft von nachtblühenden Rosen, der ihr allein zu eigen war.

Beth führte die Fingerspitzen an die Lippen, die er so wild geküsst hatte, und hauchte ihm einen sanften, langen Kuss zu. »Ich bin gleich zurück.«

»Bis gleich.« Oh, ja, er freute sich schon auf etwas mehr Bürobodenzeit.

Nachdem sie weg war, blieb er noch eine Weile liegen und lauschte gebannt ihren Schritten auf der Treppe. Dann rappelte er sich auf, stellte den lächerlichen Stuhl zurück an seinen Platz und pflanzte sich darauf. Er griff nach der Sonnenbrille, um seine empfindlichen Augen vor dem sanften Schein des Kaminfeuers zu schützen, und ließ den Kopf zurückfallen …

Als es an der Tür klopfte, stachen seine Schläfen vor Frust. Mann, konnte man denn wirklich keine zwei Se-

kunden Frieden haben ... und am Geruch nach türkischem Tabak erkannte er auch, wer es war.

»Komm rein, V.«

Als der Bruder die Tür öffnete, vereinte sich der Tabakgeruch mit dem leichten Holzfeuerrauch aus dem Kamin.

»Wir haben ein Problem«, erklärte Vishous.

Wrath schloss die Augen und rieb sich die Nasenwurzel. Hoffentlich betrachteten diese Kopfschmerzen sein Hirn nicht als Motel und nisteten sich über Nacht ein.

»Spuck's aus.«

»Jemand hat uns wegen Rehv gemailt. Gibt uns vierundzwanzig Stunden, um ihn an die *Symphathen*-Kolonie auszuliefern, ansonsten würde seine Identität der *Glymera* bekannt gegeben – das, und außerdem die Tatsache, dass du und wir alle davon wussten und nichts unternommen haben.«

Wrath riss die Augen auf. »Was zur Hölle?«

»Ich suche schon nach dem Absender. Mit ein bisschen Forschung im IT-Land sollte es mir gelingen, den Account zu orten und herauszufinden, wer dahintersteckt.«

»Scheiße ... so viel zu dem geheimen Dokument.« Wrath schluckte, die Kopfschmerzen verursachten ihm Übelkeit. »Schau, setz dich mit Rehv in Verbindung, erzähl ihm von der Mail. Hör dir an, was er sagt. Die *Glymera* ist gespalten und eingeschüchtert, aber wenn etwas Derartiges ans Licht kommt, müssen wir handeln – sonst lehnt sich nicht nur der Adel auf, sondern auch die Zivilbevölkerung.«

»In Ordnung. Ich werde ihm davon berichten.«

»Mach schnell.«

»He, bei dir alles in Ordnung?«

»Ja. Jetzt ruf Rehv an. Verdammte Scheiße.«

Die Tür schloss sich erneut, und Wrath stöhnte. Der sanfte Feuerschein verschlimmerte den Schmerz in seinen Schläfen, aber er würde die Flammen nicht löschen: Nach seinem kleinen Blindheitsanfall vom Nachmittag kam absolute Dunkelheit nicht mehr infrage.

Er schloss die Augen und versuchte den Schmerz zu verdrängen. Ein bisschen Ruhe. Viel mehr brauchte er nicht.

Einfach etwas Ruhe.

51

Xhex kehrte durch den Hintereingang ins *ZeroSum* zurück und behielt die Hände in den Taschen, als sie durch den VIP-Bereich ging. Dank ihres Vampiranteils hinterließ sie keine Fingerabdrücke, aber blutige Hände waren blutige Hände.

Außerdem hatte sie die Scheiße von Grady an der Hose.

Aber das war der Grund, warum der Club selbst in diesen modernen Zeiten einen altmodischen feuerspeienden Brennofen im Keller hatte.

Sie meldete sich nirgends zurück, sondern ging direkt in Rehvs Büro und in sein Schlafzimmer, das sich daran anschloss. Zum Glück blieb ihr genügend Zeit, sich umzuziehen und zu waschen, denn der Bulle würde eine Weile brauchen, bis er Grady fand. Sie hatte de la Cruz den Befehl erteilt, die ganze Nacht wegzubleiben – obwohl es bei einem Mann wie ihm möglich war, dass sein Bewusstsein den eingepflanzten Gedanken irgendwann besiegte. Dennoch blieben ihr mindestens ein paar Stunden.

In Rehvs Apartment verschloss sie die Tür und ging auf direktem Weg in die Dusche. Sie drehte das heiße Wasser auf, legte die Waffen ab und steckte Kleider und Stiefel in einen Wäscheschacht, der direkt in den Ofen hinunterführte.

Scheiß auf die Wäscherei. So ein Brenner war die Sorte Wäschekorb, die Leute wie sie brauchten.

Sie nahm ihre lange Klinge mit unter den Duschstrahl und wusch sich und ihre Waffe mit der gleichen Sorgfalt. An den Beinen trug sie noch immer die Büßergurte, und die Seife brannte dort, wo sich die Stacheln in ihr Fleisch bohrten. Xhex wartete, bis das Brennen nachließ, bevor sie zuerst einen lockerte und dann den anderen …

Der Schmerz war so überwältigend, dass ihre Beine kalt und taub wurden. Er fuhr in ihre Brust und brachte ihr Herz zum Hämmern. Keuchend stieß Xhex den Atem aus, sank gegen die Marmorwand und hoffte, nicht in Ohnmacht zu fallen.

Doch irgendwie blieb sie bei Bewusstsein.

Als das Wasser zu ihren Füßen rot in den Abfluss rann, dachte sie an Chrissys Leiche. Ihr Blut war bräunlich schwarz gewesen, das Fleisch fleckig-grau. Gradys Blut hatte die Farbe von Wein gehabt, aber in ein paar Stunden würde er nicht anders aussehen als sein Opfer in der Leichenhalle – er würde tot auf einem Stahltisch liegen, während sich das, was einst durch seine Adern geflossen war, in Zement verwandelte.

Xhex hatte gute Arbeit geleistet.

Die Tränen kamen von überall und nirgends, und sie verachtete sich dafür.

Beschämt von ihrer Schwäche, bedeckte sie das Gesicht mit den Händen, obwohl sie alleine war.

Einst hatte jemand versucht, ihren Tod zu rächen.

Nur dass sie gar nicht tot gewesen war – sondern es sich nur gewünscht hatte, als man mit allen möglichen »Instrumenten« an ihr herumhantierte. Und die ritterliche Heldentat war nicht gut ausgegangen für ihren Rä-

cher. Murhder war dem Wahnsinn verfallen. Er hatte geglaubt, eine Vampirin zu retten, aber Überraschung! In Wirklichkeit hatte er sein Leben für eine *Symphathin* riskiert.

Hoppla. Dieses kleine Detail hatte sie wohl vergessen, ihrem Liebhaber gegenüber zu erwähnen.

Sie wünschte, sie hätte es ihm gesagt. Er hätte das Recht gehabt, es zu wissen, und vielleicht wäre er dann heute noch in der Bruderschaft. Vielleicht mit einer netten *Shellan* an der Seite. Ganz bestimmt hätte er nicht den Verstand verloren und wäre auf Nimmerwiedersehen verschwunden.

Rache war ein riskantes Geschäft, oder etwa nicht? In Chrissys Fall war es in Ordnung. Alles war glattgelaufen. Doch manchmal war das zu rächende Objekt die Mühe nicht wert.

Xhex war es nicht gewesen, und es hatte nicht nur Murhder den Verstand gekostet. Rehv zahlte noch heute für ihre Fehler.

Sie dachte an John Matthew und wünschte sich nur, sie hätten nicht miteinander geschlafen. Murhder war eine lockere Sache gewesen. Aber John Matthew? Dem tödlichen Ziehen in ihrer Brust nach zu urteilen, das sich bei jedem Gedanken an ihn einstellte, war er wohl viel mehr als das – weswegen sie auch nicht daran denken wollte, was in ihrer Kellerwohnung zwischen ihnen passiert war.

Das Problem war die Art, wie John Matthew sie behandelt hatte. Er hatte eine Zärtlichkeit an den Tag gelegt, die drohte, sie zu zerbrechen. Seine Gefühle für sie waren sanft, zart und respektvoll … liebevoll – obwohl er wusste, wer sie war. Sie musste ihn so hart abweisen,

denn hätte er nicht mit dem Mist aufgehört, hätte sie am Ende ihre Lippen an seine gepresst und sich komplett vergessen.

John Matthew war ihr Seelenquell, wie die *Symphathen* es nannten, ihr *Pyrokant* in der Sprache der Vampire. Ihre entscheidende Schwachstelle.

Und sie war äußerst schwach, wenn es um ihn ging.

Gequält dachte sie daran, wie er Gina auf dem Überwachungsmonitor befummelt hatte. So wie ihre stachelbewehrte Metallgurte überwältigte sie auch das schmerzhafte Bild, und sie hielt sich vor, dass sie es nur verdiente, ihm dabei zuzusehen, wie er sich in kopf- und seelenlosen Sex stürzte.

Sie drehte das Wasser ab, hob ihre Büßergurte und das Messer vom edlen Marmorboden auf, stieg aus der Dusche und ließ all das Metall zum Abtropfen in ein Waschbecken fallen.

Als sie sich eines von Rehvs superluxuriösen schwarzen Handtüchern nahm, wünschte sie sich, es …

»Wäre Sandpapier, nicht wahr?«, spottete Rehv von der Tür aus.

Xhex verharrte kurz, das Handtuch über den Rücken gespannt, und blickte in den Spiegel. Rehv lehnte lässig in der Tür, sein bodenlanger Zobelmantel verwandelte ihn in einen Bär, der Irokesenschnitt und die stechend violetten Augen verrieten seine Kriegernatur trotz des metrosexuellen Outfits.

»Wie ist es heute Nacht gelaufen?«, erkundigte sie sich, stellte einen Fuß auf den Waschtisch und tupfte sich das Bein mit dem schwarzen Frottee ab.

»Das Gleiche könnte ich dich fragen. Was zum Henker ist los mit dir?«

»Nichts.« Sie stellte das andere Bein hoch. »Also, wie war das Ratstreffen?«

Rehv blickte ihr weiter in die Augen, nicht aus Rücksicht darauf, dass sie splitterfasernackt vor ihm stand, sondern weil es ihm echt und ehrlich schnuppe war. Für ihn wäre es das Gleiche gewesen, wenn ihm Trez oder iAm den Hintern präsentiert hätten: Xhex hatte vor Langem aufgehört, weiblich für ihn zu sein, obwohl sie sich voneinander nährten.

Vielleicht war es das, was ihr so an John Matthew gefiel: Er betrachtete, berührte und behandelte sie wie eine Frau. Wie eine Kostbarkeit.

Nicht, weil sie nicht so stark wäre wie er, sondern weil sie eine Seltenheit war und etwas Besonderes ...

Hilfe! Stoppt den Östrogenstrom. Außerdem galt für all das nun die Vergangenheitsform.

»Das Treffen?«, drängte sie.

»Gut. Dann sei eben so. Der Rat? Keiner ist aufgetaucht, dafür wurde das hier abgegeben.« Rehv zog einen langen, flachen Umschlag aus der Brusttasche und warf ihn auf den Waschtisch. »Du kannst es später lesen. Überflüssig zu sagen, dass mein Geheimnis seit geraumer Zeit bekannt ist. Stiefpapa hat auf dem Weg in den Schleier geplaudert, und es grenzt an ein Wunder, dass es nicht schon früher rausgekommen ist.«

»Ach du Scheiße.«

»Das ist übrigens eine eidesstattliche Versicherung. Nicht irgendein Gekritzel auf einer Serviette.« Rehv schüttelte den Kopf. »Ich werde Montrags Haus wohl einen Besuch abstatten müssen. Mich umsehen, ob noch weitere Exemplare hiervon dort rumfliegen.«

»Das kann ich tun.«

Rehvs Amethystaugen verengten sich. »Nimm's nicht persönlich, aber ich verzichte auf das Angebot. Du siehst aus, als ginge es dir nicht gut.«

»Das liegt nur daran, dass du mich eine Weile nicht ohne Kleidung gesehen hast. Warte, bis ich wieder Leder trage, dann erinnerst du dich daran, dass ich zu den Harten gehöre.«

Rehvs Blick wanderte zu den gezackten Einstichen an ihren Schenkeln. »Kaum zu glauben, dass du mir Vorhaltungen wegen meines Arms gemacht hast, wenn man sich diese Löcher ansieht.«

Sie bedeckte sich mit einem Handtuch. »Ich gehe heute in Montrags Haus.«

»Warum hast du geduscht?«

»Um das Blut abzuwaschen.«

Rehvs Gesicht überzog ein Grinsen, das beide Fänge freilegte. »Du hast Grady gefunden.«

»Genau.«

»Wie schön.«

»Wir bekommen wahrscheinlich bald Besuch von den Cops.«

»Ich freu mich schon drauf.«

Xhex tupfte ihre Büßergurte und ihr Messer trocken, dann ging sie an Rehv vorbei und trat in den halben Quadratmeter in seinem begehbaren Schrank, der ihr gehörte. Sie zog eine frische Lederhose heraus und ein schwarzes ärmelloses Shirt und blickte über die Schulter.

»Was dagegen, mich kurz allein zu lassen?«

»Du legst diese verdammten Dinger wieder an?«

»Wie steht es um deine Dopaminvorräte?«

Rehv kicherte und ging zur Tür. »Ich kümmere mich um die Durchsuchung von Montrags Haus. Du hast in

letzter Zeit genug schmutzige Arbeit für andere erledigt.«

»Ich komm damit zurecht.«

»Deshalb ist es noch lange nicht okay.« Er griff in die Tasche und holte sein Handy raus. »Verdammt, ich hab vergessen, das Ding wieder anzuschalten.«

Als das Display aufleuchtete, blickte er darauf, und seine Gefühle ... flackerten.

Sie flackerten tatsächlich.

Vielleicht lag es daran, dass sie ihre Büßergurte nicht trug und der *Symphath* in ihr sofort auf den Plan trat, jedenfalls konnte sie sich nicht zurückhalten und konzentrierte sich auf ihn. Diese aufblitzende Schwäche hatte ihre Neugierde geweckt.

Doch was ihr auffiel war nicht so sehr sein Gefühlsraster ... sondern sein veränderter Geruch.

»Du hast dich von jemandem genährt«, bemerkte sie.

Rehv verriet sich, indem er erstarrte.

»Versuch nicht, es abzustreiten«, murmelte sie. »Ich kann es riechen.«

Rehv zuckte die Schultern, und Xhex bereitete sich schon mal auf eine Menge Bla-Bla, von wegen »keine große Sache« vor. Rehv öffnete sogar den Mund und setzte den gelangweilten Ausdruck auf, mit dem er die Leute auf Abstand hielt.

Nur, dass er nichts sagte. Er schien einfach nicht fähig, es abzutun.

»Wow.« Xhex schüttelte den Kopf. »Es ist was Ernstes, oder?«

Die Frage zu übergehen war ganz eindeutig die beste Strategie. »Wenn du fertig bist, lass uns mit Trez und iAm Bestandsaufnahme machen, bevor wir schließen.«

Rehv vollführte eine Kehrtwende und ging ins Büro.

Witzig, dachte sie, als sie eines der Stahlbänder aufhob und um ihren Schenkel legte, sie hätte nie erwartet, ihn einmal so zu erleben. Nie im Leben.

Sie fragte sich, wer es wohl war. Und wie viel diese Frau über ihn wusste.

Rehv ging zu seinem Schreibtisch, das Handy in der Hand. Ehlena hatte angerufen und eine Nachricht hinterlassen, aber anstatt Zeit zu vertun und sie abzuhören, rief er ihre Nummer auf und …

Die Nummer, die in diesem Moment anrief, war die einzige, für die er den Wahlvorgang unterbrechen würde. Er nahm den Anruf an: »Mit welchem Bruder spreche ich?«

»Vishous.«

»Was gibt's?«

»Nichts Gutes.«

Der flache Ton des Kerls erinnerte Rehv an Autounfälle. Schlimme Geschichten, bei denen man die Rettungsschere brauchte, um die Körper herauszuschneiden. »Schieß los.«

Der Bruder redete und redete und redete. E-Mail. Identität aufgedeckt. Deportation.

An diesem Punkt musste es eine längere Pause gegeben haben, denn Rehv hörte seinen Namen. »Bist du noch dran? Rehvenge? Hallo?«

»Ja, ich bin noch dran.« So mehr oder weniger. Er war ein bisschen abgelenkt von dem dumpfen Donnergrollen in seinem Kopf, als würde das Gebäude um ihn herum zusammenstürzen.

»Hast du meine Frage gehört?«

»Äh … nein.« Das Donnern wurde so laut, dass er sich

sicher war, der Club würde bombardiert, und das Dach stürzte ein.

»Ich habe versucht, die E-Mail zurückzuverfolgen und glaube, dass sie von einer IP-Adresse im Norden in der Nähe der Kolonie kommt, wenn nicht sogar von innerhalb der Kolonie. Ich glaube, sie stammt gar nicht von einem Vampir. Kennst du da oben irgendjemand, dem daran gelegen wäre, deine Identität aufzudecken?«

Dann hatte die Prinzessin also das Interesse an ihren Erpresserspielchen verloren. »Nein.«

Jetzt war es an V zu schweigen. »Bist du sicher?«

»Ja.«

Die Prinzessin hatte beschlossen, ihn nach Hause zu rufen. Und wenn er nicht folgte, würde sie jedem Mitglied der *Glymera* einzeln mailen und Wrath und die Bruderschaft belasten, indem sie Rehvs Geheimnis enthüllte. Und das in Verbindung mit der eidesstattlichen Versicherung, die heute aufgetaucht war.

Sein gewohntes Leben war vorbei.

Nicht, dass die Bruderschaft davon erfahren musste.

»Rehv?«

Tonlos sagte er: »Das ist nur ein Abfallprodukt von der Montrag-Geschichte. Mach dir keine Sorgen deswegen.«

»Was ist hier los?«

Xhex' schneidende Stimme aus der Schlafzimmertür riss ihn aus seiner Trance. Er sah sie an. Als er ihrem Blick begegnete, waren ihm ihr muskulöser Körper und ihre scharfen grauen Augen so vertraut wie das eigene Spiegelbild, und das Gleiche galt andersherum ... deshalb erkannte sie sofort, was Sache war.

Ihr Gesicht verlor langsam jede Farbe. »Was hat sie getan? Was hat dir diese verdammte Schlampe angetan?«

»Ich muss Schluss machen, V. Danke für den Anruf.«

»Rehvenge«, hielt ihn der Bruder auf. »Schau, warum soll ich nicht weiter versuchen, die E-Mail zurückzuver...«

»Zeitverschwendung. Da oben weiß niemand von mir. Vertrau mir.«

Rehv legte auf, und bevor Xhex etwas sagen konnte, rief er die Mailbox an und hörte sich Ehlenas Nachricht an. Obwohl er schon wusste, was sie sagen würde ...

»Hallo, Rehv, ich hatte gerade Besuch von dieser ... Frau. Sie hat allen möglichen Unsinn über dich erzählt. Ich ... äh ... dachte nur, das solltest du wissen. Um ehrlich zu sein, sie ist verrückt. Wie dem auch sei, kannst du mich deswegen mal zurückrufen? Das wäre super. Bis bald.«

Er löschte die Nachricht und legte das Handy behutsam auf den Tisch, neben die schwarze Lederschreibtischunterlage, sodass es exakt vertikal ausgerichtet war.

Xhex ging zu ihm, doch da klopfte es laut, und jemand kam rein. »Gib uns eine Minute, Trez«, hörte er sie sagen. »Nimm Rally mit, und lass niemanden hier rein.«

»Was ist pass...«

»Jetzt. Bitte.«

Rehvenge starrte das Handy an und bekam nur verschwommen mit, wie jemand wieder ging und sich die Tür schloss.

»Hörst du das?«, fragte er leise.

»Was?« Xhex kniete sich neben seinen Sessel.

»Dieses Geräusch.«

»Rehv, was hat sie getan?«

Er blickte in ihre Augen und sah darin seine Mutter auf dem Sterbebett. Witzig, beide Frauen hatten den glei-

chen flehentlichen Blick. Und beide wollte er beschützen. Genauso wie Ehlena. Seine Schwester. Und Wrath und die Bruderschaft.

Rehv umfasste das Kinn seiner Stellvertreterin. »Es geht nur um irgendwelchen Bruderschaftskram, und ich bin sehr müde.«

»Den Teufel geht es das, und den Teufel bist du müde.«

»Tust du mir einen Gefallen?«

»Was für einen?«

»Wenn ich dich bitte, dich einer Frau anzunehmen, würdest du das für mich tun?«

»Ja, verdammt, natürlich. Ich will diese Schlampe schon seit über zwanzig Jahren töten.«

Er ließ ihr Kinn los und streckte ihr die Hand entgegen. »Bei deiner Ehre, schwör es mir.«

Xhex ergriff seine Hand wie ein Mann, nicht als Berührung, sondern als Gelübde. »Du hast mein Wort. Alles.«

»Danke. Hör zu, Xhex, ich hau mich aufs Ohr …«

»Aber erst musst du mir einen Hinweis geben, um was es hier geht.«

»Sperrst du ab?«

Sie ließ sich auf die Fersen zurückfallen. »Sag mir, was los ist!«

»Es war nur Vishous mit einer weiteren Komplikation.«

»Scheiße, hat Wrath wieder Probleme mit der *Glymera*?«

»Solange es eine *Glymera* gibt, wird Wrath mit ihr Probleme haben.«

Sie runzelte die Stirn. »Warum denkst du an eine Strandwerbung aus den Achtzigern?«

»Weil Brusthaare wieder in Mode kommen. Ich spüre es. Und hör auf zu versuchen, meine Gedanken zu lesen.«

Es folgte ein langes Schweigen. »Ich werde das auf den Tod deiner Mutter zurückführen.«

»Super Idee.« Er stützte den Stock auf den Boden. »Jetzt hole ich mir eine Mütze Schlaf. Ich bin seit zwei Tagen auf den Beinen.«

»In Ordnung, aber wenn du mich das nächste Mal abblockst, nimm bitte etwas weniger Gruseliges als Deney Terrio auf den Bahamas.«

Als er alleine war, sah Rehv sich um. Dieses Büro hatte viel gesehen: Eine Menge Geld hatte hier die Hände gewechselt. Ein Haufen Drogen auch. Viele Typen, die ihn verarschen wollten, hatten hier geblutet.

Durch die offene Tür zum Schlafzimmer starrte er in das Apartment, in dem er zahllose Nächte verbracht hatte. Er konnte gerade noch so die Dusche ausmachen.

Als er das Gift der Prinzessin noch verkraftet hatte und nach den Treffen im Norden stark genug war, um sich selbst nach Hause zu schleppen, hatte er sich immer in diesem Bad gewaschen. Er wollte nicht das Heim seiner Familie mit dem beschmutzen, was auf seiner Haut klebte, und hatte eine Menge heißes Wasser und Seife gebraucht, bevor er seiner Mutter und Schwester wieder unter die Augen treten konnte. Der Witz war, dass seine Mutter ihn dann jedes Mal fragte, ob er vom Sport käme, weil er so eine »gesunde Gesichtsfarbe« habe.

Er war nie sauber genug gewesen. Doch hässliche Taten waren nicht wie Dreck – sie ließen sich nicht abwaschen.

Er ließ den Kopf in den Nacken fallen und ging in Gedanken durch das *ZeroSum*. Er stellte sich Rallys Kabuff mit der Waage vor, die VIP-Lounge mit dem Wasserfall

und die offene Tanzfläche und die Bars. Er kannte jeden Zentimeter des Clubs und wusste alles, was darin passierte – von den Aktivitäten der Mädchen im Knien oder Liegen bis zu den Buchmachern mit ihren Wahrscheinlichkeiten und der Anzahl von Drogenunfällen, um die Xhex sich gekümmert hatte.

So viele schmutzige Geschäfte.

Er dachte daran, wie Ehlena ihren Job verloren hatte, weil sie ihm Antibiotika gebracht hatte, die er sich in seinem Starrsinn nicht selbst bei Havers holte. So sah eine gute Tat aus. Und das wusste er nicht nur, weil seine Mutter es ihm beigebracht hatte, sondern weil er Ehlena kannte. Sie war von Natur aus gut, und deshalb tat sie Gutes.

Was er hier getrieben hatte, war nicht gut und war es nie gewesen, denn so war er nun einmal.

Rehv dachte über den Club nach. Die Schauplätze des Lebens waren genauso wie die Kleider, die man trug, das Auto, das man fuhr, und die Freunde und Bekannte, mit denen man sich umgab, ein Produkt des Lebens, das man führte. Sein Leben war dunkel, gewaltsam und zwielichtig gewesen. Und genauso würde auch sein Tod sein.

Er verdiente seinen Bestimmungsort.

Aber bei seinem Abgang würde er die Dinge ins Lot bringen. Einmal im Leben würde er das Richtige tun, und zwar aus den richtigen Gründen.

Und er würde es für die kurze Liste von Leuten tun, die er … liebte.

52

Auf der anderen Seite der Stadt saß Tohr im Haus der Bruderschaft im Billardzimmer. Er hatte seinen Stuhl so zurechtgerückt, dass er die Tür zur Eingangshalle im Blick hatte. In der rechten Hand hielt er eine brandneue schwarze *Timex Indiglo* Uhr, die er gerade auf die richtige Zeit und das richtige Datum stellte, und zu seiner Linken stand ein langes, schlankes Glas Eiskaffee. Er war fast fertig mit der Uhr und hatte erst ein Viertel von seinem Kaffee getrunken. Sein Magen kam nicht immer problemlos mit den Unmengen Essen zurecht, die er in sich hineinstopfte, aber darauf konnte Tohr keine Rücksicht nehmen. Es galt, möglichst schnell Gewicht zuzulegen, da musste sich sein Verdauungstrakt eben fügen.

Mit einem letzten Pieps war die Uhr gestellt, und er legte sie an. Dann starrte er auf die leuchtende 4 : 57.

Seine Augen wanderten erneut zur Eingangstür. Scheiß auf die Uhr und das Essen. Eigentlich war er nur hier, weil er darauf wartete, dass John mit Qhuinn und Blay durch diese verdammte Tür kam.

Er wollte seinen Jungen sicher zu Hause wissen. Obwohl John kein Junge mehr war, und zwar schon nicht mehr, seit er ihn vor einem Jahr einfach alleingelassen hatte.

»Also, ich kann einfach nicht glauben, dass du dir das nicht anschaust.«

Als Lassiters Stimme ertönte, griff Tohr nach dem Glas und saugte am Strohhalm, um der Nervensäge nicht ein weiteres *Halt's Maul, Sonnyboy* um die Ohren zu hauen. Der Engel liebte Fernsehen, aber er war auch hierbei hyperaktiv. Ständig zappte er hin und her. Der Himmel wusste, was er sich jetzt schon wieder ansah.

»Ich meine, sie geht ihren Weg als Frau allein. Sie ist cool, und die Kleidung stimmt auch. Die Sendung ist echt gut.«

Tohr blickte über die Schulter. Der Engel hatte sich auf der Couch ausgebreitet, die Fernbedienung in der Hand, den Kopf auf ein Kissen gelegt, das Marissa einmal mit *Liebe geht durch die Fänge* bestickt hatte. Und hinter ihm auf dem Flachbildschirm war …

Tohr hätte sich beinahe an seinem Eiskaffee verschluckt. »Was soll das denn? Das ist *Mary Tyler Moore,* du Arschloch.«

»So heißt sie?«

»Ja. Und nimm's nicht persönlich, aber bei dieser Sendung sollte dir lieber keiner abgehen.«

»Warum?«

»Das ist kaum eine Stufe besser als eine Telenovela. Genauso gut könntest du dir die Fußnägel lackieren.«

»Mir egal. Ich find's cool.«

Der Engel schien nicht zu kapieren, dass Mary Tyler Moore nicht ganz das Gleiche war wie Mixed Martial Arts. Wenn das die anderen Brüder mitbekämen, würden sie Lassiter fertigmachen.

»He, Rhage«, rief Tohr ins Esszimmer rüber. »Schau dir mal an, was unsere Lavalampe in der Glotze schaut.«

Hollywood kam rein, einen Teller beladen mit Roastbeef und Bergen von Kartoffelbrei in der Hand. Er hielt nicht viel von Gemüse, das er als »kalorienarmen Platzverschwender« betrachtete, deshalb fehlten die grünen Bohnen, die es zum Ersten Mahl gegeben hatte, bei seinem aufgewärmten Essen.

»Was schaut er denn … Oh, cool! *Mary Tyler Moore*. Ich steh auf sie.« Rhage ließ sich in einem der Clubsessel neben dem Engel nieder. »Cooles Outfit.«

Lassiter warf Tohr einen hämischen Blick zu. »Und Rhoda ist doch auch irgendwie heiß.«

Die beiden stießen die Fäuste mit den Knöcheln aneinander. »Ganz deiner Meinung.«

Tohr wandte sich wieder seinem Eiskaffee zu. »Ihr beide seid eine Schande für das männliche Geschlecht.«

»Warum, bloß weil wir nicht ausschließlich auf Godzilla abfahren?«, gab Rhage zurück.

»Zumindest kann ich mein Gesicht danach noch in der Öffentlichkeit zeigen. Ihr beide solltet euch diesen Mist lieber im stillen Kämmerlein anschauen.«

»Ich finde nicht, dass ich meine Vorlieben verstecken muss.« Rhage zog die Brauen hoch, schlug die Beine übereinander und streckte den kleinen Finger von der Gabel ab. »Ich steh dazu.«

»Vorsicht mit solchen Äußerungen«, murmelte Tohr und verbarg ein Lächeln durch erneutes Saugen am Strohhalm.

Als es daraufhin still blieb, blickte er zu den beiden hinüber, bereit, die Scherze weiter zu trei…

Rhage und Lassiter starrten ihn an, vorsichtige Zustimmung in den Gesichtern.

»Ach, Himmel noch mal, schaut mich nicht so an.«

Rhage erholte sich als Erster. »Ich kann nicht anders. Du bist einfach *zu* sexy in diesen Pluderhosen. Ich muss mir auch so welche zulegen, nichts sieht so scharf aus wie diese zwei unter den Eiern zusammengenähten Müllbeutel, die du da trägst.«

Lassiter nickte. »Abartig cool. Bestell eine für mich mit.«

»Bekommt man die im Baumarkt?« Rhage neigte den Kopf zur Seite.

Bevor Tohr noch etwas erwidern konnte, legte Lassiter nach: »Mann, ich hoffe, ich sehe auch einmal so gut aus mit vollen Hosen. Hast du das trainiert? Oder liegt es einfach nur am fehlenden Hintern?«

Tohr musste lachen. »Ich bin von lauter Ärschen umgeben.«

»Was erklärt, warum du glaubst, selbst auf einen verzichten zu können.«

Rhage stimmte ein: »Eigentlich bist du gebaut wie Mary Tyler Moore. Komisch, dass du sie nicht magst.«

Tohr nahm demonstrativ einen weiteren Schluck Eiskaffee. »Ich lege wieder zu, und sei's nur, um euch fertigzumachen.«

Das Lächeln in Rhages Gesicht blieb, doch seine Augen wurden ernst. »Ich kann's kaum erwarten.«

Tohr wandte sich wieder der Eingangstür zu und klinkte sich aus dem Geplänkel aus. Auf einmal hatte es einen schalen Beigeschmack für ihn.

Lassiter und Rhage hingegen machten fröhlich weiter. Sie quasselten und lästerten über das Fernsehen, Rhages Essen, die Piercings des Engels und …

Tohr hätte sich woanders hingesetzt, wäre die Eingangstür von einem anderen Ort aus sichtb…

Das Überwachungssystem piepste, als die Haustür aufging. Dann gab es eine kurze Pause, und dann folgte ein zweites Piepsen, gefolgt von einem Gong.

Fritz eilte herbei, und Tohr setzte sich auf, was in seinem körperlichen Zustand lächerlich war. Seine Sitzhöhe änderte nichts an der Tatsache, dass er kaum mehr wog als sein Stuhl.

Qhuinn kam als Erster herein. Der Junge war ganz schwarz gekleidet, und nur die metallgrauen Piercings am linken Ohr und in der Unterlippe fingen das Licht auf. Als Nächstes kam Blaylock, ganz der Musterschüler in einem Rollkragenpulli aus Kaschmir und Slacks. Als die beiden auf die Treppe zugingen, waren ihre Mienen so unterschiedlich wie ihre Kleidung. Qhuinn hatte ganz offensichtlich eine großartige Nacht hinter sich, dem selbstzufriedenen Grinsen nach zu schließen, das überlaut sagte: *Ich hab's getan.* Blay hingegen sah aus, als käme er vom Zahnarzt. Er presste die Lippen zusammen und blickte starr auf den Mosaikfußboden.

Vielleicht kam John nicht zurück. Aber wo sollte er sonst …

Als John in die Eingangshalle kam, konnte Tohr nicht anders: Er stand auf und hielt sich schwankend an der hohen Stuhllehne fest.

Johns Gesicht zeigte gar keinen Ausdruck. Sein Haar war zerzaust, aber nicht vom Wind, und seitlich am Hals sah man Kratzer, die Sorte, die von weiblichen Fingernägeln stammt. Ihm voraus wehte der Geruch von Jack Daniel's, diversen Parfüms und Sex.

Er wirkte hundert Jahre älter als noch vor ein paar Tagen an Tohrs Bett, als er den Denker gegeben hatte. Das hier war kein Junge mehr. Das war ein erwach-

sener Mann, der auf altbewährte Methode Dampf ab-
ließ.

Tohr sank zurück auf den Stuhl und erwartete, ignoriert zu werden, doch als John den Stiefel auf die unterste Stufe setzte, drehte er den Kopf, als wüsste er, dass ihn
jemand beobachtete. Sein Gesichtsausdruck blieb unver-
ändert, als er Tohrs Blick begegnete. Er hob die Hand zu
einem halbherzigen Gruß und lief weiter.

»Ich hatte Sorge, du würdest nicht heimkommen«, sagte Tohr laut.

Qhuinn und Blay blieben stehen. Rhage und Lassiter
verstummten. Marys und Rhodas Stimmen füllten das
Schweigen.

John blieb kurz stehen und sagte in Gebärdensprache:
*Das hier ist nicht mein Zuhause. Es ist nur ein Haus. Ir-
gendwo muss ich ja schlafen.*

Dann stapfte er weiter, ohne auf eine Antwort zu warten, und die Haltung seiner Schultern wirkte, als wäre er
daran auch nicht interessiert. Tohr hätte sich den Mund
fusselig reden können, wie wichtig John den Leuten hier
war, er hätte ihn nicht erreicht.

Als die drei die Treppen hinauf verschwanden, trank
Tohr sein Glas aus, brachte es in die Küche und stellte
es in die Spülmaschine, ohne dass ihn ein *Doggen* fragte, ob er sonst noch etwas essen oder trinken wolle. Nur
Beth war in der Küche und rührte in einem Eintopf. Sie
sah aus, als hoffte sie, ihm eine Schale unterschieben zu
können, damit er noch blieb.

Der Gang in den ersten Stock war lang und hart, aber
nicht wegen der körperlichen Schwäche. Tohr hatte John
total vernachlässigt und ausgeschlossen, und jetzt ernte-
te er den Lohn dafür. Verdammt.

Das Krachen und Schreien, das durch die Tür des Arbeitszimmers drang, klang nach Kampf, und instinktiv reagierte Tohr trotz seiner Unzulänglichkeit, indem er sich gegen die Tür warf und sie aufstieß.

Wrath stand geduckt hinter dem Tisch, die Arme vor sich gestreckt, Computer, Telefon und Papierkram verstreut, als hätte er sie von sich geschoben, der Stuhl lag auf der Seite. Die Panoramabrille, die der König immer trug, hielt er in der Hand, und die Augen waren starr geradeaus gerichtet.

»Mein Herr ...«

»Sind die Lichter an?« Wrath atmete schwerfällig. *»Sind die verdammten Lichter an?«*

Tohr rannte um den Tisch herum und packte den König am linken Arm. »Draußen im Flur, ja. Und das Feuer im Kamin. Was ...«

Der sonst so kraftvolle Wrath begann so heftig zu zittern, dass Tohr ihn festhalten musste. Was ihm mehr Kraft abverlangte, als ihm zur Verfügung stand. Verdammt, sie würden beide zu Boden gehen, wenn er keine Hilfe bekam. Tohr stieß einen lauten, langen Pfiff aus, dann machte er sich wieder daran, den König irgendwie zu stützen.

Rhage und Lassiter kamen als Erste angerannt und brachen durch die Tür. »Was zur Hölle ...«

»Schaltet das Licht an«, brüllte Wrath erneut. *»Irgendwer soll das verdammte Licht anschalten!«*

Als Lash vor der Granitarbeitsfläche in der leeren Küche des Sandsteinhauses saß, besserte sich seine Stimmung erheblich. Er hatte nicht vergessen, dass die Bruderschaft mit mehreren Kisten Waffen und drei Kanopen davon-

spaziert war. Oder dass die Hunterbred-Wohnungen entdeckt worden waren. Oder dass Grady abgehauen war. Oder dass da oben im Norden ein *Symphath* auf ihn wartete, dessen Laune sich sicher stündlich verfinsterte, weil Lash noch nicht aufgetaucht war, um jemanden für ihn zu ermorden.

Aber Bargeld lenkte von schlechter Laune ab. Und viel Bargeld bot eine besonders gute Ablenkung. Lash sah zu, wie Mr. D die nächste Supermarkttüte anschleppte. Und wieder kamen Geldbündel zum Vorschein, zusammengehalten mit billigen Haushaltsgummis. Als der *Lesser* fertig war, war nicht mehr viel Granit zu sehen.

Was für eine angenehme Art, sich abzuregen, dachte Lash, als Mr. D aufhörte, Tüten anzuschleppen.

»Wie viel insgesamt?«

»Zweiundsiebzigtausendsiebenhundertvierzig. Ich habe sie in Hundert-Dollar-Bündeln zusammengebunden.«

Lash hob eines der Bündel auf. Das waren nicht die sauberen, glatten Scheine, wie sie von der Bank kamen. Das hier war dreckiges, zerknittertes Geld aus Gesäßtaschen von Jeans, fast leeren Portemonnaies oder fleckigen Jacken. Er konnte die Verzweiflung förmlich riechen, die an den Scheinen klebte.

»Wie viel Ware haben wir übrig?«

»Genug für zwei weitere Nächte wie heute, aber nicht mehr. Und es sind nur noch zwei Dealer übrig. Abgesehen von dem Großen.«

»Mach dir keine Gedanken wegen Rehvenge. Um den kümmere ich mich. Und töte die übrigen Dealer nicht – bring sie ins Überzeugungszentrum. Wir brauchen ihre Kontakte. Ich will wissen, wo und wie sie einkaufen.«

Natürlich handelten sie höchstwahrscheinlich mit Rehvenge, aber vielleicht gab es ja noch einen zweiten Versorger. Einen Menschen, der formbarer war. »Als Erstes besorgst du heute Morgen ein Schließfach für dieses Geld. Das hier ist unser Startkapital, und wir werden es nicht verlieren.«

»Ja, Sir.«

»Wer hat mit dir zusammen verkauft?«

»Mr. N und Mr. I.«

Na super. Die Idioten, die Grady hatten entwischen lassen. Andrerseits hatten sie sich auf der Straße bewährt, und Grady war zu einem ebenso fantasievollen wie unangenehmen Ende gekommen. Außerdem war Lash dadurch in den Genuss gekommen, Xhex in Aktion zu sehen. Letztlich war es also gar nicht so schlecht gelaufen.

Er würde dem *ZeroSum* einen Besuch abstatten.

Und was N und I betraf – der Tod war mehr, als sie verdienten, aber im Moment brauchte er diese Idioten für die Geldbeschaffung. »Die beiden sollen heute Abend weiter verchecken.«

»Ich dachte, Sie wollten …«

»Erstens: Du denkst nicht. Und zweitens: Wir brauchen mehr davon.« Er warf die zerknitterten Scheine zurück auf den Haufen. »Ich habe kostspielige Pläne.«

»Ja, Sir.«

Auf einmal überlegte es sich Lash anders und hob das Bündel wieder auf, das er zurückgeworfen hatte. Es war nicht leicht, das Zeug loszulassen, selbst wenn alles davon ihm gehörte, und irgendwie erschien ihm der Krieg auf einmal weniger interessant.

Er bückte sich, nahm eine der Supermarkttüten und füllte sie auf. »Du kennst diesen Lexus.«

»Ja, Sir.«

»Hol ihn dir.« Er langte in die Tasche und warf Mr. D den Wagenschlüssel zu. »Das ist dein neues Auto. Wenn du mein Mann auf der Straße bist, solltest du auch ein bisschen repräsentieren können.«

»Ja, Sir!«

Lash verdrehte die Augen. Mit welch einfachen Mitteln sich diese Idioten motivieren ließen. »Verpatz nichts, solange ich weg bin, okay?«

»Wo wollen Sie hin?«

»Manhattan. Ich bin auf dem Handy erreichbar. Später.«

53

Ein kalter Tag dämmerte, und einzelne Wolken standen an einem milchig blauen Himmel. José de la Cruz fuhr durch die Tore des Pine Grove Friedhofs und schlängelte sich durch das Meer der Grabsteine. Die engen, kurvigen Wege erinnerten ihn an das »Spiel des Lebens«, dieses alte Brettspiel, das er in seiner Kindheit immer mit seinem Bruder gespielt hatte. Jeder Spieler bekam ein kleines Auto mit sechs Löchern und fing mit einem Plastikpin an, der ihn selbst darstellte. Im Verlauf des Spiels fuhr man die Straße entlang und sammelte weitere Pins ein, die für Frau und Kinder standen. Ziel war es, eine Familie, Geld und Ereigniskarten zu erwerben, die Löcher im Auto zu verstöpseln und die Leerstellen auszufüllen, mit denen man anfing.

De la Cruz sah sich um. Das Spiel »Wirkliches Leben« endete damit, dass man allein ein Loch in der Erde ausfüllte. Doch das war wohl kaum das Erste, was man seinen Kindern auf die Nase binden wollte.

Er parkte auf dem gleichen Platz wie in der letzten Nacht, als er bis ungefähr eins Chrissys Grab beobachtet hatte. Ein Stück voraus parkten drei Polizeiautos. Vier Beamte in Parkas standen an einem gelben Absperrband mit der Aufschrift »Crime Scene«, das um vier Grabsteine gewickelt ein kleines Karree bildete.

De la Cruz nahm seinen Kaffee mit, obwohl er nur noch lauwarm war. Als er auf die Gruppe zuging, entdeckte er schon die Sohlen eines Paars Schuhe durch den Kreis der Beine seiner Kollegen.

Einer der Polizisten blickte über die Schulter, und sein Gesichtsausdruck warnte José vor, was den Zustand der Leiche betraf: Hätte man dem Mann eine Kotztüte angeboten, hätte er das Ding gesprengt. »Hallo … Detective.«

»Charlie, wie geht es?«

»Danke … gut.«

Tatsächlich. »So siehst du aus.«

Die anderen drehten sich um und nickten. Alle machten Gesichter, als hätten sie gerade in Zitronen gebissen.

Nur die Polizeifotografin schien leise zu lächeln, als sie sich bückte und anfing zu knipsen. Sie galt als problembehaftet. Ihr schien der Anblick zu gefallen, und vielleicht würde sie sich eins dieser Bilder in den Geldbeutel stecken.

Grady hatte ins Gras gebissen. Oder doch in etwas anderes?

»Wer hat ihn gefunden?«, fragte José und bückte sich, um die Leiche zu inspizieren. Saubere Schnitte. Viele davon. Hier war ein Profi am Werk gewesen.

»Der Friedhofswärter«, erklärte einer der Polizisten. »Vor ungefähr einer Stunde.«

»Wo ist er jetzt?« José stand auf und trat zur Seite, um die Schwanzhasserin ihre Arbeit machen zu lassen. »Ich will mit ihm reden.«

»Da drüben im Wärterhäuschen. Trinkt einen Kaffee. Er hat ihn gebraucht. War ziemlich zerrüttet.«

»Das kann ich verstehen. Die meisten der Leichen hier liegen unter und nicht auf der Erde.«

Die vier Beamten sahen ihn an, als wollten sie hinzufügen: *Ja, und nicht in diesem Zustand.*

»Ich bin fertig mit der Leiche«, verkündete die Fotografin und steckte die Kappe zurück auf die Linse. »Das Zeug im Schnee habe ich schon.«

José ging vorsichtig um den Tatort herum, um nicht die vielen Spuren und die kleinen nummerierten Flaggen auf dem Pfad zu zertreten, die man aufgestellt hatte. Der Hergang ließ sich einfach nachvollziehen: Grady hatte versucht, seinem Verfolger zu entkommen, und war gescheitert. Den Blutschlieren nach zu urteilen, hatte man ihn verwundet, wahrscheinlich nur, um ihn bewegungsunfähig zu machen, und dann zu Chrissys Grab geschafft, wo er zuerst verstümmelt und dann getötet worden war.

José ging zurück zur Leiche und betrachtete den Grabstein. Ein brauner Streifen fiel ihm auf, der sich von der oberen Kante nach unten zog. Trockenes Blut. Er hätte gewettet, dass es absichtlich dorthin geschmiert worden war, und zwar, als es noch warm war: Ein wenig davon war heruntergetropft und in die *Christianne Andrews*-Inschrift gelaufen.

»Haben Sie das?«

Die Fotografin funkelte ihn an. Dann nahm sie die Kappe noch einmal ab, knipste und setzte sie wieder drauf.

»Danke«, sagte er. »Wir rufen Sie an, wenn wir noch etwas brauchen.« Oder andere Kandidaten in diesem Zustand finden.

Sie warf einen letzten Blick auf Grady. »War mir ein Vergnügen.«

Ganz offensichtlich, dachte de la Cruz, und trank einen

Schluck Kaffee. Er verzog das Gesicht. Alt. Scheußlich. Und nicht nur die Fotografin. Mann, diese Brühe aus der Wache war wirklich das Letzte, und hätte er nicht am Ort eines Verbrechens gestanden, hätte er sie weggekippt und den Styroporbecher zerquetscht.

José sah sich um. Eine Menge Bäume, hinter denen man sich verstecken konnte. Keine Lichter, außer denen von der Straße. Das Tor nachts geschlossen.

Wäre er doch nur etwas länger geblieben ... er hätte den Killer stoppen können, bevor er Grady kastrierte, dem Mistkerl seine letzte Mahlzeit verabreichte und ohne Zweifel Spaß daran hatte, ihm beim Sterben zuzusehen.

»Verdammt.«

Ein grauer Kombi mit dem Stadtwappen auf der Fahrertür fuhr vor und hielt an. Ein Mann, der mit einer kleinen schwarzen Tasche bewaffnet war, stieg aus und joggte auf sie zu. »Entschuldigen Sie die Verspätung.«

»Kein Problem, Roberts.« José schüttelte dem Rechtsmediziner die Hand. »Es wäre super, wenn Sie uns einen ungefähren Todeszeitpunkt nennen könnten.«

»Sicher, aber es wird nur eine grobe Schätzung sein. Vielleicht ein Fenster von vier Stunden.«

»Was immer Sie uns sagen können, würde helfen.«

Als der Kerl in die Knie ging und sich an die Arbeit machte, blickte sich José erneut um, dann ging er noch einmal zu den Fußspuren. Es handelte sich um drei verschiedene Sorten, von denen eine mit Gradys Stiefeln übereinstimmen würde. Von den anderen beiden würde die Spurensicherung Abdrücke nehmen und sie untersuchen müssen. Sie mussten jeden Moment kommen.

Eine der unbekannten Spuren war kleiner als die anderen.

Und de la Cruz hätte Haus, Auto und Ersparnisse für den Collegebesuch seiner Töchter gewettet, dass sie sich als die Spuren einer Frau entpuppen würden.

Im Arbeitszimmer im Haus der Bruderschaft saß Wrath aufrecht auf seinem Stuhl und umklammerte die Armlehnen. Beth war mit ihm im Raum, und er roch, dass sie sich zu Tode fürchtete. Auch andere Leute waren da. Redeten. Liefen umher.

Um ihn herum war alles schwarz.

»Havers kommt«, meldete Tohr von der Flügeltür aus. Seine Ankündigung versetzte den Raum in Schweigen, als hätte man den Ton abgestellt, alle Gespräche und Bewegungen verstummten. »Doc Jane telefoniert gerade mit ihm. Sie bringen ihn in einem verdunkelten Krankenwagen her, das geht schneller, als ihn von Fritz holen zu lassen.«

Wrath hatte darauf bestanden, ein paar Stunden zu warten, selbst um Doc Jane anzurufen. Er hatte gehofft, sein Sehvermögen würde von allein zurückkehren. Hoffte es noch.

Oder, besser gesagt: betete.

Beth war so stark gewesen. Sie hatte an seiner Seite gestanden und seine Hand gehalten, als er gegen die Dunkelheit ankämpfte. Aber vor einer Weile hatte sie sich entschuldigt. Als sie zurückkam, hatte er ihre Tränen gerochen, obwohl sie sie sicher fortgewischt hatte.

Das war der Auslöser für ihn gewesen, die Ärzte zu rufen.

»Wie lange«, fragte Wrath heiser.

»In ungefähr zwanzig Minuten.«

Während sich das Schweigen ausbreitete, wusste Wrath seine Brüder um sich. Er hörte, wie Rhage einen weiteren Tootsie Pop auswickelte. Der Feuerstein schabte, als V sich eine Zigarette ansteckte, dann roch er türkischen Tabak. Butch kaute Kaugummi, das leise Malmen der Backenzähne wie ein Schnellfeuer, wie Steppschuhe auf Parkett. Z war da, Nalla in den Armen, ihr süßer, lieblicher Geruch und ein gelegentliches Gurren kamen aus der hinteren Ecke. Selbst Phury war gekommen und würde heute über Tag bleiben. Er stand bei seinem Zwillingsbruder und seiner Nichte.

Wrath wusste, dass sie alle um ihn waren ... und dennoch war er allein. Mutterseelenallein. In die Tiefen seines Körpers gesaugt, gefangen in der Blindheit.

Wrath klammerte sich noch fester an den Stuhllehnen fest, um nicht zu schreien. Er wollte stark sein für seine *Shellan,* für seine Brüder und sein Volk. Er wollte ein paar Witze reißen, die Sache als Zwischenfall abtun, der bald überstanden sein würde, zeigen, dass er immer noch ein Kerl war.

Er räusperte sich. Doch anstatt etwas in Richtung *Kommt ein Mann in die Bar, einen Papagei auf der Schulter* ... kam heraus: »Ist es das, was du gesehen hast?«

Die Worte waren rauchig, und alle wussten, an wen sie sich richteten.

V antwortete leise: »Ich weiß nicht, wovon du redest.«

»Schwachsinn.« Wrath in Schwärze getaucht, seine Brüder um ihn herum, jedoch nicht in der Lage, ihn zu erreichen. Das hatte Vishous gesehen. »Schwachsinn.«

»Bist du sicher, dass du jetzt darüber reden willst?«

»Ist das die Vision?« Wrath ließ den Stuhl los und

schlug donnernd mit der Faust auf den Tisch. »*Ist das die verdammte Vision?*«

»Ja.«

»Der Arzt ist da«, sagte Beth schnell und legte ihm die Hand auf die Schulter. »Doc Jane und Havers werden sich unterhalten. Sie werden eine Lösung finden. Das werden sie.«

Wrath drehte sich in die Richtung, aus der Beths Stimme kam. Als er die Hand nach ihr ausstreckte, war sie es, die ihn fand.

Sah so seine Zukunft aus, fragte er sich. Würde er von ihr abhängig sein, wenn er irgendwo hinmusste? Musste er sich von ihr führen lassen wie ein verdammter Krüppel?

Reiß dich zusammen. Reiß dich zusammen. Reiß dich …

Er wiederholte diese Worte so lange, bis das Gefühl zu explodieren etwas nachließ.

Und doch war es sofort wieder da, als er hörte, wie Doc Jane und Havers hereinkamen. Er erkannte es daran, dass erneut schlagartig alle Tätigkeiten verstummten: kein Rauchen mehr, kein Kauen, kein Knistern von Lutscherpapier.

Bis auf das Atmen war nichts mehr zu hören.

Und dann ertönte die Stimme des Arztes: »Mein Herr, darf ich Eure Augen untersuchen?«

»Ja.«

Stoff raschelte … Havers zog sicher seinen Mantel aus. Dann ein gedämpftes Geräusch, als hätte man etwas Schweres auf den Schreibtisch gestellt. Ein metallenes Klicken – die Schnalle der Arzttasche wurde geöffnet.

Als Nächstes erklang wieder Havers besonnene Stim-

me: »Mit Eurer Erlaubnis werde ich jetzt Euer Gesicht berühren.«

Wrath nickte und zuckte dann doch bei der sanften Berührung. Einen Moment lang keimte Hoffnung in ihm auf, als er das Klicken einer Taschenlampe hörte. Aus Gewohnheit verkrampfte er sich und stellte sich auf das Brennen ein, wenn das Licht die Netzhaut traf, die Havers zuerst wählte. Himmel, solange er denken konnte, hatte er im Licht geblinzelt, und nach seiner Transition war es noch schlimmer geworden. Im Laufe der Jahre ...

»Doktor, können Sie mit der Untersuchung beginnen?«

»Ich ... mein Herr, ich bin fertig.« Es klickte. Wahrscheinlich knipste Havers sein Lämpchen wieder aus. »Zumindest mit diesem Teil.«

Schweigen. Dann verfestigte sich Beths Griff.

»Was kommt als Nächstes?«, wollte Wrath wissen. »Was kannst du noch tun?«

Das Schweigen hielt an, wodurch die Schwärze irgendwie noch schwärzer wurde.

Okay. Nicht viel. Aber warum überraschte ihn das eigentlich? Vishous ... irrte sich nie.

54

Als die Nacht anbrach, zerstieß Ehlena die Tabletten für ihren Vater in seinem Becher zu einem feinen, gleichmäßigen Pulver, ging zum Kühlschrank, holte den CranRasperry-Saft heraus und goss ihn darüber. Dieses eine Mal war sie dankbar für die strikte Ordnung, die ihr Vater benötigte, denn in Gedanken war sie überhaupt nicht bei der Sache.

In ihrem Zustand konnte sie sich glücklich schätzen, wenn sie sich erinnerte, in welchem Bundesstaat sie lebte. New York, nicht wahr?

Sie sah auf die Uhr. Es blieb nicht viel Zeit. Lusie würde in zwanzig Minuten hier sein, genauso wie Rehvs Wagen.

Rehvs Wagen. Nicht er.

Ungefähr eine Stunde nachdem sie bei ihm angerufen hatte, hatte sie eine Nachricht von ihm empfangen. Keinen Anruf. Er hatte ihre Mailbox direkt angewählt und die Nachricht daraufgesprochen.

Seine Stimme war tief und ernst gewesen: »Ehlena, es tut mir leid, dass du diesen Besuch bekommen hast. Ich werde dafür sorgen, dass es nie wieder vorkommt. Ich würde dich gerne bei Anbruch der Nacht sehen, wenn du Zeit hast. Ich schicke meinen Wagen um neun, es sei denn, ich höre vorher noch etwas anderes von dir.« Pause. »Es tut mir so leid.«

Sie kannte die Worte in- und auswendig, weil sie die Nachricht ungefähr hundertmal abgespielt hatte. Er klang so anders. Als spräche er eine andere Sprache.

Natürlich hatte sie den ganzen Tag kein Auge zugetan. Letztlich war sie zu dem Schluss gekommen, dass es zwei Möglichkeiten gab: Entweder war er entsetzt darüber, dass sie sich mit seiner Ex herumschlagen musste, oder sein Treffen war total schrecklich gewesen.

Vielleicht ja auch beides.

Ehlena wollte nicht glauben, dass irgendwas von dem gestimmt hatte, was diese Verrückte mit dem irren Blick gesagt hatte. Dafür erinnerte sie die Frau zu sehr an ihren Vater, wenn er einen seiner Anfälle hatte: fixiert, besessen, völlig weggetreten. Sie wollte Schaden anrichten und hatte ihre Worte dementsprechend gewählt.

Dennoch hätte es gutgetan, mit Rehv zu reden. Ehlena hätte etwas Zuspruch gebrauchen können, aber wenigstens musste sie nicht mehr lange warten, bis sie ihn treffen konnte.

Sie vergewisserte sich, dass in der Küche alles an Ort und Stelle stand, dann ging sie die Treppe hinunter in den Keller zu ihrem Vater.

Er lag mit geschlossenen Augen in seinem Bett, ganz reglos. »Vater?« Er rührte sich nicht.

»*Vater?*«

Roter Saft schwappte über, als sie den Becher hektisch auf den Tisch knallte. »Vater!«

Er schlug die Augen auf und gähnte. »*Also wirklich, meine Tochter, wie geht es dir?*«

»Bist du in Ordnung?« Sie musterte ihn eindringlich, obwohl er größtenteils von seiner Samtdecke bedeckt

war. Er war blass, und seine Frisur glich der eines Igels, aber er schien normal zu atmen. »Ist irgendetwas ...«

»*Englisch ist eine ziemlich grobschlächtige Sprache, findest du nicht?*«

Ehlena pausierte. »*Vergib mir. Ich dachte nur ... Geht es dir gut?*«

»*Danke, ja. Ich war bis in den Tag hinein auf und habe ein neues Projekt überdacht, weswegen ich länger als üblich im Bett wach lag. Ich plane, die Stimmen in meinem Kopf zu Papier zu bringen. Ich glaube, es könnte von Nutzen sein, wenn ich ihnen ein anderes Ventil als mich selbst gebe.*«

Ehlena wehrte sich nicht, als ihre Beine nachgaben, und ließ sich auf die Bettkante sinken. »*Dein Saft, Vater. Möchtest du ihn jetzt trinken?*«

»*Wie schön, ja. Es ist sehr aufmerksam von der Doggen, dass sie ihn stets bereitstellt.*«

»*Ja, sie ist sehr aufmerksam.*« Ehlena reichte ihm seine Medizin und sah zu, wie er trank, während sich ihr Herzschlag wieder normalisierte.

In letzter Zeit erinnerte ihr Leben sie an einen Batman-Comic. Mit Peng!, Poff! und KAWOMM! schoss sie von Szene zu Szene, bis ihr ganz schwindelig war. Wahrscheinlich würde es eine Weile dauern, bis sie nicht mehr jede Kleinigkeit in helle Panik versetzte.

Als ihr Vater fertig war, küsste sie ihn auf die Wange, erklärte ihm, dass sie eine Weile fort sein würde, und nahm dann den Becher wieder mit nach oben. Als Lusie zehn Minuten später klopfte, hatte sich Ehlena weitgehend gefasst. Sie würde sich mit Rehv treffen, ein paar schöne Stunden mit ihm verbringen und dann ihre Jobsuche wiederaufnehmen, wenn sie zurück zu Hause war. Alles würde in Ordnung kommen.

Sie straffte entschlossen die Schultern und ging an die Tür. »Wie geht es dir?«

»Gut, danke.« Lusie blickte über die Schulter. »Wusstest du, dass da ein Bentley vor deiner Tür steht?«

Ehlena zog die Brauen hoch und warf einen Blick aus der Tür. Da stand tatsächlich ein brandneuer, superschicker, funkelnder Bentley vor ihrem schäbigen Mietshäuschen und sah so fehl am Platz aus wie ein Diamant am Finger einer Obdachlosen.

Die Fahrertür ging auf, und ein auffallend gut aussehender dunkelhäutiger Mann stieg aus. »Ehlena?«

»Äh ... ja.«

»Ich soll dich abholen. Ich bin Trez.«

»Ich ... brauche noch einen kurzen Moment.«

»Lass dir Zeit.« Sein Lächeln entblößte seine Fänge, und Ehlena war beruhigt. Sie war nicht gern in Gesellschaft von Menschen. Sie traute ihnen nicht.

Sie zog sich in die Küche zurück und schlüpfte in ihren Mantel. »Lusie ... meinst du, du könntest bei uns bleiben? Es sieht aus, als könnten wir dich doch weiter bezahlen.«

»Selbstverständlich. Ich würde alles für deinen Vater tun.« Lusie errötete. »Ich meine, für euch beide. Heißt das, du hast einen neuen Job gefunden?«

»Nein, aber meine finanzielle Situation ist etwas besser als erwartet. Und es behagt mir gar nicht, wenn er alleine hier ist.«

»Nun, ich werde gut auf ihn aufpassen.«

Ehlena lächelte und hätte Lusie am liebsten umarmt. »Das tust du immer. Was heute Nacht betrifft, ich weiß noch nicht sicher, wie lange ich ...«

»Lass dir Zeit. Wir beide kommen zurecht.«

Aus einem Impuls heraus umarmte Ehlena die Frau nun wirklich kurz. »Danke dir. Danke.«

Dann schnappte sie sich ihre Handtasche, um sich nicht noch komplett zur Idiotin zu machen. Als sie in die Kälte hinaustrat, kam der Fahrer um den Wagen herum und hielt ihr die Tür auf. In seinem schwarzen Ledertrenchcoat sah er mehr nach Killer als nach Chauffeur aus, aber als er sie erneut anlächelte, blitzten seine dunklen Augen leuchtend grün.

»Keine Sorge. Ich bringe dich sicher zu ihm.«

Sie glaubte ihm. »Wo fahren wir hin?«

»In die Innenstadt. Er wartet auf dich.«

Ehlena war etwas verlegen, als er die Tür für sie aufhielt, obwohl sie wusste, dass er nur höfliche Manieren zeigte und er ihr keinesfalls diente. Sie hatte diese Umgangsformen nur so lange nicht erlebt.

Himmel, der Bentley roch gut.

Während Trez wieder um den Wagen herum ging und sich schließlich hinters Steuer setzte, strich sie über das feine Sitzleder und konnte sich nicht erinnern, jemals etwas so Luxuriöses gefühlt zu haben.

Und als das Auto aus der Seitenstraße auf die Straße bog, spürte sie kaum die Schlaglöcher, bei denen sie sich in Taxis sonst immer am Haltegriff festklammern musste. Ein angenehmer Wagen. Ein teurer Wagen.

Wo fuhren sie hin?

Als ein sanfter Luftstrom den Passagierraum wärmte, hörte sie in Gedanken wieder und wieder diese Nachricht auf der Mailbox. Zweifel blitzten in ihrem Kopf auf, wie die Bremslichter der Autos vor ihnen, und brachten ihr »Alles ist in Ordnung«-Mantra aus dem Takt.

Es wurde noch schlimmer. In der Innenstadt kannte sie

sich nicht sonderlich aus. Als sie die schicken Hochhäuser hinter sich ließen, wo sie Rehv im Commodore Gebäude getroffen hatte, verkrampfte sie sich.

Vielleicht führte er sie zum Tanzen aus.

Klar, weil man das ja auch tat, ohne einer Frau zu sagen, dass sie ein Kleid anziehen sollte.

Je weiter sie die Trade Street hinunter fuhren, desto häufiger strich sie über den Ledersitz, obgleich nicht mehr wegen des tollen Gefühls. Die Gegend wurde immer zwielichtiger, die noch akzeptablen Restaurants und die Büros des *Caldwell Courier Journals* wichen Tattoo-Shops und Bars, die aussahen, als lungerten dort kaputte Suffköpfe auf Barhockern an Theken, auf denen dreckige Erdnussschalen standen. Dann kamen die Clubs, die von der lauten, grellen Sorte, in die Ehlena niemals gehen würde, weil sie den Lärm, die Lichter und die Leute darin nicht ausstehen konnte.

Als das Schwarz-auf-Schwarz-Schild des *ZeroSum* auftauchte, wusste sie bereits, dass sie davor anhalten würden, und ihr Mut sank.

Seltsamerweise reagierte sie darauf genauso wie auf den Anblick von Stephan in der Leichenhalle: *Das kann nicht sein. Das ist nicht wahr. So etwas darf es nicht geben.*

Der Bentley hielt nicht vor dem Club an, und einen Moment lang flackerte Hoffnung in ihr auf.

Aber natürlich. Sie bogen in eine Seitenstraße und hielten vor dem Hintereingang.

»Das ist sein Club«, sagte sie tonlos. »Nicht wahr?«

Trez antwortete nicht, aber das war auch nicht nötig. Als er um den Wagen kam, um ihr die Tür zu öffnen, saß sie reglos auf dem Rücksitz und starrte auf das

Backsteingebäude. Zerstreut nahm sie wahr, dass dunkle Schlacke seitlich vom Dach am Gebäude heruntertropfte und Schlamm vom Boden an die Wand gespritzt war. Besudelt. Dreckig.

Sie dachte daran, wie sie am Fuße des Commodore-Gebäudes gestanden und an der funkelnden Fassade aus Glass und Chrom emporgeblickt hatte. Das war die Fassade, die er ihr präsentiert hatte.

Diese schmutzige Seite zeigte er ihr nur, weil er dazu gezwungen war.

»Er wartet auf dich«, sagte Trez freundlich.

Der Hintereingang des Clubs öffnete sich, und ein zweiter Maure erschien. Hinter ihm war es schummrig, aber Ehlena hörte den hämmernden Bass.

Wollte sie sich das wirklich antun, fragte sie sich.

Aber sie musste Rehv abweisen, so viel stand fest, wenn sich diese Sache so entwickelte, wie es den Anschein hatte. Und dann auf einmal dämmerte es ihr: Wenn all das stimmte, was seine Ex ihr erzählt hatte, dann hatte sie ein noch viel größeres Problem. Dann hatte sie … mit einem *Symphathen* geschlafen.

Sie hatte einen *Symphathen* genährt.

Ehlena schüttelte den Kopf. »Ich will das nicht. Bring mich h…«

Da erschien eine Frau. Sie war so kräftig und kantig wie ein Mann, und das nicht nur äußerlich. Ihre Augen waren eiskalt und berechnend.

Sie kam zu Ehlena und beugte sich zu ihr ins Auto. »Dir passiert hier nichts. Ich verspreche es.«

Eigentlich war es egal – denn passiert war es ohnehin schon. Ihre Brust schmerzte wie bei einem Herzinfarkt.

»Er wartet«, meinte die Frau.

Letztlich war es ihr Rückgrat, das Ehlena aus dem Auto half, und zwar nicht nur, weil es sie aus einer sitzenden Position aufrichtete. Ehlena lief vor nichts davon. In ihrem ganzen Leben hatte sie sich nicht vor unangenehmen Situationen gedrückt, und sie würde auch jetzt nicht damit anfangen.

Also ging sie in diesen Club, den sie nie aus freien Stücken betreten hätte. Alles war dunkel, die Musik hämmerte in ihren Ohren, und bei dem Geruch von zu viel heißer Haut hätte sie sich am liebsten die Nase zugehalten.

Die Frau ging voraus, und die Mauren liefen neben Ehlena her und pflügten mit ihren massigen Leibern einen Pfad durch den Dschungel von Menschen, von dem Ehlena wirklich kein Teil sein wollte. Kellnerinnen in knappen schwarzen Uniformen trugen Alkohol in jeder Variation durch das Gedränge, halbnackte Frauen rieben sich an Anzugträgern, und alle, an denen Ehlena vorbeikam, hatten diesen rastlosen Blick in den Augen, als suchten sie immer nach etwas Besserem als dem Drink oder dem Menschen, der gerade vor ihnen stand.

Sie wurde zu einer verstärkten schwarzen Tür geführt. Trez sagte etwas in seine Armbanduhr, die Tür öffnete sich, und der Maure stellte sich daneben – als erwarte er, Ehlena würde einfach so hereinspazieren wie in das Wohnzimmer eines Gastgebers.

Ganz bestimmt nicht.

Als sie in die Dunkelheit dahinter blickte, sah sie nichts außer einer schwarzen Decke, schwarzen Wänden und einem glänzenden, schwarzen Boden.

Doch dann erschien Rehvenge. Er sah genauso aus, wie sie ihn kannte, ein großer Mann in einem bodenlan-

gen Zobel, mit Irokesenschnitt, amethystfarbenen Augen und einem roten Stock.

Und doch war er ein vollkommen Fremder.

Rehvenge blickte die Frau an, die er liebte, und erkannte in ihrem blassen, angespannten Gesicht das, was er beabsichtigt hatte.

Ekel.

»Kommst du rein?«, fragte er, weil er die Sache zu Ende bringen musste.

Ehlena warf einen Seitenblick auf Xhex. »Du bist seine Sicherheitsfrau, oder?« Xhex runzelte die Stirn, nickte aber. »Dann komm mit. Ich will nicht mit ihm allein sein.«

Ihre Worte trafen ihn so hart, als hätte man ihm eine Klinge über die Kehle gezogen, trotzdem verzog er keine Miene, als Xhex auf ihn zukam und Ehlena ihr folgte.

Die Tür schloss sich und sperrte die Musik aus, aber die Stille war so laut wie ein Schrei.

Ehlenas Blick fiel auf den Tisch, auf dem er absichtlich fünfundzwanzigtausend Dollar in bar und einen Beutel Kokain liegen gelassen hatte.

»Du hast mir gesagt, dass du Geschäftsmann bist«, murmelte sie. »Ich schätze, es ist meine Schuld, dass ich an legale Geschäfte dachte.«

Er konnte sie nur anstarren – seine Stimme hatte ihn verlassen, sein flacher Atem reichte nicht zum Sprechen. Alles, was ihm blieb, war sich einzuprägen, wie sie so steif und wütend vor ihm stand, von den zurückgebundenen rotblonden Haaren über die karamellfarbenen Augen und den schlichten schwarzen Mantel, bis zu den Händen, die sie in den Taschen behielt, so als wollte sie hier nichts berühren.

Er wollte sie nicht so in Erinnerung behalten, aber da es das letzte Mal sein würde, dass er sie sah, konnte er nicht anders, als jedes Detail in sich aufzusaugen.

Ehlenas Augen huschten über die Drogen und das Geld zurück zu seinem Gesicht. »Dann stimmt es also? Alles, was deine Exfreundin gesagt hat?«

»Sie ist meine Halbschwester. Ja. Alles.«

Seine geliebte Ehlena wich einen Schritt vor ihm zurück. Angstvoll riss sie die Hand aus der Manteltasche und fuhr sich an den Hals. Er wusste genau, woran sie dachte: Wie sie ihn genährt hatte, wie sie nackt und allein in seinem Penthouse gewesen war. All ihre Erinnerungen bekamen eine neue Bedeutung, während sie sich damit zurechtfinden musste, dass es kein Vampir gewesen war, der aus ihrer Vene getrunken hatte.

Sondern ein *Symphath*.

»Warum hast du mich hierhergebracht?«, wollte sie wissen. »Du hättest es mir einfach am Telefon … nein, egal. Ich gehe jetzt heim. Ruf nie mehr an.«

Er verbeugte sich leicht und krächzte: »Wie du wünschst.«

Sie wandte sich um und stand vor der geschlossenen Tür. »Würde mich bitte jemand hier rauslassen.«

Als Xhex an ihr vorbeilangte und ihr die Tür öffnete, sprang Ehlena regelrecht nach draußen.

Die Tür fiel zu, und Rehv verschloss sie kraft seines Willens. Dann stand er da, wo sie ihn verlassen hatte.

Zerstört. Er war völlig zerstört. Und nicht nur, weil er sich und seinen Körper einer sadistischen Psychopathin ausgeliefert hatte, die es genussvoll auskostete, ihn zu foltern.

Als sich seine Sicht rot trübte, wusste er, dass es nichts

damit zu tun hatte, dass seine böse Seite hervorbrach. Ausgeschlossen. In den letzten zwölf Stunden hatte er sich so viel Dopamin in die Adern gepumpt, dass es einen Elefanten umgehauen hätte. Sonst hätte er sich nicht zugetraut, Ehlena ziehen zu lassen. Er musste seine schlechte Seite ein letztes Mal in Ketten legen … um einmal das Richtige zu tun.

Deshalb kündete dieses Rot nicht davon, dass er bald nur noch zweidimensional sehen und wieder körperlich empfinden würde.

Rehvenge zog eines der Taschentücher aus der Innentasche seiner Anzugjacke, die seine Mutter gebügelt hatte, und drückte sich das gefaltete Quadrat abwechselnd unter die Augen. Die blutigen Tränen, die er auffing, galten so vielem mehr als Ehlena und ihm. Bella hatte vor weniger als achtundvierzig Stunden ihre Mutter verloren.

Und am Ende der Nacht würde sie ihren Bruder verlieren.

Er holte einmal lange und tief Atem, so tief, dass seine Rippen spannten. Dann steckte er das Taschentuch wieder weg und machte sich erneut daran, sein Leben zu Grabe zu tragen.

Eines stand fest: Die Prinzessin würde büßen. Nicht für das, was sie ihm angetan hatte und antun würde. Scheiß drauf.

Nein, sie hatte es gewagt, seine Ehlena anzusprechen. Dafür würde er sie fertigmachen, und wenn es ihn umbrachte.

55

»War das ein tolles Gefühl? Ihn derart abzuservieren?«

Ehlena blieb am Seitenausgang des Clubs stehen und sah sich nach der Sicherheitsfrau um. »Da es dich absolut nichts angeht, werde ich diese Frage nicht beantworten.«

»Nur zu deiner Information: Dieser Mann hat sich für mich und für seine Mutter und Schwester in eine beschissene Situation gebracht. Und du hältst dich für zu gut für ihn? Wie reizend. Aus welcher heilen Welt bist du denn entlaufen?«

Ehlena baute sich vor der Frau auf, obwohl das wahrscheinlich lächerlich aussah, da ihr Gegenüber so viel kräftiger als sie war. »Ich habe ihn nie angelogen – so läuft das in meiner heilen Welt nun mal. Und eigentlich muss sie dazu nicht einmal heil sein, sondern einfach nur *normal*.«

»Er tut, was er muss, um zu überleben. Das ist sehr normal, nicht nur für deine Spezies, sondern auch für *Symphathen*. Nur, weil du es leicht gehabt hast ...«

Ehlena fauchte: »*Du kennst mich doch gar nicht.*«

»*Ich will dich auch nicht kennen.*«

»*Ich dich auch nicht.*« Ein stummes *Schlampe* schwang in diesem Satz mit.

»Hey, hey, okay, wow.« Trez trat zwischen sie und

trennte sie voneinander. »Ganz ruhig die Damen, in Ordnung? Ich bringe dich heim. Du« – er deutete auf die andere Frau – »siehst nach, wie es ihm geht.«

Die Sicherheitsfrau funkelte Ehlena an. »Pass auf, was du tust.«

»Warum? Willst du mir an der Haustür auflauern? Das ist mir total egal, weißt du? Verglichen mit dem Ding von letzter Nacht bist du ein Barbiepüppchen.«

Trez und die Frau verstummten.

»Was hat dir an der Tür aufgelauert?«, fragte sie.

Ehlena starrte zu Trez auf. »Darf ich jetzt nach Hause?«

»Was war es?«, fragte auch er.

»Eine durchgeknallte Kabukipuppe.«

Wie aus einem Mund sagten sie: »Du musst umziehen.«

»Super Vorschlag. Danke.« Ehlena schob sich an ihnen vorbei und ging zur Tür. Als sie nach der Klinke griff, war natürlich abgeschlossen, also musste sie wohl oder übel warten, bis man sie hinausließ. Scheiß drauf. Sie biss sich auf die Unterlippe, packte den Griff und rüttelte, bereit, sich den Weg wenn nötig mit bloßen Händen freizumachen.

Glücklicherweise kam Trez ihr zur Hilfe und befreite sie wie einen Vogel aus dem Käfig. Sie stürzte aus dem Club in die kalte Nacht, weg von der Hitze und dem Lärm und all den unglücklichen Gestalten, die sie zu ersticken drohten.

Oder vielleicht war es auch ihr gebrochenes Herz.

Was spielte das schon für eine Rolle.

Sie wartete an der nächsten Tür, diesmal an der des Bentleys. Sie wünschte, sie wäre nicht auf dieses Auto angewiesen, aber es würde noch lange dauern, bis sie auch

nur wieder annähernd richtig atmen, geschweige denn, sich dematerialisieren konnte.

Auf dem Rückweg nahm sie keine der Straßen wahr, durch die sie fuhren, keine der Ampeln, an denen sie hielten, oder die anderen Autos um sie herum. Sie saß einfach nur auf der Rückbank des Bentleys, völlig betäubt, den leeren Blick starr aus dem Fenster gerichtet.

Ein *Symphath*. Sex mit der Halbschwester. Ein Zuhälter. Drogendealer. Zweifelsohne auch ein Killer …

Als sie aus der Innenstadt hinausfuhren, fiel ihr das Atmen immer schwerer statt leichter. Am schmerzhaftesten war, dass sie so beharrlich das Bild vor sich hatte, wie Rehv vor ihr kniete, ihren billigen Turnschuh in der Hand, seine Amethystaugen so sanft und liebevoll, seine Stimme so schön, schöner als der Klang einer Violine: *Verstehst du es nicht, Ehlena? Egal, was du anhast … für mich wirst du immer schimmern wie ein Diamant.*

Sie würde mit zwei Geistern von ihm leben müssen. Mit dem Bild, wie er vor ihr kniete, und der Szene aus dem Club von gerade, als seine Maske fiel.

Sie hätte so gern an dieses Märchen geglaubt. Aber wie der arme junge Stephan war die Illusion gestorben, und übrig blieb ein kalter Leichnam, den sie in neue Erkenntnisse einwickeln würde, die nicht nach Kräutern, sondern nach Tränen rochen.

Sie schloss die Augen und ließ sich in den butterweichen Sitz sinken.

Schließlich wurde der Wagen langsamer und hielt an. Als sie nach dem Türgriff langte, war Trez bereits da und machte ihr auf.

»Darf ich etwas sagen?«, murmelte er.

»Klar.« Sie würde es ohnehin nicht hören. Der Nebel

um sie herum war undurchdringlich, ihre Welt ganz nach dem Geschmack ihres Vaters: Beschränkt auf das, was ihr am nächsten lag … und das war Schmerz.

»Er hat das nicht ohne Grund getan.«

Ehlena sah zu dem Mann auf. Er war so ernst, so eindringlich. »Natürlich nicht. Er wollte, dass ich seinen Lügen glaube, und es ist aufgeflogen.«

»Das habe ich nicht gemeint.«

»Hätte er es mir gesagt, wenn ich es nicht so erfahren hätte?« Schweigen. »Da hast du es.«

»Es steckt mehr dahinter, als du weißt.«

»Glaubst du? Vielleicht ist aber auch weniger an ihm dran, als du glauben möchtest. Wie wäre das?«

Sie wandte sich um und ging durch eine Tür, die sie selber auf- und zusperren konnte. Dann ließ sie sich gegen den Rahmen sinken und sah sich in der schäbigen, vertrauten Umgebung um. Am liebsten hätte sie geheult.

Sie wusste nicht, wie sie darüber hinwegkommen sollte. Sie wusste es wirklich nicht.

Nachdem der Bentley weg war, ging Xhex direkt zu Rehvs Büro. Als auf ihr Klopfen niemand antwortete, gab sie die Kombination ein und öffnete die Tür.

Rehv saß hinter seinem Schreibtisch und tippte etwas auf seinem Laptop. Neben ihm lag sein neues Handy, ein Plastikbeutel mit großen, pudrigen Pillen und eine Packung M & M's.

»Wusstest du, dass die Prinzessin bei ihr war?«, wollte Xhex wissen. Als er nicht antwortete, fluchte sie. »Warum hast du mir das nicht gesagt?«

Rehv tippte einfach weiter, das leise Klacken der Tas-

ten war wie das Gemurmel in einer Bibliothek. »Weil es keine Rolle spielt.«

»Ach, tatsächlich? Ich hätte dieser Frau beinahe eine dafür verpasst, dass sie …«

Wütende violette Augen bohrten sich über den Rand des Laptops hinweg in Xhex. »Du rührst Ehlena nicht an. *Niemals.*«

»Schon gut, Rehv, aber sie hat dich ganz schön abserviert. Glaubst du, es hat Spaß gemacht, dabei zuzusehen?«

Er deutete mit dem Finger auf sie. »Das geht dich nichts an. Und du rührst sie nicht an. Verstanden?«

Seine Augen funkelten bedrohlich, als hätte ihm jemand eine MagLite in den Hintern geschoben und angeknipst. *Aha,* dachte sie, *ganz offensichtlich blickte sie hier in einen Abgrund.* Wenn sie jetzt noch einen Schritt weiterging, würde sie fliegen, und zwar ohne Fallschirm. »Es wäre eben nur nett gewesen, vorher zu wissen, dass du sie zum Schlussmachen bringen wolltest.«

Rehv tippte ungerührt weiter.

»Das war also der Anruf gestern«, bohrte sie. »Da hast du rausgefunden, dass deine Freundin Besuch von dieser Schlampe bekommen hat.«

»Ja.«

»Du hättest es mir sagen sollen.«

Bevor sie eine Antwort bekam, piepste es in ihrem Ohrstöpsel, und dann ertönte die Stimme eines ihrer Türsteher: »Detective de la Cruz ist hier und möchte dich sprechen.«

Xhex hob den Arm und sprach in ihr Mikro: »Bring ihn in mein Büro. Ich bin gleich bei ihm. Und schaff die Mädels aus dem VIP-Bereich.«

»Der Bulle?«, murmelte Rehv, während er tippte.

»Ja.«

»Ich bin froh, dass du Grady erwischt hast. Ich kann diese Frauenschänder nicht ausstehen.«

»Gibt es irgendetwas, was ich für dich tun kann?«, fragte sie steif und fühlte sich abgewiesen. Sie wollte ihm helfen, den Schmerz lindern, sich um Rehv kümmern, aber sie wollte es auf ihre Art tun: Scheiß auf eine Verwöhnkur mit Vollbad und heißer Schokolade. Sie wollte die Prinzessin ermorden.

Rehvenge sah erneut auf: »Wie ich es dir schon gesagt habe, ich werde dich bitten, dich um jemanden zu kümmern.«

Xhex musste ihre Enttäuschung verbergen. Hätte Rehv sie bitten wollen, die Prinzessin zu beseitigen, hätte er wohl kaum vorher seine Freundin herchauffieren lassen, mit großer Show sein Lügengebäude eingerissen und sich dann von ihr in die Tonne treten lassen wie ein altes Steak.

Scheiße, es war bestimmt die Freundin. Rehv würde sie bitten, auf Ehlena aufzupassen. Und wie sie ihn kannte, wollte er sie wahrscheinlich auch noch finanziell unterstützen – ihre schlichte Kleidung und nüchterne Art ließen nicht gerade auf Wohlstand schließen.

Juhu. Diese Frau zu überreden, Geld von einem Mann zu nehmen, den sie hasste, würde sicher ein Riesenspaß werden.

»Was immer du möchtest«, sagte Xhex gepresst und ging.

Sie schob sich durch den Club und hoffte inständig, dass sie niemand blöd anmachte, insbesondere nicht, solange ein Bulle im Haus war.

Als sie schließlich zu ihrem Büro kam, unterdrückte sie ihren Frust und öffnete die Tür, ein erzwungenes dünnes Lächeln aufgesetzt. »Guten Abend, Detective.«

De la Cruz wandte sich um. In der Hand hielt er einen kleinen Topf mit einer Efeupflanze, nicht größer als seine Hand. »Ich habe ein Geschenk für Sie.«

»Ich habe es Ihnen gesagt, ich habe kein Talent dafür, mit lebenden Dingen umzugehen.«

Er stellte den Topf auf den Tisch. »Vielleicht gewöhnen wir Sie ja langsam daran.«

Sie setzte sich in ihren Sessel, starrte das zarte Gewächs an und erlitt einen Anflug von Panik. »Ich glaube nicht …«

»Bevor Sie jetzt sagen, dass ich Ihnen nichts schenken darf, weil ich für die Stadt arbeite« – er holte einen Kassenzettel aus der Tasche – »er hat unter drei Dollar gekostet. Das ist billiger als ein Kaffee bei Starbucks.«

Er legte den kleinen weißen Papierstreifen neben den dunkelgrünen Plastiktopf.

Xhex räusperte sich. »Nun, sosehr ich Ihre Besorgnis um meine Einrichtung schätze …«

»Es hat nichts mit der Wahl Ihrer Möbel zu tun.« Er lächelte und setzte sich. »Wissen Sie, warum ich hier bin?«

»Sie haben den Mörder von Chrissy Andrews gefunden?«

»Ja, das habe ich. Und wenn Sie die Ausdrucksweise entschuldigen, er lag vor ihrem Grab, erstickt an seinem eigenen abgeschnittenen Schwanz.«

»Wow. Autsch.«

»Würde es Ihnen etwas ausmachen, mir zu sagen, wo Sie letzte Nacht waren? Oder wollen Sie sich erst einen Anwalt besorgen?«

»Wozu? Ich habe nichts zu verbergen. Und ich war den ganzen Abend hier. Fragen Sie die Türsteher.«

»Den *ganzen* Abend?«

»Ja.«

»Ich habe Spuren um den Tatort gefunden. Kleine Stiefelspuren, wahrscheinlich von Kampfstiefeln.« Er sah zu Boden. »Ein bisschen so wie Ihre.«

»Ich war am Grab. Selbstverständlich war ich das. Ich trauere um eine Freundin.« Sie hob die Stiefel, sodass er die Sohlen sehen konnte, denn sie wusste, dass sie eine andere Sorte und Marke trug, als in der Vornacht. Außerdem eine Nummer größer, innen ausgestopft.

»Hmm.« Nach seiner Inspektion lehnte sich de la Cruz zurück und presste die Fingerspitzen zusammen, die Ellbogen auf die Stahlarmlehnen des Sessels gestützt. »Darf ich ehrlich zu Ihnen sein?«

»Ja.«

»Ich glaube, Sie haben ihn umgebracht.«

»Tatsächlich.«

»Ja. Es war ein Gewaltverbrechen, und die Einzelheiten deuten auf einen Vergeltungsakt hin. Sehen Sie, der Rechtsmediziner glaubt – ich übrigens auch –, dass Grady noch am Leben war, als er … wie sollen wir sagen? *Behandelt* wurde. Und hier war kein Amateur am Werk. Grady wurde professionell außer Gefecht gesetzt, wie von einem geübten Killer.«

»Wir leben in einer rauen Gegend, und Chrissy hatte eine Menge rauer Freunde. Jeder von ihnen könnte es getan haben.«

»Auf der Beerdigung waren hauptsächlich Frauen.«

»Und Sie glauben, Frauen wären dazu nicht imstande? Wie sexistisch, Detective.«

»Oh, ich weiß, dass Frauen morden können. Glauben Sie mir. Und … Sie sehen wie die Sorte Frau aus, die dazu in der Lage wäre.«

»So würden Sie mich einschätzen? Nur, weil ich schwarzes Leder trage und für die Sicherheit in einem Club zuständig bin?«

»Nein. Aber ich war dabei, als Sie Chrissys Leiche identifiziert haben. Ich habe ihr Gesicht gesehen, und deshalb glaube ich, dass Sie es waren. Sie haben ein Rachemotiv, und Sie hätten auch Gelegenheit zu dem Mord gehabt. Jeder könnte hier für eine Stunde zur Tür rausschlüpfen, die Sache erledigen und wieder herkommen.« Er stand auf und wandte sich zum Gehen. Mit der Hand am Türknauf blieb er noch einmal stehen. »Ich rate Ihnen, sich einen guten Anwalt zu besorgen. Sie werden ihn brauchen.«

»Sie sind auf der falschen Fährte, Detective.«

Er schüttelte langsam den Kopf. »Das glaube ich nicht. Sehen Sie, die meisten Leute, mit denen ich mich nach dem Fund einer Leiche unterhalte, beteuern als Erstes, dass sie es nicht waren – ob es nun stimmt oder nicht. Sie haben nichts dergleichen gesagt.«

»Vielleicht habe ich nicht das Gefühl, mich verteidigen zu müssen.«

»Vielleicht tut es Ihnen nicht leid, weil Grady ein mieser Hund war, der eine junge Frau erschlagen hat, und Sie dieses Verbrechen genauso verabscheuen wie wir alle.« De la Cruz sah traurig und erschöpft aus, als er sich wieder der Tür zuwandte. »Warum haben Sie ihn uns nicht fangen lassen? Wir hätten ihn festgenagelt. Ihn eingesperrt. Sie hätten uns die Sache überlassen sollen.«

»Danke für den Blumentopf, Detective.«

Der Mann nickte, als wären die Regeln des Spiels gerade erklärt worden, und man hätte sich nun auf den Austragungsort geeinigt. »Besorgen Sie sich einen Anwalt. Schnell.«

Als sich die Tür schloss, lehnte sich Xhex zurück und betrachtete den Efeu. *Ein hübsches Grün,* dachte sie. Und ihr gefielen die Form der Blätter, die spitz zulaufende Symmetrie, und das Muster der kleinen Adern.

Bei ihr würde dieses arme, unschuldige Ding mit Sicherheit eingehen.

Ein Klopfen an der Tür riss sie aus ihren Gedanken. »Ja.«

Marie-Terese kam herein. Sie roch nach *Calvin Klein Euphoria* und trug eine weiße Bluse zu losen Bluejeans. Offensichtlich hatte ihre Schicht noch nicht begonnen. »Ich hatte gerade zwei Vorstellungsgespräche mit neuen Mädchen.«

»War jemand Interessantes dabei?«

»Eine verbirgt etwas. Ich bin mir nicht sicher, was. Die andere ist okay, trotz vermurkster Tittenkorrektur.«

»Sollen wir sie zu Dr. Malik schicken?«

»Ich denke, ja. Sie ist hübsch genug, um Kunden zu ziehen. Willst du sie kennenlernen?«

»Nicht jetzt, aber ja. Wie wäre es mit morgen Nacht?«

»Ich bestelle sie her, sag mir einfach wann …«

»Kann ich dich was fragen?«

In dem Schweigen, das folgte, lag es Xhex auf der Zunge, Marie-Terese auf die kleine Sandwichnummer von John und Gina auf der Toilette anzusprechen. Aber was gab es da schon zu erfahren? Es war eine ganz normale Geschäftstransaktion gewesen, wie sie in diesem Club absolut üblich war.

»Ich habe ihn zu Gina geschickt«, sagte Marie-Terese ruhig.

Xhex sah Marie-Terese überrascht an. »Wen?«

»John Matthew. Ich habe ihn zu ihr geschickt. Ich dachte, das wäre einfacher.«

Xhex fummelte am *Caldwell Courier Journal* auf ihrem Schreibtisch herum. »Ich hab keine Ahnung, wovon du redest.«

Marie-Terese war anzusehen, dass sie das Xhex nicht abkaufte, aber freundlicherweise hakte sie nicht nach. »Welche Uhrzeit morgen Nacht?«

»Für was?«

»Um die Neue kennenzulernen.«

Ach, das. »Sagen wir zehn.«

»Klingt gut.« Marie-Terese wandte sich ab.

»He, tust du mir einen Gefallen?« Als die Frau eine Pirouette vollführte, hielt ihr Xhex den Efeu hin. »Nimmst du den zu dir nach Hause? Und hältst ihn, ich weiß auch nicht … am Leben?«

Marie-Terese musterte den kleinen Blumentopf, zuckte die Schultern und nahm ihn an. »Ich mag Pflanzen.«

»Dann hat dieses verdammte Ding gerade den Hauptgewinn gezogen. Ich nämlich nicht.«

56

Rehvenge drückte auf CTRL-P auf seinem Laptop und lehnte sich dann zurück, um die Seiten zu entnehmen, die sein Drucker nacheinander ausspuckte. Nachdem das Gerät ein letztes Surren und Rattern von sich gegeben hatte, nahm er den Stoß, stapelte die Seiten, schrieb seine Initialen oben rechts auf jede Seite und unterschrieb dann dreimal. Die gleiche Unterschrift, die gleichen Buchstaben, das gleiche Gekritzel.

Xhex wurde nicht als Zeugin hereingebeten. Auch Trez nicht.

iAm war es, der das Testament beglaubigte, indem er in den richtigen Zeilen mit dem Namen unterschrieb, den er für menschliche Zwecke angenommen hatte, und damit die Übertragung von Grundstücken und Geldvermögen bestätigte. Danach signierte er einen Brief in der Alten Sprache mit seinem richtigen Namen, ebenso wie einen Stammbaumnachweis.

Als das erledigt war, legte Rehv alles in eine schwarze *Louis Vuitton*-Ledermappe und gab sie iAm. »Ich will, dass du sie in dreißig Minuten rausbringst. Und wenn du sie dazu bewusstlos schlagen musst. Und sorge dafür, dass dein Bruder bei dir ist und die Belegschaft ebenfalls draußen ist.«

iAm sagte nichts. Stattdessen holte er das Messer her-

aus, das er am Rücken trug, schlitzte seine Handfläche auf und streckte den Arm aus. Sein Blut tropfte dick und blau auf die Tastatur des Laptops. Dabei blinzelte er nicht und blieb völlig gefasst, so wie Rehv es jetzt brauchte.

Deshalb war iAm vor langer Zeit für die unangenehmen Jobs ausgewählt worden.

Rehv musste schlucken, als er aufstand und die Hand nahm, die iAm ihm entgegenstreckte. Sie besiegelten den Blutschwur mit Handschlag, dann trafen sie in einer harten Umarmung zusammen.

iAm sagte leise in der Alten Sprache: »*Ich kannte dich gut. Ich liebte dich wie mein eigen Fleisch und Blut. Ich werde dich auf ewig ehren.*«

»Pass auf sie auf, okay? Sie wird erst einmal wild werden.«

»Trez und ich werden uns darum kümmern.«

»Nichts von alledem war ihre Schuld. Weder Anfang noch Ende. Das muss Xhex endlich verstehen.«

»Ich weiß.«

Sie lösten sich voneinander. Rehv fiel es schwer, die Schulter seines alten Freundes loszulassen, insbesondere, weil er der Einzige war, von dem er sich verabschieden würde: Xhex und Trez hätten sein Vorhaben niemals gebilligt, sie hätten nach anderen Lösungen gesucht, um diesen Ausgang auf Teufel komm raus zu vermeiden. iAm war fatalistischer als die anderen beiden. Oder, besser gesagt, realistischer, denn es gab keinen anderen Ausweg.

»Geh«, bat Rehv mit rauer Stimme.

iAm legte sich die blutige Hand aufs Herz, verbeugte sich tief und ging, ohne einen Blick zurück zu werfen.

Rehvs Hände zitterten, als er den Ärmel hochzog und auf die Uhr blickte. Vier Uhr, der Club schloss. Das Reinigungspersonal kam um Punkt fünf. Ihm blieb also eine halbe Stunde, nachdem alle gegangen waren.

Er nahm sein Handy, ging in sein Schlafzimmer und drückte eine viel benutzte Nummer.

Als er die Tür schloss, antwortete die warme Stimme seiner Schwester: »Hallo, Bruderherz.«

»Hallo.« Rehv setzte sich aufs Bett und wusste nicht, was er sagen sollte.

Im Hintergrund hörte er Nallas leises, jammerndes Klagen, und Rehv wurde still. Er konnte die beiden vor sich sehen, die Kleine an der Schulter der Mutter, ein zerbrechliches Bündel Zukunft, eingewickelt in eine weiche Decke mit Samtbordüre.

Für Sterbliche waren Kinder der einzige Weg zur Ewigkeit, oder nicht?

Er würde nie welche haben.

»Rehvenge? Bist du noch dran? Alles in Ordnung?«

»Ja. Ich rufe nur an … ich wollte nur sagen …« Lebe wohl. »… dass ich dich liebe.«

»Das ist lieb von dir. Es ist schwer, nicht wahr? Ohne *Mahmen*.«

»Ja. Das ist es.« Er schloss die Augen, und wie auf Kommando fing Nalla richtig an zu weinen, und ihr Heulen dröhnte durch das Handy.

»Entschuldige meinen kleinen Schreihals«, sagte Bella. »Sie schläft nur, wenn ich mit ihr herumlaufe, und meine Beine machen langsam nicht mehr mit.«

»Erinnerst du dich noch an das Schlaflied, das ich dir immer vorgesungen habe? Als du noch sehr klein warst?«

»Warte – meinst du das mit den vier Jahreszeiten? Ja! Daran habe ich seit Jahren nicht gedacht … du hast es mir vorgesungen, wenn ich nicht schlafen konnte. Auch, als ich schon älter war.«

Ja, genau das meinte er, dachte Rehv. Das eine, das die Alte Sage über den Jahres- und Lebenszyklus mit seinen vier Jahreszeiten erzählte. Dieses Lied hatte ihn und seine Schwester durch zahllose schlaflose Tage gebracht – er sang, sie schlief.

»Wie ging das gleich?«, grübelte Bella. »Ich weiß nicht mehr …«

Am Anfang sang Rehv etwas ungeschickt. Der Text war etwas eingerostet, und er traf die Töne nicht immer ganz, weil seine Stimme schon immer zu tief für diese Tonlage gewesen war.

»Genau, das ist es«, flüsterte Bella. »Warte, ich stelle dich auf Lautsprecher …«

Es piepte, und dann gab es ein kurzes Echo, und als er weitersang, ließ Nallas Weinen langsam nach, wie Flammen, die durch einen sanften Regen uralter Worte gelöscht wurden.

Der lindgrüne Mantel des Frühlings … der bunte Blumenschleier des Sommers … das kühle Gewebe des Herbstes … die Decke aus Kälte des Winters … die Jahreszeiten galten nicht nur für die Erde, sondern auch für die Lebewesen – das Streben nach dem Gipfel, der Triumph der Erfüllung, gefolgt vom Fall vom höchsten Punkt aus und dem weichen, weißen Glanz des Schleiers, der ewigen Ruhestätte.

Er sang das Schlaflied zweimal bis zum Schluss, und der letzte Durchgang war der beste. Dann hörte er auf, aus Angst, nicht mehr an Nummer zwei heranzukommen.

Bellas Stimme war tränenerstickt. »Du hast es geschafft. Du hast sie in den Schlaf gesungen.«

»Du kannst es ihr auch vorsingen, wenn du willst.«

»Das werde ich. Ganz bestimmt. Danke, dass du mich daran erinnert hast. Ich weiß nicht, warum ich es bis jetzt noch nicht probiert hatte.«

»Vielleicht hättest du das. Irgendwann.«

»Danke, Rehv.«

»*Schlafe sanft, meine Schwester.*«

»Wir sprechen uns morgen, okay? Du klingst müde.«

»Ich liebe dich.«

»Ich liebe dich auch. Ich ruf dich morgen an.«

Es gab eine Pause. »Pass auf dich auf. Auf dich und deine Kleine und deinen *Hellren.*«

»Das werde ich, Bruderherz. Bis bald.«

Rehv legte auf und saß mit dem Handy in der Hand auf dem Bett. Damit das Display nicht erlosch, drückte er ab und an die Pfeiltaste.

Es war schrecklich, Ehlena nicht anrufen zu können. Oder ihr eine SMS zu schicken. Ein Zeichen von sich zu geben. Aber es war besser so: Lieber sollte sie ihn hassen, als um ihn zu trauern.

Um vier Uhr dreißig kam die SMS von iAm, auf die er gewartet hatte. Nur zwei Worte.

Bahn frei.

Rehv erhob sich vom Bett. Langsam ließ die Wirkung des Dopamins etwas nach, aber ohne Stock war er immer noch wacklig auf den Beinen und kämpfte um seine Balance. Als er fest genug stand, zog er Zobelmantel und Jackett aus und legte seine Waffen ab. Die Pistolen, die er normalerweise unter den Armen trug, ließ er auf dem Bett liegen.

Es war Zeit zu gehen, Zeit, das System zu aktivieren, das er in den Klinkersteinbau installiert hatte, als er den Club erstanden und ihn vom Keller bis zum Dach renoviert hatte.

Das gesamte Gebäude war verkabelt, und zwar nicht für die Musikanlage.

Er ging zurück in sein Büro, setzte sich an den Tisch und sperrte die rechte untere Schublade auf. Darin lag ein schwarzes Kästchen, nicht größer als eine Fernseh... Fernbedienung, und außer ihm wusste nur iAm, was es war und wofür man es brauchte. iAm wusste außerdem als Einziger von den Knochen, die unter Rehvs Bett lagerten, Knochen menschlicher Natur von ungefähr Rehvs Größe. Doch iAm hatte sie schließlich auch besorgt.

Rehv nahm die Fernbedienung und stand auf. Dann sah er sich ein letztes Mal um. Ordentlich gestapelte Unterlagen auf dem Tisch. Geld im Safe. Drogen hinten in Rallys Packraum.

Er ging aus dem Büro. Jetzt nach Betriebsschluss war der Club hell erleuchtet. Der VIP-Bereich war wie ein geschundener Körper überzogen von den Überresten der Nacht: Fußspuren auf dem schwarz glänzenden Boden, kreisförmige Wasserränder auf den Tischen, vollgesogene Servietten hier und da auf den Sofas. Die Kellnerinnen räumten zwischendurch immer wieder auf, aber im Dunkeln entging einem eben manches, wenn man ein Mensch war.

Der Wasserfall am anderen Ende des Raumes war ausgeschaltet, sodass man freie Sicht in den allgemein zugänglichen Bereich hatte – wo es auch nicht besser aussah. Die Tanzfläche war zerkratzt. Überall lagen

Rührstäbchen und Bonbonpapierchen und in einer Ecke sogar ein Damenslip. Über die Decke darüber zog sich das Netzwerk aus Stahlträgern, das Kabel und Lampen für die Lasershow trug, und ohne Musik hielten die Boxen Winterschlaf wie Bären in einer Höhle.

In diesem Zustand erinnerte der Club an die Enthüllungsszene beim Zauberer von Oz: Die ganze Magie, die Nacht für Nacht hier herrschte, der Hype und die Hochspannung, waren nichts weiter als eine Kombination aus Elektronik, Alkohol und Chemikalien, eine Illusion für die Leute, die durch die Eingangstür kamen, ein Trugbild, das es ihnen erlaubte, zu sein, was sie im Alltag nicht sein konnten. Vielleicht wollten sie mächtig sein, um sich einmal nicht schwach zu fühlen, oder sexy, weil sie sich hässlich fanden, oder schick und reich, wenn sie das nicht waren, oder jung, weil sie immer schneller in die mittleren Jahre kamen. Vielleicht wollten sie den Schmerz einer gescheiterten Beziehung ertränken oder sich dafür rächen, dass man sie sitzen gelassen hatte, oder sich als glückliche Singles präsentieren, wenn sie sich in Wirklichkeit nach einem Partner sehnten.

Natürlich gingen sie aus, um »Spaß« zu haben, aber Rehv wusste, dass es unter der glänzenden Oberfläche dunkel und zwielichtig war.

Der Club in seinem jetzigen Zustand war das perfekte Sinnbild für sein Leben. Er war der Zauberer gewesen, der selbst jene, die ihm am nächsten standen, getäuscht hatte und sich durch eine Kombination aus Drogen, Lügen und Tricks unter die Normalen gemischt hatte.

Doch das war jetzt vorbei.

Rehv sah sich ein letztes Mal um, dann ging er durch die Doppeleingangstür. Das schwarze *ZeroSum*-Schild

war nicht angeleuchtet und zeigte, dass für heute Schluss war. *Für immer* traf es wohl besser.

Er blickte nach links und nach rechts. Niemand war auf der Straße, keine Autos oder Fußgänger in Sicht.

Er ging an der Front entlang und blickte in die Seitenstraße zum Hintereingang, der in den VIP-Bereich führte, dann ging er schnell zur anderen Seite und warf einen Blick in die andere Straße. Keine Obdachlosen. Niemand.

Einen Moment lang stand Rehv reglos im kalten Wind und fühlte sich in die den Club umgebenden Gebäude ein, ob dort irgendwelche Raster auf Menschen hinwiesen. Nichts. Alles war leer.

Schließlich überquerte er die Straße und ging zwei Blocks weiter, dann hielt er an, schob die Abdeckung der Fernbedienung herunter und gab eine achtstellige Kombination ein.

Zehn ... neun ... acht ...

Sie würden die verkohlten Knochen finden. Einen kurzen Moment lang fragte er sich, von wem sie eigentlich stammten. iAm hatte es ihm nicht gesagt, und er hatte nicht gefragt.

Sieben ... sechs ... fünf ...

Bella würde darüber hinwegkommen. Sie hatte Zsadist und Nalla und die Brüder und deren *Shellans*. Es würde ein schrecklicher Schock für sie sein, aber sie würde es überstehen. Und besser das, als eine Wahrheit zu erfahren, die sie zerstören würde: Sie musste nicht damit leben, dass ihre Mutter vergewaltigt worden und ihr Bruder zur Hälfte ein Sündenfresser war.

Vier ...

Xhex würde sich von der Kolonie fernhalten. iAm

würde dafür sorgen, denn er würde sie zwingen, sich an den Schwur zu halten, den sie in der Vornacht getätigt hatte: Sie hatte versprochen, sich um jemanden zu kümmern, und in dem Brief, den Rehv in der Alten Sprache geschrieben und von iAm bezeugen hatte lassen, verlangte er, dass sie sich um sich selber kümmerte. Ja, er hatte sie ausgetrickst. Bestimmt hatte sie gedacht, er würde sie bitten, die Prinzessin umzubringen, oder vielleicht sogar auf Ehlena aufzupassen. Aber er war *Symphath*, oder? Und sie hatte den Fehler gemacht, ihm ihr Wort zu geben, ohne zu wissen, auf was sie sich einließ.

Drei …

Er sah zum Dach des Clubs hinüber und stellte sich die Trümmer vor, nicht nur die des Clubs, sondern die, die er in den Leben der Leute zurückließ, wenn er in den Norden ging.

Zwei …

Ein Stich fuhr Rehv ins Herz, und er wusste, dass es die Trauer um Ehlena war. Obwohl eigentlich er starb.

Eins …

Die Explosion, die unter der Tanzfläche detonierte, zündete zwei weitere, eine unter der Bar im VIP-Bereich und eine auf der Galerie im Zwischengeschoss. Mit einem gewaltigen Donner und einem mächtigen Beben wurde das Gebäude bis in den Kern erschüttert, und ein Schwall von Ziegeln und pulverisiertem Beton schoss nach draußen.

Rehvenge taumelte rückwärts in das Schaufenster eines Tattoo-Shops. Als er wieder Luft bekam, sah er zu, wie die Wolke aus Staub auf den Schnee rieselte.

Rom war gefallen. Und doch fiel ihm der Abschied schwer.

Keine fünf Minuten später ertönten die ersten Sirenen. Rehv wartete auf die roten Einsatzfahrzeuge, die mit blinkenden Lichtern die Trade Street herunter rasten.

Als sie kamen, schloss er die Augen, atmete durch … und dematerialisierte sich in den Norden.

In die Kolonie.

57

»Ehlena?« Lusies Stimme klang die Treppe herunter. »Ich breche jetzt auf.«

Ehlena schreckte zusammen und blickte auf die Zeitanzeige unten rechts auf ihrem Laptop. Vier Uhr dreißig? Schon? Gott, es fühlte sich an wie ... na ja, sie wusste nicht, ob sie nun seit Stunden oder Tagen an ihrem improvisierten Tischchen saß. Auf dem Bildschirm war die Jobseite des *Caldwell Courier Journal* geöffnet, aber sie hatte seit einer Ewigkeit nichts anderes getan, als Kreise mit dem Zeigefinger auf dem Mousepad gezogen.

»Ich komme.« Sie streckte sich, stand auf und ging zur Treppe. »Danke, dass du Vaters Essen weggeräumt hast.«

Lusies Kopf erschien oben an der Treppe. »Gern geschehen, und hör zu, hier ist jemand für dich.«

Ehlenas Herz setzte einen Schlag lang aus. »Wer?«

»Ein Mann. Ich habe ihn reingelassen.«

»O Gott«, hauchte Ehlena. Sie joggte die Treppe vom Keller hoch und war froh, dass ihr Vater nach dem Essen immer gut schlief. Das Letzte, was sie jetzt brauchte, war, dass er sich über einen Fremden im Haus aufregte.

Sie kam in die Küche, darauf vorbereitet, Rehv oder Trez oder wer immer es sein mochte, rauszu...

Ein blonder Mann, der großen Reichtum förmlich aus-

strahlte, stand an ihrem billigen Esstisch, eine schwarze Aktentasche in der Hand. Lusie stand neben ihm, zog sich den Wollmantel an und machte ihre Patchwork-Tasche für den Heimweg fertig.

»Kann ich Ihnen behilflich sein?«, fragte Ehlena verwundert.

Der Mann machte eine kleine Verbeugung, wobei seine Hand galant an die Brust fuhr, und antwortete mit ungewöhnlich tiefer und kultivierter Stimme: »Ich bin auf der Suche nach Alyne, Sohn des Uys. Sind Sie seine Tochter?«

»Ja, das bin ich.«

»Könnte ich ihn sprechen?«

»Er schläft. Um was geht es denn, und wer sind Sie?«

Der Mann warf einen Seitenblick auf Lusie, dann holte er einen Ausweis in der Alten Sprache aus der Brusttasche. »Ich bin Saxton, Sohn des Tyhm, als Anwalt zuständig für die Nachlassverwaltung von Montrag, Sohn des Rehm. Er ist vor Kurzem ohne direkte Nachkommen zu hinterlassen in den Schleier eingetreten, und nach meinen Stammbaumuntersuchungen ist ihr Vater der nächste Verwandte und somit einziger Nutznießer.«

Ehlenas Brauen schossen nach oben. »Entschuldigen Sie, wie bitte?« Als Saxton seine Worte wiederholte, kam es noch immer nicht bei ihr an. »Ich … äh … was?«

Als der Anwalt ein drittes Mal zu seiner Erklärung ansetzte und Ehlena zu folgen versuchte, fing sich ihr Kopf an zu drehen. Den Namen Rehm hatte sie definitiv schon einmal gehört. Er war ihr in den Geschäftsunterlagen ihres Vaters begegnet … und in seinem Manuskript. Kein netter Kerl. Ganz und gar nicht. Sie erinnerte sich vage an den Sohn, aber es war nichts Bestimmtes, nur eine

verschwommene Erinnerung aus ihren Tagen im Kreis der Debütantinnen der *Glymera*.

»Es tut mir leid«, murmelte sie, »aber das ist eine Überraschung.«

»Ich verstehe. Kann ich mit Ihrem Vater sprechen?«

»Er ... empfängt keinen Besuch. Es geht ihm nicht gut. Ich bin seine gesetzliche Vertreterin.« Sie räusperte sich. »Ich musste ihn unter dem Alten Gesetz für unmündig erklären lassen, auf Grund ... geistiger Unzurechnungsfähigkeit.«

Saxton, Sohn des Tyhm, verbeugte sich kurz. »Es tut mir leid, das zu hören. Gestatten Sie mir die Frage, ob Sie in der Lage wären, mir einen Stammbaumnachweis für Sie beide vorzulegen? Und die Entmündigung?«

»Ich habe alles im Keller.« Sie sah Lusie an. »Du musst eigentlich los, nicht wahr?«

Lusie musterte Saxton und schien zum gleichen Schluss wie Ehlena zu kommen. Der Mann schien vollkommen normal. Anzug, Mantel und Tasche schrien förmlich nach *Anwalt*. Und sein Ausweis war auch in Ordnung gewesen.

»Wenn du möchtest, bleibe ich.«

»Nein, ich komme schon zurecht. Außerdem dämmert es bald.«

»In Ordnung.« Ehlena brachte Lusie zur Tür und kam dann zurück zu dem Anwalt. »Entschuldigen Sie mich eine Minute?«

»Lassen Sie sich Zeit.«

»Möchten Sie ... äh, vielleicht etwas trinken? Kaffee?« Sie hoffte, er würde ablehnen, denn sie konnte ihm höchstens eine dickwandige Tasse anbieten, und er sah aus, als wäre er eher an durchsichtiges Porzellan gewöhnt.

»Im Moment nicht, aber danke.« Sein Lächeln war echt und in keinster Weise anzüglich. Andrerseits stand er sicher nur auf adelige Frauen, so wie Ehlena vielleicht eine gewesen wäre, sähen ihre Finanzen anders aus.

Ihre Finanzen … und ein paar andere Dinge.

»Ich bin gleich zurück. Bitte, setzen Sie sich doch.« Obwohl die akkurat gebügelte Hose vielleicht rebellieren würde, wenn sie mit ihren wackeligen Stühlen in Berührung kam.

Unten in ihrem Zimmer griff sie unters Bett und zog ihre abschließbare Kassette heraus. Als sie damit nach oben ging, war sie wie betäubt, geblendet von all den Katastrophen, die wie brennende Flugzeuge vom Himmel in ihr Leben stürzten. Dass jetzt ein Anwalt bei ihr anklopfte und nach verlorenen Erben suchte, schien … hm, schwer zu sagen, was. Und sie machte sich keinerlei Hoffnungen. So, wie es in letzter Zeit gelaufen war, würde sich diese »einmalige Gelegenheit« als genau das Gleiche entpuppen, wie der Rest.

Als Griff ins Klo.

Wieder oben stellte sie die Kassette auf den Tisch. »Hier drin hebe ich alles auf.«

Als sie sich setzte, tat Saxton es ihr gleich. Er stellte seine Aktentasche auf das abgegriffene Linoleum und richtete seine grauen Augen auf die Kassette. Ehlena gab die Kombination ein, klappte den schweren Deckel auf und holte einen cremefarbenen Din-A4-Umschlag heraus, aus dem sie ein Dokument zog.

Saxton begutachtete das Schreiben, nickte und entrollte den Stammbaum ihres Vaters, der kunstvoll in schwarzer Tinte illustriert war. Unten hingen Bänder in Gelb, Taubenblau und Dunkelrot, befestigt durch das schwar-

ze Wachssiegel mit dem Wappen des Urgroßvaters väterlicherseits.

Saxton klappte seine Aktentasche auf, holte eine Juwelierbrille heraus und schob sie sich auf die Nase. Dann besah er das Pergament Zentimeter für Zentimeter.

»Echt«, verkündete er. »Die anderen?«

»Meine Mutter und ich.« Ehlena entrollte auch diese Stammbäume, und er inspizierte sie auf die gleiche Weise.

Als er fertig war, lehnte er sich zurück und nahm die Brille ab. »Darf ich die Entmündigung noch einmal sehen?«

Ehlena gab sie ihm, und er las, während sich eine Falte zwischen seinen perfekt geschwungenen Brauen bildete. »An was genau leidet Ihr Vater, wenn ich fragen darf.«

»An Schizophrenie. Er ist sehr krank und muss rund um die Uhr versorgt werden, um ehrlich zu sein.«

Saxtons Augen schweiften langsam durch die Küche und registrierten den Fleck am Boden, die Alufolie vor den Fenstern und die alte, marode Kochzeile. »Arbeiten Sie?«

Ehlena versteifte sich. »Ich verstehe nicht, was das für eine Rolle spielen sollte.«

»Entschuldigung. Sie haben vollkommen recht. Es ist nur …« Er öffnete erneut seine Aktentasche und holte ein circa fünfzigseitiges gebundenes Dokument und eine tabellarische Aufstellung heraus. »Wenn ich Sie und Ihren Vater als Montrags nächste Angehörige identifiziere – und aufgrund dieser Dokumente bin ich bereit, das zu tun –, werden Sie sich nie mehr um Geld sorgen müssen.«

Er drehte ihr das Dokument und die Aufstellung hin

und nahm einen goldenen Füllfederhalter aus der Brusttasche. »Ihr Vermögen ist beträchtlich.«

Mit der Feder seines Füllers deutete Saxton auf die letzte Zahl im unteren rechten Eck der Aufstellung.

Ehlena blickte hinab. Blinzelte.

Dann beugte sie sich über den Tisch, bis ihre Augen nur noch Zentimeter von der Feder und dem Blatt entfernt waren ... und von dieser Zahl.

»Ist das ... wie viele Stellen sind das hier?«, flüsterte sie.

»Acht vor dem Komma.«

»Und die erste Zahl ist eine Drei?«

»Ja. Es gehört auch ein Grundstück dazu. In Connecticut. Sie können es beziehen, sobald ich die Dokumente fertig habe, die ich heute untertags anfertigen werde und dann unverzüglich dem König zur Bestätigung vorlege.« Er lehnte sich zurück. »Rein rechtlich werden Geld, Grundstück und Gegenstände des persönlichen Gebrauchs, inklusive Kunstgegenstände, Antiquitäten und Autos, Ihrem Vater gehören, bis er in den Schleier eintritt. Aber mit Ihrem Vormundschaftsschreiben werden Sie den Besitz für ihn verwalten. Ich nehme an, er hat Sie in seinem Testament als Erbin eingesetzt?«

»Äh ... Entschuldigung, wie war die Frage?«

Saxton lächelte freundlich. »Hat Ihr Vater ein Testament? Stehen Sie darin?«

»Nein ... hat er nicht. Wir besitzen kein Vermögen mehr.«

»Haben Sie Geschwister?«

»Nein. Ich bin allein. Das heißt, wir sind zu zweit, seit *Mahmen* gestorben ist.«

»Was halten Sie davon, wenn ich ein Testament für

ihn zu Ihren Gunsten aufsetze? Sollte Ihr Vater sterben, ohne ein Testament zu hinterlassen, fällt Ihnen ohnehin alles zu, aber ein Testament vereinfacht die Abläufe mit jedem Anwalt, weil Sie für die Übertragung nicht mehr die Unterschrift des Königs benötigen.«

»Das wäre … Moment, Sie sind teuer, oder? Ich glaube nicht, dass wir uns das …«

»Sie können es sich leisten.« Er tippte erneut mit dem Füller auf die Tabelle. »Glauben Sie mir.«

In den langen, finsteren Stunden nach dem Verlust seines Augenlichts stürzte Wrath die Treppe herunter – und zwar vor versammelter Mannschaft, die sich im Esszimmer zum Letzten Mahl traf. In der altbewährten Bananenschalenmanier purzelte er Hals über Kopf die ganze Länge der Treppe hinunter bis auf den Mosaikboden der Eingangshalle.

Schlimmer hätte seine Clownnummer eigentlich nur noch sein können, wenn er jetzt auch noch geblutet hätte.

Doch halt … Moment. Als er sich das Haar aus dem Gesicht streichen wollte, griff er in etwas Nasses und wusste sofort, dass es nicht daher kam, dass er sabberte.

»*Wrath!*«

»Bruder …«

»Was zum Donner …«

»Heilige …«

Beth war als Erste der Heerschar bei ihm und berührte seine Schultern, als warmes Blut über seine Nase troff.

Andere Hände erreichten ihn durch die Dunkelheit, die Hände seiner Brüder, die Hände ihrer *Shellans*, lauter sanfte, besorgte, mitfühlende Hände.

Wütend schüttelte er sie ab und versuchte auf die Füße zu kommen. Doch ohne Orientierung landete er mit einem Fuß auf der untersten Stufe – und geriet erneut aus dem Gleichgewicht. Er griff nach dem Geländer, schaffte es irgendwie, die Füße auf eine Höhe zu bekommen und torkelte rückwärts, unsicher, ob er auf die Eingangstür, das Billardzimmer, die Bibliothek oder das Esszimmer zuging. Er war vollkommen verloren an diesem Ort, den er so gut kannte.

»Alles okay«, blaffte er. »Nichts passiert.«

Um ihn verstummte alles, seine Stimme hatte noch die gleiche Wirkung, die Blindheit schmälerte seine Autorität als König nicht, obwohl er absolut nichts sehen konn…

Er rannte rückwärts in eine Wand, sodass ein kristallener Wandleuchter über ihm klimperte. Der zarte Klang zitterte in der Stille nach.

Verdammt. Er konnte so nicht weitermachen und wie ein führerloser Autoscooter von einem Hindernis ins nächste rauschen. Aber was sollte er tun?

Seit bei ihm die Lichter ausgegangen waren, hatte er darauf gewartet, dass sein Sehvermögen zurückkehrte. Doch als mehr und mehr Zeit verstrich, Havers keine konkreten Antworten hatte und Doc Jane noch immer rätselte, was mit ihm los war, kam endlich in seinem Verstand an, was er tief in seinem Herzen schon längst wusste: Diese Dunkelheit, die ihn umgab, war seine neue Welt, durch die er fortan wandeln würde.

Oder eher stolpern, so wie es aussah.

Als sich der Wandleuchter über ihm beruhigte, schrie jeder Teil von ihm, und er betete, dass niemand, nicht einmal Beth, ihn berühren oder ihm gut zureden würde, von wegen »alles würde wieder gut«.

Nichts würde jemals wieder gut werden. Sein Sehvermögen würde nicht zurückkehren, egal, was die Ärzte mit ihm anstellten, egal, wie viele Male er sich nährte, egal, wie gründlich er sich ausruhte oder wie gut er auf sich achtgab. Scheiße, selbst bevor ihm V die Zukunft prophezeit hatte, hatte Wrath es kommen sehen: Seine Augen waren seit Jahrhunderten immer schlechter geworden, die Sehschärfe immer schwächer. Und die Kopfschmerzen plagten ihn seit Jahren, in den letzten zwölf Monaten hatten sie sich nur verstärkt.

Er hatte gewusst, dass es eines Tages so weit kommen würde. Sein ganzes Leben lang hatte er es gewusst und verdrängt, aber jetzt war es Wirklichkeit geworden.

»Wrath.« Mary, Rhages *Shellan,* brach schließlich das Schweigen, und ihre Stimme war gefasst und ruhig, gar nicht ratlos oder aufgeregt. Der Kontrast zu dem Chaos in seinem Kopf bewirkte, dass er sich ihr zuwandte, obwohl er nicht antworten konnte, weil er keine Stimme hatte. »Wrath, ich will, dass du die linke Hand ausstreckst. Dort findest du die Tür zur Bibliothek. Geh rein, und lauf vier Schritte rückwärts in den Raum. Ich will mit dir reden, und Beth kommt mit.«

Die Worte waren so sachlich und vernünftig, dass sie wie eine Landkarte durch einen Dschungel aus Dornengestrüpp wirkten, und Wrath folgte ihnen mit der Verzweiflung des verirrten Wanderers. Er streckte die Hand aus … und fand tatsächlich den verschnörkelten Rahmen um die Tür. Er ging ein paar vorsichtige Schritte seitlich, tastete sich mit beiden Händen durch die Tür und trat vier Schritte zurück.

Leise Schritte ertönten. Zwei Paar. Dann schloss sich die Tür der Bibliothek.

Er hörte am leisen Atmen, wo die Frauen standen, und keine rückte ihm auf die Pelle, was gut war.

»Wrath, ich glaube, wir müssen ein paar vorläufige Maßnahmen ergreifen.« Marys Stimme kam von rechts. »Für den Fall, dass du nicht bald wieder sehen kannst.«

Elegant formuliert, dachte er.

»Wie zum Beispiel«, brummte er.

Als Beth antwortete, erkannte er, dass die beiden offensichtlich schon darüber gesprochen hatten. »Ein Gehstock, der dir mit der Balance hilft, und Personal im Büro, damit du wieder an die Arbeit gehen kannst.«

»Und vielleicht noch ein paar weitere Hilfestellungen«, fügte Mary hinzu.

Wrath saugte diese Worte auf, während sein Herzschlag in seinen Ohren hämmerte. Er versuchte, es zu überhören, aber ohne Erfolg. Kalter Schweiß brach ihm aus, perlte auf seiner Oberlippe und unter den Achseln. Wrath vermochte nicht zu sagen, ob aus Angst, oder vor Anstrengung, sich vor den beiden zusammenzureißen und nicht komplett zusammenzubrechen.

Wahrscheinlich beides. Denn es war schlimm, nicht sehen zu können, aber was ihm wirklich den Rest gab, war diese Platzangst. Ohne sichtbare Orientierungspunkte fühlte er sich gefangen in dem engen, voll gedrängten Raum unter seiner Haut, ohne Ausweg eingesperrt in seinem Körper – und das bekam ihm gar nicht. Es erinnerte ihn viel zu sehr daran, als Kind von seinem Vater in einen Kriechkeller gesperrt zu werden … von wo aus er zusehen musste, wie seine Eltern von *Lessern* umgebracht wurden …

Die schmerzhafte Erinnerung ließ seine Knie schwach werden, und er geriet ins Trudeln. Als er seitlich umkipp-

te, fing Beth ihn auf und lenkte seinen Sturz, sodass er auf einem Sofa landete.

Mühsam versuchte er zu atmen. Beth hielt seine Hand, und dieser Kontakt war alles, was ihn davon abhielt, hemmungslos zu schluchzen wie ein Waschlappen.

Die Welt war weg ... Die Welt war weg ... Die Welt war ...

»Wrath«, meldete sich Mary erneut, »wenn du wieder arbeitest, wird es dir helfen, und in der Zwischenzeit können wir es dir leichter machen. Es gibt Möglichkeiten, die Umgebung sicherer zu machen und dich daran zu gewöhnen, dass ...«

Wrath hörte sie kaum. Er konnte nur denken: Nie mehr kämpfen, nie. Nie mehr einfach durch das Haus gehen. Keine Chance, auch nur verschwommen zu erkennen, was auf seinem Teller lag, oder wer mit ihm am Tisch saß oder was Beth anhatte. Er wusste nicht, wie er sich rasieren sollte oder Kleider aus dem Schrank holen oder beim Duschen Seife und Shampoo finden. Wie sollte er trainieren? Er würde die gewünschten Gewichte nicht sehen oder das Laufband starten können oder ... Scheiße, die Schuhbänder an seinen Laufschuhen zubinden ...

»Ich fühle mich, als wäre ich gestorben«, brachte er krächzend hervor. »Wenn es so weitergehen soll ... kommt es mir vor, als sei der Mann, der ich mal war ... tot.«

Marys Stimme kam von direkt vor ihm. »Wrath, ich habe Leute gesehen, die genau das durchgemacht haben, was dir gerade passiert. Meine autistischen Patienten und ihre Eltern mussten lernen, Dinge neu zu betrachten. Aber es war nicht das Ende für sie. Es war kein Tod, nur eine andere Art zu leben.«

Während Mary sprach, streichelte Beth seinen Arm und fuhr mit der Hand den tätowierten Stammbaum an der Innenseite seines Unterarms nach. Die Berührung ließ ihn an die vielen Männer und Frauen denken, die vor ihm gegangen waren, deren Mut durch Herausforderungen von innen und außen geprüft worden war.

Er runzelte die Stirn. Auf einmal schämte er sich für seine Schwäche. Wären seine Eltern noch am Leben gewesen, hätte er nicht gewollt, dass sie ihn so sahen. Und Beth … seine Geliebte, seine Partnerin, seine *Shellan,* seine Königin, sollte ihn auch nicht so erleben.

Wrath, Sohn des Wrath, sollte nicht unter dem Gewicht zusammenbrechen, das ihm auferlegt war. Er sollte es schultern. So machte es ein Mitglied der Bruderschaft. So machte es ein König. So machte es ein Mann von Wert. Er sollte die Last auf sich nehmen und sich über Schmerz und Angst hinwegsetzen. Er sollte stark sein, nicht nur für die, die er liebte, sondern auch für sich selbst.

Stattdessen purzelte er die Treppe hinunter wie ein Besoffener.

Er räusperte sich. Und musste sich ein zweites Mal räuspern. »Ich … ich muss mit jemandem reden.«

»Okay«, willigte Beth ein. »Wir bringen dir, wen immer du …«

»Nein, ich komme selber hin. Wenn ihr mich entschuldigt.« Er stand auf und machte einen Schritt nach vorne … mitten in den Couchtisch. Einen Fluch unterdrückend, rieb er sich das Schienbein und sagte: »Würdet ihr mich einfach hier alleinlassen? Bitte.«

»Darf ich …« Beths Stimme versagte. »Darf ich dir das Gesicht abwischen?«

Geistesabwesend wischte er sich die Wange ab und spürte etwas Feuchtes. Blut. Er blutete noch immer. »Ist schon in Ordnung. Das passt so.«

Es raschelte leise, als die beiden Frauen zur Tür gingen. Dann klickte es sacht, als die Klinke gedrückt wurde.

»Ich liebe dich, Beth«, sagte Wrath schnell.

»Ich dich auch.«

»Es … kommt schon in Ordnung.«

Mit einem zweiten Klicken schloss sich die Tür.

Wrath setzte sich dort, wo er war auf den Boden, weil er sich nicht traute, weiter in der Bibliothek herumzuirren, um einen besseren Platz zu finden. Als er sich zurechtsetzte, bot ihm das knisternde Kaminfeuer eine Orientierung … und dann bemerkte er, dass er den Raum vor seinem geistigen Auge sehen konnte.

Wenn er die Hand nach rechts ausstreckte … jawohl. Er streifte eines der glatten Beine des Couchtisches. Wrath fuhr daran hinauf bis zu der kastenförmigen Unterseite und tastete über die Tischplatte, bis er … genau, auf die Glasuntersetzer stieß, die Fritz dort säuberlich stapelte. Und ein kleines Lederbuch … und den Lampenfuß.

Das war tröstlich. Irgendwie war es ihm vorgekommen, als sei die Welt nicht mehr da, nur weil er sie nicht mehr sah. Tatsächlich war aber alles noch am selben Platz.

Wrath schloss die Augen und sandte eine Bitte aus.

Es dauerte lange, bis er Antwort erhielt, eine lange, lange Zeit, bis man ihn an den Ort kehren ließ, wo er auf hartem Boden stand, neben einem Brunnen, der leise vor sich hin plätscherte. Er hatte sich gefragt, ob er wohl auch hier auf der Anderen Seite blind wäre, und er war es. Dennoch, so wie in der Bibliothek wusste er auch hier,

wie es aussah, obwohl er es nicht sehen konnte. Rechts von ihm stand ein Baum voll zwitschernder Vögel, und vor ihm, hinter dem sprudelnden Brunnen, befand sich die Loggia mit den Säulen, die zu den Privatgemächern der Jungfrau der Schrift gehörte.

»Wrath, Sohn des Wrath.« Er hatte die Mutter seines Volkes nicht kommen hören, aber sie schwebte auch so leicht dahin, dass ihre schwarzen Roben den Boden praktisch nie berührten. »Aus welchem Grund bist du zu mir gekommen?«

Sie wusste nur zu gut, warum er hier war, und er spielte ihre Spielchen nicht mehr mit. »Ich möchte wissen, ob du mir das angetan hast.«

Die Vögel verstummten, als seien sie von dieser Anmaßung schockiert.

»Dir was angetan?« Ihre Stimme klang wie bei dem Gespräch mit Vishous in der Grotte: distanziert und gleichgültig. Das konnte einen Kerl in Rage bringen, wenn er die eigene Treppe nicht mehr hinunter fand.

»Meine verdammten Augen. Hast du sie mir genommen, weil ich gekämpft habe?« Er riss sich die Brille vom Gesicht und schleuderte sie auf den glatten Boden. »*Hast du mir das angetan?*«

Früher hätte sie ihn für diese Ungeheuerlichkeit bis aufs Blut ausgepeitscht, aber als er jetzt auf ihre Reaktion wartete, hoffte er fast, sie würde ihm den Hintern mit einem Blitz versengen.

Doch es kam kein Schlag. »Was geschehen musste, musste geschehen. Deine Kämpfe haben nichts mit deinem verlorenen Augenlicht zu tun, und auch ich nicht. Jetzt geh zurück in deine Welt, und überlasse mich der meinen.«

Er wusste, dass sie sich abgewandt hatte, weil ihre Stimme verklang, als sie in die entgegengesetzte Richtung entschwand.

Wrath runzelte die Stirn. Er hatte einen Streit erwartet, und er hatte ihn gewollt. Stattdessen bot sie ihm keinerlei Angriffsfläche, nicht einmal eine Maßregelung wegen seiner provokanten Respektlosigkeit.

Die Veränderung war so gravierend, dass er seine Blindheit einen Moment lang völlig vergaß. »Was fehlt dir?«

Doch es kam keine Antwort, nur das leise Schließen einer Tür.

Als die Jungfrau der Schrift fort war, verstummten die Vögel, und das leise plätschernde Wasser war alles, was ihm Orientierung bot. Bis jemand anders auf den Plan trat.

Instinktiv wandte er sich den Schritten zu und ging in Abwehrposition, überrascht, dass er sich gar nicht so wehrlos fühlte wie erwartet. Ohne Sehkraft füllte sein Gehör das Bild aus, das seine Augen nicht mehr lieferten: Das Rascheln der Roben und ein seltsames *Klick, Klick, Klick* verrieten ihm, aus welcher Richtung sich die Person näherte und … Scheiße, er hörte sogar den Herzschlag des Ankömmlings.

Stark. Gleichmäßig.

Was hatte ein Mann hier zu suchen?

»Wrath, Sohn des Wrath.« Keine männliche Stimme. Eine Frau. Und doch klang sie maskulin. Oder vielleicht war sie einfach nur kraftvoll?

»Wer bist du?«, fragte er.

»Payne.«

»Wer?«

»Spielt keine Rolle. Verrat mir, hast du irgendetwas mit diesen Fäusten vor? Oder willst du hier nur so rumstehen?«

Sofort ließ Wrath die Arme sinken, nachdem es absolut unpassend war, die Hand gegen eine Frau zu erh...

Der Aufwärtshaken krachte so mächtig in seinen Kiefer, dass er sich um die eigene Achse drehte. Geschockt, mehr aus Überraschung als aus Schmerz, kämpfte er um sein Gleichgewicht. Sobald er sich gefangen hatte, hörte er ein pfeifendes Geräusch und kassierte den nächsten Schlag, diesmal ein Kinnhaken, bei dem sein Kopf zurückflog.

Doch weitere deckungslose Schläge konnte sie nicht austeilen. Sein Verteidigungsinstinkt und das jahrelange Training sprangen an, obwohl er nichts sah. Sein Gehör ersetzte die Augen und sagte ihm, wo Arme und Beine des Gegners waren. Er packte ein überraschend schmales Handgelenk und zerrte die Frau herum ...

Ihr Absatz traf ihn hart am Schienbein. Schmerz schoss in sein Bein und reizte ihn, als eine Art Strick in sein Gesicht schlug. Er packte zu und hoffte, dass es ein Zopf war, verbunden mit einem ...

Als er kräftig daran zog, spürte er, wie sich ihr Rücken durchbog. Jawohl. Verbunden mit ihrem Kopf. Perfekt.

Sie in Schräglage zu bringen war einfach, aber Mann, sie war ein starkes Biest. Auf einem Bein gelang es ihr zu springen, sich im Sprung zu drehen und ihm das Knie in die Schulter zu stoßen.

Er hörte, wie sie landete und sich wieder aufrappelte, doch er hielt sie weiter beim Zopf und riss sie an sich. Sie war wie Wasser, immer im Fluss, immer in Bewegung und schlug ihn wieder und wieder, bis er gezwungen war, sie zu Boden zu werfen und hinunterzudrücken.

Es war ein Sieg von Brutalität über Anmut.

Keuchend blickte er in ein Gesicht, das er nicht sehen konnte. »Was ist eigentlich dein verfluchtes Problem?«

»Mir ist langweilig.« Mit diesen Worten rammte sie ihm die Stirn in die verdammte Nase.

Der Schmerz löste eine kleine Karussellfahrt in seinem Kopf aus, und sein Griff lockerte sich kurz. Mehr brauchte sie nicht, um sich zu befreien. Jetzt war er auf dem Boden, und ihr Arm legte sich um seinen Hals. Anscheinend hatte sie die zweite Hand als Hebel an ihrem Unterarm, so kräftig zog sie an.

Wrath rang um Atem. Heilige Scheiße, sie würde ihn umbringen, wenn sie so weitermachte. Im Ernst.

Doch tief in seinem Inneren, tief in seinem Mark, tief in der Doppelhelix seiner DNS regte sich die Antwort. Er würde nicht hier und jetzt sterben. Auf gar keinen Fall. Er ließ sich nicht unterkriegen. Er war ein Kämpfer. Und wer immer diese Schlampe war, sie stellte ihm nicht sein Ticket in den Schleier aus.

Wrath stieß einen Kriegsschrei aus, trotz der Eisenstange an seinem Hals. Dann entwand er sich ihr so schnell, dass er selbst nicht wusste, wie er es angestellt hatte. Er wusste nur, dass die Frau einen Sekundenbruchteil später mit dem Gesicht nach unten auf dem Marmorboden lag, beide Arme hinter den Rücken gedreht.

Unwillkürlich musste er an die Nacht von neulich denken, als er dem *Lesser* in der Gasse die Arme ausgerenkt hatte, bevor er ihn getötet hatte.

Genau das Gleiche würde er mit ihr tun …

Ein Lachen drang von unten zu ihm und hielt ihn auf. Die Frau … lachte. Und zwar nicht wie jemand, der den Verstand verloren hat. Sie schien sich ernsthaft zu amü-

sieren, obwohl sie doch wissen musste, dass er ihr gleich Schmerzen zufügen würde, die ihr die Sinne raubten.

Wrath lockerte seinen Griff etwas. »Du bist krank, weißt du das?«

Ihr sehniger Körper bebte unter ihm, als sie weiterlachte. »Ich weiß.«

»Enden wir wieder hier, wenn ich dich jetzt loslasse?«

»Vielleicht. Vielleicht auch nicht.«

Seltsam, aber irgendwie gefiel ihm diese Ungewissheit. Einen Moment später ließ er sie los, so wie man einen bockigen Hengst loslässt: Schnell, und dann außer Reichweite springen. Er suchte einen sicheren Stand und machte sich bereit für den nächsten Angriff. Stattdessen hörte er wieder dieses Klicken.

»Was ist das?«, fragte er.

»Ich habe die Angewohnheit, die Nägel von Daumen und Ringfinger gegeneinander zu schnippen.«

»Oh. Cool.«

»He, kommst du bald mal wieder?«

»Ich weiß nicht. Warum?«

»Weil ich keinen solchen Spaß mehr hatte seit … seit Langem.«

»Wer bist du gleich wieder? Und warum habe ich dich noch nie gesehen?«

»Sagen wir einfach, bisher hatte sie keine Verwendung für mich.«

Der Ton der Frau verriet deutlich, wer mit *Sie* gemeint war. »Tja, Payne, ein solches Treffen könnte ich mir durchaus noch einmal vorstellen.«

»Gut. Komm bald.« Er hörte, wie sie sich aufrichtete. »Übrigens: Deine Sonnenbrille liegt direkt vor deinem linken Fuß.«

Es raschelte, dann hörte man das leise Schließen einer Tür.

Wrath hob die Sonnenbrille auf. Dann ließ er seine Beine einknicken und hockte sich auf den Marmor. Lustig, der Schmerz im Bein, das Stechen in der Schulter und der pochende Puls in jeder seiner Blessuren gefielen ihm. Sie waren ihm vertraut, ein Teil seiner Geschichte und seiner Gegenwart und etwas, was er in seiner unbekannten, angsteinflößenden Zukunft in Dunkelheit brauchen würde.

Sein Körper gehörte ihm noch immer. Er funktionierte auch ohne Sehvermögen. Wrath konnte immer noch kämpfen und vielleicht, mit etwas Übung, konnte er wieder der Alte werden.

Er war nicht gestorben.

Er lebte noch. Gewiss, er konnte nicht mehr sehen, aber deshalb konnte er seine *Shellan* noch immer anfassen und lieben. Und er konnte noch immer denken und gehen und reden und hören. Seine Arme und Beine funktionierten einwandfrei, genauso wie seine Lungen und sein Herz.

Die Umstellung würde nicht leicht sein. Dieser eine wirklich coole Kampf täuschte ihn nicht darüber hinweg, dass ihm viele Monate mühsames Lernen, Frust und Fehltritte bevorstanden.

Aber er hatte wieder eine Perspektive. Und anders als die blutige Nase vom Treppensturz schien ihm das Blut, das er sich jetzt aus dem Gesicht wischte, kein Symbol für alles, was er verloren hatte. Es schien für das zu stehen, was ihm noch blieb.

Als Wrath in der Bibliothek im Haus der Bruderschaft wieder Gestalt annahm, lächelte er, und als er aufstand,

kicherte er, als eines seiner Beine vor Schmerz protestierte.

Voller Konzentration tat er zwei Schritte nach links und ... entdeckte die Couch. Dann zehn nach vorne und ... fand die Tür. Öffnete die Tür, machte fünfzehn Schritte geradeaus und ... fand das Geländer der großen Freitreppe.

Er hörte, wie im Esszimmer gegessen wurde, das leise Klimpern von Silber auf Porzellan füllte die Stille, die normalerweise von Stimmen erfüllt war. Und er roch das ... oh, ja, Lamm. Das hatte er gemeint.

Als er fünfunddreißig wohlbemessene Schritte im Krebsgang machte, fing er an zu lachen, insbesondere, als er sich ins Gesicht langte und Blut auf seine Hand troff.

Er wusste genau, wann ihn die anderen bemerkten. Gabeln und Messer fielen klimpernd auf Teller und von Tellern herunter, Stühle wurden zurückgeschoben, und Flüche erfüllten die Luft.

Wrath lachte nur und lachte und konnte gar nicht mehr aufhören. »Wo ist meine Beth?«

»Gütiger Himmel!«, rief sie und kam zu ihm. »Wrath ... was ist passiert ...«

»Fritz«, rief er und zog seine Königin an sich. »Machst du mir einen Teller zurecht? Ich habe Hunger. Und bring mir bitte ein Handtuch, damit ich mich säubern kann.« Er drückte Beth fest an sich. »Bring mich zu meinem Platz, okay, Schatz?«

Das Schweigen dröhnte förmlich vor Fassungslosigkeit.

Hollywood fragte als Erster: »Wer hat Fußball mit deinem Gesicht gespielt?«

Wrath zuckte nur die Schultern und strich seiner

Shellan über den Rücken. »Ich habe einen neuen Freund gefunden.«

»Muss ja ein Höllenkerl sein.«

»Das ist sie.«

»*Sie?*«

Wraths Magen knurrte. »Schaut, kann ich jetzt vielleicht auch etwas essen?«

Die Erwähnung von Essen brachte alle wieder zur Besinnung. Geklapper und Gespräche erklangen, und Beth führte ihn an den Tisch. Als er sich setzte, wurde ihm ein feuchter Waschlappen in die Hände gedrückt, und vor ihm stieg der köstliche Duft von Rosmarin und Lamm auf.

»Himmel noch mal, würdet ihr euch bitte wieder setzen«, knurrte er, während er sich Gesicht und Hals abwischte. Als allgemeines Stühlerücken ertönte, entdeckte er sein Messer und die Gabel und erforschte seinen Teller. Er erkannte das Lamm und die Frühkartoffeln und … die Erbsen. Jawohl, die kleinen runden Dingelchen waren Erbsen.

Das Lamm war köstlich. Genau, wie er es mochte.

»Und du bist sicher, dass das eine Freundin war?«, fragte Rhage.

»Ja«, nickte er und drückte Beths Hand. »Das bin ich.«

58

Vierundzwanzig Stunden in Manhattan konnten selbst den Sohn des Bösen in einen neuen Mann verwandeln.

Am Steuer des Mercedes, Kofferraum und Rückbank vollgepackt mit Tüten von *Gucci, Louis Vuitton, Armani* und *Hermès,* genoss Lash das süße Leben. Er hatte eine Suite im Waldorf gebucht, drei Frauen gevögelt – zwei davon gleichzeitig – und wie ein König gespeist.

Als er an der Ausfahrt zur *Symphathen*-Kolonie vom Northway abfuhr, sah er auf seine brandneue funkelnde *Cartier Tank,* den Ersatz für die gefälschte *Jacob & Cousin*-Scheiße, die so unter seiner Würde war.

Was der Stundenzeiger zeigte, war nicht schlecht, problematisch war das Datum: Der *Symphathen*-König würde toben, aber das war Lash egal. Zum ersten Mal, seit er von Omega gewandelt worden war, fühlte er sich wie er selbst. Er trug eine Hose von *Marc Jacobs* und ein *LV* Seidenhemd, darüber einen Kaschmirpullunder von *Hermès* und Halbschuhe von *Dunhill.* Sein Schwanz war befriedigt, sein Bauch noch voll vom Essen im *Le Cirque,* und er wusste, er konnte jederzeit in den Big Apple zurück und die Sache wiederholen.

Vorausgesetzt, seine Jungs blieben am Ball.

Zumindest in dieser Hinsicht schien es ganz okay zu laufen. Mr. D hatte vor einer Stunde angerufen und be-

richtet, dass sie die Ware schnell an den Mann brachten. Was gut und schlecht zugleich war. Sie hatten zwar mehr Bargeld, aber ihre Vorräte schwanden.

Lesser waren jedoch Überredungskünstler, und deshalb hatten sie den letzten Kerl, der sich zu einem Treffen mit ihnen bereiterklärte, nicht umgebracht, sondern mitgenommen.

Mr. D und die anderen würden ihn bearbeiten, und zwar nicht im Fitnesszentrum.

Was Lash wieder auf seinen Trip in die Stadt brachte.

Der Krieg mit den Vampiren würde sich immer in Caldwell abspielen, es sei denn, die Brüder entschieden umzuziehen. Aber Manhattan war einer der größten Drogenumschlagplätze der Welt, und es lag nah, sehr nah. Gerade eine Stunde Fahrt.

Natürlich war der Ausflug in den Süden keine reine Shoppingtour in der Fifth Avenue gewesen. Lash war den größten Teil des Abends von Club zu Club gezogen, hatte sich in der Szene umgesehen und erkundet, welches Publikum wo verkehrte – denn damit erstellte man den Kundenspiegel. Raver standen auf Ecstasy. Schickes, zappeliges, neues Geld setzte auf Koks und ebenfalls auf Ecstasy. Studenten bevorzugten Hasch und Pilze, aber man konnte ihnen auch Oxycondon und Crystal andrehen. Goths und Emos wollten Amphetamine und Rasierklingen. Und die Junkies in den Seitenstraßen rund um die Clubs nahmen Crack, Crystal und H

Wenn es ihm in Caldwell gelang, in den Markt einzudringen, warum sollte es ihm dann nicht auch in Manhattan gelingen? Der Ertrag wäre viel größer. Es gab keinen Grund, nicht in großen Dimensionen zu denken.

Er bog auf den Feldweg, den er schon einmal gefahren war, langte unter den Sitz und holte die coole SIG Vierzig raus, die er in der Vornacht auf dem Weg in die Stadt gekauft hatte.

Für Kampfkleidung bestand kein Anlass. Ein guter Killer erledigte seine Arbeit auch ohne schweißtreibende Aktionen.

Das weiße Farmhouse lag noch immer idyllisch inmitten der jetzt mit Schnee bedeckten Landschaft, ein perfektes Weihnachtskartenmotiv für Menschen. Blasser Rauch stieg aus einem der Kamine in die Nacht, und die Wölkchen fingen das weiche Mondlicht auf, verstärkten es und huschten als Schatten über das Dach. Hinter den Fenstern flackerten goldene Kerzen, als wehte eine sanfte Brise durch alle Zimmer. Oder vielleicht waren es auch diese verdammten Spinnen.

Mann, trotz der heimeligen Atmosphäre strahlte dieser Ort den puren Horror aus.

Als Lash den Mercedes an dem Schild TAOISTischer klosterorden parkte und ausstieg, wehte Schnee über die Spitzen seiner brandneuen *Dunhills*. Mit einem Fluch schüttelte er ihn ab und fragte sich, warum man die verdammten *Symphathen* nicht in Miami in Quarantäne gesteckt hatte.

Aber nein, die Sündenfresser wurden an den Arsch der Welt geschickt, direkt vor die kanadische Grenze.

Andrerseits konnte sie keiner ausstehen, also war das nur logisch.

Die Tür des Farmhauses öffnete sich, und der König erschien, seine weißen Roben umwehten ihn, seine glühendroten Augen wirkten merkwürdig strahlend. »Du kommst spät. Tage zu spät.«

»Und wenn schon, hier sieht doch so weit alles in Ordnung aus.«

»Und meine Zeit ist nichts wert?«

»Das habe ich nicht gesagt.«

»Aber dein Verhalten spricht eine deutliche Sprache.«

Lash kam mit der Waffe in der Hand die Stufen hinauf und hätte sich am liebsten noch einmal vergewissert, ob der Reißverschluss an seiner Hose zu war, während der König seine Bewegungen verfolgte. Und doch, als er dem Typ auf Augenhöhe gegenüberstand, sprang der alte Funke wieder über und züngelte in der kalten Luft.

Verdammt. Er stand nicht auf diese Scheiße. Wirklich nicht.

»Also, kommen wir nun ins Geschäft?«, murmelte Lash, als er in die blutroten Augen sah und versuchte, nicht von ihnen gebannt zu sein.

Der König lächelte und fasste mit viergliedrigen Fingern an seine Diamantenkette. »Ja, ich glaube, das werden wir. Hier entlang, ich zeige dir den Kandidaten. Er ist im Bett …«

»Ich dachte, du trägst rot, Prinzessin. Und was zum Donner hast du hier zu suchen, Lash?«

Der König versteifte sich. Lash drehte sich um, Pistole voraus. Über den Rasen auf sie zu kam … ein riesiger Kerl mit glühenden Amethystaugen und unverkennbarem Irokesenschnitt: Rehvenge, Sohn des Rempoon.

Der Mistkerl schien überhaupt nicht überrascht, sich auf *Symphathen*-Boden zu finden. Ganz im Gegenteil, anscheinend fühlte er sich ganz zu Hause. Und er war schlecht gelaunt.

Prinzessin?

Ein kurzer Blick über die Schulter zeigte Lash …

nichts, was er noch nicht gesehen hatte. Hagere Gestalt, weiße Roben, Haar aufgesteckt zu ... eigentlich einer Frauenfrisur.

In diesem speziellen Fall wäre er erleichtert, wenn man ihn verarscht hatte: Lash fühlte sich lieber von einer Hosenrolle angezogen, als festzustellen, dass er ... ja, genau, aber warum überhaupt daran denken?

Lash sah wieder zu Rehv. Der Zeitpunkt für dieses kuriose Intermezzo war perfekt. Rehv hier aus dem Verkehr zu ziehen würde ihm den Einstieg in den Drogenmarkt in Caldwell punktgenau eröffnen.

Doch als sich sein Finger um den Abzug krümmte, sprang der König vor und packte den Lauf. »Nicht ihn! Nicht ihn!«

Die Kugel bohrte sich in einen Baumstumpf, und der Schuss verhallte in der Nacht. Rehvenge sah zu, wie Lash und die Prinzessin um die Waffe rangen. Einerseits war es ihm egal, wer von den beiden gewann, oder ob er oder sonst jemand bei dieser Gelegenheit erschossen wurde. Oder warum hier dieser Kerl herumhüpfte, der eigentlich gestorben war. Rehvs Leben endete, wo es empfangen worden war, hier in dieser Kolonie. Ob er heute Abend starb oder morgen früh oder in hundert Jahren, ob ihn die Prinzessin tötete oder Lash – er hatte über das Ende entschieden, die Einzelheiten waren nun unwichtig.

Obwohl diese Laissez-Fuck-Einstellung vielleicht auch Stimmungssache war. Er hatte sich als gebundener Vampir von seiner Partnerin getrennt, damit hatte er sozusagen die Koffer gepackt, war aus seinem sterblichen Motelzimmer ausgecheckt und befand sich im Aufzug in die Lobby der Hölle.

So sah er es zumindest als Vampir. Die andere Hälfte seiner Erbanlagen hingegen erwachte langsam zum Leben: Ein tödliches Drama lockte immer das Böse in ihm hervor, und er war nicht überrascht, als der *Symphath* in ihm die letzten Reste Dopamin beiseiteschob, die er sich in die Adern gepumpt hatte. Schlagartig kippte seine Wahrnehmung ins Rote und verlor jegliche Räumlichkeit. Die Roben der Prinzessin färbten sich rot, die Diamanten an ihrem Hals wurden zu Rubinen. Offensichtlich kleidete sie sich weiß, aber nachdem er sie nie anders als durch Sündenfresseraugen gesehen hatte, war er einfach davon ausgegangen, dass sie die Farbe des Blutes trug.

Als ob ihn ihre Garderobe interessierte.

Indem der *Symphath* das Ruder übernahm, wurde Rehv in das Geschehnis hineingezogen. Das Gefühl flutete in seinen Körper zurück, und als Arme und Beine aus ihren tauben Umschlägen befreit wurden, sprang er auf die Veranda. Hass wärmte ihn von ganz tief drinnen. Er hatte kein Interesse, sich auf die Seite von Lash zu stellen, doch vor allem wollte er, dass die Prinzessin es ordentlich eingeschenkt bekam.

Er packte sie von hinten um die Hüfte und riss sie hoch, was Lash die Möglichkeit verschaffte, ihr die Pistole zu entringen und sich von ihr wegzudrehen.

Der kleine Hosenscheißer war durch seine Transition zu einem großen Kerl geworden. Aber das war nicht die einzige Veränderung. Er stank süßlich nach Bösem, der Art von Bösem, die *Lesser* belebte. Offensichtlich hatte ihn Omega von den Toten zurückgeholt, aber warum? Und wie?

Doch diese Fragen kümmerten Rehv im Augenblick nicht sonderlich. Ihn interessierte mehr, den Brustkorb

der Prinzessin so einzuschnüren, dass sie kaum noch atmen konnte. Ihre Nägel bohrten sich in sein Seidenhemd, und sicher hätte sie ihre Zähne in ihn versenkt, wäre ihr das möglich gewesen, aber er würde ihr keine Gelegenheit dazu geben. Er hatte ihren Dutt eisern umklammert und hielt ihren Kopf fest.

»Du gibst einen fantastischen Schild ab, Schlampe«, flüsterte er ihr ins Ohr.

Während sie zu sprechen versuchte, strich Lash seine zugegebenermaßen schicken Klamotten glatt und senkte die SIG auf Rehvs Kopf. »Nett, dich zu sehen, Reverend. Zu dir wollte ich ohnehin, aber jetzt hast du mir die Reise erspart. Ich muss sagen, dass du dich hinter dieser Frau versteckst – oder diesem Kerl, oder was auch immer –, passt gar nicht zu deinem Killer-Ruf.«

»Das ist kein Typ. Wenn es mich nicht so ekeln würde, würde ich ihr die Kleider zerfetzen, um es dir zu beweisen. Und klär mich doch mal auf: Warst du nicht tot oder so was.«

»Nicht lange, wie sich herausstellte.« Der Kerl lächelte, sodass seine langen weißen Fänge blitzten. »Das ist wirklich eine Frau, was?«

Die Prinzessin wand sich, und Rehv brachte sie dazu aufzuhören, indem er ihr fast den Kopf vom Hals riss. Über ihr Stöhnen und Ächzen hinweg sagte er: »Das ist sie. Wusstest du nicht, dass *Symphathen* fast hermaphroditisch sind?«

»Ich kann dir gar nicht sagen, wie erleichtert ich bin, dass sie mich angelogen hat.«

»Ihr zwei gebt ein höllisches Paar ab.«

»Das finde ich auch. Also, wie wäre es, wenn du meine Freundin loslässt?«

»Deine Freundin? Sind wir nicht ein bisschen vorschnell? Leider kann ich deinem Wunsch nicht nachkommen. Mir gefällt die Vorstellung, dass du uns beide erschießt.«

Lash runzelte die Stirn. »Ich hatte dich für einen Kämpfer gehalten. Schätze, du bist ein Weichei. Ich hätte einfach in den Club gehen und dich dort erschießen sollen.«

»Um genau zu sein, bin ich bereits seit zehn Minuten tot. Also ist mir das egal. Obwohl ich neugierig bin, warum du mich töten wolltest.«

»Verbindungen. Und zwar keine gesellschaftlichen.«

Rehv zog die Brauen hoch. Lash steckte hinter diesen Dealermorden? Aber warum? Obwohl ... vor einem Jahr hatte der kleine Scheißer auch schon versucht, Drogen auf dem Gelände des *ZeroSum* zu verkaufen und deshalb Hausverbot bekommen. Offensichtlich nahm er alte, lukrative Gewohnheiten wieder auf, seitdem er sich Omega angeschlossen hatte

Langsam wurde Rehv alles klar. Lashs Eltern waren als Erste bei den Überfällen der *Lesser* im vergangenen Sommer gestorben. Als eine Familie nach der anderen ermordet in ihren eigentlich geheimen und sicheren Häusern aufgefunden wurde, war die große Frage für den Rat, die Bruderschaft und alle Zivilisten gewesen, woher die Gesellschaft der *Lesser* auf einmal all diese Adressen kannte.

Ganz einfach: Lash war von Omega umgekrempelt worden und hatte die Angriffe angeführt.

Rehv drückte noch etwas fester auf die Rippen der Prinzessin, als die letzte Taubheit verflog. »Dann versuchst du also, in mein Geschäft einzusteigen. Du hast die ganzen Dealer erschossen.«

»Ich habe mich nur langsam hochgearbeitet. Und

nachdem du gleich ins Gras beißen wirst, bin ich wohl oben angekommen. Zumindest in Caldwell. Also lass sie los, damit ich dir in den Kopf schießen kann, und wir alle weiter …«

Eine Welle der Angst schwappte auf die Veranda, türmte sich auf und schlug über Rehv, der Prinzessin und Lash zusammen.

Rehv blickte über Lash hinweg und erstarrte. So, so, wer kam denn da? Die Sache würde ja so viel schneller vorbei sein als erwartet.

Über den schneebedeckten Rasen schwebten sieben rubinrot gewandete *Symphathen* in V-Formation. Die Spitze bildete ein gebeugter Mann am Stock, mit einem Kopfschmuck aus Rubinen und schwarzen Speeren.

Rehvs Onkel. Der König.

Er schien stark gealtert, doch so alt und gebrechlich sein Körper sein mochte, seine Seele war so mächtig und dunkel wie eh und je, sodass Rehv erschauerte und die Prinzessin aufhörte, sich zu winden. Selbst Lash war so schlau, einen Schritt zurückzutreten.

Die Leibgarde machte am Fuß der Stufen vor der Veranda halt, ihre Roben wehten in dem kalten Wind, den Rehv nun auch im Gesicht spüren konnte.

Der König sprach mit brüchiger Stimme und zog das S schrill in die Länge: »Willkommen daheim, mein liebster Neffe. Und sei gegrüßt, Besucher.«

Rehv starrte seinen Onkel an. Er hatte den Mann nicht gesehen seit … Gott, seit Ewigkeiten. Seit dem Begräbnis seines Vaters. Die Zeit hatte dem König offensichtlich ziemlich zugesetzt, und Rehv lächelte unwillkürlich, als er sich vorstellte, wie die Prinzessin mit diesem gebeugten schlaffen Kerl ins Bett steigen musste.

»Guten Abend, Onkel«, grüßte Rehv. »Und das ist übrigens Lash. Falls du das noch nicht wusstest.«

»Wir wurden einander noch nicht vorgestellt, nein, aber ich weiß, was er auf meinem Grund und Boden vorhat.« Der König richtete seine wässrigen Augen auf die Prinzessin. »Geliebtes Kind, hast du geglaubt, ich wüsste nichts von deinen Treffen mit Rehvenge? Und glaubst du, ich wäre nicht informiert über deine jüngsten Vorhaben? Ich fürchte, ich war dir ziemlich zugetan und deshalb geneigt, dir die Abenteuer mit deinem Bruder zu gönnen ...«

»Halbbruder«, verbesserte Rehv ihn scharf.

»... wie dem auch sei, die Umtriebe mit diesem *Lesser* kann ich nicht dulden. Tatsächlich beeindruckt mich dein Ideenreichtum, wenn man bedenkt, dass ich mein Vermächtnis an dich zurückgezogen habe. Aber ich lasse mich nicht von meiner früheren Verbundenheit ins Wanken bringen. Du hast mich unterschätzt, und für diese Respektlosigkeit werde ich dich angemessen bestrafen.«

Der König nickte, und aus einem plötzlichen Instinkt heraus wirbelte Rehv herum. Zu spät. Hinter ihm stand ein *Symphath* mit erhobenem Schwert, der Arm schwang bereits durch die Luft. Das Heft der Klinge donnerte Rehv von oben auf den Schädel.

Die Wucht des Schlags war die zweite Explosion der Nacht, und anders als bei der ersten stand Rehv nicht mehr, als die Lichter erloschen waren und der Lärm sich legte.

59

Um zehn Uhr morgens war Ehlena immer noch hellwach. Bei Tageslicht im Haus gefangen, schritt sie geduckt in ihrem Zimmer umher, die Arme fest um sich geschlungen und die Füße kalt trotz warmer Socken.

Die Kälte kam von innen. Wahrscheinlich hätte sie selbst mit zwei Waffeleisen an den Füßen noch gefroren. Der Schock schien den Regler an ihrer Körpertemperatur verstellt zu haben, sodass ihre innere Anzeige jetzt auf *Kühlschrank* deutete anstatt auf *Normal*.

Auf der anderen Seite des Flurs schlief ihr Vater tief und fest. Ab und an spähte sie in sein Zimmer und sah nach ihm. Ein Teil von ihr wünschte, er würde aufwachen, denn sie wollte ihn zu Rehm befragen und zu Montrag und Stammbäumen und …

Doch es war besser, ihn da rauszuhalten. Ihn wegen einer Sache aufzubringen, die sich sehr gut in Wohlgefallen auflösen konnte, würde weder ihr noch ihm helfen. Klar, sie war das Manuskript durchgegangen und auf diese Namen gestoßen, aber nur in einer Auflistung unter anderen Verwandten. Außerdem spielte es keine Rolle, an was sich ihr Vater erinnerte. Entscheidend war, was Saxton beweisen konnte.

Niemand wusste, was bei dieser Sache rauskommen würde.

Ehlena blieb stehen. Auf einmal war sie zu müde für das ewige Kreisen. Doch das war keine gute Idee. Sobald sie stehen blieb, wanderten ihre Gedanken zu Rehv, also lief sie auf ihren kalten Füßen weiter. Ehlena wünschte niemand den Tod, aber sie war fast froh, dass Montrag gestorben war und diesen Wirbel durch die Erbschaftsgeschichte ausgelöst hatte. Ohne diese Ablenkung würde sie jetzt den Verstand verlieren, dessen war sie sich sicher.

Rehv …

Als sie sich müde um das Fußende ihres Bettes schleppte, fiel ihr Blick auf die Überdecke. Dort lag das Manuskript ihres Vaters, fast genauso friedlich und still wie er selbst. Sie dachte an das, was er zu Papier gebracht hatte. Jetzt verstand sie, was er meinte. Man hatte ihn betrogen und hintergangen, ähnlich wie sie. Er hatte dem Anschein von Ehrlichkeit vertraut und war in die Irre geführt worden, weil er selbst nicht in der Lage war, so kalt und grausam berechnend zu handeln wie andere. Das Gleiche galt für sie. Würde sie je wieder auf ihre Kenntnis anderer Personen vertrauen?

Auf einmal befiel sie Angst. Wo lag die Wahrheit in Rehvs Lügen? Hatte es auch nur einen Funken davon gegeben? Erinnerungen flackerten vor ihrem geistigen Auge auf, und Ehlena prüfte sie darauf, wo die Trennung zwischen Illusion und Wirklichkeit lag. Sie musste mehr erfahren … dummerweise war der Einzige, der ihr ein klares Bild verschaffen konnte, ein Kerl, den sie nie wiedersehen würde.

Ehlena sah eine Zukunft voll nagender, unbeantworteter Fragen vor sich. Zitternd führte sie die Hände ans Gesicht und strich sich das Haar zurück. Mit festem Griff

zog sie daran, als könnte sie dadurch ihre aufgescheuchten Gedanken aus dem Kopf ziehen.

Hilfe! Was, wenn Rehvs Betrug bei ihr den Wahnsinn auslöste, so wie der finanzielle Ruin den ihres Vaters ausgelöst hatte? Was, wenn sie darüber den Verstand verlor?

Und das war schon der zweite Mann, der sie hintergangen hatte, nicht wahr? Ihr Verlobter hatte etwas ganz Ähnliches abgezogen – mit dem einzigen Unterschied, dass er alle *außer* ihr angelogen hatte.

Man hätte meinen können, dass sie ihre Lektion bezüglich des Vertrauens gelernt hatte. Offensichtlich war dem nicht so.

Ehlena stellte ihre Wanderung ein und wartete auf … Hölle, sie wusste nicht, worauf. Dass ihr Kopf explodierte oder so etwas.

Er tat es nicht. Und das Haareziehen brachte auch nichts. Der einzige Effekt waren Kopfschmerzen und eine Vin Diesel-Frisur.

Als sie sich vom Bett abwandte, fiel ihr Blick auf ihren Laptop.

Mit einem Fluch setzte sie sich vor den Dell. Sie entließ ihr Haar aus dem Todesgriff, legte einen Finger auf das Touchpad und vertrieb den Bildschirmschoner.

Internet Explorer. Favoriten: www.CaldwellCourierJournal.com.

Was sie brauchte, war eine ordentliche Portion Realität. Rehv gehörte der Vergangenheit an, und die Zukunft lag nicht bei einem todschick gekleideten Anwalt mit einer hübschen Idee. Im Moment war ein neuer Job die einzige Sicherheit: Sollten Saxton und seine Dokumente versagen, säßen sie und ihr Vater in weniger als einem Monat auf der Straße, wenn sie keine Arbeit fand.

Und das war kein Bluff und keine Sinnestäuschung.

Als sich die Website des *Caldwell Courier Journal* lud, betete sie sich vor, dass sie nicht ihr Vater war, und dass sie mit Rehv nicht länger als einige Tage zu tun gehabt hatte. Ja, er hatte sie belogen. Aber er war ein durchgestylter supersexy Aufschneider, und sie hätte ihm von vorneherein nicht trauen sollen.

Fies von ihm, naiv von ihr. Und obwohl die Erkenntnis, dass man sie für dumm verkauft hatte, kein Anlass zum Fahnenschwenken und Jubeln war, fiel sie doch lieber auf einen Blender herein, als den Verstand zu verlieren.

Ehlena runzelte die Stirn und beugte sich näher an den Bildschirm heran. Der Aufmacher der neuen Ausgabe waren Bilder eines zerbombten Gebäudes. Die Schlagzeile lautete: *Explosion – Club wird Erdboden gleichgemacht.* Etwas kleiner stand darunter: *Ist das* ZeroSum *das jüngste Opfer im Drogenkrieg?*

Ehlena las den Artikel mit angehaltenem Atem. Die Polizei ermittelte. Im Moment gab es noch keine Klarheit, ob zur Zeit der Explosion noch jemand im Gebäude gewesen war. Es bestand Verdacht auf mehrere Detonationen.

In einer Spalte rechts standen vier Tote, die in der vergangenen Woche in Caldwell gefunden worden waren. Alles vermeintliche Drogendealer. Alle auf professionelle Weise umgebracht. Die Polizei untersuchte die Morde. Unter den Verdächtigen war auch der Besitzer des *ZeroSum,* ein gewisser Richard Reynolds alias der Reverend – der jetzt anscheinend vermisst wurde. In dem Artikel hieß es, dass Reynolds seit Jahren von der Polizei beobachtet wurde, wegen Verdacht auf Verstöße gegen

das Betäubungsmittelgesetz, obwohl man ihm nie etwas hatte nachweisen können.

Die Andeutung war klar: Rehv war Opfer eines Bombenanschlags geworden, weil er die anderen Dealer getötet hatte.

Ehlena scrollte zurück zu den Bildern des zerstörten Clubs. Niemand konnte das überlebt haben. Niemand. Die Polizei würde melden, dass er tot war. Vielleicht dauerte es ein, zwei Wochen, aber sie würden eine Leiche finden und erklären, dass es seine war.

In ihrem Auge formten sich keine Tränen. Kein Schluchzer zerriss ihre Brust. Dafür saß der Schock zu tief. Ehlena saß nur schweigend da, schlang erneut die Arme um sich und starrte auf den leuchtenden Bildschirm.

Der Gedanke, der ihr kam, war bizarr, aber nicht von der Hand zu weisen: Nur eines hätte schlimmer sein können, als in den Club zu kommen und die Wahrheit zu erfahren, und das wäre gewesen, wenn sie diesen Artikel vor ihrem Ausflug in die Stadt gelesen hätte.

Nicht, dass sie Rehv den Tod wünschte, Himmel … nein. Selbst nach seiner Offenbarung wollte sie nicht, dass er ein gewaltsames Ende fand. Aber bevor sie von den Lügen erfahren hatte, hatte sie ihn geliebt.

Sie hatte … ihn geliebt.

Sie hatte ihr Herz an ihn verloren.

Jetzt stiegen Tränen in ihren Augen auf und rannen über ihre Wangen, der Bildschirm verschwamm und zerfloss, die Bilder von dem gesprengten Club wurden fortgewaschen. Sie hatte ihr Herz an Rehvenge verloren. Es war ein rasanter Rausch gewesen und hatte nicht lang angehalten, dennoch hatte sie diese Gefühle gehabt.

Voller Schmerz erinnerte sie sich, wie er heiß und drängend auf ihr gelegen hatte, an seinen Bindungsduft in ihrer Nase, wie sich seine mächtigen Schultern anspannten, als sie sich geliebt hatten. In diesen Momenten war er wunderschön gewesen, so großzügig als Liebhaber. Es hatte ihm wirklich Freude bereitet, sie zu verwöhnen ...

Aber das wollte er sie nur glauben lassen, und als *Symphath* war er ein Meister der Beeinflussung. Obwohl sich Ehlena ernsthaft fragte, was er eigentlich von ihrem Zusammensein gehabt hatte. Sie hatte nichts zu bieten, weder Geld noch gesellschaftlichen Rang, nichts, was ihm einen Vorteil verschafft hätte, und er hatte sie nie um etwas gebeten, sie nie auf irgendeine Art benutzt ...

Ehlena unterbrach ihre Spekulationen. Sie würde sich kein verklärtes Bild von der Vergangenheit aufbauen. Er hatte ihre Liebe nicht verdient, und zwar nicht, weil er ein *Symphath* war. So seltsam es schien, damit hätte sie leben können – obwohl das vielleicht nur zeigte, wie wenig sie über Sündenfresser wusste. Nein, es waren die Lügen und die Tatsache, dass er ein Drogendealer war. Das war indiskutabel für Ehlena.

Ein Drogendealer. Im Geiste sah sie die Drogenopfer in Havers Klinik vor sich, diese jungen Vampire, die grundlos in Lebensgefahr schwebten. Ein paar dieser Patienten konnten sie wiederbeleben, aber nicht alle, und ein einziger Tod, der durch Rehvs Geschäfte verursacht wurde, war bereits zu viel.

Ehlena wischte sich die Tränen von den Wangen und streifte die Hände an der Hose trocken. Keine Tränen mehr. Den Luxus von Schwäche konnte sie sich nicht leisten. Sie musste sich um ihren Vater kümmern.

Die nächste halbe Stunde schrieb sie Bewerbungen.

Manchmal reichte es aus, stark sein zu müssen, um wirklich stark zu werden.

Als ihre Augen schließlich kapitulierten und sie anfing, vor Erschöpfung zu schielen, fuhr sie den Computer herunter und streckte sich neben dem Manuskript ihres Vaters auf dem Bett aus. Als ihre Lider zufielen, hatte sie so ein Gefühl, dass sie keinen Schlaf finden würde. Ihr Körper mochte das Handtuch werfen, aber ihr Hirn schien andere Pläne zu haben.

Als sie so in der Dunkelheit dalag, versuchte sie sich zu beruhigen, indem sie sich das alte Haus ihrer Familie vorstellte, bevor sich alles verändert hatte. Sie stellte sich vor, wie sie durch die geschmackvoll eingerichteten Räume ging, an den hübschen Antiquitäten vorbei, wie sie stehen blieb, um an einem Blumenstrauß zu riechen, mit frischen Blumen aus dem Garten.

Der Trick funktionierte. Langsam ließ sich ihr Geist von der eleganten Umgebung einlullen, und ihre rasenden Gedanken gingen vom Gas, rollten aus und parkten schließlich in ihrem Schädel.

Gerade, als sie zur Ruhe kam, formte sich plötzlich ein eigenartiges Gefühl in ihrer Brust, das sich schlagartig zu einer Gewissheit festigte und ihren ganzen Körper durchströmte.

Rehvenge lebte.

Rehvenge lebte.

Ehlena kämpfte gegen die bleierne Schwere an und bemühte sich um eine rationale Erklärung, wie sie zu dieser Überzeugung kam, doch der Schlaf übermannte sie schließlich und trug sie fort von allem.

Wrath saß hinter seinem Schreibtisch und ließ die Hände sachte über die Tischplatte gleiten. Telefon, abgehakt. Dolchförmiger Brieföffner, abgehakt. Dokumente, abgehakt. Noch mehr Dokumente, abgehakt. Wo war sein ...

Es klapperte. Okay, Stiftbecher und Stifte.

Verteilt über den Schreibtisch, abgehakt.

Als er zusammensammelte, was er umgeworfen hatte, kam ihm Beth zur Hilfe, mit weichen Schritten auf dem Teppich.

»Ist schon okay, *Lielan*«, sagte er. »Ich hab's schon.«

Er spürte, dass sie über den Tisch gebeugt stand, und war froh, dass sie sich nicht einmischte. So kindisch es klang, er musste seine Unordnung selber aufräumen.

Er tastete herum und fand alle Stifte. Zumindest dachte er das.

»Liegen welche auf dem Boden?«

»Einer. An deinem linken Fuß.«

»Danke.« Er bückte sich unter den Tisch, tastete auf dem Boden herum und schloss die Faust um den glatten, Stift in Form einer Zigarre, der wohl der *Mont Blanc* sein musste. »Der wäre schwer zu finden gewesen.«

Beim Wiederaufrichten achtete er darauf, nicht an die Tischplatte zu stoßen und duckte sich seitlich, bevor er sich aufsetzte. Schon besser als vorher. Okay, er hatte den Stifthalter umgestoßen, aber beim Aufrichten konnte er sich verbessern. Kein Einserzeugnis, aber er fluchte und blutete wenigstens nicht mehr.

Wenn man bedachte, in welcher Verfassung er noch vor ein paar Stunden auf dem Weg zum Letzten Mahl gewesen war, sah es doch schon wieder besser aus.

Wrath beendete seinen Handspaziergang über den Tisch, entdeckte die Lampe, die links stand, und das kö-

nigliche Siegel inklusive Wachs, mit dem er Dokumente zeichnete.

»Nicht weinen«, flüsterte er.

Beth schniefte leise. »Woher weißt du das?«

Er tippte sich an die Nase. »Ich rieche es.« Er rutschte mit seinem Stuhl zurück und klopfte sich auf den Schoß. »Komm, setz dich zu mir. Lass dich von deinem Mann umarmen.«

Er hörte, wie sich seine *Shellan* um den Tisch schob. Der Geruch ihrer Tränen wurde stärker, denn je näher sie kam, desto stärker weinte sie. Wie immer fand er ihre Hüfte, legte den Arm um sie und zog sie auf sich, während der dürre Stuhl unter dem zusätzlichen Gewicht ächzte. Mit einem Lächeln strich Wrath über ihr langes, wallendes Haar.

»Du fühlst dich so gut an.«

Beth erschauerte und ließ sich gegen ihn sinken. Das war schön. Nicht so, wie wenn er die Hände benutzte, um die Augen zu ersetzen, oder etwas aufhob, das er umgestoßen hatte. Wenn er sie im Arm hielt, fühlte er sich stark. Groß. Machtvoll.

All das brauchte er jetzt, und nach der Art zu schließen, wie sie an seiner Brust lehnte, brauchte sie es auch.

»Weißt du, was wir machen, wenn wir mit dem Papierkram fertig sind?«, flüsterte er.

»Was?«

»Ich packe dich ins Bett und lasse dich einen vollen Tag nicht mehr raus.« Als ihr Duft aufwallte, lachte er zufrieden. »Du hättest nichts dagegen, was? Obwohl ich dich nackt ausziehen würde und du dich nicht mehr anziehen dürftest.«

»Nicht das Geringste.«

»Gut.«

Sie blieben eine lange Zeit beisammen, bis Beth den Kopf von seiner Schulter hob. »Willst du jetzt etwas Arbeit erledigen?«

Er drehte den Kopf in Richtung Tisch, als würde er noch sehen. »Ja, ich … scheiße, ich muss irgendwie. Ich weiß nicht, warum. Es ist mir ein Bedürfnis. Fangen wir mit etwas Einfachem an … Wo ist die Post von Fritz?«

»Hier, gleich neben Tohrs altem Sessel.«

Als sich Beth danach bückte, drückte sich ihr Hintern auf angenehmste Weise in seine Weichteile, und mit einem Stöhnen packte er ihre Hüften und presste sich an sie. »Mmm, gibt es noch etwas auf dem Boden, das aufgehoben werden sollte? Vielleicht sollte ich noch ein paar Stifte verschütten. Oder das Telefon runterwerfen.«

Beths kehliges Lachen war aufregender als jede Reizwäsche. »Wenn du möchtest, dass ich mich vornüberbeuge, musst du nur fragen.«

»Himmel, ich liebe dich.« Als sie sich aufrichtete, drehte er ihren Kopf und küsste ihre Lippen. Ihr Mund war weich, und er leckte kurz darüber … und wurde hart wie ein Holzprügel. »Arbeiten wir uns so schnell wie möglich durch den Papierkram, damit ich dich dahin bekomme, wo ich dich haben will.«

»Und das wäre?«

»Auf mir.«

Beth lachte wieder und öffnete die Ledertasche, in der Fritz schriftliche Gesuche sammelte. Man hörte das Rascheln von Kuverts und ein tiefes Durchatmen seiner *Shellan*.

»Okay«, sagte er. »Was gibt es?«

Es waren vier Eheanträge, die unterzeichnet und mit

einem Siegel versehen werden mussten. Normalerweise hätte er dafür zwei Minuten gebraucht, aber jetzt erforderte die Signierstunde und das Wachsgeträufel etwas Koordination mithilfe von Beth – aber es machte Spaß, mit ihr auf dem Schoß zu arbeiten. Dann gab es einen Stapel Kontoauszüge für den Haushalt. Gefolgt von Rechnungen. Und Rechnungen. Und noch mehr Rechnungen. Die alle an V weitergingen, damit er online überwies. Wrath hatte keinen Nerv für Zahlenakrobatik.

»Ein letztes«, meinte Beth. »Ein großer Umschlag von einem Anwaltsbüro.«

Als sie nach vorne griff, ohne Zweifel nach seinem silbernen Brieföffner in Dolchform, strich er mit der Hand um ihre Oberschenkel und an den Innenseiten nach oben.

»Ich liebe es, wenn dir der Atem stockt«, sagte er und knabberte an ihrem Nacken.

»Das hast du gehört?«

»Das kannst du glauben.« Er streichelte sie weiter und überlegte, ob er sie vielleicht einfach umdrehen und auf seinen Ständer setzen sollte. Schließlich war er in der Lage, die Tür von seiner Position aus zu verschließen. »Was ist in dem Umschlag, *Lielan?*« Er schob eine Hand zwischen ihre Schenkel, legte sie über ihre empfindlichste Stelle und massierte. Diesmal keuchte sie seinen Namen, und wie sexy war das denn bitte? »Was hast du da, Frau?«

»Es ist … ein Stammbaum … Nachweis«, hauchte Beth und begann die Hüften zu wiegen. »Für eine Testamentsvollstreckung.«

Wrath rieb mit dem Daumen über diese süße Stelle und knabberte an ihrer Schulter. »Wer ist gestorben?«

Nach einem Aufstöhnen sagte sie: »Montrag, Sohn des Rehm.« Wrath erstarrte, und Beths Gewicht verlagerte

sich, als würde sie den Kopf nach ihm umdrehen. »Kanntest du ihn?«

»Das ist der Kerl, der mich umbringen wollte. Das heißt, dass mir nach Altem Gesetz alles zusteht, was ihm gehört hat.«

»Dieses Schwein.« Beth fluchte noch einmal und raschelte mit dem Papier. »Nun, er hatte ein beträchtliches Vermögen ... Wow. Ja. Sehr beträchtlich – he, es geht um Ehlena und ihren Vater.«

»Ehlena?«

»Eine Pflegeschwester aus Havers Klinik. Supernett. Sie hat damals Phury geholfen, die alte Klinik zu evakuieren, als die Überfälle anfingen. Es sieht aus, als wäre sie – also ihr Vater – der nächste Angehörige, aber er ist sehr krank.«

Wrath runzelte die Stirn: »Was hat er denn?«

»Hier steht ›geistig unzurechnungsfähig‹. Sie ist seine gesetzliche Vertreterin und Pflegerin. Das muss hart sein. Ich glaube nicht, dass sie sehr reich sind. Saxton, der Anwalt, hat einen persönlichen Brief beigefügt. Moment, das ist interessant ...«

»Saxton? Den habe ich neulich getroffen. Was schreibt er?«

»Er schreibt, er sei sich bezüglich der Echtheit der Stammbaumnachweise sicher und würde sich mit seinem Ruf für die beiden verbürgen. Er hofft, du wirst die Übertragung des Grundstücks vorantreiben, da er sich wegen der ärmlichen Verhältnisse sorgt, in denen die beiden leben. Er schreibt ... er schreibt, dass sie den Geldsegen verdienen, der ihnen unerwartet zufällt. ›Unerwartet‹ unterstrichen. Dann fügt er hinzu, sie hätten Montrag seit einem Jahrhundert nicht gesehen.«

Saxton war Wrath nicht dumm erschienen. Ganz und gar nicht. Obwohl sie Montrags Tod im *Sal's* nicht als Hinrichtung bestätigt hatten, schien diese handschriftliche Notiz eine unaufdringliche Aufforderung an Wrath zu sein, nicht auf seinem Anspruch als Monarch zu bestehen … zugunsten von Verwandten, die verwundert feststellten, dass sie die nächsten Angehörigen waren, und Geld brauchen konnten – und nichts mit der Verschwörung zu tun hatten.

»Was wirst du tun?«, fragte Beth und strich Wrath das Haar aus der Stirn.

»Montrag hat sein Schicksal verdient, aber es wäre cool, wenn auch etwas Gutes dabei herauskäme. Wir brauchen das Geld nicht, und wenn diese Krankenschwester und ihr Vater …«

Beth küsste ihn heftig. »Ich liebe dich so sehr.«

Er lachte an ihren Lippen. »Willst du mir das vielleicht auch zeigen?«

»Nachdem du deine Zustimmung besiegelt hast? Gerne.«

Um das Testament zu bearbeiten mussten sie wieder mit Kerze, Wachs und königlichem Siegel rumspielen, aber diesmal war er in Eile. Er konnte keine Sekunde länger als nötig warten, in seine Frau einzudringen. Seine Unterschrift war noch nicht trocken und das Siegelwachs noch nicht fest, da presste er wieder die Lippen auf Beths Mund … Als es klopfte, knurrte er wütend und starrte zur Tür. »Verschwinde.«

»Es gibt Neuigkeiten.« Vishous gedämpfte Stimme war tief und gepresst. Was dem Zusatz *schlechte* entsprach.

Wrath öffnete die Flügeltür mit seinem Willen. »Erzähl. Aber mach schnell.«

Beths kleiner Schreckenslaut gab ihm eine Vorstellung von Vs Gesichtsausdruck. »Was ist passiert?«, murmelte sie.

»Rehvenge ist tot.«

»*Was?*«, riefen sie wie aus einem Mund.

»iAm hat gerade angerufen. Das *ZeroSum* wurde in Schutt und Asche gelegt. Laut iAm war Rehv drin, als es passierte. Es gibt keine Chance, dass jemand überlebt hat.«

Ein Schweigen entstand, als ihnen die Tragweite bewusst wurde.

»Weiß Bella schon Bescheid?«, fragte Wrath grimmig.

»Noch nicht.«

60

John Matthew wälzte sich in seinem Bett herum und wachte auf, als sich etwas Hartes in seine Wange bohrte. Fluchend hob er den Kopf. Ach so, okay, er war mit Jack Daniel's in den Ring gestiegen, und jetzt spürte er die Nachwirkungen der Whiskey-Faust: Ihm war heiß, obwohl er nackt war, sein Mund war trocken wie Baumrinde, und er musste ins Bad, bevor seine Blase platzte.

Er setzte sich auf, rieb sich Haare und Augen … und weckte damit einen verdammt gewaltigen Kater.

Als sein Kopf anfing zu hämmern, griff er nach der Flasche, die er als Kopfkissen verwendet hatte. Es waren nur noch zwei Fingerbreit Alkohol darin, aber das reichte für eine Rosskur. Die Erlösung in Aussicht, wollte er die Kappe abnehmen und stellte dabei fest, dass er sie gar nicht draufgeschraubt hatte. Nur gut, dass die Flasche aufrecht gestanden hatte, als er eingeschlafen war.

In großen Zügen goss er sich das Zeug hinter die Binde und ermahnte sich, einfach nur zu atmen, während sich die Schockwellen der Übelkeit in seinem Bauch ausbreiteten. Als nur noch Dunst in der Flasche übrig war, ließ er sie auf die Matratze kullern und sah an sich herab. Sein Schwanz lag schlafend an seinem Schenkel. Er konnte sich nicht erinnern, wann er das letzte Mal ohne

Erektion aufgewacht war. Andrerseits hatte er auch ... drei? Vier? Wie viele Frauen waren das gewesen? Gott, er hatte keine Ahnung.

Einmal hatte er ein Kondom verwendet. Bei der Prostituierten. Bei den anderen hatte er vorzeitig rausgezogen.

In verschwommenen Bildern sah er sich und Qhuinn. Ein paar der Frauen nahmen sie zu zweit, andere allein. Er erinnerte sich nicht, wie sich das alles angefühlt hatte, erinnerte sich nicht an seine Orgasmen oder an ihre Gesichter, konnte sich nur schemenhaft an ihre Haarfarben erinnern. Er wusste nur, dass er lang und heiß geduscht hatte, als er zu Hause angekommen war.

All der Mist, an den er sich nicht entsann, hatte einen schalen Nachgeschmack hinterlassen.

Mit einem Stöhnen schob er die Beine vom Bett und ließ die Flasche neben seinen Füßen auf den Boden fallen. Der Ausflug ins Bad war ein echter Spaß, in seinem Zimmer herrschte verfluchter Seegang, sodass er wankte wie ein ... na ja, wie ein Besoffener, um genau zu sein. Und Laufen war nicht das einzige Problem. Er musste sich über die Toilette gebeugt an der Wand festhalten, um sein Ziel nicht zu verfehlen.

Zurück im Bett, zog er sich ein Laken bis an den Nabel, obwohl er sich fühlte wie im Fieber: Doch auch allein wollte er nicht rumliegen wie ein Pornostar, der auf seine Filmpartnerin wartete.

Scheiße ... sein Kopf brachte ihn um.

Er schloss die Augen und wünschte sich, er hätte das Licht im Bad ausgestellt.

Plötzlich war ihm sein Kater jedoch egal. Mit schrecklicher Klarheit erinnerte er sich daran, wie Xhex seine

Hüften bestieg und ihn mit fließenden, kräftigen Bewegungen ritt. O Gott, die Bilder waren so lebhaft, so viel mehr als eine bloße Erinnerung. Als der Film vor seinem Geist ablief, spürte er wieder, wie sich ihr Innerstes fest um seinen Schwanz schloss, wie sie seine Schultern auf die Matratze presste, und erlebte erneut das Gefühl, beherrscht zu werden.

Er erinnerte sich an jede kleinste Bewegung und Berührung, an alle Gerüche, selbst an die Art, wie sie atmete.

Bei ihr erinnerte er sich an alles.

Er beugte sich zur Seite und hob die Jack-Daniel's-Flasche auf, als könnte die Whiskey-Fee das Scheißding inzwischen wieder aufgefüllt haben. Leider nein.

Der Schrei von nebenan klang, als hätte man jemandem ein Messer in die Brust gerammt. Das durchdringende Kreischen ernüchterte John wie ein Kübel Eiswasser über den Kopf. Er schnappte sich seine Waffe, sprang aus dem Bett und stürzte zur Tür. Als er in den Flur mit den Statuen rannte, rissen Qhuinn und Blay rechts und links von ihm die Türen auf und legten den gleichen überstürzten Einsatz hin.

Am unteren Ende des Flurs stand die Bruderschaft in der Tür von Zsadist und Bella, und ihre Gesichter waren düster und traurig.

»Nein!« Bellas Stimme war so laut wie ihr Schrei. »*Nein!*«

»Es tut mir so leid«, sagte Wrath.

Aus der Traube von Brüdern blickte Tohr zu John herüber. Sein Gesicht war wächsern, sein Blick leer.

Was ist passiert?, fragte John in Gebärdensprache.

Tohrs Hand bewegte sich langsam. *Rehvenge ist tot.*

John atmete mehrmals tief durch. Rehvenge ... tot?

»Gütige Jungfrau«, murmelte Qhuinn.

Aus der Schlafzimmertür drangen Schluchzer in den Gang, und John wäre so gern zu Bella gegangen. Er wusste, wie sich dieser Schmerz anfühlte. Er selbst hatte diese schreckliche Betäubung erlebt, als Tohr verschwunden war, nachdem die Bruderschaft auch ihm die schlimmste mögliche Nachricht überbringen musste.

Er hatte genauso geschrien wie Bella. Genauso geweint wie sie jetzt.

John sah Tohr an. Die Augen des Bruders brannten, als wollte er John so vieles sagen, ihn in den Arm nehmen, bereuen und wiedergutmachen.

Für den Bruchteil einer Sekunde wäre John fast zu ihm gegangen.

Doch dann wandte er sich ab, stolperte in sein Zimmer, und verschloss die Tür. Er setzte sich aufs Bett, stützte das Gewicht seiner Schultern auf die Hände und ließ den Kopf hängen. In ihm wütete das Chaos der Vergangenheit, aber im Zentrum seiner Brust stand ein einziges, alles übertönendes Wort: *Nein.*

Er konnte sich nicht wieder mit Tohr einlassen. Er war zu oft durch die Mangel gedreht worden. Außerdem war er kein Kind mehr, und Tohr war auch nie sein Vater gewesen, also passte dieses beschissene »Rette mich, Papa« ohnehin nicht auf sie beide.

Näher als ein Kämpfer dem anderen würden sie sich niemals stehen.

Er schob den Tohr-Mist beiseite und dachte an Xhex.

Für sie war es sicher schlimm. Sehr schlimm.

Es war entsetzlich für ihn, dass er nichts für sie tun konnte.

Doch dann rief er sich ins Gedächtnis, dass sie seine

Hilfe ohnehin nicht gewollt hätte. Das hatte sie ihm sehr klar vor Augen geführt.

Xhex saß mit hängendem Kopf auf dem Doppelbett in ihrer Jagdhütte am Hudson River, das Gewicht der Schultern auf die Hände gestützt. Neben ihr auf der dünnen Decke lag der Brief, den iAm ihr gegeben hatte. Sie hatte ihn aus dem Umschlag gezogen, einmal durchgelesen, wieder zusammengefaltet und sich dann in dieses kleine Zimmer zurückgezogen.

Sie wandte den Kopf und blickte aus den Milchglasfenstern auf den trägen, trüben Fluss hinaus. Es war bitterkalt, und die Kälte verlangsamte die Strömung des Wassers und überzog die felsigen Ufer mit Eis.

Rehv, dieser Mistkerl.

Als sie ihm geschworen hatte, sich um eine Frau zu kümmern, hatte sie nicht genügend nachgedacht. In dem Brief erinnerte er sie an ihren Schwur und erklärte, dass sie selbst diese Frau sei: Sie durfte weder versuchen, ihn zu retten, noch sich in irgendeiner Form an der Prinzessin vergreifen. Sollte sie sich widersetzen, würde er ihre Hilfe nicht annehmen und in der Kolonie bleiben, egal, was sie zu seiner Rettung unternahm. Außerdem hatte iAm den Befehl, ihr zur Kolonie zu folgen, sollte sie ihr Wort brechen, womit sie das Leben des Schattens gefährden würde.

Dieses Arschloch.

Rehv hatte sie Schachmatt gesetzt, nach allen Regeln der Kunst: Xhex mochte versucht sein, ihren Schwur zu brechen, mochte glauben, dass sie ihren Chef zur Vernunft bringen konnte, aber sie hatte bereits das Leben von Murhder auf dem Gewissen. Und jetzt auch das von

Rehvenge. iAm dieser Liste hinzuzufügen, würde sie umbringen.

Außerdem würde Trez seinem Bruder folgen. Und dann wären es vier.

Diesem Dilemma ausgesetzt, umklammerte sie den Rand der Matratze so fest, dass ihre Unterarme bebten.

Irgendwie hatte sie plötzlich ihr Messer in der Hand. Erst später fiel ihr auf, dass sie hatte aufstehen und nackt den Raum durchqueren müssen, um es aus dem Halfter ihrer Lederhose zu holen.

Zurück auf dem Bett dachte sie an die Männer, die sie im Laufe ihres Lebens verloren hatte. Sie sah das lange dunkle Haar von Murhder, seine tief liegenden Augen und die Bartstoppeln, die immer sein breites Kinn bedeckten ... sie hörte seinen Akzent aus dem Alten Land und erinnerte sich daran, dass er immer nach Schießpulver und Sex gerochen hatte. Dann sah sie die Amethystaugen von Rehvenge, den Irokesen und die schicke Kleidung ... roch sein *Must de Cartier*-Rasierwasser und erinnerte sich an seine elegante Brutalität.

Schließlich dachte sie an John Matthews dunkelblaue Augen und das militärisch kurz geschnittene Haar ... spürte, wie er sich tief in ihr bewegte ... hörte seinen schweren Atem, als sein Kriegerkörper ihr gab, was sie wollte und womit sie nicht hatte umgehen können.

Sie alle waren fort, wobei mindestens zwei von ihnen noch auf diesem Planeten weilten. Aber Leute mussten nicht sterben, um aus dem Leben eines anderen zu scheiden.

Sie blickte auf die bösartig scharfe Klinge herab und drehte sie, bis sie im schwachen Sonnenlicht aufblitzte

und sie kurzzeitig blendete. Xhex konnte gut mit Messern umgehen. Sie waren ihre Lieblingswaffen.

Als es klopfte, hob sie den Kopf.

»Alles okay bei dir?«

Es war iAm – der anscheinend nicht nur als Rehvs persönlicher Postbote fungierte, sondern auch mit Babysitten beauftragt war. Sie hatte versucht, ihn aus dem Haus zu werfen, aber er hatte sich einfach in einen Schatten verwandelt, eine Form angenommen, die sie nicht angreifen konnte und noch weniger vor die verdammte Tür setzen.

Trez war auch da, er saß im Wohnraum, aber er war wie ausgetauscht. Als Xhex sich im Schlafzimmer eingesperrt hatte, hatte er stocksteif auf einem Stuhl mit harter Rückenlehne gesessen und schweigend auf den Fluss gestarrt. Nach der Tragödie hatten die Brüder ihre Rollen getauscht. Jetzt redete nur noch iAm: Soweit sie sich entsann, hatte Trez kein Wort gesagt, seit ihn die Nachricht ereilte.

Doch sein Schweigen war kein Schweigen der Trauer. Seine Gefühle bildeten ein Raster aus Wut und Frustration, und Xhex vermutete, dass Rehv in seiner nervtötenden Weisheit einen Weg gefunden hatte, auch Trez zur Passivität zu zwingen. Genau wie sie suchte der Maure nach einem Ausweg, doch wie Xhex Rehv kannte, gab es keinen. Er war ein Meister der Manipulation – war es schon immer gewesen.

Und er hatte seinen Abgang genauestens geplant. Laut iAm war alles geregelt, nicht nur auf der persönlichen Ebene, sondern auch finanziell: iAm bekam das *Sal's*, Trez das *Iron Mask*, Xhex einen Batzen Geld. Auch für Ehlena war gesorgt, worum sich iAm kümmern würde.

Der Großteil des Familienbesitzes ging an Nalla, Millionen und Abermillionen Dollar für die Kleine, zusammen mit einer Fülle von Erbstücken, die laut Erstgeburtsrecht Rehv und nicht Bella gehört hatten.

Er hatte einen säuberlichen Schlussstrich gezogen und das Drogen- und Wettgeschäft aus dem *ZeroSum* komplett gelöscht. Das *Iron Mask* beschäftigte zwar auch käufliche Frauen, aber die anderen Geschäfte würden weder dort noch im *Sal's* laufen. Mit dem Abgang des Reverends waren sie drei nahezu reingewaschen.

»Xhex, gib ein Lebenszeichen von dir.«

iAm hatte keine Möglichkeit, durch die Tür zu kommen oder sich in das Schlafzimmer zu materialisieren, um nachzusehen, ob sie noch atmete. Das Zimmer war ein Stahlsafe, gänzlich uneinnehmbar. Sogar der Rahmen war mit einem feinen Drahtgeflecht umzogen, sodass er auch nicht als Schatten hereinkam.

»Xhex, wir haben heute Nacht schon Rehv verloren. Wenn du dir etwas antust, bringe ich dich gleich noch einmal um.«

»Mir geht es gut.«

»Keinem von uns geht es gut.«

Sie antwortete nicht. Fluchend zog sich iAm von der Tür zurück. Vielleicht konnte sie den beiden später helfen. Schließlich waren sie die Einzigen, die verstanden, wie sie sich fühlte. Selbst Bella, die ihren Bruder verloren hatte, ahnte nichts von der Qual, mit der die drei bis an ihr Lebensende zurechtkommen mussten. Bella hielt Rehv für tot, sie konnte den Trauerprozess durchmachen und danach irgendwie ihr Leben weiterleben.

Xhex, iAm und Trez hingegen mussten damit zurechtkommen, die Wahrheit zu kennen, ohne sie ändern zu

können – und die Prinzessin hatte die Freiheit, Rehvenge so lange zu foltern, wie sein Herz schlug.

Bei diesen Aussichten schloss sich Xhex' Hand um das Messer.

Mit festem Griff senkte sie die Klinge auf die Haut.

Xhex presste die Lippen zusammen, um den Schmerz nicht hinauszulassen, und vergoss ihr Blut anstatt von Tränen.

Doch was war der Unterschied? *Symphathen* weinten ohnehin Tränen in der Farbe des Blutes.

61

Rehvs Bewusstsein kehrte langsam flackernd zurück, und sein Hirn schaltete sich wieder ein. In Wellen blitzte seine Wahrnehmung auf, verblasste wieder, tauchte erneut auf und breitete sich von der Schädelbasis in die Frontallappen aus.

Seine Schultern standen in Flammen. Beide. Sein Kopf dröhnte von dem Schlag mit dem Schwertheft, mit dem ihn der *Symphath* ins Land der Träume geschickt hatte. Und der Rest von ihm fühlte sich merkwürdig schwerelos an.

Jenseits seiner geschlossenen Lider blinkten Lichter, die er tiefrot wahrnahm. Das Dopamin war vollständig aus seinem Organismus verschwunden. Nun war Rehvenge der, der er bis ans Ende seiner Tage bleiben würde.

Als er durch die Nase einatmete, roch er ... Erde. Saubere, feuchte Erde.

Es dauerte eine Weile, bis er bereit war, sich umzusehen, doch irgendwann brauchte er einen anderen Orientierungspunkt als den Schmerz in seinen Schultern. Blinzelnd öffnete er die Augen. Kerzen, so lang wie seine Beine, waren am anderen Ende einer Art von Höhle aufgestellt. Ihre zitternden Flammen waren blutrot und spiegelten sich an Wänden, über die eine stete Bewegung floss wie Wasser.

Nicht wie Wasser. Da krochen Dinge über den schwarzen Stein ... krochen über ...

Erschrocken sah Rehv an sich herab und stellte erleichtert fest, dass seine Füße das Gekrabbel am Boden nicht berührten. Ein Blick nach oben ... Ketten hingen an der gewölbten Decke und hielten ihn über dem Boden ... mit Bolzen, die unter seinen Schultern durch sein Fleisch gingen.

Er hing nackt inmitten einer Höhle, und schwebte über und unter den schimmernden, pulsierenden Felsen.

Spinnen. Skorpione. Sein Gefängnis wimmelte von giftigen Wächtern.

Er schloss die Augen und streckte seine *Symphathen*antennen aus, auf der Suche nach anderen seiner Art, entschlossen, sein Gefängnis zu durchbrechen und in Köpfe einzudringen, die er beeinflussen konnte, damit sie ihn befreiten: Er war mit der Absicht zu bleiben in die Kolonie gekommen, aber nicht, um hier wie ein Lüster zu hängen.

Doch außer einem statischen Rauschen konnte er nichts ertasten.

Die Schicht aus Hunderttausenden von Spinnentieren um ihn herum bildete einen undurchdringlichen psychischen Schild, sodass nichts in diese Höhle hineindringen oder herauskommen konnte.

Es war eher Wut als Angst, die einen Knoten in seiner Brust bildete, und er zerrte mit aller Kraft seiner Brustmuskeln an einer der Ketten. Die Bewegung in der Luft verursachte Schmerzen, die ihn von Kopf bis Fuß erzittern ließen, aber seine Fesseln gaben nicht nach, und die Bolzen durch seine Muskeln lösten sich nicht.

Als er wieder in die Vertikale schwang, hörte er ein Schleifen, als hätte sich hinter ihm eine Tür geöffnet.

Jemand kam herein, und er erkannte an der Stärke des psychischen Widerstands, wer es war.

»Onkel«, grüßte er.

»Ganz genau.«

Der König der *Symphathen* schleppte sich auf seinen Stock gestützt herein, und die Spinnen am Boden machten ihm kurz den Weg frei, um sich hinter ihm wieder zu sammeln. Der Körper unter den blutroten königlichen Roben war gebrechlich, aber der Geist seines Onkels war unbeugsam.

Körperkraft war nun einmal nicht die Stärke der *Symphathen*.

»Wie fühlst du dich empfangen?«, fragte der König, und die Rubine an seinem Kopfschmuck fingen das Kerzenlicht ein.

»Ich bin geschmeichelt.«

Der König zog die Brauen über den rotglühenden Augen hoch. »Wie das?«

Rehv sah sich um. »Ein höllisches Verlies, in das du mich gesteckt hast. Ich scheine mächtiger zu sein, als es dir lieb ist, oder du bist schwächer, als du zugibst.«

Der König lächelte unbeeindruckt. »Wusstest du, dass deine Schwester König werden wollte?«

»Sie ist meine Halbschwester. Und es überrascht mich nicht.«

»Ursprünglich hatte ich ihr diesen Wunsch in meinem Testament zugestanden, doch als ich erkannte, dass man mich beeinflusst hatte, habe ich alles wieder geändert. Deshalb brauchte sie deinen Zehnten: Sie ist einen Handel mit Menschen eingegangen. Mit Menschen!« Am Ge-

sicht des Königs konnte man ablesen, dass dies einer Einladung von Ratten in die Küche gleichkam. »Das allein belegt ihre Inkompetenz als Herrscherin. Angst ist weitaus förderlicher, um Untertanen zu lenken – Geld ist vergleichsweise unbedeutend, wenn man zu Macht kommen möchte. Und mich zu töten? Sie glaubte meine Erbfolgepläne auf diese Weise durchkreuzen zu können – eine maßlose Selbstüberschätzung!«

»Was hast du mit ihr gemacht?«

Wieder erschien dieses gelassene Lächeln. »Sie angemessen bestraft.«

»Wie lange willst du mich hier festhalten?«

»Bis sie tot ist. Zu wissen, dass du lebst und dich in meiner Hand befindest, ist Teil ihrer Strafe.« Der König ließ den Blick über die Spinnen schweifen, und sein Kabuki-Gesicht wurde kurz etwas weicher, als empfände er ehrliche Zuneigung. »Meine Freunde werden dich gut bewachen, keine Sorge.«

»Ich mache mir keine.«

»Aber das wirst du. Ich verspreche es dir.« Die Augen des Königs kehrten zu Rehv zurück, und seine androgynen Züge verzerrten sich ins Dämonische. »Ich mochte deinen Vater nicht und war ziemlich angetan, als du ihn umgebracht hast. Aber bei mir wirst du diese Gelegenheit nicht bekommen. Du lebst nur, solange auch deine Schwester lebt, und dann werde ich mir ein Beispiel an dir nehmen und meine Verwandtschaft dezimieren.«

»*Halbschwester.*«

»So bedacht darauf, dich von ihr zu distanzieren. Kein Wunder, dass sie dich so sehr liebt. Ihre Leidenschaft galt schon immer dem Unerreichbaren. Was wiederum der einzige Grund ist, warum du noch am Leben bist.«

Der König stützte sich auf seinen Stock und zog sich so langsam zurück, wie er gekommen war. Kurz bevor er aus Rehvs Sicht verschwand, hielt er noch einmal an. »Warst du je am Grab deines Vaters?«

»Nein.«

»Es ist mir der liebste Ort der ganzen Welt. Auf dem Flecken zu stehen, wo ihn sein Scheiterhaufen zu Asche verbrannte ... herrlich.« Der König lächelte mit kaltem Vergnügen. »Dass er durch deine Hand ermordet wurde, macht den Genuss umso süßer, weil er dich immer für schwach und wertlos hielt. Muss ziemlich bitter für ihn gewesen sein, von einem Unwürdigen geschlagen zu werden. Ruh dich gut aus, Rehvenge.«

Rehv antwortete nicht. Er war zu sehr damit beschäftigt, gegen die mentalen Schutzwälle seines Onkels anzurennen und einen Weg in seinen Kopf zu suchen.

Der König lächelte, als wüsste er die Bemühungen zu schätzen, und ging weiter. »Ich habe dich immer gemocht. Obwohl du nur ein Mischling bist.«

Es klickte, als schlösse sich eine Tür.

Die Kerzen erloschen.

Die Orientierungslosigkeit schnürte Rehv die Kehle zu. Alleingelassen, losgelöst hängend in der Dunkelheit, mit nichts, woran er sich festhalten konnte, befiel ihn die Angst. Nichts zu sehen, war das Schlimmste ...

Die Bolzen durch seinen Oberkörper vibrierten leise, als würde ein Lufthauch durch die Ketten wehen und sie zum Beben bringen.

Oh ... Himmel, *nein.*

Das Kitzeln begann an seinen Schultern und wurde schnell stärker, floss über seinen Bauch und über seine Schenkel, strömte bis zu seinen Fingerspitzen, bedeckte

seinen Rücken und arbeitete sich seinen Hals empor zu seinem Gesicht. Mit den Händen wischte er die Horden weg, so gut er konnte, aber egal, wie viele er abstreifte, neue Massen strömten nach. Sie waren auf ihm, krabbelten über ihn, umhüllten ihn wie eine zuckende Zwangsjacke aus winzigen Berührungen.

Das Flattern an seinen Nasenflügeln und um seine Ohren gab ihm den Rest.

Er hätte geschrien. Aber dann wären sie auch in seinen Mund gekrochen.

In dem Sandsteinhaus in Caldwell, in das er einziehen würde, duschte Lash mit träger Präzision. Er ließ sich Zeit mit dem Waschlappen, ging zwischen die Zehen und hinter die Ohren, verwandte besondere Sorgfalt auf die Schultern und den unteren Rücken. Es gab keinerlei Anlass zur Eile.

Je länger er wartete, desto besser.

Außerdem: Was für ein Badezimmer, um sich etwas Zeit zu lassen. Alles vom Feinsten: Boden und Wände aus Carrara-Marmor, goldene Armaturen, ein prächtiger geschliffener Spiegel über den eingelassenen Waschbecken.

Nur die Handtücher an den verschnörkelten Haltern waren von Wal-Mart.

Aber sie würden bald ersetzt werden. Etwas anderes hatte Mr. D nicht vorrätig gehabt, und Lash wollte keine Zeit damit verschwenden, in Caldwell herumzufahren, nur um etwas Besseres zu finden, womit er sich den Hintern abtrocknen konnte – nicht, wenn es sein neues Turngerät einzuweihen galt. Nach dem heutigen Morgentraining würde er sich jedoch ans Netz hängen und

sich erst mal anständige Möbel, Bettzeug, Teppiche und Küchengeräte bestellen.

Der ganze Krempel müsste allerdings an die beschissene Ranch geliefert werden, in der Mr. D und die anderen jetzt hausten. UPS-Männer waren hier nicht willkommen.

Lash ließ das Licht im Bad an und trat hinaus ins große Schlafzimmer. Es war ein Raum in Altbauhöhe, so hoch, dass sich bei günstigen atmosphärischen Bedingungen Quellwolken bilden und unter der stuckverzierten Decke herumtreiben konnten. Den Boden bedeckte ein wunderschönes Hartholzparkett mit eingelegten Kirschholzelementen, und auf den Tapeten kräuselten sich verschlungene dunkelgrüne Wirbel, wie auf dem Innenumschlag eines alten Buches.

Das Fenster war mit billigen Decken verhängt, die er an den Stuck hatte nageln müssen – eine absolute Schande. Aber so wie die Handtücher würden auch sie bald ersetzt werden. Genau wie das Bett – das im Moment nichts anderes war als eine große Matratze auf dem Boden, die mit ihrer weißen, gesteppten Hülle aussah wie ein sonnenhungriger Pauschaltourist an einem mondänen Strand.

Lash ließ das Handtuch von den Hüften gleiten, sodass seine Erektion emporhüpfte. »Ich bin so froh, dass du gelogen hast.«

Die Prinzessin hob den Kopf, ihr glänzend schwarzes Haar schimmerte bläulich. »Machst du mich los? Dann macht das Vögeln noch mehr Spaß, das verspreche ich dir.«

»Ich mache mir keine Sorgen, dass es gut wird.«

»Sicher nicht?« Sie zerrte an den Stahlketten, die im

Boden verankert waren. »Willst du nicht, dass ich dich berühre?«

Lash lächelte auf die nackte Gestalt herab – die jetzt ihm gehörte und mit der er machen konnte, was er wollte. Der König der *Symphathen* hatte sie ihm geschenkt, als Geste des Vertrauens, eine Gabe, die gleichzeitig eine Bestrafung für ihren Verrat war.

»Du gehst nirgendwohin«, sagte er. »Und wir werden großartig vögeln.«

Er würde sie benutzen, bis sie zerbrach, und dann würde er sie mit auf die Jagd nehmen und sie dazu bringen, Vampire für ihn aufzuspüren, die er töten konnte. Es war die perfekte Beziehung. Und wenn er ihrer überdrüssig wurde und sie entweder beim Sex oder als Wünschelrute versagte, würde er sich ihrer entledigen.

Die Augen der Prinzessin funkelten zu ihm auf, ihr blutiges Rot wie ein Fluch in voller Lautstärke. »Du wirst mich losmachen.«

Lash langte hinunter und strich über seinen Schwanz. »Nur, um dich ins Grab zu betten.«

Ihr Lächeln war so niederträchtig, dass sich seine Eier zusammenzogen und er fast auf der Stelle gekommen wäre. »Das werden wir sehen«, sagte sie mit leiser, tiefer Stimme.

Die königliche Leibgarde hatte sie betäubt, als Lash mit ihr die Kolonie verlassen hatte, und als man sie auf diese Matratze fesselte, hatte man ihre Arme und Beine so weit wie möglich gespreizt.

Also sah er, dass ihr Geschlecht für ihn glitzerte.

»Ich lasse dich niemals gehen«, sagte er, kniete sich auf die Matratze und packte einen ihrer Knöchel.

Ihre Haut war weich und weiß wie Schnee, ihr Kern rosa wie ihre Nippel.

Er würde eine Menge Flecken auf ihrem hageren Leib hinterlassen. Und nach der Art zu schließen, wie ihre Hüften rotierten, würde es ihr gefallen.

»Du bist mein«, knurrte er.

Plötzlich kam ihm die Idee, ihr das Halsband seines alten Rottweilers um den schlanken Hals zu legen. Die Hundemarke von King würde ihr ausgezeichnet stehen, genauso wie die Leine.

Perfekt. Einfach perfekt.

62

Einen Monat später ...

Ehlena erwachte vom Klimpern von Porzellan auf Porzellan und dem Geruch von Earl Grey Tee. Als sie die Augen aufschlug, stand eine uniformierte *Doggen* vor ihr und kämpfte mit dem Gewicht eines Silbertabletts. Darauf befand sich ein frischer Bagel unter einer Kristallglasglocke, ein Töpfchen Erdbeermarmelade, ein Klacks Frischkäse auf einem winzigen Porzellantellerchen und, für sie immer das Schönste, eine Langhalsvase.

Jede Nacht gab es eine andere Blume. Heute Abend war es ein Stechpalmenzweig.

»Oh, Sashla, das ist doch wirklich nicht nötig.« Ehlena setzte sich auf und schob himmlisch feingewebte Laken zurück, die sich weicher auf der Haut anfühlten als Sommerluft. »Es ist reizend von dir, aber ehrlich ...«

Die *Doggen* verbeugte sich und lächelte schüchtern. »Madam sollte mit einem anständigen Mahl aufwachen.«

Ehlena hob die Arme, als ein Gestell über ihre Beine drapiert und das Tablett obendrauf platziert wurde. Als sie auf das wundervoll polierte Silber und das liebevoll zubereitete Essen blickte, freute sie am meisten, dass ihr Vater gerade das Gleiche bekommen hatte, serviert von einem Butler-*Doggen* namens Eran.

Sie strich über den fein ziselierten Griff des Messers. »Ihr seid sehr gut zu uns. Ihr alle.«

Als sie aufblickte, glitzerten Tränen in den Augen der *Doggen,* die sie hastig mit einem Taschentuch fortwischte. »Madam ... Ihr und Euer Vater habt dieses Haus verwandelt. Wir freuen uns so, dass Ihr unsere Herren seid. Alles ist ... anders, seid Ihr hier seid.«

Mehr wollte das Zimmermädchen nicht sagen, aber nachdem sie und der Rest des Personals in den ersten zwei Wochen bei jeder Gelegenheit zusammengezuckt waren, vermutete Ehlena, dass Montrag nicht gerade ein einfacher Hausherr gewesen war.

Ehlena nahm die Hand der *Doggen* und drückte sie. »Ich bin froh, dass wir alle zufrieden sind.«

Als sich das Zimmermädchen abwandte, um sich ihren Pflichten zu widmen, schien sie verlegen, aber glücklich zu sein. An der Tür machte sie noch einmal halt. »Ach ja, die Sachen von Madam Lusie sind angekommen. Wir haben ihr das Gästezimmer neben Eurem Vater eingerichtet. Außerdem kommt in einer halben Stunde der Schlosser, wie Ihr es gewünscht habt.«

»Ausgezeichnet, vielen Dank.«

Die Tür wurde leise geschlossen, und die *Doggen* verschwand, ein Lied aus dem Alten Land summend. Ehlena hob die Glocke von ihrem Teller und strich etwas Frischkäse auf das Messer. Lusie hatte sich bereit erklärt, bei ihnen einzuziehen und als Pflegerin und persönliche Assistentin für Ehlenas Vater zu fungieren – was großartig war. Alles in allem hatte er den Wohnortwechsel gut verkraftet, und sein Zustand war besser als seit Jahren, aber die Intensivbetreuung half Ehlena über ihre verbleibenden Sorgen hinweg.

Auch weiterhin war größte Vorsicht mit ihm geboten. Doch hier im Herrenhaus brauchte er zum Beispiel keine Alufolie über den Fenstern. Stattdessen zog er es vor, in die Gartenanlage zu sehen, die selbst im Winter schön war, obwohl die Beete abgedeckt waren. Im Nachhinein fragte sich Ehlena, ob er früher die Außenwelt mit auf Grund des Wohnortes ausgesperrt hatte. Außerdem war er hier viel entspannter und ruhiger und arbeitete stetig in dem Gästezimmer auf der anderen Seite neben seinem Schlafzimmer. Die Stimmen suchten ihn immer noch heim, und Ordnung war von größter Wichtigkeit. Auch die Medikamente brauchte er weiterhin. Aber verglichen mit den letzten zwei Jahren, war das hier der Himmel.

Beim Essen ließ Ehlena den Blick durch das Schlafzimmer schweifen, das sie für sich ausgewählt hatte. Es erinnerte sie an das Haus ihrer Eltern. Die Vorhänge waren ganz ähnlich wie früher daheim, lange Stoffbahnen in Pfirsich, Cremeweiß und Rot hingen unter gerüschten Kopfleisten mit Fransen herab. Das Rosenmuster der luxuriösen Seidentapete passte perfekt zu den Vorhängen, genauso, wie es mit dem gestickten Teppich harmonierte.

Auch Ehlena fühlte sich wohl in dieser Umgebung und doch völlig losgelöst – und das nicht nur, weil ihr Leben wie ein Segelboot war, das in eisiger See gekentert war, nur um sich abrupt in den Tropen wieder aufzurichten.

Rehvenge war bei ihr. Unablässig.

Ihr letzter Gedanke vor dem Schlafengehen und der erste beim Erwachen war, dass er am Leben war. Und dann diese Träume. Sie sah ihn, die Arme seitlich angelegt und mit hängendem Kopf, wie er sich von einem schwarz schimmernden Hintergrund abhob. Was für ein Widerspruch: Einerseits die Überzeugung, dass er lebte,

andererseits dieses Traumbild, das auf seinen Tod hin-
zuweisen schien.

Sein Geist verfolgte sie.

Oder besser gesagt: folterte sie.

Frustriert stellte sie das Tablett zur Seite, stand auf und
duschte. Danach zog sie sich an. Ihre Kleider waren die
gleichen wie vorher, Sachen, die sie bei *Target* bekommen
hatte oder online im Schlussverkauf bei *Macy's,* bevor
sich alles geändert hatte. Die Schuhe ... waren die billigen Turnschuhe, die Rehv in der Hand gehalten hatte.

Doch diesen Gedanken schob sie beiseite.

Ehlena hätte ein komisches Gefühl dabei gehabt, große
Anschaffungen von ihrem Erbe zu machen. Nichts von
alledem fühlte sich an, als würde es ihr gehören, weder
das Haus noch das Personal oder die Autos. Die ganzen
Nullen auf ihrem Kontoauszug. Sie rechnete immer noch
allnächtlich damit, dass Saxton auftauchen und erklären
würde, dass alles ein großer Irrtum war.

Hoppla, was für ein Missgeschick.

Ehlena nahm das Silbertablett und machte sich zu ihrem Vater auf, der am hinteren Ende des Flügels wohnte.
Mit der Spitze ihres Turnschuhs klopfte sie an seine Tür.

»Vater?«

»*Tritt ein, geliebte Tochter!*«

Sie stellte das Tablett auf einem Mahagonitisch ab und
öffnete die Tür zu seinem neuen Arbeitszimmer. Sie hatten seinen alten Tisch aus dem Mietshaus hergebracht,
genau wie sein Bett, das nebenan stand, und ihr Vater
setzte sich an seine Arbeit, wie er es immer getan hatte,
inmitten verstreuter Blätter.

»*Wie geht es dir?*«, fragte sie und küsste ihn auf die
Wange.

»Mir geht es gut, sehr gut. Der Doggen hat mir gerade meinen Saft und mein Mahl gebracht.« Seine elegante, knochige Hand deutete auf ein Silbertablett, ähnlich dem, das man Ehlena gebracht hatte. »Ich bin begeistert von dem neuen Doggen, du nicht auch?«

»Ja, Vater, das bin ...«

»Ah, meine verehrte Lusie!«

Als ihr Vater aufstand und sein samtenes Smokingjackett glatt strich, blickte Ehlena über die Schulter. Tatsächlich, Lusie kam herein, in einem taubengrauen Schlauchkleid, ein handgestrickter Pulli darüber. An den Füßen trug sie Birkenstocks und dicke, zusammengeraffte Stricksocken, vermutlich ebenfalls aus eigener Herstellung. Ihr langes, welliges Haar hatte sie aus dem Gesicht gekämmt und mit einer nüchternen Spange im Nacken zusammengefasst.

Im Gegensatz zu allem anderen um Ehlena herum, das sich geändert hatte, war Lusie noch ganz die Alte.

»Ich habe das Kreuzworträtsel mitgebracht.« Sie hielt eine New York Times hoch, die sie zu einem Quadrat gefaltet hatte, dazu einen Bleistift. »Ich brauche Hilfe.«

»Und ich stehe wie immer zur Verfügung.« Ehlenas Vater kam um den Tisch herum und zog galant einen Stuhl für Lusie heran. »Setzen Sie sich nur, und wir werden sehen, wie viele Kästchen wir füllen können.«

Lusie lächelte Ehlena an, als sie sich setzte. »Ohne ihn würde ich es nie schaffen.«

Ehlena bemerkte skeptisch eine leichte Röte auf den Wangen der Frau und prüfte dann das Gesicht ihres Vaters. Das auch eine deutliche Röte zeigte.

»Dann überlass ich euch beide eurem Rätsel«, sagte sie mit einem Lächeln.

Als sie ging, tönte ihr ein doppeltes *Bis später* hinterher, und ihr fiel auf, dass dieser Stereoeffekt sehr hübsch klang.

Unten in der großen Eingangshalle ging sie in das große Esszimmer und blieb stehen, um all das Kristallglas und Porzellan zu bewundern, das dort ausgestellt war – so wie die funkelnden Kandelaber.

Obwohl keine Kerzen auf den eleganten Silberarmen standen.

Keine Kerzen im Haus. Auch keine Streichhölzer oder Feuerzeuge. Und vor ihrem Einzug hatte Ehlena den Gaskocher durch einen Elektroherd ersetzen lassen. Außerdem hatte sie die zwei Fernseher im Wohntrakt an das Personal verschenkt und die Überwachungsmonitore von einem offenen Schreibtisch in der Butlerkammer in einen geschlossenen Raum mit versperrter Tür verbannt.

Es gab keinen Anlass, das Schicksal herauszufordern. Elektronische Bildschirme, inklusive Displays auf Handys und Taschenrechnern, machten ihren Vater immer noch nervös.

In der ersten Nacht im neuen Heim hatte Ehlena ihren Vater durch das Haus geführt und ihm alle Überwachungskameras und Bewegungsmelder gezeigt, außerdem die Strahler im Haus und auf dem Grundstück. Weil sie sich nicht sicher war, wie er das neue Haus und die Sicherheitsvorkehrungen aufnehmen würde, hatte sie die Führung direkt nach Verabreichung seiner Medizin veranstaltet. Glücklicherweise hatte er die gehobene Umgebung als Rückkehr zur Normalität betrachtet und Gefallen an dem Gedanken gefunden, dass ein Sicherheitssystem über das Anwesen wachte.

Vielleicht war das ein weiterer Grund, warum er kei-

ne zugeklebten Fenster mehr brauchte. Er hatte das Gefühl, jetzt auf angenehme Weise beobachtet zu werden.

Ehlena schob die Schiebetür auf und ging durch die Vorratskammer in die Küche. Nach einem Gespräch mit dem Butler, der mit den Vorbereitungen für das Letzte Mahl begonnen hatte, und einem Kompliment an eines der Dienstmädchen über das polierte Geländer der großen Treppe, machte sich Ehlena zum Arbeitszimmer auf, das am anderen Ende des Hauses lag.

Es war ein langer Gang, durch viele hübsche Räume, und im Vorbeigehen ließ sie sanft die Hand über Antiquitäten, verschnörkelte Türrahmen und seidenbezogene Möbel gleiten. Dieses Prachthaus machte das Leben ihres Vaters um so vieles einfacher, und als Folge daraus hätte sie viel mehr Zeit und geistige Energie, um sich auf sich selbst zu besinnen.

Was für ein Albtraum. Das Letzte, was sie brauchte, waren unausgefüllte Stunden, in denen sie dem Müll in ihrem Kopf ausgeliefert war. Und selbst wenn sie gerade für Miss Superangepasst kandidierte, so wollte sie doch produktiv sein. Sie brauchte das Geld jetzt vielleicht nicht mehr, um eine Bleibe für den kärglichen Rest ihrer Familie zu finanzieren, aber sie hatte immer gearbeitet und Sinn und Zweck ihrer Arbeit in der Klinik geliebt.

Nur, dass sie hinter sich alle Brücken abgebrochen hatte. Und zwar gründlich.

So wie die anderen circa dreißig Zimmer des Hauses war auch das Arbeitszimmer in fürstlicher europäischer Manier gehalten, mit dezenten Damastmustern an den Wänden und auf den Sofas, jeder Menge Quasten an den Vorhängen und vielen dunkel leuchtenden Gemälden, die sich wie Fenster in andere, noch perfektere

Welten öffneten. Nur eines schien seltsam: Der Boden war nackt, der imposante Schreibtisch, die Sitzgarnituren und Beistelltischchen standen direkt auf dem polierten Parkett, das in der Mitte etwas dunkler war als am Rand, als wäre es früher bedeckt gewesen.

Als Ehlena die *Doggen* darauf ansprach, hatten sie erklärt, der Teppich habe einen Fleck bekommen, der sich nicht mehr entfernen ließ, weswegen ein neuer beim hauseigenen Antiquitätenhändler in Manhattan bestellt worden sei. Sie nannten keine Details zu dem Vorkommnis, aber so nervös sie alle waren, ihre Anstellungen zu verlieren konnte sich Ehlena nur zu gut vorstellen, wie Montrag auf etwaige Leistungsmängel reagiert hatte, ob sie nun nachvollziehbar waren oder nicht. Ein herabgefallenes Teetablett? Sicherlich ein großes Problem.

Ehlena ging um den Tisch herum und setzte sich. Auf der Lederunterlage lag das aktuelle *Caldwell Courier Journal,* daneben standen ein Telefon und eine hübsche französische Lampe sowie die bezaubernde Kristallstatuette eines Vogels im Flug. Ihr alter Laptop, den sie versucht hatte der Klinik zurückzugeben, passte perfekt in die obere flache Schublade – wo er immer stand, nur für den Fall, dass ihr Vater hereinkam.

Wahrscheinlich konnte sie sich einen neuen Computer leisten, doch das wollte sie nicht. Ähnlich wie ihre Kleidung tat es der alte ganz genauso gut, und sie war an ihn gewöhnt.

Außerdem hatte das alte Gerät etwas Vertrautes. Und das konnte sie gerade nur allzu gut brauchen.

Sie stützte die Ellbogen auf den Tisch und blickte über den Tisch auf den Punkt an der Wand, wo ein spektakuläres Seegemälde hätte hängen sollen. Das Gemälde

stand jedoch in den Raum hinein, und die freigelegte Tür des Tresors dahinter war wie eine unscheinbare Frau, die sich hinter einer glamourösen Ballmaske versteckt hatte.

»Madam, der Schlosser ist hier.«

»Bitte schick ihn rein.«

Ehlena stand auf und ging zu dem Safe, um die matte Tür mit ihrem schwarz-silbernen Drehknopf zu berühren. Sie hatte das Ding nur entdeckt, weil sie so von diesem Sonnenuntergang über dem Meer gefesselt gewesen war, dass sie aus einem Impuls heraus die Hand auf den Rahmen gelegt hatte. Als das ganze Bild ein Stück nach vorne sprang, hatte sie einen Heidenschreck bekommen. Sie dachte, sie hätte vielleicht irgendwie die Aufhängung beschädigt, doch als sie hinter den Rahmen blickte ... na, wer hätte das gedacht!

»Madam? Hier ist Roff, Sohn des Ross.«

Ehlena lächelte und ging auf einen Mann in schwarzem Overall mit schwarzem Werkzeugkasten zu. Als sie ihm die Hand entgegenstreckte, nahm er seine Kappe ab und verbeugte sich tief, als wäre sie jemand ganz Besonderes. Was mehr als befremdlich war. Nach Jahren als Zivilistin war ihr das formelle Gehabe unangenehm, aber Ehlena hatte bereits gelernt, dass sie den Leuten keinen Gefallen tat, wenn sie auf die Etikette verzichtete. Sie zu bitten, ihre Höflichkeit zu unterlassen, sei es nun *Doggen,* Handwerker oder Ratgeber, machte es nur schlimmer.

»Danke fürs Kommen«, sagte sie.

»Es ist mir ein Vergnügen, behilflich zu sein.« Er warf einen Blick auf den Safe. »Ist er das?«

»Ja, ich habe keine Kombination dazu.« Sie stellten sich vor das Ding. »Ich hatte gehofft, du wüsstest

vielleicht eine andere Möglichkeit, wie man ihn aufbekommt?«

Der Mann fuhr unmerklich zusammen, was nicht gerade ermutigend war. »Nun, Madam, ich kenne diese Sorte. Das wird nicht leicht. Die Stifte dieser Tür bekomme ich nur mit dem Industriebohrer auf, und das wird laut. Außerdem ist dieser Safe danach ruiniert. Ich will nicht unhöflich erscheinen, aber gibt es wirklich keine Möglichkeit, an die Kombination heranzukommen?«

»Ich wüsste nicht, wo ich danach suchen sollte.« Ihr Blick schweifte über die Bücherregale und blieb dann am Schreibtisch hängen. »Wir sind gerade erst eingezogen, und es gab keine Anleitung.«

Der Schlosser tat es ihr gleich und blickte sich in dem Raum um. »Normalerweise hinterlegen die Besitzer so etwas an einem versteckten Ort. Wenn Sie den finden, könnte ich Ihnen zeigen, wie man eine neue Kombination einstellt, sodass Sie den Safe wiederverwenden können. Wie gesagt, wenn ich bohre, muss er ersetzt werden.«

»Den Schreibtisch bin ich durchgegangen, als ich nach unserer Ankunft alles angesehen habe.«

»Sind Sie auf irgendwelche Geheimfächer gestoßen?«

»Äh … nein. Aber ich bin nur oberflächlich durch ein paar Dokumente gegangen und habe versucht, etwas Platz für meine Sachen zu schaffen.«

Der Mann nickte mit dem Kinn Richtung Schreibtisch. »In diesen alten Tischen gibt es meistens mindestens eine Schublade mit doppeltem Boden oder doppelter Rückwand, hinter der sich ein kleines Fach verbirgt. Ich möchte mich nicht aufdrängen, aber soll ich Ihnen vielleicht bei der Suche helfen? Gerne verbergen sich Geheimfächer auch im Stuck solcher Räume.«

»Es wäre schön, wenn sich das noch jemand anschauen würde, danke.« Ehlena zog nacheinander die Schubladen aus dem Tisch und legte sie nebeneinander auf den Boden. Der Schlosser holte ein Taschenlämpchen heraus und leuchtete in die Löcher, die dabei entstanden.

Sie zögerte, als sie zur großen Schublade unten links kam, weil sie nicht sehen wollte, was sie dort verwahrte. Aber der Schlosser konnte schließlich nicht durch das verdammte Ding hindurch sehen.

Mit einem kurzen Fluch zog sie an dem Messingknauf und ignorierte all die Zeitungsausschnitte aus dem *Caldwell Courier Journal,* die sie dort aufbewahrte, säuberlich gefaltet, sodass man die Artikel nicht sah, die sie gelesen und ausgeschnitten hatte, obwohl sie sie eigentlich nie wieder lesen wollte.

Sie legte die Schublade weg. »Das ist die letzte.«

Unter dem Tisch heraus drang die Stimme des Mannes: »Ich glaube, da ist ein … ich brauche das Meterband aus meinem Werkzeug …«

»Ich hole es.«

Der Handwerker war verdutzt, als sie ihm half. »Danke, Madam.«

Sie kniete sich neben ihn und blickte mit ihm unter den Tisch. »Stimmt etwas nicht?«

»Hier scheint ein … ja, die hier ist nicht so tief wie die anderen. Lassen Sie mich nur kurz …« Es quietschte, und der Arm des Mannes zuckte. »Hab's.«

Als er sich aufsetzte, hielt er eine grobgezimmerte Kiste in seinen Handwerkerhänden. »Ich glaube, den Deckel kann man aufklappen, aber das lasse ich lieber Sie machen.«

»Wow, ich komme mir vor wie Indiana Jones, nur ohne

die Peitsche.« Ehlena hob den Deckel an und ... »Tja, keine Kombination. Nur ein Schlüssel.« Sie holte ihn heraus und betrachtete ihn, dann legte sie ihn zurück. »Wir können ihn genauso gut dort drin lassen.«

»Dann zeige ich Ihnen, wie man die Geheimschublade wieder einsetzt.«

Zwanzig Minuten später verabschiedete sich der Schlosser, nachdem sie zusammen alle Wände, Regale und Stuckverzierungen abgeklopft und nichts gefunden hatten. Ehlena plante, den Raum noch ein letztes Mal allein zu untersuchen. Sollte sie dabei nichts finden, würde sie Roff bitten, mit der großen Kanone wiederzukommen, um den Safe aufzusprengen.

Sie ging zum Schreibtisch und schob die Schubladen zurück in die Führungen. Als sie zu der mit den Zeitungsartikeln kam, hielt sie inne.

Vielleicht lag es daran, dass sie sich nicht mehr so um ihren Vater sorgen musste. Vielleicht war es, dass sie etwas Zeit für sich hatte.

Wahrscheinlich hatte sie aber nur einen schwachen Moment, in dem sie ihr Bedürfnis zu wissen nicht stark genug unterdrückte.

Ehlena holte alle Artikel heraus, faltete sie auf und breitete sie auf dem Schreibtisch aus. Alle handelten von Rehvenge und dem zerbombten *ZeroSum,* und wenn sie die heutige Zeitung aufschlug, würde sie zweifelsohne ein weiteres Stück für ihre Sammlung finden. Die Story war ein gefundenes Fressen für Reporter, und im letzten Monat hatte es tonnenweise Berichte dazu gegeben – nicht nur gedruckt, sondern auch in den Abendnachrichten.

Keine Verdächtigen. Keine Verhaftungen. Ein männliches Skelett wurde in den Trümmern gefunden. Ande-

re Läden, die dem Reverend gehört hatten, wurden jetzt von seinen Geschäftspartnern betrieben. Der Drogenhandel in Caldwell war zum Erliegen gekommen. Weitere Morde an Dealern hatte es nicht gegeben.

Ehlena nahm einen Artikel von dem Haufen. Es war nicht der aktuellste, aber sie hatte ihn so oft betrachtet, dass die Druckerschwärze verschmiert war. Neben dem Text war ein Bild von Rehvenge, aufgenommen von einem verdeckten Ermittler der Polizei vor zwei Jahren. Rehvenges Gesicht lag im Schatten, aber Zobelmantel, Stock und Bentley waren unverkennbar.

Die letzten vier Wochen hatten ihre Erinnerungen an Rehvenge destilliert, von ihrer gemeinsam verbrachten Zeit bis hin zu dem Ende im *ZeroSum*. Doch anstatt im Laufe der Zeit zu verblassen, waren die Bilder in ihrem Kopf immer klarer geworden, wie Whiskey, der mit der Zeit immer stärker wurde. Und es war merkwürdig. Von all den Dingen, die gesagt worden waren, guten wie schlechten, erinnerte sich Ehlena am häufigsten an die wütenden Worte der Sicherheitsfrau, als sie auf dem Weg aus dem Club gewesen war:

Dieser Mann hat sich für mich und für Mutter und Schwester in eine beschissene Situation gebracht. Und du hältst dich für zu gut für ihn? Wie reizend. Aus welcher heilen Welt bist du denn entlaufen?

Seine Mutter. Seine Schwester. Diese Sicherheitsfrau.

Als die Worte einmal mehr in ihrem Kopf nachhallten, ließ Ehlena den Blick im Arbeitszimmer umherwandern, bis er an der Tür hängen blieb. Das Haus war still, ihr Vater war mit Lusie und dem Kreuzworträtsel beschäftigt, die Dienstboten waren geschäftig bei der Arbeit.

Zum ersten Mal seit einem Monat war sie allein.

Eigentlich hätte sie ein heißes Bad nehmen und es sich mit einem guten Buch gemütlich machen sollen ... stattdessen holte sie ihren Laptop heraus, klappte den Bildschirm auf und startete das Ding. Sie hatte so eine Ahnung, dass sie ihr Vorhaben in einen tiefen, dunklen Strudel hineinziehen würde.

Aber sie konnte nicht anders.

Sie hatte die Krankenakten von Rehv und seiner Mutter damals bei ihrer Suche gespeichert, und nachdem man beide mittlerweile für tot erklärt hatte, waren die Dokumente sozusagen öffentlich zugänglich – also hatte sie etwas weniger das Gefühl, in ihre Privatsphäre einzudringen, als sie die beiden Dokumente aufrief.

Als Erstes nahm sie sich die Krankenakte der Mutter vor. Sie fand vertraute Einträge, die sie bei ihrer ersten Ansicht überflogen hatte, als sie etwas über die Frau erfahren wollte, die ihn zur Welt gebracht hatte. Doch diesmal nahm sich Ehlena Zeit. Sie suchte nach etwas Bestimmtem. Gott allein wusste, was das war.

Die jüngeren Eintragungen waren nichts Außergewöhnliches, lediglich Havers Kommentare über Madalinas jährliche Vorsorgeuntersuchungen oder Behandlungen gelegentlicher Erkrankungen. Als sich Ehlena so durch die Seiten scrollte, fragte sie sich, warum sie eigentlich ihre Zeit vergeudete – bis sie zu einer Knieoperation kam, die fünf Jahre zurücklag. In der Voruntersuchung erwähnte Havers eine Abnutzung im Gelenk, die Ergebnis einer chronischen Druckbelastung war.

Chronische Druckbelastung? Bei einer geachteten Dame aus der *Glymera*? Das klang nach einer Verletzung für einen Footballspieler, aber doch nicht nach einer vornehmen Person wie Rehvenges Mutter.

Das passte nicht zusammen.

Ehlena ging weiter und weiter zurück, ohne etwas Auffälliges zu entdecken … doch dann, dreiundzwanzig Jahre und noch weiter zurück, kamen die Einträge. Einer nach dem anderen. Knochenbrüche. Prellungen. Gehirnerschütterungen.

Hätte Ehlena es nicht besser gewusst … sie hätte auf häusliche Gewalt getippt.

Immer hatte Rehv seine Mutter in die Klinik gebracht. Und er war bei ihr geblieben.

Ehlena ging zurück zu dem letzten Eintrag, der auf einen Fall von Misshandlung durch einen *Hellren* hinwies. Hier hatte Bella Madalina begleitet. Nicht Rehv.

Ehlena starrte auf das Datum, als müsste sich aus den Zahlen eine plötzliche Erkenntnis ergeben. Als sie fünf Minuten später noch immer darauf starrte, hatte sie erneut das Gefühl, von den Schatten der Krankheit ihres Vaters heimgesucht zu werden. Warum war sie nur so versessen auf diese Geschichte?

Und doch, selbst mit diesem Gedanken folgte sie einem Impuls, der ihre Besessenheit nur verschlimmern würde: Sie öffnete die Suche in Rehvs Akte.

Weiter und weiter ging sie zurück durch die Einträge … Genau um die Zeit herum, als die Verletzungen seiner Mutter aufhörten, bekam er die ersten Male Dopamin.

Vielleicht war es nur ein Zufall.

Mit dem Gefühl, halb verrückt zu werden, loggte sich Ehlena im Internet in das Datenverzeichnis ihres Volkes ein. Als sie Madalinas Name eingab, fand sie den Eintrag über ihren Tod, dann ging sie zu ihrem *Hellren,* Rempoon …

Ehlena beugte sich vor und atmete zischend aus. Ungläubig blickte sie erneut in Madalinas Krankenakte.

Ihr *Hellren* war in der Nacht gestorben, in der sie das letzte Mal verletzt in die Klinik gekommen war.

Mit dem Gefühl, kurz vor einer Antwort zu stehen, betrachtete sie das übereinstimmende Datum im Licht der Worte der Sicherheitsfrau aus dem *ZeroSum:* Was, wenn Rehvenge den Mann getötet hatte, um seine Mutter zu schützen? Was, wenn …

Aus dem Augenwinkel sah sie das Foto von Rehvenge aus dem *Caldwell Courier Journal,* sein Gesicht im Schatten, sein Auto und der Zuhälter-Stock so offensichtlich protzig.

Mit einem Fluch klappte sie den Laptop zu und steckte ihn zurück in die Schublade. Sie stand auf. Über ihr Unterbewusstsein hatte sie vielleicht keine Kontrolle, aber wenigstens konnte sie über ihre wachen Stunden bestimmen und diesen Unsinn nicht noch vorantreiben.

Anstatt sich weiter verrückt zu machen, würde sie in Montrags ehemaliges Schlafzimmer gehen und sich umsehen, ob sie nicht irgendwo die Kombination für den Tresor fand. Später würde sie mit ihrem Vater und Lusie das Letzte Mahl essen.

Und dann musste sie sich überlegen, was sie mit dem Rest ihres Lebens anstellen sollte.

»»… hat den Anschein, als wären die jüngsten Morde unter Drogendealern unserer Region mit dem vermutlichen Tod des Clubbesitzers und als Drogenbaron verdächtigten Richard Reynolds zu einem Ende gekommen.‹« Es raschelte, als Beth das *Caldwell Courier Journal* auf den Tisch legte. »Ende des Artikels.«

Wrath verschob die Beine, um das Gewicht seiner Königin auf seinem Schoß in eine angenehmere Position zu verlagern. Vor zwei Stunden war er bei Payne gewesen und hatte ordentlich eingesteckt, was sich wirklich gut anfühlte.

»Danke für's Vorlesen.«

»Gern geschehen. So, jetzt musst du mich kurz zum Kamin lassen. Da rollt gleich ein Scheit auf den Teppich.« Beth küsste ihn und stand auf, der zierliche Stuhl ächzte erleichtert. Als sie durch das Arbeitszimmer zum Kamin ging, schlug die Standuhr.

»Oh, gut«, meinte Beth. »Bald kommt Mary. Sie hat etwas für dich.«

Wrath nickte und tastete mit den Fingerspitzen über die Tischplatte, bis er sein Rotweinglas fand. Am Gewicht erkannte er, dass es fast leer war, und in seiner gegenwärtigen Verfassung würde er mehr wollen. Der Scheiß mit Rehv ging ihm an die Nieren. Ernsthaft.

Er kippte seinen Bordeaux, stellte das Glas ab und rieb sich die Augen unter der Sonnenbrille, die er immer noch trug. Es war vielleicht seltsam, die Brille aufzubehalten – aber die Vorstellung, andere Leute könnten in seine ungerichteten Pupillen blicken, ohne dass er es merkte, bereitete ihm Unbehagen.

»Wrath?« Beth kam zu ihm, und er erkannte an ihrem gepressten Ton, dass sie versuchte, ihre Besorgnis zu verbergen. »Ist bei dir alles in Ordnung? Hast du Kopfweh?«

»Nein.« Wrath zog seine Königin zurück auf seinen Schoß. Der kleine Stuhl knarzte, und die dünnen Beinchen wackelten. »Alles in Ordnung.«

Sie strich ihm die Haare aus der Stirn. »So wirkst du aber nicht.«

»Ich …«, er ertastete ihre Hand und hielt sie fest. »Scheiße, ich weiß nicht.«

»Doch, das tust du.«

Er verzog das Gesicht. »Es geht nicht um mich. Streng genommen.«

Es gab eine lange Pause, und dann sprachen sie beide gleichzeitig:

»Was ist los?«

»Wie geht es Bella?«

Beth räusperte sich, als wäre sie von seiner Frage überrascht. »Bella … hält sich so gut sie kann. Wir lassen sie nicht viel allein, und es hilft, dass Zsadist sich ein bisschen freigenommen hat. Es ist nur so hart, dass sie die beiden innerhalb weniger Tage verloren hat. Ich meine, Mutter und Bruder …«

»Diese ganze Scheiße mit Rehv ist eine Lüge.«

»Wie meinst du das?«

Wrath langte nach dem *Caldwell Courier Journal,* das sie ihm vorgelesen hatte, und tippte darauf. »Ich kann mir kaum vorstellen, dass ihn jemand in die Luft gesprengt hat. Rehv war kein Dummkopf. Außerdem hatte er diese Mauren zu seinem Schutz und seine Sicherheitschefin. Ein Bombenleger wäre doch nicht einmal in die Nähe dieses Clubs gekommen, das kann mir keiner erzählen. Außerdem hat Rhage erzählt, dass er neulich mit V im *Iron Mask* war, um John heimzuschleifen, und alle drei arbeiten dort – iAm, Trez und Xhex sind weiterhin zusammen. Normalerweise verlaufen sich Leute nach solchen Tragödien. Aber diese drei bleiben, wo sie waren, als würden sie nur darauf warten, dass er zurückkommt.«

»Aber sie haben ein Skelett aus den Trümmern gezogen, oder nicht?«

»Könnte jedem gehören. Okay, es war männlich, aber was wissen die Cops denn sonst? Nichts. Wenn ich aus der Menschenwelt verschwinden wollte – Hölle, selbst aus der Vampirwelt –, würde ich auch eine Leiche platzieren und mein Haus in die Luft sprengen.« Er schüttelte den Kopf und dachte daran, wie Rehv in seinem Sommerhaus im Bett gelegen hatte, so krank und fertig ... und trotzdem in der Lage, eine Killerin auf den Typ anzusetzen, der Wrath hatte töten wollen. »Mann, der Kerl war für mich da. Er hätte mich problemlos fertigmachen können, als Montrag sich mit ihm getroffen hat. Ich schulde ihm etwas.«

»Aber warum sollte er seinen eigenen Tod vortäuschen? Er liebte Bella und ihre Kleine doch so sehr. Er hat seine Schwester praktisch aufgezogen, und ich kann mir einfach nicht vorstellen, dass er sie so verletzen würde. Und wohin sollte er denn gehen?«

In die Kolonie, dachte Wrath.

Wrath hätte Beth gern gesagt, was ihm im Kopf herumging, aber er zögerte, weil es alles so viel komplizierter machen würde. Doch diese E-Mail bezüglich Rehv – Wraths Instinkt sagte ihm, dass Rehv ihn angelogen hatte. Der Zufall war einfach zu groß: Das Ding kam rein, und in der folgenden Nacht »starb« Rehv. Die Mail musste echt gewesen sein. Aber wer konnte davon gewusst haben, nachdem Montrag tot war ...

Dann krachte es laut, und Wrath und Beth landeten unsanft auf ihren Hintern.

Beth quietschte auf, und Wrath fluchte: »*Was zum Donner?*«

Er tastete um sich herum und spürte Splitter von altem, zerbrechlichem Holz aus Frankreich.

»Bist du verletzt, *Lielan?*«, fragte er besorgt.

Beth lachte und stand auf. »Ach du Scheiße ... der Stuhl ist zerbrochen.«

»Zerstäubt trifft es eher ...«

Es klopfte, und Wrath erhob sich stöhnend vor Schmerz. Langsam war er daran gewöhnt. Payne ging immer auf die Schienbeine, und sein linkes Bein war völlig im Arsch. Aber wenigstens hatte er sich revanchiert. Nach ihrer letzten Session kurierte sie vermutlich gerade eine Gehirnerschütterung aus.

»Herein«, rief er.

Wrath erkannte sofort, wer es war ... und dass sie nicht allein war.

»Wen hast du bei dir, Mary?«, fragte er unwirsch und griff nach dem Messer, das er an der Hüfte trug. Der Geruch war nicht menschlich ... aber es war auch kein Vampir.

Es klimperte leise, und dann seufzte seine *Shellan* lang gezogen, als sähe sie etwas, das ihr sehr gefiel.

»Das ist George«, sagte Mary. »Bitte steck deine Waffe weg. Er tut dir nicht weh.«

Wrath behielt seinen Dolch in der Hand und blähte die Nasenflügel. Der Geruch war ... »Ist das ein Hund?«

»Ja. Das ist ein ausgebildeter Blindenhund.«

Beim B-Wort zuckte Wrath leicht zusammen, er kämpfte noch immer damit, dass es jetzt auf ihn passen sollte.

»Ich würde ihn gern zu dir bringen«, sagte Mary mit ihrer ruhigen Stimme. »Aber nicht, solange du die Waffe in der Hand hältst.«

Beth schwieg, und Mary hielt sich zurück, was klug von ihnen war. In Wrath kämpften die widersprüchlichsten Gefühle, und seine Gedanken überschlugen sich. Im letzten Monat hatte es viele Triumphe und eine Menge

beschissener Niederlagen gegeben: Nach seinem ersten Treffen mit Payne war ihm bewusst geworden, dass ein langer, steiniger Weg vor ihm lag, aber er entpuppte sich als länger und steiniger als gedacht.

Seine zwei größten Probleme waren die Abhängigkeit von Beth und den Brüdern, und wie anstrengend es war, die einfachsten Dinge neu zu erlernen. Wie zum Beispiel ... verdammt, sich einen Toast zu schmieren war jetzt eine echte Aufgabe. Gestern hatte er es erneut versucht und dabei die Butterglocke zerbrochen. Und das Saubermachen hatte natürlich ewig gedauert.

Trotzdem war die Vorstellung, mit einem Hund durch die Gegend zu laufen ... einfach zu viel.

Marys Stimme drang durch den Raum, beiläufig, unaufdringlich. »Fritz hat sich beibringen lassen, wie man mit ihm umgeht, und zusammen sind er und ich vorbereitet, mit dir und George zu arbeiten. Wir hätten eine zweiwöchige Versuchszeit, nach der wir das Tier zurückgeben können, wenn es nicht funktioniert oder dir nicht gefällt. Es besteht keinerlei Verpflichtung, Wrath.«

Er wollte schon sagen, dass sie den Hund wegbringen sollten, als er ein leises Winseln hörte und wieder dieses Klingeln.

»Nein, George«, mahnte Mary. »Du kannst nicht zu ihm gehen.«

»Er will zu mir?«

»Wir haben ihn mit einem Hemd von dir trainiert. Er kennt deinen Geruch.«

Wrath schwieg lange, dann schüttelte er den Kopf. »Ich weiß nicht, ob ich der Hundetyp bin. Außerdem, was ist mit Boo...«

»Er ist hier«, meldete sich Beth. »Er sitzt neben George.

Er kam gestern herunter, als der Hund ins Haus kam, und ist seitdem nicht von seiner Seite gewichen. Ich glaube, sie mögen sich.«

Verdammt, selbst der Kater fiel ihm in den Rücken.

Wrath schwieg erneut.

Dann steckte er langsam den Dolch in die Scheide und machte zwei große Schritte nach links, um den Schreibtisch zu umgehen. Dann kam er vor und blieb in der Mitte vom Arbeitszimmer stehen.

George winselte leise, und wieder klingelte sein Geschirr.

»Lass ihn zu mir kommen«, brummte Wrath und fühlte sich bedrängt, was ihm gar nicht behagte.

Er hörte, wie das Tier auf ihn zukam, das Tapsen von Pfoten und das Klingeln des Halsbands kam näher und dann …

Eine samtweiche Schnauze stupste seine Handfläche, und eine raue Zunge schleckte kurz über seine Haut. Dann duckte sich der Hund unter seine Hand und drückte sich sanft an seinen Schenkel.

Die Ohren waren seidig und warm, das Fell des Tiers leicht gekräuselt.

Es war ein großer Hund mit dickem, eckigem Kopf. »Was für einer ist er?«

»Ein Golden Retriever. Fritz hat ihn ausgesucht.«

Der *Doggen* sprach von der Tür aus, als fürchte er bei dieser angespannten Stimmung hereinzukommen. »Ich hielt es für die perfekte Rasse, Sire.«

Wrath tastete sich an den Flanken des Hundes entlang und fand das Geschirr um seine Brust, von dem aus ein Griff abging, an dem sich der Blinde festhalten konnte. »Was kann er denn so?«

Mary ergriff das Wort: »Alles, was du brauchst. Er kann sich das Haus merken. Wenn du ihm befiehlst, dich in die Bibliothek zu führen, tut er das. Er kann dir in der Küche helfen, das Telefon beantworten, Sachen finden. Er ist ein fantastisches Tier, und wenn ihr beide fit seid, hast du mit ihm die Unabhängigkeit, nach der du dich sehnst.«

Dieses Miststück. Sie wusste genau, was ihn nervte. Aber war ein Tier die Antwort?

George winselte leise, als wollte er den Job unbedingt haben.

Wrath ließ den Hund los und trat einen Schritt zurück. Er fing an zu zittern. »Ich weiß nicht, ob ich das kann«, krächzte er heiser. »Ich weiß nicht, ob ich … blind sein kann.«

Beth räusperte sich leise, als schnürte sich ihr die Kehle zu, weil seine das tat.

Nach einem Moment sprach Mary in ihrer freundlichen, festen Art die harte Wahrheit aus, die ausgesprochen werden musste: »Wrath, du *bist* blind.«

Das ungesagte »Also finde dich damit ab« tönte in seinem Kopf und warf ein Schlaglicht auf die Realität, durch die er sich geschleppt hatte. Klar, er hatte aufgehört, jede Nacht mit der Hoffnung aufzuwachen, dass er sein Sehvermögen zurückerlangen würde. Er hatte mit Payne gekämpft und mit seiner *Shellan* geschlafen, deshalb fühlte er sich nicht körperlich schwach, und er hatte gearbeitet und sich um seine Königspflichten gekümmert und all das. Aber das hieß noch lange nicht, dass irgendetwas rosig war: Er stolperte durch die Gegend, rempelte gegen Möbelstücke, schmiss Sachen runter … klammerte sich an seine *Shellan* – die wegen ihm seit einem

Monat nicht aus dem Haus gegangen war ... brauchte seine Brüder, um ihn herumzuführen ... er war allen eine Last und hasste es.

Diesem Hund eine Chance zu geben bedeutete nicht, dass er seine Blindheit freudig annahm, sagte er sich. Aber vielleicht konnte er sich mit ihm wieder selbstständig bewegen.

Wrath drehte sich, sodass er und George in die gleiche Richtung blickten, dann trat er näher an den Hund. Er beugte sich zur Seite, fand den Griff und umfasste ihn.

»Also, wie funktioniert das jetzt?«

Nach einer erschrockenen Stille, als hätte er seine Zuschauerschaft komplett überrumpelt, folgten Erklärungen und Demonstrationen, von denen er nur ein Viertel aufnahm. Offensichtlich reichte es aber fürs Erste, denn bald drehten er und George eine Runde durch das Arbeitszimmer.

Der Griff musste bis zum Ende ausgefahren werden, damit sich Wrath nicht seitlich hinunterlehnen musste, und der Hund stellte sich viel geschickter an als sein Schützling. Doch nach einer Weile gingen die beiden aus dem Arbeitszimmer hinaus und den Gang hinunter. Der nächste Trip war die große Freitreppe hinunter und wieder hinauf.

Allein.

Wrath kam ins Arbeitszimmer zurück und stellte sich der Gruppe, die sich dort angesammelt hatte – sie war groß, da sich mittlerweile all seine Brüder und auch Lassiter eingefunden hatten. Wrath erkannte jeden Einzelnen am Geruch ... außerdem lag eine geballte Ladung Hoffnung und Sorge in der Luft.

Er konnte ihnen ihre Gefühle nicht verübeln, aber die

geballte Aufmerksamkeit war ihm unangenehm. »Wonach hast du die Rasse ausgesucht, Fritz?«, fragte er, denn irgendwie musste er die Stille füllen. Und warum nicht den Gegenstand des allgemeinen Interesses ansprechen?

Die Stimme des alten Butler zitterte, als sei er wie alle anderen zutiefst bewegt. »Ich, äh … ich habe ihn ausgewählt …« Der Doggen räusperte sich. »Ich habe ihn dem Labrador vorgezogen, weil er mehr haart.«

Wraths blinzelte mit blinden Augen. »Und warum ist das gut?«

»Euer Personal saugt so gerne. Ich hielt es für ein wunderbares Geschenk.«

»Oh, äh … natürlich.« Wrath gluckste ein bisschen und fing dann an zu lachen. Als die anderen einfielen, löste sich die Spannung im Raum etwas. »Dass ich daran nicht gedacht habe.«

Beth kam zu ihm und küsste ihn. »Wir sehen einfach, wie es dir mit ihm geht, okay?«

Wrath streichelte George den Kopf. »Ja. Okay.« Dann hob er die Stimme: »Genug gequatscht. Wer ist heute alles im Dienst? V, ich brauche den Finanzbericht. Liegt John noch immer betrunken im Bett? Tohr, ich möchte, dass du die verbleibenden Familien der *Glymera* kontaktierst und schaust, ob wir ein paar Schüler dazu bewegen können, zurückzukommen …«

Wrath bellte Befehle. Es war ein gutes Gefühl, dass Antworten kamen, die Brüder sich auf ihre Plätze setzten, Fritz ging, um das Erste Mahl aufzuräumen und Beth sich in Tohrs altem Sessel fläzte.

»Ach, und ich brauche eine neue Sitzgelegenheit«, bemerkte er, als er mit George hinter den Schreibtisch ging.

»Wow, du hast das Ding atomisiert«, staunte Rhage.

»Ich kann dir etwas basteln«, schlug V vor. »Ich kann gut schnitzen.«

»Wie wäre es mit einem Clubsessel«, meinte Butch.

»Willst du diesen Sessel hier?«, bot Beth an.

»Wenn mir einfach jemand den Ohrensessel vom Kamin geben könnte«, bat Wrath.

Phury brachte ihn, Wrath setzte sich und zog ihn an den Schreibtisch – und knallte mit beiden Knien an die Schubladen.

»Okay, das hat sicher wehgetan«, murmelte Rhage.

»Wir brauchen etwas Niedrigeres«, bemerkte jemand.

»Passt schon«, presste Wrath hervor, ließ George los und rieb sich die Knie. »Mir ist egal, worauf ich sitze.«

Als sich die Bruderschaft ihren Geschäften zuwandte, fiel ihm auf, dass er die Hand auf den großen Kopf des Hundes gelegt hatte und seinen weichen Pelz streichelte ... mit einem Ohr spielte ... nach unten langte und in das lange Kraushaar griff, das an der starken, breiten Brust des Tiers hinabführte.

All das bedeutete natürlich nicht, dass er das Tier behalten würde.

Es fühlte sich einfach nur nett an, das war alles.

63

Am folgenden Abend sah Ehlena dabei zu, wie ihr neuer Freund Roff der Schlosser den Wandsafe mit einem Hochleistungsbohrer bearbeitete. Das Jaulen seines Werkzeugs dröhnte in ihren Ohren, und der beißende Geruch von heißem Metall erinnerte sie an das Desinfektionsmittel, mit dem die Böden in Havers Klinik geputzt wurden. Doch das Gefühl, etwas zu erledigen – egal, was es war –, entschädigte sie für alles.

»Fast fertig«, rief der Schlosser über das Getöse hinweg.

»Lass dir Zeit«, schrie sie zurück.

Es war zu einer persönlichen Sache zwischen ihr und dem Safe geworden, und dieses Miststück würde heute Nacht geöffnet werden, komme, was da wolle. Nachdem sie mithilfe des Personals Montrags Schlafzimmer durchsucht und sogar seine Kleidung durchgesehen hatte, was gruselig war, hatte sie den Schlosser angerufen und erfreute sich nun an dem Anblick, wie sich der Bohrkopf immer weiter in das Metall fraß.

Eigentlich war es ihr egal, was in dem verdammten Ding lag, entscheidend war, das Hindernis der fehlenden Kombination zu überwinden – und es war angenehm, wieder sie selbst zu sein. Sie hatte es schon immer auch mit harten Fällen aufgenommen … ähnlich diesem Bohrer.

»Ich bin durch«, verkündete Roff und zog sein Werkzeug heraus. »Endlich! Kommen Sie, sehen Sie es sich an.«

Als das Jaulen sich in Stille verwandelte und der Schlosser durchatmete, ging Ehlena zu ihm und zog die Tür auf. Dahinter war es nachtschwarz.

»Erinnern Sie sich?«, meinte Roff und fing an, seine Werkzeuge zusammenzupacken. »Wir mussten die Elektronik kappen, die ihn mit dem Alarmsystem verbunden hat. Normalerweise geht ein Licht an.«

»Okay.« Sie lugte trotzdem in den Safe. Er war wie eine Höhle. »Vielen herzlichen Dank.«

»Wenn Sie wollen, dass ich einen neuen für Sie besorge, kann ich das tun.«

Ihr Vater hatte immer Safes gehabt, manche davon in die Wand eingelassen, andere unten im Keller, groß und schwer wie Autos. »Ich schätze … wir werden einen brauchen.«

Roff sah sich in dem Arbeitszimmer um und lächelte sie an. »Ja, Madam, das glaube ich auch. Ich kümmere mich darum. Damit Sie das Richtige bekommen.«

Sie drehte sich um und streckte die Hand aus. »Du hast mir sehr geholfen.«

Er errötete vom Kragen seines Overalls bis zum dunklen Haaransatz. »Madam, es war mir ein Vergnügen, für Sie zu arbeiten.«

Ehlena brachte ihn an die große Eingangstür und ging dann mit einer Taschenlampe, die sie sich beim Butler besorgt hatte, zurück ins Arbeitszimmer.

Sie knipste den Lichtstrahl an und blickte in den Safe. Ordner. Jede Menge Ordner. Ein paar flache Lederschatullen, wie Ehlena sie aus den Zeiten kannte, als ihre

Mutter noch Schmuck besaß. Noch mehr Ordner. Aktienzertifikate. Bargeldbündel. Zwei Haushaltsbücher.

Sie zog sich einen Beistelltisch heran und leerte den ganzen Safe, indem sie Stapel bildete. Ganz hinten stieß sie auf eine Kassette, die sie nur ächzend hinausbekam.

Sie brauchte drei Stunden, um sich durch die ganzen Akten zu arbeiten, und als sie fertig war, war sie absolut fassungslos.

Montrag und sein Vater waren die reinsten Unternehmensgangster gewesen.

Sie erhob sich aus dem Sessel, in dem sie die letzten Stunden verbracht hatte, und ging hinauf in ihr Zimmer. Dort zog sie die Schublade der antiken Kommode auf, in der sie ihre Kleider verwahrte. Das Manuskript ihres Vaters wurde von einem einfachen Gummiband zusammengehalten, das sie abstreifte. Dann blätterte sie durch die Seiten, bis sie die Beschreibung des Geschäfts fand, das ihre Familie in den Ruin gestürzt hatte.

Ehlena nahm die Manuskriptseite mit nach unten zu den Ordnern und Hauptbüchern aus dem Safe. In den Akten, die Hunderte von Transaktionen von Geschäftsanteilen, Grundstücken und anderen Investitionen dokumentierten, fand sie die eine, in der Datum, Dollarbeträge und Gegenstand auf die von ihrem Vater beschriebene passten.

Da lag es vor ihr. Montrags Vater hatte ihren Vater übers Ohr gehauen, und der Sohn hatte dabei die Finger mit im Spiel gehabt.

Ehlena ließ sich in den Sessel zurückfallen und fasste das Arbeitszimmer hart ins Auge.

Karma konnte mies sein, nicht wahr?

Ehlena wandte sich wieder den Hauptbüchern zu, um

zu überprüfen, ob das Duo noch andere Mitglieder der *Glymera* übervorteilt hatte. Doch da war nichts, nicht, seit Montrag und sein Vater ihre Familie ruiniert hatten, und Ehlena fragte sich, ob sie sich danach wohl menschlichen Geschäftspartnern zugewandt hatten, um nicht beim eigenen Volk als Schwindler und Verbrecher aufzufliegen.

Sie blickte auf die Kassette hinab.

Nachdem es eindeutig die Nacht zum Waschen schmutziger Wäsche war, hob sie das Ding auf. Es hatte kein Zahlenschloss, sondern ein Schlüsselloch.

Sie blickte über die Schulter zum Schreibtisch.

Fünf Minuten später hatte sie erfolgreich das Geheimfach in der untersten Schublade aufgestemmt und den Schlüssel geholt, den sie in der Vornacht gefunden hatten. Sie zweifelte nicht daran, dass er zu der Kassette gehörte.

Und so war es.

Drinnen lag ein einziges Dokument. Als sie die dicken, cremefarbenen Blätter entrollte, hatte sie das gleiche Gefühl wie bei ihrem ersten Telefongespräch mit Rehv, als er fragte: *Bist du da, Ehlena?*

Das hier würde alles ändern, dachte sie unwillkürlich.

Und das tat es.

Es war eine eidesstattliche Versicherung von Rehvenges Vater, in dem er seinen Mörder benannte. Verfasst, während er seinen tödlichen Wunden erlag.

Ehlena las sie zweimal. Und ein drittes Mal.

Bezeugt war sie von Rehm, Vater des Montrag.

Ein Geistesblitz durchfuhr sie, und sie sprintete an ihren Laptop und rief Madalinas Krankenakte auf …
Tja, wer hätte das gedacht: Das Datum der eidesstattli-

che Versicherung stimmte mit der Nacht überein, in der Rehvs Mutter zusammengeschlagen ins Krankenhaus gebracht worden war.

Ehlena nahm die eidesstattliche Versicherung und las sie erneut. Laut seinem Stiefvater war Rehvenge ein *Symphath* und ein Mörder. Rehm hatte es gewusst. Und Montrag auch.

Ihre Augen fielen auf die Hauptbücher. Diese Aufzeichnungen entlarvten Vater und Sohn als absolute Opportunisten. Es fiel schwer zu glauben, dass sie diese Art von Information nicht irgendwann verwendet hatten. Sehr schwer.

»Madam? Ich bringe Euren Tee.«

Ehlena blickte auf. Eine *Doggen* stand in der Tür. »Ich muss etwas wissen.«

»Selbstverständlich, Madam.« Sashla trat lächelnd einen Schritt nach vorne. »Wie kann ich Euch behilflich sein?«

»Wie ist Montrag gestorben?«

Ein lautes Klappern ertönte, als die Dienstmagd das Tablett beinahe auf den Couchtisch fallen ließ. »Madam ... sicher wollt Ihr nicht von solchen Dingen sprechen.«

»Wie?«

Die *Doggen* blickte auf die Dokumente, die verstreut um den ausgeweideten Safe herumlagen. Der Resignation in Sashlas Augen nach zu schließen, ahnte sie, dass gerade Geheimnisse aufgedeckt worden waren, die kein günstiges Licht auf ihren früheren Herrn warfen.

Diplomatie und Respekt ließen die Dienstmagd leise sprechen: »Ich möchte nicht schlecht von den Toten reden, oder respektlos gegenüber Sire Montrag erschei-

nen. Aber nachdem Ihr nun unser Haushaltsvorstand seid und es erbeten habt ...«

»Es ist in Ordnung. Du tust nichts Falsches. Und ich muss es wissen. Betrachte es als Befehl, wenn dir das hilft.«

Das schien Sashla zu erleichtern, und sie nickte, dann begann sie stockend zu reden. Als sie verstummte, blickte Ehlena auf das glänzende Parkett.

Zumindest wusste sie jetzt, warum der Teppich fehlte.

Xhex hatte die letzte Schicht im *Iron Mask,* wie davor im *ZeroSum.* Als ihre Uhr Viertel vor vier anzeigte, war es deshalb Zeit für sie, alle aus den Toiletten zu werfen, während die Barleute die letzte Runde ausschenkten und die Türsteher Betrunkene und Zugedröhnte auf die Straße beförderten.

Oberflächlich betrachtet, konnte man das *Mask* nicht mit dem *ZeroSum* vergleichen. Statt funkelnden Stahl und Glas zu präsentieren, war hier alles neoviktorianisch in Schwarz und Dunkelblau durchgestylt. Es gab jede Menge Samtvorhänge und abgeschiedene Nischen mit Sofas. Und vergiss den beschissenen Technopop – hier lief akustischer Selbstmord, das Depressivste, was der Backbeat je hervorgebracht hatte. Keine Tanzfläche. Keine VIP-Lounge. Mehr Örtlichkeiten für Sex. Weniger Drogen.

Aber der eskapistische Vibe war der Gleiche, und auch hier verdienten die Mädchen, und der Sprit floss in Strömen.

Betreiber Trez agierte im Hintergrund. Hier gab es kein verstecktes Backoffice und keinen extravaganten Besitzer, der wie ein Zuhälter durch den Laden stolzierte. Trez war Manager, kein Drogenbaron, und die Geschäftspo-

litik und Abläufe im *Mask* beinhalteten kein Knochenbrechen oder Waffengefuchtel. Letztlich gab es viel weniger zu regeln, weil die kleinen und großen Drogendeals wegfielen – außerdem waren Goths schwermütiger und introvertierter als das hyperaktive, aufgedrehte Zappelvolk aus dem *ZeroSum*.

Aber Xhex vermisste das Chaos. Vermisste … vieles.

Mit einem Fluch ging sie in die Damentoilette, die neben der größeren der beiden Bars lag, und traf auf ein Mädchen, das sich über das Waschbecken beugte, um den verdunkelten Spiegel darüber besser zu sehen. Voller Konzentration wischte sie mit dem Finger unter ihrem Auge herum, nicht um ihren Kajal abzuwischen, sondern um ihn noch weiter auf ihrer papierweißen Haut zu verteilen. Sie hatte genug von der schwarzen Schmiere zur Verfügung, so viel, dass sie aussah, als hätte ihr jemand zwei Veilchen verpasst.

»Wir schließen«, erklärte Xhex.

»Okay, kein Problem. Bis morgen.« Das Mädchen zog sich von ihrem Zombie-Spiegelbild zurück und drückte sich durch die Tür.

Das war das Verrückte an den Goths. Sie sahen zwar allesamt aus wie Freaks, waren in Wirklichkeit aber viel cooler als die frustrierten College-Kids und Möchtegern-Paris Hiltons. Außerdem hatten sie die besseren Tattoos.

Ja, das *Mask* war viel unkomplizierter … Und so blieb Xhex mehr als genug Zeit für ihre sich vertiefende Beziehung mit Detective de la Cruz. Sie war jetzt schon zweimal zum Verhör auf der Polizeistation von Caldwell gewesen, genauso wie viele ihrer Türsteher – inklusive Big Rob und Silent Tom, die sie damals ausgeschickt hatte, um nach Grady zu suchen.

Natürlich hatten die beiden formvollendet unter Eid gelogen und ausgesagt, dass sie zum Zeitpunkt von Gradys Tod mit Xhex zusammengearbeitet hätten.

Mittlerweile war klar, dass die Sache vor Gericht gehen würde, aber die Anklage würde nicht standhalten. Sicher hatten die CSIler Fasern und Haare bei Grady untersucht, aber das würde sie kaum weiterbringen, denn so, wie sich Vampirblut schnell zersetzte, zerfiel auch ihre DNS. Außerdem hatte Xhex Kleidung und Stiefel aus dieser Nacht längst verbrannt, und das Messer, das sie verwendet hatte, bekam man in jedem Jagdgeschäft.

De la Cruz hatte nichts als Indizien.

Nicht, dass es eine Rolle spielte. Sollte die Sache aus irgendwelchen Gründen zu heiß werden, würde Xhex einfach verschwinden. Vielleicht Richtung Westen. Vielleicht ins Alte Land.

Verdammt, sie hätte Caldwell längst verlassen sollen. Dass Rehv so nah und gleichzeitig völlig unerreichbar war, brachte sie um den Verstand.

Nach einem Blick in die Kabinen ging Xhex hinaus und um die Ecke zur Herrentoilette. Sie klopfte laut und steckte den Kopf hinein.

Das Klappern, Stöhnen und Rumpeln ließ auf mindestens eine Frau und einen Mann schließen. Vielleicht auch zwei von jeder Sorte.

»Wir schließen«, blaffte sie.

Offensichtlich war sie genau zum richtigen Zeitpunkt gekommen, denn ein spitzer Schrei zeugte vom Orgasmus einer Frau und hallte von den Kacheln wider. Danach hörte man ein erschöpftes Keuchen.

Für das Xhex gar nicht in Stimmung war. Es erinnerte sie an ihre kurze Episode mit John ... Andrerseits, was

erinnerte sie nicht daran? Seit Rehv verschwunden war und sie das Schlafen aufgegeben hatte, standen ihr viele, viele Stunden unter Tag zur Verfügung, in denen sie die Decke in ihrer Hütte anstarren und durchzählen konnte, in wievielerlei Hinsicht sie versagt hatte.

Sie war seitdem nicht mehr in ihrer Kellerwohnung gewesen. Vermutlich würde sie sie verkaufen müssen.

»Kommt schon, raus da«, rief sie. »Wir schließen.«

Nichts, nur das Schnaufen.

Xhex hatte genug von den postkoitalen Atmungsübungen im Behindertenklo. Sie ballte die Hand zur Faust und donnerte sie auf den Papierhandtuchspender. »Schwingt eure Ärsche hier raus. *Jetzt.*«

Das brachte Bewegung in die Truppe.

Als Erstes kam eine Frau aus der Kabine, die trotz ihrer Eigenwilligkeit wohl jedem gefallen hätte. Ihr Styling war ganz Goth, mit zerrissenen Stumpfhosen, zentnerschweren Stiefeln und ordentlich verschnürt mit Lederriemen, aber ihr hübsches Gesicht hätte für jede Misswahl getaugt, genauso wie ihre Barbie-Figur.

Und man hatte es ihr ordentlich besorgt.

Ihre Wangen waren gerötet, und ihr pechschwarzes Haar war flachgedrückt. Beides rührte zweifellos davon, dass sie beim Sex gegen die geflieste Wand gepresst worden war.

Qhuinn kam als Nächster aus der Kabine, und Xhex versteifte sich. Sie wusste genau, wer hier noch seinen Schwanz im Spiel gehabt hatte.

Qhuinn nickte ihr hölzern zu, als er an ihr vorbeikam. Sie wusste, er würde nicht weit gehen. Nicht ohne …

John Matthew war noch mit der Knopfleiste seiner Hose beschäftigt, als er herauskam. Ein Affliction-Shirt

war über sein Sixpack hochgeschoben, und er trug keine Boxershorts. Im fluoreszierenden Licht der Toilette war die glatte, haarlose Haut unter seinem Nabel so gespannt, dass man die Muskelfasern sah, die an seinem Torso hinab bis zu den Beinen verliefen.

Er blickte nicht zu Xhex auf, aber nicht aus Schüchternheit oder Verlegenheit. Es kümmerte ihn nicht, dass sie da war, und das war nicht gespielt. Sein emotionales Raster war … leer.

Er ging zum Waschbecken, drehte das heiße Wasser auf und pumpte eine ordentliche Portion Seife aus dem Spender. Als er sich die Hände wusch, mit der er die Frau bearbeitet hatte, rollte er die Schultern, als wären sie verspannt.

Sein Kinn war unrasiert, und er hatte Ringe unter den Augen. Und sein Haar war eine Weile nicht geschnitten worden, sodass es sich im Nacken und um die Ohren kringelte. Vor allem aber stank er nach Alkohol, der Dunst quoll aus jeder Pore, als käme seine Leber nicht hinterher, den Dreck aus seinem Blut zu filtern, egal, wie hart sie arbeitete.

Das war nicht gut. Es war gefährlich: Xhex wusste, dass er weiter im Kampfeinsatz war. Immer mal wieder kam er mit frischen Prellungen herein, manchmal mit einem Verband.

»Wie lang willst du noch so weitermachen?«, fragte sie tonlos. »Mit dem Gesaufe und Gehure?«

John drehte das Wasser ab und ging zu dem Handtuchspender, in den sie gerade eine spektakuläre Delle geschlagen hatte. Er stand keinen halben Meter von ihr entfernt, als er ein paar Tücher herauszog und seine Hände so gründlich abtrocknete, wie er sie gewaschen hatte.

»Himmel, John, das ist doch keine Art zu leben.«

Er warf die nassen Tücher in die Stahltonne. Als er an die Tür kam, sah er sie zum ersten Mal an, seit sie ihn in ihrem Bett zurückgelassen hatte. In seinem Gesicht flackerte kein Erkennen oder Erinnern oder irgendetwas auf. Die einst funkelnden blauen Augen waren trüb.

»John …«, ihre Stimme klang etwas heiser. »Es tut mir wirklich leid.«

Betont umständlich streckte er den Mittelfinger aus und hielt ihn ihr entgegen. Dann war er weg.

Allein in der Toilette ging Xhex zu dem verdunkelten Spiegel und beugte sich vor, so wie es das Mädchen nebenan getan hatte. Als sich ihr Gewicht nach vorne verlagerte, bohrten sich die Büßergurte in ihre Schenkel. Sie war überrascht, sie überhaupt zu spüren.

Seit sich Rehv geopfert hatte, war ihr Kummer so groß, dass sie dieses Hilfsmittel nicht mehr brauchte, um ihre böse Veranlagung zu kontrollieren.

Ihr Handy klingelte in ihrer Lederhose. Das hatte ihr gerade noch gefehlt. Sie holte das Ding aus der Tasche, sah auf die Nummer … und kniff die Augen zu.

Darauf hatte sie gewartet. Seit sie die Rufumleitung von Rehvs altem Handy eingerichtet hatte.

Sie nahm den Anruf an. »Hallo, Ehlena«, grüßte sie ruhig.

Es gab eine lange Pause. »Ich hatte nicht erwartet, dass jemand drangeht.«

»Warum hast du dann angerufen?« Wieder eine lange Pause. »Schau, wenn es um das Geld geht, da bin ich machtlos. Er hat es in seinem Testament verfügt. Wenn du es nicht willst, spende es für einen wohltätigen Zweck.«

»Was ... was für Geld?«

»Vielleicht ist es noch nicht auf deinem Konto. Ich dachte, das Testament wäre vom König anerkannt worden.« Wieder gab es eine lange Pause. »Ehlena? Bist du noch dran?«

»Ja ...«, kam die leise Antwort. »Bin ich.«

»Aber warum rufst du an, wenn es nicht ums Geld geht?«

Das Schweigen war nach dem bisherigen Verlauf dieses Gesprächs keine Überraschung. Was danach kam, war der Schocker.

»Ich rufe an, weil ich nicht glaube, dass er tot ist.«

64

Ehlena wartete auf eine Antwort von Rehvs Sicherheitschefin. Je länger keine kam, desto sicherer war sie sich,
dass sie richtiglag.

»Er ist nicht tot, stimmt's«, sagte sie mit Nachdruck.
»Ich habe recht, oder?«

Als Xhex schließlich sprach, war ihre tiefe, volle Stimme merkwürdig reserviert. »Ich denke, du solltest wissen, dass du hier mit einer zweiten *Symphathin* redest.«

Ehlena umfasste ihr Handy fester. »Irgendwie überrascht mich das nicht sonderlich.«

»Warum sagst du mir nicht, was du zu wissen glaubst?«

Interessante Antwort, dachte Ehlena. Nicht etwa *Er
ist nicht tot*. Weit davon entfernt. Andererseits, wenn
diese Frau *Symphathin* war, konnte das Gespräch überall hinführen.

Weswegen es keinen Grund gab, irgendetwas zurückzuhalten. »Ich weiß, dass er seinen Stiefvater getötet
hat, weil er seine Mutter geschlagen hat. Und dass sein
Stiefvater wusste, dass er ein *Symphath* ist. Außerdem
weiß ich, dass Montrag, Sohn des Rehm, auch von seiner *Symphathen*-Abstammung wusste und dass Montrag rituell in seinem Arbeitszimmer ermordet wurde.«

»Und was schließt du daraus?«

»Ich glaube, Montrag hat Rehvs Identität aufgedeckt,

deshalb musste Rehv in die Kolonie. Mit dieser Explosion im Club sollte verhindert werden, dass seine Umwelt von seiner Natur erfährt. Ich glaube, dass er mich deshalb ins *ZeroSum* gebracht hat. Um mich auf sichere Weise loszuwerden. Und was Montrag betrifft ... ich glaube, dass Rehvenge sich im Gehen um ihn gekümmert hat.« Ein extrem langes Schweigen folgte. »Xhex ... bist du noch dran?«

Die Frau stieß ein kurzes, hartes Lachen aus. »Rehv hat Montrag nicht umgebracht. Das war ich. Und es hatte nicht direkt mit Rehvs Identität zu tun. Aber woher weißt du von dem toten Mann?«

Ehlena beugte sich auf ihrem Stuhl nach vorne. »Ich glaube, wir sollten uns treffen.«

Jetzt war das Lachen länger und ein bisschen natürlicher. »Du hast Nerven! Ich erzähle dir, dass ich einen Mann umgebracht habe, und du willst mich treffen?«

»Ich will Antworten. Ich will die Wahrheit.«

»Entschuldige, wenn ich hier kurz den Jack Nicholson geben muss, aber bist du sicher, dass du die Wahrheit verträgst?«

»Ich habe diese Nummer gewählt, oder? Ich rede mit dir, oder nicht? Schau, ich weiß, dass Rehvenge am Leben ist. Ob du es nun zugibst oder nicht, es ändert nichts für mich.«

»He, du hast keine Ahnung.«

»Das glaubst du! Er hat sich von mir genährt. Er trägt mein Blut in sich. Deshalb weiß ich, dass er noch immer atmet.«

Lange Pause, dann ein kurzes Lachen. »Ich verstehe langsam, was ihm an dir gefallen hat.«

»Wollen wir uns also treffen?«

»Okay, in Ordnung. Wo?«

»In Montrags sicherem Haus in Connecticut. Wenn du ihn umgebracht hast, weißt du ja, wo es steht.« Ehlena fühlte eine kurze Befriedigung, als es totenstill in der Leitung wurde. »Hatte ich vergessen zu erwähnen, dass mein Vater und ich die nächsten Verwandten von Montrag sind? Wir haben seinen gesamten Besitz geerbt. Ach ja, und sie mussten den Teppich rausnehmen, den du versaut hast. Warum konntest du den Mistkerl nicht auf dem Marmor im Foyer umbringen?«

»Scheiße ... Du bist ein bisschen mehr als bloß eine kleine Krankenschwester, oder?«

»Ja. Also, kommst du nun?«

»Ich bin in einer halben Stunde da. Und keine Sorge, ich bleibe nicht über Tag. *Symphathen* vertragen Tageslicht.«

»Dann bis gleich.«

Als Ehlena auflegte, stand sie völlig unter Strom. Eilig begann sie aufzuräumen, sammelte alle Hauptbücher, Schatullen und Dokumente ein und steckte sie in das jetzt ungeschützte Innere des Safes. Dann klappte sie die Seelandschaft wieder an die Wand, fuhr den Computer herunter, gab den *Doggen* Bescheid, dass sie Besuch erwartete und ...

Die Glocke hallte durchs Haus. Ehlena war froh, dass sie es als Erste an die Haustür schaffte. Irgendwie hatte sie den Verdacht, der Umgang mit Xhex könnte den Hausangestellten unangenehm sein.

Sie zog die mächtigen Flügel auf und trat einen Schritt zurück. Xhex sah genauso aus wie in ihrer Erinnerung, eine knallharte Frau in schwarzem Leder und mit männlichem Kurzhaarschnitt. Doch etwas hatte sich geändert,

seit sie die Sicherheitsfrau das letzte Mal gesehen hatte. Sie schien … dünner, älter. Irgendetwas.

»Was dagegen, wenn wir ins Arbeitszimmer gehen?«, fragte Ehlena und hoffte, dass sie es hinter geschlossene Türen schafften, bevor der Butler und die Zimmermädchen auftauchten.

»Du bist mutig. Wenn man bedenkt, was ich als Letztes in diesem Zimmer getan habe.«

»Du hattest deine Chance, mir nachzustellen. Trez kannte meine alte Adresse. Wenn du dich wirklich so über Rehv und mich geärgert hast, hättest du mich längst erledigt. Sollen wir?«

Als Ehlena den Arm in Richtung des betreffenden Zimmers ausstreckte, deutete Xhex ein Lächeln an und ging los.

Als sie sich hinter verschlossener Tür befanden, fragte Ehlena: »Also, wie viel habe ich richtig geraten?«

Xhex wanderte im Arbeitszimmer umher und blieb nur ab und an stehen, um sich ein Bild, ein Buch im Regal oder die Lampe auf einer orientalischen Vase anzusehen. »Du hast recht. Er hat seinen Stiefvater für das getötet, was dieses Schwein bei ihm zu Hause angerichtet hat.«

»Meintest du das damit, dass er sich für Mutter und Schwester in eine beschissene Situation gebracht hat?«

»Zum Teil. Sein Stiefvater hat diese Familie terrorisiert, insbesondere Madalina. Dummerweise glaubte sie, es nicht anders zu verdienen, und außerdem war er noch milde im Vergleich zu Rehvs Vater. Sie war eine Frau von Wert. Ich mochte sie, obwohl ich sie nur ein-, zweimal getroffen habe. Ich war niemand nach ihrem Geschmack, ganz und gar nicht, aber sie war freundlich zu mir.«

»Ist Rehvenge in der Kolonie? Hat er seinen eigenen Tod vorgetäuscht?«

Xhex blieb vor der Seelandschaft stehen und sah Ehlena über die Schulter hinweg an. »Er würde nicht wollen, dass wir dieses Gespräch führen.«

»Dann lebt er.«

»Ja.«

»In der Kolonie.«

Xhex zuckte die Schultern und nahm ihre Wanderung wieder auf. Die langsamen, gelassenen Schritte konnten nicht verhehlen, welche Kraft in ihrem Körper steckte. »Wenn er gewollt hätte, dass du in diese Geschichte hineingezogen wirst, hätte er die Sache ganz anders angefangen.«

»Hast du Montrag getötet, damit diese eidesstattliche Versicherung nicht ans Licht kommt?«

»Nein.«

»Warum dann?«

»Das geht dich nichts an.«

»Falsche Antwort.« Als Xhexs Kopf herumwirbelte, straffte Ehlena die Schultern. »Ich könnte auf der Stelle zum König gehen und deine Deckung auffliegen lassen. Also denke ich, dass du es mir sagen solltest.«

»Du willst eine *Symphathin* bedrohen? Vorsicht, ich beiße.«

Das gelangweilte Lächeln, das ihre Worte untermalte, jagte Ehlena eisige Schauer über den Rücken und erinnerte sie daran, dass sie noch nie mit jemandem wie Xhex zu tun gehabt hatte. Und das nicht nur, weil sie *Symphathin* war: Diese kalten, metallgrauen Augen, die sie da von der anderen Seite des Zimmers aus ansahen, hatten auf eine Menge Tote geblickt – die sie selbst umgebracht hatte.

Aber Ehlena ließ sich nicht einschüchtern.

»Du wirst mir nichts tun«, sagte sie voll Überzeugung.

Xhex fletschte lange weiße Fänge, und ein leises Fauchen drang aus ihrer Kehle. »Tatsächlich?«

»Nein …« Ehlena schüttelte den Kopf. Plötzlich hatte sie das Bild vor Augen, wie Rehvenge ihren Turnschuh festhielt. Jetzt, wo sie wusste, was er zum Schutz von Mutter und Schwester getan hatte … glaubte sie an das, was sie in diesem Moment in seinem Gesicht gesehen hatte. »Sicher hat er dir verboten, mich anzurühren. Sicher hat er für meinen Schutz gesorgt, als er ging. Deswegen die Show im *ZeroSum*.«

Rehvenge war nicht unfehlbar gewesen. Weit davon entfernt. Aber sie hatte ihm in die Augen gesehen und seinen Bindungsduft gerochen und seine zärtlichen Hände auf ihrer Haut gespürt. Im *ZeroSum* hatte sie den Schmerz in seinen Augen gesehen und die angespannte Verzweiflung in seiner Stimme gehört. Damals hatte sie geglaubt, es sei entweder gespielt gewesen, oder seiner Enttäuschung zuzuschreiben, dass seine Lügen aufgeflogen waren, doch jetzt sah sie die Sache anders.

Sie kannte ihn, verdammt. Selbst nach allem, was er ihr verschwiegen hatte, selbst nach all den Lügen *kannte* sie ihn.

Ehlena hob das Kinn und blickte einer routinierten Killerin ins Gesicht.

»Ich will alles wissen, und du wirst es mir sagen.«

Xhex sprach eine halbe Stunde lang durchgehend und war überrascht, wie gut es ihr tat. Außerdem war sie zunehmend angetan von Rehvs Wahl. Die ganze Zeit, während Xhex von den Schrecken erzählte, saß Ehlena still

und gefasst auf dem Seidensofa – obwohl es eine Menge unangenehmer Details gab.

»Die Frau, die mich an meiner Tür abgefangen hat«, sagte Ehlena, »war seine Erpresserin?«

»Ja. Seine Halbschwester. Sie ist mit seinem Onkel verheiratet.«

»Gott, wie viel Geld hat sie im Laufe dieser zwanzig Jahre von ihm kassiert? Kein Wunder, dass er den Club betreiben musste.«

»Sie war nicht nur hinter Geld her.« Xhex sah Ehlena in die Augen. »Er musste sich auch prostituieren.«

Ehlena wurde bleich. »Wie meinst du das?«

»Was glaubst du, wie ich das meine?« Xhex fluchte und nahm ihre Wanderung wieder auf, ging zum hundertsten Mal die Längen des herrschaftlichen Zimmers ab. »Hör zu … vor fünfundzwanzig Jahren habe ich Mist gebaut, und um mich zu schützen, ist Rehv einen Deal mit der Prinzessin eingegangen. Einmal im Monat ist er in den Norden gereist und hat ihr Geld gezahlt … und mit ihr geschlafen. Es war ihm zuwider, und er hat sie verabscheut. Außerdem hat sie ihn krank gemacht, im wörtlichen Sinne – sie hat ihn vergiftet, wenn er tat, wozu sie ihn zwang, deswegen brauchte er auch dieses Antiserum. Und dennoch … obwohl es ihn eine Menge kostete, nahm er diesen Trip immer wieder auf sich, damit sie uns nicht verriet. Er hat für meinen Fehler bezahlt, Monat für Monat, Jahr für Jahr.«

Ehlena schüttelte langsam den Kopf. »Lieber Himmel … seine Halbschwester …«

»Wage nicht, ihm das zur Last zu legen. Es gibt nur noch wenige *Symphathen,* Inzucht ist bei ihnen ganz normal, aber vor allem hatte er keine Wahl, denn ich

habe ihn in diese Position gebracht. Wenn du glaubst, er habe diese kranke Scheiße freiwillig getan, hast du den Verstand verloren.«

Ehlena hob abwehrend die Hand. »Ich verstehe. Es … es tut mir nur leid für dich und ihn.«

»Verschwende keine Gefühle an mich.«

»Sag mir nicht, was ich fühlen soll.«

Xhex musste lachen. »Weißt du, unter anderen Umständen könnte ich dich mögen.«

»Komisch. Mir geht es genauso.« Die Frau lächelte, aber es war ein trauriges Lächeln. »Dann ist er also bei der Prinzessin?«

»Ja.« Xhex wandte sich von dem Sofa ab, um zu verbergen, was sich zweifelsohne in ihren Augen zeigte. »Die Prinzessin hat seine Deckung auffliegen lassen, nicht Montrag.«

»Aber Montrag wollte diese eidesstattliche Versicherung benutzen, oder? Hast du ihn deshalb ermordet?«

»Das war nur ein Teil seines Plans. Den Rest kann ich nicht verraten, nur so viel, dass Rehv eine tragende Rolle darin spielte.«

Ehlena runzelte die Stirn und lehnte sich in die Kissen zurück. Sie hatte mit ihrem Pferdeschwanz herumgespielt und dabei etliche Strähnen aus dem Gummi gelöst – sodass es jetzt aussah, als hätte sie einen Heiligenschein, so wie sie vor der Lampe saß.

»Muss es auf der Welt immer so grausam zugehen?«

»Meiner Erfahrung nach – ja.«

»Warum hast du nicht versucht, ihn zu befreien?«, fragte Ehlena ruhig. »Und das soll keine Kritik sein – ehrlich nicht. Es scheint nur so gar nicht zu dir zu passen.«

So gefragt, fühlte sich Xhex etwas weniger in die De-

fensive getrieben. »Er hat mich schwören lassen, es nicht zu tun. Er hat es sogar schriftlich festgehalten. Und sollte ich mein Wort brechen, werden zwei seiner besten Freunde sterben – weil sie mir folgen würden.« Mit einem verlegenen Schulterzucken holte Xhex den verdammten Brief aus ihrer Hosentasche. »Ich muss das Ding immer bei mir tragen, weil es das Einzige ist, was mich zurückhält. Sonst wäre ich noch heute früh in dieser verdammten Kolonie.«

Ehlenas Blick klebte auf dem gefalteten Umschlag. »Darf ... darf ich den bitte sehen?« Zitternd streckte sie ihre hübsche Hand aus. »Bitte.«

Das Gefühlsraster der Frau war ein einziges Chaos aus Fetzen von Verzweiflung und Angst, eingewickelt in Stränge von Traurigkeit. Sie war in den letzten vier Wochen durch die Hölle gegangen und vollkommen überdreht ... aber im Kern, im Zentrum, tief in ihrem Herzen ... brannte Liebe.

Und sie brannte tief.

Xhex legte den Brief in ihre Hand und hielt ihn einen kurzen Moment fest. Erstickt sagte sie: »Rehvenge ... ist seit Jahren mein Held. Er ist ein guter Mann trotz seiner *Symphathen*-Seite, und er ist es wert, was du für ihn empfindest. Er hätte ein besseres Leben verdient ... und ich kann mir gar nicht vorstellen, was die Prinzessin in diesem Moment mit ihm anstellt.«

Xhex ließ den Umschlag los, und Ehlena blinzelte heftig, als versuche sie die Tränen aufzuhalten.

Xhex konnte diese Frau nicht ansehen, deshalb stellte sie sich vor ein Ölgemälde mit einem prächtigen Sonnenuntergang über einer ruhigen See. Die Farben waren so warm und wohltuend, dass das Bild tatsächlich eine

glühende Wärme auszustrahlen schien, die man auf Gesicht und Schultern spürte.

»Er hätte ein wirkliches Leben verdient«, murmelte Xhex. »Mit einer *Shellan,* die ihn liebt, ein paar Kindern und ... stattdessen wird er misshandelt und gefoltert für ...«

Weiter kam sie nicht, denn ihre Kehle schnürte sich zu, sodass sie kaum noch Luft bekam. Als Xhex vor dem strahlenden Sonnenuntergang stand, hätte sie beinahe losgeheult: Der Druck von Vergangenheit, Gegenwart und Zukunft, den sie in ihrem Inneren eingesperrt hatte, köchelte bedrohlich auf, sodass sie auf ihre Arme und Hände blickte, ob sie nicht vielleicht angeschwollen waren.

Doch sie sahen aus wie immer.

Alles blieb eingesperrt unter ihrer Haut.

Sie hörte ein leises Rascheln, als der Brief zurück ins Kuvert gesteckt wurde.

»Nun, da bleibt uns nur eines«, stellte Ehlena fest.

Xhex konzentrierte sich auf die brennende Sonne in der Mitte des Bildes und riss sich zusammen. »Und das wäre?«

»Wir gehen da hoch und holen ihn raus.«

Xhex warf Ehlena einen Blick über die Schulter zu. »Auf das Risiko hin, wie ein Typ aus einem billigen Actionfilm zu klingen: Wir zwei hätten keine Chance gegen eine Armee von *Symphathen.* Außerdem hast du den Brief gelesen. Du weißt, wozu ich mich verpflichtet habe.«

Ehlena tippte mit dem Brief an ihr Knie. »Aber hier heißt es, du darfst nicht seinetwegen gehen, oder? Und was, wenn ich dich bitte, mit mir zu kommen? Dann

wäre es doch meinetwegen, oder? Ihr *Symphathen* schätzt doch solche Winkelzüge.«

Xhex überlegte und lächelte kurz: »Guter Gedanke. Aber nimm es mir nicht übel, du bist Zivilistin. Für diese Aktion bräuchte ich mehr Hilfe als dich.«

Ehlena erhob sich von dem Sofa. »Ich kann schießen und bin ausgebildete Rettungsschwester, also kann ich auch mit Feldverletzungen umgehen. Und ohne mich kommst du nicht um deinen Schwur herum. Also, was sagst du?«

Xhex war ganz und gar für *Feuer frei,* aber wenn Ehlena bei einem Befreiungsversuch von Rehv ums Leben käme, hätte sie ein ernsthaftes Problem.

»In Ordnung, ich gehe allein«, verkündete Ehlena und warf den Brief aufs Sofa. »Ich finde ihn und …«

»Moment, Moment!« Xhex atmete tief durch, nahm Rehvs letzte Nachricht und gestattete sich, für alle Möglichkeiten offen zu sein. Was, wenn es einen Weg gab, um …

Und wie aus dem Nichts wurde sie plötzlich von Tatendrang erfasst, und in ihren Adern floss endlich wieder etwas anderes als Schmerz.

»Ich weiß, an wen wir uns wenden können.« Sie strahlte. »Ich weiß, wie wir es anstellen.«

»An wen?«

Xhex streckte Ehlena die Hand entgegen. »Wenn du da hochwillst, bin ich dabei, aber wir machen es auf meine Art.«

Rehvs Freundin blickte zu Boden, dann bohrten sich ihre karamellfarbenen Augen in Xhexs Gesicht. »Ich gehe mit dir. Das ist meine einzige Bedingung. Ich gehe mit.«

Xhex nickte langsam. »Ich verstehe. Aber alles andere überlässt du mir.«

»Abgemacht.«

Sie gaben sich die Hände. Ehlenas Handschlag war bestimmt und fest. Was angesichts ihres Vorhabens hoffen ließ, dachte Xhex, wenn Ehlena eine Pistole halten sollte.

»Wir holen ihn da raus«, hauchte Ehlena.

»Der Himmel steh uns bei.«

65

»Okay, pass auf, George: Siehst du diese Mistdinger? Das sind hinterhältige Biester. Ich weiß, wir haben das schon ein paarmal gemacht, aber das ist kein Grund zum Übermut.«

Wrath stupste mit dem Fuß gegen die unterste Stufe der Freitreppe und stellte sich in Gedanken die mit rotem Teppich bespannte Rutschbahn vor, die von der Eingangshalle auf die Balustrade im ersten Stock führte. »Das Gute daran: Du siehst, was du tust. Das Schlechte: Wenn ich falle, reiße ich dich wahrscheinlich mit. Das gilt es zu verhindern.«

Vorsichtig streichelte er den Kopf des Hundes. »Sollen wir?«

Er gab das Signal zum Aufbruch und begann den Aufstieg. George blieb ganz dicht bei ihm, und die fließende Bewegung seiner Schultern übertrug sich durch den Haltegriff. Oben angekommen, blieb George stehen.

»Arbeitszimmer«, sagte Wrath.

Zusammen gingen sie geradeaus. Als der Hund erneut stehen blieb, orientierte sich Wrath am Knistern des Kaminfeuers und konnte mit dem Hund zum Schreibtisch laufen. Er setzte sich auf den neuen Stuhl, und George setzte sich auch, direkt neben ihn.

»Ich kann nicht glauben, dass du das tust«, sagte Vishous von der Tür aus.

»Pech gehabt.«

»Sag mir, dass du uns dabeihaben willst.«

Wrath streichelte Georges Flanke. Sein Fell war so weich. »Nicht von Anfang an.«

»Bist du sicher?« Wrath ließ eine hochgezogene Braue für sich sprechen. »Ja, okay, in Ordnung. Aber ich werde vor der Tür stehen.«

Und V würde nicht allein sein, kein Zweifel. Als Bellas Handy mitten während des Letzten Mahls bimmelte, war es eine Überraschung: Alle, die üblicherweise bei ihr anriefen, saßen mit ihr im Raum. Sie war drangegangen, und nach einem langen Schweigen hörte Wrath, wie ein Stuhl zurückgeschoben wurde und sanfte Schritte auf ihn zukamen.

»Für dich«, meinte sie mit zitternder Stimme. »Es ist … Xhex.«

Fünf Minuten später hatte er zugestimmt, Rehvenges Stellvertreterin zu empfangen, und obwohl Xhex nichts Genaues gesagt hatte, musste man kein Hellseher sein, um Grund und Zweck ihres Anrufs zu erraten. Schließlich war Wrath nicht nur König, sondern auch Erster der Bruderschaft.

Die alle fanden, Wrath sei verrückt, sie zu empfangen, aber das war das Coole daran, Anführer seines Volkes zu sein: Man konnte tun, was man wollte.

Unten in der Eingangshalle öffnete sich die Tür, und die Stimme von Fritz hallte zu ihnen herauf, als er die beiden Gäste ins Haus geleitete. Der alte Butler kam nicht allein mit den zwei Frauen herein, er selbst war von Rhage und Butch eskortiert worden, als er sie mit dem Mercedes abgeholt hatte.

Stimmen und Schritte näherten sich über die Treppe.

George spannte sich an, seine Hüften hoben sich und seine Atmung ging etwas schneller.

»Ist schon okay, Junge«, raunte Wrath ihm zu. »Kein Grund zur Aufregung.«

Der Hund entspannte sich sofort, und Wrath blickte ihn verwundert an, obwohl er ihn nicht sehen konnte. Dieses bedingungslose Vertrauen war ... eigentlich ganz nett.

Es klopfte, und er drehte den Kopf. »Herein.«

Sein erster Eindruck von Xhex und Ehlena war die wilde Entschlossenheit, die von ihnen ausstrahlte. Als Zweites witterte er eine große Nervosität bei Ehlena, die rechts stand.

Aus dem verhaltenen Rascheln von Kleidung schloss er, dass sie sich verbeugten, und ein doppeltes »Eure Hoheit« bestätigte seine Vermutung.

»Setzt euch«, forderte er sie auf. »Alle anderen verlassen den Raum.«

Keiner seiner Brüder wagte zu murren, denn es galt die Etikette zu wahren: Im Beisein von Außenstehenden behandelten sie ihn als ihren Herrscher und König. Rumgezicke und Ungehorsam waren tabu.

Vielleicht brauchten sie öfter Besuch in diesem verdammten Haus.

Als sich die Türen schlossen, sagte Wrath: »Sagt mir, warum ihr hier seid.«

Es entstand eine Pause, und Wrath stellte sich vor, dass sich die Frauen wahrscheinlich ansahen und überlegten, wer zuerst das Wort ergreifen sollte.

»Lasst mich raten«, kam er ihnen zuvor. »Rehvenge lebt, und ihr wollt ihn aus diesem Drecksloch befreien.«

Als Wrath, Sohn des Wrath, sprach, war Ehlena nicht im Geringsten überrascht, dass er den Grund ihres Kommens erraten hatte. Der König auf der anderen Seite dieses entzückenden, zierlichen Schreibtisches sah genauso aus, wie sie ihn von ihrem Zusammenprall in der Klinik in Erinnerung hatte: Grausam und schlau zugleich, ein Führer in der Blüte seiner geistigen und körperlichen Kraft.

Dieser Mann kannte sich aus in der Welt. Und er war es gewohnt, die nötige Kraft zu haben, um auch schwierige Aufgaben zu lösen.

»Ja, mein Herr«, sagte sie nickend. »Deswegen sind wir hier.«

Er wandte ihr seine schwarze Panoramabrille zu. »Du bist doch die Krankenschwester aus Havers Klinik. Die sich als Montrags Erbin entpuppt hat.«

»Das bin ich, ja.«

»Darf ich fragen, was du mit dieser Sache zu tun hast?«

»Es ist persönlich.«

»Ach so.« Der König nickte. »Verstehe.«

Xhex meldete sich in ernstem und respektvollem Ton: »Rehvenge hat dir einen Gefallen getan. Einen großen Gefallen.«

»Daran musst du mich nicht erinnern. Deshalb sitzt ihr beiden jetzt hier bei mir zu Hause.«

Ehlena musterte Xhex von der Seite und versuchte zu ergründen, worauf sich die beiden bezogen. Doch ihre Miene verriet nichts. Wie zu erwarten.

»Eine Frage«, meinte Wrath. »Was machen wir mit dieser E-Mail, wenn wir ihn zurückholen? Rehvenge sagte, sie sei unbedeutend, aber offensichtlich war das gelogen. Jemand aus dem Norden drohte, ihn auffliegen zu

lassen, und wenn er freikommt ... wird diese Drohung vielleicht wahrgemacht.«

Xhex meldete sich zu Wort: »Ich garantiere persönlich dafür, dass der Verfasser dieser Drohung keinen Laptop mehr verwenden kann, wenn ich fertig bin.«

»Wundervoll.«

Während der König das Wort lächelnd in die Länge zog, lehnte er sich auf die Seite und schien etwas zu streicheln ... Verblüfft bemerkte Ehlena, dass neben ihm ein Golden Retriever saß, dessen Kopf nur ein paar Zentimeter über den Schreibtisch ragte. Wow. Seltsame Wahl, dachte sie. Der Gefährte des Königs schien so sanftmütig und anschmiegsam, genau das Gegenteil seines Besitzers – und doch ging Wrath liebevoll mit dem Tier um, seine große, breite Hand strich langsam über den Rücken des Hundes.

»Ist das die einzige Bedrohung für seine Tarnung?«, wollte der König wissen. »Oder gibt es noch weitere Löcher zu stopfen?«

»Montrag ist tot«, murmelte Xhex. »Ich wüsste nicht, wer es sonst wissen sollte. Natürlich könnte ihm der König der *Symphathen* nachstellen, aber den könntest du aufhalten. Rehv ist schließlich auch dein Untertan.«

»Stimmt genau, verdammt, und ich habe das ältere Besitzrecht.« Wraths Lächeln kehrte kurz zurück. »Außerdem will es sich der *Symphathen*-König sicher nicht mit mir verscherzen, denn wenn ich ernsthaft sauer werde, könnte ich ihm sein hübsches kleines Exil da oben im Land der abgefrorenen Eier abnehmen. Er ist König von meinen Gnaden, wie man im Alten Land sagte, er regiert nur so lange, wie ich ihn lasse.«

»Also werden wir die Sache durchziehen?«, fragte Xhex.

Wrath schwieg lange, und während sie auf seine Antwort warteten, blickte sich Ehlena in dem hübschen Arbeitszimmer im französischen Stil um, um Wraths Augen auszuweichen. Sie wollte ihn nicht sehen lassen, wie aufgeregt sie war, und keine Schwäche in ihrem Gesicht zeigen. Sie fühlte sich völlig fehl am Platz, wie sie hier vor dem König ihres Volkes saß und einen Plan präsentierte, der beinhaltete, ins Herz eines finsteren Ortes vorzustoßen. Aber sie konnte nicht riskieren, dass er an ihrem Entschluss zweifelte oder sie von der Reise ausschloss, denn auch wenn sie nervös war, würde sie nicht nachgeben. Angst zu haben hieß nicht, dass man kniff. Zur Hölle, sonst säße ihr Vater längst in einer Anstalt, und sie wäre vielleicht wie ihre Mutter geendet.

Der richtige Weg konnte manchmal beängstigend sein, aber ihr Herz hatte sie bis hierher geführt und würde sie nicht im Stich lassen ... was auch geschah und was es auch brauchte, um Rehvenge aus der Kolonie zu holen.

Ehlena ... bist du da?

Ja, verdammt, das war sie.

»Zwei, drei Dinge«, meinte Wrath, als er unter leichtem Zusammenzucken sein Gewicht verlagerte, als hätte er eine Kampfverletzung. »Dem König da oben wird es nicht schmecken, wenn wir in sein Reich spazieren und einen seiner Leute mitnehmen.«

»Bei allem Respekt«, unterbrach Xhex, »Rehvs Onkel soll sich ins Knie ficken.«

Ehlena horchte auf. Rehvenge war der Neffe des Königs?

Wrath zuckte die Schultern. »Zufällig stimme ich zu, trotzdem wird es zu einem Konflikt kommen. Zu einem bewaffneten Konflikt.«

»In so was bin ich gut«, sagte Xhex so beiläufig, als

ginge es nur darum, welchen Film man ansehen wollte. »Sehr gut.«

Ehlena hatte das Gefühl, sich auch einbringen zu müssen: »Ich auch.«

Der König versteifte sich leicht, und Ehlena bemühte sich, nicht zu sehr zu drängen, denn sie wollte nicht wegen Respektlosigkeit vor die Tür gesetzt werden: »Ich meine, nichts anderes ist zu erwarten, und ich bin darauf eingestellt.«

»Du bist darauf eingestellt? Nimm's mir nicht übel, aber wenn es zum Kampf kommt, kann man keinen zivilen Anhang brauchen.«

»Bei allem Respekt«, benutzte sie Xhex' Worte, »ich gehe mit.«

»Selbst wenn das hieße, dass ich meine Männer zurückziehe?«

»Ja.« Der König atmete hörbar ein, als überlege er, wie er sie höflich loswerden konnte. »Du verstehst nicht, mein Herr. Rehvenge ist mein …«

»Dein was?«

Aus einem Impuls heraus und um ihrem Anliegen mehr Gewicht zu verleihen, sagte sie: »Er ist mein *Hellren*.« Aus dem Augenwinkel sah sie, wie Xhexs Kopf zu ihr herumwirbelte, aber sie war bereits ins Wasser gesprungen, und nun konnte sie nicht noch nässer werden. »Er ist mein Mann, und … er hat sich vor einem Monat von mir genährt. Wenn er versteckt wird, kann ich ihn finden. Außerdem, wenn sie ihm etwas …«, oh, Himmel, »angetan haben, braucht er vielleicht medizinische Hilfe. Die werde ich ihm bieten.«

Der König spielte mit dem Ohr seines Hundes und rieb den Daumen an dem weichen, hellbraunen Fell. Dem

Tier gefiel das ganz offensichtlich, und es drückte sich mit einem Seufzer an den Schenkel seines Herrn.

»Wir haben einen Sanitäter«, sagte Wrath. »Und eine Ärztin.«

»Aber nicht seine *Shellan*, oder?«

»Brüder«, rief Wrath plötzlich aus. »Schwingt eure Ärsche hier rein.«

Die Flügeltüren des Arbeitszimmers flogen auf, und Ehlena blickte ängstlich über die Schulter. War sie zu weit gegangen und würde nun aus dem Haus »eskortiert«? Diese Aufgabe hätte jeder der zehn riesenhaften Männer, die eben hereinkamen, locker allein bewältigt. Ehlena kannte sie alle aus der Klinik, außer den mit dem blond-schwarzen Haar, und es erstaunte sie gar nicht, dass alle voll bewaffnet waren.

Zu ihrer Erleichterung kamen sie nicht, um sie hinauszubefördern, sondern verteilten sich in dem eleganten, hellblauen Raum und füllten ihn bis zu den Deckenbalken. Es schien ein bisschen seltsam, dass Xhex sie keines Blickes würdigte und sich weiter ganz auf Wrath konzentrierte – andrerseits war es logisch: So furchterregend die Brüder aussahen, entscheidend war einzig die Meinung des Königs.

Wrath blickte in die Runde seiner Krieger. Seine Panoramasonnenbrille verdeckte die Augen, sodass man nicht in seinem Gesicht lesen konnte.

Das Schweigen war unerträglich, und Ehlenas Herz hämmerte in ihren Ohren.

Schließlich sprach der König. »Gentlemen, diese reizenden Damen möchten gerne in den Norden reisen. Ich bin bereit, sie ziehen zu lassen, damit sie Rehv zu uns nach Hause bringen, aber sie gehen nicht allein.«

Die Antwort der Brüder kam sofort.

»Ich bin dabei.«

»Setz mich auf die Liste.«

»Wann soll's losgehen?«

»Wurde auch Zeit.«

»Oh, Mann, morgen ist *Beaches Night*. Können wir nach zehn gehen, damit ich einmal alle Folgen sehen kann?«

Alles drehte sich nach dem Mann mit dem blond-schwarzen Haar in der Ecke um, der die mächtigen Arme vor der Brust verschränkt hatte.

»Was ist?«, fragte er. »Kommt schon, das ist nicht *Mary Tyler Moore*. Kein Grund also, sich aufzuregen.«

Vishous, der mit dem schwarzen Handschuh, funkelte ihn an. »Das ist *schlimmer* als *Mary Tyler Moore*. Und ›Idiot‹ würde dir noch schmeicheln.«

»Machst du Witze? Bette Midler hat's echt drauf. Und ich steh nun mal auf das Meer. Na und?«

Vishous blickte hilfesuchend zum König. »Du hast gesagt, ich darf ihn schlagen. Du hast es versprochen.«

»Sobald wir heimkommen«, sagte Wrath und stand auf. »Wir hängen ihn in der Turnhalle auf, und du kannst ihn als Sandsack benutzen.«

»Vielen Dank. Es gibt einen Gott.«

Der mit dem blond-schwarzen Haar schüttelte den Kopf. »Ich schwöre, bald gehe ich.«

Wie auf Kommando zeigten alle Brüder auf die offene Tür und ließen das Schweigen für sich sprechen.

»Ihr seid echt scheiße.«

»Okay, genug.« Wrath kam um den Tisch und …

Ehlena setzte sich ruckartig auf. Die Hand des Königs umschloss den Griff eines Geschirrs um die Brust

des Hundes, und sein Gesicht war nach vorne gerichtet, das Kinn hochgeschoben, sodass er den Boden nicht sehen konnte.

Er war blind. Und zwar nicht im Sinne von kurzsichtig oder dergleichen. Er sah offenbar überhaupt nichts. Seit wann denn das, fragte sich Ehlena. Bei ihrem letzten Zusammentreffen schien er noch nicht blind gewesen zu sein.

Ehrfurcht erfüllte sie, als sie wie alle anderen im Raum zu ihm aufblickte.

»Die Sache wird heikel«, erklärte Wrath. »Wir brauchen genügend Leute, denn wir wollen sowohl Deckung als auch einen Such- und Rettungstrupp, aber wir sollten nicht mehr Wirbel verursachen, als unbedingt nötig. Ich will zwei Teams, das zweite in Bereitschaft. Außerdem brauchen wir eine Transportmöglichkeit, für den Fall, dass Rehvenge bewegungsunfähig ...«

»Wovon redet ihr?«, fragte eine Frauenstimme aus der Tür.

Ehlena blickte über die Schulter und erkannte, wer es war: Bella, die Frau von Bruder Zsadist, die regelmäßig im Refugium half. Die Frau stand in dem verschnörkelten Rahmen, ihr Kind im Arm, das Gesicht aschfahl, die Augen leer.

»Was ist mit Rehvenge?«, fragte sie, und ihr Ton wurde schärfer. »Was ist mit meinem Bruder?«

Während Ehlena langsam verstand, ging Zsadist zu seiner *Shellan*.

»Ich glaube, ihr beide solltet euch unterhalten«, meinte Wrath sanft. »Zu zweit.«

Zsadist nickte und führte seine Familie aus dem Zimmer. Als das Paar den Flur hinunterging, hörte man Bel-

la weiter mit zunehmend schriller und panischer Stimme Fragen stellen.

Und dann ertönte ein ungläubiges »*Was?!*« der absoluten Fassungslosigkeit.

Ehlena sah betroffen auf den hübschen blauen Teppich. Sie wusste nur zu gut, was Bella in diesem Moment durchmachte. Die Schockwelle, das in Schieflage geratene Weltbild, das Gefühl, betrogen worden zu sein.

Kein schönes Gefühl. Und auch keins, das man leicht überwand.

Nachdem sich eine Tür geschlossen hatte und die Stimmen dadurch gedämpft wurden, blickte Wrath in die Runde, als gebe er jedem die Chance, seine Entschlossenheit zu prüfen.

»Morgen Nacht ist Showdown, heute reicht das Tageslicht nicht mehr aus, um ein Auto hochzubringen.« Der König nickte Ehlena und Xhex zu. »Ihr beide bleibt bis dahin hier.«

Also hieß das, dass sie mitgehen konnte? Der Jungfrau der Schrift sei Dank! Was das Bleiben betraf, würde Ehlena ihren Vater anrufen müssen, aber mit Lusie im Haus machte sie sich keine Sorgen deswegen. »Kein Problem …«

»Ich muss noch mal weg«, sagte Xhex gepresst. »Aber ich komme zurück bis …«

»Das ist keine Einladung. Du bleibst, damit ich weiß, wo du bist und was du tust. Sollte es dir um Waffen gehen – davon haben wir genug. Scheiße, wir haben erst letzten Monat eine ganze Kiste voll von den *Lessern* kassiert. Also, willst du diese Sache durchziehen? Dann bleib bis heute Abend hier.«

Es war offensichtlich, dass der König Xhex nicht trau-

te, so, wie er die Worte hervorpresste und dabei grimmig lächelte.

»Also, wie hätten wir es gerne, Sündenfresserin?«, fragte er ruhig. »So oder gar nicht?«

»In Ordnung«, knurrte Xhex. »Was immer du wünschst.«

»Ganz genau«, murmelte Wrath. »Ganz genau.«

Eine Stunde später stand Xhex mit ausgestreckten Armen und hüftbreit gespreizten Beinen im Schießstand der Bruderschaft. In ihren Händen hielt sie eine nach Talkum stinkende SIG Sauer Vierzig, aus der sie Salven auf eine menschenförmige Zielscheibe zwanzig Meter von sich entfernt feuerte. Trotz des Gestanks war es eine fantastische Waffe, mit hübschem Rückstoß und ausgezeichneter Zielgenauigkeit.

Während sie die Pistole ausprobierte, fühlte sie die neugierigen Blicke der Männer hinter sich. Man musste ihnen zugutehalten, dass sie nicht auf ihren Hintern gerichtet waren.

Nein, die Brüder waren nicht an ihr interessiert. Keiner von ihnen mochte sie sonderlich, obwohl Xhex beim Nachladen der Pistole spürte, dass sie ihr widerwillig Treffsicherheit zugestanden und das als Vorzug betrachteten.

Auf der Bahn nebenan bewies Ehlena, dass sie nicht gelogen hatte und tatsächlich mit einer Waffe umgehen konnte. Sie hatte eine Halbautomatik mit etwas weniger Feuerkraft gewählt, was klug war, weil sie lange nicht Xhex' Kraft im Oberkörper besaß. Für eine Amateurin zielte sie fantastisch, und vor allem behandelte sie die Waffe mit einer ruhigen Sicherheit, die hoffen

ließ, dass sie niemandem versehentlich ins Knie schießen würde.

Xhex nahm ihren Ohrenschutz ab und wandte sich zur Bruderschaft um, die Waffe am Schenkel baumelnd. »Ich würde gerne noch die andere probieren, aber mit den beiden müsste ich gut auskommen. Und ich will mein Messer zurück.«

Die Klinge hatte man ihr abgenommen, bevor sie und Ehlena in diesem schwarzen Mercedes in das Haus der Bruderschaft gefahren wurden.

»Du bekommst sie«, sagte jemand. »Wenn du sie brauchst.«

Gegen ihren Willen schaute sie sich kurz um, wer alles da war. Die gleiche Crew wie vorher. John Matthew hatte sich also nicht in den Raum geschlichen.

Bei der Größe dieses Anwesens konnte er vermutlich überall sein, selbst in der nächsten Stadt, verdammt. Nach der Besprechung im königlichen Arbeitszimmer war er einfach rausspaziert, und seitdem hatte sie ihn nicht gesehen.

Was gut war. Im Moment musste sie sich auf das bevorstehende Ereignis konzentrieren, nicht auf ihr erbärmliches, verhindertes Liebesleben. Zum Glück schien sich alles zu regeln. Sie hatte iAm und Trez angerufen und eine Nachricht hinterlassen, dass sie sich einen Tag freinahm. Ein Rückruf hatte bestätigt, dass das kein Problem sei. Bestimmt würden sie später noch mal bei ihr durchrufen, aber mit Unterstützung der Bruderschaft war sie hoffentlich in der Kolonie und wieder draußen, bevor ihre Babysitterimpulse die Mauren übermannten.

Zwanzig Minuten später hatte sie die andere SIG zur Genüge ausprobiert und war nicht im Geringsten überrascht, als beide Waffen konfisziert wurden. Der Weg

zurück ins Haus war lang und angespannt. Xhex warf einen Seitenblick zu Ehlena, um zu sehen, wie sie sich hielt. Es war schwer, die Entschlusskraft im Gesicht dieser Krankenschwester nicht zu bewundern. Rehvs Frau wollte sich ihren Mann zurückholen, und nichts würde sie davon abhalten.

Was super war ... Trotzdem machte es Xhex nervös. Sie war sich sicher, dass Murhder die gleiche Entschlossenheit zur Schau getragen hatte, als er zur Kolonie kam, um sie zu retten.

Und sieh nur an, wie das gelaufen war.

Andrerseits war dieser ewige Einzelkämpfer allein gegangen. Ehlena und Xhex waren wenigstens schlau genug gewesen, sich handfeste Unterstützung zu suchen. Man konnte nur hoffen, dass dieses feine Detail den Unterschied ausmachen würde.

Zurück im Haus holte sich Xhex etwas zu Essen aus der Küche und wurde in ein Gästezimmer im ersten Stock geführt, das man durch einen Flur voller Statuen erreichte.

Essen. Trinken. Duschen.

Sie ließ das Licht im Bad an, weil ihr das Zimmer unbekannt war, legte sich nackt ins Bett und schloss die Augen. Als eine halbe Stunde später die Tür aufging, war sie geschockt, aber nicht überrascht, als ein großer Schatten im Licht des Flurs stand.

»Du bist betrunken«, bemerkte sie.

John Matthew kam ohne Einladung herein und verschloss ohne Erlaubnis die Tür. Er war tatsächlich betrunken, aber das war ja nichts Neues.

Auch der Umstand, dass er sexuell erregt war, würde es nicht auf die Titelseite schaffen.

Als er die mitgeführte Flasche auf die Kommode stellte, und die Hände zur Knopfleiste seiner Hose führte, gab es hunderttausend Gründe, warum sie ihn aufhalten und zum Teufel hätte schicken sollen.

Stattdessen warf Xhex die Decke zurück und legte die Hände hinter den Kopf. Ein Schauer lief über ihre Brüste, und das nicht nur vor Kälte.

Denn bei all den Gründen, die gegen ihr Vorhaben sprachen, gab es ein Argument, das über alle vernünftigen Einwände gewann: Es bestand die Möglichkeit, dass einer oder beide von ihnen nach der morgigen Nacht nicht wieder heimkamen.

Selbst mit Unterstützung der Bruderschaft war es ein Selbstmordkommando, in die Kolonie einzudringen – und Xhex konnte sich vorstellen, dass unter dem Dach der Bruderschaft gerade so manches Paar Sex hatte. Manchmal musste man das Leben noch einmal auskosten, bevor man beim Sensenmann an die Tür klopfte.

John zog Jeans und T-Shirt aus und ließ die Sachen liegen, wo sie hinfielen. Dann kam er zu ihr. Er sah fantastisch aus im leuchtenden Licht, der Schwanz aufrecht und hart, die muskulöse Gestalt alles, was sich eine Frau im Bett nur wünschen konnte.

Doch all diese Pracht interessierte sie nicht, als er zur Matratze kam und sie bestieg. Xhex wollte seine Augen sehen.

Doch leider hatte sie Pech. Das Licht aus dem Bad kam von hinten, und sein Gesicht lag im Schatten. Einen Moment lang hätte sie fast die Nachttischlampe angestellt, doch dann wurde ihr bewusst, dass sie die taube Kälte nicht sehen wollte, die ohne Zweifel in seinem Blick lag.

Sie würde von ihm nicht bekommen, was sie wollte,

dachte Xhex. Bei dieser Sache würde es nicht darum gehen, sich lebendig zu fühlen.

Und sie hatte recht.

Kein Auftakt, kein Vorspiel. Sie öffnete die Beine für
ihn, und er stieß in sie. Ihr Körper entspannte sich und
nahm ihn auf, allein aufgrund der Biologie. Als er sie vögelte, lag sein Kopf neben ihrem auf dem Kissen, aber er
hielt sein Gesicht von ihr abgewandt.

Sie kam nicht. Er schon. Viermal.

Als er sich von ihr hinunterwälzte und schwer atmend
auf dem Rücken lag, war ihr Herz in tausend Splitter zerbrochen: Seit sie ihn in ihrer Kellerwohnung zurückgelassen hatte, hatte es einen Sprung gehabt, doch mit jedem Stoß, mit dem er jetzt in sie eingedrungen war, war
ein weiteres Stück abgesplittert.

Ein paar Minuten später stand John auf, zog sich an,
griff nach seiner Flasche und ging.

Als sich die Tür mit einem Klicken schloss, zog Xhex
die Decke über sich.

Sie unternahm keinen Versuch, das Zittern zu kontrollieren, das sie erfasste, und versuchte auch nicht, die
Tränen zurückzuhalten. Sie sammelten sich in ihren Au-
genwinkeln und rannen über ihre Schläfen. Ein paar
landeten in ihren Ohren. Einige rollten über ihren Hals
und wurden vom Kissen aufgesaugt. Andere trübten ihre
Sicht, als wollten sie ihr Zuhause nicht verlassen.

Sie kam sich lächerlich vor und führte die Hände ans
Gesicht, um sie aufzufangen und an der Decke abzuwischen.

Sie weinte stundenlang.

Allein.

66

Am nächsten Abend lenkte Lash seinen Mercedes fünfzehn Meilen südlich von Caldwell auf einen Feldweg und stellte die Scheinwerfer aus. Langsam fuhr er den mit Schlaglöchern übersäten Feldweg entlang und nutzte den aufgehenden Mond als Orientierung in dem schmuddeligen, abgeernteten Kornfeld.

»Haltet eure Waffen parat«, sagte er.

Auf dem Beifahrersitz nahm Mr. D seine Vierzig, und hinten spannten die zwei Jäger die Schrotflinten, die man ihnen gegeben hatte, bevor Lash sie alle aus der Stadt gefahren hatte.

Hundert Meter weiter trat Lash auf die Bremse und fuhr mit der behandschuhten Hand das mit Leder ummantelte Lenkrad nach. Das Gute an einem protzigen schwarzen Mercedes war, dass man wie ein Geschäftsmann aussah und nicht wie ein aufgemotzter Drogengangster, wenn man daraus ausstieg. Außerdem passten die Leibwächter auf die Rückbank.

»Also, ziehen wir es durch.«

Es klickte, als alle gleichzeitig die Türen entriegelten und ausstiegen, wo sie auf verschneiter Erde einem zweiten protzigen Mercedes gegenüberstanden.

Einem kastanienbraunen AMG. Hübsch.

Und Lash war nicht der Einzige, der ein paar Waffen

zu dem Treffen mitgebracht hatte. Die Türen des AMG öffneten sich, und heraus stiegen drei Kerle mit Vierzigern und ein scheinbar unbewaffneter Mann.

Während die Limousinen einen gewissen Anstand vermittelten, repräsentierten diese Männer die raue Seite des Drogengeschäfts – die verdammt wenig mit Taschenrechnern, Auslandskonten und Geldwäsche zu tun hatte.

Lash ging auf den Mann zu, der keine Waffe zu tragen schien, und seine Hände hingen neben den Taschen seines *Joseph Abboud* Mantels. Im Laufen durchforstete er den Geist des kolumbianischen Importeurs, der laut Aussage des Drogendealers, den sie ebenso zum Spaß wie zum Nutzen gefoltert hatten, große Mengen an Rehvenge verkauft hatte.

»Sie wollten ein Treffen mit mir?« Der Mann sprach mit starkem Akzent.

Lash steckte die Hand in die Brusttasche seines Mantels und lächelte. »Du bist nicht Ricardo Benloise.« Er blickte zu dem anderen Mercedes hinüber. »Und ich lasse mich ungern verarschen. Sag deinem Boss, er soll aus dem Auto steigen, oder ich verschwinde – und dann macht er keine Geschäfte mit dem Mann, der in Caldwell aufgeräumt hat und den Markt vom Reverend übernimmt.«

Der Mensch schien einen Moment verblüfft. Dann warf er einen Blick auf die drei Kerle hinter ihm, bevor seine Augen zu dem braunen Mercedes huschten und er unauffällig den Kopf schüttelte.

Es gab eine Pause. Schließlich öffnete sich die Beifahrertür, und ein kleiner, älterer Herr stieg aus. Er war makellos gekleidet, trug einen schwarzen Mantel, der maßgeschneidert von seinen schmalen Schultern hing, und

seine glänzenden Budapester hinterließen eine Schlurf-spur im Schnee.

Seelenruhig spazierte er auf Lash zu, als wäre er sich tausendprozentig sicher, dass seine Männer jede Situation im Griff hätten.

»Sie werden meine Vorsicht verstehen«, sagte Benloise mit einer Mischung aus französischem und lateinamerikanischem Akzent. »Es ist die Zeit der Umsicht.«

Lash zog die Hand aus seinem Mantel und ließ die Waffe, wo sie war. »Es besteht kein Grund zur Sorge.«

»Sie scheinen da sehr sicher zu sein.«

»Nachdem ich die Konkurrenz selbst aus dem Weg geschafft habe, bin ich das auch.«

Die Augen des älteren Mannes wanderten an Lash auf und ab und musterten ihn. Lash wusste, dass er nichts als Stärke entdeckte.

Lash sah nicht ein, warum er Zeit verschwenden sollte, und kam gleich zum Punkt: »Ich will die gleichen Mengen verschieben wie der Reverend, und das ab sofort. Ich habe die nötigen Männer, und das Gebiet gehört mir. Was ich brauche, ist ein verlässlicher, professioneller Pulverlieferant, deswegen dieses Treffen mit Ihnen. Eigentlich ist es ganz einfach: Ich übernehme die Geschäfte des Reverends, und nachdem Sie mit ihm gearbeitet haben, möchte jetzt ich Geschäfte mit Ihnen machen.«

Der alte Mann lächelte. »Nichts ist jemals einfach. Aber Sie sind jung und werden das selbst erkennen, wenn Sie lang genug leben.«

»Ich werde lange da sein. Vertrauen Sie mir.«

»Ich vertraue niemandem, nicht einmal meiner Familie. Und leider weiß ich nicht, wovon Sie sprechen. Ich bin Importeur für hochwertige kolumbianische Kunst

und habe keine Ahnung, wie Sie an meinen Namen geraten sind oder warum Sie ihn mit illegalen Geschäften in Verbindung bringen.« Der alte Mann verbeugte sich leicht. »Ich wünsche Ihnen einen angenehmen Abend und schlage vor, dass Sie sich legale Betätigungsfelder für Ihre zweifellos vielen Talente suchen.«

Lash runzelte die Stirn, als sich Benloise umdrehte und zu dem AMG zurückkehrte, während seine Männer zurückblieben.

Was zum Teufel? Wenn das mal keine Bleidusche gab …

Lash griff nach seiner Waffe, gefasst auf eine Schießerei … Aber nein. Der Mann, der sich anfangs als Benloise ausgegeben hatte, kam einen Schritt auf ihn zu und streckte ihm die Hand entgegen.

»Es war nett, Ihre Bekanntschaft zu machen.«

Lash blickte auf die Hand hinab und sah etwas darin liegen. Eine Karte.

Also schüttelte Lash die Hand, nahm das Ding und ging zurück zu seinem eigenen Mercedes. Dort setzte er sich hinters Steuer und sah zu, wie der AMG den Feldweg hinunterzuckelte, wobei der Auspuff in der Kälte rauchte.

Er blickte auf die Karte. Es war eine Nummer.

»Was haben Sie da, Sir?«, wollte Mr. D wissen.

»Ich glaube, wir sind ins Geschäft gekommen.« Lash nahm sein Handy und wählte, dann legte er den Gang ein und fuhr in die entgegengesetzte Richtung von Benloises Crew davon.

Benloise ging dran. »Es ist doch so viel komfortabler, im warmen Auto miteinander zu plaudern, finden Sie nicht?«

Lash lachte. »Ja.«

»Hier mein Angebot: Ein Viertel der Menge, die ich monatlich an den Reverend verkauft habe. Wenn Sie in der Lage sind, es sicher auf der Straße an den Mann zu bringen, können wir unsere Geschäfte ausbauen. Sind wir uns einig?«

Es war so angenehm, mit einem Profi zu verhandeln, dachte Lash. »Das sind wir.«

Nachdem sie Preis und Lieferungsbedingungen ausgehandelt hatten, legten sie auf.

»Wir sind uns einig«, stellte er zufrieden fest.

Als allgemeines Schulterklopfen im Mercedes ausbrach, erlaubte sich Lash, wie ein Idiot zu grinsen. Selbst Labore hochzuziehen erwies sich als schwieriger als erwartet – obwohl er immer noch dran war, brauchte er einen großen, verlässlichen Lieferanten, und seine Beziehung mit Benloise war der Schlüssel dazu. Mit dem Erlös daraus konnte er Jäger rekrutieren, moderne Waffen anschaffen, Grundstücke erwerben, die Brüder angreifen. Er hatte das Gefühl, dass die Gesellschaft der *Lesser* seit seiner Übernahme auf der Stelle getreten war, aber das war nun vorbei, dank des älteren Herrn mit dem Akzent.

Zurück in der Stadt, setzte Lash Mr. D und die anderen *Lesser* bei der baufälligen Ranch ab und fuhr durch die Stadt zu seinem Sandsteinhaus. Als er in der Garage parkte, war er ganz aufgeregt angesichts all der Möglichkeiten, die die Zukunft bot. Die Aufregung machte ihm bewusst, wie beschissen es ihm davor gegangen war. Geld war wichtig. Es war die Freiheit, zu tun, was man wollte, zu kaufen, was man brauchte.

Es war Macht, gestapelt zu ordentlichen Bündeln und mit Gummibändern der Autorität verschnürt.

Es war der Stoff, den er brauchte, um er selbst zu sein. Er ging durch die Küche ins Haus und genoss einen Moment die Fortschritte, die er bereits gemacht hatte: keine leeren Arbeitsflächen und Schränke mehr. Es gab eine Espressomaschine, Cuisinarts, Geschirr und Gläser, und nichts davon von *Target*. Außerdem lagerte Feinkost im Kühlschrank, guter Wein im Keller und erstklassiger Sprit in der Bar.

Er ging ins immer noch kahle Wohnzimmer und zur Treppe, wo er mit jedem Schritt zwei Stufen nahm. Im Gehen lockerte er schon mal die Kleider, während sein Schwanz mit jedem Schritt steifer wurde. Oben wartete seine Prinzessin auf ihn. Wartete auf ihn und verzehrte sich nach ihm. Gebadet, eingeölt und einparfümiert von zweien seiner Jäger, eine Sexsklavin, vorbereitet für sein Vergnügen.

Mann, war er froh, dass *Lesser* impotent waren. Sonst hätte es eine Serie von Kastrationen in der Gesellschaft gegeben.

Als er im ersten Stock ankam, knöpfte er sein Hemd auf und entblößte unzählige Kratzer, die sich über seine Brust zogen. Sie stammten von den Fingernägeln seiner Gespielin, und er lächelte, bereit, der Sammlung ein paar neue Stücke hinzuzufügen. Nach zwei Wochen, in denen er sie ganz angekettet gelassen hatte, war er dazu übergegangen, eine Hand und einen Fuß loszubinden. Je mehr sie sich widersetzte, desto besser.

Gott, sie war ein Höllenweib …

Doch am Ende der Treppe erstarrte er. Der Geruch, der ihm aus dem Flur entgegenschlug, brachte ihn zum Stehen. Oh … verflucht, die Luft war so süßlich, als wären hundert Parfümflakons zerbrochen.

Lash raste auf die Schlafzimmertür zu. Wenn ihr irgendetwas zugestoßen war …

Die Verwüstung war verheerend: Überall war schwarzes Blut auf dem neuen Teppich und der frischen Tapete. Die zwei *Lesser,* die er zur Bewachung seiner Frau zurückgelassen hatte, lagen dem Himmelbett gegenüber auf dem Boden, jeder ein Messer in der Rechten. Beide hatten sich unzählige glitzernde Schnitte in die Hälse zugefügt, bis sie so viel Blut verloren hatten, dass sie sich nicht mehr bewegen konnten.

Er blickte auf das Bett. Die Satinlaken waren zerwühlt, und die vier Ketten, die ihm der *Symphathen*könig zur Bändigung der Prinzessin gegeben hatte, hingen schlaff an den Ecken.

Lash wirbelte zu seinen Männern herum. Jäger starben nicht, es sei denn, man bohrte ihnen rostfreien Stahl in die Brust. Man hatte sie unschädlich gemacht, aber sie waren noch am Leben.

»Was zum Donner ist hier passiert?«

Zwei Münder mahlten, aber Lash verstand kein Wort – diese Idioten hatten keine Luftzufuhr zu ihren Kehlköpfen mehr, dank des Saftes, der aus all diesen Löchern blubberte, die sie sich selbst zugefügt hatten.

Minderbemittelte Versager …

Aber was war das? Oh, nein, das hatte sie nicht getan.

Lash ging zu den zerknautschten Laken und entdeckte das Halsband seines alten, toten Rottweilers. Er hatte es der Prinzessin um den Hals gelegt, um sie als sein Eigentum zu kennzeichnen, und es auch nicht abgenommen, wenn er sich beim Sex von ihr nährte.

Sie hatte es aufgeschnitten, statt die Schnalle zu öffnen. Sie hatte es zerstört.

Lash warf das Halsband aufs Bett, knöpfte sein Seidenhemd zu und stopfte es in die Hose. Dann nahm er eine weitere Pistole und ein Messer von der antiken Kommode, die er vor drei Tagen gekauft hatte, um sie dem Arsenal zuzufügen, das er bei seinem Treffen mit Benloise bei sich getragen hatte.

Es gab nur einen Ort, an den sie gehen würde.

Und er würde ihr dorthin folgen und sich seine Schlampe zurückholen.

Von George geleitet, verließ Wrath um zweiundzwanzig Uhr sein Arbeitszimmer und gelangte mit einer Sicherheit zur Treppe, die ihn selbst überraschte. Doch langsam fing er an, sich auf den Hund zu verlassen und die Signale vorherzusehen, die er ihm durch den Griff gab: Am Kopf der Treppe blieb George immer stehen und wartete, bis Wrath die erste Stufe fand. Und unten pausierte der Hund erneut und zeigte Wrath dadurch, dass sie in der Eingangshalle waren. Dann wartete er, bis Wrath die Richtung angab, in die es gehen sollte.

Es war eigentlich ein sehr gutes System.

Während er und George die Stufen hinunterstiegen, sammelten sich unten die Brüder, überprüften ihre Waffen und redeten. V rauchte seinen türkischen Tabak, Butch murmelte leise ein paar Ave Maria, und Rhage wickelte einen Tootsie Pop aus. Die beiden Frauen waren auch schon da, Wrath erkannte sie an ihren Düften. Die Krankenschwester war nervös, aber nicht hysterisch, und Xhex konnte den Kampfeinsatz kaum erwarten.

Als seine Füße den Mosaikboden berührten, umschloss Wrath das Treppengeländer fest mit der Hand, und die Muskeln in seinem Unterarm spannten sich an.

Scheiße, er und George blieben daheim. Und das nervte total.

Welch Ironie. Vor gar nicht langer Zeit hatte es ihm leidgetan, Tohr zurückzulassen wie einen Hund. Was für ein Rollentausch. Jetzt ging Bruder Tohr da raus ... und Wrath musste zu Hause bleiben.

Ein schriller Pfiff von Tohr brachte alle zum Schweigen. »V und Butch, ihr seid mit Xhex und Z im ersten Team. Rhage, Phury und ich sind im zweiten Team und geben euch vier Deckung, zusammen mit den Jungs. Qhuinn hat eben eine SMS geschickt. Er, Blay und John sind im Norden angekommen und haben sich zwei Meilen vor dem Eingang zur Kolonie in Position gebracht. Wir sind bereit zu ...«

»Und was ist mit mir?«, fragte Ehlena.

Tohrs Stimme war sanft. »Du wartest mit den Jungs zusammen im Hummer ...«

»Zur Hölle warte ich. Ihr braucht einen Sanitäter ...«

»Und Vishous ist einer. Weswegen er auch mit dem ersten Team reingeht.«

»Zusammen mit mir. Ich kann ihn finden – er hat sich von mir genäh...«

Wrath wollte sich schon einschalten, als Bella sie plötzlich unterbrach.

»Lasst sie mit reingehen.« Einen Moment lang hielten alle die Luft an, als Rehvenges Schwester in scharfem Ton sprach: »Ich will, dass sie mit reingeht.«

»Danke«, sagte Ehlena schüchtern, als sei es damit entschieden.

»Du bist seine Frau«, murmelte Bella. »Nicht wahr?«

»Ja.«

»Du warst in seinen Gedanken, als ich ihn das letzte

Mal sah. Es war klar, was er für dich empfand.« Bellas Stimme wurde noch lauter. »Sie muss mit. Auch wenn ihr ihn findet, leben wird er für sie.«

Wrath, der von Anfang an dagegen gewesen war, dass diese Krankenschwester mitging, wollte schon etwas sagen ... doch dann fiel ihm ein, wie man ihm vor ein, zwei Jahren in den Magen geschossen hatte, und Beth danach an seiner Seite gewesen war. Ohne sie hätte er nicht überlebt. Ihre Stimme und ihre Berührung und die Stärke ihrer Verbindung waren das Einzige gewesen, das ihn am Leben gehalten hatte.

Der Himmel wusste, was die *Symphathen* in der Kolonie mit Rehv angestellt hatten. Wenn er noch atmete, war es gut möglich, dass sein Leben an einem seidenen Faden hing.

»Sie geht mit«, bestimmte Wrath. »Sie ist vielleicht das Einzige, was ihn da lebend rausbringt.«

Tohr räusperte sich. »Ich glaube nicht ...«

»Das ist ein Befehl.«

Es gab ein langes, ablehnendes Schweigen, das Wrath schließlich brach, indem er die rechte Hand hob und den großen schwarzen Diamanten blitzen ließ, der seit je vom König der Vampire getragen wurde.

»Okay, in Ordnung.« Tohr räusperte sich erneut. »Z, du passt auf sie auf.«

»In Ordnung.«

»Bitte ...«, sagte Bella heiser. »Bringt meinen Bruder heim. Bringt ihn zu uns zurück, wo er hingehört.«

Einen Moment lang herrschte Schweigen.

Dann schwor Ehlena: »Das werden wir. Auf welche Art auch immer.«

Diese Worte bedurften keiner Erläuterung. Ehlena

meinte lebendig oder tot, und das verstanden alle, auch Rehvs Schwester.

Wrath sagte ein paar Worte in der Alten Sprache, Worte, die sein Vater manchmal an die Bruderschaft gerichtet hatte, wie er sich erinnerte. Doch bei Wrath klangen sie anders. Seinen Vater hatte es nicht gestört, zu Hause auf dem Thron sitzen zu bleiben.

Wrath fraß es regelrecht von innen auf.

Nach einer kurzen Verabschiedung gingen die Brüder und die Frauen, und ihre Tritte hallten auf dem Mosaik.

Die Tür der Eingangshalle schloss sich.

Beth nahm seine freie Hand. »Wie geht es dir?«

Ihre gepresste Stimme verriet, dass sie nur zu genau wusste, wie ihm zumute war, aber er nahm ihr die Frage nicht übel. Sie war betroffen und besorgt, genau, wie er es an ihrer Stelle gewesen wäre, und manchmal konnte man eben nicht mehr tun, als zu fragen.

»Es ging mir schon besser.« Er zog sie an sich, und als sie sich an ihn schmiegte, schob George seinen Kopf dazwischen, um sich streicheln zu lassen.

Doch selbst mit diesen beiden war Wrath einsam.

Als er so in der großen Eingangshalle stand, deren Farben und Pracht er nicht mehr sehen konnte, hatte er das Gefühl, genau da gelandet zu sein, wo er niemals hingewollt hatte: Als er sich in den Kampf gestürzt hatte, obwohl ihm das als König untersagt war, war es nicht nur um den Krieg und sein Volk gegangen, sondern auch um ihn. Er wollte mehr sein, als ein König, der Dokumente auf seinem Schreibtisch hin und her schob.

Doch anscheinend war sein Schicksal festgelegt und wild entschlossen, ihn an diesen Thron zu ketten, egal, mit welchen Mitteln.

Er drückte Beths Hand, dann ließ er los und gab George den Befehl, geradeaus zu laufen. Zusammen gingen sie in den Eingangsflur und durch eine Reihe von Türen bis vor das Haus.

Wrath stand im Hof, das Gesicht in den kalten Wind gedreht, der in sein Haar fuhr und es nach hinten blies. Er atmete ein und roch Schnee, fühlte jedoch nichts auf den Wangen. Das Unwetter kündigte sich wohl erst an.

George setzte sich neben ihn, als Wrath den Himmel absuchte, den er nicht sehen konnte. Wenn es bald schneien würde, war es dann wohl schon bewölkt? Oder sah man noch die Sterne? In welcher Phase war der Mond?

Das Sehnen in seiner Brust trieb ihn dazu, die Augen anzustrengen, um irgendwelche Umrisse in der Welt zu erkennen. Früher hatte es funktioniert … er hatte Kopfschmerzen davon bekommen, aber es hatte funktioniert.

Jetzt bekam er einfach nur die Kopfschmerzen.

Hinter ihm sagte Beth: »Soll ich dir eine Jacke bringen?«

Er lächelte leicht und blickte über die Schulter. Er stellte sich vor, wie sie in der großen Tür des Hauses stand, umrahmt vom Leuchten der Lichter drinnen.

»Weißt du«, meinte er, »darum liebe ich dich so.«

Ihr Ton war herzerweichend warm. »Wie meinst du das?«

»Du bittest mich nicht reinzukommen, weil es kalt ist. Du willst es mir nur dort angenehmer machen, wo ich stehe.« Er drehte sich ganz zu ihr um. »Manchmal verstehe ich nicht, dass du noch bei mir bist. Nach all dem Mist …« Er deutete auf das Haus. »Die ständigen Unterbrechungen durch die Bruderschaft, die Kämpfe, das Königsamt. Dass ich ein Arschloch bin und dir Sachen

verschweige.« Er tippte an seine Panoramabrille. »Die Blindheit ... ich schwöre, du bist auf dem besten Weg, heiliggesprochen zu werden.«

Als sie zu ihm kam, wurde der Geruch von nachtblühenden Rosen trotz des starken Windes stärker. »Das ist es nicht.«

Sie berührte seine Wangen, doch als er sich zu ihr hinunterbeugte, um sie zu küssen, hielt sie ihn auf. Sie hielt sein Gesicht fest, schob die Sonnenbrille fort und strich mit der freien Hand über seine Brauen.

»Ich bleibe bei dir, weil ich in deinen Augen die Zukunft sehe, ob blind oder nicht.« Seine Lider flatterten, als sie sanft über die Wurzel seiner Nase strich. »Meine. Die der Bruderschaft. Die des ganzen Vampirvolkes ... deine Augen sind so schön. Und für mich bist du jetzt noch tapferer als zuvor. Du brauchst nicht mit den Händen zu kämpfen, um Mut zu beweisen. Oder der König zu sein, den wir brauchen. Oder mein *Hellren*.« Sie legte ihm die Hand auf die breite Brust. »Von hier aus lebst und führst du. Von diesem Herz aus ... hier.«

Wrath musste blinzeln.

Merkwürdig, prägende Erlebnisse kamen nicht immer nach Plan und nicht immer erwartet. Sicher, die Transition verwandelte eine Memme in einen Mann. Und wenn man sich vereinigte, wurde man Teil eines Ganzen und war nicht länger allein. Durch Todesfälle und Geburten sah man die Welt in einem anderen Licht.

Aber ab und an drang völlig unerwartet jemand an diesen stillen Ort vor, an den man sich sonst nur alleine zurückzog, und veränderte die Art, wie man sich selbst sah. Wenn man Glück hatte, war es der Lebensgefährte ... und das prägende Erlebnis bestätigte, dass man

absolut und hundert Prozent mit dem richtigen Partner zusammen war: Dann berührte einen das Gesagte nicht, weil es aus diesem speziellen Mund kam, sondern weil es stimmte.

Paynes Schlag ins Gesicht hatte ihn aufgeweckt.

George hatte ihm seine Unabhängigkeit wiedergegeben.

Aber Beth hatte ihm seine Krone gerecht.

Denn wenn sie ihn in dieser Stimmung erreichen konnte, bewies sie, dass es möglich war. Man konnte ergründen, was jemand hören musste. Das Herz war die Antwort. Damit hatte sie ihr Argument belegt.

Er hatte den Thron bestiegen und das eine oder andere Gesetz beschlossen. Doch tief im Inneren war er immer noch ein Kämpfer mit einem lästigen Bürojob gewesen. Sein Widerwille hatte ihn reizbar gemacht, und obwohl er sich dessen nicht bewusst war, hatte er jede Nacht nach dem Ausgang geschielt.

Kein Augenlicht. Kein Ausgang.

Und was, wenn das im Grunde … in Ordnung war? Was, wenn diese beschissenen Kalendersprüche stimmten? Eine Tür schloss sich, eine andere tat sich auf? Was, wenn er sein Augenlicht verlieren musste, um … der wahre König des Vampirvolkes zu sein?

Nicht nur ein Sohn, der sich den Verpflichtungen seiner Erbschaft fügt?

Wenn es stimmte, dass der Verlust des Sehvermögens die anderen Sinne schärfte, war es bei ihm vielleicht das Herz. Und wenn das stimmte …

»Die Zukunft«, flüsterte Beth, »liegt in deinen Augen.«

Wrath drückte seine *Shellan* an sich, sodass er sie mit seinem Körper umschloss. Als sie zusammengedrängt da-

standen, geschützt gegen den Winterwind, wurde seine innere Dunkelheit von einem warmen Leuchten durchbrochen.

Ihre Liebe war das Licht in seiner Blindheit. Sie zu fühlen war der Himmel, den er nicht sehen musste, um ihn zu kennen. Und wenn sie ihm so sehr vertraute, war sie auch sein Mut und seine Entschlusskraft.

»Danke, dass du bei mir geblieben bist«, sagte er heiser in ihr langes Haar.

»Nirgends wäre ich lieber.« Sie legte den Kopf an seine Brust. »Du bist mein Mann.«

67

Als sich Ehlena zusammen mit den Brüdern in den Norden dematerialisierte, musste sie ständig an Bella denken. Die Frau hatte merkwürdig durchscheinend gewirkt, als sie da in der großen, vornehmen Eingangshalle stand, umgeben von den schwer bewaffneten Männern. Ihre Augen waren leer gewesen und ihre Wangen blass und hohl, als hätte man ihren Willen auf eine grässliche Probe gestellt.

Trotzdem wollte sie ihren Bruder zurück.

Lügen funktionierten immer auf die gleiche Art und Weise: Die objektive Wahrheit wurde verdreht, verdeckt oder schlicht übertüncht, mit der Absicht zu täuschen. Schwieriger wurde es bei den Motiven hinter den Unwahrheiten. Ehlena dachte daran, was sie getan hatte, um Rehvenge Tabletten zu besorgen. Sie hatte nur die besten Absichten gehabt, und obwohl das ihr Handeln nicht rechtfertigte oder sie vor verdienten Konsequenzen bewahrte, hatte sie zumindest nicht aus Boshaftigkeit gehandelt. Bei Rehvenge war es das Gleiche. Sein Handeln konnte nicht gerechtfertigt werden, aber er hatte Ehlena und seine Schwester und andere beschützt, so wie es das Alte Gesetz gebot.

Aus diesem Grund vergab Ehlena Rehvenge – und sie hoffte, seine Schwester würde es auch tun.

Natürlich hieß das nicht, dass Ehlena mit diesem

Mann zusammenkommen würde – dass Rehv ihr *Hellren* war, hatte sie nur gesagt, um mit in die Kolonie zu kommen. Es hatte nichts zu bedeuten. Außerdem, wer wusste, ob sie überhaupt in einem Stück zurück nach Caldwell kamen.

Die heutige Nacht konnte leicht einige Leben kosten.

Ehlena und die Brüder nahmen im Windschatten eines dichten Kiefernwäldchens Gestalt an, an einem geschützten Punkt, den Xhex nach einer Erkundung der Gegend ausgewählt hatte. Vor ihnen lag, wie von Xhex beschrieben, ein malerisches weißes Farmhaus mit einem Schild TAOISTischer klosterorden GEgr. 1982.

Von außen betrachtet, war schwer vorstellbar, das innerhalb der schmucken weißen Schindelwände etwas anderes vorging als das Einkochen von Marmelade oder das Nähen von Patchworkdecken. Noch schwerer war vorstellbar, dass dieses entzückende Haus der Eingang zur Kolonie der *Symphathen* war. Dennoch fühlte sich irgendwie alles falsch an, als läge ein Kraftfeld des Schreckens auf dem einladenden Anblick.

Ehlena blickte sich um. Sie spürte Rehvs Nähe. Kurz bevor Xhex sprach, richtete sie den Blick auf ein Nebengebäude, das hundert Meter von dem Farmhaus entfernt stand. Da ... ja, *da* war er.

»Wir gehen durch diesen Stall«, flüsterte Xhex und deutete auf das Gebäude, das Ehlenas Aufmerksamkeit auf sich gezogen hatte. »Das ist der einzige Zugang zum Labyrinth. Wie ich letzte Nacht schon sagte, wissen sie sicher längst, dass wir hier sind. Wenn wir ihnen also gegenüberstehen, sollten wir uns möglichst diplomatisch geben – wir holen nur zurück, was uns gehört, und wollen kein Blut vergießen. Sie werden die Argumentation

verstehen und akzeptieren – bevor sie den Kampf beginnen ...«

Ein süßlicher Geruch wehte mit dem kalten Wind zu ihnen herüber, und alle drehten die Köpfe.

Verwundert blickte Ehlena den Mann an, der da aus dem Nichts auf dem Rasen vor dem Farmhaus erschienen war. Sein blondes Haar war zurückgegelt, und seine Augen leuchteten in einem seltsamen Schwarz. Als er auf die Veranda zuging, strotzte sein Gang nur so vor Wut und Kraft, und seine Haltung war angespannt, wie zum Kampf bereit.

»Ach du Scheiße«, hauchte V. »Sollte das etwa Lash sein?«

»Sieht ganz so aus«, sagte Butch.

»Das wusstet ihr nicht?«, wunderte sich Xhex.

Die Brüder starrten sie an. »Was, dass er noch lebt und ein *Lesser* ist?«, knurrte V. »Äh ... nein, verdammt. Und warum bist du nicht überrascht?«

»Ich bin ihm vor ein paar Wochen begegnet. Ich dachte einfach, die Bruderschaft wüsste Bescheid.«

»So, dachtest du also.«

»Ja, denken – hat was mit Gehirn zu tun.«

»Hört auf«, zischte Z. »Beide.«

Alle Blicke richteten sich wieder auf den Mann, der mittlerweile auf die Veranda gesprungen war und gegen die Tür schlug.

»Ich rufe die anderen«, flüsterte V. »Der *Lesser* muss weg, bevor wir reingehen.«

»Aber vielleicht ist er auch eine gute Ablenkung«, bemerkte Xhex weise.

»Oder wir stellen uns nicht wie Idioten an und bitten um Unterstützung«, knurrte V.

»Sicher hart für dich.«

»Fick di…«

Z presste V ein Handy in die behandschuhte Hand. »Ruf an.« Dann deutete er auf Xhex. »Hör auf, ihn zu reizen.«

Während V redete und Xhex den Mund hielt, wurden Dolche und Schusswaffen aus Halftern gezogen. Einen Moment später erschienen die anderen.

Xhex ging zu Bruder Tohrment. »Schau, ich glaube wirklich, wir sollten uns trennen. Ihr kümmert euch um Lash, und ich geh rein und suche nach Rehv. Der Kampf ist eine gute Ablenkung für die Kolonie. Es ist besser so.«

Alle schwiegen und sahen Tohr an. »Ich stimme zu«, meinte er. »Aber du gehst nicht allein. V und Zsadist gehen mit, und Ehlena ebenfalls.«

Alle nickten kollektiv, und dann waren sie unterwegs, auf freiem Feld, und joggten über den Schnee.

Beim Sprint zum Stall knirschten die Stiefel, die man Ehlena gegeben hatte, auf dem frostigen Grund, ihre Hände schwitzten in den Handschuhen, und der Rucksack mit der medizinischen Notfallversorgung zerrte an ihren Schultern. Die Waffe zog sie nicht, nachdem sie sich einverstanden erklärt hatte, das nur im Notfall zu tun. Das konnte sie einsehen. Die Notaufnahme wurde für üblich auch nicht mit einem Amateur besetzt. Es gab keinen Grund, die Sache komplizierter zu machen, indem sie vorgab, so vertraut im Umgang mit Waffen zu sein wie Xhex oder die Brüder.

Vor ihnen lag ein mittelgroßer Stall mit ein paar Toren, die auf gut geölten Rädern zur Seite geschoben werden konnten. Doch Xhex nahm nicht den offensichtlichen

Eingang, sondern führte sie um das Gebäude herum zu einer niedrigen Tür an der Seite.

Kurz bevor sie in den geräumigen, leeren Stall drängten, warf Ehlena einen Blick zurück zum Haus.

Der Blonde stand mit erhobenen Fäusten einem Halbkreis aus Brüdern gegenüber, so gelassen und cool, als wäre er auf einer Cocktailparty. Sein selbstgefälliges Lächeln verhieß Probleme, dachte Ehlena. Nur wer ordentlich bewaffnet war, stand so viel Muskel- und Feuerkraft in dieser Haltung gegenüber.

»Beeilung«, drängte Xhex.

Ehlena duckte sich durch die Tür und zitterte noch immer, obwohl sie dem kalten Wind entwischt war. Verflixt ... hier war einfach alles seltsam. Wie beim Farmhaus stimmte hier etwas ganz und gar nicht: Es gab kein Heu, kein Futter, keinen Sattel oder Halfter. Auch kein Pferd. Versteht sich.

Der Fluchtimpuls schnürte ihr die Kehle zu, und sie griff sich an den Kragen ihres Parkas.

Zsadist legte ihr die Hand auf die Schulter. »Das ist ein *Symphathen-Mhis*. Atme einfach. Es ist nur eine Illusion, die die Luft verpestet. Was du fühlst ist nicht real.«

Ehlena schluckte und blickte in das vernarbte Gesicht des Bruders. Seine Stärke gab ihr Kraft. »Okay. Okay, ... geht schon wieder.«

»Gutes Mädchen.«

»Hier drüben.« Xhex ging zur Box und öffnete eine zweigeteilte Tür.

Der Boden darin war aus Zement und mit einem seltsamen geometrischen Muster versehen.

»Sesam öffne dich.« Xhex bückte sich und hob etwas

an, das sich als Steinplatte entpuppte. Die Brüder halfen ihr mit dem Gewicht.

Darunter kam eine Treppe zum Vorschein, die schummrig rot beleuchtet war.

»Ich habe das Gefühl, in einen Pornofilm abzutauchen«, murmelte V, als sie vorsichtig die Stufen hinabstiegen.

»Bräuchtest du dafür nicht ein paar schwarze Kerzen?«, witzelte Zsadist.

Am Fuß der Treppe blickten sie links und rechts in einen in den Stein geschlagenen Gang, beleuchtet von reihenweise ... schwarzen Kerzen mit rubinroten Flammen.

»Ich nehm's zurück«, meinte Z.

»Wenn jetzt gleich noch die schmalzige Orgel einsetzt«, meinte V, »darf ich Zorro zu dir sagen, oder?«

»Nicht, wenn dir dein Leben lieb ist.«

Ehlena wandte sich nach rechts, überwältigt von einem Gefühl der Dringlichkeit. »Er befindet sich in dieser Richtung. Ich kann ihn spüren.«

Ohne auf die anderen zu warten, rannte sie los.

Unter allen göttlichen Wundern, die einem Ausrufe von *Oh, mein Gott, du lebst!* oder *Danke, Jungfrau der Schrift, er ist geheilt!* entlockt hätten, war die Wiederauferstehung, die John jetzt vor sich sah, der absolute Tiefpunkt.

Lash stand vor dem weißen Bilderbuchhäuschen, gehüllt in edlen Zwirn, und sah nicht nur quicklebendig aus und so selbstgefällig wie eh und je, sondern irgendwie auch turbomäßig getunt: Er roch wie ein *Lesser,* aber als er von der Veranda herunterblickte, hatte er die Aus-

strahlung von Omega selbst – nichts als böse Macht, unbeeindruckt von jeglicher Kraft, die Sterbliche aufbringen konnten.

»Johnny-Boy«, näselte er lang gezogen. »Ich kann dir gar nicht sagen, wie toll es ist, deine Schwuchtelfresse wiederzusehen. Fast so gut wie meine Wiedergeburt.«

Gütiger ... Himmel. Warum kam ein solches Geschenk nicht jemandem wie Wellsie zuteil? Warum diesem Psychopathen mit dem narzisstischen Tick? Warum durfte gerade Lash den Lazarus geben?

Ironischerweise hatte John genau dafür gebetet. Scheiße, als Qhuinn die Kehle dieses Idioten aufgeschnitten hatte, hatte John gebetet, dass Lash diesen massiven Blutverlust irgendwie überlebte. Er erinnerte sich, wie er auf die nassen Fliesen der Dusche im Trainingszentrum gesunken war und versucht hatte, die Wunde mit seinem T-Shirt zu stopfen. Er hatte zu Gott gebetet, zur Jungfrau der Schrift, zu jedem, der ihn vielleicht erhören würde, um die Situation irgendwie zu retten.

Ein Vampirmonster nach Art des Antichristen hatte ihm dabei allerdings nicht vorgeschwebt.

Während Schnee aus dem bewölkten Himmel fiel, lieferten sich Rhage und Lash einen verbalen Schlagabtausch, doch das Rauschen in Johns Ohren übertönte das meiste davon.

Deutlich hörte er nur Qhuinns Stimme direkt hinter ihm: »Sieh's mal so: Auf diese Weise können wir ihn wenigstens noch einmal umbringen.«

Und dann waren sie plötzlich im Zentrum einer Explosion.

Völlig aus dem Nichts formte sich ein Meteor in Lashs Hand und schoss direkt auf John und die Brüder zu, wie

eine Bowlingkugel aus der Hölle. Es war ein Volltreffer. Leuchtende Schockwellen rissen alle von den Füßen.

John landete flach auf dem Rücken und rang nach Atem, während Schneeflocken sanft auf seinen Wangen und Lippen landeten. Der nächste Schlag kam. Musste kommen.

Das oder etwas Schlimmeres.

Ein Brüllen hallte durch die Nacht. Es kam von vor ihnen, und erst dachte John, Lash hätte sich in irgendein fünfköpfiges Monster verwandelt und wollte sie lebendig verspeisen.

Und es war tatsächlich ein Ungeheuer, aber als violette Schuppen aufblitzten und ein gestachelter Schwanz durch die Luft peitschte, war John dennoch erleichtert. Es war der Bruderschafts-Godzilla, nicht der von Omega: Rhages Alter Ego war aus ihm hervorgebrochen, und der riesige Drache war verdammt wütend.

Selbst Lash schien ein bisschen überrascht.

Der Drache nahm einen tiefen Zug Nachtluft, streckte den Kopf vor und stieß einen Feuerstrahl aus, bei dessen sengender Hitze sich Johns Gesichtshaut zusammenzog – obwohl er reichlich Abstand hatte.

Als sich die Flammen lichteten, stand Lash zwischen angesengten Balken auf der Veranda. Seine Kleidung rauchte, aber ansonsten war er körperlich unversehrt.

Na prima. Der Wichser war feuerfest.

Und bereit, die nächste Wasserstoffbombe loszuschicken. Wie in einem Videospiel formte er einen Feuerball in seiner Hand und schleuderte ihn gegen den Drachen.

Der es wie ein Mann nahm. Rhages andere Hälfte ließ den Angriff über sich ergehen und gab dem Rest von ihnen die dringend benötigte Pause, in der sie sich aufrap-

peln und zum Schuss bereit machen konnten. Es war ein tapferer, freundlicher Akt – doch wenn man eine Feuerbrunst erzeugen konnte, sollte man wohl auch hitzeresistent sein, sonst versengte man sich beim Rülpsen das Maul.

John eröffnete das Feuer, genau wie die anderen, obwohl er bezweifelte, dass man diesen neuen und verbesserten Lash mit simplen Kugeln in die Knie zwingen konnte.

Gerade legte er einen neuen Ladestreifen ein, als zwei Autos voller *Lesser* erschienen.

68

Xhex ließ sich gern von Ehlena die Richtung zeigen, aber ihr war nicht wohl dabei, dass die Frau vorauslief. Also beschleunigte sie und überholte Rehvs Gefährtin kurzerhand.

»Du sagst Bescheid, wenn wir falsch abbiegen, okay?« Als Ehlena nickte, fielen die Brüder in einen Trott hinter ihnen und gaben ihnen Rückendeckung.

Xhex hatte kein gutes Gefühl. Während sie den Gang entlangliefen, konnte sie Rehv überhaupt nicht spüren. Aus Vampirsicht überraschte sie das nicht – Ehlena war die letzte Frau, von der er sich genährt hatte, deshalb war ihr Blut an die Stelle von Xhex' getreten. Doch sie witterte ihn auch nicht von *Symphath* zu *Symphath*. Tatsächlich witterte sie niemanden in dieser Kolonie. Das verstand sie nicht. *Symphathen* konnten alles aufspüren, was Gefühle besaß, überall. Eigentlich hätte sie alle möglichen Raster finden sollen.

Ihr Blick streifte über die Wand des Gangs, durch den sie eilten. Bei ihrem letzten Besuch hier war die Wand noch grob gehauener Stein gewesen, doch jetzt war sie glatt verputzt. Wahrscheinlich hatten sie im Laufe der Jahrzehnte ein paar Verbesserungen vorgenommen.

»In hundert Metern teilt sich der Gang«, flüsterte sie über die Schulter. »Die Gefangenen sind links unterge-

bracht, rechts geht es zu den Wohn- und Gemeinschafts-
räumen.«

»Woher weißt du das?«, fragte Vishous.

Xhex antwortete nicht. Kein Grund zu erwähnen,
dass sie in einer dieser Gefängniszellen gewesen war. Sie
lief einfach weiter, vorbei an den endlosen Reihen von
schwarzen Kerzen, und drang tiefer in die Kolonie ein,
näher an den Ort, wo ihre Bewohner schliefen und aßen
und ihre Psychospielchen miteinander trieben. Und noch
immer fühlte sie nichts.

Nein, das stimmte nicht ganz. Da war ein seltsames
statisches Rauschen. Erst hatte sie geglaubt, es käme
von den sanften roten Flammen, denn ein leichter Luftzug brachte die schwarzen Kerzen zum Flackern. Aber
nein … es war etwas anderes.

Als sie zu der dreifachen Abzweigung kamen, wandte sich Xhex automatisch nach links, aber Ehlena sagte:
»Nein, geradeaus.«

»Aber in dieser Richtung ist nichts.« Xhex blieb stehen und hielt die Stimme gesenkt. »Das sind nur die Lüftungsschächte.«

»Rehv ist dort.«

Vishous drängte sich an die Spitze. »Schau, lass uns
Ehlena folgen. Wir müssen Rehv finden, bevor die
Schlacht von draußen hier runterdringt.«

Der Bruder rannte los und brachte Xhex um ihre Füh-
rungsposition. Es nervte, aber sie wollte keine Zeit mit
Streit vertun, also gab sie sich mit dem zweiten Platz zufrieden.

Sie hasteten voran und gerieten in ein Netzwerk aus
kleineren Tunneln, die zu den Heizungsräumen und Lüf-
tungsschächten führten. Die Kolonie war wie ein Amei-

senhaufen aufgebaut, der im Laufe der Zeit gewachsen war, mit immer weiteren Abzweigungen, die sich tiefer in die Erde bohrten. Bau und Wartung oblag der Arbeiterklasse der *Symphathen,* die nicht mehr als Sklaven waren. Man ermutigte sie, sich zu vermehren, sodass sich ihre Anzahl im Laufe der Zeit verdoppelt hatte. Eine Mittelschicht existierte nicht. Unmittelbar über den Dienern kam der königliche Haushalt und die Aristokratie.

Und die zwei Klassen konnten sich niemals vermischen.

Xhex' Vater hatte der Dienerklasse angehört. Weswegen Xhex unter Rehvenge stand, und nicht nur, weil er königlicher Abstammung war. Theoretisch stand sie bloß eine Stufe höher als Hundescheiße.

»Stopp!«, rief Ehlena.

Sie holten auf und standen vor ... einer Steinwand.

Sogleich streckten alle die Hände aus und tasteten die glatte Oberfläche ab. Zsadist und Ehlena fanden gleichzeitig die versteckte Fuge, die fast unsichtbar ein großes Quadrat bildete.

»Wie zum Donner sollen wir hier reinkommen?«, fragte Z und tätschelte den Stein.

»Tretet zurück«, bellte Xhex.

Als alle Platz gemacht hatten und eindeutig irgendeinen speziellen Trick erwarteten, nahm sie Anlauf und warf sich mit voller Wucht gegen die Wand. Der einzige Effekt war, dass ihre Zähne wie Murmeln in einer Kiste klapperten.

»Verdammt«, stieß sie aus.

»Das hat sicher wehgetan«, murmelte Z. »Ist bei dir alles in Ord...«

Ein Zittern lief durch die Wand, und alle sprangen zur Seite und richtete die Waffen auf die Tür, die sich jetzt

deutlich im Stein abzeichnete und schließlich zur Seite glitt.

»Wahrscheinlich hatte sie Angst vor dir«, bemerkte Vishous mit einem Anflug von Respekt.

Xhex runzelte die Stirn, als das statische Rauschen plötzlich lauter wurde, so laut, bis ihre Ohren klingelten. »Ich glaube nicht, dass er hier drin ist. Ich spüre überhaupt nichts.«

Ehlena trat nach vorne, drauf und dran, in die Dunkelheit zu stürzen, die sich da auftat. »Aber ich. Er ist direkt …«

Drei Paar Hände packten sie und hielten sie zurück.

»Warte«, sagte Xhex und nahm eine MagLite von ihrem Gürtel. Als sie den Strahl anknipste, erschien ein schmaler Gang von fünfzig Metern vor ihnen. Am Ende war eine Tür.

Vishous ging voraus, und Xhex folgte ihm dicht auf den Fersen, während Ehlena und Z schnell nachkamen.

»Er lebt«, sagte Ehlena, als sie das Ende des Gangs erreichten. »Ich kann es fühlen!«

Xhex erwartete Probleme an der Stahltür – aber nein, sie schwang einfach auf und eröffnete den Blick in ein Zimmer, das … schimmerte?

V fluchte, als Xhex' Strahl in den Raum hineinleuchtete. »Was zum … *Henker?*«

In der Mitte eines Raumes mit anscheinend fließenden Wänden hing etwas Riesiges, Kokonartiges, dessen schwarze Hülle glitzerte und sich bewegte.

»Oh … Gott«, hauchte Ehlena. »*Nein.*«

Lash hatte bei Omega an seinen neuen Fertigkeiten gefeilt, und hey, in einer Nacht wie heute zahlte sich diese

Arbeit wirklich aus. Während die zwei Abteilungen von *Lessern,* die er aus dem Nachbarort herbeordert hatte, mit den Brüdern kämpften, vergnügte er sich mit einem Biest in der Größe eines Ford Expedition – und warf sich gegenseitig mit ihm Feuerbälle an den Kopf.

Als er vom Haus wegsprang, damit nicht am Ende noch die Plattsburgher Feuerwehr anrückte, erhaschte er einen Blick auf eine Splittergruppe von Vampiren, die zu einem Nebengebäude über die Wiese huschte. Als sie darin verschwanden und nicht mehr auftauchten, regte sich in ihm der Verdacht, dass dies der Eingang in die Kolonie war.

Und so schön es war, sich Feuerbälle mit dem Schmunzelmonster um die Ohren zu hauen – er musste aufhören und sich auf die Suche nach seiner Frau machen. Er hatte keine Ahnung, warum die Brüder genau zur gleichen Zeit aufgetaucht waren wie er, aber bei *Symphathen* glaubte er nicht an Zufälle. Hatte die Prinzessin sein Kommen vorhergesehen und der Bruderschaft einen Tipp gegeben?

Der Drache spie erneut, und der Flammenstrahl erleuchtete den Kampf auf dem Rasen rund um das Farmhaus: Wo Lash hinsah, standen sich Brüder mit geballten Fäusten und Jäger mit nackten schwingenden Knöcheln gegenüber. Dolche blitzten und Stiefel flogen. Die Symphonie aus Gebrüll und Flüchen und die krachende Wucht der Schläge ließen sich Lash noch stärker und mächtiger fühlen.

Seine Truppen bekämpften seine Lehrer.

Wie beschissen poetisch war das denn?

Aber genug der Nostalgie. Lash konzentrierte sich auf seine Hand und schuf einen Wirbelsturm aus Molekülen, die er kraft seiner Gedanken immer schneller antrieb, bis

sie sich durch Zentrifugalkraft spontan entzündeten. Als sich die wirbelnde Energiemasse zusammenzog, hielt er sie in der Hand und rannte auf das lila geschuppte Ungetüm zu, denn er wusste, dass es nach jedem Feuerstoß eine Atempause brauchte.

Der Drache war nicht blöd. Er duckte sich und riss eine Klaue mit gemeinen Krallen hoch, um sich zu verteidigen. Lash hielt kurz vor Klauenreichweite an und gab dem Mistviech keine Chance, sich auf ihn zu stürzen. Er schleuderte den Energieball direkt auf die Brust des Ungetüms zu und mähte ihn nieder, sodass er ohnmächtig zu Boden sank.

Lash blieb nicht stehen, um sich Marshmallows über dem qualmenden Gerippe zu rösten. Man konnte Gift drauf nehmen, dass dieser Drache nach ein paar tiefen Atemzügen wieder zu sich kam und aufsprang wie das Duracell-Häschen, aber im Moment hatte Lash freie Bahn zum Stall.

In Windeseile rannte er über den Rasen und stürzte in den leeren, unscheinbaren Bau. Im hinteren Eck war eine Pferdebox, und er folgte den nassen Fußspuren bis dorthin. Die Spuren verschwanden in einem schwarzen Quadrat.

Den Stein anzuheben war Schwerstarbeit, aber die Spuren, die eine Treppe herunter führten, versetzten ihn in Aufregung. Er folgte ihnen bis zum Fuß der Treppe und erreichte einen Gang. Dank des Kerzenscheins konnte er den nassen Schritten weiter folgen – obwohl die Spur nicht lange hielt. Die Wärme der Kerzen trocknete das Wasser schnell, und als er an die Dreifachabzweigung kam, gab es keinen Hinweis mehr, in welche Richtung sie gegangen waren.

Lash atmete ein und hoffte, einen Geruch aufzufangen, aber er bemerkte nichts als brennendes Wachs und Erde.

Auch sonst nichts. Kein Geräusch. Keine Bewegung. Als wären die vier, die er gesehen hatte, hier unten verschwunden.

Er blickte nach links. Nach rechts. Geradeaus.

Einem Impuls folgend, wandte er sich nach links.

69

Ehlenas Augen weigerten sich aufzunehmen, was sie da sah: Sie lehnten die Erkenntnis schlicht und ergreifend ab.

Das konnten unmöglich Spinnen sein. Sie konnte unmöglich auf Tausende und Abertausende von Spinnen blicken ... oh, Gott, Spinnen und Skorpione ... die nicht nur Wände und Boden bedeckten, sondern ...

Voll Entsetzen erkannte sie, was da inmitten des Raumes hing. An Seilen oder Ketten. Bedeckt von den wimmelnden Massen, die jeden Zentimeter der Zelle überzogen.

»Rehvenge ...«, stöhnte sie. »Gütige Jungfrau ... der Schrift.«

Ohne nachzudenken, stürzte sie nach vorne, aber Xhex hielt sie zurück. »Nein.«

Ehlena wehrte sich gegen den stählernen Griff an ihrem Oberarm und schüttelte wild den Kopf. »Wir müssen ihn retten!«

»Ich sage ja nicht, dass wir ihn hierlassen«, zischte Xhex. »Aber wenn wir da reingehen, erleben wir einen Angriff wie aus der Bibel. Wir müssen uns überlegen, wie ...«

Ein grelles Leuchten erstrahlte und schnitt Xhex das Wort ab. Ehlena drehte den Kopf. Vishous hatte den Handschuh von seiner rechten Hand abgestreift, und

als er die Handfläche hob, zeichneten sich die tätowierten Verschlingungen um sein Auge scharf in seinem harten Gesicht ab.

»Insektenvertilgungsmittel.« Er krümmte seine leuchtenden Finger. »Besser als jedes Spray«

»Ich habe eine Kreissäge«, sagte Z und nahm ein schwarzes Werkzeug von seinem Gürtel. »Wenn du den Weg freimachst, können wir ihn runterholen.«

Vishous kauerte sich an den Rand des wogenden Getiers, und seine Hand beleuchtete das Gewirr kleiner Leiber und zuckender Beine.

Ehlena schlug sich die Hand auf den Mund, um nicht laut zu würgen. Sie konnte sich nicht vorstellen, diese … Dinger … überall auf ihrem Körper zu haben. Rehvenge war am Leben … aber wie hatte er überlebt? Ohne zu Tode gestochen und gebissen zu werden? Ohne dem Wahnsinn zu verfallen?

Das Licht aus der Hand des Bruders bildete einen geraden Strahl und sengte einen Pfad zu dem Ort, an dem Rehv hing. Zurück blieb nichts als Asche und ein beißender, feuchter Gestank, bei dem sich Ehlena nach Nasenstöpseln sehnte. Als der Strahl bis zu Rehv reichte, verbreitete V ihn und schaffte so einen Pfad.

»Ich kann es aufrechterhalten, aber macht schnell«, drängte Vishous.

Xhex und Zsadist stürzten in die Höhle. Die Spinnen an der Decke reagierten, indem sie Fäden spannen und sich daran herunterließen wie Blut, das aus einer tiefen Wunde troff. Ehlena sah zu, wie die beiden versuchten, die Spinnentiere wegzuschlagen, aber nur einen Moment lang, dann riss sie sich den Rucksack vom Rücken und griff hinein.

»Du rauchst, oder?«, fragte sie Vishous, während sie ihren Schal vom Hals wickelte und ihn sich um den Kopf band. »Sag mir, dass du dein Feuerzeug dabeihast.«

»Was hast du vor ...« V lächelte, als er das Desinfektionsspray in ihrer Hand sah. »In meiner hinteren Tasche. Rechte Seite.«

Er drehte sich, sodass sie das schwere Goldding befreien konnte. Entschlossen trat sie in die Kammer. Die Dose würde nicht lang halten, deshalb setzte Ehlena sie erst ein, als sie direkt hinter Xhex und Zsadist stand.

»Bückt euch!«, rief sie, drückte den Sprühknopf und zündete das Feuerzeug.

Die beiden duckten sich, und Ehlena zerstörte die Luftangreifer in einem Feuerstrahl.

Als die Bahn vorübergehend frei war, kletterte Xhex auf Zs Schultern und griff mit der Kreissäge nach den Ketten. Während ein hohes Surren die Höhle erfüllte, hielt Ehlena ihre Offensive aufrecht und stieß immer neue Feuerstöße aus, sodass die meisten der Biester an der Decke blieben und nicht auf den Köpfen und Hälsen des Befreiungsteams landeten. Die Säge half auch, indem sie Funken versprühte, vor denen die achtbeinigen Wächter zurückwichen, doch wie als Rache landeten Spinnen auf den Ärmeln von Ehlenas Jacke und krabbelten an ihr hoch.

Rehvenge zuckte. Und rührte sich.

Einer seiner Arme langte in ihre Richtung, Skorpione fielen von ihm ab, Spinnen zappelten, um sich oben zu halten. Der Arm bewegte sich langsam, als wäre die Last der zweiten Haut aus Spinnentieren zu schwer.

»Ich bin hier«, sagte Ehlena heiser. »Wir sind gekommen, um dich zu ...«

Von der Tür aus ertönte ein Schlag. Auf einmal erlosch das Licht, das von Vishous ausging, und tauchte die Höhle in vollkommene Dunkelheit.

Und gab der Armee der Höhlenwächter freien Zugang zu ihnen allen.

Unter den grässlichen Massen, die ihn bedeckten, erwachte Rehvenges geschwächtes Bewusstsein in dem Moment, als Ehlena in die Tür der Höhle trat. Doch zuerst traute er seinen Gefühlen nicht. In den tausend Jahren, die er nun schon in dieser Hölle hing, hatte er viel von ihr geträumt. Sein Hirn klammerte sich an die Erinnerungen und nutzte sie als Speise, Trank und Atemluft.

Doch das hier fühlte sich anders an.

Vielleicht war es nur endlich der Bruch mit der Realität, um den er so gebetet hatte? Obwohl er beim Tod seiner Mutter noch betrauert hatte, dass Dinge zu einem Ende kommen mussten, sehnte er es jetzt nur noch herbei – ob physisch oder psychisch, war ihm egal.

Also war ihm vielleicht endlich eine Gnade in seinem verhunzten, kaputten Leben zuteilgeworden.

Außerdem war die Vorstellung, Ehlena könnte tatsächlich zu seiner Rettung geeilt sein, schlimmer als dieser Ort hier oder die Folter, die ihm vielleicht noch bevorstand.

Doch … nein. Sie war es, und es waren noch andere bei ihr … er hörte ihre Stimmen. Dann nahm er einen Lichtschein wahr … und roch einen ranzigen Gestank, der ihn an einen Strand bei Ebbe erinnerte.

Ein hohes Surren folgte. Zusammen mit einer Serie von … kleinen Explosionen?

Rehv hatte schnell an Kraft verloren. Schon nach ein

paar Tagen hatte er sich nicht mehr bewegen können, doch jetzt musste er die Hand ausstrecken, um Ehlena und ihren Begleitern zu signalisieren, dass sie diesen schrecklichen Ort schleunigst verlassen mussten.

Er nahm all seine Kraft zusammen und hob den Arm, um sie fortzuwinken.

Das Licht erlosch so schnell wie es erschienen war.

Nur um von einem roten Schein ersetzt zu werden, der bedeutete, dass seine Geliebte in tödlicher Gefahr war.

Die Angst um Ehlena versetzte ihn in Panik. Er zuckte in den Ketten und wand sich wie ein Tier in der Falle.

Er musste verdammt noch mal aufwachen. Er musste ... *aufwachen!*

70

Nichts. Verfluchte Scheiße.

Lash blieb stehen und blickte in eine weitere Zelle aus dieser seltsamen Art von Glas. Leer. Genau wie die vorigen drei.

Er atmete tief ein, schloss die Augen und verhielt sich regungslos. Keine Geräusche. Kein Geruch außer dem Gemisch aus Bienenwachs und frischer Erde, das ihn schon die ganze Zeit begleitete. Wo diese Gruppe auch war, hier jedenfalls nicht. Verdammt.

Er ging zurück und kam wieder an den Punkt, an dem sich der Gang in drei Richtungen aufteilte. Er blickte zu Boden. Jemand war vor nicht allzu langer Zeit hier vorbeigekommen: Eine dunkelblaue Spur zog sich in zwei Richtungen, eine nach rechts, die andere geradeaus, was hieß, dass jemand aus der einen Richtung gekommen und in die andere gegangen war.

Lash bückte sich, zog den Zeigefinger durch die eklige blaue Substanz und rieb sie zwischen den Fingern. *Symphathen*blut. Er hatte genug vom Blut der Prinzessin vergossen, um das zu erkennen.

Er hob die Hand an die Nase und schnupperte. Nicht von seiner Prinzessin. Es war das Blut von jemand anderem. Und er konnte nicht erkennen, aus welcher Richtung die Spur kam und wo sie hinführte.

Nachdem er keine weiteren Anhaltspunkte hatte, wollte er gerade nach rechts laufen, als ein heller roter Lichtschein aus dem kleinsten der drei Gänge loderte, aus dem, der direkt vor ihm lag. Lash sprang auf die Füße und rannte in diese Richtung, immer der Blutspur nach.

Der Gang machte eine Kurve, und das Leuchten wurde heller. Lash hatte keine Ahnung, in was er da hineinplatzen würde, aber es war ihm auch egal. Seine Prinzessin war hier, und irgendjemand würde ihm sagen, wo er diese Schlampe finden konnte.

Ohne Vorwarnung tauchte ein versteckter Tunnel auf, der ohne Rahmen oder Schwelle von seinem Gang abzweigte. Vom Ende dieses Ganges her strahlte ein roter Schein hell genug, um in den Augen zu brennen, und auf diese Lichtquelle ging Lash zu.

Und spazierte mitten hinein in ein total bizarres Szenario.

Zusammengerollt am Eingang einer Höhle, lag Bruder Vishous, und dahinter präsentierte sich eine Gruppenaufstellung, die jeglichen Sinns entbehrte:

Die Prinzessin stand da, in den Klamotten, die Lash ihr in der Vornacht angezogen hatte. Das Bustier, die hohen Strümpfe und die Stilettos wirkten hier, außerhalb des Schlafzimmers, lächerlich. Ihr blauschwarzes Haar war zerzaust, von ihren Händen triefte blaues Blut, und ihre wilden, roten Augen waren die Quelle des Leuchtens, das ihn geleitet hatte. Vor ihr hing etwas, das sie unendlich zu faszinieren schien und aussah, wie eine gigantische Rinderhälfte, bedeckt von – einer Lastwagenladung Insekten.

Verdammt, diese Dinger waren überall.

Und zusammengedrängt um den hängenden Leib stan-

den dieser vernarbte Bruder Zsadist, Xhex, die Sicherheitslesbe, und irgendeine Vampirin mit einem Feuerzeug in der einen und einer Sprühdose in der anderen Hand.

Doch die Gruppe würde nicht mehr lange auf diesem Planeten weilen. Spinnen und Skorpione strömten von allen Seiten auf sie zu, und Lash hatte eine kurze, blutige Vision von abgenagten Skeletten.

Aber das war nicht seine Sorge.

Er wollte seine Prinzessin zurück.

Die offensichtlich ihre eigenen Pläne verfolgte. Sie hob die blutige Hand, und wie auf Kommando verschwand das krabbelnde Heer, das Wände, Decke und Boden überzogen hatte, wie eine Flut, die von der durstigen Erde aufgesaugt wird. Rehvenge wurde freigelegt und hing nackt und schwer an Bolzen, die durch seine Schultern getrieben worden waren. Wie durch ein Wunder war seine Haut nicht von Millionen Bissen und Einstichen überzogen. Er war so unversehrt, als wäre er unter diesem Teppich achtbeiniger und zweiklauiger Monster konserviert gewesen.

»Er gehört mir«, schrie die Prinzessin an niemanden im Speziellen gerichtet. »*Und niemand nimmt ihn mir weg.*«

Lashs Oberlippe kräuselte sich nach oben, und seine Fänge schossen hervor. Das hatte sie nicht gesagt. Das hatte sie so was von nicht gesagt.

Sie war *sein*.

Doch ein Blick in ihr Gesicht offenbarte ihm die Wahrheit. Die krankhafte Verzückung, mit der sie Rehvenge fixierte, war Lash nie zuteilgeworden, egal, wie intensiv der Sex war … Nein, diese unbeirrbare Besessenheit hatte sie nie für ihn aufgebracht. Sie hatte sich die Zeit mit ihm vertrieben und darauf gewartet, freizukommen –

nicht, weil sie etwas gegen die Gefangenschaft hatte, sondern weil sie zurück zu Rehvenge wollte.

»Du miese Schlampe«, fluchte er.

Die Prinzessin wirbelte herum, sodass ihr Haar einen Bogen in der Luft beschrieb. »Du wagst es, so mit mir zu red…«

Schüsse hallten durch die Steinhöhle, einer, zwei, drei, vier, laut wie Planken, die auf harten Boden krachten. Die Prinzessin erstarrte, als sich die Kugeln in ihre Brust bohrten und ihr Herz und ihre Lungen zerrissen. Blaues Blut sprudelte aus den Austrittswunden und spritzte an die Wand hinter ihr.

»Nein!«, brüllte Lash und stürzte zu ihr. Er fing seine Gespielin auf und hielt sie zärtlich in den Armen. »Nein!«

Er blickte in die Richtung, aus der die Schüsse gekommen waren. Xhex ließ ihre Waffe sinken. Ein leichtes Lächeln umspielte ihre Lippen, als hätte sie gerade eine besondere Spezerei gegessen.

Die Prinzessin klammerte sich an den Kragen von Lashs versengtem Mantel, und der Ruck lenkte seinen Blick zurück zu ihrem Gesicht.

Doch sie sah ihn nicht an. Sie starrte zu Rehvenge … und streckte die Hand nach ihm aus.

»Mein Geliebter …« Die letzten Worte der Prinzessin zitterten in der Höhle nach.

Lash fauchte und schleuderte sie an die nächstgelegene Wand. Er hoffte, dass die Wucht des Aufpralls ihren Tod bedeutete, denn er brauchte die Befriedigung, dass er ihr letztlich den Rest gegeben hatte.

»Du« – er deutete auf Xhex – »schuldest mir jetzt schon *doppelt* …«

Der Singsang war erst leise, nicht mehr als ein Echo, das vom Gang vor der Höhle her zu ihnen drang, doch er wurde immer lauter und intensiver, lauter … und intensiver, bis Lash jede einzelne Silbe hörte, die aus hundert Mündern zu kommen schienen. Er verstand sie nicht, denn er kannte diese Sprache nicht, aber es war ein ehrfürchtiger Gesang, so viel stand fest.

Lash drehte sich in die Richtung des Singsangs und wich an die Wand zurück. Vage hatte er das Gefühl, dass sich die anderen genauso gegen das wappneten, was da kam.

Die *Symphathen* kamen in Zweierreihen näher, und ihre weißen Roben wallten um ihre langen, dünnen Leiber, als sie sich mehr vorwärts wiegten als liefen. Sie trugen weiße Gesichtsmasken mit Löchern für die Augen, die Kinn und Kiefer freiließen. Sie kamen in die Höhle und begannen, Rehvenge zu umkreisen. Die Vampire, die Leiche der Prinzessin und Lash schienen sie nicht im Geringsten zu interessieren.

Nach und nach kamen sie herein und füllten den Raum. Die Eindringlinge wurden zurückgedrängt, bis sie alle eng an die Wand gepresst dastanden, so wie Lash und die tote Prinzessin.

Höchste Zeit, sich aus dem Staub zu machen. Was immer diese Veranstaltung sollte, Lash wollte nicht hineingezogen werden. Zum einen beeinträchtigte eine immense Wut seine Fertigkeiten, und zum anderen konnte diese Situation hier jederzeit außer Kontrolle geraten – und die Sache war nur zum Teil sein Kampf.

Doch er würde nicht allein gehen. Lash war gekommen, um sich eine Frau zu holen, und er würde nicht ohne gehen.

Blitzschnell drückte er sich durch die enge Lücke zwischen zwei Reihen der *Symphathen* zu Xhex hindurch. Sie blickte zu Rehvenge auf, in Ehrfurcht erstarrt, als bedeute diese Versammlung etwas. Es war die perfekte Ablenkung für Lash.

Er streckte die Hände aus, zauberte einen Schatten aus dem Nichts und ließ ihn wie einen ausgebreiteten Umhang auf dem Boden schweben. Mit einem schnellen Schwung warf er ihn in die Höhe und Xhex über den Kopf, sodass sie verschwand, obwohl sie in der Höhle blieb. Wie erwartet, kämpfte sie dagegen an, doch ein gezielter Faustschlag auf den Schädel ließ sie erschlaffen und erleichterte Lash den Rückzug immens.

Lash schleifte sie einfach aus der Höhle, direkt vor den Augen aller anderen.

Gesang … Gesang, der anhob und die Luft mit rhythmischen Tönen erfüllte.

Aber zuerst waren auch Schüsse gefallen.

Rehvenge öffnete mühsam die Augenlider und musste sich die rote Sicht erst freiblinzeln. Die Spinnen krabbelten nicht mehr auf ihm herum, krabbelten nicht mehr in der Höhle herum … sie wurden ersetzt von seinen sich versammelnden *Symphathen*brüdern. Ihre Masken und Roben machten ihre Züge anonym, sodass die Macht ihrer Geister umso heller leuchtete.

Und da war frisches Blut.

Seine Blicke schossen suchend umher – Gütige Jungfrau der Schrift, Ehlena lebte, und Zsadist stand schützend vor ihr. Das war gut. Dumm nur, dass sie an der Rückwand der Höhle standen. Den Weg in die Freiheit verbauten ihnen nur, ach, na ja, vielleicht hundert Sündenfresser.

Obwohl, so wie Ehlena seinem Blick standhielt, würde sie nicht ohne ihn gehen.

»Ehlena ...«, flüsterte er heiser. »Nein.«

Sie nickte und formte ein *Wir holen dich hier raus* mit den Lippen.

Frustriert wandte er den Blick ab und beobachtete das Wiegen seiner Brüder. Im Gegensatz zu Ehlena wusste er, was diese Prozession und der Gesang bedeuteten.

Himmel noch mal. Aber wie war das möglich?

Die Frage wurde beantwortet, als er die Leiche der Prinzessin an der Wand entdeckte. Ihre Hände waren blau gefärbt, und er wusste, warum: Sie hatte seinen Onkel, ihren Mann, getötet ... den König der *Symphathen*.

Rehv schüttelte sich und fragte sich, wie ihr das gelungen war – an der königlichen Leibgarde vorbeizukommen war so gut wie unmöglich, und ihr Onkel war ein gerissener, misstrauischer Zeitgenosse gewesen.

Die Vergeltung war jedoch nicht ausgeblieben. Obwohl sie nicht auf *Symphathen*art den Tod gefunden hatte, die ihre Opfer bevorzugt unfreiwilligen Selbstmord begehen ließen. Sie hatte vier Löcher in der Brust, und bei der Präzision der Einschüsse tippte Rehv auf Xhex.

Sie kennzeichnete ihre Opfer immer, und das Kreuz der vier Himmelsrichtungen war einer ihrer Favoriten, wenn sie mit der Schusswaffe arbeitete.

Rehv konzentrierte sich wieder auf Ehlena. Sie sah immer noch zu ihm auf, mit einer unglaublichen Wärme im Blick. Einen Moment lang ließ er sich von ihrem Mitgefühl forttragen, doch dann gewann der Vampir in ihm die Oberhand. Als gebundener Vampir war die Sicherheit seiner Gefährtin die erste Priorität, und trotz seiner Schwäche kämpfte er gegen die Ketten, an denen er hing.

Geh!, formten seine Lippen. Als sie den Kopf schüttelte, funkelte er sie an. *Warum nicht?*

Sie legte sich die Hand aufs Herz und flüsterte zurück: *deswegen.*

Er ließ den Kopf fallen. Was hatte sie bloß zu diesem Sinneswandel veranlasst? Warum wollte sie ihn retten, nach allem, was er ihr angetan hatte? Und wer war eingeknickt und hatte ihr die Wahrheit gesteckt?

Rehv würde diese Person umbringen.

Vorausgesetzt, irgendjemand kam hier überhaupt lebend raus.

Die *Symphathen* beendeten ihren Gesang und verstummten. Nach einem Moment der Stille drehten sie ihm mit militärischer Präzision die Gesichter zu und verbeugten sich tief.

Ihre Raster stürmten auf Rehv ein, als sie sich ihm alle gleichzeitig präsentierten ... es waren alle, an die er sich von früher erinnerte, seine ganze Sippe.

Sie wollten ihn als König. Ungeachtet des Testaments seines Onkels wählten sie ihn.

Durch seine Ketten ging ein Ruck, dann wurde er langsam herabgesenkt. Rasende Schmerzen fuhren durch seine Schultern, und sein Magen rebellierte. Aber er durfte sich seine Schwäche nicht anmerken lassen. Er kannte diese Psychopathen, er wusste, dass ihre respektvollen Unterwerfungsgesten nicht lange anhalten würde. Wenn er sich auf irgendeine Weise verletzlich zeigte, war er verloren.

Also tat er das einzig Vernünftige.

Als seine Füße den kalten Steinboden berührten, ließ er seine Knie sanft einknicken und zwang seinen Oberkörper zu einer aufrechten Haltung – als wäre diese klas-

sische Pose des Königs von ihm gewählt und nicht das Einzige, zu dem er fähig war, nach all der Zeit, die man ihn an den Schlüsselbeinen aufgehängt hatte.

Wie lange mochte es gewesen sein? Er wusste es nicht.

Er sah an sich herab. Dünner. Viel dünner. Aber seine Haut war intakt, was in Anbetracht all der schauerlichen Krabbeltierchen ein verdammtes Wunder war.

Er holte tief Luft … und schöpfte Kraft aus seiner Vampirseite, um seinen *Symphathen*-Geist zu stärken: Der Beschützerinstinkt für seine bedrohte *Shellan* setzte Kraftreserven frei, die er für niemand sonst hätte mobilisieren können.

Rehvenge hob den Kopf, erleuchtete die Höhle mit seinen Amethystaugen und nahm die Huldigung an.

Die Kerzen draußen im Flur erstrahlten in hellem Licht, und eine Welle der Macht durchströmte ihn. Er würde die Befehlsgewalt übernehmen und seine Brüder unterwerfen. Seine Sicht färbte sich vom Roten ins Violette. Er fand seine innere Mitte, stählte seinen Geist und injizierte dann jedem einzelnen *Symphathen* der Kolonie die Gewissheit, dass er sie zu allem bringen konnte. Sich den Hals aufzuschlitzen. Fremde Partner zu vögeln. Tiere zu erlegen oder Menschen oder alles, was ein Herz hatte.

Der König war die Schaltzentrale des Systems. Das hatten die Untertanen unter seinem Onkel und seinem Vater zu spüren bekommen. Und der *Symphath* war eine Spezies mit ausgeprägtem Selbsterhaltungstrieb. Den Mischling Rehvenge wählten sie zum König, um sich die Vampire vom Leib zu halten. Eine Regentschaft von Rehvenge ermöglichte es ihnen, weiter unter sich zu leben, allein in ihrer Kolonie.

Aus einer Ecke ertönte ein Schaben und Knurren.

Die Prinzessin erhob sich trotz ihrer Wunden. Das wirre Haar klebte auf ihrem verzerrten Gesicht, ihre Reizwäsche war durchtränkt von ihrem blauen Blut.

»Ich bin die rechtmäßige Herrscherin.« Ihre Stimme war dünn, aber entschlossen, ihre Besessenheit belebte, was tot sein sollte. »Ich regiere, und du gehörst *mir.«*

Die versammelten Massen drehten die gebeugten Köpfe zur Prinzessin. Dann sahen sie zurück zu Rehv.

Verdammt, der Bann war gebrochen.

Eilig sandte Rehv die Botschaft an Ehlena und Zsadist, ihre Köpfe zu verschließen, indem sie an irgendetwas dachten, egal, was es war, je klarer desto besser. Sogleich änderten sich ihre Raster. Ehlena dachte an … das Ölgemälde in Montrags Arbeitszimmer?

Rehv konzentrierte sich wieder auf die Prinzessin.

Die auf Ehlena aufmerksam geworden war und jetzt mit einem Dolch in der Hand auf sie zuschlich.

»Er gehört mir!«, gurgelte sie, und blaues Blut floss aus ihrem Mund.

Rehvenge bleckte die Fänge und zischte wie eine Riesenschlange. Dann tauchte er in das Bewusstsein der Prinzessin ein und pflügte alle Wehranlagen nieder, mit denen sie sich schützte. Er übernahm die Kontrolle und entfesselte ihren Machthunger und ihren Besitzanspruch auf ihn. Ihr Verlangen lenkte sie von Ehlena ab und auf ihn zu, ihr irrer Blick war voller Liebe. Überwältigt von ihrem Begehren, erzitterte sie in ekstatischen Visionen, ihrer Schwäche komplett ausgeliefert …

Rehv wartete, bis sie sich so richtig warm gelaufen hatte.

Und dann vernichtete er sie mit einer einzigen Botschaft: *Ehlena ist meine Königin.*

Die vier Worte schmetterten sie nieder. Sie vernichteten sie mit mehr Gewalt, als jede Schusswaffe es vermocht hätte.

Er hatte, was sie wollte.

Er war, was sie wollte.

Und sie ging leer aus.

Die Prinzessin presste die Hände an die Ohren, um den Tumult in ihrem Kopf zu stoppen, doch Rehvenge ließ ihre Gedanken nur noch schneller und schneller wirbeln.

Mit einem kratzigen Schrei nahm sie den Dolch in ihrer Hand und rammte ihn sich bis zum Heft in den Bauch. Unwillig, jetzt schon aufzuhören, ließ Rehv sie die Waffe mit einem schnellen Ruck nach rechts ziehen.

Und dann rief er seine kleinen Freunde zur Hilfe.

Als schwarze Flut kehrten die Spinnen und Skorpione aus den Ritzen in der Wand zurück. Einst von seinem Onkel beherrscht, unterstanden diese Horden nun Rehvenge, und sie strömten auf die Prinzessin zu und hüllten sie ein.

Und Rehvenge gab ihnen den Befehl zu beißen.

Die Prinzessin schrie und schlug um sich, doch sie hatte keine Chance. Sie sank auf ein Bett aus den Kreaturen, die sie umbringen würden.

Die *Symphathen* beobachteten das Geschehen.

Während Ehlena das Gesicht an Zsadists Schulter vergrub, schloss Rehv die Augen und saß reglos wie eine Statue in der Mitte der Höhle. Dann versprach er jedem einzelnen Untertan das Gleiche und Schlimmeres, wenn sie sich ihm widersetzten. Was in ihrem verdrehten Wertesystem nur ihre Überzeugung bestärkte, den richtigen Herrscher gewählt zu haben.

Als die Schluchzer der Prinzessin verebbten und sie

reglos liegen blieb, hob Rehv die Lider und rief seine krabbelnde Armee zurück. Ihr Rückzug legte einen aufgedunsenen, zerstochenen Leib frei. Die Prinzessin würde nicht mehr aufstehen – das Gift in ihren Adern hatte ihr Herz gestoppt, ihre Lungen verklebt und ihr Nervensystem lahmgelegt.

Egal, wie groß ihr Verlangen war, diesen Körper konnte man nicht wiederbeleben.

Rehv befahl seinen maskierten Untertanen ruhig, dass sie sich in ihre Quartiere zurückziehen und über das Gesehene nachdenken sollten. Im Gegenzug bekam er, was für *Symphathen* mit Liebe zu vergleichen war: Sie fürchteten ihn uneingeschränkt und respektierten ihn deshalb.

Zumindest für den Moment.

Wie als Einheit erhoben sich die *Symphathen* und gingen Reihe um Reihe aus der Höhle hinaus. Rehv schüttelte den Kopf in Richtung Ehlena und Z und betete, dass sie seinen Wink verstanden – und sich nicht von der Stelle rührten.

Mit etwas Glück würden seine Brüder in den Roben annehmen, dass er die Eindringlinge zu seinem Vergnügen töten würde.

Rehv wartete, bis der letzte Sündenfresser aus dem Gang vor der Höhle verschwunden war. Dann entspannte er seinen Rücken.

Als er zu Boden fiel, kam Ehlena zu ihm gerannt. Ihr Mund bewegte sich, doch er hörte nicht, was sie sagte, und ihre karamellfarbenen Augen sahen ganz anders aus, durch *Symphathen*augen gesehen.

Es tut mir leid, formte er mit den Lippen. *Es tut mir leid.*

Dann passierte etwas Merkwürdiges mit seiner Sicht, und plötzlich durchsuchte Ehlena einen Rucksack, den

ihr jemand brachte, und zwar … wie? Vishous war auch hier?

Rehv kam zu Bewusstsein und dämmerte wieder weg, während Dinge mit ihm getan und Spritzen gesetzt wurden. Kurz darauf setzte das Surren wieder ein.

Wo war Xhex, fragte er sich benommen. Vielleicht sorgte sie für einen sicheren Fluchtweg, nachdem sie die Prinzessin getötet hatte. So war sie, immer auf die Rückzugsstrategie bedacht. Das hatte sie ihr Leben gelehrt.

Beim Gedanken an seine Sicherheitschefin … seine Kameradin … seine Freundin … ärgerte er sich, dass sie ihren Schwur gebrochen hatte, obwohl es ihn nicht überraschte. Die eigentliche Frage war, wie es ihr gelungen war, ohne die Mauren zu kommen. Oder waren die etwa auch hier?

Das Surren erstarb. Zsadist ließ sich auf die Fersen zurückfallen und schüttelte den Kopf.

In Zeitlupe blickte Rehv an sich herab.

Ach so, er hing noch immer an den Schultern fest, und ihre Säge kam nicht durch die Ketten. So wie er seinen Onkel kannte, waren sie aus etwas Härterem geschmiedet, als Sägen es durchtrennen konnten.

»Lasst mich …«, murmelte er. »Lasst mich einfach. Geht …«

Ehlenas Gesicht erschien wieder in seinem Sichtfeld, und ihre Lippen bewegten sich eindringlich, als würde sie versuchen, ihm etwas zu erklären …

Als er sie so nahe vor sich hatte, erwachte auf einmal der gebundene Vampir in ihm, und er gewann etwas von seiner räumlichen Wahrnehmung zurück – erleichtert sah er, wie ihr Gesicht wieder normale Konturen annahm … und Farben.

Rehv hob eine zitternde Hand und fragte sich, ob sie sich wohl von ihm berühren ließe.

Sie tat mehr als das. Sie umschloss seine Hand, führte sie an die Lippen und drückte einen Kuss darauf. Sie redete immer noch auf ihn ein, ohne dass er etwas hörte. Er versuchte sich zu konzentrieren. *Bleib bei mir.* War es das? Oder folgerte er das aus der Art, wie sie seine Hand hielt?

Ehlena strich ihm das Haar zurück, und ihm schien, als sagte sie: *tief einatmen.*

Rehv atmete tief ein, um sie glücklich zu machen, und sie nickte jemandem zu, der hinter ihm zu sitzen schien.

Und dann fuhr ein Schmerz in seine rechte Schulter, der so gewaltig war, dass sich sein ganzer Körper krümmte, und er den Mund aufriss, um einen Schrei auszustoßen.

Er hörte seinen eigenen Schrei nicht. Sah nichts mehr. Der Schmerz überwältigte ihn und raubte ihm das Bewusstsein.

71

Ehlena fuhr in einem schwarzen Escalade heim, Rehv zusammengerollt in ihrem Schoß. Sie saßen zusammengepfercht auf der Ladefläche, aber es kümmerte sie nicht, dass dort eigentlich kaum Platz genug für ihn allein war. Sie wollte bei ihm sein.

Musste ihn berühren und konnte nicht mehr loslassen.

Sobald sie die Bolzen aus Rehvs Schultern gerissen hatten, hatte Ehlena die scheußlichen Wunden so gut es ging versorgt und mit sterilem Verbandmull bedeckt, den sie mit Klebeband fixierte. Danach hatte Zsadist ihn aufgehoben und aus dieser gottverfluchten Höhle getragen, während Vishous und Ehlena ihm Deckung gaben.

Xhex war ihnen auch auf dem Weg nach draußen nirgends begegnet.

Ehlena versuchte sich einzureden, dass sich Xhex den Kämpfen gegen die Jäger angeschlossen hatte, aber ganz konnte sie das nicht glauben. Xhex hätte Rehvenge niemals im Stich gelassen, bevor sie ihn sicher aus der Kolonie geholt hatten.

Als Angst in Ehlenas Herz aufkeimte, versuchte sie sich zu beruhigen, indem sie den Streifen dichten dunklen Haars streichelte, der über Rehvs Kopf verlief. Als Antwort vergrub er das Gesicht in ihrem Schoß, als bräuchte er den Trost.

Wirklich, er mochte eine *Symphathenseite* haben, aber er hatte bewiesen, für wen sein Herz schlug: Er hatte die Prinzessin vernichtet und sie alle vor diesen schreckenerregenden Kreaturen mit den Masken und den wallenden Roben geschützt. Was ja wohl zeigte, auf wessen Seite er stand, oder etwa nicht? Hätte er nicht irgendwie die Kontrolle übernommen, wäre niemand von ihnen heil aus dieser Kolonie gekommen, auch nicht die Brüder, die auf dem Rasen gegen die *Lesser* kämpften.

Ehlena musterte die anderen Insassen des SUVs. Rhage war in mehrere Lederjacken eingewickelt. Er war nackt und zitterte, und seine Haut war grau wie kalt gewordener Haferschleim. Zweimal hatten sie bereits anhalten müssen, weil er sich übergeben musste, und so, wie er jetzt schon wieder krampfhaft schluckte, mussten sie das bald wieder tun. Vishous saß neben ihm und sah nicht viel besser aus. Er hatte die schweren Beine über Rhages Schoß gelegt, den Kopf auf die Seite gedreht und presste die Augen zu. Es war ziemlich offensichtlich, dass er vom Schlag der Prinzessin eine Gehirnerschütterung davongetragen hatte. Und ganz vorne saß Butch und verbreitete einen üblen, süßlichen Gestank, der Rhages Magen sicherlich zusätzlich zu schaffen machte.

Tohrment saß am Steuer und fuhr ruhig und gleichmäßig.

Zumindest mussten sie sich keine Sorgen machen, heil nach Hause zu kommen.

Rehvenge regte sich, und Ehlena sah ihn an. Als seine Lider flatterten, schüttelte sie den Kopf.

»Sch ... bleib einfach liegen.« Sie streichelte sein Gesicht. »Sch ...«

Er bewegte die Schultern und zuckte dabei so stark

zusammen, dass sein Hals knackte. Ehlena wünschte, sie könnte mehr für ihn tun, und steckte die Decke fest, in die sie ihn eingewickelt hatten. Sie hatte ihm so viele Schmerzmittel gegeben, wie sie sich getraut hatte, genauso wie Antibiotika wegen der Schulterverletzungen, aber Antiserum hatte sie keines verabreicht, da er keine Bisse zu haben schien.

Nachdem die Prinzessin so übel zugerichtet wurde, schienen diese Spinnen und Skorpione nur auf Befehl zu beißen, und Rehv war aus irgendeinem Grund verschont geblieben.

Auf einmal knurrte er, spannte sich an und grub die Hände in die Matte unter ihm.

»Nein, versuch nicht, dich hinzusetzen.« Sie drückte sanft seine Brust herunter. »Bleib einfach hier bei mir liegen.«

Rehvenge fiel zurück in ihren Schoß und streckte eine suchende Hand aus. Als er ihre Finger fand, murmelte er: »Warum …?«

Sie musste lächeln. »Das fragst du häufig, weißt du das?«

»Warum bist du gekommen?«

Nach einem Moment sagte sie leise: »Ich bin meinem Herzen gefolgt.«

Offensichtlich machte ihn das nicht glücklich. Im Gegenteil, er machte ein gequältes Gesicht. »Verdiene … nicht … von dir …«

Ehlena versteifte sich besorgt, als Blut aus seinen Augen rann. »Rehvenge, ganz ruhig, bitte.« Sie versuchte, nicht in Panik auszubrechen, und griff nach ihrem Erste-Hilfe-Rucksack. Sie fragte sich, was das für Symptome waren.

Rehvenge hielt ihre Hände fest. »Sind nur … Tränen.«

Sie starrte auf die roten Tropfen auf seinen Wangen. »Bist du dir sicher?« Als er nickte, holte sie ein Taschentuch aus ihrem Parka und tupfte ihm vorsichtig das Gesicht ab. »Weine nicht. Bitte weine nicht.«

»Du hättest … mich nicht holen sollen. Du hättest … mich dortlassen sollen.«

»Ich habe es dir schon mal gesagt«, flüsterte sie und wischte weitere Tränen weg. »Jeder verdient es, gerettet zu werden. So sehe ich nun einmal die Welt.« Als sie in seine wundervollen Augen blickte, schienen sie noch magischer, weil sie mit den frischen roten Tränen schimmerten. »So sehe ich dich.«

Er presste die Lider zu, als könne er ihr Mitgefühl nicht ertragen.

»Du hast versucht, mich vor all dem zu bewahren, nicht wahr?«, sagte sie. »Darum hast du mich ins *ZeroSum* geholt.« Als er nickte, zuckte sie die Schultern. »Wenn du das Gleiche für mich getan hast, müsstest du doch eigentlich verstehen, warum ich dich retten will.«

»Anders … bin … *Symphath* …«

»Aber du bist nicht nur *Symphath*.« Sie dachte an seinen Bindungsduft. »Nicht wahr?«

Rehvenge schüttelte widerwillig den Kopf. »Aber nicht … genug Vampir … für dich.«

Seine Traurigkeit schwoll an, und dunkle Wolken zogen sich über ihnen zusammen. Sie rang um Worte und berührte erneut sein Gesicht – und bemerkte, wie kalt er war. Das gefiel ihr gar nicht. Verdammt, er starb ihr unter den Händen weg. Mit jeder Meile, die sie näher an den sicheren Hafen kamen, verloren sie ihn mehr, wurde seine Atmung schwerfälliger, sein Herz langsamer.

»Kannst du etwas für mich tun?«, fragte sie.

»Bitte ... ja«, antwortete er rau, obwohl sich seine Lider flatternd schlossen und er zu zittern begann. Als er sich noch enger zusammenrollte, sah Ehlena, wie sich seine Wirbel durch die Haut am Rücken abzeichneten, selbst durch die Decke hindurch.

»Rehvenge? Wach auf.« Er sah sie an, aber seine Augen hatten jetzt das Violett einer Prellung, trüb und gequält. »Rehvenge, würdest du bitte meine Vene nehmen?«

Er riss die Augen auf, als wäre dieser Satz neben *Wir fahren nach Disneyland!* und *Wie wär's mit Fast Food zum Abendessen?* das Letzte, was er aus ihrem Mund erwartet hatte.

Als er zum Reden ansetzte, hielt sie ihn auf: »Wenn du mich jetzt fragst, warum, muss ich dir den Hintern versohlen.«

Ein leichtes Lächeln spielte um seinen Mund, verlor sich aber schnell wieder. Und obwohl seine Fänge ausgefahren waren und sie plötzlich ihre scharfen Spitzen sah, schüttelte er den Kopf.

»Nicht wie du«, murmelte er und fasste sich mit schwacher Hand an die tätowierte Brust. »Nicht gut genug ... für dein Blut.«

Sie streifte den Parka von einer Schulter ab und zog einen Ärmel ihres Rollkragenpullis hoch. »Das entscheide ich, wenn's recht ist.«

Als sie ihm das Handgelenk über den Mund hielt, leckte er sich die Lippen. Sein Hunger erwachte so schnell und heftig, dass ein wenig Farbe in seine blassen Wangen zurückkehrte. Und dennoch zögerte er. »Bist du dir ... sicher?«

Sie musste daran denken, wie sie sich vor Ewigkeiten

in der Klinik getroffen hatten, wie sie einander getriezt und belagert hatten, beide wollten und nicht nahmen. Sie lächelte. »Sicher. Ganz sicher.«

Sie legte die Vene auf seine Lippen und wusste, dass er ihr nicht widerstehen können würde – und tatsächlich versuchte er, dagegen anzukämpfen … und verlor. Rehvenge biss zu und trank einen tiefen Schluck. Ein Stöhnen entrang sich seinen Lippen, als sich seine Augen verzückt verdrehten.

Ehlena streichelte das Haar, das auf beiden Seiten neben seinem Iro nachgewachsen war, und freute sich still, während er trank.

Das würde ihn retten.

Sie würde ihn retten.

Nicht ihr Blut, sondern ihr Herz.

Als Rehvenge vom Handgelenk seiner Geliebten trank, war er gleichzeitig überwältigt und überfordert, Gefühlen ausgeliefert, die stärker waren als er. Sie hatte nach ihm gesucht. Sie hatte ihn befreit. Und trotz allem, was sie über ihn wusste, ließ sie ihn von sich trinken und blickte voll Zärtlichkeit auf ihn herab.

Aber war das nicht eher ihrer Wesensart zuzuschreiben als ihren Gefühlen für ihn? Standen nicht statt Liebe Pflicht und Mitleid hinter ihren Taten?

Er war zu schwach, um ihr Verhalten zu deuten. Zumindest zuerst.

Doch als sein Körper neue Kraft schöpfte, gewann auch sein Geist an Stärke, und er erkannte ihre Motive …

Pflicht. Mitleid.

Und Liebe.

Freude flammte in seiner Brust auf, aber sie war nicht unbeschwert. Ein Teil von ihm jubelte, dass er gegen jede Wahrscheinlichkeit im Lotto gewonnen hatte. Doch tief im Inneren wusste er, dass sein Mischlingsblut sie auseinandertreiben würde, selbst wenn der Rest der Vampirbevölkerung nie davon erfuhr: Angeblich war er der Anführer dieser Kolonie.

Und das war kein Ort für Ehlena.

Er löste sich von ihrer Ader und leckte sich die Lippen. Gott ... sie schmeckte köstlich.

»Willst du mehr?«, fragte sie.

Ja. »Nein. Das war genug.«

Sie streichelte wieder sein Haar, und ihre Nägel kratzten über seine Kopfhaut. Er schloss die Augen und spürte, wie Kraft in seine Muskeln und Knochen strömte und er durch ihre großzügige Gabe belebt wurde.

Tja, aber nicht nur Arme und Beine erwachten. Sein Schwanz schwoll an, und seine Hüften drängten nach vorne, obwohl er halbtot war und seine Schultern in Flammen standen. Aber Ständer waren nun mal das Ergebnis, wenn sich männliche Vampire an ihren Partnerinnen nährten.

Biologie. Was konnte er dagegen tun?

Als sich seine Körpertemperatur stabilisierte, gab er die Embryonalhaltung auf, wobei seine Decke etwas verrutschte. Hektisch wollte er sie wieder hochziehen, damit Ehlena die Erektion nicht sah.

Sie kam ihm zuvor.

Und ihre Augen leuchteten in der Dunkelheit, als sie die Decke zurechtzupfte. Rehv schluckte ein paarmal. Er hatte noch immer ihren Geschmack auf der Zunge und in der Kehle. »Ich muss mich entschuldigen.«

»Nein.« Sie lächelte und blickte ihm in die Augen. »Du kannst nichts dafür. Außerdem heißt das vermutlich, dass du aus dem kritischen Bereich heraus bist.«

Und dass er übergangslos in den erotischen Bereich eingetaucht war. Großartig. Es gab doch nichts so Erfrischendes wie ein Wechselbad der Extreme.

»Ehlena ...« Er stieß lang gezogen den Atem aus. »Ich kann nicht mehr sein wie früher.«

»Wenn das heißt, du musst es aufgeben, ein Drogenbaron und Zuhälter zu sein, komme ich darüber hinweg.«

»Ach, das wäre ohnehin vorbei. Nein. Ich kann nicht mehr zurück nach Caldwell.«

»Warum nicht?« Als er nicht gleich antwortete, sagte sie: »Ich würde es mir wünschen.«

Der gebundene Vampir in ihm jubelte *Jippie, wir sind dabei.* Aber er musste praktisch denken.

»Ich bin anders als du«, wiederholte er, als wäre es seine Erkennungsmelodie.

»Nein, bist du nicht.«

Weil er sie überzeugen musste und ihm nicht einfiel, wie er es sonst anstellen sollte, führte er ihre Hand unter die Decke und legte sie auf seinen Schwanz. Die Berührung elektrisierte ihn, und seine Hüften schossen nach oben, aber er erinnerte seine Libido daran, dass dies eine reine Demonstration seiner Andersartigkeit war.

Er führte sie zu seinem Stachel, zu der Stelle am Ansatz, die etwas uneben war. »Fühlst du das?«

Sie schien einen Moment um Kontrolle bemüht, als kämpfe sie gegen den gleichen erotischen Sog an wie er. »Ja ...«

Die rauchige Art, wie sie das Wort in die Länge zog, sandte eine Welle durch seine Wirbelsäule, sodass seine

Erektion in ihrer Hand auf und ab glitt. Als sein Atem kürzer wurde und sein Herz zu hämmern begann, wurde seine Stimme tiefer. »Er verankert sich, wenn ich … wenn ich komme. Ich bin nicht so wie die Männer, die du kennst.«

Rehv bemühte sich reglos zu bleiben, während sie forschte, doch die Kraft, die ihm ihr Blut gegeben hatte, verbunden mit der Stelle, die sie da abtastete, erwies sich als zu übermächtig. Er drängte sich in ihre Hand, bäumte sich in ihrem Schoß auf und fühlte sich ihr seltsam ausgeliefert.

Was ihn nur noch mehr erregte.

»Hast du ihn deshalb zu früh rausgezogen?«, fragte sie.

Rehv befeuchtete sich erneut die Lippen. Er erinnerte sich an den Druck ihres Innersten um seinen …

Der Escalade fuhr über eine Bodenschwelle, und Rehv wurde plötzlich daran erinnert, dass der dunkle Hafen hinten im Escalade nur halb privat war: Sie waren nicht allein.

Aber Ehlena ließ ihre Hand, wo sie war. »Ist das der Grund?«

»Ich wollte nicht, dass du von alldem erfährst. Ich wollte … normal für dich sein. Ich wollte, dass du dich bei mir sicher fühlst … und ich wollte mit dir zusammen sein. Deswegen habe ich gelogen. Ich wollte mich nicht in dich verlieben. Ich wollte nicht, dass du …«

»Was hast du gesagt?«

»Ich … ich liebe dich. Es tut mir leid, aber so empfinde ich.«

Ehlena wurde so still, dass er schon fürchtete, in seinem Delirium alles völlig falsch gedeutet zu haben. Hatte

er nur das auf sie projizierte, was der schwache Teil in ihm suchte?

Doch dann senkte sie ihren Mund an sein Ohr und flüsterte: »Verstell dich nie wieder vor mir. Ich liebe dich so, wie du bist.«

Eine Riesenwelle der ungläubigen Dankbarkeit schlug über ihm zusammen und schwemmte jegliche Logik hinweg. Rehv umfasste vorsichtig ihren Kopf und küsste sie. In diesem Moment kümmerte es ihn einen Dreck, dass es Komplikationen jenseits ihres Einflussbereichs gab, Dinge, die sie auseinandertreiben würden, so sicher, wie die brennende Sonne am Ende dieser Nacht aufging.

Aber angenommen zu werden ... angenommen und geliebt zu werden, so, wie man war, von der Frau, die man liebte – dieses Glück war zu groß, um von der kalten Realität besiegt zu werden.

Als sie sich küssten, fing Ehlena an, ihre Hand unter der Decke zu bewegen und an seinem harten Schaft auf und ab zu fahren.

Als er sich von ihr lösen wollte, fing sie seinen Mund erneut mit ihrem auf: »Sch ... vertrau mir.«

Rehvenge wurde von seinem Begehren überwältigt und ließ sich von der Welle der Lust davontragen, die Ehlena in ihm erzeugte. Er gab sich ihr vollkommen hin. Er versuchte, still zu bleiben, damit es die anderen Insassen nicht mitbekamen, und betete, dass zumindest die beiden auf der Bank vor ihnen eingeschlafen waren.

Es dauerte nicht lange, bis sich seine Eier fest zusammenzogen und sich seine Hände in ihrem Haar vergruben. Er stöhnte gepresst an ihrem Mund, stieß ein letztes Mal die Hüften empor und kam heftig über ihre Hand und seinen Bauch und in die Decke.

Als ihre Finger zu seinem Stachel wanderten und sie die Ausbuchtung ertastete, erstarrte er und betete, dass sie seine Anatomie nicht abstoßend finden würde.

»Ich will das in mir fühlen«, stöhnte sie an seinen Lippen.

Bei diesen Worten wurde Rehvenge erneut von einem Orgasmus geschüttelt.

Mann ... er konnte es kaum erwarten anzukommen – wo immer sie auch hinfuhren.

72

Am nächsten Morgen erwachte Ehlena nackt in dem Bett, in dem sie schon vor ihrer Reise in die Kolonie geschlafen hatte. An sie gedrängt, lag Rehvenge, riesig und warm. Und er war wach.

Zumindest in gewisser Weise.

Seine Erektion drückte sich heiß und hart gegen ihren Oberschenkel, und er rieb sich an ihr. Sie wusste, was als Nächstes kommen würde, und empfing ihn freudig, als er sich auf sie rollte, sich aufrichtete und ihre Schenkel auseinanderdrängte. Als er tief in ihr versank und mit schläfrigem Instinkt die Hüften bewegte, nahm sie seinen Rhythmus auf und schloss die Arme um seinen Hals.

An seinem Hals waren Bissspuren. Eine Menge davon.

An ihrem auch.

Sie schloss die Augen und verlor sich einmal mehr in Rehvenge … in ihnen.

Der Tag, den sie zusammen im Gästezimmer der Bruderschaft verbracht hatten, war nicht allein von Sex bestimmt gewesen. Sie hatten viel geredet. Ehlena hatte ihm erzählt, was alles passiert war. Von der Erbschaft, wie sie alles herausgefunden hatte und das Xhex streng genommen ihren Schwur nicht gebrochen hatte, indem sie mit zur Kolonie gekommen war.

Gott … Xhex.

Niemand hatte von ihr gehört. Und niemand konnte die Erleichterung und den Triumph über die gelungene Operation so richtig genießen.

Rehvenge würde sich bei Anbruch der Nacht in die Kolonie aufmachen und nach ihr suchen, aber Ehlena las in seinem Gesicht, dass er nicht erwartete, sie dort zu finden.

Es war einfach zu seltsam und unheimlich. Niemand hatte ihre Leiche gesehen, aber es hatte auch niemand mitbekommen, wie sie gegangen war. Oder sie noch mal außerhalb dieser Höhle gesehen. Sie war wie vom Erdboden verschluckt.

»Oh, Himmel, Ehlena … ich komme …«

Rehvs Hüften hämmerten gegen ihr Becken, und Ehlena hielt sich an ihrem Partner fest und ließ sich davontragen, obwohl sie wusste, dass Ungewissheit und Sorge nach dem Orgasmus wieder da wären. Er rief ihren Namen aus, als er kam, und Ehlena spürte das aufregende Einrasten, als er sich tief in ihr verankerte.

Allein der Gedanke daran brachte ihren eigenen Orgasmus mit und trug sie über die Klippe.

Als sie beide befriedigt waren, rollte sich Rehvenge auf die Seite, sorgsam darauf bedacht, sich nicht zu früh von ihr zu trennen. Seine Amethystaugen gewannen an Schärfe, und er strich ihr das Haar aus der Stirn.

»Die perfekte Art aufzuwachen«, murmelte er.

»Ganz deiner Meinung.«

Ihre Augen trafen sich, und ihr Blick verweilte aufeinander, und nach einer Weile sagte er: »Kann ich dich etwas fragen? Und es ist kein ›Warum‹, es ist ein ›Was‹.«

»Nur zu.« Sie hob den Kopf und küsste ihn schnell.

»Was hast du mit dem Rest deines Lebens vor?«

Ehlena stockte der Atem. »Ich dachte ... du hättest gesagt, du könntest nicht in Caldwell bleiben.«

Er zuckte die riesigen Schultern, die immer noch verbunden waren. »Ich kann dich nicht verlassen. Es geht einfach nicht. Mit jeder Stunde bei dir wird mir das deutlicher bewusst. Ich kann wörtlich ... nicht gehen, es sei denn, du bittest mich darum.«

»Was nicht passieren wird.«

»Das ... wird es nicht?«

Ehlena umfasste sein Gesicht und sofort wurde er reglos. Das passierte jedes Mal, wenn sie ihn berührte. Es war, als würde er ständig auf irgendeinen Befehl von ihr warten ... doch andererseits war das nun mal so bei gebundenen Vampiren, nicht wahr? Ja, sie waren stärker und ihren Partnerinnen körperlich überlegen, aber die *Shellans* bestimmten dennoch über sie.

»Sieht aus, als würde ich meine Zukunft mit dir verbringen«, hauchte sie an seinem Mund.

Er erschauerte, als ließe er seine letzten Zweifel fahren. »Ich verdiene dich nicht.«

»Doch, das tust du.«

»Ich werde für dich sorgen.«

»Ich weiß.«

»Und wie gesagt, werde ich meine alten Betätigungen in der Stadt nicht mehr aufnehmen.«

»Gut.« Er verstummte, als wollte er noch weitere Beteuerungen machen und suchte nach Worten. »Hör auf zu reden und küss mich noch einmal. Mein Herz ist fest entschlossen und ebenso mein Kopf. Es gibt nichts, was du noch sagen musst. Ich weiß, wer du bist. Du bist mein *Hellren*.«

Als sich ihre Münder trafen, war sie sich durchaus be-

wusst, dass sie eine Menge Probleme vor sich hatten. Wenn sie unter Vampiren lebten, mussten sie seine Identität weiter verschleiern. Und Ehlena wusste nicht, was sie mit der Kolonie im Norden tun sollten – sie hatte so das Gefühl, dass dieses Umkreisen und Huldigen bedeutete, dass er da oben so eine Art Führungsrolle übernommen hatte.

Aber all dem würden sie sich gemeinsam stellen.

Und allein das zählte.

Schließlich löste er sich von ihr. »Ich werde jetzt duschen und dann zu Bella gehen, okay?«

»Gut. Ich bin froh.« Rehvenge und seine Schwester hatten sich nur kurz und verlegen umarmt, bevor sich alle in ihre Zimmer zurückgezogen hatten. »Sag mir, wenn ich irgendetwas tun kann.«

»Das werde ich.«

Eine halbe Stunde später verließ Rehvenge das Schlafzimmer, gekleidet in eine Jogginghose und einen dicken Pulli, den ihm einer der Brüder gegeben hatte. Weil er nicht wusste, wo er hingehen musste, tippte er einen *Doggen* an, der im Flur staubsaugte, und fragte nach dem Zimmer von Bella und Z.

Es war nicht weit. Gerade mal ein paar Türen weiter.

Rehv ging ans Ende des Flurs mit den griechisch-römischen Statuen und klopfte an die Tür. Als keine Antwort kam, versuchte er es eine Tür weiter, hinter der er leise Nalla weinen hörte.

»Komm rein«, rief Bella.

Vorsichtig öffnete Rehv die Tür zum Kinderzimmer. Er war sich nicht sicher, wie willkommen er war.

Im hinteren Teil eines Zimmers mit Häschentapete saß

Bella in einem Schaukelstuhl und wiegte ihre Tochter in den Armen. Doch trotz der zärtlichen Zuwendung war Nalla unglücklich. Ihr wehmütiges Wimmern zeugte von tiefer Unzufriedenheit mit der Welt.

»Hallo«, sagte Rehv, bevor seine Schwester aufsah. »Ich bin's.«

Bella blickte mit ihren blauen Augen zu ihm auf, und er sah alle möglichen Gefühlsregungen über ihr Gesicht huschen. »Hallo.«

»Darf ich reinkommen?«

»Bitte.«

Er schloss die Tür hinter sich, fragte sich aber sogleich, ob sich seine Schwester jetzt mit ihm eingesperrt fühlte. Er wollte sie schon wieder öffnen, doch Bella hielt ihn auf.

»Ist schon okay.«

Er war sich da nicht so sicher, deshalb hielt er sich auf der anderen Seite des Zimmers und sah zu, wie Nalla ihn bemerkte. Und die Hand nach ihm ausstreckte.

Vor einem Monat, vor einer Ewigkeit, wäre er zu Bella gegangen und hätte die Kleine in die Arme genommen. Nicht so heute. Vermutlich nie mehr.

»Sie ist heute so quengelig«, seufzte Bella. »Und meine Beine sind schon wieder müde. Ich kann sie keine Minute länger herumtragen.«

»Ja.«

Es entstand eine lange Pause, als sie beide die Kleine anschauten.

»Ich hab das nie von dir gewusst«, sagte Bella schließlich. »Ich hätte es nie erraten.«

»Ich wollte nicht, dass du es weißt. Und *Mahmen* wollte es auch nicht.« Sobald er diese Worte ausgesprochen

hatte, sagte er ein schnelles, stilles Gebet für ihre Mutter und hoffte, dass sie ihm vergeben würde, dass das dunkle, schreckliche Geheimnis nun doch ans Licht gekommen war. Doch das Leben hatte ihm einen Streich gespielt, und die Enthüllung hatte sich seiner Kontrolle entzogen.

Er hatte wirklich sein Bestes gegeben, um die Lüge aufrechtzuerhalten.

»Wurde sie … wie ist es passiert?«, fragte Bella kleinlaut. »Wie … kam … es zu dir?«

Rehvenge überlegte, wie er es sagen sollte, ging in Gedanken einige Formulierungen durch, änderte Worte, fügte neue hinzu. Doch das Gesicht seiner Mutter stand ihm immer wieder vor Augen, und letztlich sah er seine Schwester nur an und schüttelte langsam den Kopf. Als Bella erblasste, wusste er, dass sie das Wesentliche erfasst hatte. Es war immer wieder vorgekommen, dass *Symphathen* Frauen aus der Zivilbevölkerung entführten. Insbesondere die Schönen. Frauen von Wert.

Das war einer der Gründe dafür, warum die Sündenfresser in die Kolonie abgeschoben worden waren.

»Oh, Gott …« Bella schloss die Augen.

»Es tut mir leid.« Rehvenge wäre so gerne zu seiner Schwester gegangen. So gerne.

Sie schlug die Augen auf, wischte ein paar Tränen fort und straffte die Schultern, als sammelte sie Kraft.

»Mein Vater …« Sie räusperte sich. »Wusste er über dich Bescheid, als er sich mit ihr verband?«

»Ja.«

»Sie hat ihn nie geliebt. Zumindest nicht, soweit ich sehen konnte.« Rehvenge schwieg weiter. Er wollte nicht über diese Ehe reden, solange er nicht musste. Bella runzelte die Stirn. »Wenn er über dich Bescheid wusste …

hat er ihr gedroht, sie und dich zu verraten, wenn sie sich ihm nicht fügte?«

Rehvs Schweigen schien Antwort genug, denn seine Schwester nickte angespannt. »Das erklärt so einiges. Es macht mich sehr wütend … aber jetzt verstehe ich, warum sie ihn nicht verlassen hat.« Es gab eine verbitterte Pause. »Was verschweigst du mir noch, Rehvenge?«

»Hör zu, was in der Vergangenheit passiert ist …«

»Ist mein *Leben!*« Als die Kleine aufheulte, senkte Bella die Stimme. »Es ist mein Leben, verdammt. Ein Leben, von dem alle um mich herum mehr wussten als ich selbst. Also erzähl mir verdammt noch mal alles, Rehvenge. Wenn du willst, dass wir weiterhin in irgendeiner Beziehung zueinander stehen, erzähl mir besser *alles.*«

Rehv stieß lautstark die Luft aus. »Was willst du als Erstes wissen?«

Seine Schwester schluckte. »Die Nacht, in der mein Vater starb … ich habe *Mahmen* in die Klinik gebracht. Sie war die Treppe hinunter gestürzt.«

»Ich erinnere mich.«

»Sie ist nicht gestürzt, oder?«

»Nein.«

»Kein einziges Mal.«

»Nein.«

Bellas Augen glitzerten, und um sich abzulenken, versuchte sie, eine von Nallas Fäustchen aufzufangen. »Hast du … in dieser Nacht, hast du da …«

Rehv wollte diese unfertige Frage nicht beantworten, aber er war es so leid, die Leute anzulügen, die ihm am nächsten standen. »Ja. Früher oder später hätte er sie umgebracht. Es war die Entscheidung zwischen ihm oder *Mahmen.*«

Eine zitternde Träne hing an Bellas Wimpern. Sie fiel und landete auf Nallas Wange. »Oh … Gott.«

Rehv sah, wie seine Schwester die Schultern einzog, als wäre ihr kalt und sie bräuchte Wärme. Er wollte ihr erklären, dass sie sich noch immer an ihn wenden konnte. Dass er noch immer für sie da wäre, wenn sie das wollte. Dass er ihr Rehvenge blieb, ihr Bruder, ihr Beschützer. Aber er war nicht mehr derselbe für sie und würde es nie mehr sein: Obwohl er sich nicht verändert hatte, nahm sie ihn nun ganz anders wahr, und damit war er eine andere Person für sie.

Ein Fremder mit einem erschreckend vertrauten Gesicht.

Bella wischte die Tränen unter den Augen fort. »Ich habe das Gefühl, mein eigenes Leben nicht zu kennen.«

»Kann ich ein bisschen näher kommen? Ich tu dir und der Kleinen nichts.«

Er wartete ewig. Und noch ein bisschen länger.

Bella presste die Lippen zu einem schmalen Strich zusammen, als versuche sie, herzzerreißende Schluchzer zu unterdrücken. Dann nahm sie die Hand, mit der sie sich die Tränen weggewischt hatte, und streckte sie ihm entgegen.

Rehv materialisierte sich durch den Raum. Rennen hätte zu lang gedauert.

Er ging neben ihr in die Hocke, nahm ihre Hand zwischen seine beiden und führte ihre kalten Finger an die Wange.

»Es tut mir so leid, Bella. Es tut mir so leid für dich und *Mahmen*. Ich wollte mich bei ihr für meine Geburt entschuldigen … ich schwöre, das wollte ich. Aber … darüber zu reden war immer zu schwer, für sie und mich.«

Bellas leuchtende Augen blickten zu ihm auf, und die Tränen darin machten das Blau nur intensiver. »Aber warum solltest du dich entschuldigen? An all dem warst nicht du schuld. Du konntest doch gar nichts dafür. Du bist unschuldig, Rehvenge … völlig unschuldig. Un-schul-dig.«

Sein Herz setzte aus, als er erkannte … das hatte er hören müssen. Sein ganzes Leben lang hatte er sich Vorwürfe wegen seiner Geburt gemacht und gewünscht, er könnte das Verbrechen an seiner Mutter gutmachen, aus dem er hervorgegangen war.

»Du konntest nichts dafür, Rehvenge. Und *Mahmen* hat dich geliebt. Von ganzem Herzen.«

Er wusste nicht, wie es dazu kam, aber auf einmal lag seine Schwester in seinen Armen, fest an seine Brust gepresst, sie und ihre Kleine im Schutz der Kraft und Liebe, die er ihnen so gerne bieten wollte.

Sein Wiegenlied war kaum mehr als ein Hauchen – es gab keinen Text zu der sanften Melodie, weil seine Stimme versagte. Heraus kam nur der Rhythmus des alten Lieds.

Doch mehr brauchten sie nicht – das, was man nicht hörte, reichte, um Vergangenheit und Gegenwart zu verbinden, und Bruder und Schwester wieder zusammenzubringen.

Als Rehvenge nicht weitersingen konnte, nicht einmal die leisen Töne, die er herausbrachte, legte er den Kopf auf die Schulter seiner Schwester und summte, um nicht aufzuhören …

Und unterdessen schlummerte die nächste Generation friedlich im Schoß der Familie.

73

John Matthew lag ausgestreckt auf dem Bett von Xhex, auf Kissen und Laken, die nicht nur nach ihr rochen, sondern auch nach dem kalten, seelenlosen Sex, den er mit ihr gehabt hatte. Nach der turbulenten Nacht waren die *Doggen* noch nicht dazugekommen, die Zimmer sauber zu machen, und sollte schließlich ein Dienstmädchen auftauchen, würde er sie fortschicken.

Niemand berührte dieses Zimmer. Punkt. John war vollständig bewaffnet und trug die Kleidung, die er beim Kampf angehabt hatte. Er hatte eine Reihe von Wunden, von denen eine immer noch blutete, dem nassen Ärmel nach zu schließen, und er hatte Kopfschmerzen, die entweder auf einen Kater oder eine weitere Kampfverletzung zurückzuführen waren. Nicht, dass es eine Rolle spielte.

Sein Blick blieb an der Kommode gegenüber haften.

Die üblen Büßergurte, die Xhex sonst immer an den Oberschenkeln trug, lagen oben auf dem Möbelstück und sahen neben der silbernen Bürste ungefähr so deplatziert aus wie er selbst auf diesem Bett.

Dass sie ihre Büßergurte zurückgelassen hatte, machte ihm Hoffnung. Er vermutete, dass sie normalerweise den Schmerz benutzte, um ihre innere *Symphathin* in Schach zu halten. Ohne die Gurte stand ihr also eine weitere Waffe in ihrem Kampf zur Verfügung.

Denn sie würde kämpfen. Wo sie auch war, sie würde kämpfen, denn das lag in ihrer Natur.

Obwohl, Mann, er wünschte, er hätte sich von ihr genährt. Auf diese Weise hätte er vielleicht herausfinden können, wo sie war. Oder hätte die Gewissheit gehabt, dass sie noch lebte.

Um nicht gewalttätig zu werden, ging er in Gedanken noch einmal die Berichte durch, die sie gehört hatten, nachdem alle zurück im Haus waren.

Zsadist und V waren mit ihr und Ehlena in der Höhle gewesen, in der sie schließlich Rehvenge fanden. Die Prinzessin war aufgetaucht, ebenso Lash. Xhex hatte die *Symphathen*-Schlampe erschossen … kurz bevor die gesamte Kolonie beschloss, eine Huldigungsnummer um Rehv abzuziehen, ihren neuen König.

Dann hatte die Prinzessin einen Auftritt à la *Nacht der lebenden Toten* hingelegt, bis Rehv sie endgültig erledigte. Der Staub hatte sich gelegt … und Lash und Xhex waren seitdem nicht mehr gesehen worden.

Mehr war nicht bekannt.

Offensichtlich plante Rehv, bei Nachtanbruch zur Kolonie zurückzukehren, um nach ihr zu suchen … Aber John wusste, dass er mit leeren Händen zurückkommen würde. Sie war nicht bei den *Symphathen*.

Lash hatte sie sich unter den Nagel gerissen. Das war die einzig mögliche Erklärung. Schließlich hatte man auf dem Weg nach draußen keine Leiche gefunden, und Xhex wäre niemals ohne die Gewissheit abgehauen, dass alle anderen in Sicherheit waren. Außerdem hatte Rehv Berichten zufolge den Willen aller *Symphathen* beherrscht. Auch von ihnen hätte sich also keiner losreißen und sie mental überrumpeln können.

Lash hatte sie.

Irgendwie war der Bastard vom Tod zurückgekehrt und mit Omega im Bunde. Und auf seinem Weg aus der Kolonie hatte er Xhex mitgenommen.

John würde diesen Wichser umbringen. Mit bloßen Händen.

Wut kochte in ihm hoch, bis er zu ersticken glaubte, und er wandte sich von dem ab, was auf der Kommode lag. Der Gedanke, dass Xhex leiden könnte, war unerträglich.

Wenigstens waren *Lesser* impotent. Wenn Lash ein *Lesser* war ... war er impotent.

Gott sei Dank.

Mit einem traurigen Seufzer presste John das Gesicht an eine Stelle, die besonders stark nach Xhex' wundervollem, dunklem Duft roch.

Wäre es ihm möglich gewesen, hätte er die Zeit zum vorigen Tag zurückgedreht und ... er wäre immer noch nicht an ihrer Tür vorbeigegangen. Nein, er wäre wieder hier hereingekommen. Aber er hätte sie freundlicher behandelt, als sie ihn bei ihrem ersten Mal.

Und er hätte ihr auch vergeben, als sie sagte, dass es ihr leidtat.

Jetzt lag er mit seiner Reue und seiner Wut in der Dunkelheit, zählte die Stunden bis zum Anbruch der Nacht und schmiedete Pläne. Er wusste, dass Qhuinn und Blay ihn begleiten würden – nicht, weil er sie darum bat, sondern weil sie nicht auf ihn hören würden, wenn er ihnen sagte, sie sollten sich um ihren eigenen Dreck scheren.

Aber damit war es gut. Wrath und die Brüder würden nichts davon erfahren. John hatte kein Interesse daran, dass sie seine Desperado-Aktion mit allen mög-

lichen Sicherheitsvorkehrungen lähmten. Nein, zusammen mit seinen Kumpeln würde John herausfinden, wo Lash schlief, und ihn ein für alle Mal abschlachten. Wenn man John dafür aus dem Haus warf? Auch gut. Er war sowieso allein.

Denn so war es nun einmal: Xhex war seine Frau, ob sie es wollte oder nicht.

Und er war kein Typ, der auf dem Hintern hockte, während seine Partnerin in einer Notlage war.

Er würde für sie tun, was sie für Rehvenge getan hatten.

Er würde sie rächen.

Er würde sie heil nach Hause bringen ... und ihren Entführer zur Hölle schicken.

74

Als es klopfte, stand Wrath von seinem Platz hinter dem Schreibtisch auf. Kaum zu glauben, Beth und er hatten eine volle Stunde gebraucht, um dieses filigrane Ding leerzuräumen. Es war erstaunlich, was sie alles aus den winzigen Schubladen zutage gefördert hatten.

»Ist er hier?«, fragte er seine *Shellan*. »Sind sie es?«

»Hoffen wir es.« Wrath hörte Beths Schritte, als die Tür aufging, als würde sie versuchen, einen Blick zu erhaschen. »Oh ... er ist wunderschön.«

»Sauschwer trifft es eher«, ächzte Rhage. »Mein Herr, hätte es nicht vielleicht etwas ... Kleineres getan?«

»Das sagst ausgerechnet du«, konterte Wrath. Mit George trat er zwei Schritte nach links und dann einen zurück und tastete nach den Vorhängen. Als Fransen über seine Handfläche streiften, blieb er stehen.

Leute in schweren Stiefeln liefen geschäftig umher, begleitet von derben Flüchen. Und Ächzen. Und Stöhnen. Dazu gab es unterdrücktes Gemurre über nervige Könige und ihre Flausen.

Dann rumpelte es zweimal gehörig, als zwei schwere Gegenstände auf dem Boden aufschlugen, ungefähr mit der Wucht von zwei Safes, die von einer Klippe stürzten.

»Können wir den Rest von den Ziermöbelchen hier

verbrennen?«, erkundigte sich Butch. »Wie die Sofas und die …«

»Nein, alles andere bleibt«, bestimmte Wrath und fragte sich, ob der Weg zu seinem neuen Möbel frei war. »Ich brauchte bloß einfach eine Veränderung.«

»Und uns willst du weiter verarschen?«

»Das Sofa haben wir bereits für deinen fetten Hintern verstärkt. Gern geschehen.«

»Nun, das hier ist wirklich eine Verbesserung«, meinte Vishous. »Dieses Monstrum … ist ziemlich chefmäßig.«

Wrath hielt sich weiter am Rand, während Beth seinen Brüdern erklärte, wo sie die Möbel hinstellen sollten.

»Okay, willst du es mal probieren, mein Gebieter?«, fragte Rhage. »Ich glaube, es ist bereit.«

Wrath räusperte sich. »Ja. Ja, das will ich.«

Begleitet von George, machte er ein paar Schritte vorwärts und streckte die Hand aus, bis er …

Der Tisch seines Vaters war aus Ebenholz, mit filigranen Schnitzereien um den Rand, die von einem echten Meister seines Handwerks stammten.

Wrath beugte sich hinab und betastete das Möbelstück. Er erinnerte sich, wie er den Tisch durch seine jungen Augen gesehen hatte, entsann sich, wie sich die imposante Schönheit durch die kriegerischen Jahrhunderte nur noch gesteigert hatte. Die mächtigen Tischbeine bestanden aus vier Männerstatuen, die die vier Jahreszeiten darstellten, und in die glatte Tischplatte waren die gleichen Symbole und Abstammungslinien der Geschlechter eingelassen, wie sie auf Wraths Unterarmen eintätowiert waren. Wrath tastete sich weiter und fand die drei breiten Schubladen, die unter der Tischplatte ansetzten. Er erinnerte sich, wie sein Vater hinter diesem

Ding saß, während es von Dokumenten, Erlassen und Federkielen übersät war.

»Er ist außergewöhnlich«, hauchte Beth ehrfürchtig. »Lieber Gott, das ist …«

»So groß wie mein verdammtes Auto«, murmelte Hollywood. »Und doppelt so schwer.«

»… der schönste Tisch, den ich je gesehen habe«, führte seine *Shellan* zu Ende.

»Er stammt von meinem Vater.« Wrath räusperte sich. »Der Stuhl ist auch dabei, oder? Wo ist der Stuhl?«

Butch stöhnte, und etwas Schweres wurde herumgehievt. »Und … ich … dachte schon, … das wäre ein … Elefant.« Die Stuhlbeine krachten donnernd auf den Aubusson. »Aus was ist dieses verdammte Ding? Stahlbeton mit Holzfurnier?«

Vishous stieß türkischen Tabakrauch aus. »Ich habe dir gesagt, du sollst ihn nicht alleine tragen, Bulle. Willst du als Krüppel enden?«

»Er war nicht schwer. Die Treppen waren ein Kinderspiel.«

»Ach wirklich? Und warum stehst du jetzt so gebückt da und reibst dir den Rücken?«

Ein weiteres Stöhnen ertönte, und dann murmelte der Ex-Cop: »Ich stehe nicht gebückt.«

»Nicht mehr.«

Wrath fuhr mit der Hand über die Armstützen des Throns und spürte die Symbole in der Alten Sprache. Hier stand, dass dies nicht nur ein einfacher Stuhl war, sondern der Sitz des Regenten. Er war genauso wie in seiner Erinnerung … und, ja, an der Spitze der hohen Rückenlehne ertastete er kaltes Metall und glatte Steine und erinnerte sich an das Schimmern von Gold, Platin,

Diamanten ... und eines rohen, ungeschliffenen Rubins in der Größe einer Faust.

Der Tisch und der Thron waren die einzigen Überbleibsel aus dem Haus seiner Eltern, und nicht Wrath hatte sie aus dem Alten Land hergebracht, sondern Darius. D hatte den Menschen ausfindig gemacht, der die Garnitur erstanden hatte, nachdem *Lesser* ihre Beute verscherbelt hatten. Er hatte sie gefunden und zurückgekauft.

Ja ... Darius hatte außerdem sichergestellt, dass der Thron des Volkes und der dazugehörige Tisch des Königs mit übers Meer kamen, als die Bruderschaft übersiedelte.

Wrath hatte nie gedacht, dass er jemals eines dieser Möbel in Gebrauch nehmen würde.

Aber als er und George jetzt ihre Plätze einnahmen und sich setzten ... fühlte es sich richtig an.

»Verdammter Mist, hat sonst noch jemand das Gefühl, sich verbeugen zu wollen?«, fragte Rhage.

»Ja«, krächzte Butch. »Aber ich versuche den Druck von meiner Leber zu nehmen. Ich glaube, sie hat sich um meine Wirbelsäule gewickelt.«

»Ich habe dich gewarnt«, stichelte V.

Wrath ließ seine Brüder weiterstreiten. Sie brauchten die Entspannung und Ablenkung durch ihren verbalen Schlagabtausch.

Der Einsatz in der Kolonie war nicht gut gelaufen. Zwar hatten sie Rehv befreit, und das war gut, aber die Bruderschaft ließ keine Kämpfer zurück. Und Xhex war nirgends zu finden.

Auch das nächste Klopfen hatte Wrath erwartet. Rehv und Ehlena traten ein. Während sie mit vielen Aahs und Oohs die Veränderung honorierten, verschwand die Bru-

derschaft nacheinander aus dem Arbeitszimmer und ließ Wrath, Beth und George allein mit dem Paar.

»Wann willst du in den Norden?«, erkundigte sich Wrath. »Um nach ihr zu suchen?«

»Sobald ich das schwindende Sonnenlicht ertrage.«

»Gut. Willst du Unterstützung?«

»Nein.« Es raschelte leise, als hätte Rehv seine Frau an sich gezogen, weil ihr unwohl bei dem Gedanken war. »Ich gehe allein. Es ist besser so. Abgesehen davon, dass ich nach Xhex suche, muss ich einen Nachfolger ernennen, und das könnte brenzlig werden.«

»Einen Nachfolger?«

»Mein Leben findet hier statt. In Caldwell.« Obwohl Rehvs Stimme ruhig war und voll tönte, schwankten seine Gefühle heftig, und Wrath war davon nicht überrascht. Der Mann war in den letzten vierundzwanzig Stunden ordentlich durch die Gefühlsmangel gedreht worden. Wrath wusste aus erster Hand, dass eine Rettung genauso verstörend sein konnte wie eine Gefangennahme.

Wenn auch das Ergebnis der Rettung weitaus angenehmer war. Möge die Jungfrau der Schrift dies auch Xhex vergönnen.

»Schau, was Xhex betrifft«, fing Wrath an, »was immer wir dir an Unterstützung bei deiner Suche bieten können hast du.«

»Danke.«

Beim Gedanken an Xhex fiel Wrath auf, dass es zum jetzigen Zeitpunkt freundlicher wäre, ihr den Tod zu wünschen als das Leben. Unwillkürlich legte er Beth einen Arm um die Hüfte und zog sie an sich, um sie sicher an seiner Seite zu wissen.

»Hör zu, was die Zukunft betrifft ...«, sagte er zu Rehv. »Ich muss meine Interessen anmelden.«

»Wie meinst du das?«

»Ich möchte, dass du da oben regierst.«

»*Was?*«

Bevor Rehv protestieren konnte, erklärte Wrath: »Das Letzte, was ich im Moment gebrauchen kann, ist Instabilität in der Kolonie. Ich weiß nicht, was verdammt noch mal mit Lash und den *Lessern* abgeht, oder was er da oben wollte, oder was er mit der Prinzessin zu schaffen hatte, aber eins weiß ich sicher – laut Z haben diese Sündenfresser einen Höllenrespekt vor dir. Selbst wenn du nicht ständig dort oben wohnst, möchte ich, dass du sie anführst.«

»Ich verstehe, worauf du hinauswillst, aber ...«

»Ich gebe dem König recht.«

Es war Ehlena, die sprach, und offensichtlich hatte sie ihren Partner völlig überrumpelt, denn Rehv geriet ins Stottern.

»Wrath hat recht«, wiederholte Ehlena. »Du musst ihr König sein.«

»Nehmt es mir nicht übel«, brummte Rehv, »aber so hatte ich mir meine Zukunft nicht vorgestellt. Erstens verspüre ich nicht die geringste Lust, jemals dorthin zurückzugehen. Und zweitens bin ich nicht daran interessiert, sie zu regieren.«

Wrath fühlte den harten Thron unter seinem Hintern und musste lächeln. »Witzig, manchmal geht es mir mit meinem Volk genauso. Aber das Schicksal hat andere Pläne für Leute wie dich und mich.«

»Zur Hölle mit dem Schicksal. Ich habe keine Ahnung, wie man regiert. Ich kann doch nicht einfach blind

drauflos …« Es gab eine kurze Pause. »Ich meine … verdammt … nicht dass die Unfähigkeit zu sehen … verflucht.«

Wrath grinste und stellte sich die Verlegenheit in Rehvs Gesicht vor. »Ist schon in Ordnung. Ich bin, was ich bin.« Als Beth seine Hand nahm, drückte er sie, um sie zu beruhigen. »Ich bin, was ich bin, und du bist du. Wir brauchen dich da oben, um den Laden zu schmeißen. Du hast mich früher nicht im Stich gelassen, und ich weiß, dass du mich auch jetzt nicht enttäuschen wirst. Was das Regieren betrifft … Überraschung: Alle Könige sind blind, Freundchen. Aber wenn du deinem Herzen folgst, siehst du den Weg immer klar vor dir.«

Wrath blickte blind zum Gesicht seiner *Shellan* auf. »Das hat mir mal eine außergewöhnlich weise Frau gesagt. Und sie lag sehr, sehr richtig.«

Zum Henker, dachte Rehv, als er den großen, blinden König des Vampirvolkes ansah. Der Typ saß auf einem Thron der alten Schule, wie man es von einem Anführer erwartete – ein regelrechtes Monstrum –, und der Tisch war auch nicht von schlechten Eltern. Und während er da so majestätisch thronte, schleuderte er lässig Ungeheuerlichkeiten aus dem Handgelenk, mit der Selbstverständlichkeit eines Monarchen, dessen Weisungen immer erfüllt wurden.

Himmel, er schien zu erwarten, dass man ihm bedingungslos gehorchte, auch wenn er absoluten Scheiß redete.

Und damit … na ja, hatten er und Wrath etwas gemeinsam, oder etwa nicht?

Aus gänzlich unerfindlichen Gründen musste Rehv

daran denken, von wo aus der König der *Symphathen* regierte. Ein einfacher Sessel auf einem weißen Marmorsockel. Nichts Besonderes, aber andererseits zählten da oben die geistigen Kräfte – auf äußere Zeichen der Autorität wurde wenig Wert gelegt.

Das letzte Mal war Rehv im Thronsaal gewesen, als er seinem Vater die Kehle aufgeschlitzt hatte, und er erinnerte sich daran, wie das blaue Blut des Mannes über den feinkörnigen, makellosen Marmor gelaufen war wie Tinte aus einem verschütteten Fass.

Das Bild behagte Rehv nicht sonderlich. Nicht, weil er seine Tat bereute, sondern … was, wenn ihm die gleiche Zukunft blühte? Wenn er sich Wrath fügte, würde ihm dann auch irgendwann ein Mitglied seiner Sippe ein Messer in den Rücken rammen?

War das das Schicksal, das ihn erwartete?

Gefangen in seinen Gedanken, blickte er zu Ehlena hinüber … und fand bei ihr die Kraft, die er brauchte. Sie sah mit solch fester, brennender Liebe zu ihm auf, dass ihm sein Schicksal gleich schon viel weniger düster erschien.

Und als er den Blick wieder auf Wrath richtete, sah er, dass der König seine *Shellan* auf die gleiche Weise hielt, wie er seine.

Hier war das Modell für ihn, dachte Rehv. Direkt vor ihm saß sein Vorbild: ein guter, starker Führer mit einer Königin, die an seiner Seite stand und mit ihm zusammen regierte.

Nur, dass seine Untertanen ganz anders waren als die von Wrath. Und Ehlena nicht mit der Kolonie in Berührung kommen durfte. Niemals.

Obwohl sie sicher eine gute Ratgeberin wäre: Er konnte sich niemanden vorstellen, von dem er sich lieber Rat-

schläge erteilen ließe … außer diesem verdammten Vampir auf seinem Thron ihm gegenüber.

Rehv nahm Ehlenas Hand. »Hör gut zu. Wenn ich mich dazu bereit erkläre zu regieren, dann habe nur ich Kontakt mit der Kolonie. Du kannst dort nicht mit hinauf. Und ich sage dir schon jetzt: Es werden hässliche Dinge passieren. Sehr hässliche Dinge. Dinge, die deine Meinung von mir vielleicht ändern werden …«

»Entschuldige, aber das haben wir doch alles schon gehabt.« Ehlena schüttelte den Kopf. »Und was auch passiert, du bist ein guter Kerl. Das wird immer überwiegen – du hast es mehrfach bewiesen, und eine größere Garantie gibt es für niemanden.«

»Gott, ich liebe dich.«

Und doch, als sie ihn anstrahlte, musste er sich noch einmal vergewissern. »Aber bist du dir wirklich sicher? Wenn wir das einmal …«

»Ich bin mir absolut, total« – sie ging auf die Zehenspitzen und küsste ihn – »sicher.«

»Heiße Scheiße.« Wrath klatschte in die Hände, als hätte sein Lieblingsteam gerade ein Tor geschossen. »Ich lobe mir eine Frau von Wert.«

»Ja, ich mir auch.« Mit einem kleinen Lächeln schloss Rehv seine *Shellan* in die Arme und hatte das Gefühl, dass sich seine Welt gerade in so vielerlei Hinsicht zurechtgerückt hatte. Wenn sie jetzt nur noch Xhex zurückholen könnten.

Aber das war allein eine Frage der Zeit, sagte er sich.

Als Ehlena den Kopf an seine Brust legte, rieb er ihren Rücken und blickte zu Wrath. Nach einem Moment wandte sich der König von seiner Königin ab und sah Rehv an, als spürte er seinen Blick.

In der Stille dieses entzückend hellblauen Arbeitszimmers wurde ein seltsamer Bund geschlossen. Obwohl sie sich in so vielem unterschieden, obwohl sie so wenig gemeinsam hatten und sich kaum kannten, verband sie doch eine Gemeinsamkeit, die sie mit niemand sonst auf diesem Planeten teilten.

Sie waren Herrscher, die allein auf ihrem Thron saßen.

Sie waren … Könige.

»Das Leben ist ein herrliches Chaos, nicht wahr?«, murmelte Wrath.

»Ja.« Rehv küsste Ehlena auf den Scheitel und dachte, bevor er ihr begegnet war, hätte er das »herrlich« aus diesem Satz gestrichen. »Ganz genau das ist es.«

Bonusmaterial

Das Interview der Bruderschaft

Mein Mann und ich ziehen in ein neues Haus. Das ist ziemlich aufregend. Es ist übrigens fast hundert Jahre alt, aber für uns und unseren Hund ist alles ganz neu. Meine Mutter, ihr Geschäftspartner und ihre Truppe haben ein paar Monate daran gearbeitet, und nun ist es fast fertig. Ich schätze, wir werden in den nächsten Wochen einziehen können. Und jetzt müssen wir entscheiden, wo zur Hölle alles hinkommen soll.

Es ist halb elf Uhr abends, und ich tigere in dem fast leeren Haus von Zimmer zu Zimmer, dabei steige ich über Pinsel und Farbeimer und drücke mich an vereinzelten Sägeböcken vorbei. Das Haus riecht ziemlich nach *Eau de Latex*, und ich muss höllisch aufpassen, nicht die Wände zu streifen, denn die sind noch nicht wirklich trocken. Der Holzboden ist mit Plastikplanen abgedeckt, und die Fensterrahmen sind abgeklebt, damit sie nicht mit Farbe besudelt werden.

Ganz alleine hier zu sein ist etwas gruselig. Die Straßenbeleuchtung wirft komische Schatten in das Haus, und

es wirkt so, als könnte sich aus jeder Ecke gleich jemand auf mich stürzen.

Und dann passiert es.

Ich bin gerade im Esszimmer, als Wrath plötzlich vor mir auftaucht. Ich schreie auf und stolpere, mit den Händen fuchtelnd, rückwärts. Rhage fängt mich gerade noch auf. Butch und V materialisieren sich gleich hinter dem König. Z taucht als Letzter auf. Er schlendert aus dem Esszimmer herein, als sei er hier zu Hause.

Rhage: (Zu mir) Bist du okay?

Butch: Wir könnten sie auf den Sägebock legen.

J. R.: Könnt ihr nicht anklopfen, Jungs?

V: Jetzt heul doch.

Butch: Wie wär's mit der Küchenablage?

J. R.: Ich bin okay!

Rhage: Im dritten Stock gibt es schon Teppich.

J. R.: Wart ihr etwa schon hier?

Butch: Nein. Wir doch nicht. Wir würden doch hier nicht einfach so eindringen. Ich bin für den dritten Stock.

V: Wir könnten sie auch über einen Bügel im Schrank hängen.

J. R.: Wie bitte?

V: (Schulterzuckend) Wir wollen nur nicht, dass du von all den Farbdämpfen hier noch aus den Latschen kippst.

J. R.: Mir ist nicht …

Butch: Dritter Stock.

Rhage: Dritter Stock.

J. R.: (Ich schaue Wrath Hilfe suchend an) Wirklich, ich bin …

Wrath: Dritter Stock.

Auf dem Weg nach oben streiten sich die Jungs lautstark miteinander. Soweit ich es mitbekomme, sind sie unterschiedlicher Auffassung, was man macht, wenn jemand ohnmächtig wird, und ich hoffe inständig, dass mir ihre Behandlungsvorschläge erspart bleiben. Irgendwie bin ich nämlich nicht überzeugt, dass eine kalte Dusche, Stinkbomben, alte Knight-Rider-Folgen (anscheinend denken sie der Nerv-Faktor wecke die Lebensgeister), Whiskey-Shots (die bei mir sowieso nur das Gegenteil bewirken und mich völlig ausknocken würden) oder eine Runde nackt um den Block zu rennen zu den geeigneten Maßnahmen gegen Schwindelanfälle zählen.

Der dritte Stock des neuen Hauses besteht aus einem großen, offenen Raum – eigentlich ist es einfach ein ausgebauter Speicher. Er ist in etwa so groß wie die erste gemeinsame Wohnung, die ich und mein Mann hatten, und durch die Anwesenheit der Brüder fühlt es sich so eng an wie eine Hundehütte. Sie haben alle riesige Körper, und sie können nur in der Mitte des Raums aufrecht stehen.

Wrath nimmt als Erster Platz. Die Brüder setzen sich so hin, dass sie mit ihm einen Kreis bilden. Ich lande im Schneidersitz gegenüber von Wrath. Z sitzt rechts von mir. Sie sind alle wie für ein Mahl im Anwesen gekleidet: Wrath trägt Lederhosen; Phury und Butch tragen bequeme, aber elegant geschnittene Designerklamotten; V und Zsadist haben Trainingshosen und enge T-Shirts an; Rhage ein schwarzes Button-down-Hemd und dunkelblaue Jeans.

Wrath: Was zur Hölle sollen wir dich denn fragen?

J. R.: Was immer ihr …

Rhage: Ich weiß was! (Fischt einen Cherry Tootsie Pop

aus seiner Hosentasche) Wen magst du am liebsten? Mich, oder? Komm schon, du weißt, dass es so ist. (Wickelt den Lolli aus und stopft ihn sich in den Mund) Komm schoooon …

Butch: Wenn du es bist, dann fress ich aber 'nen Besen.

V: Das würde einfach nur bedeuten, dass sie blind ist.

Butch: (Sieht mich an und schüttelt den Kopf) Du Arme.

Rhage: Ich muss es sein.

V: Sie hat doch schon mal gesagt, dass sie dich anfangs nicht ausstehen konnte.

Rhage: (Fuchtelt mit dem Tootsie Pop herum) Ja, aber ich habe sie dann überzeugt, und das ist mehr als jeder Einzelne von euch behaupten könnte.

J. R.: Ich mag keinen von euch am liebsten.

Wrath: Gute Antwort.

Rhage: (Grinst und sieht dabei unglaublich gut aus) Sie will nur nicht unhöflich sein und eure Gefühle verletzen.

J. R.: (Flehend) Nächste Frage, bitte.

Rhage: (Schaut finster) Sag schon, warum magst du mich am liebsten?

Wrath: Schluss jetzt mit deinem Egotrip, Hollywood.

V: So ist er nun mal. Und bei ihm ist das schon kein Trip mehr – sondern Dauerferien in Lummerland.

Butch: Ja, wirklich ein Wunder, dass er nicht auch dieses Hawaiihemd trägt, das Mary ihm geschenkt hat.

Rhage: Ich hätte den Fetzen ja längst verbrannt, aber es macht mir ziemlich viel Spaß, es ihr auszuziehen.

Butch: Du hast ein Hawaiihemd? Du willst mich wohl verarschen.

Rhage: Nein, aber ich ziehe Mary gerne meine eigenen Klamotten aus.

Butch: Respekt. (Butch und Phury schlagen ein)

Wrath: Gut, jetzt stelle ich eine Frage. (Die Brüder verstummen) Warum erschrickst du immer noch, wenn du mich siehst? Das nervt wirklich. Als würde ich dir was tun oder so.

Rhage: Sie hat doch nur Angst, dass ich nicht dabei sein könnte und sie mich nicht zu sehen bekommt.

Wrath: Jetzt nerv nicht.

Butch: Warte, ich weiß, warum. Sie hat Angst, dass V noch 'nen Bruder hat und sie auch noch sein Buch schreiben muss.

V: Nix da, Bulle. Ich bin ein Unikat.

Butch: Da hat sie aber Glück gehabt, wenn man bedenkt, dass du sie schon den letzten Nerv gekostet hast …

Z: Ich weiß, warum.

Alle Köpfe, inklusive meiner, drehen sich zu Zsadist. Normalerweise sagt er bei einer Zusammenkunft gar nichts, nur seine gelben Augen starren durchdringend wie die eines Raubtiers, das sein Umfeld beobachtet. Das Deckenlicht lässt seine Narbe noch tiefer erscheinen.

Wrath: (Zu Z) Also warum erschrickt sie deiner Meinung nach vor mir?

Z: Wenn du auftauchst, weiß sie nicht mehr so genau, was die Realität ist. (Sieht mich an) Stimmt's?

J.R.: Ja.

In diesem Moment fällt mir ein, dass auch Z ein paarmal dieses Problem hatte – und er scheint meine Gedanken lesen zu können, denn er wendet seinen Blick schnell wieder ab.

Wrath: (Nickt zustimmend) Okay, cool.

Butch: Ich hab eine Frage. (Wird plötzlich ernst … mimt den Pseudo-Psychologen) Angenommen, du wärst ein Baum, welche Art wärst du gern?

Rhage: (Inmitten des Gelächters der Brüder) Ich wette ein grüner Apfelbaum. Sie trägt zwar Früchte, aber sie ist oft etwas säuerlich.

V: Nee, sie wäre ein Telefonmast, kein Baum, denn an Bäumen ist mehr dran.

Butch: (Starrt seinen Bruder zornig an) Jetzt mach mal halblang, V.

V: Was? Stimmt doch.

J.R.: Ich mag grüne Äpfel.

Rhage: (Nickt mir zustimmend zu) Ich wusste, dass wir einer Meinung sind, im Gegensatz zu diesen Vollidioten hier.

Phury: Einigen wir uns doch auf eine Ulme. Die sind groß und gertenschlank.

V: Und vom Aussterben bedroht. Ich hab sie wenigstens nur wegen ihrer Figur beleidigt. Du verpasst ihr gleich 'ne Krankheit, von der ihr die Blätter abfallen.

J.R.: Danke, Phury, das ist ja wirklich sehr nett von dir.

Wrath: Ich würde sagen Eiche.

V: Ja, klar. Du hältst dich doch selbst für eine Eiche, und deshalb müssen alle anderen auch Eichen sein.

Wrath: Stimmt nicht. Aber der Rest von euch Pappnasen hier – ihr seid doch nur mickrige Setzlinge.

Butch: Ich glaube, sie ist ein Christbaum. Weil sie so schillernd ist. (Schlägt mit mir ein)

Wrath: Z? Was meinst du?

Z: Pappel.

Rhage: Oh, die mag ich. Das Laub raschelt so schön, wenn der Wind geht.

Butch: Stimmt. Das erinnert mich an meine Kindheit.

Phury: Ja, das sind freundliche Bäume. Gar nicht zickig. Das gefällt mir.

Wrath: Lasst uns abstimmen. Alle, die für Pappel sind, sagen yeah. (Die Brüder rufen yeah) Gegenstimmen? (Schweigen) Dann sind wir uns einig (Schaut mich an), du bist eine Pappel.

Genauso läuft das mit den Brüdern. Sie treffen die Entscheidungen, und ich schließe mich ihnen an. Und wie es der Zufall will, ist die Pappel auch noch mein Lieblingsbaum.

Wrath: Nächste Frage. Lieblingsfarbe?

Rhage: (Hebt die Hand) Ich weiß es! Rhagerot.

Butch: Rhagerot … (Bricht in Lachen aus) Du bist so ein Arschoholiker, weißt du das? Ein richtiger Arschoholiker.

Rhage: (Nickt ernst) Danke, das ehrt mich. Ich versuche mich in allem, was ich tue, selbst zu übertreffen.

V: Wir sollten ihn bei den Anonymen Arschoholikern anmelden.

Rhage: Ich weiß nicht ... dieses Programm der Anonymen Stricker hat bei dir ja auch nichts gebracht.

V: Ja, weil ich gar nicht stricken kann!

Rhage: (Lehnt sich zu Butch und stützt sich auf seine Schulter) Meine Güte, Abstreiten ist doch wirklich schäbig.

V: Jetzt hör mal ...

Wrath: Meine Lieblingsfarbe ist Schwarz.

Phury: Ich bin nicht sicher, ob Schwarz eine Farbe ist, Herr. Technisch gesehen, ist es die Summe aller Farben, also ...

Wrath: Schwarz ist eine Farbe, und damit basta.

V: Ich mag Blau.

Rhage: Natürlich magst du Blau, schließlich ist das meine Augenfarbe.

V: Oder die Farbe des Veilchens, das ich dir gleich verpasse.

Butch: Ich steh auf Gold. Zumindest, wenn es um Metalle geht.

V: Und es steht dir.

Rhage: Ich mag Blau, weil V Blau mag. Und ich will so werden wie er, wenn ich groß bin.

V: Dann musst du aber erst mal ein paar Kilo abnehmen.

Rhage: Ich wette, das sagst du auch zu allen Mädchen, mit denen du ausgehst. (Schüttelt den Kopf) Und du verlangst sicher auch, dass sie sich überall rasieren, stimmt's?

V: Besser, als wenn man sie erst aus dem Stall holen muss, was?

J.R.: Ich mag Schwarz.

Wrath: Treffer! Nächste Frage ...

V: Wie wäre es, wenn wir das hier ein bisschen interessanter gestalten.

Wrath: (Zieht die Augenbrauen hinter seiner Sonnenbrille hoch) In welcher Weise?

V: Wahrheit oder Pflicht.

Alle verstummen und fühlen sich ein wenig unwohl. Ich selbst traue V nicht über den Weg, wenn er versucht, nett zu sein – und wenn man die Anspannung im Raum berücksichtigt, dann geht es den Brüdern genauso wie mir.

V: Also? Wie sieht's aus?

Wenn ich Wahrheit sage, dann stellt er mir entweder eine Frage, die unmöglich zu beantworten oder viel zu persönlich ist. Wenn ich Pflicht sage … na ja, ich werde schon nicht sterben, und ich bin sicher, das würden die anderen auch nicht zulassen.

J. R.: Pflicht.

V: Gut. Was du tun musst, ist, meine Frage zu beantworten.

Butch: (Runzelt die Stirn) So läuft das nicht.

V: Wahrheit oder Pflicht. Sie hatte die Wahl. Sie hat Pflicht gesagt.

Wrath: Genau genommen hat er recht. Obwohl er natürlich mal wieder Quatsch machen muss.

V: Oh, mir ist es ziemlich ernst.

J. R.: Okay, wie lautet die Frage?

V: Warum hast du gelogen?

Diese Frage überrascht mich nicht. Es ist eine persönliche Sache zwischen ihm und mir. Und er kennt die Antwort eigentlich schon. Aber er stellt die Frage jetzt nur, um Ärger zu provozieren.

Wrath: (Kommt meiner Antwort zuvor) Nächste Frage. Lieblingsessen.

Rhage: Ein Rhage und Butch Sandwich.

J. R.: (Knallrot) Oh nein, ich ...

Rhage: Was? Willst du etwa auch ein bisschen V draufhaben?

J. R.: Nein, ich ...

Rhage: Schau ... (Tätschelt mir das Knie in einer »Alles okay, Liebes«-Manier) Fantasien zu haben ist gut. Sie sind gesund. Sie sind auch der Grund dafür, dass Butchs Handflächen haarig sind – er steht auf mich. Mach dir also keine Gedanken, ich bin es gewöhnt.

J. R.: Ich ...

Butch: (Lachend) Rhage, Kumpel, ich enttäusche dich ja nur ungern, aber ich stehe ganz und gar nicht auf dich.

Rhage: (Hebt skeptisch die Augenbrauen) Hey, es heißt *Wahrheit oder Pflicht* und nicht *Pflicht oder Lüge*!

V: Weißt du was, Hollywood, dein Bild steht im Lexikon unter dem Eintrag »Narzissmus«.

Rhage: Ich weiß! Ich hatte extra ein Fotoshooting dafür. Es war so nett von ihnen, dass sie mich gefragt haben.

V: (Lacht lauthals) Du bist echt ein Freak.

Wrath: Lieblingsessen, *Challa*?

J. R.: Mir ist Essen nicht so wichtig.

Rhage: Ich esse eigentlich alles gern.

V: Das ist ja was ganz Neues.

Rhage: Außer Oliven. Aber Olivenöl zum Kochen ist okay.

V: Da sind wir aber erleichtert. Ganz Italien hatte schon Angst um den Staatshaushalt.

Butch: Ich mag keine Meeresfrüchte.

Wrath: Ich auch nicht.

Phury: Alles mit Fisch kann ich nicht ausstehen.

Z: Ja, keine Chance.

V: Mir wird schon beim Geruch davon schlecht.

Rhage: Ja, alles, das Flossen hatte oder 'ne Schale, kommt mir nicht auf den Teller. Außer Nüsse. Ich mag Nüsse.

Butch: Ich stehe auf Steaks.

Wrath: Ich auf Lamm.

Phury: Lamm ist fantastisch.

Butch: Oh ja, mit Rosmarin. Am liebsten gegrillt. (Reibt sich den Bauch) Hat niemand Hunger?

Rhage: Ich bin am Verhungern. (Die anderen verdrehen die Augen) Was denn, ich bin noch im Wachstum.

Butch: Wenn man berücksichtigt, wie riesig dein Ego schon ist ...

Rhage: Also, ich mag alle Sorten Fleisch.

V: (Lacht) Darauf gehen wir jetzt besser nicht näher ein.

Wrath: Können wir bitte wieder zum Thema kommen? *Challa*? Dein Lieblingsessen?

Die Wahrheit ist, ich würde am liebsten gar nichts sagen und bin nicht scharf darauf, wieder in den Fokus zu geraten.

Am liebsten würde ich einfach den Brüdern dabei zusehen, wie sie sich übereinander lustig machen. Ich bin immer wieder davon fasziniert und frage mich, was sie wohl als Nächstes tun.

J. R.: Kommt drauf an.

Rhage: Ok, wie würde ein Eisbecher aussehen, den du selbst machst. Was wäre drin? Oh ... und du brauchst dich auch nicht zu schämen, ich weiß sowieso, dass du dir vorstellst, wie ich ihn dir serviere, mit nichts als einem Lendenschurz bekleidet ...

V: Und deinen Elfenschuhen. Mit den kleinen Glöckchen daran bist du ja so verdammt heiß.

Rhage: Siehst du? Du bist total scharf auf mich. (Wendet sich wieder zu mir) *Challa?*

J. R.: I ... äh ... ich esse kein Eis. Ich meine, ich liebe es, aber ich kann es nicht essen.

Rhage: (Schaut mich an, als würde mir gerade ein Horn aus der Stirn wachsen) Warum?

J. R.: Zahnprobleme. Zu kalt.

Rhage: Mann, das nervt ... Ich mein, ich liebe Kaffeeeiscreme mit heißer Schokosoße.

V: Da bin ich jetzt ausnahmsweise deiner Meinung. Aber für mich ohne Sahne und Kirschen und diesen ganzen Kram.

Rhage: Jap. Da bin ich auch Purist.

Phury: Ich mag Himbeersorbet. In einer heißen Sommernacht.

Wrath: Ich Rocky-Road-Eis.

Butch: Bei mir ist es Ben & Jerry's Mint Chocolate Chunk.

Rhage: Okay, das ist auch lecker. Außerdem alles mit Oreo-Keksen drin.

Z: Wir haben Nalla neulich Vanille probieren lassen. (lacht) Sie liebt es.

Daraufhin machen die Brüder tatsächlich »Ohhhh«. Aber dann versuchen sie es schnell mit möglichst finsteren Gesichtsausdrücken wettzumachen, als müssten sie dadurch ihre Männlichkeit wieder unter Beweis stellen.

Rhage: (Schaut mich an) Nee, ehrlich, hast du die Kleine gesehen? Sie ist … monstersüß!

V: Ja genau, und in seiner Sprache soll das heißen: »Meine Güte, ist die Kleine niedlich.«

Rhage: Komm schon V, in diesem Punkt sind wir uns doch einig.

V: (Reuevoll) Ja, total. Mann … meine Nichte ist perfekt. (Er und Rhage schlagen mit den Fingerknöcheln ein, dann wendet sich V an Butch) Ist sie doch, oder?

Butch: Mehr als nur perfekt. In einer ganz neuen Kategorie. Sie ist …

Wrath: Zauberhaft.

Phury: Total bezaubernd.

J.R.: Sie hat euch schon um den Finger gewickelt, was, Jungs?

Rhage: Absolut.

Phury: Total.

Z: (Schaut mich stolz wie Oskar an) Siehst du? Für einen Haufen gewalttätiger Irrer sind sie doch ganz okay.

Wrath: Hey … hat uns *Challa* jetzt eigentlich schon ihr
        verdammtes Lieblingsessen verraten?

Butch: Sie ist zur Eiscremefrage übergegangen. (Schaut
        mich an) Dann sag uns doch, wie dein Lieblings-
        sandwich aussehen würde?

Phury: Oder ein Gericht. Was ist dein Lieblingsgericht?

J. R.: Ich weiß nicht. Also, alles was meine Mutter
        kocht. Gebratenes Hühnchen. Lasagne …

Rhage: Ich liebe Lasagne.

Phury: Ich auch.

   V: Meine muss mit Würstchen sein.

Rhage: Das war ja klar.

Wrath: (Pfeift durch die Zähne) Klappe, Ladies. *Challa*?

J. R.: Gebratenes Hühnchen mit Maisbrotfüllung, von
        meiner Mutter zubereitet.

Wrath: Exzellente Wahl – und sehr vernünftig von dir.
        Ich hätte sie schon beinahe wieder abstimmen
        lassen.

Rhage: (Verschwörerisch) Aber wir hätten dir keinen
        Fisch gegeben. Keine Sorge.

J. R.: Danke.

Die Brüder plappern weiter, ohne mir noch viele Fragen
zu stellen, was mir nur recht ist. Bei all ihrem Geplänkel, wird doch sehr deutlich, wie sehr sie zusammenhal-
ten. Die Scherze sind nie wirklich verletzend; sogar V,
der absolut in der Lage wäre, einen anderen verbal fertigzumachen, zügelt im Umgang mit seinen Brüdern seine scharfe Zunge. Ihre Stimmen hallen durch den noch
leeren Raum, und ich schließe die Augen und hoffe, dass
sie nie verschwinden werden.

Als ich die Augen wieder öffne, sind die Brüder weg.

Ich sitze im Schneidersitz allein in meinem neuen, alten Haus und starre an die leere Wand, wo ich Sekunden zuvor noch Wrath klar vor mir gesehen habe. Die Stille ist ein harter, trauriger Kontrast zu vorher.

Ich stehe auf und gehe mit steifen Beinen zur Treppe. Ich habe keine Ahnung, wie lange ich hier oben war, und als ich noch einmal zurückblicke, sehe ich von Wand zu Wand nur leeren Teppich unter einer Reihe von Deckenlichtern.

Ich schalte die Lichter aus und gehe die Treppen hinunter. Im ersten Stock bleibe ich stehen. Ich weiß noch immer nicht, wo ich schreiben werde, nachdem wir eingezogen sind – was mich langsam ziemlich nervös macht. Es gibt ein Schlafzimmer mit einem tollen Blick, aber es ist sehr klein …

Ich erreiche das Erdgeschoss und mache eine Runde durch alle Zimmer, um noch mehr Lichter auszuknipsen. Bevor ich das dunkle Haus verlasse, blicke ich durch die Halle und das Wohnzimmer zur Glasveranda – die auch als Arbeitszimmer infrage kommt.

Ich starre hinaus, da biegt ein Auto um die Straßenecke. Als die Scheinwerfer durch die Verandafenster strahlen, sehe ich Z auf den Fliesen stehen. Er zeigt ein paarmal vor sich auf den Boden.

Gut. Ich werde dort draußen schreiben. Ich winke ihm und nicke, damit er weiß, dass ich ihn verstanden habe. Seine gelben Augen blitzen auf, und er ist verschwunden … aber obwohl das Haus leer ist, fühle ich mich jetzt nicht mehr allein.

Die Glasveranda ist ein großartiger Platz zum Schreiben, denke ich, als ich zum Auto gehe. Einfach perfekt.

Glossar der Begriffe und Eigennamen

Ahstrux nohtrum – Persönlicher Leibwächter, der vom König ernannt wird.

Die Auserwählten – Vampirinnen, deren Aufgabe es ist, der Jungfrau der Schrift zu dienen. Sie werden als Angehörige der Aristokratie betrachtet, obwohl sie eher spirituell als weltlich orientiert sind. Normalerweise pflegen sie wenig bis gar keinen Kontakt zu männlichen Vampiren; auf Weisung der Jungfrau der Schrift können sie sich aber mit einem Krieger vereinigen, um den Fortbestand ihres Standes zu sichern. Sie besitzen die Fähigkeit zur Prophezeiung. In der Vergangenheit dienten sie alleinstehenden Brüdern zum Stillen ihres Blutbedürfnisses, aber diese Praxis wurde von den Brüdern aufgegeben.

Bannung – Status, der einer Vampirin der Aristokratie auf Gesuch ihrer Familie durch den König auferlegt werden kann. Unterstellt die Vampirin der alleinigen Aufsicht ihres Hüters, üblicherweise der älteste Mann des Haushalts. Ihr Hüter besitzt damit das gesetzlich verbriefte Recht, sämtliche Aspekte ihres Lebens zu bestimmen und nach eigenem Gutdünken jeglichen Umgang zwischen ihr und der Außenwelt zu regulieren.

Die Bruderschaft der Black Dagger – Die Brüder des Schwarzen Dolches. Speziell ausgebildete Vampirkrieger, die ihre Spezies vor der Gesellschaft der *Lesser* beschützen. Infolge selektiver Züchtung innerhalb der Rasse besitzen die Brüder ungeheure physische und mentale Stärke sowie die Fähigkeit zur extrem raschen Heilung.

Die meisten von ihnen sind keine leiblichen Geschwister; neue Anwärter werden von den anderen Brüdern vorgeschlagen und daraufhin in die Bruderschaft aufgenommen. Die Mitglieder der Bruderschaft sind Einzelgänger, aggressiv und verschlossen. Sie pflegen wenig Kontakt zu Menschen und anderen Vampiren, außer um Blut zu trinken. Viele Legenden ranken sich um diese Krieger, und sie werden von ihresgleichen mit höchster Ehrfurcht behandelt. Sie können getötet werden, aber nur durch sehr schwere Wunden wie zum Beispiel eine Kugel oder einen Messerstich ins Herz.

Blutsklave – Männlicher oder weiblicher Vampir, der unterworfen wurde, um das Blutbedürfnis eines anderen zu stillen. Die Haltung von Blutsklaven ist heute zwar nicht mehr üblich, aber nicht ungesetzlich.

Chrih – Symbol des ehrenhaften Todes in der alten Sprache.

Doggen – Angehörige(r)der Dienerklasse innerhalb der Vampirwelt. *Doggen* pflegen im Dienst an ihrer Herrschaft altertümliche, konservative Sitten und folgen einem formellen Bekleidungs- und Verhaltenskodex. Sie können tagsüber aus dem Haus gehen, altern aber relativ rasch. Die Lebenserwartung liegt bei etwa fünfhundert Jahren.

Dhunhd – Hölle

Ehros – Eine Auserwählte, die speziell in der Liebeskunst ausgebildet wurde.

Exhile Dhoble – Der böse oder verfluchte Zwilling, derjenige, der als Zweiter geboren wird.

Gesellschaft der *Lesser* – Orden von Vampirjägern, der von Omega zum Zwecke der Auslöschung der Vampirspezies gegründet wurde.

Glymera – Das soziale Herzstück der Aristokratie, sozusagen die »oberen Zehntausend« unter den Vampiren.

Granhmen – Großmutter

Gruft – Heiliges Gewölbe der Bruderschaft der Black Dagger. Sowohl Ort für zeremonielle Handlungen wie auch Aufbewahrungsort für die erbeuteten Kanopen der *Lesser*. Hier werden unter anderem Aufnahmerituale, Begräbnisse und Disziplinarmaßnahmen gegen Brüder durchgeführt. Niemand außer Angehörigen der Bruderschaft, der Jungfrau der Schrift und Aspiranten hat Zutritt zur Gruft.

Hellren – Männlicher Vampir, der eine Partnerschaft mit einer Vampirin eingegangen ist. Männliche Vampire können mehr als eine Vampirin als Partnerin nehmen.

Hohe Familie – König und Königin der Vampire sowie all ihre Kinder.

Hüter – Vormund eines Vampirs oder einer Vampirin. Hüter können unterschiedlich viel Autorität besitzen, die größte Macht übt der Hüter einer gebannten Vampirin aus.

Jungfrau der Schrift – Mystische Macht, die dem König als Beraterin dient sowie die Vampirarchive hütet und Privilegien erteilt. Existiert in einer jenseitigen Sphäre und besitzt umfangreiche Kräfte. Hatte die Befähigung zu einem einzigen Schöpfungsakt, den sie zur Erschaffung der Vampire nutzte.

Leahdyre – Eine mächtige und einflussreiche Person.

Lesser – Ein seiner Seele beraubter Mensch, der als Mitglied der Gesellschaft der *Lesser* Jagd auf Vampire macht, um sie auszurotten. Die *Lesser* müssen durch einen Stich in die Brust getötet werden. Sie altern nicht, essen und trinken nicht und sind impotent. Im Laufe

der Jahre verlieren ihre Haare, Haut und Iris ihre Pigmentierung, bis sie blond, bleich und weißäugig sind. Sie riechen nach Talkum. Aufgenommen in die Gesellschaft werden sie durch Omega. Daraufhin erhalten sie ihre Kanope, ein Keramikgefäß, in dem sie ihr aus der Brust entferntes Herz aufbewahren.

Lewlhen – Geschenk.

Lheage – Respektsbezeichnung einer sexuell devoten Person gegenüber einem dominanten Partner.

Lielan – Ein Kosewort, frei übersetzt in etwa »mein Liebstes«.

Lys – Folterwerkzeug zur Entnahme von Augen.

Mahmen – Mutter. Dient sowohl als Bezeichnung als auch als Anrede und Kosewort.

Mhis – Die Verhüllung eines Ortes oder einer Gegend; die Schaffung einer Illusion.

Nalla – Kosewort. In etwa »Geliebte«.

Novizin – Eine Jungfrau.

Omega – Unheilvolle mystische Gestalt, die sich aus Groll gegen die Jungfrau der Schrift die Ausrottung der Vampire zum Ziel gesetzt hat. Existiert in einer jenseitigen Sphäre und hat weitreichende Kräfte, wenn auch nicht die Kraft zur Schöpfung.

Phearsom – Begriff, der sich auf die Funktionstüchtigkeit der männlichen Geschlechtsorgane bezieht. Die wörtliche Übersetzung lautet in etwa »würdig, in eine Frau einzudringen«.

Princeps – Höchste Stufe der Vampiraristokratie, untergeben nur den Mitgliedern der Hohen Familie und den Auserwählten der Jungfrau der Schrift. Dieser Titel wird vererbt; er kann nicht verliehen werden.

Pyrokant – Bezeichnet die entscheidende Schwachstelle

eines Individuums, sozusagen seine Achillesverse. Diese Schwachstelle kann innerlich sein, wie zum Beispiel eine Sucht, oder äußerlich, wie ein geliebter Mensch.

Rahlman – Retter.

Rythos – Rituelle Prozedur, um verlorene Ehre wiederherzustellen. Der Rythos wird von dem Vampir gewährt, der einen anderen beleidigt hat. Wird er angenommen, wählt der Gekränkte eine Waffe und tritt damit dem unbewaffneten Beleidiger entgegen.

Schleier – Jenseitige Sphäre, in der die Toten wieder mit ihrer Familie und ihren Freunden zusammentreffen und die Ewigkeit verbringen.

Shellan – Vampirin, die eine Partnerschaft mit einem Vampir eingegangen ist. Vampirinnen nehmen sich in der Regel nicht mehr als einen Partner, da gebundene männliche Vampire ein ausgeprägtes Revierverhalten zeigen.

Symphath – Eigene Spezies innerhalb der Vampirrasse, deren Merkmale die Fähigkeit und das Verlangen sind, Gefühle in anderen zu manipulieren (zum Zwecke eines Energieaustauschs). Historisch wurden die *Symphathen* oft mit Misstrauen betrachtet und in bestimmten Epochen auch von den Vampiren gejagt. Sind heute nahezu ausgestorben.

Tahlly – Kosewort. Entspricht in etwa »Süße«.

Trahyner – Respekts- und Zuneigungsbezeichnung unter männlichen Vampiren. Bedeutet ungefähr »geliebter Freund«.

Transition – Entscheidender Moment im Leben eines Vampirs, wenn er oder sie ins Erwachsenenleben eintritt. Ab diesem Punkt müssen sie das Blut des jeweils anderen Geschlechts trinken, um zu überleben, und vertragen kein Sonnenlicht mehr. Findet normalerweise mit

etwa Mitte zwanzig statt. Manche Vampire überleben ihre Transition nicht, vor allem männliche Vampire. Vor ihrer Transition sind Vampire von schwächlicher Konstitution und sexuell unreif und desinteressiert. Außerdem können sie sich noch nicht dematerialisieren.

Triebigkeit – Fruchtbare Phase einer Vampirin. Üblicherweise dauert sie zwei Tage und wird von heftigem sexuellem Verlangen begleitet. Zum ersten Mal tritt sie etwa fünf Jahre nach der Transition eines weiblichen Vampirs auf, danach im Abstand von etwa zehn Jahren. Alle männlichen Vampire reagieren bis zu einem gewissen Grad auf eine triebige Vampirin, deshalb ist dies eine gefährliche Zeit. Zwischen konkurrierenden männlichen Vampiren können Konflikte und Kämpfe ausbrechen, besonders wenn die Vampirin keinen Partner hat.

Vampir – Angehöriger einer gesonderten Spezies neben dem Homo sapiens. Vampire sind darauf angewiesen, das Blut des jeweils anderen Geschlechts zu trinken. Menschliches Blut kann ihnen zwar auch das Überleben sichern, aber die daraus gewonnene Kraft hält nicht lange vor. Nach ihrer Transition, die üblicherweise etwa mit Mitte zwanzig stattfindet, dürfen sie sich nicht mehr dem Sonnenlicht aussetzen und müssen sich in regelmäßigen Abständen aus der Vene ernähren. Entgegen einer weit verbreiteten Annahme können Vampire Menschen nicht durch einen Biss oder eine Blutübertragung »verwandeln«; in seltenen Fällen aber können sich die beiden Spezies zusammen fortpflanzen. Vampire können sich nach Belieben dematerialisieren, dazu müssen sie aber ganz ruhig werden und sich konzentrieren; außerdem dürfen sie nichts Schweres bei sich tragen. Sie können Menschen ihre Erinnerung nehmen, allerdings nur,

solange diese Erinnerungen im Kurzzeitgedächtnis abgespeichert sind. Manche Vampire können auch Gedanken lesen. Die Lebenserwartung liegt bei über eintausend Jahren, in manchen Fällen auch höher.

Vergeltung – Akt tödlicher Rache, typischerweise ausgeführt von einem Mann im Dienste seiner Liebe.

Wanderer – Ein Verstorbener, der aus dem Schleier zu den Lebenden zurückgekehrt ist. Wanderern wird großer Respekt entgegengebracht und sie werden für das, was sie durchmachen mussten, verehrt.

Whard – Entspricht einem Patenonkel oder einer Patentante.

Zwiestreit – Konflikt zwischen zwei männlichen Vampiren, die Rivalen um die Gunst einer Vampirin sind.

Danksagung

Ein Riesendankeschön an alle Leser der Bruderschaft der Black Dagger und ein Hoch auf die Cellies!

Vielen Dank an: Steven Axelrod, Kara Cesare, Claire Zion, Kara Welsh und Leslie Gelbman.

Dank an Lu und Opal sowie an unsere Cheforganisatoren und Ordnungshüter für alles, was ihr aus reiner Herzensgüte tut!

Und natürlich wie immer Danke an meinen Exekutivausschuss: Sue Crafton, Dr. Jessica Andersen und Betsey Vaughan. Meine Achtung gilt der unvergleichlichen Suzanne Brockmann und der stets brillanten Christine Feehan (plus Familie).

An D. L. B. – dass ich zu dir aufblicke, muss ich eigentlich nicht sagen, aber so ist es nun mal. Ich liebe dich unendlich, Mummy.

An N. T. M. – der immer recht hat und trotzdem von uns allen geliebt wird.

An LeElla Scott – du bist die Größte.

An die kleine Kaylie und ihre Mama – weil ich sie so liebe.

Nichts von alledem wäre möglich ohne: meinen liebevollen Mann, Ratgeber, Helfer und Visionär; meine wundervolle Mutter, deren Übermaß an Liebe ich unmöglich zurückzahlen kann; meine Familie (sowohl blutsverwandt als auch selbstgewählt) und meine liebsten Freunde.

Oh, und in Liebe zur besseren Hälfte von WriterDog, wie immer.

J. R. Ward

BLACK DAGGER
—LEGACY—

Die große neue Serie aus der Welt von
BLACK DAGGER

Noch schöner, noch heißer, noch gefährlicher – die
Bruderschaft der BLACK DAGGER bekommt frisches Blut

978-3-453-31777-2